向未来报告

江苏现代化建设新征程全速启航

章剑华　金伟忻　张茂龙　等著

江苏人民出版社

图书在版编目（CIP）数据

向未来报告：江苏现代化建设新征程全速启航 / 章
剑华等著. 一 南京：江苏人民出版社，2023.6
ISBN 978 - 7 - 214 - 27752 - 7

Ⅰ. ①向… Ⅱ. ①章… Ⅲ. ①报告文学一作品集一中
国一当代 Ⅳ. ①I25

中国版本图书馆 CIP 数据核字（2022）第 236351 号

书　　　名	向未来报告——江苏现代化建设新征程全速启航
著　　　者	章剑华　金伟忻　张茂龙　等著
出　版　人	王保顶
出 版 统 筹	谢山青
责 任 编 辑	强　薇
封 面 设 计	薛顾璨
责 任 监 制	王　娟
出 版 发 行	江苏人民出版社
地　　　址	南京市湖南路 1 号 A 楼，邮编：210009
照　　　排	江苏凤凰制版有限公司
印　　　刷	江苏凤凰新华印务集团有限公司
开　　　本	718 毫米×1000 毫米　1/16
印　　　张	32.25　插页 1
字　　　数	510 千字
版　　　次	2023 年 6 月第 1 版
印　　　次	2023 年 6 月第 1 次印刷
标 准 书 号	ISBN 978 - 7 - 214 - 27752 - 7
定　　　价	98.00 元

（江苏人民出版社图书凡印装错误可向承印厂调换）

目录

序章　向未来报告

开篇　时代新命题

第一篇章　恢宏新起笔

第二篇章　开启新实践

第三篇章　刷新新高度

尾声　未来已来

后记

序章 向未来报告

（一）

这是一个意义非凡的年代，
这是一份载入史册的荣光。
两个百年在这里隆重交汇，
里程碑在这里闪耀着光芒。

历史征程风云激荡，
百年大党恢宏气象。
千年梦想百年梦圆，
人民小康国家富强。

又是一片万紫千红的景象，
又是一派山清水秀的风光。
中国声音犹如春雷震天，
人民史诗展开鸿篇巨章。

时代脚步铿锵作响，
历史时空无限宽广。
人民就是江山，江山就是人民，
新的蓝图构筑起人民新的梦想。

（二）

在神州大地上，在长江入海处，
有一个美丽而神奇的地方。
在历史时空中，在祖国怀抱里，
有一片土地飘散着茉莉的芬芳。

十万平方公里的热土生生不息，
江河湖海的波涛奔向远方。
人杰地灵，天下粮仓，
八千万江苏儿女世代守望。

在漫长的历史长河中，
吴韵汉风根深叶茂源远流长。
在腥风血雨的岁月里，
革命先烈赴汤蹈火血洒疆场。

在国家建设的热潮中，
大江南北潮起潮涌激情飞扬。
在改革开放的道路上，
敢为人先创奇迹堪称苏大强。

凡是过往，皆为序章。

乘风破浪,扬帆远航。
争当表率争做示范走在前列,
奋进的江苏扛起厚重的担当。

新的百年,赓续华章,
面向未来,心驰神往。
朝着强富美高的目标全速启航,
奏起江苏现代化建设时代交响。

科技优先,自立自强,
智能制造,产业兴旺。
让黑科技横空出世大放异彩,
让元宇宙冲破苍穹打开天窗。

乡村振兴,百姓安康,
绿色发展,美化城乡。
让绿水青山更加多姿妖娆,
让鱼米之乡赛过人间天堂。

文艺繁荣,文化强省,
道德昌明,新风和畅。
让江苏文化如群峰叠翠无限风光,
让时代精神如灯塔耸立熠熠闪亮。

伟大工程,关键在党,
反腐倡廉,正在路上。
让自我革命的旗帜高高飘扬,
让赶考试卷的答案人人褒奖。

（三）

将来将至，未来已来，
一个声音在九州回响——
让我们一起向未来，
让我们一道向前向上向东方。

从苏南到苏北，从城市到乡村，
从一张蓝图绘到底到"施工图"上的现实模样，
从潇洒的"大写意"到精细的"工笔画"，
从高质量全面小康到中国式现代化新图景。

征途漫漫唯有奋斗，
千里之行始于足下。
扛起新使命，谱写新篇章，
奋进新时代，推进新实践。

新篇章是双手描绘出来的，
新实践是双脚跋涉出来的，
新图景是人民智慧的硕果，
新答卷是干群心血的结晶。

路虽远，行则将至。
事虽难，做则必成。
愚公移山，奋斗创造奇迹。
动如脱兔，行动胜于春雷。

甩开坚实的臂膀抓铁有痕，
迈开坚定的步伐踏石留印，

挺起坚强的脊梁勇挑大梁，
汇聚磅礴的力量再创辉煌。

蓝图已经绘就，
号角正在吹响。
争当表率，争做示范，
走在前列，走向未来。

江苏向时代报告，
江苏向祖国报告，
江苏向人民报告，
江苏向未来报告。

我们已经出发，我们正在路上。
我们踔厉奋发，我们勇毅前行。
为江苏强富美高崭新图景增光添彩，
为中国式现代化宏伟事业贡献力量。

山河壮丽，人民豪迈，
使命在肩，初心如磬。
未来之梦伴我们踏上新的征程，
未来之光映照在中国式现代化江苏版图上。

开篇 时代新命题

现代化是人类社会寻求自我进步的重要方式,是从传统社会向现代社会变革的动态过程,是全球性发展不可逆的必然趋势,也是引领人们走向未来的希望之梦。

现代化作为一种世界现象和国际潮流,大致起步于 18 世纪,扩散于 19 世纪,流行于 20 世纪和 21 世纪。它首先出现在少数先行国家,然后扩散到世界大多数国家和地区。毋庸置疑,人类正是在追寻现代化的历史进程中,一步步走向现代社会的。

实现现代化,是近代以来中国人民梦寐以求的目标。在中国共产党的领导下,中华民族百年执着求索,蹚过荆棘,浴血奋战,英勇不屈,开拓创新,奋力前行,从"站起来",到"富起来",再到"强起来",积极顺应世界现代化的大趋势,昂扬地走出了一条中国式现代化道路,探索性回应世人瞩目的时代新命题,深刻地影响了人类发展的历史进程。

习近平总书记在党的二十大报告中指出:"科学社会主义在二十一世纪的中国焕发出新的蓬勃生机,中国式的现代化为人类实现现代化提供了新的选择。"①

这是一个令人向往的宏阔愿景——

迄今为止,世界上实现现代化的国家和地区不超过 30 个,总人口不超过 10 亿人,而 14 多亿人口的中国式现代化,其规模已超过现有发达国家的总和,它将彻底改写现代化的世界版图。

这是一部激励人心的恢宏蓝图——

中国式现代化是以人民为中心、实现共同富裕的现代化。它摒弃了西方现代化所遵循的生产力发展单纯服从于资本的逻辑,摒弃了西方以资本为中心的现代化、两极分化的现代化、物质主义膨胀的现代化、对外扩张掠夺的现代化老路,实现了对西方现代化理论的超越。

这是中华民族实现伟大复兴的必由之路——

中华民族伟大复兴是历史使命,中国式现代化就是现实路径,两者是高度统一的。中国式现代化不是西方资本主义模式,不是苏联社会主义模式,也不是东亚"四小龙"的模式,它扎根中国大地,切合中国国情与实际,既体现了社会主义建设规律,也为人类社会发展贡献出中国智慧、中国方案,提供了新的路径选择。

宏伟擘画,目标在前。大道之行,壮阔无垠。

世界的现代化

这是世界现代化进程中值得记忆的历史节点——

1851 年 5 月 1 日。

伦敦海德公园人潮如海,"水晶宫"熠熠生辉,"全世界各族群第一次为同一目的而动员起来"。这个目的就是参观万国工业博览会,现代意义上的第一场世界博览会。

此后的 160 天里,来自全球的 6039195 名参观者,如痴如醉地观赏品鉴了近 14000 家国内外参展商提供的超过 10 万件的展品。人们感叹着大象标本、刺绣

---

① 习近平:《高举中国特色社会主义伟大旗帜 为全面建设社会主义现代化国家而团结奋斗:在中国共产党第二十次全国代表大会上的报告》,人民出版社 2022 年版,第 16 页。

屏风、骆驼背鞍等国外展区传统工艺的绚丽多彩，更沉迷于本土自动链式精纺机、大功率蒸汽机、高速汽轮船等各种机械和工业品的先进。

作为东道主的英国——世界工业革命的领导者，除了通过博览会获得了高达 186436 英镑利润，更是通过工业革命成果宣示了英国取得世界工业霸主的地位，成为名副其实的"世界工厂"。

世界现代化最先发端于英国，并不是偶然的。

英国工业革命奠定了现代社会的基础，开启了以工业文明为主导的全球现代化新时代。它突出表现在以机器代替人力、以大规模的工厂生产代替个体工场手工生产，刺激劳动分工和商品经济的大发展，带动整个社会经济的深刻剧变。

全新的工业社会图景取代了原始的田园诗画，工厂让原野告别绿色，机器令山间不再静谧，人类的生活方式在工业革命中发生着巨大的变化，传统的乡村生活加快向现代城市文明演变。

蒸汽机无疑是工业革命时代最伟大的创新，直接推动英国的工业革命进入高潮。从 1679 年，法国工程师巴本研制出第一台带活塞的蒸汽机，到 1698 年，英国工程师萨弗里发明了第一台投入使用的"矿工之友"蒸汽机，再到 1705 年，英国工程师纽可门进一步改进蒸汽机，英国的煤场和矿场基本用上了这种新式蒸汽机。纽可门蒸汽机只能用于矿山抽水，不能满足新的需要。于是瓦特蒸汽机应运而生。

1736 年出生于苏格兰北部一个工人家庭的瓦特，从小饱受贫穷和疾病的折磨。1763 年，他在格拉斯哥大学当机修工时，受命维修一台纽可门蒸汽机，得以仔细研究纽可门机的内在结构。他发现纽可门机的热量过于浪费，于是决意加以改良。

"那是一个晴朗的星期天下午，我出去散步。从察罗托街尽头的城门来到了草原，走过旧洗衣店。那时我正在继续考虑蒸汽机的事情。然后来到了牧人的茅舍。这时我突然想到——因为蒸汽是具有弹性的物质，所以能够冲进真空中。如果把气缸和排气的容器连接的话，那么蒸汽猛然冲入容器里，就可以在不使气缸冷却的情况下使蒸汽在容器中凝结了吧！当这些在我的头脑中考虑成熟的时候,我还没有走到高尔夫球场。"①瓦特终于想出了在气缸之后再加一个冷凝器的主意,并于1769年制成了单动式蒸汽机,其耗煤量仅为纽可门蒸汽机的四分之一。

1770年,瓦特便制造出了复动式蒸汽机。也就是在这一年,"现代化"(modernization)这一专有名词问世,强调实现现代化的过程或行为,以及实现现代化后的状态。

到1840年前后,英国的工厂制度基本确立,最重要的工业部门棉纺织业由机器生产占据统治地位,并引发了工业、交通运输业和农业的根本变革,标志着英国的工业革命完成,创立了世界上第一个经济现代化的模式。

19世纪五六十年代,英国工业进入高速发展期,主要工业指标在世界上遥遥领先:重工业方面,1850年,英国生产出世界上40％的机器、2/3的煤;生铁产量早在1848年就超过了世界其他所有国家的总和。轻工业方面,英国纺织业迅速发展,几乎消耗了全球棉产量的一半。对外贸易方面,贸易量独占世界商业的1/5,制成品贸易的2/5。马克思曾对此感叹:"资产阶级在它的不到一百年的阶级统治中所创造的生产力,比过去一切世代创造的全部生产力还要多,还要大……"②

经济现代化使得英国获得了世界权力和国际竞争中的超级话语地位。法国、德意志的普鲁士、比利时、瑞士以及早已卷入欧洲国家体系之中的俄国等欧洲大陆国家纷纷效仿,美国则凭借稳定的民主共和制、大规模的移民流入、辽阔的土地和丰富的地下资源等独特条件,也开始向经济现代化的方向迈进。

工业革命所引发的巨大变化,契合了1500年以来的新特点、新变化的现代需要,隐含着"成为现代的"(to make or become modern)历史发展主线。它向全世界所有民族证明,工业化是使社会经济快步跃进、实现国家富裕和平、参与国际竞争的最根本途径,所以成为此后世界历史进程中最为强劲的潮流。

于是,人们不得不接受这样的现实——两百多年的工业文明创造的财富,远远超过几千年农耕社会创造财富的总和。

---

① 吴国盛:《科学的历程》,北京大学出版社2002年版,第262页。
② 马克思,恩格斯:《马克思恩格斯选集》第1卷,人民出版社1995年版,第277页。

蒸汽机、电的发明，特别是计算机、互联网等现代科技成果的广泛应用，推动了工业文明一次又一次的突飞猛进，现代化所具有的扩张性，迫使旧的文明必须发生转变。

19世纪下半叶到20世纪初，工业革命开始冲出西欧北美地理范围，一个全球现代化的时代开始了。这既是新的工业文明的胜利，也是旧的文明的屈服和衰败。

现代化是工业化和城市化互动并进的必然趋势。

伴随着工业化，英国从诗情画意、美丽宁静的乡村社会，变成机器轰鸣、厂房遍地、烟囱林立的城市社会。1851年，英国一半以上的人口生活在城市，成为世界上第一个城市化国家。

"农村屈服于城市的统治"，马克思、恩格斯在《共产党宣言》中写道："它创立了巨大的城市，使城市人口比农村人口大大增加起来，因而使很大一部分居民脱离了农村生活的愚昧状态。"①

在工业发达地区，崛起了一大批崭新的工业城市。1781年的洛杉矶，只是"一个炊烟缭绕的小村庄"。从1960年开始，洛杉矶进入快速发展阶段，至今已成为"世界上最大的工业大都市之一"。

城市化是现代化的必由之路，城市群是城镇化高级阶段的主体形态。城市化的基本标识是城市人口增长和城镇数量的增长。进入城市化社会，英国用了120年，美国用了80年，日本用了30年，中国仅仅用了22年。

全球持续不断的城市化浪潮催生出一大批城市群或城市带。这些城市群的经济、信息、服务互相呼应、互相依托，产生极大的聚集效应，影响和带动城市群内部城市现代化持续发展。

从全球范围看，已经形成六个大型世界级城市群，分别是：美国东北部大西洋沿岸城市群、北美五大湖城市群、日本太平洋沿岸城市群、英伦城市群、欧洲西北部城市群、中国长江三角洲城市群。

从城市群在现代化进程中的地位和作用看，当年欧洲现代化引领全球，靠的是英伦城市群、欧洲西北部城市群；后来美国现代化引领全球，靠的是美国东北

---

① 马克思，恩格斯：《马克思恩格斯选集》第1卷，人民出版社1995年版，第276—277页。

部大西洋沿岸城市群、北美五大湖城市群。二战后日本快速崛起，其太平洋沿岸城市群发挥了重要作用。

特别值得一提的是，以纽约为中心，由波士顿、费城、巴尔的摩、华盛顿等主要城市组成的美国东北部大西洋沿岸城市群，是美国经济的核心地带，该区人口为6500万，占美国总人口的20%，城市化水平达到90%以上，制造业产值占全美的30%，是美国最大的生产基地、商业贸易中心和世界最大的国际金融中心。

城市化水平高、城市化与工业化同步发展、主要由市场主导，是欧美城市化的主要特点。这种欧美城市化模式一度引领了世界城市化方向，但同时也展现了现代城市的困境，尤其是环境危机。

"1952年伦敦烟雾事件"为现代城市敲响了一记警钟。

从1952年12月5日至9日的五天时间里，伦敦每天排放2000吨二氧化氮，140吨氯化氢，14吨的氟化物，以及370吨二氧化硫，最终造成1.2万人死亡。

与欧美城市化模式相比，拉美地区的城市化显示出明显不同。1950年，拉美地区的城市化率为41.6%，到了1980年，这个数值迅速飙升到65.6%，接近当时欧洲城市化水平。

到了2000年，阿根廷、巴西、墨西哥等拉美主要国家的城市人口，分别占到本国总人口的89.6%、79.9%和75.4%。其中，最突出的是乌拉圭，高达93.7%，远远超过了欧美。

但这种起点低而速度快，机械模仿欧美模式，过度的城市化却是失败的，被称为"拉美陷阱"，具体表现在城市拥挤不堪、贫富分化加剧、生活环境恶化、失业与犯罪率居高不下、医疗卫生教育及其他公共服务严重短缺等"城市病"，使拉美城市至今无法自拔。

"现代化"，是一把文明进程的标尺，更是一个人类价值的参照系。

现代化的主体是人，现代化必须关注人的发展。

文艺复兴和宗教改革运动，使人们逐渐摆脱了中世纪的宗教束缚和封建专制。那时的欧洲人相信一个新的时代已经来临，这个时代彻底告别了"古代"，也走出了"中世纪"，这个时代于1585年被命名为"现代"（modern）。

在这个新的时代里,人的存在、尊严、价值、力量、智慧得到了肯定和赞美。

"人类是一件多么了不起的杰作!多么高贵的理性!多么伟大的力量!多么优美的仪表!多么文雅的举动!在行为上多么像一个天使!在智慧上多么像一个天神!宇宙的精华,万物的灵长!"①莎士比亚在其《哈姆雷特》一剧中如此歌颂。

托马斯·莫尔在《乌托邦》一书中直言:"享受尘世生活的幸福是人生最大的本色,是完全符合理性的和自然界意向的反映。"

人类的思想从宗教中获得解放,科学的道路也随之开阔。从科学理论转向实用技术,形成"科学—技术"相互加速的循环机制,并最终通过工业革命使人类历史真正迈入一个全新的时期,从思想"现代"走进了"现代化"的现实。

这种"现代化"现实呈现出六个方面的基本特征。现代化是全球性发展趋势,具有趋势性和不可逆性;现代化是从传统社会向现代社会变革的动态过程,具有鲜明的时代特征,其内涵和外延不断深化发展,不断增添新内容;现代化是现代社会水平和状态,是落后国家和地区追求的目标;现代化是向更高阶段进步的过程,由农到工,由低到高,由基本到全面;现代化是由极化效应走向辐射扩散的过程,最先起步的一般集中在自然、区位和人文条件相对优越的区域,而后逐步向周边辐射和传导,带动更大区域现代化发展步伐;现代化是整个社会肌体的现代化,不单纯是经济变革,包括经济、社会、文化、政治、生态变革以及人的全面发展、从传统到现代的转变,涵盖经济增长、生活改善、社会进步、文化繁荣、法制健全、文明提高、人与自然和谐等内容。

全球对于现代化的理论研究始终在演进与深化。总体看主要有六种理论流派。一是20世纪60年代美国学者提出经典现代化理论,指出18世纪工业革命以来人类社会所发生的深刻变化;二是20世纪60年代后崛起的、探索现代化或工业化以后的社会发展的后现代化理论;三是20世纪80年代后产生的生态现代化理论,强调生态型现代化;四是1986年德国学者提出的再现代化理论,认为现代世界处于工业社会向风险社会转变,需要消解现代工业社会;五是中国学者

---

① 莎士比亚:《莎士比亚全集》第1卷,朱生豪译,人民文学出版社1978年版,第313—314页。

提出的第二次现代化理论,认为一次现代化以发展工业经济为主,二次以发展知识经济为主,要协调发展两次现代化;六是中国式现代化理论,其内涵包括五个方面,即人口规模巨大的现代化、物质文明和精神文明相协调的现代化、人与自然和谐共生的现代化、全体人民共同富裕的现代化、走和平发展道路的现代化。中国式现代化是人类文明新形态。

总体而言,现代化是一个由传统社会向现代社会多层面、全方位、动态化的进步变迁过程,它以现代工业、信息与技术变革和社会进步为动力,以知识、人才、制度、体制等创新为保障,以不断优化的经济结构和基础设施为依托,以民生改善为归宿,以物质文明、精神文明、政治文明、社会文明、生态文明的不断提高为标志,推进经济、政治、文化、社会、生态等各个领域及社会组织与社会行为发生深刻变革,从而实现从传统农业社会向现代工业社会转变、从现代化工业社会向现代化信息社会转变、从现代化信息社会向数字化现代化社会转变。

自20世纪50年代以来,在世界许多国家、地区和领域,现代化都被作为发展目标。世界上绝大多数国家都在自觉或不自觉地开展现代化建设,都在直接或间接地把实现现代化作为一种国家发展目标。

从目前已经实现现代化的国家看,现代化国家有三个特点。一是数量减少。过去300年现代化国家的比例没有超过20%;过去50年,现代化国家的比例大约为13%—15%。资料显示,2017年全球现代化国家只有20个。分别是丹麦、瑞典、瑞士、荷兰、美国、比利时、新加坡、德国、挪威、芬兰、爱尔兰、法国、英国、日本、奥地利、澳大利亚、韩国、以色列、加拿大和新西兰。二是相对稳定。过去50年现代化国家占全部国家的比例一直在13%—15%;现代化国家保持现代化水平的比例一直是90%。三是处于国际分工及产业链高端。现代化国家几乎都是"头脑型国家""创新型国家""知识型国家"。世界现代化的每一次浪潮,都是由科技革命和产业变革推动实现的。

广大发展中国家为现代化奋力拼搏之时,资本主义现代化进程面临着政治、经济、文化、社会、生态等多重"后现代"危机,其中最为深刻的危机是"人"的危机。

现代化的开启,源于对人的价值发现,而现代化现在的困境也恰恰在于:实现人的价值是否是现代化的目标指向,如何实现人的自由而全面的发展?

现代化终究离不开人，是马克思"现实的人"，而不是哲学家马尔库塞笔下的"单向度的人"。传统的工业文明，使人变为没有精神生活和感情生活的单纯技术性的动物和功利性动物，这种物质性压迫下的人，是一种变形与异化的人。

"西方不亮东方亮"，史学巨擘阿诺德·汤因比认为人类的希望在东方，未来最有资格和最有可能为人类社会开创新文明的是中国，中国文明将一统世界。

"现代化"，无可往复，不能抗拒，"后现代"的种种严峻挑战，要留给未来去回答。

百年求索

2021 年 7 月 1 日，中国共产党成立 100 周年。

100！对中华民族而言，是一个意味深长的时间长度，更是一个镌刻在历史年轮上的"中国节点"。

如果我们把一个执政党孕育成长的百年"时间轴"与近代中华民族历经苦难走向富强的"时间轴"交相叠印，就会清晰地看到"中国式现代化"百年求索的演进历程——

这是中华民族从迷茫到清醒，从挫折到奋起，从跟随到超越，蹚过荆棘丛莽，历经无数苦难，付出巨大牺牲的前行历程。

180 多年前，世界性的变革大潮呼啸而至。

自 18 世纪 60 年代起，英国开始了工业革命，大机器工业替代了工场手工业，由此开启了欧洲从农业社会向工业社会现代化的转型期。"不断扩大产品销路的需求，驱使资产阶级奔走于全球各地，它必须到处落户，到处创业，到处建立联系"①，努力寻找新的资源与投资空间。

1840 年，鸦片战争的隆隆枪炮声轰开了中国的大门。

历史上曾因农耕文明领先世界的中华民族，因此遭受了前所未有的厄运——国家为此蒙耻，人民为此蒙难，文明为此蒙尘。

拥有 5000 多年文明史的泱泱中国，延续几千年传统农业国的社会"稳定"被

---

① 马克思，恩格斯：《马克思恩格斯选集》第 1 卷，人民出版社 1995 年版，第 273 页。

彻底打破，只能"被强迫"地纳入世界资本主义近代化的现实进程中。

在此之后，中国大地上演了一次次跌宕起伏的政治事件——

1851年，由洪秀全、杨秀清等领导的起义军从广西金田村，发起了反对清朝封建统治和外国资本主义侵略的农民起义。直至1864年，随着太平天国首都天京（南京）的陷落，一度轰轰烈烈的太平天国运动宣告失败。

1861年，晚清政府面对外国侵略者坚船利炮的巨大威胁，为维护清朝政府的统治，一部分开明官员以"自强"为旗号，推行了以富国强兵为目标的洋务运动，他们力主引进西方先进生产技术，创办新式军事工业，并在此基础上建成了北洋水师等近代海军。然而，在甲午战争中伴随北洋海军的全军覆没，这个历时30余年的洋务运动也在大海的呜咽中黯然破产。

此后，则有1898年的戊戌变法、1899年的义和团运动、1905年的同盟会成立、1911年的辛亥革命，直至1912年中华民国的建立，标志着清王朝统治的终结。

值得一提的是，孙中山曾以其前瞻性的远见在《建国方略》中，为人们绘就了中国现代化的蓝图：建设160万公里公路、约16万公里铁路、3个世界级大海港、三峡大坝……

然而，一次又一次战败，一次又一次割地求和。国家主权、民族尊严不断地被侵犯、被蹂躏，无不让人扼腕长叹，痛彻肺腑。那时的现代化，只能成为中华民族一个遥不可及的"失落之梦"。

1917年，俄国十月革命的一声炮响，给我们送来了马克思主义。

1919年五四运动爆发，中国工人阶级作为独立的政治力量从此走上了历史舞台。

苦难的碾压越是深重，不屈奋起的热望就愈加强烈。

在经历民族危亡的现实困境中，在一次次备受欺凌的屈辱中，在抗争失败再抗争的鲜血洗礼中，一批批仁人志士奔走呐喊，各种救国方案轮番出台，然无不以失败告终。仅仅在辛亥革命之后，具有政党性质的政团曾一度多达300余个，他们提出的各种政治主张可谓"你方唱罢我登台"，各种政治力量彼此反复较量，但中国依然是山河破碎、积贫积弱，列强依然在华夏大地横行，中国人民依然生活在苦难与屈辱之中。

随着马克思主义的广泛传播,中国的先进知识分子开始接受和信仰马克思主义。

1921年7月,一个以马克思主义为行动指南的、完全新式的无产阶级政党——中国共产党宣告诞生。

早在这一年的3月,苦难时代的觉醒者,中国共产党创始人之一李大钊在其《团体的训练与革新的事业》一文中写道:"既入民国以来的政党,都是趁火打劫,植党营私,呼朋啸侣,招摇撞骗,捧大佬之粗腿,谋自己的饭碗,既无政党之精神,亦无团体组织,指望由他们做出些改革事业为人们谋福利,只和盼望日头由西边出来一样。"

毛泽东以其政治家的锐利目光回顾这一历程时说:"中国人被迫从帝国主义的老家即西方资产阶级革命时代的武器库中学来了进化论、天赋人权论和资产阶级共和国等项思想武器和政治方案,组织过政党,举行过革命,以为可以外御列强,内建民国。但是这些东西也和封建主义的思想武器一样,软弱得很,又是抵不住,败下阵来,宣告破产了。"①

"不私,而天下自公。"早期的共产党人坚信,只有马克思主义才能使积贫积弱的中国走向富强,才能使苦难深重的中国人民实现翻身解放。

中国共产党的诞生,犹如擎起的一把熊熊火炬,给近代饱受战乱、灾难深重的中国人民送来了光明和希望。

残酷的现实决定了中国共产党从诞生的那一刻起,就把追求民族独立和解放、追求民族的伟大复兴作为自己的坚定使命。

这是筚路蓝缕的自觉抉择,这是百折不挠的坚毅求索。

中华民族从此告别了屡屡失败的命运,找到了走向复兴的前行方向,彻底改变了近代以后中华民族发展的历史进程。

血雨腥风,毫不畏惧。浴血奋战,英勇不屈。

在中国共产党的领导下,中华民族进行了彻底的反帝反封建的新民主主义革命,为实现民族的独立解放和人民的解放,扫除了阶级的、制度的、社会的障

---

① 毛泽东:《唯心历史观的破产》,《毛泽东选集》(第四卷),人民出版社1991年版,第1514页。

碍;经过北伐战争、土地革命战争、抗日战争、解放战争,以武装的革命反对武装的反革命。

硝烟弥漫的烽火岁月中,现代化的梦想始终伴随中国共产党决策者们前行的脚步。

中国共产党在召开七大时满怀激情地提出:"中国工人阶级的任务,不但是为着建立新民主主义的国家而斗争,而且是为着中国的工业化和农业近代化而斗争。"七届二中全会又一次提出,在革命胜利以后,"使中国稳步地由农业国转变为工业国,把中国建设成一个伟大的社会主义国家"。

新民主主义革命的胜利,彻底地结束了旧中国半殖民地半封建社会的历史,彻底结束了旧中国一盘散沙的局面,彻底废除了列强强加给中国的不平等条约和帝国主义在中国的一切特权,为实现中华民族伟大复兴、自觉坚定地走现代化道路创造了根本的社会条件。

1949年10月1日,毛泽东在天安门城楼上代表中国共产党和中国人民,向世界庄严地宣告,中国人民从此站起来了,中华民族任人宰割、饱受欺凌的时代一去不复返了。

一个独立、自主、民主、繁荣的新中国屹立在世界的东方。

新中国的成立为中国现代化建设打开了崭新的前行路径。

这是中国人民将命运重新掌握在自己手中的过程,更是中国共产党带领中国人民自主"改天换地",奋力走上中国式现代化道路的过程。

如果说在革命时期,我们党虽然在一些文献中有过诸如现代化的军事工业、装备的现代化、军队的现代化等多方面的表述,还仅仅是一个朴素单一的远景期待,那么新中国成立以后,中国共产党团结带领亿万中国人民通过社会主义革命和建设,消灭了在中国延续几千年的封建剥削压迫制度,则是自主开启了由新民主主义社会向社会主义社会、由"一穷二白"的农业国向先进的工业国的历史性转变。

无可回避,在战争废墟上建立起来的新中国,物质条件非常匮缺,一切都是百废待兴,尤其是民族工业的基础异常薄弱,而"自力更生、奋发图强"成了这个时代最鲜明的精神标识。

1954年9月,毛泽东同志在全国人大一届一次会议上致开幕词时宣布:"准备在几个五年计划之内,将我们现在这样一个经济上文化上落后的国家,建设成为一个工业化的具有高度现代文化程度的伟大的国家"。

周恩来同志在会上作《政府工作报告》，首次提出工业、农业、交通运输业和国防的四个现代化，"如果我们不建设起强大的现代化的工业、现代化的农业、现代化的交通运输业和现代化的国防，我们就不能摆脱落后和贫困，我们的革命就不能达到目的"。

这里的"四个现代化"，就是中国式现代化的早期构想。中国共产党人以其深邃的目光，放眼世界，穿透时空，规划着中华民族不断前行的现实方向。

1956年9月，党的八大指出，我国社会主要矛盾已经是人民对于建立先进的工业国的要求同落后的农业国的现实之间的矛盾，是人民对于经济文化迅速发展的需要同当前经济文化不能满足人民需要之间的矛盾。同时，把建设四个现代化的任务写进了党章。

1957年3月，毛泽东同志提出："我们一定会建设一个具有现代工业、现代农业和现代科学文化的社会主义国家。"①

1963年1月，周恩来同志在上海科学技术工作会议上的讲话中明确提出："我们要实现农业现代化、工业现代化、国防现代化和科学技术现代化，简称'四个现代化'。把我国建设成为一个社会主义强国，关键在于实现科学技术的现代化。"

特别值得关注的是，中国共产党对"四个现代化"内涵的理解也在逐步调整，其中把交通运输业的现代化改为科学技术现代化，并特别强调科学技术现代化的关键作用，这是认识上的一次重要转变。

1964年12月，周恩来总理在第三届全国人大一次会议上作《政府工作报告》，提出"要在不太长的历史时期内，把我国建设成为一个具有现代农业、现代工业、现代国防和现代科学技术的社会主义强国，赶上和超过世界先进水平。为了实现这个伟大的历史任务，从第三个五年计划开始，我国的国民经济发展，可以按两步来考虑：'第一步，建立一个独立的比较完整的工业体系和国民经济体系；第二步，全面实现农业、工业、国防和科学技术的现代化，使我国经济走在世界的前列。'"

---

① 毛泽东：《在中国共产党全国宣传工作会议上的讲话》，《毛泽东文集》（第七卷），人民出版社1999年版，第268页。

这是新中国第一代领导集体矢志不渝的宣示,而"四个现代化"的蓝图也在日渐清晰。

前行路上,总有曲折萦回;开拓途中,必有起伏跌宕。

"'文化大革命'十年内乱,使党、国家、人民遭到新中国成立以来最严重的挫折和损失。"①"两步走"的现代化进程不得不被"文革"所打断。

1975年1月,周恩来在第四届全国人大一次会议的《政府工作报告》中又一次提出:"在本世纪内,全面实现农业、工业、国防和科学技术的现代化,使我国国民经济走在世界的前列。"

实现"四个现代化",是中华民族执着坚定的恢宏梦想,注入了千百万中国人民发愤图强追赶世界的勃发激情。

显而易见,那时人们的意愿是那样的急切,而认知却还很浅显单一。事非经过不知难,其时我们并不知道离真正的现代化还有多远。

1978年12月,党的十一届三中全会召开,党中央确立了一条以经济建设为中心的政治路线。与此同时,党中央决策者高瞻远瞩,主动打开国门,拥抱开放,走向世界。

1978年,74岁的邓小平先后四次访问了7个国家。1979年,邓小平访问美国,身临其境的他更加清楚地看到了中国与发达国家的巨大落差。

大时代,期待大智慧;大挑战,呼唤大气魄。

在痛定思痛的反思中,党中央再一次提出,不搞现代化,科学技术水平不提高,社会生产力不发达,国家的实力得不到加强,人民的物质文化生活得不到改善,我们的社会主义制度和经济制度就不能充分巩固。

党的十一届三中全会之后,一个迫在眉睫的选择摆在了人们面前,那就是中国走向现代化的战略步骤是什么?怎么样才能不重蹈覆辙,走出一条既积极进取又踏实稳妥的现代化之路?

1979年3月21日,邓小平同志首次提出了"中国式的四个现代化"概念。他在党的十二大开幕式上说:"我们的现代化建设,必须从中国的实际出发",必须"把马克思主义的普遍真理同我国的具体实际结合起来,走自己的道路,建设

---

① 习近平:《以史为鉴、开创未来 埋头苦干、勇毅前行》,《求是》2022年第1期。

有中国特色的社会主义"。后来,他又说:"我们定的目标是在本世纪末实现四个现代化。我们的概念与西方不同,我姑且用个新说法,叫做'中国式的四个现代化。'"①由此,中国特色的社会主义和中国式现代化成为时代的宏大命题。

邓小平后来又一次次丰富了这个命题。

1979年12月6日,邓小平会见了来访的日本首相大平正芳。交谈中,大平正芳突然提出了一个问题:"中国将来是什么样的情况?你们的现代化蓝图是如何构思的?"

邓小平沉默了一分钟,说:"我们要实现的现代化,是中国式的四个现代化。我们的四个现代化的概念,不是像你们那样的现代化的概念,而是'小康之家'。"②

一个既立足中国实际又包含时代特征,并深刻影响中国几十年的现代化新概念,在这一刻应运而生。

在此基础上,邓小平提出了"三步走"的现代化发展战略。第一步,解决温饱;第二步,在20世纪末达到小康;第三步,是在21世纪中叶实现人均4000美元,达到中等发达国家水平。

于是,1982年党的十二大,明确把"翻两番""奔小康"作为全党全国人民在20世纪的奋斗目标提了出来。

一个社会的质变总是孕育在充分的量变积累之中。

放眼几千年的历史,中国的现代化从未有过如此步骤清晰又人人可感的现实目标。解放思想,锐意改革,释放出了中国人民前所未有的巨大创造力。

从实行家庭联产承包、乡镇企业异军突起、取消农业税牧业税和特产税到建设社会主义新农村,从兴办深圳特区、合作建设苏州工业园区到成功应对2008年国际金融危机,从"引进来"到"走出去",从搞好国营大中小企业、发展个体私营经济到深化国资国企改革,从单一公有制到公有制为主体、多种所有制经济共同发展和坚持"两个毫不动摇",从传统的计划经济体制到前无古人的社会主义

① 中共中央文献研究室:《邓小平思想年谱(1975—1997)》,中央文献出版社1998年版,第111页。

② 邓小平:《中国本世纪的目标是实现小康》,《邓小平文选》(第二卷),人民出版社1994年版,第237页。

市场经济体制,中国坚定不移地推进改革开放,战胜了来自各方面的风险挑战,使中华民族焕发出强大的生机与活力。

这是中国共产党人的又一次伟大觉醒,它孕育了从理论、实践到制度创新的伟大创造,助推了中国特色社会主义事业的伟大飞跃。

改革开放,给中国带来了一系列意义深远的深刻转变——

我们实现了从高度集中的计划经济体制到充满活力的社会主义市场经济体制、从封闭半封闭到全方位开放的历史性转变,实现了人民生活从温饱不足到总体小康、奔向全面小康的历史性跨越,创造了世所罕见的经济快速发展和社会长期稳定的奇迹,交出了一份令世界刮目的百年成绩单。

2002 年,党的十六大报告适时提出,“到本世纪中叶基本实现现代化,……我们要在本世纪头二十年,集中力量,全面建设惠及十几亿人口的更高水平的小康社会。”将全面建设小康社会包含在现代化的进程中,并作为现代化的具体阶段来推进,是中国式现代化的重要创造。

2007 年,党的十七大进一步提出:“建设富强民主文明和谐的社会主义现代化国家。”

初心之焰,需要一把一把的火炬点燃;使命之舟,需要一段一段的纤绳牵引。

在我国 GDP 总量稳居世界第二大经济体的背景下,党的十八大胜利召开。在以习近平同志为核心的党中央领导下,中国特色社会主义进入新时代。党的十八大明确提出两个“一百年”奋斗目标:到建党一百年时建成小康社会;到新中国成立一百年时,基本实现现代化,把我国建成社会主义现代化国家。

2017 年,党的十九大绘就了社会主义现代化的蓝图,把即将开启的现代化也分两个阶段,“第一个阶段,从二〇二〇年到二〇三五年,……基本实现社会主义现代化。……第二个阶段,从二〇三五年到本世纪中叶,……把我国建成富强民主文明和谐美丽的社会主义现代化强国”。

如果说在改革开放新的历史条件下,邓小平将现代化发展的目标具体化形象化,那么到党的十八大、十九大,我们党对中国现代化的认识则更加丰富全面,实现了从过去单一的现代化向今天全面高质量现代化的深刻转变,自觉地抛弃了西方以资本主义为中心的现代化,拓展了发展中国家走现代化的途径。

习近平说:“当代中国的伟大社会变革,不是简单延续我国历史文化的母版,不是简单套用马克思主义经典作家设想的模板，不是其他国家社会主义实践的再版，也不是国外现代化发展的翻版，不可能找到现成的教科书。"①

历史和现实都已证明——中国的现代化，经济上决不能完全效仿西方工业化的路径，政治上决不能完全照搬西方的政治制度，文化上决不能完全尊崇西方文明。一切刻舟求剑、照猫画虎、生搬硬套、依样画葫芦的做法都是无济于事的，只有立足中国国情和实际，坚持独立自主，坚持辩证取舍，保持开放心态，才能成功走出中国特色现代化道路。

于是，中国式现代化道路开辟了后发国家走向现代化的崭新之路。这个"新"，既是"整体之新"，也是"时代之新"。

在百年的时空中审视，中国式现代化同西方国家的现代化，乃至1949年以前中国近代化最大的不同和本质性区别，便是中国式现代化是社会主义的现代化，而不是资本主义的现代化；是以人为本、以人民福祉为中心的现代化，而不是以资本为中心、建立在资本主义原始积累基础上的现代化。

美国著名学者奥克森伯格认为："中国共产党具有卓越的战略决策力，能够准确把脉时代发展的潮流和趋势。"从旧中国的"开天辟地"，到新中国的"改天换地"，再到改革开放的"翻天覆地"，中国共产党为中华民族的伟大复兴和建立现代化国家，赋予了前所未有的内在"动力源"。

这是一串让经济学家们倍感自豪的数据：2020年我国的产业增加值占国内生产总值比重，一、二、三产业的占比分别为7.7%、37.8%和54.5%，城镇化率也达到63%。

正是在这样的前提下，党的十九大及十九届五中全会进一步要求，到2035年基本实现现代化时实现新型工业化、信息化、城镇化、农业现代化。

习近平同志在十八届中央政治局第九次集体学习时表示："西方发达国家是一个'串联式'的发展过程，工业化、城镇化、农业现代化、信息化顺序发展，发展到目前水平用了二百多年时间。我们要后来居上，把'失去的二百年'找回来，决定了我国发展必然是一个'并联式'的过程，工业化、信息化、城镇化、农业现代化是叠加发展的。"

---

① 《习近平在哲学社会科学工作座谈会上的讲话》，《人民日报》2016年5月19日2版。

2021年7月1日,在庆祝中国共产党成立一百周年大会上,习近平总书记指出:"经过全党全国各族人民持续奋斗,我们实现了第一个百年奋斗目标,在中华大地上全面建成了小康社会,历史性地解决了绝对贫困问题,正在意气风发向着全面建成社会主义现代化强国的第二个百年奋斗目标迈进。"

中国式现代化新道路开启了新征程。这是进入新时代,坚定中国道路、中国实践、中国范式、中国方案的必然选择。

于是,我们在新时代对中国式现代化有了更为清晰的认知,对中国式现代化发展规律也有了更为深刻的把握——

中国式的现代化,是中国共产党领导的社会主义现代化,既有各国现代化的共同特征,更有基于自己国情的中国特色。中国式现代化是人口规模巨大的现代化,是全体人民共同富裕的现代化,是物质文明和精神文明相互协调的现代化,是人与自然和谐共生的现代化,是走和平发展道路的现代化。

回溯500多年的世界社会发展史,180多年的中国近代史,70多年新中国的发展史和40多年的改革开放史,今天的中国,已进入到一个愈进愈难、愈进愈险而又不进则退、非进不可的重大时刻。

历史与现实昭示,谁能率先拥抱时代浪潮,谁就会赢得发展的先机,谁就能决定自己的未来。

中国自信而又坚定地站在引领历史的潮头,始终保持着百折不挠昂扬奋发的进取姿态——

"中华民族迎来了从站起来、富起来到强起来的伟大飞跃,实现中华民族伟大复兴进入了不可逆转的历史进程!"[①]

正如中国的一位学者所说,从世界范围来看,中国现代化道路打破了三大迷思:第一是打破了发展中国家现代化的"玻璃天花板"。第二是打破了只有资本主义制度才能实现现代化的迷思。第三是打破了西方列强现代化过程中"国强必霸"的悖论。

这是中国对人类现代化道路探索作出的非比寻常的贡献,这是中华民族升腾起的前所未有的远景畅想与希望。

---

① 习近平:《在庆祝中国共产党成立100周年大会上的讲话》,《求是》2021年第14期。

江苏方位

在中国宏阔的现代化进程中,江苏的发展始终走在前列。

这片广袤丰饶土地上的每一次变革、每一次突破、每一次蝶变、每一次跨越,无不深深牵引着党中央关注的目光。

用小康社会来描述中国的现代化进程,是邓小平同志的一个创举。如果说从小康社会到现代化的"三步走"战略,勾画了中国70年的发展蓝图,那么1983年的苏州,则有幸成为邓小平同志最初印证小康宏伟设想的第一个地方。

此后,党中央三任总书记无不高度关注江苏现代化的进程,他们的殷殷嘱托,引领着江苏的每一步发展——

2003年3月11日下午,江泽民同志参加江苏代表团全体会议,与代表们一起共商国是。他殷殷嘱托:江苏的未来前途无量,江苏的发展重任重大。全面建设小康社会,江苏有条件搞得快一些。相信经过大家的共同努力,江苏一定会拓展新优势,再创新业绩,率先全面建成小康社会,率先基本实现现代化,为全国的发展做出新的更大的贡献。

胡锦涛对江苏的发展充满了殷切期望。2003年3月8日下午,胡锦涛同志与江苏代表一起审议政府工作报告时说:"江苏经济基础比较强,有明显区位优势,也有很大的发展潜力,提出在全面建设小康社会的基础上率先基本实现现代化的发展目标,既是必要的也是可行的。江苏的同志要始终坚持解放思想、实事求是、与时俱进,努力走出一条符合江苏实际的加快发展的路子。"

党的十八大以来,习近平总书记先后多次在全国两会期间参加江苏代表团审议,三次深入镇江、南京、徐州、南通、扬州等地考察调研,引领江苏建设现代化的进程。

2013年3月8日,习近平总书记参加全国两会江苏代表团审议。他说,江苏要深化产业结构调整,构建现代产业发展新体系,抓住化解产能过剩矛盾这一工作重点,使我国经济发展提高质量、增加效益、增强后劲。要积极稳妥推进城镇化,推动城镇化向质量提升转变,做到工业化和城镇化良性互动、城镇化和农业现代化相互协调。要扎实推进生态文明建设,努力建设美丽中国。江苏要按照率先全面建成小康社会、率先基本实现现代化的要求,不断开创各项工作新局面。

2014年，习近平总书记视察江苏时强调，江苏要在扎实做好全面建成小康社会各项工作的基础上，积极探索开启基本实现现代化建设新征程这篇大文章。

2020年11月，在党的十九届五中全会闭幕14天后，就像当年小平同志把验证小康社会的重大课题首站选在江苏一样，习近平总书记把开启实现现代化宏伟目标的首次地方调研选在了江苏。从南通到扬州、南京等地，他在调研中殷切寄语江苏——着力在改革创新、推动高质量发展上争当表率，在服务全国构建新发展格局上争做示范，在率先实现社会主义现代化上走在前列。

习近平总书记对江苏的期待和重托，使江苏人民进一步明确了自己在国家现代化发展战略中的特殊位置，更加清晰地标定了江苏率先实现现代化的目标与现实方位。

江苏拥江靠海，区位独特，经济、科教、人文等综合优势明显。在中国特色社会主义现代化历史进程中，江苏既有与全国现代化建设同样的共性特征，也有非同一般的个性特征及其非同一般的目标追求、发展路径和重要举措。

放眼全国，江苏的现代化有着自己的鲜明特点：一是起步早于全国，二是起点高于欧美，三是使命引领未来。这既是江苏现代化生动实践形成的基本特征，也是江苏在新发展阶段推进中国式现代化的历史方位。

起步早于全国有两个重要标志：一是主动推进苏南现代化示范区建设，二是积极推进苏南六个县市区开展现代化试点。

我国区域发展不平衡，决定了各地区发展不可能同步进行。新中国成立70年特别是改革开放以来，江苏在国家大局中始终占有重要地位、肩负重大使命，一直走在发展前列。

早在1998年，江苏已基本完成由温饱到小康的历史性转变，进入全面建设宽裕型小康社会的新阶段。中央领导提出"全面建设小康社会，江苏有条件搞得更快一些"。

由此，江苏省委省政府明确提出了"两个率先"目标，即在21世纪头20年率先全面建成小康社会，率先基本实现现代化的奋斗目标。

2006年，是江苏挥写现代化篇章的战略元年。

1月，江苏省十届人大四次会议上将"苏南等有条件的地方率先向基本实现现代化迈进"确立为江苏"十一五"期间经济社会发展的主要目标之一。

11月,中共江苏省第十一次代表大会报告提出要主动推进苏南现代化示范区建设:全面提升各级各类开发园区建设水平,中心城市的重点开发园区要建设成为先进产业的集聚区、科技创新的先导区、体制创新的示范区和现代化的新城区。苏州工业园区要建成全国水平最高、竞争力最强的园区之一。苏州、无锡等发展较快的地方,要率先建成高水平的全面小康社会,不失时机地攀登基本实现现代化的新高峰!

经过全省上下的共同努力,全省经济综合实力显著提升,地区生产总值先后于2002年、2006年、2008年、2010年连续跨过四个万亿元台阶,2011年超过4.9万亿元,人均GDP突破6万元,城乡居民收入分别突破2.6万元和1万元;全面小康建设扎实推进,2010年底全省总体达到省定全面小康指标,超过3/5的县(市)达到标准,"两个率先"取得重要阶段性成果。

站在新的起点,2011年,中共江苏省第十二次代表会确立了"全面建成更高水平小康社会、开启基本实现现代化新征程"的奋斗目标。这一目标在全省上下形成了广泛共识,成为新阶段全省人民的共同理想和追求,成为江苏改革发展的主旋律,成为引领全省上下共同开拓奋进的一面旗帜。

2013年,经国务院同意,国家发展改革委印发《苏南现代化建设示范区规划》,标志着我国第一个以现代化建设为主题的区域规划正式颁布实施。

"沙场秋点兵。"现代化建设示范区建设国家队的号角吹响,苏南地区南京、无锡、常州、苏州和镇江五市,披甲执剑,应声出列!

苏南五市明确:到2020年建成全国现代化建设示范区,到2030年全面实现区域现代化、经济发展和社会事业达到主要发达国家水平的目标,将苏南地区建成自主创新先导区、现代产业集聚区、城乡发展一体化先行区、开放合作引领区、富裕文明宜居区。

江苏成为做好现代化建设的探路者。2018年,江苏省委明确提出:"在苏南选择若干县(市、区)进行开启全面建设社会主义现代化新征程试点。"

2019年2月,江苏省委办公厅、省政府办公厅印发《关于在苏南部分县(市、区)开展社会主义现代化建设试点工作的实施方案》,选取南京江宁区、南京江北新区、苏州昆山市、苏州工业园区、无锡江阴市、常州溧阳市先行探索,重点推进经济发展现代化、民主法治现代化、文化发展现代化、社会发展现代化、生态文明现代化和人的现代化,在实践层面积极探索社会主义现代化的现实路径。

经过三年的积极探索,苏南六个试点地区在全面建成小康社会的基础上,紧扣"六个现代化",结合自身基础条件和特色优势,各展所长、大胆创新、合力攻坚,发挥试点影响力和示范性,推进现代化建设初见成效。

南京江宁区奋力打造"高质量建设'强富美高'新江苏"的江宁样本。做大做强智能电网、新一代信息技术、新能源汽车、高端智能装备、新型节能环保5个优势产业集群。规上工业实现总产值3716亿元,综合竞争力进入"全国百强新城区"榜单前三。

南京江北新区努力建成全省乃至全国"现代产业新高地、智慧人文新都市、绿色发展新示范、民生幸福新标杆、开放合作新门户"。聚焦"两城一中心"产业地标,集成电路、生命健康产业规模分别突破500亿、1000亿。集成电路产业已汇聚上下游企业超过500家,芯片设计十强企业半数以上落户新区,生物医药领域汇聚上市企业7家、中国医药百强企业5家。

苏州昆山市力争成为在长三角城市群中具有鲜明特色和影响力的开放创新之城、智慧生态之城、和谐幸福之城。苏州昆山县域综合实力和治理水平在全国始终处于领跑地位。全市高新技术企业达到1486家,位列全国县级市第一。

苏州工业园区全面建设世界一流高科技园区、产城人文高度融合的现代化国际化新城。从"学习借鉴"到"品牌输出"、从"引进来"到"走出去"、从"园区制造"到"园区创造"、从"先行先试"到"示范引领",苏州工业园区实现了一个又一个重大跨越,经济密度、创新浓度、开放程度跃居全国前列。在国家级经开区综合发展水平考核评价中,苏州工业园区已连续五年位居第一。

无锡江阴市创新打造构建现代化产业体系、民富村强、长江生态安全示范区、县域治理现代化的江阴样本。实现全国县域经济基本竞争力"十八连冠"、中国工业百强县市"四连冠",被誉为"中国制造业第一县"。江阴市以约占全国万分之一的土地、千分之一的人口,创造了超过二百五十分之一的经济总量。

常州溧阳市全面打造践行"两山"理论先行区、绿色产业集聚创新区和城乡融合发展示范区。首创"生态创新"理念,在区域竞合中以生态作为基础变量、核心资源和比较优势,吸引产业、科技、人才等与其聚合裂变,带动城乡空间、公共服务、生活方式与其融合嬗变，系统打通"绿水青山就是金山银山"的价值转化路径。成功入选国家第四批"绿水青山就是金山银山"实践创新基地，成功入选国家城乡融合发展试验区。

江苏现代化的起点高于欧美，既是江苏遵循经济社会发展规律的实践自觉，也是江苏坚定走中国式现代化道路的文化自觉。

"各美其美，美人之美，美美与共，天下大同。"

在现代化的道路上，我们在何处起步、从何点突破、向何方迈进、展何种图景，这毫无疑问是对社会经济发展规律的遵循实践，但又是文化自觉的必然选择。

从根本上说，坚定走中国式现代化道路需要全体社会成员具有与其相适应的文化自觉，其核心就是如何正确处理文化的传统性与现代性、民族性与世界性、独特性和普遍性的问题。

时代之问需要中国解答，中国式现代化需要江苏率先探求。

从文明形态演变看，欧洲在全球较早实现现代化的标志是工业化、城市化的现代化，后来，美国超越欧洲现代化的标志是信息化的现代化。

后现代化国家自然会借鉴先行现代化经验做法，确定更高的目标追求，避免少走弯路，这是经济社会发展的一般规律。但与资本主义现代化不同，江苏实践的社会主义现代化则是超越欧美工业化、信息化，是建设数字化的现代化，突出表现在六个"高质量"发展和"强富美高"新江苏建设的现代化。

中共江苏省第十三届委员会第三次全体会议明确经济发展、改革开放、城乡建设、文化建设、生态环境、人民生活"六个高质量"的实践路径，开启了基本实现现代化新征程。

江苏全省地区生产总值连续 6 年跨越 4 个万亿元台阶，2021 年江苏 GDP 为 116364 亿元，比上年增长 8.6%，总量排名大陆 31 个省级行政区第 2，仅次于广东省。

如果把江苏作为一个独立的经济体来计算，那么，江苏 11.63 万亿元的地区生产总值，在全球将排在第 11 位，与第 10 位的韩国（1.82 万亿）基本持平，超过俄罗斯（1.65 万亿）、巴西（1.65 万亿）、澳大利亚（1.61 万亿）。

目前，苏州、南京、无锡、南通等 4 市 GDP 均过万亿，江苏省 GDP 过万亿的城市数量与广东省持平，占长三角万亿级城市总数的 1/2。江苏，是全国人均 GDP 第一大省，连续 13 年居全国各省、自治区之首。

2021 年我国人均 GDP 达到 80976 元，而江苏达到 13.72 万元，是全国人均 GDP 的 1.7 倍。

按照国家外汇交易中心披露的 2021 年我国人民币与美元平均汇率 6.4515 计算，江苏人均 GDP 折合 2.13 万美元，已经超过 2 万美元大关，成为全国首个人均 GDP 突破 2 万美元的省份。

按照国际货币基金组织划分的标准，人均 GDP 在 2 万美元至 3 万美元的国家，已达到中等发达国家的水平，也就是说江苏整体上已经达到了中等发达国家的经济水平。

江苏正全力向着达到发达经济体水平的目标迈进。

根据国际货币基金组织公布的 2021 年世界各国人均 GDP 状况，我国人均 GDP 排名第 60 位，江苏人均 GDP 排名接近排名第 38 位的葡萄牙。

江苏 13 个省辖市人均 GDP 均在 1 万美元以上，有三个城市进入全国人均 GDP 前十，体现出经济发展较好的均衡性。其中，无锡市 2021 年人均 GDP18.77 万元，折合 2.9 万美元，位居全国第一位。

江苏是我国排名第四的人口大省，人口高达 8475 万人，比欧洲第二大国德国人口还要多，江苏省人均 GDP 突破 2 万美元意义重大，一举将我国发达板块覆盖人口拉升到了 1.6 亿以上。

放眼全国，江苏的现实方位更加清晰，江苏的使命担当更加自觉。

对照中国式现代化目标，江苏有决心有智慧作出新的贡献；对照世界现代化的愿景，江苏也拥有持续追赶和不断跨越的新空间。

"万里赴戎机，关山度若飞。"

中国式现代化开辟了人类文明新形态。如果说现代化是一个动态提升、不断拓展的持续过程，那么"在路上"必将是现代化的永恒底色。

今天的江苏，正奋力挺立潮头，奋楫扬帆，昂扬自信地走向未来。

第一篇章 恢宏新起笔

提到江苏，人们的脑海里会浮现出这些画面：可能是美丽灵动丰饶的水乡，"日出江花红胜火，春来江水绿如蓝"之景；也可能是璀璨恢宏的历史人文长卷，"力拔山兮气盖世"的项羽、"大风起兮云飞扬"的刘邦；还可能是轰轰烈烈的改革开放生动实践，真理标准大讨论、上塘村"大包干"、张家港精神、"开山岛"精神……

江苏是中国取得改革开放和社会主义现代化建设历史性成就的缩影。

新中国成立70多年来，江苏一直走在发展的前列，各项主要经济指标均占到全国1/10以上，人均生产总值各省、自治区第一，实际使用外资、工业利润总额全国第一，拥有全国最大规模的制造业集群，最多的国家级开发区、全国文明城市和5A级景区。

作为"一带一路"交汇点，江苏谱写了一个个开放故事——

南通的通州湾港区正在打造长江新的出海口，苏北的高铁建设正全面推进，徐州国际陆港、连云港海港、淮安空港已形成互为支撑的"黄金三角"，长江港口群、机场群的区域枢纽功能在进一步提升。

全面建设中国式现代化国家的进程不是一蹴而就的，而是一个不断奋进、不断超越的过程,它不是简单追求单一的经济指标,而是持续推动物质文明、政治文明、精神文明、社会文明、生态文明的协调发展。

中国共产党将团结带领中国人民深入推进中国式现代化,这是对人类现代化路径作出的新选择、新拓展。

江苏是经济大省、人口大省、文化大省、开放大省,中国式现代化的重要特征在江苏都有更为集中的体现,江苏的现代化建设在全国"一盘棋"中具有重要的典型意义。

江苏承载着习近平总书记和党中央的深切关怀和殷切期望。

习近平总书记对江苏发展高度重视、亲切关怀,党的十八大以来多次对江苏作出重要指示,过去五年两次亲临江苏视察,为江苏指引航向。进入新时代,习总书记为江苏擘画了"经济强、百姓富、环境美、社会文明程度高"新江苏的宏伟蓝图。

在"两个百年"历史交汇、"两个五年"承前启后的关键节点,习近平总书记在党的十九届五中全会后第一次到地方考察,殷切期望江苏积极探索开启基本实现现代化建设新征程这篇大文章,赋予江苏"在改革创新、推动高质量发展上争当表率,在服务全国构建新发展格局上争做示范,在率先实现社会主义现代化上走在前列"的光荣使命。

从建设"强富美高"新江苏,到"争当表率、争做示范、走在前列",江苏始终沿着党中央指引的方向,全面把握新发展阶段的新任务新要求,以创新举措贯彻新发展理念,高水平全面建成小康社会之后,又奋力开创社会主义现代化建设新局面。

到2035年,在全国基本实现社会主义现代化时,江苏的经济实力、科技实力、文化实力、综合竞争力、国际影响力将大幅跃升,成为现代化强国建设中具有鲜明特色的省域范例。在我们党实现第二个百年奋斗目标时,江苏将充分展现让世界瞩目、令世人向往的壮丽景象,成为向世界展示中国式现代化、人类文明新形态的标志性窗口。

使命催征,蓝图催人。

船至中流,尤需击楫奋进;山行半腰,更要发力加劲。

江苏始终牢记习近平总书记的殷殷嘱托,坚持一张蓝图绘到底,一茬接着一茬干,坚决扛起"争当表率、争做示范、走在前列"三大光荣使命,在中国式现代化建设新征程上,奋力谱写"强富美高"新江苏现代化建设新篇章,以走在前列的发展成果更高水平展现中国式现代化的现实模样。

春山可望,笃行不怠,更期八千里路云和月。

开启中国式现代化建设新征程,江苏将在更加广阔的舞台上创造新的人间奇迹。

开创新局的远征

漫漫征途,唯有奋斗者能抵达;最美风景,唯有探路者能领略。

所有的探路,都需要有闯关精神。世人眼里的"不走寻常路""摸石头过河",必然是对创新、改革精神的领悟和致敬。围绕生态环境质量显著提升、共同富裕水平显著提升、社会治理效能显著提升等方面展开的宏大叙事,离不开改革创新,离不开开拓升华。

这是一场新考试,是一场超越时空的互动、共鸣、共振。唯有深刻领会中国式现代化建设的本质内涵和"精神图谱",为"强富美高"新江苏现代化建设提供智慧养分,探路者才能走得更远、走得更稳、走得更诗意。

全面建成小康社会,是实现中华民族伟大复兴的关键一大步。在这一伟大征程中,江苏作为党中央寄予厚望和重托的地区,以高水平全面建成小康社会的实践成果,交出了一份充分展现"强富美高"鲜明特质的答卷。

江苏以占全国1.1%的国土面积,承载6%的人口,创造超过全国10%的经济总量,13个设区市皆列全国经济百强市。8500万江苏干部群众以大地作纸、以奋斗作笔,把习近平总书记擘画的"强富美高"新江苏宏伟蓝图从"大写意"一笔一笔绘制成"工笔画"。

江苏坚定不移以新发展理念引领高质量发展,高水平全面建成小康社会。全省地区生产总值连跨6个万亿元台阶,达到11.64万亿元,人均地区生产总值超过2万美元,实体经济占全省经济总量80%以上,数字经济规模超5万亿元,高铁通车里程从627公里增加至2212公里,粮食总产量稳定在700亿斤以上,综合实力、核心竞争力、发展影响力迈上新台阶。

江苏深入实施创新驱动发展战略,着力突破"卡脖子"技术,加快实现科技自立自强。在江苏创新版图上,科技创新能力显著提升,创新链与产业链深度融合,布局建设了苏州实验室、紫金山实验室、太湖实验室等一批重大创新平台,锻造了一批"国之重器",科技进步对经济增长贡献率从56.5%提升到66.1%。

江苏坚守实体经济"看家本领",加快建设制造强省,着力构建自主可控的现代产业体系,制造业基础不断巩固,先进制造业集群发展壮大,骨干企业竞争力加快提升,全省制造业增加值占全国的13.4%、全球的约4%。规模超万亿元的行业达到5个,涌现出新型电力装备、工程机械、物联网、纳米新材料等6个国家先进制造业集群,培育出众多专精特新"小巨人"企业和单项冠军企业。

江苏深入践行以人民为中心的发展思想。居民人均可支配收入翻了一番,城镇新增就业年均超过140万人,基本公共服务标准化实现度超过90%,人民群众获得感幸福感安全感明显增强。

江苏坚持把75%以上的一般公共预算支出投入民生领域,持续保障和改善民生,努力在推动高质量发展中创造高品质生活,扎实推进共同富裕,让老百姓的生活一年更比一年好。

在幼有所育上,新建、改扩建幼儿园近5000所,普惠性幼儿园覆盖率超过90%,建成普惠托育机构2600多家;在学有所教上,高等教育毛入学率从47%提高到65%,进入普及化阶段;在劳有所得上,城乡就业人口总量达到4900万人,居民收入与GDP增长基本同步。在病有所医上,每万人拥有医疗机构床位数从33张提高到近55张,人均预期寿命从76.63岁提高到79.32岁。在老有所养上,建成护理院310家,医养结合机构837家,居家社区养老服务中心近2万个,养老服务床位从35.2万张增加到74.3万张。在住有所居上,城乡居民住房条件持续改善,全省累计建设各类保障性住房292.7万套,735.72万困难群众入住新居。在弱有所扶上,特困供养对象、最低生活保障对象、低收入家庭、支出型贫困家庭四大类群体全部纳入救助范围,城乡低保统一标准从每人每月不低于240元提高到803元。

江苏坚持生态优先、绿色发展。在经济总量翻了一番的同时,江苏主要污染物排放总量持续下降,2021年生态环境质量创有监测记录以来最好水平。现在,蓝天白云成为常态,触目所及皆是绿水青山。

江苏坚持"绿水青山就是金山银山"理念,坚决打好污染防治攻坚战,共抓长江大保护,全面推动经济社会绿色低碳转型,生态环境实现从严重透支到明显好转的历史性转变,良好生态环境已成为江苏百姓最有幸福感的公共产品,群众对环境满意度提升至 93.6%。目前,江苏共建成国家森林城市 8 个、国家生态园林城市 9 个,获联合国人居环境奖城市 5 个,建成省级特色田园乡村 446 个。

从"一城煤灰半城土"变为"一城青山半城湖"的徐州,从"垃圾围城"变成全省闻名生态镇、电商镇的宿迁市耿车镇,"腾笼换鸟"实现华丽转身的张家港东沙化工园等,都是江苏省不断优化生态环境的缩影。

江苏坚持物质文明、精神文明两手抓。江苏文化事业蓬勃发展,文化惠民工程扎实推进,公共文化设施实现城乡全覆盖,涌现出赵亚夫、王继才等一批时代楷模,大运河文化带江苏段成为全国示范样板,群众性精神文明创建活动广泛开展,公民文化素养、文化自信达到新的高度,文化强省建设跃上新台阶。

站在承前启后的关键节点,江苏有责任有条件展开先行谋划和实践,做好现代化建设的探路者。

踏上实现第二个百年奋斗目标新的赶考之路,在率先实现社会主义现代化上走在前列,担负起这一光荣使命,江苏省委认识到必须牢记重托、知重奋进,把习近平总书记和党中央的关怀转化为开创新事业的强大动力,必须面向世界、引领未来,创造更多率先、示范的实践成果,必须高度清醒、保持定力,更加积极主动地应对前进中的风险挑战,准确把握新形势、新使命、新要求,全面提升社会主义现代化建设能力。

更高水平展现中国式现代化现实模样,究竟是个什么"模样"?

2019 年 4 月江苏启动《江苏省国民经济和社会发展第十四个五年规划和二〇三五年远景目标纲要》(以下简称《纲要》)编制,历时一年十个月,最终形成了近 9 万字的文本。

在这个《纲要》中,2035 年,江苏将率先基本实现社会主义现代化,并做到水平更高、走在前列。经济实力、科技实力、综合竞争力大幅跃升,人均地区生产总值在 2020 年基础上实现翻一番,居民人均收入实现翻一番以上,区域创新能力进入创新型国家前列水平;基本实现新型工业化、信息化、城镇化和农业现代化,建成现代化经济体系;形成高水平开放型经济新体制,参与国际经济合作竞争新优势明显增强;基本实现省域治理体系和治理能力现代化,建成更高水平的法治江苏、智慧江苏、健康江苏、平安江苏、诚信江苏,建成文化强省、教育强省、科技强省、人才强省、体育强省,人民平等参与、平等发展权利得到充分保障,公民素质和社会文明程度达到新的高度,人的全面发展和全省人民共同富裕走在全国前列;碳排放提前达峰后稳中有降,生态环境根本好转,建成美丽中国示范省份,初步展现出现代化图景,"强富美高"新江苏建设迈上新的大台阶。

按照这个《纲要》规划,"十四五"期间江苏要实现六大主要目标。

——高质量发展迈上新台阶。地区生产总值年均增长 5.5% 左右,到 2025 年人均地区生产总值超过 15 万元。常住人口城镇化率达到 75% 以上,现代化经济体系建设走在前列。

——高品质生活取得新成果。居民收入增长和经济增长基本同步,居民人均可支配收入年均增长 5.5% 左右,中等收入群体比重明显提高,低收入群体增收长效机制基本建立,就业更加充分更有质量,城镇调查失业率控制在 5% 左右,现代化教育强省建设走在前列,高等教育毛入学率达到 65% 左右。

——高效能治理实现新提升。政府行政效率和公信力显著提升,社会治理特别是基层治理水平明显提高。

——美丽江苏展现新面貌。美丽江苏建设的空间布局基本形成,自然生态之美、城乡宜居之美、水韵人文之美、绿色发展之美初步彰显,基本建成美丽中国示范省份。

——社会文明达到新水平。江苏文化影响力进一步提升,文化强省建设实现新的跃升。志愿服务发展指数达 85,全民阅读指数达 76,文化产业增加值占地区生产总值比重提升到 6% 以上。

——改革开放形成新优势。在国内大循环中发挥重要战略支点作用,在国内国际双循环中发挥重要战略枢纽作用。

放眼"两个百年"历史进程,2021—2025 年在社会主义现代化建设新征程上具有继往开来、奠基开局的重要意义。

一次开创新局的远征,铿锵起步;一幅江苏奋进的画卷,恢宏起笔。

2021 年 11 月 24 日,初冬的古都南京,晴空万里,色彩斑斓,风景如画。

对于 8500 多万江苏人民来说,这是一个具有历史意义的日子。

这天,中国共产党江苏省第十四次代表大会在六朝古都开幕。

这是江苏迈进社会主义现代化建设新征程后召开的一次十分重要的会议。大会的主题就是:更加紧密地团结在以习近平同志为核心的党中央周围,全面贯彻习近平新时代中国特色社会主义思想,沿着总书记指引的方向奋勇前进,坚决扛起"争当表率、争做示范、走在前列"光荣使命,奋力谱写"强富美高"新江苏现代化建设新篇章。

南京人民大会堂内气氛庄重热烈。大会堂主席台帷幕正中悬挂的党徽熠熠生辉,十面鲜艳的红旗分列两侧。会场二楼眺台上,"全面贯彻习近平新时代中国特色社会主义思想,坚决扛起'争当表率、争做示范、走在前列'光荣使命,为谱写'强富美高'新江苏现代化建设新篇章而不懈奋斗!"的醒目横幅,振奋人心。

肩负着全省540多万党员和8500多万人民期望和重托,来自全省各地、各条战线的877名党代表,步伐坚定地走向大会堂。他们意气风发、满怀信心,洋溢着谱写"强富美高"新江苏现代化新篇章的豪情壮志,共同分享过去五年收获的喜悦,描绘未来五年发展的蓝图。

肩负为全国发展探路的使命,江苏必须大胆探索、勇于创新,努力在中国式现代化进程中走在前列。未来五年的目标任务,让发展取向、工作导向、奋斗指向更加鲜明、更加突出、更加集中!

立足新起点,放眼新追求。

在热烈的掌声中,时任江苏省委书记吴政隆代表中共江苏省第十三届委员会向大会作了题为《争当表率,争做示范,走在前列,奋力谱写"强富美高"新江苏现代化建设新篇章》的报告。

习近平总书记提出的"争当表率、争做示范、走在前列"的指示要求,是江苏现代化建设的总纲领、总命题、总要求。

"争当表率、争做示范、走在前列",江苏省委认识高度一致:

"争当表率",就是在改革创新、推动高质量发展上争当表率,必须完整准确全面贯彻新发展理念,坚持以深化供给侧结构性改革为主线,更加坚决彻底地转方式、调结构、增动能,加快实现江苏发展的凤凰涅槃。

"争当表率",就是要加快建成具有全球影响力的产业科技创新中心、具有国际竞争力的先进制造业基地,勇当我国科技与产业创新的开路先锋,争当全国高质量发展的表率,当好全国发展的重要"压舱石"。

"争做示范",就是在服务全国构建新发展格局上争做示范,必须准确把握实现高水平自立自强这一本质特征,进一步畅通国内国际经济循环,在服务全国大局中争取更大的发展主动。

"争做示范",就是要打造具有江苏特色和竞争优势的产业链供应链价值链,成为我国实现高水平自立自强的重要支撑,成为国内大循环和国内国际双循环相互促进的战略枢纽,努力以江苏一域之发展为全域增光添彩,在服务全国构建新发展格局中争取更大发展主动、拓展更大空间。

"走在前列",就是在率先实现社会主义现代化上走在前列,必须准确把握社会主义现代化的深刻内涵,更高水平展现中国式现代化的现实模样。

在回顾上个极不寻常的五年,总结砥砺奋进取得的历史性成就后,面对今后五年全省工作总体要求及目标任务,吴政隆同志的报告没有强调GDP增速目标,而是直面前进道路上的困难和挑战,紧紧围绕江苏现代化建设新征程,提纲挈领地要求在综合发展实力、人民生活水平、生态环境质量、社会文明程度、共同富裕水平、社会治理效能等六个方面实现"显著提升",勾勒出今后五年现代化建设奋进路,也勾画出了中国式现代化现实模样。

——江苏综合发展实力显著提升:经济总量迈上新的大台阶,高质量发展水平和科技创新能力显著提升,人均地区生产总值达到中等发达经济体水平,科技自立自强、产业自主可控水平大幅提高,聚才能力和人才效能显著增强,数字经济与先进制造业、现代服务业深度融合,现代农业更加优质高效,基础设施现代化水平进一步提升,现代化综合交通运输体系初步形成,改革开放在更多领域更深层次形成突破,市场在资源配置中的决定性作用充分发挥,市场化法治化国际化营商环境世界一流,各类市场主体蓬勃发展,全社会创新创造蔚然成风,经济发展内生动力和国际竞争力实现新的跃升。

实现"六个显著提升",排在首位的是综合发展实力显著提升。

发展是硬道理,是解决一切问题的关键。

过去五年,江苏经济实力跃上新台阶,高质量发展成为鲜明导向。今后五年,江苏仍将坚持不懈提升综合发展实力,努力在全国发展大局中起到"压舱石"作用。

——人民生活品质显著提升：以人民为中心的发展思想充分体现，公共服务体系和社会保障体系更加完善，更高水平实现幼有所育、学有所教、劳有所得、病有所医、老有所养、住有所居、弱有所扶。就业更加充分更有质量，教育更加公平更为优质，医疗服务水平迈上新的台阶，公共卫生防护网更加缜密牢固，"一老一小"得到更好的关爱照护，困难群体得到更好的关心扶助，城乡环境更加美丽宜居，健康江苏建设更高质量惠及全体人民，人民群众在高质量发展中更好享受高品质生活，获得感幸福感安全感更加充实、更有保障、更可持续。

"人民生活品质显著提升"被列入"强富美高"新江苏现代化建设主要目标任务，为8500万江苏人民勾勒出未来的模样——以人民为中心的发展思想愈加充分体现，全体江苏人民获得感幸福感安全感将更加充实、更有保障、更可持续。

新图景，书写美好生活新希望。

在高水平全面建成小康社会的高起点上开启中国式现代化，最重要的是坚守为民初心，更加突出普惠性、基础性、兜底性民生建设。

——生态环境质量显著提升：构建与江苏经济社会发展相适应的生态环境治理体制机制，创造与人民群众美好生活需要相适应的生态环境质量。全省PM2.5平均浓度下降到30微克/立方米左右，国考断面水质优Ⅲ比例达到90％以上，空气优良天数比率稳中有升。实现碳达峰碳中和目标迈出关键步伐，可持续绿色低碳发展体系初步形成，能源资源配置更加合理、利用效率大幅提升，美丽江苏建设取得重大进展，成为美丽中国示范省，让江苏大地天更蓝、水更清、地更绿、空气更清新。

良好生态环境是最公平的公共产品，是最普惠的民生福祉。厚植生态本底，推动生态环境质量显著提升，成为未来五年现代化建设的目标任务之一。坚持人与自然的和谐共生，正是更高水平现代化的生动体现。

未来五年是江苏生态文明建设从量变到质变的关键时期，江苏如何更加有力地推进美丽江苏建设，让绿色成为美丽江苏最靓丽的标识？

江苏省经济实力跃上新的大台阶的同时，生态环境质量创新世纪最好水平。但江苏规上工业企业数量多，人均环境容量偏小，在发展不断迈上新台阶的同时，也面临着很大的环保压力。省第十四次党代会报告，展示了美丽江苏的未来图景。

——江苏社会文明程度显著提升：习近平新时代中国特色社会主义思想入心入脑、铸魂育人，社会主义意识形态凝聚力引领力更加强大，社会主义核心价值观更加深入人心，社会主义文化更加自信自强，全社会正能量更强劲、主旋律更高昂。文化事业文化产业更加繁荣，中华文脉守护传承形成更多江苏标志性成果，传统文化和现代文明交相辉映。社会全面进步和人的全面发展达到更高水平，建成社会主义文化强国先行区。

高擎思想旗帜，以文明之笔绘就幸福底色。社会发展需要物质文明的积累，更需要精神文明的升华。

省第十四次党代会将"社会文明程度显著提升"列入今后五年江苏省社会发展的主要目标之一，指出要让全社会正能量更强劲、主旋律更高昂，文化事业文化产业更加繁荣，中华文脉守护传承形成更多江苏标志性成果，清晰勾勒出一幅美好的社会文明"锦绣图"。

踏上新征程，以文化自信激发强大精神动力，以精神文明建设凝聚奋进力量，江苏正以社会主义文化强国先行区的建设，奋力谱写"强富美高"新江苏现代化建设新篇章。

——共同富裕水平显著提升：乡村振兴全面推进，区域发展更加协调，城乡居民收入增长与经济发展基本同步，人民群众物质富裕和精神富足达到新水平，地区差距、城乡差距、收入差距显著缩小，中等收入群体规模显著扩大，基本公共服务均等化水平显著提高，发展的平衡性、协调性、包容性显著提高，每个江苏人都享有勤劳致富、奋斗圆梦的机会，共同富裕这一社会主义本质要求在江苏现代化建设中更加充分显现。

在全面建成小康社会的新起点上，促进共同富裕成为现代化建设新征程上的必答题，这既是人民群众的共同期盼，也是社会主义的本质要求。

共同富裕这一社会主义本质要求将在江苏现代化建设中更加充分体现。

民生连着民心，安民才能富民。

江苏将肩负起新的历史使命，脚踏实地、笃实前行，期待在实现第二个百年奋斗目标的进程中，习近平总书记擘画的"强富美高"新江苏成为全体江苏人民的幸福家园，高质量发展成果更多更公平地惠及全体人民。

——社会治理效能显著提升：将继续向社会治理体系和治理能力现代化水

平显著提高、安全发展的底线更加牢固、经济发展行稳致远、社会大局安全稳定、人民生活安居乐业的目标持续迈进。

党的领导和社会主义制度优越性进一步彰显,法治江苏、平安江苏建设向纵深推进,社会信用体系更加健全,政府治理、社会调节、居民自治良性互动,基层治理社会化、法治化、智能化、专业化水平显著提高,应急管理体系和能力现代化加快推进,防范化解重大风险的能力显著提高,本质安全水平实现跃升。社会治理体系和治理能力现代化水平显著提高,安全发展的底线更加牢固,经济发展行稳致远、社会大局安全稳定、人民生活安居乐业。

社会治理是国家现代化建设的重要内容,同时为其他方面的"显著提升"提供保障和基础。

六个"显著提升",共同勾勒了江苏现代化的美好图景,把习近平总书记为江苏擘画的宏伟蓝图变成一幅精细的"工笔画"。

"六个显著提升"既是未来五年谱写"强富美高"新江苏现代化建设新篇章的目标任务,也是履行"争当表率、争做示范、走在前列"三大光荣使命的具体体现。江苏牢记总书记的殷殷嘱托,咬定目标不动摇,艰苦奋斗、接续奋斗,在国家"强起来"和民族复兴的伟大进程中展现江苏担当、作出江苏贡献。

在现代化建设新实践中,江苏要努力找到破解发展不平衡不充分问题的路径,在没有路的地方蹚出一条新路,在没有先例的领域率先做出成功案例,以区域性实践为全国现代化建设先行探路、积累经验。

作为经济大省、开放前沿,在新的征程必然会更早更多遇到变化变局的影响,必然会更多面对各种新的风险和挑战,江苏必须增强忧患意识,树立底线思维,更好地统筹发展和安全,确保江苏这艘大船在现代化建设新征程中行稳致远。

江苏省委坚信,只要胸怀"两个大局"、牢记"国之大者",敢于担当、善于作为,在应对挑战中抢抓机遇,在应对变局中开创新局,坚持物质文明和精神文明协调发展,坚持人与自然和谐共生,就一定能够交出让习近平总书记和党中央放心、让全省人民满意、经得起实践和历史检验的合格答卷,江苏一定能更高水平展现中国式现代化令人心动的现实模样,成为向世界展现中国式现代化、人类文明新形态的标志性窗口。

星光不问"探"路人。

"使命"决定"身位","身位"决定"视界","视界"决定"路径"。

江苏明确了探路方向,坚定了发展信念,并将以一茬接着一茬干的新江苏意志,淋漓尽致发挥探路效应,"强富美高"新江苏现代化建设一定能蹚出更多新路、实现更多"破局"。

千帆竞发

新目标已经确定,新征程已经铺展。

江苏在全国发展大局中具有重要地位,有长江经济带、长三角一体化发展等国家战略和共建"一带一路"等重大机遇的交汇叠加,有综合实力、实体经济、科教人才、营商环境等先发和领先优势的交融共促,有数以百万潜心钻研、勇攀高峰的科技人才,有数以千万蓬勃发展、充满活力的市场主体和广大爱国奉献、拼搏奋进的企业家,有爱岗敬业、勤劳智慧的全体劳动者和信念如磐、作风过硬的党员干部。这是江苏履行光荣使命、谱写新的篇章的信心所在、底气所在。

"争当表率、争做示范、走在前列",已经成为全省上下的共同追求。

"争当表率、争做示范、走在前列","争"的要义在力取,"走"的本义为奔跑。开启新征程,必须有一股子锐气,有足够的胆识,拿出强烈的担当意识,脚踏实地去拼搏奋斗;开启新征程,必须思想同心、目标同向、工作同步、责任同担,携起手来向前走。

江苏有 13 个设区市,是 13 支敢打硬仗、能打胜仗的奇兵劲旅,合在一起就是能打大会战、支撑国家战略全局的铁阵强军。

开启新征程,奋斗正当时。

为了江苏更高水平展现中国式现代化的现实模样,13 个设区市,13 支奇兵劲旅牢记重大使命,在现代化建设的新征程上比学赶超,各扬所长、各美其美,形成各具特色、竞相发展的生动局面,各市之间加强协作、相互支撑、携手共进,8500 多万江苏儿女切实扛起"争当表率、争做示范、走在前列"光荣使命,奋力谱写"强富美高"新江苏现代化建设新篇章。

江苏勇担"两争一前列"的重大使命,省会城市南京扛起了首位担当,志在当好开路先锋。

吃早餐、聊发展,南京牛年首场企业家早餐会如约而至。不同的是,这场早餐会首次增加"产业大讲坛"环节,邀请行业大咖授课,为南京产业发展献计献策。这也是早餐会的一大创新。

5年后,10年后,20年后,南京拿什么和其他城市竞争?答案是:创新!

江苏最大的资源是创新资源,最大的优势是实体经济优势,必须在科技和产业创新上当好开路先锋。在这方面,南京早已锚定目标,建设具有全球影响力的创新名城。这几年心无旁骛建设"创新名城、美丽古都",展现创新名城的新风采。

自2017年底启动实施创新驱动发展"121"战略以来,南京从举措创新到制度创新、从科技创新到全面创新、从对标创新到引领创新,创新全方位深化、多领域突破,为高质量发展注入澎湃动能和高度自信。

一组组数据便是最好的证明:经济总量实现历史性跨越,2020年经济规模自改革开放以来首次跻身全国十强,增速始终位居GDP超万亿城市前列,全市人均GDP超过2.4万美元、在省会城市中居第一位。世界知识产权组织2020年创新指数中,南京由三年前全球第94位跃升到第21位;累计组建新型研发机构超过400家,孵化引进企业7000多家,高新技术企业突破6500家;首创建设"海智湾"招揽国际人才,"宁聚计划"三年新增就业参保大学生110多万。

经过三年实践,创新已融入南京城市发展血脉,成为城市鲜明气质,凝聚起社会力量、各路英才投身创新名城建设的强大合力。

紫金山实验室研制出全球首个基于CMOS工艺、阵元数高达10000个的高集成毫米波相控天线阵列,解决了6G未来大规模商用的某些瓶颈问题;扬子江生态文明创新中心新一代eDNA精准生物监测技术,通过对水中环境DNA的检测,了解水中的生物类型构成……每隔一段时间,诞生于南京的创新研发成果就会"横空出世",惊喜刷屏。

创新,正成为古都南京强劲活力和强大韧性的核心支撑,而南京也正努力成为国家科技自立自强不可或缺的重要力量。

"十四五"是城市发展关键的五年,南京2025年奋斗目标可以概括为一句话:围绕聚力建设"创新名城、美丽古都"打造高质量发展的区域增长极,建设高质量发展的全球创新城市、高能级辐射的国家中心城市、高品质生活的幸福宜居城市、高效能治理的安全韧性城市。到 2035 年,南京要建设成为具有中国特色、时代特征、国际影响的社会主义现代化创新名城。

聚力建设具有全球影响力的创新名城、加快形成以创新为第一驱动力的增长方式,聚力建设以人民为中心的美丽古都、探索走出绿色低碳发展新路子,打造富有现代化内涵、推动高质量发展的区域增长极,成为常住人口突破千万、经济总量突破 2 万亿元的超大城市。未来南京值得期盼。

上有天堂,下有苏杭。在中国式现代化进程中,苏州这座古城正焕发出新活力、展现新气象。迈向新征程,苏州积极推动长江经济带高质量发展,以应变求变、探索探路的担当,奋力打造向世界展示社会主义现代化的"最美窗口"。

苏州与"两个一百年"奋斗目标息息相关、紧密相连。苏州是邓小平同志印证"小康"构想的地方,也是习近平总书记殷殷嘱托"勾画现代化目标"的地方。党的十八大以来,习近平总书记先后四次对江苏工作发表重要讲话、作出重要指示,对江苏包括苏州的发展影响深远。特别是总书记提出的建设"强富美高"新江苏,成为苏州高水平全面建成小康社会的根本遵循。

苏州是全省乃至全国小康社会建设的一个生动缩影。从改革开放之初大力发展乡镇企业推动"农转工",到 20 世纪 90 年代借助浦东开发开放实现"内转外",再到党的十八大以来围绕高质量发展加快推进"量转质",苏州奋力争当"强富美高"新江苏建设先行者、排头兵,扎扎实实提高全面建成小康社会质量和水平。2021 年,苏州实现地区生产总值 2.27 万亿元,拥有 16 万家工业企业,涵盖 35 个工业大类、167 个工业中类和 491 个工业小类,恒力、沙钢、盛虹 3 家企业入围世界 500 强。"百姓富"的幸福指数明显提升,2020 年城乡居民人均可支配收入分别达 7.1 万元和 3.76 万元、均位居全国重点城市第三位,人均期望寿命达 83.82 岁、位列全国第一。"环境美"的生态底色日益鲜明,先后荣获联合国人居环境奖、李光耀世界城市奖,成为全国首批国家生态文明建设示范市、全国首个"国家生态园林城市群"。"社会文明程度高"的城市名片不断擦亮,全国文明城市创建实现"五连冠",获评全球首个"世界遗产典范城市"、全球"手工艺与民间艺术之都",图书馆、美术馆和博物馆总量位居全国第一方阵。

"十三五"以来,苏州全力加快智能化改造、数字化转型步伐,创建完成 444

个省级示范智能车间,占全省总数近"半壁江山"。同时,聚集全球创新资源,打造新兴产业集群,人工智能、生物医药等四大先导产业攀高追新,新型显示、软件和集成电路等十大千亿级产业集群强链补链,云计算、区块链等新技术和实体经济深度融合。苏州坚持以数字赋能产业,加快产业智能化改造和数字化转型,打响"苏州制造"品牌。坚持以数字赋能文化,实施文化产业倍增计划,培育移动多媒体、网络视听等新型文化业态,打响"江南文化"品牌。坚持以数字赋能治理,系统推进"一网通用""一网通办""一网统管",打造永远在线的"数字苏州"。

江苏省委十三届九次全会要求苏州在"十四五"期间,要把"可以勾画"的目标真实展现出来,打造向世界展示社会主义现代化的"最美窗口"。

为此,苏州继续打响现代化经济体系的"苏州品牌",新兴产业加快布局突破,更多重点产业链进入全球价值链中高端,以区域性实践为全省全国现代化建设先行探路、积累经验。未来,苏州还将放大"沪苏同城效应",全面推动与上海对接融合、协同发展;加快推进苏锡常都市圈建设和苏通跨江融合,形成东向融入全球城市功能的桥梁。

先行先试、率先探索,苏州积极主动落实长三角一体化发展等国家战略,以更大担当,弹出长三角一体化最美音符。苏州在全面开启社会主义现代化建设的新征程中扛起新的使命、体现新的作为,积极建设更高水平的创新之城、开放之城、人文之城、生态之城、宜居之城、善治之城。

太湖佳绝处,时代潮起时。

从江南胜地"太湖明珠",到互联网之都,无锡唱响了一曲新时代的《太湖美》。

在无锡滨湖的国家智能交通综合测试基地,自动驾驶汽车上路之前,都要在这里进行信号识别、避险能力、安全性能等多项考核才能过关,拿到自己的"驾照",这也意味着无锡车联网产业的发展驶入快车道。

占地 208 亩的国家智能交通综合测试基地,是国内唯一一家以车辆运行安全为出发点的"无人车"测试基地。目前,该基地已经先行开展了 35 项测试服务,并完成了上汽、奥迪、红旗等 10 多个品牌自动驾驶汽车的测试。

围绕产业链布局创新链,"十三五"以来,无锡集聚物联网企业 3657 家,产值规模超过 3500 亿元,涵盖全产业链条,建成"国字号"创新平台 170 多家,主导制定超过一半的国际标准;承担了 23 个国家级重大应用示范项目,承接物联网工程遍及全球 78 个国家和地区的 830 多座城市……同时,无锡坚持产业强市,以"三大经济"为抓手,高端软件、工业互联网等新兴产业保持两位数以上的增速。无锡在万亿赛道跑出了"韧性",小康指数在全国副省级和地级市城市中位列第四。

产业聚变、技术质变、应用裂变,历经十年先行先试、不断超越,一座物联网产业高峰在太湖之滨巍然崛起。"世界物联网发展看无锡",无锡,这座百年工商名城,已然成为全球物联网领域的标志性城市。

十年磨一剑,砺得梅花香。党的十八大以来,无锡克服动力下降、生态承压等不利因素,大力实施产业强市主导战略和创新驱动核心战略,以滚石上山的勇气和居高望远的格局走出了一条变革之路、重塑之路。

非凡十年,无锡地区生产总值连上 7 个千亿台阶,2021 年突破 1.4 万亿元;人均 GDP 达到 18.74 万元,位居全国大中城市首位;一般公共预算收入达到 1200.5 亿元;进出口总额突破 1000 亿美元;入围"中国企业 500 强"等 4 张榜单企业数保持全省第一;A 股上市公司突破 100 家,上市公司总市值突破 1.6 万亿元。创成首批国家生态文明建设示范市,科技进步贡献率保持全省第一。

先导"智"造,正是一大批无锡企业创新发展的缩影。以集群化、智能化、数字化发展为主攻方向,过去十年,无锡聚焦实体,加快构建以新兴产业为主导、先进制造业为主体、现代服务业为支撑的自主可控的现代产业体系和产业科技创新体系,努力在世界级先进制造业产业集群中树立"无锡地标"。

无锡的产业强市之路,闪耀着科技创新的锐利锋芒。"奋斗者"号坐底马里亚纳海沟,无锡近 30 家企业给予配套支持;"神威·太湖之光"连续 4 次问鼎全球超级计算机排名榜单 TOP500 第一名,应用成果 3 次获得"戈登·贝尔"奖;率先与全国首批 12 家未来技术学院达成全面合作,国家车联网先导区等一批重大创新载体成果斐然……

更有底气地喊出"高质量发展看无锡"、在国家"强起来"的历史进程中烙下太湖印记,这是江苏省委赋予无锡"十四五"发展的新要求。站在新起点,无锡打造创新"最强引擎"——太湖湾科创带,给予了无锡未来高质量发展更多想象空间。全市 90% 的省部级科研院所、60% 的科技公共服务平台、70% 的高层次人才、34.3%的高新技术产业产值在这片湾区集聚。

勇做排头兵，无锡将聚焦重点产业"主战场"，打造物联网、集成电路、生物医药等10条地标性产业链，每个重点产业拥有3—5家千亿级市值上市公司；强化重大项目"主抓手"，确保重大项目数量只多不少、投资只增不减、质量只升不降。

数学运算中的逢十进一，带来的是量级的提升；时间流淌中的逢十进一，带来的是代际的跨越。站在新的历史起点上，无锡，正以实干给未来写下注解——牢记嘱托、勇担使命，在继往开来的"时空轴"、复兴伟业的"坐标系"中，奋力奔向"强富美高"新无锡现代化建设的光明前景。

常州，一座寻常又不寻常的城市，寻常的面貌下蕴藏着这座城市璀璨辉煌的历史、艰巨的历史使命和潜力无穷的未来。

从制造起步，从智造走向未来。常州在产业"高原"上竖起更多产业"高峰"，加快发展高端装备、绿色精品钢、汽车及核心零部件、新能源等十大先进制造业产业集群，重点打造工业机器人、碳复合材料等八大高成长性产业链。

常州市用战略眼光把握时与势，科学识势、系统谋势、扎实蓄势、全面起势、合力成势，瞄准"国际化智造名城、长三角中轴枢纽"城市定位，大力实施"532"发展战略，加快建设长三角交通中轴、创新中轴、产业中轴、生态中轴、文旅中轴，高标准打造长三角产业科技创新中心、现代物流中心、休闲度假中心，努力提升城乡融合发展示范区、统筹发展和安全示范区建设水平，奋力走在现代化建设前列。

常州坚持不懈兴产业促转型，经济规模实力迈上新高、产业结构趋于优化、项目建设厚植优势、创新动能加速蓄积、质量效益稳步提升、企业主体壮大成长，交出了产业强市过硬答卷。全市地区生产总值跨过两个千亿元台阶，2021年有望突破8000亿元，人均GDP突破15万元，跻身全国十强，成为全国营商环境标杆城市。

产业强则城市强。常州纵深推进苏南国家自主创新示范区建设，高新技术产业产值比重达47.8%，高新技术企业数实现倍增。工业规模突破1.3万亿元，十大先进制造业集群加速壮大，智能制造装备产业入选首批国家战略性新兴产业集群，新型碳材料产业入围全国先进制造业集群，老工业基地调整改造连续两年获国务院督查激励表彰。

牵手创新的国度,中以常州创新园是国内首个由中以两国政府签约共建的创新示范园区,集聚以色列独资及中以合作企业135家。把常州园区打造成两国创新合作"皇冠上最闪亮的宝石"。对标德国,打造长三角德资集聚区和工业4.0新高地。中德常州创新产业园,目前已有来自德语区的近40家公司加入园区。投资总额4.2亿美元,世界500强企业蒂森克虏伯打造了全球最大的汽车转向系统生产基地,总投资100亿元的京东智能电商产业园,"亚洲一号"智慧物流中心、区域结算中心和智能制造产业园,一批投资多元、功能集成、特色鲜明的物流园区正在形成。立足"一点居中、两带联动、十字交叉、米字交汇"的区位优势,常州推进常泰铁路、南沿江城际铁路、苏锡常南部高速等一批重大交通项目,建设高能级长三角中轴枢纽,2021—2025年常州将完成2000亿元以上交通建设投资,实现3小时通达全国重要城市、2小时通行全省、1小时畅行都市圈。

入选"科创中国"试点城市,激活"第一动力",捧出力度空前的"创新20条","十四五"期间,常州将通过400亿元科创资金,1∶4撬动1600亿元社会资本,5年形成2000亿元创新投入,以最大力度激发创新活力。

常州被国务院列入国家产教融合试点城市,是江苏省唯一上榜的城市。紧扣"国际化智造名城、长三角中轴枢纽"城市定位,常州不断拉高城市能级。

中国工业大奖、工业强基工程项目、制造业单项冠军数量均列全国地级市第一,独角兽企业数量位居全省第一,宁德时代稳居全国动力电池装机量榜首,上市企业数量创历年新高……常州屡屡刷新"之最"的背后是深厚的产业基础底蕴与硬核实力。

常州的产业发展以"第一唯一"为目标,2020年常州高新技术企业申报通过率、申报数量增幅、培育入库数增幅均居全省榜首,一举拿下3个第一:高企拟认定数达1148家,通过率66.9%,居全省第一;全市共推荐高新技术企业申报1716家,申报数量同比增长65.16%,增幅居全省第一;省高新技术企业培育入库1156家,同比增长60.33%,增幅居全省第一。光伏、碳产业、新能源、智能制造等产业,常州均处于全国头部行列。

常州人骨子里的不甘人后、勇争一流,不仅仅是城市文化、城市精神性格的传承,更是一种历史使命和担当,只有争创更多的第一唯一,才能更好地提升常州城市知名度和城市能级,才能更好地满足人民群众对美好生活的向往,才能更好地建设五大明星城、国际智造名城和长三角中轴枢纽,才能担得起常州这座城市之名。

"一水横陈,连岗三面,做出争雄势",镇江自古就有争雄之志。而今,江河交汇处,开启全面现代化建设新征程的镇江,重树争雄志,再造争雄势。

"镇江很有前途",这是习近平总书记视察镇江时的殷切寄语。

按照"坚决扛起新征程新的光荣使命"要求,镇江提出把坚决扛起"争当表率、争做示范、走在前列"光荣使命与让"镇江很有前途"跑进现实融会贯通起来,甩开膀子"跑起来",跑出自信、跑出加速度,让"很有前途"跑进现实。

着眼开启现代化建设新征程,镇江市委提出"三高一争"奋斗指向,"创新创业福地、山水花园名城"城市定位,"一体、两翼、三带、多片区"总体布局,有序谋划打造九大重点片区,以及产业发达、创新引领,区域协调、融合发展,美丽宜人、绿色低碳,共同富裕、充满温度,文化兴盛、风骨独特,秩序优良、活力彰显这现代化新镇江"六大愿景"。

镇江给9个行政区划板块分别"出题",围绕各自产业定位打造重点片区。比如,发展数字经济、智能制造的官塘创新社区,瞄准船舶海工与高端装备、新一代信息技术的金牛山创新核心区,以教育培训、文化旅游、医疗康养为导向的长山产教融合发展区,主打生命健康、汽车零部件、先进装备制造的练湖生态新区,数字经济、文化创意再提速的大禹山数字文创区。镇江计划通过15年左右时间,确保建成九大重点片区。

一手紧抓产业能级提升,一手紧抓"双碳"落地。镇江以生态初心拥抱山清水秀、白云蓝天,用绿色发展践行"绿水青山就是金山银山",扛起为全国探路的责任。

站在新起点上,憧憬镇江发展美好未来,产业强市是必然选择。镇江将围绕"四群八链"重点产业,布局创新链、叠加人才链、导入资本链、优化服务链,着力提高产业链现代化水平,推动人才集聚,强化创新"第一动力"作用,促进数字融合发展,发展高水平开放型经济,打响"镇合意"服务品牌。"十四五"末,力争高端装备制造、新材料产业主营业务收入超1500亿元,数字经济产业主营业务收入超800亿元,生命健康产业主营业务收入超500亿元,引进高层次领军人才600人,大专以上学历基础人才净增10万人。

镇江坚持农业农村优先发展，争做乡村全面振兴的特色示范。到 2025 年，全市村均集体经营性收入达 200 万元，经济强村占比达 45％。

没有等来的辉煌，只有干出的精彩。

只要坚定不移跑下去，镇江就一定能够开创更加美好的未来。

扬州经济总量连续跨越两个千亿级台阶，人均地区生产总值突破 13 万元、跃升至全国城市第 16 位；荣获"世界运河之都""世界美食之都""东亚文化之都"三张世界级城市名片……

扬州市紧紧围绕"创新发展、民生实事、生态环境、文化引领、改革开放、党的建设"六个方面，高水平全面建成小康社会，交出了一份充分展现"强富美高"鲜明特质的扬州答卷。

"十三五"以来，扬州坚持依靠创新驱动，聚焦先进制造业集群，全面打响项目建设、招商引资、企业技改组合拳，产业转型稳步升级。累计实施省级重大项目 64 个、市级重大项目 1174 个，汽车及零部件、高端装备、新型电力装备等产业集群规模超千亿元，新增百亿级工业企业 4 家、上市公司 11 家。先后创成国家创新型城市、全国小微企业创业创新基地城市示范，全市创新生态指数列长三角 41 个城市第 11 位、全省第 5 位。

扬州紧紧围绕江苏省委"在现代化新征程上更好满足世界人民对扬州的向往，让'好地方'好上加好、越来越好"的要求，聚焦"三个名城"，争做"三个示范"，一步一个脚印把习近平总书记为扬州擘画的美好蓝图变为现实模样。

扬州作为长江经济带和大运河文化带交汇点城市，在全省发展大局中处于承南启北、联通东西的重要地位。到 2025 年，扬州计划完成交通建设投资 1285 亿元，重点实施 52 个重大交通项目，全面构建高速铁路、高速公路、高等级航道等国家交通主干线十字交汇的区域性交通枢纽格局，创成全省现代综合交通运输体系示范城市，加快实现"9631"交通圈，即 90 分钟通达长三角中心城市和省内所有设区市，60 分钟通达宁镇扬主城区、主景区和主枢纽，扬州中心城区至县市、乡镇到高铁站 30 分钟到达，实现区域交通、城乡交通一体化发展。

《扬州市"十四五"科技创新规划》，重点提出实施"533"产业科创计划，培育壮大 5 个新兴产业、转型升级 3 个主导产业、改造提升 3 个优势传统产业，加快打造创新引领、产业兴旺的"好地方"。扬州坚持以重大项目为主抓手，确保每年新招引市级先进制造业、现代服务业重大项目 100 个以上，5 年内新招引世界 500 强及跨国公司 30 家，推动省级以上开发园区围绕"千亿"抓进位、工业集中区围绕"百亿"创特色，加快实现超千亿元省级以上园区达到 6 家以上。

作为运河长子，扬州以"让古运河重生"为己任，不断擦亮"世界运河之都""世界美食之都""东亚文化之都"金字招牌，努力把大运河文化遗产保护同生态环境提升、文化旅游融合发展、运河航运转型提升等统一起来，主动扛起"让古运河重生"的使命担当。

"最具幸福感城市"是人民对一座城市的最高褒奖。

在"2020 中国最具幸福感城市（地级市）"榜单中，泰州市总体幸福度排名第五。

作为江苏中部支点城市的泰州，逆势而上，彰显江海文化的底蕴与自信，全力打造"令人向往的'幸福水天堂'、崛起中部的产业增长极"。

泰州是国家级船舶出口基地、全国最大民营造船基地、世界最大船用锚链制造基地。经过多年发展，泰州船舶产业从造、修、拆船到配套，产业链基本完善，拥有扬子江船业、新时代造船等排名全国前五的造船企业，是泰州最具国际竞争力的产业之一。

在长城汽车泰州整车生产车间，智能化设备在有序运转，一台台时尚复古的"欧拉好猫"汽车雏形初现。泰州工厂是长城集团在国内的第 8 个整车生产基地，总投资 80 亿元，2019 年 11 月开工后，创下中国整车制造项目 11 个月建成投产的"泰州速度"。

绿色，是"幸福水天堂"的底色。泰州近年来坚持把修复长江生态摆在压倒性位置，率先在全国启动长江"大体检"，创新实施"健康长江泰州行动"，设立"健康长江泰州行动"指挥中心，成为长江入河排污口排查整治和生态环境遥感监测"双试点"城市，创造了多个全国"第一""唯一"，国、省考断面水环境质量连续 5 年领跑江苏，长江干流常年保持 Ⅱ 类水质，长江流域生态环境保护的系统性、科学性全面提升。拥有 24 公里长江岸线的泰兴，将 50% 以上的岸线进行生态化修复，打造生态融合区、田园风光区、人文体验区。"船厂变森林，鱼塘变湿地，江堤变赛道，工厂变公园"已成现实模样。

打开中国地图，处于沿海经济带与长江经济带 T 形结构交汇点和长江三角洲洲头的城市只有两个,一个是上海,一个是南通。

2008年,一举打破4项世界纪录的苏通大桥建成通车,南通蕴藏的经济潜力被迅速激活,成为大中城市排行榜上不断跃升的"黑马"。2021年,荷载能力达苏通大桥5倍多的沪苏通长江公铁大桥建成通车,当年,南通经济总量成功突破万亿元大关,成为全国第17个、江苏江北首个"万亿之城"。

2020年11月12日,习近平总书记亲临江苏视察,第一站就来到南通,点赞南通"好通"、沧桑巨变、生活幸福,给南通人民留下幸福温暖的记忆。

南通高起点、大手笔建好江苏开放门户,融入苏南,拥抱大海,实现更多的"天堑变通途",再来一次高质量发展的"沧桑巨变"。

南通市第十三次党代会描绘"一枢纽五城市"现代化蓝图:加速建设畅联全国通达世界的现代综合交通枢纽、更高水平国家创新型城市、深层次推动长三角一体化发展标杆城市、富有江海特色的海洋中心城市、彰显生态之美的低碳花园城市、宜居宜业幸福城市。

南通全面推进跨江融合,围绕"1小时通达上海、1.5小时通达南京、2小时通达长三角中心城市",大力推进北沿江高铁等战略性引领工程建设,加快建设现代综合交通运输体系,高水平规划建设沪苏跨江融合发展试验区,深化与苏南跨江产业协作、创新协同、园区共建,打造令人向往的"北上海""新苏南"。

当前,南通正处在新一轮高速发展的"快车道",实施产业倍增三年行动计划,用3年时间推动规上工业产值翻一番,总量达到2万亿元。南通坚持稳字当头、稳中求进,努力成为全省高质量发展重要增长极,一手抓"顶天立地"的旗舰型项目,一手抓"铺天盖地"的科技型项目和人才项目,全年新签约总投资10亿元以上内资项目180个、3000万美元以上外资项目100个、新落户科创项目600个以上。

放眼全球,湾区经济已成国际经济版图突出亮点。伴随着港口等交通基础设施实现突破,南通206公里海岸线快速从苇荡荒滩变身金滩银滩。2021年以来,仅"大通州湾"就签约10亿元以上项目63个、总投资3328亿元;开工10亿元以上项目26个、总投资2316亿元;落户中天精品钢、桐昆聚酯一体化等百亿级以上项目16个,成为"增长极中的增长极"。而沿着166公里长江干流岸线,南通正集中全市70%的省级以上开发园区,80%以上的国家特色产业基地,

80％以上的众创空间、科技企业孵化器，85％以上的高校、科研院所等科教资源，大手笔打造另一个超级引擎——创新。

以建设沿江科创带为统领，以构建"如鱼得水、如鸟归林"的创新生态为支撑，南通将打造具有国际知名度、全国影响力和长三角引领性的区域科创中心。

南通坚持生态优先、资源集约，加快建设"美丽江苏"南通样板。深入打好污染防治攻坚战，更高标准保卫蓝天、碧水、净土，确保PM2.5平均浓度降至30微克/立方米以下，空气质量优良天数全省领先，省考以上断面优Ⅲ比例保持在90％以上。筑牢生态保护屏障，巩固拓展沿江生态修复保护成果，持续抓好"十年禁渔"任务，新增沿江沿海生态景观带贯通里程170公里，让绿色成为"强富美高"新南通现代化建设最鲜明的底色。

"面朝大海、向海发展、赋能未来，成为绿色转型典范，让老区人民的日子越过越红火。"这是中共江苏省委对盐城提出的殷切希望。

盐城市第八次党代会报告提出："要在践行'两山'理论推动绿色转型上示范引领。积极在碳达峰碳中和目标下竞逐新赛道，发挥好湿地碳汇优势、世遗生态优势、新能源产业优势，实现利用生态优势换道超越。"

生态优先、绿色发展已成为盐城高质量发展的鲜明导向。盐城市坚定把"争当表率、争做示范、走在前列"作为"十四五"发展的总纲领、总命题、总要求，努力探索一条具有盐城特色的现代化高质量发展之路。以高颜值擦亮生态底色，传承好、保护好、利用好世界自然遗产品牌，坚定不移走绿色发展之路，夯实美丽盐城的"生态基底"，打造"绿水青山就是金山银山"实践典范。

作为长三角中心区城市、中韩产业园地方合作城市、淮河生态经济带出海门户城市，近年来，盐城市切实践行习近平生态文明思想，加强生物多样性保护，努力实现人与自然和谐共生。尤其是盐城黄海湿地成功列入世界遗产名录，越来越多的珍稀鸟类在这里栖息、落脚，麋鹿种群数量和扩散区域发展迅速，野生动物种类、数量明显增加，盐城市积极构建东部沿海"绿色风光"，为生物多样性保护提供"盐城样本"。

"生物多样性"已成为盐城最具特色的城市名片和文旅IP。大美湿地就是盐城的金山银山，盐城市坚持生态惠民、生态利民、生态为民，不断拓宽"绿水青山""金山银山"转化通道，在保护湿地生态资源的过程中促进富民增收，扎实推进共同富裕。

盐城市委市政府坚持把打好污染防治攻坚战作为重大政治任务,在全省率先修编完成《盐城市生态文明建设规划(2018—2022)》,持续深化大气污染防治,不断强化水污染防治,扎实推进土壤污染防治,"三大保卫战"成绩单亮眼,盐城市大气和水环境质量位居全省第一方阵。

晴空一鹤排云上,便引诗情到碧霄。作为长三角中心区唯一的世界自然遗产地,盐城市遵循新发展理念,抢抓"绿色转型"的大势风口,实施一系列"硬核"保护举措,为生态留白,为子孙后代留下资源,走出一条生态优先、绿色发展的新路,打造"美丽中国"的盐城样本,让一个面朝大海、鸟语花香的"城市客厅"汇聚八方宾朋、走进市民生活。

"十三五"期间,淮安市经济总量连跨两个千亿台阶,全国城市 GDP 百强榜排名上升 15 个位次至第 58 位,2021 年人均 GDP 迈上 1 万美元台阶,人民群众的获得感、幸福感、安全感明显提升。

淮安是周恩来总理的家乡,习近平总书记曾殷切嘱托"把周总理的家乡建设好"。淮安把践行落实好总书记的嘱托作为引领和动力,积极回应淮安人民实现城市复兴的美好夙愿,确立了聚焦打造"绿色高地、枢纽新城",加快建设江苏"美丽中轴"和"绿心地带"明星城市,全面建设长三角北部现代化中心城市的奋斗目标。

淮安将重点在五个方面实现突破:一是建设具有较强产业支撑力、创新驱动力和开放竞争力的现代化经济体系,二是形成中心城市特质彰显、城乡区域协调发展的现代化空间格局,三是打造独具江淮水韵魅力、人与自然和谐共生的现代化生态样板,四是开创物质和精神文明同步提升、全体人民共同富裕的现代化美好生活,五是构建安全底盘牢固、智慧精准高效、更有韧性和温度的现代化社会治理体系。

把淮安放在长三角坐标系中进行考量,以长三角的眼界、思维、定位谋划淮安发展,能够更好承接长三角中心区优质产业转移、要素流动和辐射带动,加速国家战略在淮安落地,提升服务构建新发展格局的能力和地位。

淮安努力实现"三个跨越赶超":一是在省域内实现速度与质量跨越赶超,二是在长三角中实现特色与功能跨越赶超,三是在全国发展中实现实力与排名跨越赶超。具体来说,既要以补短推动发展"上高原",聚焦补齐产业这个淮安发展最大的短板,坚持项目为王、环境是金工作导向不动摇,深入开展重特大项目攻坚行动,不断深化提升"101%优质服务"品牌,加速积蓄和释放发展新动能,以自身发展的确定性更好应对复杂形势不确定性,持续推动经济提质扩量。

与此同时,淮安以强特带动发展"起高峰",充分发挥文化、生态、枢纽的资源和条件优势,擦亮伟人故里、运河之都、美食之都、文化名城四张名片,彰显生态价值、促进绿色低碳发展,提升枢纽能级、全面扩大开放,把资源优势转化为发展优势,走出一条特色发展、错位竞争的高质量发展新路径。

"运河之都""壮丽东南第一州"的繁华盛景一定会在淮安大地鲜活重现。

因改革而生,因创新而兴。40年前,宿迁"春到上塘"的传奇拉开了全省农村改革的序幕,也开启了全市以改革创新为特征的跨越发展之路。

在"强富美高"新江苏建设中,宿迁交出一份厚重提气的成绩单:地区生产总值突破3000亿元、五年增加近千亿;居民收入增长快于经济增速,收入水平是五年前的1.5倍;"江苏生态大公园"成为宿迁标识,获评全国水生态文明城市、国家生态园林城市、国务院"河长制湖长制激励市";以全国第一的成绩创成全国文明城市,以全国第二的成绩通过复查,实现全国双拥模范城"四连冠"。

作为后发地区的宿迁,宿迁市委市政府科学谋划新一年发展路径,聚焦"进"的导向、突出"快"的追求,让"快"成为宿迁发展的常态,确保"走在苏北前列、快于全省平均、领先区域发展、赶超全国梯队",力争经济总量全省占比逐步提高、发展速度持续保持全省领先、专项工作努力实现更多突破。

宿迁始终坚持"工业强市、产业兴市"不动摇,立足长三角先进制造业基地定位,坚持以"制造"为核心,全力推进数字化转型、智能化改造、绿色化升级,推动制造业向高端迈进。大力培育制造业产业体系,持续壮大20条重点产业链,聚力推进长三角先进制造业基地三年行动计划,为经济社会发展筑牢坚实根基。

重大项目建设是加快经济发展最直接、最有效的抓手,也是厚植发展优势、实现跨越赶超的现实路径。坚持把项目引建作为关键一招,宿迁聚力招大引强,持续扩大招商引资成果。2021年,全市新签约亿元以上项目431个、协议投资4208亿元,其中50亿元以上、百亿元以上项目分别达24个、8个。

80天,中利能源从进场施工做到首件下线;提前60天,桐昆恒欣新材料完成老旧生产线改造;逸材新材料采用世界先进的工艺及设备,打造年产350万吨高端绿色差别化纤维产业园……一个个投资大、业态好的新项目,创造了令人惊奇的"宿迁速度"。

2022年1月10日,宿迁在海天生物科技项目现场举行2022年一季度全市重大产业项目建设现场动员会。一季度,全市开工重大产业项目117个,计划总投资1331.1亿元。

宿迁坚持把促进"共同富裕"作为根本任务,把"为全省多作贡献"作为奋进追求,把建设"改革创新先行区、长三角先进制造业基地、江苏生态大公园、全国文明诚信高地"作为发展定位,把"四化"同步集成改革示范区建设作为龙头抓手,久久为功、善作善成,奋力谱写"强富美高"新宿迁现代化建设新篇章。

扬帆"十四五",整装再出发,宿迁正把改革创新的基因注入现代化,新时代"春到上塘"的传奇正逐渐汇句成章。

在全面建成小康社会的伟大征程中,徐州从"当好苏北全面小康排头兵"到"在苏北决胜全面小康征程中发挥领军作用",再到"以习近平总书记视察为强大动力,着力冲刺决胜全面小康",以担当回报重托、以实干笃定前行,创造了辉煌灿烂的小康伟业,书写了徐州发展史册上的华彩篇章。

站在新时代的历史起点,中共江苏省委科学擘画全省高质量发展新图景,赋予徐州打造贯彻新发展理念区域样板的重大使命。

徐州坚定不移匡正发展理念,转变发展方式。在以壮士断腕的决心推动钢铁、焦化等四大传统产业优化布局和转型升级的同时,更加注重结构调整、开放发展、安全生产和环境保护。装备与智能制造、新能源、集成电路与信息通信技术(ICT)等一批龙头型、基地型和强链补链型产业项目取得了突破性进展,初步走出一条老工业城市和资源枯竭地区振兴转型、高质量发展之路,成为国家老工业城市和资源型城市产业转型升级示范区。

面向未来,徐州不断以创新拥抱新经济,推动传统优势制造业高端化、智能化、绿色化、服务化发展,着力打造具有创新引领力的区域性产业科技创新中心,以城市能级提升带动区域发展。从打造重要的区域性集成电路与ICT产业基地,到建设高水平全要素现代化淮海国际陆港,徐州正把国家定位变成发展地位,全力打造贯彻新发展理念的区域样本,努力做到"徐州之于淮海经济区如同上海之于长江三角洲",成为名副其实的淮海经济区中心。

作为国家首批沿海开放城市、新亚欧大陆桥东方起点,近年来,连云港坚决扛起"一带一路"强支点建设的责任担当,以"高质发展,后发先至"为主题主线,不断扩大东西双向开放,打造特色产业集群。踏上"十四五"的新征程,连云港正以"崇德向善、坚韧奋斗、务实创新、勇立潮头"的新时代连云港精神为引领,奋力书写好"新时代的西游记"。

以港口为优势,用开放著文章。立足"工业立市、产业强市、以港兴市"核心战略,"十三五"期间,连云港城市发展能级不断提升。世界级深水大港初步形成,立体化综合交通枢纽展现雄姿,高水平大体量临港产业基地加速构建,"中华药港"汇聚全球医药创新资源,东西双向、海陆并济的"强支点"加快崛起,国家卫生城市和全国文明城市相继创建成功。

围绕"高质发展,后发先至"这样的主题主线,连云港30万吨级的航道即将全面建成,机场在加快建设,全面完成了3500亿的产业投资,城市的功能不断完善,城市的品质大大提升,连云港发展的方向更明,发展的路子更宽,发展的基础更实。

"十三五"期间,全国港口首家集装箱铁水联运"一单到底"模式在自贸区连云港片区正式推出。不同于以往水铁联运需要在装车、通关、装船等多个环节进行分步操作,多道审批。如今,"一张电子单据"就涵盖了铁路运单、海运订舱单、海运装箱单所有环节。这将大幅降低运输成本,提高运输效率。自贸区连云港片区成立以来,坚持差异化、特色化的制度创新探索,在全省第一批20项复制推广改革试点经验、20项创新实践案例中,连云港各占6项。"十四五"期间,连云港将以产业投资超过6000亿元为目标,更加聚焦聚力产业发展。同时,以建设国家创新型城市为抓手,更深层次改革激发创造活力,打造更多港城制造的"大国重器",崛起更多"行业创新看港城"的闪耀地标。

打造"一带一路强支点"是江苏省委省政府对于连云港一以贯之的要求和期望。踏上新征程,连云港正高质量推进"两基地,一班列"提档升级,以海陆统筹助力国际国内双循环,以打造有影响的区域发展中心、重点产业中心和综合枢纽中心为目标,加快一流自贸试验区建设,不断在服务全国新发展格局上留下更多港城印记。

放眼未来,现代化新征程就在脚下,美好的愿景目标就在前方。

以奋斗为座右铭,用脚步去丈量,用肩膀去承担,用双手去创造!

只要奔跑就不会遥远,只要奋斗定会精彩。

构建鲜明的省域范例

从"可以勾画"到"积极探索"再到"走在前列",习近平总书记对江苏的要求越来越高,江苏肩负的责任也越来越重。

按照习近平总书记重要指示要求,江苏通过充分发挥发展的创新性、探索性、引领性,力争在率先实现中国式现代化上走在前列,符合现代化建设的时空演进规律。

江苏完整准确全面贯彻新发展理念,加快实现江苏发展的凤凰涅槃,争当全国高质量发展的表率,当好全国发展的"压舱石",准确把握实现高水平自立自强这一本质特征,进一步畅通国内国际经济循环,以一域发展为全域增光添彩,在服务全国构建新发展格局中争取更大发展主动、拓展更大空间。

区域协调发展战略是新时期国家重大战略之一。

支持苏南引领、苏中崛起、苏北赶超,促进城乡区域协调发展,扎实推进现代化强省建设,打造现代化强国建设中具有鲜明特色的省域范例。江苏把协调发展作为现代化的重要特征和实现路径。

在江苏,苏南、苏中、苏北的地理概念背后代表着发展差距。

为促进区域协同发展,自2001年江苏省正式启动"南北挂钩,结对扶持",至2022年已有21年发展历程。南北挂钩政策出台的直接动因,就是江苏省南北差距较大,为了促进南北优势互补,缩小差距,推动区域经济共同发展,江苏省决定苏南五市挂钩苏北五市:南京与淮安,无锡与徐州,苏州与宿迁,常州与盐城,镇江与连云港分别进行结对帮扶合作。

21年间,南北挂钩帮扶合作取得了优异成绩,一座座跨越空间距离的产业园在苏北大地迅速成长。截至2021年9月,江苏有南北共建园区45家,累计入园企业超1700家,项目注册金额超2000亿元,实际利用外资超过40亿美元,带动就业66万余人,主要经济指标增速均超过当地平均水平,保持15%左右的年增长率。据最新数据显示，2021年苏中苏北经济总量占全省比重达到47.3%，比2012年提高了7.2个百分点。

在南北共同建设下，涌现了苏州宿迁工业园区、无锡徐州工业园区、宁淮智能制造产业园、常州盐城工业园区等4家省级创新试点园区，常熟泗洪工业园区、吴江泗阳工业园区、江阴睢宁工业园区等3家省级特色园区等众多优秀的产业园区，它们成为苏北城市经济增长的高地。

近年来，江苏紧紧围绕"要做好区域互补、跨江融合、南北联动大文章"，结合自身实际统筹推进国家重大区域发展战略，提出"1+3"功能区战略，着力解决区域间发展不平衡不充分问题，全力服务构建新发展格局。其中，"1"是沿江八市组成的扬子江城市群；"3"分别指连云港、盐城、南通一线的沿海经济带，宿迁、淮安和苏中部分地区组成的江淮生态经济区以及将徐州建成淮海经济区的中心城市。

按照"1+3"战略，江苏的发展版图被重新定义。

全球城市化和城市现代化的发展以工业化为主要驱动力的时代，正在转化为以智慧、知识、技术、文化和创新驱动为主的时代。

面临百年不遇之大变局，我们需要怎样的城市参与全球竞争？

创意城市的崛起为我们提供了无限可能——创意经济已经成为世界经济发展的主流力量，发达国家都把创意城市的发展作为国家文化软实力提升的核心内容。创意城市发展是全球竞争中特色城市文化竞争力的主体价值表现，以文化创新驱动的创意城市正成为国家和区域城市经济发展的关键引擎。

江苏首创建设扬子江创意城市群，这是一种新的制度型创新和地域生产力结构优化的前瞻性探索，是作为长江经济带"龙头城市群"的必然担当，更是江苏"两争一前列"、助力建设社会主义文化强国、主动参与全球竞争并介入全球城市文化价值链高端环节的全面战略创新。

扬子江城市群涵盖江苏南京、镇江、常州、无锡、苏州、扬州、泰州、南通沿江八市，是江苏发展基础最好、开放程度最高、综合实力最强的地区，是转型升级的"风向标"，也是创新驱动的"主引擎"。

江苏始终坚持世界眼光、国际标准，突出"高峰"支撑，辐射带动江苏中轴崛起，共同将扬子江城市群打造成开放创新、绿色低碳和集约高效的现实样板，努力建成全省现代化建设的先行带、引领带。

——以雄厚综合经济实力，为扬子江创意城市群跻身世界级平台夯实基础。2021年沿江八市GDP总值超9万亿元，占江苏省GDP的80%，是长三角区域GDP的三分之一、全国GDP的8.07%，超过北京和上海两市GDP总和；截至2021年底，南京、苏州、无锡、南通4个沿江城市成为万亿元经济规模城市。从其发展目标看，扬子江创意城市群未来可提供就业岗位200万个以上，形成两个以上的千亿级产业集群，创造全球顶尖的数字文化产业走廊。

——以独有多元的创意产业特色，为扬子江创意城市群创造了"高成长企业"发展前提。沿江八市中已有三市被授予"全球创意城市"：南京作为"世界文学之都"，在国家创新型城市建设推进中，聚焦新一代信息技术、网络文学和文化金融的发展，积极打造全国文化科技融合示范中心；苏州作为"世界手工艺与民间艺术之都"，以创意产业、高端数字文化装备制造和特色工艺美术为重点领域，打造国际时尚设计之都；扬州作为"世界美食之都"，以幸福文旅融合产业形塑国际文化旅游名城。

——以重大载体平台高度集中的优势，为扬子江创意城市群实现高质量发展持续赋能。沿江8市集聚了21家国家级经济技术开发区、12家国家级高新技术产业开发区、20家国家5A级旅游景区、136家4A级景区、7个国家级旅游度假区、数十家省级文化产业重点园区等创意经济发展载体；还拥有普通高等院校115所、职业院校184所、文化和旅游部重点实验室4家，平台经济强大而优质。

——以文化同源为纽带襄鼎互承，为通江达海创意城市群打造文化共同体凝力聚气。依托扬子江串联的沿江八市，有着共同的长江文化之"根"与江南文化之"源"，地缘相近、业缘相融、人缘相亲、文缘相承，有强烈的文化认同和价值认同。特别是2025年扬子江段过江通道将突破30条，至2035年将达到44条，每10公里就是一条通道，长江两岸可充分利用黄金水道释放"黄金效应"。加之长江与大运河在江苏呈十字交汇，造就了沿江八市在长江国家文化公园和大运河国家文化公园建设中双重关键地位，使扬子江创意城市群成为世界创意城市群高地成为可能。

江苏沿海地区地处"一带一路"建设、长江经济带发展与长三角一体化发展三大国家战略交汇区域，推动沿海地区高质量发展是推动全省高质量发展的一个战略重点。江苏省"十四五"规划强调,沿海地区负有坚持开放合作,筑牢绿色底线,打造高质量发展新增长极的重任。江苏坚持海洋强省战略,扎实推进,以新发展理念为引领,全面实施新一轮沿海地区发展规划,打造以"自立自强"为核心特征的现代海洋产业体系、科技创新体系,聚焦产业培大做强、开放合作创新、绿色低碳宜居,持续深化陆海统筹、江海联动,加强东西贯通、南北互动,打造特色鲜明的区域现代化发展形态。

江淮生态经济区包括淮安、宿迁以及里下河地区的高邮、宝应、兴化、建湖、阜宁等县市,是江苏水网最密集的区域,也是第一产业较发达区域。

江淮生态经济区建设面临挑战与机遇,一方面是经济发展不平衡不充分、增长不可持续、群众不够富裕,不符合新时代高质量生态经济发展要求;另一方面,由于经济发展、城镇建设和人口密度均低于全省平均水平,也为区域发展提供了巨大的空间。

近几年来,江淮生态经济区立足生态优先,注重节点培育,走出相对欠发达地区聚力绿色发展促进共同富裕的典型路径。江苏放大永续发展的"绿心"优势,推行"中心城市＋中小城市"节点的集约发展模式,加快产业全面转型,坚持人与自然和谐共生的理念,统筹"山水林田湖草"系统治理。系统治理体系包括:建立健全绿色低碳循环发展的经济体系,构建市场导向的绿色技术创新体系,构建清洁低碳、安全高效的能源体系,实现生产系统和生活系统循环链接,以及构建政府为主导、企业为主体、社会组织和公众共同参与的环境治理体系等,打造宁静、和谐、美丽的生态经济区,率先走出一条绿色发展、百姓富裕的新路子,为全国其他地区推进全民共富积累经验。

徐州淮海经济区中心城市强化龙头作用,增进区域认同,引领省际接壤地区共建共享现代化成果。在"1＋3"重点功能区布局中,徐州是唯一以城市进行功能定位的独立板块,充分体现了徐州位于四省交界的特殊战略地位,也反映了拓展江苏发展纵深、引领淮海经济区崛起的使命担当。在现代化建设开局起步的实践中,要发挥徐州地缘优势,以编制淮海经济区高质量协同发展规划为契机,强化产业基础,大力提高城市发展能级,走出区域中心城市带动省际接壤地区协同发展的可行路径。

江苏以省内全域一体化发展为重要抓手,重大交通基础设施先行,现代化都市圈联动发展，推动区域互补、跨江融合、南北联动走深走实。

踏上新征程，江苏如何构建区域协调发展新格局，更好实现苏南引领、苏中崛起、苏北赶超，成为多方关注的焦点。

2022年江苏省提出，创新完善南北发展帮扶合作机制，支持苏南苏中苏北围绕全产业链分工协作、优势互补、协同发展，立足新时代背景，聚焦"强富美高"新江苏建设总目标，以深化实化"1+3"重点功能区建设为抓手，引领江苏新一轮区域联动发展、特色发展和均衡发展，南北联动发展打开新的发展格局。

为贯彻落实江苏省委省政府关于深化南北结对帮扶合作的决策部署，江苏省科技厅2022年出台举措，创新体制机制，支持苏北、苏南建立"科创飞地"，促进创新要素开放共享，推动南北产业链创新链双向融合。

"科创飞地"是由苏北地区（以下简称"飞出地"）结合自身需求，打破行政区划界限，到苏南创新资源丰富的地区（以下简称"飞入地"）设立的跨区域创新合作平台，须有固定物理空间和管理人员，并具备技术研发、人才招引、成果转化、企业孵化、产业联动等功能。

"科创飞地"的建设将获得全方位的科技支持。如比照全省重点片区科技帮扶措施，对南北共建的"科创飞地"将连续3年按每年100万—200万元给予专项后补助扶持，3年后经评估成效显著的，再给予2年连续支持。

江苏鼓励"科创飞地"入驻企业与"飞出地"产业链上下游企业共建省级工程技术研究中心等创新载体，不受"飞出地"和"飞入地"申报指标限制；鼓励"飞出地"企业在"飞入地"高校院所共建联合实验室，支持"飞入地"高校院所科技人员到"飞出地"企业兼任科技副总，联合申报省产学研合作项目的优先予以支持。

江苏还将开展"科技金融进孵化器行动"，加快南北挂钩地区科技企业与金融资源的对接，鼓励"飞入地"银行、创投等机构针对"科创飞地"企业特点探索专有金融创新产品，加大融资支持等。

此外，江苏还加大对"科创飞地"的人才支撑，聚焦"飞出地"招才引智需求，发挥"飞入地"人才比较优势，通过对接、兼职、共享等柔性引进方式，推动人才和团队跨区域流动。

江苏大地上，南北区域间交流往来、资源共享愈发密切、区域协调发展的画卷徐徐铺展。

江苏以区域性实践为全国现代化建设先行探路,是深入贯彻习近平新时代中国特色社会主义思想的生动体现,也是全面落实习近平总书记对江苏工作系列重要讲话指示精神的具体举措,更是努力践行党中央赋予的"为全国发展探路"光荣使命的积极主动作为。

书写长三角一体化"江苏篇章"

世界经济的发展有两大趋势,一个是经济全球化,一个是区域一体化,而区域一体化本质上是经济全球化的局部投射。

长江三角洲地区包括上海市、江苏省、浙江省、安徽省,区域面积 21.07 万平方公里。该地区区位条件优越,自然禀赋优良,经济基础雄厚,体制比较完善,城镇体系完整,科教文化发达,已成为全国发展基础最好、体制环境最优、整体竞争力最强的地区之一,在中国社会主义现代化建设全局中具有十分重要的战略地位。

推动长三角一体化发展是党中央确立的重大发展战略,习近平总书记对促进长三角地区率先发展、一体化发展高度重视。2018 年 11 月 5 日,习近平总书记在首届中国国际进口博览会上宣布,支持长江三角洲区域一体化发展并上升为国家战略。

2019 年发布的《长江三角洲区域一体化发展规划纲要》要求,到 2025 年,长三角一体化发展取得实质性进展。跨界区域、城市乡村等区域板块一体化发展达到较高水平,在科创产业、基础设施、生态环境、公共服务等领域基本实现一体化发展,全面建立一体化发展的体制机制。到 2035 年,长三角一体化发展达到较高水平。现代化经济体系基本建成,城乡区域差距明显缩小,公共服务水平趋于均衡,基础设施互联互通全面实现,人民基本生活保障水平大体相当,一体化发展体制机制更加完善,整体达到全国领先水平,成为最具影响力和带动力的强劲活跃增长极。

江苏始终是长三角一体化发展的积极倡导者、有力推动者、坚决执行者。改革开放以来的 40 多年间,江苏构建起比较雄厚的实体经济,形成了全国规模最大的制造业集群。发展一体化,首先是经济一体化,在夯实一体化的根基上,江苏作出了贡献。2003 年以来的 20 年间,习近平总书记的倡议和创举推动着长三角一体化发展进入加速期。2003 年 8 月,长三角 16 个城市市长峰会发表了以"城市联动发展"为主题的《南京宣言》。今天,江苏长江两岸形成了比较发达的城市群,为建设长三角世界级城市群提供了有力支撑。

以 2018 年 4 月 26 日习近平总书记作出重要批示为标志,长三角进入高质量一体化发展的新时代。江苏抓住这个发展的重大机遇,以走在全国前列的高质量发展成果,书写长三角一体化高质量发展中的"江苏篇章",为长三角一体化发展作出新的贡献。

近年来,江苏紧扣"一体化"和"高质量"两个关键,围绕"一极三区一高地"战略定位,立足总书记提出的"三大使命、七项任务"新要求,有力有序有效推进《长江三角洲区域一体化发展规划纲要》在江苏落地落实。江苏的"成绩单"体现出四个"新":推动形成国家战略实施新体系,重大事项取得新进展,重点领域取得新成效,示范区建设取得新突破。

基于此,江苏"重大政策、重大事项、重大项目"均成果斐然。沿海地区发展规划、苏南现代化建设示范区发展、苏锡常都市圈发展规划等一批重大政策被列入国家《长三角一体化发展规划"十四五"实施方案》,沿沪宁产业创新带建设方案、太湖清淤固淤试点方案、南通通州湾长江集装箱运输新出海口建设总体方案出炉,一批重大项目开展"挂图作战"。数据显示,2020 年和 2021 年江苏共 14个项目获得中央预算内资金支持 4.7 亿元。

沪苏浙皖三省一市各扬所长、优势互补,成功联手培育长三角 12 个国家级先进制造业集群,占全国近一半。近年来,沪苏浙皖建立长三角产业链协同工作机制,有效促进长三角产业链循环畅通,共同打造有国际竞争力的先进制造业集群和自主可控、安全高效并为全国服务的产业链供应链。

从技术创新同推进,到交通设施更便利,再到污染治理齐携手……"有界"变"无界",江苏聚力推动产业创新、基础设施、生态环保等重点领域一体化发展取得新成效。

以打造制造业集群为代表,江苏聚力推动一系列重点领域一体化发展,并携手上海、浙江合力推动长三角生态绿色一体化发展示范区建设,取得了 73 项"不破行政隶属、打破行政边界"的制度创新成果,成为一体化的"样板间"。

江苏与沪浙皖共同组建了长三角国家技术创新中心，联合成立了集成电路、生物医药、人工智能等重点领域产业链联盟，一起实施了 22 项关键核心技术攻关项目和 9 项重大科技成果转化项目。

　　长三角科技创新合作交流，正愈发密切。2021 年 3 月 27 日，高效低碳燃气轮机试验装置燃烧室试验平台在连云港市首次点火，这一由江苏牵头、上海参与的重大科技基础设施，填补了我国大功率燃气轮机试验装置的空白。

　　江苏同长三角地区优势科研力量强强联合，建设了一批高水平创新平台，部署了一批联合攻关项目，取得了一批重大科技成果，为长三角地区乃至全国高质量发展提供了高水平科技供给。

　　2020 年 7 月 1 日，沪苏通长江公铁大桥、沪苏通铁路正式通车运营，南通到上海的铁路不再需要绕道南京，两地间最短行程压缩到 1 小时左右。

　　"南通好通"，从一个侧面反映了轨道上的长三角正呼啸而来。近年来，省际交通设施互联互通迈上新台阶。2022 年，江苏与沪浙皖省际高铁接口达 9 个，占长三角区域内高铁接口总数量的 75%，省际高速公路接口达到 22 个，占长三角总接口数的 76%。

　　太湖是长三角共同的"母亲湖"。江苏坚持铁腕治污、科学治太，坚持标本兼治、攻坚克难，太湖水质明显改善，连续 14 年实现国务院提出的"两个确保"目标。

　　太湖蝶变，来之不易。2007 年以来，流域累计关闭化工企业 5000 多家、关停重污染及排放不达标企业 1000 余家；新建污水主管网 1.3 万公里，建成城镇污水处理厂 176 座，处理能力达 831.6 万立方米/日，是 2007 年的 3.2 倍。江苏将排污口排查整治作为太湖治理的"牛鼻子"工程，对流域 163 条骨干河道和 106 个湖泊排污口全面排查，共排查各类排污口 2.16 万个，基本完成监测、溯源工作。

　　南京是省会城市、东部地区重要中心城市和长三角特大城市，苏州地处长三角腹地，是虹桥国际开放枢纽的北向拓展带。这两座城市，是江苏高质量融入长三角一体化的两个重要节点城市。近年来，南京与苏州率先探索，打造推动高质量一体化发展的"加速引擎"。

　　南京打造沪宁产业创新带、宁杭生态经济带、宁合融合发展带三条轴带，建设好南京都市圈。以宁合融合发展带为例,南京和合肥两个都市圈联系日益紧密,处于两个都市圈重合地带的芜湖、马鞍山、滁州三个城市,与南京携手推动跨界区域一体化建设,取得明显成效。南京江北新区向滁州来安县转移了 132 家轨道交通企业,形成了轨道产业集群。

2021 年 2 月,《南京都市圈发展规划》成为国家层面批复的首个跨省域都市圈发展规划。如今,借力国家政策东风,都市圈高质量发展全力推进:都市圈第一条跨市域轨道宁句城际通车,南京与马鞍山市、滁州市共建宁博创智谷、南浦合作产业园,南京市属三甲医院在都市圈内组建医疗集团、医联体、专科联盟……南京都市圈已成为 3500 万人的高品质宜居生活圈,努力打造全国同城化发展样板区。

国家总体方案及省实施方案印发后,苏州抓紧编制《苏州市推进虹桥国际开放枢纽北向拓展带建设实施方案》。围绕重点领域和重点任务,提出了协同打造中央商务协作区、国际贸易协同发展区、综合交通枢纽功能拓展区的目标定位。

推动苏州北站、苏州南站、苏州东站等与上海虹桥站共同打造国家级高铁枢纽,建设虹桥—相城苏沪合作商务会展区,建设富有苏州特色的现代服务业集聚区……近年来,苏州主动对接虹桥"大交通",主动服务虹桥"大会展",主动融入虹桥"大商务"。同时,除了重点体现昆山市、太仓市、相城区、苏州工业园区四地的发展优势之外,还将苏州其他板块作为协同发展地区,举全市力量协同打造虹桥国际开放枢纽北向拓展带。

2022 年 8 月 16 日,时隔四年,长三角地区主要领导座谈会完成一个轮值周期,再次相聚上海。

风从海上来,潮涌长三角。

回首长三角一体化发展走过的历程、取得的成效,三省一市发展深度融合、密不可分,深入推动长三角更高质量一体化发展使命与共、休戚与共。

肩负深切厚望、担当重大使命的三省一市,在新征程上如何展现新作为、作出新贡献?座谈会期间,大家盘点成绩单、畅谈新举措,凝聚了万众一心的强大合力,拿出了各扬所长的务实之举,彰显了服务全局的责任担当。

座谈会上,江苏省委省政府主要领导介绍了江苏省最新举措。推进各项助企纾困政策举措落地见效,持续释放消费潜力,积极扩大有效投资,着力稳外资稳外贸,加快发展数字经济,聚力打造产业集群,加快推进科技自立自强……一项项举措务实有力,必将取得良好成效。

共担新使命,同谱新篇章。

长三角地区主要领导座谈会指出,要拿出更加有力的措施,展开更加务实的行动,坚定不移将长三角一体化发展引向深入。江苏作为长三角一体化发展中的重要一员,优势突出、责任重大、使命光荣,理当积极作为,切实扛起责任担当,争当推进长三角一体化高质量发展的"扛鼎者",为整个国家的发展作出自己的贡献。

长三角一体化高质量发展,首先必须在"一体化"方面做文章,要跳出"小圈圈"迈进"大圈圈",坚决打破阻碍一体化发展方面的体制机制障碍,突破行政区划壁垒,在行政事项审批、社会保障联网互认、优势资源共享方面持续发力。

开放共享一直是江苏的文化基因和时代特色,对于地处改革开放前沿的江苏而言,江苏以开放共享为先,打破长三角一体化高质量发展体制壁垒,坚持在放管服方面持续发力,以开放包容的心胸主动改革、积极对接,在体制机制创新方面做足文章,将"沪苏浙皖三省一市是一家"的理念落到实处,以互联互通、共建共享释放长三角一体化高质量发展潜力,让改革发展成果更好惠及长三角区域发展。

科学技术是第一生产力,创新是引领高质量发展的第一驱动力。2022年,长三角G60科创走廊科技成果拍卖会现场成交3.27亿元,新一轮科技成果累计成交额超过50亿元,远高于上一年度的10.23亿元。科创要素的加速集聚,折射出长三角一体化高质量发展的坚实步伐。江苏以科技驱动为要,引领长三角一体化高质量发展跑步进阶。作为科教大省,江苏科教资源发达,科技实力雄厚,在引领长三角一体化高质量发展方面具有先天优势。所以,要不断用活用足科教资源,坚持创新引领,为长三角一体化高质量发展注入更多创新动能,为长三角地区跨越赶超贡献新力量,助力长三角一体化高质量发展不断迈上新台阶。

产业是龙头,也是检验长三角一体化高质量发展"成色"的基本标尺。长三角地区产业结构优质、产业基础扎实、产业优势突出。目前,长三角地区集成电路产业规模占全国总规模58.3%,生物医药和人工智能产业规模均占全国总规模约1/3。江苏以产业振兴为核,扛起长三角一体化高质量发展主角担当。江苏在电子信息、装备制造、冶金、纺织、化工和轻工业等产业方面优势突出,与长三角其他地区的产业互补性较强,可以加强互利合作。面对新形势、新任务,江苏切实肩负起"主角"责任,积极围绕集成电路、生物医药、人工智能等战略性新兴产业和先进制造业展开一体化合作,强强联合,着力打造长三角地区优势产业集群,不断提升在全球价值链中的地位,以更好参与国内国际竞争,让长三角一体化高质量发展的基础越来越稳、前景越来越广阔。

惟其艰难,方显勇毅;惟其笃行,弥足珍贵;惟其磨砺,始得玉成。

推动长三角一体化高质量发展,江苏正真抓实干、埋头苦干,在新时代的舞台上,奋力谱写"强富美高"新传奇,与长三角其他省市一起迈向绮丽的"诗与远方"。

第二篇章 开启新实践

推进中国式现代化建设,需要一批批勇于先行的探路者,一个个敢于创新的示范者。

中国式现代化恢宏蓝图的"大写意",无疑需要一茬一茬人历经艰辛接续奋斗,方能将其变成一幅幅可感可触的落地"工笔画"。

2018年,江苏省委以先行者的使命担当明确提出:"在苏南选择若干县(市、区)进行开启全面建设社会主义现代化新征程的试点。"

于是,在江苏省委的精心选择和谋划下,南京江宁区、南京江北新区、苏州昆山市、苏州工业园区、无锡江阴市、常州溧阳市部分先行区应声出列,开启了先行实践,重点探索经济发展现代化、民主法治现代化、文化发展现代化、社会发展现代化、生态文明现代化和人的现代化的现实路径。

这是一次前无古人的崭新实践,这是一个持续漫长的历史进程。

起笔是世界眼光,落笔为时代标杆。人们欣喜地看到,近年来这些先行者们结合各自的基础条件和特色优势,各展所长,各显智慧,大胆创新,合力攻坚,充分发挥了示范引领者的风范,向人们展示出一份份阶段性的成绩单,一张张引领前行的"路径图"。

苏州工业园区:先行者的"路径图"

　　走进苏州,就像走进了意趣斐然的"双城记":一面是蕴含千年文脉的风雅古城,一面是尽显现代风尚的繁华新城。它们犹如两个平行的世界,向人们传递着一座城市前行的双重脉动:坚守与开放兼容,传统与现代互动,借鉴与创新交汇。

　　与古城遥遥相对的新城就是苏州工业园区。登高俯视,可见方圆 278 平方公里的核心区内,金鸡湖与独墅湖波光潋滟。举目遥望,临湖四周,高楼林立,波光影映,林带逶迤。这里世界一流跨国公司、科技研发中心及创新园区密布,各类创新人才汇聚涌流,处处散发出宜居宜业的城市魅力。

　　28 年前,在国家决策的推动下,一批批园区人从这片江南水乡的稻埂上起步,自信地打开视野、拥抱开放、走向世界。从当初的"先行先试区",到如今"蝶变"为第一方阵的"引领示范区",以其探路者的昂扬姿态,为我们展开了一幅走向中国式现代化的"路径图"。

　　知之愈明,行之愈笃。2021 年,连续六年蝉联商务部年度考核国家级开发区第一名的苏州工业园区再次提出,要"建设世界一流的高科技园区,一流的自贸试验区"新目标。这是一个探索者的自信与担当,更是"示范区"必须肩负起的历史使命。

创建世界一流高科技园区

　　走向世界,引进外资,创建开发区;20 世纪 80 年代改革开放之风,激发出苏南大地的澎湃活力。

　　20 世纪 90 年代初,邓小平同志在南方谈话中说,中国可以借鉴新加坡经验。由此,中国和新加坡官方掀起了互动交往的热潮。

　　那是载入中国改革开放史册的一个精彩定格——

　　1993 年 4 月,新加坡总理吴作栋访华,向中国时任总理李鹏提议,中新合作在苏州市进行土地成片开发,建设一个类似新加坡裕廊镇的工业区,并将新加坡在规划建设、经济和公共行政管理方面的成功经验移植到苏州。李鹏总理当即表示支持。

　　1994 年 2 月,国务院批复同意苏州与新加坡合作开发建设苏州工业园区。

月底，中新两国政府《关于合作开发建设苏州工业园区的协议书》在北京签署。

作为中国开放大局中"国家决策"的"先手棋"，苏州工业园区的跨国合作，打开了中国改革开放的全新空间。在经过双方深入考察之后，决策者们把目光投向了与苏州千年古城遥遥相望的城东片区。

20 世纪 90 年代初，这里是一片历经千年的农耕水乡——阡陌纵横，水田成片，一排排白墙青瓦的民居散落其间，犹如一幅淡然氤氲的江南水墨画卷。

城东隶属苏州吴县郊区的五个乡镇，其时常住居民人口仅为 17 万多，全年的 GDP 只有 3000 多万元，经济发展水平在苏州全市 160 多个乡镇排名中居于中下。

苏州工业园区这枚开放合作先手棋的拍板"落子"，点燃了苏州人追求现代化的恢宏梦想。从此，"借鉴、创新、圆融、共赢"的理念根植人心，成为园区开拓者们奋力抢抓机遇，追求先人一步的不竭动能。

新加坡给苏州园区输出的是裕廊工业园区的成功经验。这个园区位于新加坡岛的西部，是亚洲最早成立的工业园区之一，主要以吸引跨国公司投资为主。

在园区，有一个流传甚广的故事。1995 年的盛夏，新加坡领导人李光耀一行来到苏州考察。他兴致勃勃地登上建设中的馨都广场大楼，俯视正在建设中的三星半导体厂房。时任苏州市市长章新胜用流利的英语告诉他，园区首期 8 公里的核心区，恰巧是 2500 多年前干将莫邪炼铁铸剑的工场。

"剑成而吴霸。"章新胜介绍说，当时干将莫邪炼出的铁剑已接近钢的水平，吴国的生产力因此有了大幅提升，很快就称霸东南。他相信园区建成后，也会吸引大批掌握高新科技的跨国公司涌入，苏州也会因此而快速崛起。

"这是一个两千五百年的历史巧合。"李光耀惊喜地说。这个穿越时空的历史巧合，不只是给李光耀，也给所有关注这一合作的人们预示了一个值得期待的恢宏未来。

15 年后，当李光耀再次来苏州参加园区 15 周年庆祝活动时，他激动地用"青出于蓝"四个字概括苏州园区所取得的成就："即使老师再好，学生不好也不行。而在中国，学生比老师更好。"

曾任苏州工业园区副主任的孙燕燕，就是当年接受新加坡老师培训的第一批学生。

"我有幸参与建设和见证了工业园区发展的全过程。"孙燕燕回忆起那段艰辛创业的历程时,脸上洋溢着强烈的自豪感。她是上海交大自动控制专业1989年毕业生。"我当初来苏州,是为了爱情。"干练敏捷的孙主任直言不讳。1994年她随先生来到苏州,恰逢园区启动并面向全国招聘招商人才,她以优异的成绩和一口流利的英语,成为最先被招进的14位人才中的一位,随后被派到新加坡培训。

园区的招商工作改变了她的人生轨迹,同时也为她打开了一扇"国际化招商之窗"。那是一段刻骨铭心的岁月,对于孙燕燕来说,从最初的茫然与懵懂,到在中方领导的支持和新加坡老师的指点下,一步步瞄准产业方向挖掘潜在项目,与选址团队展开一轮轮谈判,细化所有的合作条款,再到项目决策进驻园区,全程跟踪服务跨国公司客户,无疑是一个细致专业而又充满挑战的复杂过程。伴随着一个个跨国公司进入园区,她这位曾经的清纯学子,也在历练中成长为园区知名的招商引资的"学霸"。

那些年,她去过美国和欧洲等发达国家许多科技园区与跨国公司的集聚区,由她带领的招商团队,先后为园区引进了许多家跨国公司和一批批国际巨头的研发中心。

孙燕燕只是许许多多苏州工业园区先行者的一个缩影。

从第一次由新加坡方带领组团出国引进项目,到熟悉招商"门道",摸清引资路径,园区人只用了3年多的时间,就引进了100多家中外跨国公司落户园区,其中有20多家世界500强企业。那是一段艰辛异常的拼搏经历,也是园区招商人自我"涅槃"的成长历程。

在招商引资的实践中,苏州工业园区在引进世界一流科技企业的同时,也在时刻把握国际园区转型的新趋势,多维度分析理清世界高科技发展的脉络,不断优化园区可持续的发展路径。为此,他们没有"固化"在最初引进那些跨国制造业企业的喜悦中,而是敏锐地把握全球产业转移的趋势,围绕园区未来产业发展的方向和重点,不断地突破思维定式,及时实施"招商选资""靶向引智"新思路,逐步确立起围绕产业链、技术链、服务链、价值链招商引智的新模式。

从2002年起,园区就已开始聚焦世界500强及关联项目,引进产业龙头,并逐步形成了新一代以信息技术和高端装备制造为代表的两大主导产业集群。

在苏州工业园区里有许多条路,如苏惠路、苏秀路、苏慕路、方洲路、旺墩路等,还有现代大道、中新大道、金鸡湖大道,而其中最知名的两条"路"则是苏虹路和仁爱路。

沿着这两条路行走,人们会发现这里集聚了不同的产业集群,向人们展示了园区发展理念的迭代跃升——

苏虹路是园区交通的主干道。2001年当友达光电最早落户苏虹路时,这里还是一片农田与水塘。很快这家公司就在园区落地生根。随后,与其配套的冠鑫光电等企业也接踵而来,沿着这条路迅速布局。仅仅过去几年,这里就成了金融和IT高新企业的集聚区,不同集群的典型代表在此都能找到。

这样的产业链集聚,使得配套产业的企业间产品流通更为顺畅快捷,很多企业在生产过程中所需要的设备、技术、投入及员工都能在区域内得到解决,生产效率和服务效率大幅提升,为园区发展注入了新动能。

2005年,园区交出了一张鲜亮的成绩单——

被看作是"高新技术产业"的通信设备、计算机及其他电子设备制造业,构成了园区内的支柱行业,企业集群占到园区企业的五分之一,行业产值和就业人口更是达到了全园区的一半。

然而,透过这张成绩单,园区决策者敏锐地察觉到深层隐忧——外资带来的制造业做得再好,也不会成为自己的核心竞争力。他们从国际招商的前沿,敏锐感知到发达国家已在纷纷启动建设以经济与技术相结合为特征的第二代科技园区。由此,他们启动了"产业升级""科技跨越""服务业倍增"三大行动计划。

园区还有另一条东西走向的仁爱路,正是在这样的背景下被园区决策层赋予了新的战略定位,由此逐步形成苏州工业园区转型发展的核心区域——独墅湖科教创新区。

它呈现的是与"苏虹路"完全不同的价值形态和集聚要素。

围绕三大新兴产业,积极打造集聚优势,园区以其前瞻性的决策,在这里分别投资建设总面积超过600万平方米的生物医药产业园、纳米城、国际科技园等孵化载体,充分发挥出功能园区集聚创新要素、扩散知识技术、溢出产业信息的引领作用。各功能区着力打造出集众创空间、企业孵化器、加速器和产业园为一体的企业培育全链条,提供创新创业人员所需的各项服务,使其成为享誉国内外、具有高显示度的专业化品牌功能园区。

有了这样的氛围，许多的"首个"在此不断涌现：首个"高等教育国际化示范区"、首个中外合作办学研究院、首个纳米技术产业标准化示范区……从这里，人们看到了苏州工业园区争做"科学规律的第一发现者"的进击身姿与宏大愿景。

2000年启动建设的国际科技园，是园区最早设立的科技企业孵化器，致力于打造以云计算、大数据为支撑的人工智能产业基地。到2019年底，已建成1—7期载体，建筑面积达107万平方米，孵化企业超过4000余家，培育上市企业15家，在园国家高新技术企业超过255家，集聚国家重点人才计划人才22人，累计吸引微软、华为、西门子等13家世界500强研发机构和9家全球服务外包百强企业，集聚科大讯飞、思必驰、云从科技、树根互联等人工智能头部企业，以及中科院旗下多家科研院所和研发机构，荣获国家软件产业基地、国家海外高层次人才创新创业基地等十项国家级荣誉。

2007年开园的生物医药产业园，建成载体118万平方米，已形成创新药物、高端医疗器械与体外诊断、生物技术三大重点产业集群。

2011年，47岁的海归博士余德超来到园区，创建了信达生物，致力于研发百姓用得起的救命药。2019年，信达生物研发的抗癌新药达伯舒突出重围，成为唯一被纳入国家医保目录的PD1/PD-1免疫抑制剂，纳入医保后，其价格减幅达64%。2021年再次进入医保后，价格在原来的基础上再降62%。

信达生物只是园区众多创新型企业的一个缩影。

2020年，面对突如其来的新冠疫情，飞速发展的生物医药技术，为这场没有硝烟的战争注入了强劲的科技力量，艾博、爱棣维欣分别参与研制国内首个新冠mRNA疫苗、DNA疫苗，展现了园区生物医药的硬实力。截至2021年6月，独墅湖科教创新区已集聚800多家生物医药高科技企业、近35000名高层次科技人才以及20家境内外上市企业为代表的重点企业。

早在2010年园区就已启动苏州纳米城建设，2013年投入使用，占地1500亩，累计投用52.6万平方米，是全球最大的纳米技术应用产业综合社区。园区先后引进国家第三代半导体技术创新中心、中科院微电子所苏研院、苏州空天信息研究院、苏州中科细胞研究院、苏州科化低碳技术研究有限公司（兰化所苏研院）等"国家队"科研院所，通过产学研合作进一步促进产业集聚，构建起完善的产业生态圈。2022年6月底,已累计入驻纳米技术应用相关企业近500家,被国家部委及行业组织授予国家先进制造业苏州新材料产业集群、国家纳米高新产业化基地、国家纳米技术国际创新园区、中国十大集成电路高质量发展特色园区等称号。敏芯、纳微、纳芯微、东微半导体、润迈德等一批行业佼佼者异军突起。

"积土成山,非斯须之作。"园区还以"十年磨一剑"的战略定力,引入金融活水给高科技创新企业赋能,创建成立了国内首支国家级大型人民币母基金——"国创母基金",由国开金融有限责任公司和苏州创业投资集团有限公司共同发起设立,总规模达600亿元。到2021年底,国创母基金已投资设立几十家子基金,子基金规模超千亿元,完成了几百家企业的金融投资。

近年来,园区为了适应科技创新生态圈的需要,先后出台一系列激励"总部经济"发展的政策,鼓励生产型企业设立总部机构、研发机构、共享服务中心(财务、供应链、IT、人力资源等)。

最典型的是微软。早在2005年微软就与园区苏州科技园结缘。2006年,微软与科技园合作,共建微软实验室、SAAS模式孵化器。2012年,微软总部经过一年多的严格选址程序,最终选择了落户苏州,在这个西雅图之外最重要的园区设主研发基地。经过近十年的运营,研发中心拥有来自美国、英国、印度等十余个国家超过2000名研发人员,并驻扎有微软最新机器学习项目的研发团队。目前,微软的研发基地也已同步进行二期、三期扩建。在一期基础上,他们引入数据中心架构设计、自然语言处理、移动互联体验等前沿科技研发项目和团队。因此,该基地被园区人亲切地称为"苏州的西雅图"。

这些也只是苏州工业园区不断自觉推动创新,密切关注国际科技园区转型趋势,实现自我进化跃升的一个侧面。

园区还不断将创新的触角前移,在前沿技术创新资源最集聚的城区,设立海外离岸创新中心,组建苏州海外人才离岸创业联盟和离岸创新产业研究院,推动国内循环与国际循环的相互促进,形成了内聚外联双轮驱动的新格局。2022年7月12日,苏州工业园区国际商务合作中心(东京)开展项目签约与合作伙伴发布活动,苏州中日医药与新材料中心同期揭牌,进一步搭建中日双方在产业、技术、人才、资本、市场等领域更深层次合作平台。截至2022年,园区已陆续在新加坡、西班牙、日本东京、中国香港等国家和地区设立多个海外离岸创新中心,奋力加快融入全球的创新体系。

上海社会科学院与人口发展研究所研究员邓智团,把苏州工业园区的创新经历概括为三个阶段:抢抓跨国公司全球产业梯度转移历史机遇的创新1.0版,汇聚全球高端创新资源、抢抓新一轮科技革命和产业变革历史机遇的创新2.0版,创新产业迅速崛起、创新生态开放活跃、跻身建设世界一流高科技园区行列的创新3.0版。

令人欣喜的是,园区的自觉创新在不断延续:他们将从研发能力提升、临床资源优化、审批监管创新、发展要素保障等环节,推进生物医药全产业链的开放创新;加快推进先进制造业与现代服务业深度融合,推动制造业转型;坚持在全球范围内配置创新资源,构建以大院大所、龙头企业为引领的协同创新网络;注重"用户思维""客户体验",加强法制建设和诚信体系建设,推动"就近办、网上办、掌上办",持续优化营商生态。

停滞就是落后,自满必然倒退。从江南水乡的乡镇经济起步,到外向型经济的转型升级,再到融入全球化的创新经济,苏州工业园区始终锚定建设世界一流园区的目标,坚定而又执着地走出了一条中国式高质量发展的新路径。

打造产城融合的"新天堂"

在苏州工业园规划展览馆展示的一组组数字图表中,有三张对比鲜明的图片尤为醒目:一张是园区开发前的彩色手绘图,而另外两幅则是分别拍摄于2016年、2021年的金鸡湖远景图。

如果不细看,这三张图还真让人难以分辨出其中的细微差别。解说员介绍,手绘图是苏州工业园区规划设计人员最早的构想草图,而另外两幅则是金鸡湖畔近年来拍摄的远景照片——

蓝天白云,一湖碧水,鳞次栉比的楼群由近及远环湖而立,大片大片的绿色铺呈其间,宽阔的马路纵横交错,一座依湖而建的现代化城市跃然眼前。

从最初的规划到后来的持续建设,苏州工业园始终遵循一张蓝图绘到底的理念,28年来,他们坚守如初,一以贯之,探索出一条产城融合的新思路。

春秋时期,伍子胥奉吴王阖闾之命,在苏州相城"相土尝水,象天法地,筑大城周四十里,小城周十里",建起了阖闾城,伍子胥也因此被后人称之为苏州最早的"城市规划师"。如今,我们通过南宋时期的苏州城市平面图《平江图》,依然能够清晰地看到这种"水路并行、河街相邻"的古城格局。

虽然,园区新城与千年古城在呈现形态上风格迥异,但是人们依然能够从中感知到穿越千年一脉相承的文化基因。

高起点城市规划,是建设好现代化城市的首要前提。

1994年,当苏州工业园区从城东的一片水乡农田起步时,园区决策者们就以3000万元的大手笔,聘请世界一流的设计公司,用整整一年的时间编制建设发展城市的总体蓝图。由此一度还引发不少争议,然而他们不为所动,坚定不移。

围绕那幅令人向往的宏大蓝图,园区先后编制完成了300多项专业规划,构成了广覆盖、多层次、全方位的科学规划体系。

第一个层次,制定了确定长远目标和宏观控制指标的概念规划,立足未来40—50年的发展目标,对发展愿景、人口规模、功能布局等作出战略性安排,具有极强的前瞻性;第二层次,立足未来10—15年的发展目标,明确中期发展的重点;第三层次,将概念规划转化为明确每一片区功能的整体方案总体规划、建设指导和建设控制的详细规划、城市设计、规划技术规定等。

前瞻性眼光,高起点期待,是源于对自身短板的理性认知,更是源于对城市科学发展规律的深刻敬畏。

1994年5月12日,苏州工业园区首期开发建设正式启动。2001年,园区二、三期建设开发全面展开——

从最初的8平方公里核心区的开发,扩展到70平方公里的中新合作区,再延展到278平方公里的全域开发,一座国际化现代之城从20世纪90年代的"水乡田野"上拔地而起。

打开地图,园区的城市布局别具匠心——以独墅湖科教创新区、高端制造与国际贸易区、阳澄湖半岛旅游度假区、金鸡湖商务区为主体,辅以创新产业、新兴产业、智能制造、企业总部、科技金融等重点板块为支撑,再集众多研发载体、创新平台为依托,由此形成了集聚度高、特色鲜明、功能互补、协同发展的科技创新空间。

这是一个不断前行、开拓、创新、提升的艰辛历程——

2006年,经国务院批准,中新合作区规划面积扩大70平方公里,苏州工业园区被纳入国家高新区管理序列;

2009年,苏州工业园区开发建设15周年,取得了地区生产总值超千亿、累计上交各种税收超千亿,实际利用外资折合人民币超千亿,注册内资超千亿等"四个超千亿"的发展成就;

2019年,国务院同意设立中国(江苏)自由贸易试验区,其中苏州片区位于苏州工业园区;

2021年,苏州工业园区跻身国家科技部建设世界一流高科技园区行列。

如何让一座现代之城,成为宜业宜居之城?

28年来,苏州工业园区坚持以人民为中心,围绕高标准基础设施"50年不落后"的定位,按照"填土填到哪里,路网布到哪里,管网跟进到哪里"的原则,实现了"九通一平"基础设施全覆盖,一步步构筑起"两主、八心、多点"的中心体系结构。比如,为提升街道片区整体功能,园区建立了"城市级商业中心、片区商业中心、邻里级商业中心、居住小区配套商业"四级联动的商业体系。

为了提升公共交通的可达性,园区还构建了以轨道交通为骨干、地面公交为主体的覆盖全城的综合交通体系——

2007年10月通车的独墅湖隧道,使古城南部地区到独墅湖高教区的车程缩短到了6分钟;

2017年8月,星港街隧道正式建成通车;

2021年5月建成通车的星湖街隧道,穿过石港路、金鸡湖大道和淞江路,有效提高园区南北向主干道星湖街的通行效率;

2022年底,独墅湖第二隧道全面开通,有效缓解现有独墅湖第一通道的交通压力,大大缩短园区到吴中区的车程,最快缩短至5分钟。

统计数据显示,园区仅建成的城市道路就高达950公里。

"出行即服务","桌面即路面",2009年,园区即启动了智能交通规划建设。目前,苏州园区已实现核心区域的智能化全覆盖,建立秒级实时自适应信号控制平台,应用效果全国第一。同时,园区搭建交通仿真体系、诱导发布系统、路况实时信息发布系统等,完成辖区近45%路口的智能化改造和七大主要应用平台建设。

这是一组让人感叹不已的数据——

苏州工业园区为建设新城累计投入 460 多亿元,其中用于动迁安置近 200 亿元,基础建设 180 亿元,动迁社区改造近 21 亿元,生态环境优化逾 14 亿元,社会公共服务和民生保障近 48 亿元。正是在这些大手笔的投入中,原有四个乡镇的农民全部变成了"市民",当年的传统乡村蝶变为一个个宜居宜业的现代社区。

深入园区,你可以听到天南海北的方言乡音,可以品尝到世界各地的美味佳肴,还可以通过各类社团组织结识志趣相投的朋友……这里已经成为江苏外籍人口密度最高的地区之一,常驻的有日本、韩国、美国、英国、新加坡等外籍人员 1.2 万人,海归超 6000 人,户籍人口和外地人口之比为 1∶1.3,不同国度、不同肤色、不同背景的居民在这里和谐相处,成就了一幅幅令人向往的美好生活图景。

28 年来,既是园区经济体量积聚扩容、现代产业不断优化、新城市持续建设的过程,也是社区不断提升服务理念、社会治理迭代创新和许许多多的新苏州人逐步融入新城的过程。

1997 年,园区引进新加坡邻里中心新型社区服务概念,开创中国首个以邻里中心为特点的社区商务模式。

1998 年,第一家邻里中心——新城花园邻里中心开业。

从 2011 年起,每个新建邻里中心都辟出 15% 的面积用以同步规划建设民众联络所,标准化配备社区工作站、民众俱乐部、乐龄生活馆等功能单元,并免费向社区居民开放。

2021 年 12 月,由湖西和湖东两个社区工作委员会合并成立金鸡湖街道。这是园区五个街道中最年轻的街道,辖区面积 45 平方公里,具有中心城区行政中心、商务中心、文化中心、居住中心等多功能中心相叠加的特点。街道辖区内有 140 个小区,户籍人口 22.8 万,30 万常住人口中,其中来自全国各地的新苏州人 70%,本土老苏州 22%,外籍洋苏州 8%,年轻化、国际化、高知化、多元化成为这个社区鲜明的标识。

"让异乡客找到家园归属的背后,融入无数园区人 20 多年来锲而不舍的努力。"来自泰兴的"新苏州人"、金鸡湖街道改革创新局负责人唐冬云对此深有感触。2004年，初到苏州的唐冬云对身边的一切都感到陌生，小区里的邻居也少有交流，难有融入感与归属感。随着2001年和2005年湖西、湖东两个社区工作委员会相继成立，园区借鉴新加坡城市管理经验，开启"小政府大社会"的治理模式。2008年唐冬云到湖东社区工作委员会工作，2021年金鸡湖街道成立，从社工委模式到金鸡湖街道行政区划调整，作为一名基层社区工作者，她既是参与者，也是亲历者。

近年来，湖东社工委结合园区人员结构多元化、年轻化的特点，又推出"新邻里主义"工作品牌，重点是改善邻里关系，通过发放社区特制的串门卡，鼓励居民认识对门的邻居。从敲开一扇门开始，到一个楼道、一栋楼、一个小区，让来自五湖四海的居民们彼此熟悉，开展活动，成立社团组织，让每个人都有参与和展示的平台，使他们在互相融入中增强信任感与归属感。

从彼此隔膜到互相认同，由"客居心态"到共建家园，在基层党组织的积极引导下，新苏州人与老苏州人携手共建幸福家园，实施业主自治、多元共治，汇聚起一股强大的力量。

你如果走进兆佳巷邻里中心的菜场，跃入眼帘的是一块液晶大屏：大屏上滚动呈现出菜场适时的客流量和买卖交易量的数据。大屏右下角还有当天菜场的销售排行，让人一目了然。负责运营服务的管理人员，每天都会及时地把这些数据反馈给菜场的各家商户，供他们第二天进货参考。

邻里中心负责人介绍，兆佳巷邻里中心面积6.1万平方米，其中一楼是菜场，二楼是社区卫生站，三楼是民众联络所。这个中心辐射周围6万户左右的居民，1公里内的小区步行15分钟即可抵达，社区居民日常的衣食住行都能满足。值得一提的是，邻里中心经历了满足小区居民日常所需的1.0版，进化到当下以数字化运营的2.0版，打造了"邻里微LIFE"小程序，居民可以通过小程序在线上买菜、购物，然后配送到家。针对老龄化日益突出的问题，民众联络所又创新推出了新服务。兆佳巷邻里中心还设置有老年人日间照料中心，可以解决他们的吃饭、活动、基础医疗等问题，深受欢迎。

目前，这家由国有公司经营的"邻里中心"步入了连锁型经营的开发模式，经营有20多个项目。公司从建立品牌到业态优化，通过团块状商业布局，逐渐将社区商业配套和公共服务有机融合。与此同时，他们还将"邻里中心"这个品牌输送全国,与其他省市的小区合作,以资产项目形式输出大约 300 万平方米。

园区里不少社区都住有外籍人士,中海社区就是其中的一个。社区辐射中海湖滨 1 号、和风雅致及星尚公寓三个小区,其中包括月光码头、科文中心、会议中心等园区地标建筑。这个社区环境好,住户的文化层次高,尤其是台胞和韩国、日本等外籍人士多,国际化特点突出。如何服务好这类人群?社区人员通过日常走访和网格化管理建立联系,保持常态化的服务,帮助他们了解、适应苏州的、中国的文化风俗,同时也融入他们自己国家的风俗习惯,进行多元文化交流。

2019 年,湖西社工委成立"社区治理共同体",来自美国、法国、爱尔兰、巴基斯坦等国家的外籍人士组成了"义洋湖西"志愿服务队。围绕外籍人士社区生活需求,志愿服务队制作了《外籍人士生活服务手册 2.0》,为外籍人士在苏州生活提供了更为全面的生活指引。

2022 年春天,新冠疫情突袭苏州,一支支由外籍友人组成的志愿者活跃在园区防疫一线的各个点位,有来自美国的大学教授施艾伦、钢琴家丁唐,有来自法国的退休老人 Anne Dugua 等,成为园区一道独特的风景线。

一座城市,自然不能只有高楼和密集的工业企业,培养具有丰厚人文要素的底蕴,使之深度沁润这座城市,提升城市高品质生活,这是园区人的又一追求。

金鸡湖畔,伫立了一座 12 米高的"圆融"雕塑——由两个动态扭转的"圆"紧密相叠,给人以无限的遐思。它由新加坡雕塑家孙宇立先生创作,寓意中新双方的密切合作,艺术地表达出传统与现代、科技与人文的共荣共生。

这已成为园区新城的一个标志性符号。类似这样的艺术景观,如今已装点在许许多多的公园、街道和城市的入口处,彰显出园区内蕴的城市品质与独特的艺术气质。

高品质的城市生活是创新创业生态的重要内容之一。园区孜孜不倦地着力建设高品质文化活动的集聚区,不断增加和提升金鸡湖休闲娱乐设施,引进小剧场、艺术画廊等多种形态的演艺空间,鼓励主题咖啡馆、文创集市发展,打造 24 小时活力区域,塑造多元圆融的城市新文化。

2007 年、2016 年,园区分别成立了苏州芭蕾舞团、苏州交响乐团,它们与苏州评弹学校一起,成为解读园区文化传承最生动的"城市语言",演绎着千年姑苏今风古韵的独特风雅。

2019年8月举行的"iSING! CHINA 地久天长——献礼新中国成立70周年音乐会"上，苏州新时代文体会展集团旗下的苏州芭蕾舞团、苏州交响乐团和倾力打造的"iSING！Suzhou"品牌首次同台亮相，翩跹的舞姿、恢宏的旋律、华美的歌声竞相交融，为共和国华诞献上了一份特殊的礼物。

2022年6月，阳澄湖畔竖起一座新地标，嘉德·宥爱艺术中心——这座首个以生命为核心主题的国际一流艺术中心，由此在苏州又打开了一扇全新的窗口，拓展了与全球艺术进行对话合作的新空间，苏州百姓也得以通过更便捷、更近距离的方式，欣赏代表国际水准的艺术作品。

"读书要去独墅湖，赏景听水闻书香。"独墅湖，又是"读书湖"的谐音，现已成为海内外莘莘学子的集聚区。园区建立起以独墅湖图书馆为总馆，街道、社工委图书馆为分馆的三级公共图书馆服务网络，构建起集总分馆、24小时智能图书馆、流动图书馆、特色主题馆、网络图书馆及图书自助投递服务点为一体的公共图书服务体系。

近年来，园区还积极统筹独墅湖图书馆、金鸡湖文化馆和金鸡湖美术馆资源，设立公共文化中心，实现了从阅读到文化、文学、艺术资源的大整合，把文化浸融到城市深层的肌理中。

一路开拓，一路奋进，一路提升，园区以其开阔的国际视野、前瞻的规划布局、可感的人本温度、贴心的社会服务、厚植的人文底蕴，创造出一个让创业者点赞、居住者自豪、外来者向往的幸福新天堂！

汇聚活力澎湃的"创新因子"

水深鱼聚，林茂鸟悦。一流的园区离不开一流人才的支撑。

这是铭刻在李成春记忆深处的一幕——

1994年，苏州工业园迎来了第一家外资企业三星电子（苏州）半导体有限公司。此时，刚刚从哈工大毕业的李成春来到苏州，成了公司的第一批员工。他清晰地记得营业执照上的那一串数字——1994年12月28日，三星电子领取了苏州工业园区工商局颁发的"00001号"营业执照。

自此以后，他就"看着园区一天天发展起来"。如今，李成春已经担任公司党委书记、副总经理，家也安在了园区。

他只是二十多年来汇聚园区人才大潮中涌现出的一朵浪花。

伴随园区开发建设的日新月异,园区展示出的未来美好图景,吸引着来自世界各地的创业者和有志青年。许许多多海内外的俊杰们认定,这里就是自己梦想起航的地方。

从全球看,世界一流工业园区和科技园区的发展过程,都是从最初劳动力、土地等物质要素的聚集,到技术、专业化人力资本等创新要素的聚集。构建极具活力的创新系统,实现全球创新因子的有效汇聚,已成为当下世界一流工业园区最为关键的核心竞争力。

从"引进凤凰"到"万鸟归巢",苏州工业园区走过了坚定不移的人才引进历程。

2007年,苏州工业园区推出"科技领军人才创业工程",2011年实施"金鸡湖双百人才"评选,此后又出台《吸引高层次和紧缺人才的优惠政策意见》,迭代升级"金鸡湖人才计划",建立领军人才、企业骨干、青年人才全方位支持体系。

一系列人才政策新举措增强了苏州工业园区引才聚才的实力、底气和本领,一批国际领军人才和创新创业团队,一批一流的科学家工程师和企业家队伍,一批具有重要发展前景的高素质创业人才,一批提供高质量金融服务、外包服务、商贸服务、"互联网+"服务以及咨询、法律、会计、知识产权、人力资源等现代服务业骨干人才,不断向园区集聚。

这是一串令人瞩目的名单:袁建栋、张德龙、江必旺、刘圣、杨大俊……伴随第一代园区海归人才的到来,园区在生物医药、纳米科技、电子信息技术等这些当时在中国几乎是空白的产业领域开始有所突破。

信达生物、纳微科技、旭创科技、亚盛医药一大批高科技创新型企业从落户园区到相继上市,见证了苏州工业园从引来一个企业到孵化一个产业,从引来少数金凤凰到汇聚万鸟归巢的前行历程。

对于一个立志打造世界一流产城融合的现代化园区,无疑需要更高的站位,进而不断完善人才的引育体系。为此,园区从最初单纯的人才引进,逐步向集人才培养、科学研究、科技成果转化三大功能为一体的发展理念转变。

2004年,《中华人民共和国中外合作办学条例》颁布的第二年,英国利物浦大学就和西安交通大学及苏州三方达成共识:在金鸡湖边建一所全新的西交利物浦大学,这也是全国第一所中外合作办学试点。

此后,哈佛大学、麻省理工学院、加州大学洛杉矶分校、新加坡国立大学、中国科技大学纷至沓来。

2018年11月,牛津大学高等研究院(苏州)落户独墅湖科教创新区,这是牛津大学在海外设立的第一个实体法人的多学科研究、创新、技术中心。伴随31所国内外知名院校的集聚,苏州园区一跃成为国内科教资源最集中的区域之一。

"独墅湖畔好读书。"作为全国首个"高等教育国际化示范区"的独墅湖科教创新区,以国内外名校集聚为引领,以合作办学为特色,以高端人才为支撑,以协同创新为方向,形成了以全日制学历教育为主,覆盖从博士、硕士、本科到专科和高职的多层次人才培养机制,构建起职业教育、高等教育、高新技术产业一体化发展新格局。

园区还全力构筑创新创业载体,推出"iDream"园梦高层次人才招引平台,组建产业联盟和人才联盟,建设产学研协同平台,引进国家级研究平台、国家级重大项目、国家高新技术企业以及世界500强企业区域总部、共享中心、研发中心等高层次人才载体,为有效吸引高层次人才在园区集聚提供重要支撑。

在人才竞争日益激烈的形势下,苏州工业园区注重亲商亲才并举。2019年,园区成立高层次和国际人才服务中心。面对更高层次人才的安居要求,他们进一步提升高层次人才公寓质量,为院士、高层次专家和产业领军人才提供一流的居住场所和生活环境,对顶尖人才、领军人才、博士后等分别给予相应的住房补贴。对符合条件的重点科技领军人才和重大招商项目引进人才,优先提供定向定价方式销售的人才组屋。此外,园区围绕与各类人才安居密切相关的子女入学、家属就业、户口迁移、出入境管理等方面需求,开设绿色通道,解决优秀人才后顾之忧,形成了优良的服务环境。

2022年7月,苏州工业园区方中街西、淞北路北的一处工地一片喧腾,园区首个以挂牌形式出让的租赁住宅小区正式开工建设。小区建筑面积约12万平方米,建成后可以提供800多套租赁房源,满足约2500人的居住需求,同时还有优质便捷的商业配套。

这个项目只是园区系统完备、形式多样的人才住房保障体系的一个缩影。为解决青年人才住房问题,园区在优租、优购、优补安居保障体系基础上,开发

"iHome"融合服务平台,推出 2.1 万余套间人才公寓和 12349 套人才优购房,发放 9200 余万元租房补贴,惠及人才超 10 万名。

2020 年,园区试点人才服务"一卡通",申请人可以通过"线上＋线下"的精准服务体系,实现各类事项"一网受理、只跑一次、一次办成",还可以持有"金鸡湖人才卡",在服务清单范围内享受"绿色通道"服务。

于是,我们认识了这样一群"新海归"——

胡颖,被英国公司派到园区分部工作的浙江嘉兴姑娘,却机缘巧合地成了苏州环金鸡湖国际半程马拉松策划者。历经十届赛事,"金马"已成为苏州最具代表性和影响力的半马赛事之一。

郝亦成,放弃荷兰普瑞瓦的高薪工作回国,钻研树莓种植,设计出一套 AI 无人种植系统。2021 年在园区成立深莓科技,致力于以人工智能赋能农业种植。

居一,毕业于哥伦比亚大学,创办国内首家宠物订阅制电商平台 Molly Box (魔力猫盒),用订阅制模式解决养猫问题,用户超百万人。在园区成立的琚宠科技也成长为全产业链公司,并获得了多家知名投资机构的青睐。

李映璇,从英国归来的"90 后",2019 年作为第二提琴手正式加入苏州交响乐团。"学到更纯粹的古典音乐,在世界的舞台去展示我们中国的文化"是她最大的心愿。

苗显,美国麻省理工学院电子与计算机工程专业博士,怀着知识报国、振兴中华的理想,在园区创立的伏瓦科技首发 AI 安全平台产品已实现商业化落地,并与客户完成多个实际场景的验证,异常预警能力达到世界领先水平。

一组数据印证了园区新兴产业和人才群的强大实力——

园区拥有国家高新技术企业 2130 家、上市企业 62 家、中国独角兽企业和潜在独角兽企业 39 家。人才总数多年保持全国开发区第一,入选国家级重大人才引进工程专家 219 名,其中创业类占全国人才总数的 7%。

园区集聚近 2000 家生物医药企业,以产业、人才、技术三个专项竞争力第一的绝对优势,牢牢占据全国 215 个生物医药产业园第一名。创新型龙头企业数量、创新型人才规模、获批生物创新药临床批件数量、生物大分子药物总产能、企业融资总额等五项指标,均占全国总数 20% 以上。

园区纳米新材料集群入选首批国家先进制造业集群,被评为"全球八大微纳制造领域最具代表性的区域"之一。2021年实现产值超1250亿元,继续保持20％以上增幅,累计引进和孵化相关企业900多家,其中上市企业15家。

园区围绕以人工智能为引领的新一代信息技术产业,重点聚焦人工智能、软件和信息服务、集成电路设计等领域,积极推进人工智能与实体经济深度融合,集聚相关企业约1000家。2021年实现产业产值超600亿元,已成为全省乃至全国人工智能产业重要增长极。

园区拥有全球"灯塔工厂"2家,集聚省级总部机构56家,占全省17％,成为全省唯一"省级外资总部经济集聚区"。

2020年,苏州工业园区再次出台《关于加快集聚高端和急需人才的若干意见》,又一次提升人才引进力度。

在企业引才方面,鼓励重点新兴产业设立企业冠名奖学金,通过猎头招聘的相关高层次人才和紧缺人才可申请招聘补贴,此外还推出柔性引才补贴、金鸡湖伙伴计划补贴等。在人力资源机构方面,对引进国内外一流人力资源服务的区域总部机构,最高给予500万元落户奖励。在外国人才引进方面,放宽专业外国人才引进条件,对符合条件的一次性给予2年工作许可,对入选"金鸡湖人才计划"的高层次外国人才一次性给予5年工作许可,同时鼓励外国人才创新创业,对信用优质单位开通绿色通道,对符合条件的外籍高层次人才开通永久居留受理窗口。一系列新政为园区新一轮大发展积蓄了力量、增强了动力。

园区决策层深知,只有让最聪明的"脑袋"与最富有的"口袋"有机结合,才能释放出创新创业的最大活力。

为有效解决人才创新创业过程中的融资难、融资贵问题,苏州工业园区不断完善创新创业人才扶持机制,强化人才工作与科技金融工作的协同,以金融推动项目,以项目集聚人才,以人才引领产业,围绕创新链各环节,构建起人才、项目、金融三结合的人才创新创业扶持体系。

园区累计出台科技金融相关政策近20项,基本形成了涵盖股权投资和债权融资联动,覆盖企业初创期、成长期、成熟期到挂牌上市等企业全生命周期的多层次、全方位的科技金融政策扶持体系。依托苏州工业园区企业发展服务中心的数据枢纽,推出"园易融"线上一站式综合服务金融平台,为企业提供7×24小时"不见面、在线融"金融对接服务。目前,平台已汇集九大类金融服务机构,集聚金融机构近 260 家,服务顾问近 600 位,推出普惠性金融产品 152 款,累计为 1134 家企业授信 312.64 亿元。

在债权融资方面,苏州工业园区鼓励金融机构加大对科技型中小企业信贷支持,设立了全国首个科技型中小企业统贷平台、全国首家小企业信贷专营机构、江苏省首家科技小贷公司(融风科贷)、苏州市首家科技支行,鼓励做大统贷平台业务,出台《园区风险补偿资金管理办法》及实施细则,通过风险共担的方式,与金融机构深度合作,推进金融产品创新,形成了覆盖企业全生命周期的省、市、区三级联动的政策性科技金融创新产品体系,涵盖孵化期—初创期—成长期—扩张期—成熟期全过程,年度贷款规模 80 亿元。上市融资方面,出台《关于进一步鼓励和支持企业上市(挂牌)的实施意见》,通过企业上市(挂牌)奖励、再融资(并购)奖励等全方位的扶持政策,持续支持企业通过资本市场做大做强。

在股权融资方面,苏州工业园区设立了政策性的领军创业投资基金,直接投资园区领军人才项目;出台了《园区创业投资引导基金管理办法》,通过基金参股模式引导投资机构投资园区科技创新企业,累计参股子基金 35 支,总规模已超 90 亿元,财政资金放大倍数超过 8 倍;出台《关于进一步促进东沙湖基金小镇高质量发展的实施意见》,建设股权投资机构集聚区。截至 2022 年上半年,东沙湖基金小镇入驻私募基金管理团队 267 家,设立基金 563 只,集聚资金规模 2897 亿元。小镇入驻基金累计投资园区企业 785 家次,投资金额超 200 亿元,所投企业中有 261 家已成功上市,其中,科创板企业 73 家。

在人才培育方面,苏州工业园区根据项目所处不同发展阶段,按领军、领军成长、领军孵化和创新领军等类别,分别给予创业启动资金、产业化成长奖励、项目滚动支持、创业股权投资、科技贷款支持、项目贷款贴息、研发用房补贴、免租住房支持、购买住房补贴、公共服务平台使用补贴、人才综合保障等政策支持,最高可给予 5000 万元补贴资助,顶尖人才补贴金额上不封顶。

历史总有惊人的相似。盛世繁华之所,必定是人才汇聚之地。

姑苏古城外,在苏州工业园区阳澄湖半岛旅游度假区内,有一座名为草鞋山的"土墩",传说是仙人的一只玉草鞋从天上掉下来而形成的。草鞋山遗址文化层堆积厚达 11 米,共 10 个层级,分属不同的文化时期,从下往上依次是马家浜文化、崧泽文化、良渚文化连续叠压。1992 年至 1995 年,中日两国考古学家在草鞋山遗址开展了中国最早的稻田考古工作,于此发现了6000多年前的稻田遗址。这是全世界首次发现具有灌溉系统的水稻田,轰动海内外。因此,草鞋山遗址也被称为"江南史前文化标尺""世界稻作文化的原乡"。不难想象,6000年前的这里也一定是一片繁华景象,能工巧匠,高手云集,才孕育了先进的生产技术、深厚的文化积淀。

今天,园区新一代创业者们更年轻、更多元、更国际范,犹如一股流淌的新鲜血液,不断激发着这座现代化产业新城的创新活力。正如园区党工委委员、组织部部长杨帆所说:"我们不仅需要一流的科技,也需要一流的城市,不仅需要一流的科学家,也需要一流的艺术家,需要大量的社会治理人才,而且要为他们提供创业发展的良好环境。"

2022年7月18日,苏州工业园区全新城市宣传片《以想象,创未来》正式发布。晨曦中,东方之门金光熠熠;夕阳里,金鸡湖畔鸥鸟翔集;夜幕下,李公堤璀璨繁华……

一个活力四射的现代化创新之城扑面而来。这里激荡着无数追梦人的热血与豪情,这里注入了一群群创业者的勇气与胆魄,这里也激发着一批批创新者的执着与自信。美好的愿景,升腾在每一个人的想象中,也在招引着一个个创业创新者续写奋斗前行的辉煌篇章!

构建生态体系的"独家密码"

悠悠蓝天,一湖碧水,花木交错,绿茵如织,林带含翠,绿岛隐隐……

清晨,你能惬意地聆听到清幽的鸟鸣;夜晚,人们可全维度观赏金鸡湖和独墅湖畔流光溢彩的美景……

走进苏州工业园区,每个人都会为这座崛起的新城全方位呈现的"高颜值"所惊艳,所吸引。

是的,当你在这座城市里了解得越深,就越能领略到营建"花园城市"背后的精细功夫;当你在这座城市里生活得越久,就越能深刻体悟到"诗意栖居"的丰富意蕴。

打开世界经济开发区与许许多多工业园区的版图,人们无不发现,大量企业的集聚和工业规模化生产的推进,常常加剧了生态环境的恶化,使相关区域里的有限资源变得越来越稀缺。

1990 年，Frosch 在英国工程师协会的报告中，对工业生态系统提出了新见解："工业生态系统的概念与生态系统的概念之间的类比不一定完美无缺，但如果工业体系模仿生物界的运行规则，人类将受益无穷。"

这是一个全新的目标——21 世纪的新兴工业园区，它不仅强调园区内的各成员内部实现清洁生产、减少废物源，同时强调成员之间的联系、合作与参与，通过物质能量、信息等交流，形成各成员相互受益的网络，进而使园区对外界的废物排放趋于零，最终实现经济、社会和环境的协调发展。

苏州工业园区在建设之初，就锁定了"生态宜居、紧凑集约、低碳节能、智慧智能"这一目标。园区决策层在打造"创新之城"之始，以其高起点的"绿色视野"和"绿色理念"，提出了"苏州现代化生态宜居城市"的功能定位，在这座新崛起的钢筋水泥森林里，布局"绿色空间体系"；在可预见的高密度社区里，构思"开门见水、推门有绿"的多层次开放公园和绿色景观；在企业密布、人口集聚的大趋势里，给湖泊河流水系和土壤给予全方位的清洁治理，使得这座新城市的"生命机体"，具有了有机更新、自我净化的强大功能，走出了一条城市与自然"两相护、两相悦"的发展路径。

水，是苏州之魂，是苏州之美，是苏州城市流动的命脉。"水陆并行、河街相邻"，这是绵延千年的古城风貌，为人们演绎了"人家尽枕河，水巷小桥多"的人间风雅，也赢得了"东方水城"的美誉。

园区新城与古城相比，早已没了旧时的传统水系，却在此坐拥"三湖"，即金鸡湖、独墅湖和比邻的阳澄湖。

金鸡湖，北接阳澄湖、娄江，南连独墅湖、吴淞江，水域面积 6.85 平方公里；独墅湖，北接金鸡湖，南接吴淞江，水域面积 9.39 平方公里。除了"三湖"之外，这里还有纵横的河道，形成了湖泊环绕的区域水系。这是一份丰厚的自然资源，更是一方难得的优美风景，自然这一切还在于设计者能否赋予它独特的匠心巧思。

园区建设者们大手笔规划，匠心独运地让新城核心区环抱两湖而建。在 20 多年的时光里，以"东方之门"为地标的一片片楼群拔地而起，依次布局在两湖的周边，使城市与一湖碧水彼此相望相映。湖水氤氲，楼群昂扬，恰似一幅徐徐展开的繁华图卷,刚柔相济,相映成趣,彰显出现代都市的恢宏气度。空中俯视,又与遥遥相对的古城"小桥、流水、人家"的千年婉约之风,形成鲜明的对比,给苏州烙下了大气宏阔的新时代印迹。

坐拥"三湖"的园区新城,要保持一湖碧水,并不容易。

钱文杰,苏州执法大队副队长,1998年来到园区工作后一直在环境监测一线工作。在他的记忆里,刚到园区时金鸡湖还是一片带着一丝丝腥味的大鱼塘,如果照现在的监测标准衡量,当时的水质已接近黑臭水体。2000年前后,园区在取消鱼类养殖的同时,全面实施截污工程,全力开展水环境综合治理,打造了多层次、多功能、立体化、网络化、智能化的陆地生态系统和城市景观水系,这是一场比拼耐力、匠心、科技和财力的持久战。目前,影响到金鸡湖水质的主要指标氮、磷浓度较20多年前下降了60%—95%。

盛夏时节,漫步在临湖亲水的步道上,迎面的夏风吹过,时时会给人送来阵阵清香。放眼望去,潋滟的波光荡漾开来,婷婷的荷叶中伸展出一支支粉红与洁白的花朵。再远处,还有被苏州市民们竞相打卡的"网红"野鸭家族,出没在柔柔的波光里,使人联想起"江南可采莲,莲叶何田田"的清凉诗意。

2021年,园区相关部门又将金鸡湖、独墅湖及其周边区域水环境治理提升到智能化的新阶段。他们综合利用人工智能、数字孪生等新型技术,建成了"三网合一、三层融合、二体系贯穿"的架构体系,由全区域可视化系统、各站点设施三维可视化模型、水利工程远程控制、水文信息自动采集、水质监测自动采集等一系列子系统组成。由先进的信息化技术手段加持,初步实现了金鸡湖及周边区域水环境全部可视化运行,并利用水利模型、无人机巡航等手段,实现水利调度自动匹配、自动分配指挥处置。

绿色,是江南流淌的诗韵,也是绵延不绝的江南之根。"春风又绿江南岸""千里莺啼绿映红""一水护田将绿绕,两山排闼送青来",这些张扬在唐风宋韵里的绿意,是江南传诵千年的生态标识,更是工业园区厚植的浓浓底色。

车行园区,随处可见的林带"绿荫"与一片片草坪编织起的"绿茵",总是匠心别具地铺展在湖畔、公园、厂区和社区,层层叠叠地沁入这座城市扩张的"肌理"里。那是一片风景,更是这座新城令人惊艳的"颜值"。

这些年,园区持之以恒地厚养城市绿景——建设金鸡湖大道北侧绿化、中环跨吴淞江大桥北岸两侧绿地等景观工程,改造提升阳澄湖半岛出入口景观、娄江两岸景观、环金鸡湖周边绿化,建设提升独墅湖生态公园、阳澄湖小西湖生态绿廊,在全域形成了"点上绿化成景、线上绿化成荫、面上绿化成林"的格局,如同是一幅幅徐徐展开的生态美卷……

相比较绿色的"显现"工程,园区十分注重"隐形"的生态治理,他们切实推进能源利用绿色化、资源利用绿色化、基础设施绿色化、运行管理绿色化,不断构建完善的循环型产业体系,提升区域产业链的循环化发展水平。

在欧莱雅尚美工厂,6500多块太阳能板遍布草坪和屋顶,十分引人瞩目。"这些太阳能板装机容量为1.5兆瓦,年发电量达160万度,可满足厂全年13%的电力消费需求。"企业负责人介绍说。博世汽车部件(苏州)有限公司,是其园区"最美工厂"之一。厂区内种植了1300余棵绿化树,绿化覆盖面积达到了60%以上,乔木、果树、观赏型树木等植物类型丰富,吸引集聚了众多的鸟类。建造的人工瀑布和景观池里,金鱼成群畅游;行走厂区,花香沁人,鸟语阵阵,令人心旷神怡。公司还利用厂房屋顶花园建设了一片供员工自己种植的"开心农场",并且利用多个堆肥桶实现了办公区域厨余垃圾自循环资源化处理,实现了办公与生产区域的完美结合。

近年来的数据显示,园区开展绿色能力建设项目的企业已达到200多家,园区能源审计工作已实现重点用能单位的全覆盖,如今亦已扩大到能耗1000吨标准煤以上工业企业。仅2020年,园区就已有23家企业完成51个项目改造,实现节能1.7万吨。

十多年前,一些知名的制造型国际巨头落户园区,曾经带来过丰厚的经济收益。如今,园区发展创新经济迫切需要"腾笼换鸟",而它们则亟须转型。为推动这些企业迅速完成从"制造"向"智造"的蝶变,园区适时启动低端低效产能的淘汰工程。2019年初,园区与印尼金光集团同时签署了金光科技产业园合作协议书和中国—印尼"一带一路"科技产业园合作备忘录两大协议。在这些协议的背后,是金光科技产业园以提升土地资源集约利用、推进产业向高端化发展为目标,对金光胜浦工厂5800亩地块实施整体更新。由此,也成为园区"腾笼换鸟"的一项标志性工程。仅2021年,园区先后关闭退出了6家化工企业,完成低端低效产能淘汰和整治企业51家,累计腾退土地939亩。

近几年来,苏州工业园区还以其开阔的全球视野,积极借鉴国际先进技术,充分把握国家实行"双碳"战略和"无废城市"的政策机遇,在国内率先建立起循环经济产业园,成为引领全省的示范点。

在园区的东南部,有一片宽阔的青翠林带,坐落在这片绿荫丛中的就是循环经济产业园。负责人介绍,这个产业园占地 723 亩,总投资约 24 亿元,由第二污水处理厂、有机废物(餐厨及园林绿化垃圾)利用厂、垃圾中转站、污泥干化厂、热电厂、天然气接收站等基础设施构成,它们集污水处理、污泥处置、有机废物处理、沼气利用、有机肥生产等多环节资源再生为一体,各设施之间有机互联,彼此互为原料的提供者与废弃物的处理者,实现了将各类有机废物"吃干榨尽"的目标,生态效益显著。

对于一个城市而言,餐厨垃圾和农贸市场易腐垃圾收运和一体化处理是一大难题。当我们走进这座有机物处理的厂区内,却闻不到一点异味,通过控制大厅内的屏幕,可以适时看到各个环节都在有序进行。

这是一个可视化和智能化的流程:商户产生的各类易腐有机垃圾,收集于定制的垃圾桶内。车辆到达商户后,通过全自动挂桶提升模式,将易腐垃圾装入车辆。为此,园区开发了物联网平台,车辆在运行过程中,利用卫星实施 GPS 定位、移动通信、GIS 地理等技术,提供监管服务。收运车辆完成规定路线回到处理厂,经地磅自动称重确认收运量,通过坡道来到易腐垃圾处理车间的卸料平台,依次进行封闭式卸料和冲洗(有别于传统翻盖式卸料方式,利于收集臭气)。冲洗时采用冷水冲洗车身、热水冲洗卸料口,最后用气吹方式,保证车辆整洁,全程操作驾驶员都在车内进行。

"这是采取欧洲先进的高负荷高温厌氧消化工艺,对易腐垃圾进行无害化、减量化、资源化和密闭化处理。"企业负责人自豪地说。在污泥处理厂的干化卸料区,同样实行了湿泥全封闭处理。"这里虽然是污泥处理厂,却是用食品厂的管理标准来要求的。"工程师从展览区拿起一只装满黑色颗粒的瓶子轻轻地摇晃道:"这就是处理后的污泥,与煤混合后用于热电厂焚烧发电。焚烧后的废渣全部回收后将作为建筑辅料。"

数据显示,投资 10.6 亿元建设的第二污水处理厂,处理能力 30 万吨/天,实现深度处理、加盖除臭等提标改造,尾水均达到地表四类水标准;餐厨垃圾及园林绿化垃圾处理项目日处理餐厨垃圾 300 吨、厨余垃圾 300 吨、绿化垃圾 100 吨、垃圾压滤液 100 吨,污泥处理能力为 500 吨/天。自 2019 年投运至 2021 年底,已累计处理餐厨垃圾 33.6 万吨、绿化垃圾 0.17 万吨,累计生产毛油 8700 余吨,并网天然气 1400 万立方米,累计实现碳排放 26 万吨。污泥处理厂自 2021 年投产以来,累计处置湿污泥 126 万吨,产生干泥约 32 万吨,相当于为电厂输送 12 万吨标准煤,结合自身能耗综合计算累计为社会贡献约为 3 万吨标准煤能源。

"人不负青山,青山定不负人。"只要人们以其敬畏的心态善待自然与生存环境,自然与环境就会以同等的方式回报人。苏州工业园区坚守"深潜一度"的环保理念和领先一步的先进管理方式,又一次向人们昭示:敬畏不可悖逆的生态规律,是我们当下必须重建的人与自然和谐相处的生态价值观。

历史映照未来。我们坚信,走向现代化目标的苏州工业园区人,必定会将现实进程中的一个个不可能变为可能。

昆山市:奋力走好新时代"昆山之路"

作为江苏改革开放的缩影、全国县域发展的典型,改革开放以来,昆山市创造了诸多"第一""唯一",走出一条备受瞩目的"昆山之路",已连续 17 年稳居全国县域经济"领头羊"位置。

江苏省委省政府赋予昆山现代化建设试点市的定位,昆山市更以主动作为的内生动力,持续领跑全国县域。2021 年昆山 GDP 超过 4700 亿元,占苏州全市的 20%,规上工业总产值、进出口总额分别冲过万亿元和千亿美元大关,实现两个历史性突破。昆山居民人均可支配收入达 67871 元、增长 9.1%,城乡居民收入比缩小至 1.83:1。

昆山面积不到全国土地面积的万分之一,却创造了 GDP 总量占全国总量千分之四、进出口总额占全国总额百分之二的好成绩,居民人均可支配收入高出全国居民人均可支配收入近一倍。

回望三十年,一条"昆山之路",破解了一个个成功密码,成就了城市独特的发展基因,引领昆山一路翻山越岭。不断丰富的"昆山之路"精神,成为昆山改革创新的不竭动力、赢得未来的制胜法宝,也成就了昆山人身上独特的精神特质。

昆山,过去连续 17 年问鼎华夏"第一县",成绩如此骄人不衰、光辉夺目,而今登高再看远,百尺竿头再登攀,昆山在现代化建设的新征程上,再次扛起历史担当、发展担当、探路担当。传承弘扬"敢闯敢试、唯实唯干、奋斗奋进、创新创优"的新时代"昆山之路"精神,建设新城市、发展新产业、布局新赛道,聚力打造区域一体发展、产业创新发展,深化改革开放、现代化城市建设、社会综合治理,实现共同富裕的社会主义现代化建设县域示范。

"昆"鹏水击三千里

2022 年 10 月 16 日,中国共产党第二十次全国代表大会在北京人民大会堂开幕。在开幕前的"党代表通道"采访活动上,昆山市委书记周伟自信从容地回答记者们的提问。2022 年,昆山已经提前 4 个月完成了外资到账的全年目标任务。

披荆斩棘,三十而立。

没有路,就自己闯出一条路。从 1984 年自费开发,历经 8 年艰苦奋斗,1992 年昆山开发区从"编外"转入"正册",闯出了一条全国闻名的"昆山之路",写下中国县域经济发展的传奇一笔。在改革开放大潮中成长起来的昆山开发区,牢牢抓住产业这个"重要基础"和"根本支撑",持续发力、久久为功,将一穷二白的工业小区,打造成为综合发展水平位列全国第五、进出口总额单项排名全国第二的产业高地,不仅成为"昆山之路"的起点和源头,也树立起我国开发区建设的一面特殊旗帜。

路,越走越宽。20 世纪 80 年代东依上海,以与上海联营的"金星电视机"为代表,做到当年谈判、当年投产、当年见效;从四川、贵州等地引进万平电子等一大批企业,为昆山开发区发展电子信息产业打下基础;20 世纪 90 年代乘上海浦东开发东风,沪士电子、捷安特自行车、统一食品、仁宝电脑等一批台资巨头相继落户,昆山开发区迅速崛起为全国台资企业高地。21 世纪初,昆山出口加工区成功获批率先封关运作后,昆山开发区以超前的战略眼光布局光电产业园。积极引进星巴克中国咖啡创新产业园和瑞幸咖啡烘焙工厂,一条高端食品产业链的全新赛道铺设开来。

2022年，开发区提交了一份"国批"三十周年的成绩单。累计引进欧美、日韩、中国港澳台地区等51个国家和地区客商投资的2720个项目，投资总额超441亿美元，注册外资超244亿美元，注册内资企业数量超5.4万家，注册资金2253亿元。成为全球资本、技术、人才的集聚地，海峡两岸产业合作的集聚区，中国重要的对外贸易基地。开发区以昆山九分之一的土地面积，完成了全市近50%的地区生产总值、60%以上的工业产值，贡献了全市60%以上的外资、70%以上的台资产出份额，80%的进出口总额。

走进友达光电，白色简约的现代化建筑与周边绿草如茵的环境相映成趣。再往里走，是两个"扁平纸盒"一样的生产厂房。工作人员介绍，工厂自动化率已达99%。2009年8月，友达光电（昆山）有限公司在开发区成立，总投资31.22亿美元、注册资本15.61亿美元，占地面积900亩，总建筑面积28万平方米，主要从事低温多晶硅液晶面板（LTPS TFT-LCD）研发生产，是全球制程技术及生产设备最先进、良率最高、研发能力最强的LTPS面板厂。产品具有高分辨率、高屏占比、轻薄等特性，主要应用于高端智能手机、平板电脑及车载显示屏，高端产品市场占有率位居全球前三。客户包含戴尔、惠普、联想等。企业通过自主研发，已实现多个新产品量产，目前公司申请专利和软著超过180件，获得各项授权专利101项，其中81项发明专利，20项实用新型专利。公司现有员工1800人，拥有研发人员257人，占公司总人数的14%，其中博士1人，硕士186人。

过去几年，昆山友达每年投入超过1亿元进行数字化、智能化改造，形成以自动化机台和工业互联网为基础的生产基地；结合5G＋AI先进技术，实现研、产、销全产业链协同发展。实施以来，产能提升30%，人力下降30%，良率提升20%。2021年，友达昆山厂通过国家"智能制造能力成熟度模型"三级认证，并成功入选江苏省省级示范智能工厂。接下来，友达昆山厂将优化以智能制造为主导的新一轮技术改造，运用5G＋AIoT技术，积极迈向"全球灯塔工厂"行列，推进两岸产业在更深层次优势互补、互利共赢。

承诺永续，追求卓越。友达光电期许成为永续经营的伟大企业。2016年9月昆山友达获颁美国绿建筑协会LEED白金级认证，在能源和用水效率方面获得满分,也是中国获得此认证建筑面积最大之高科技绿园区厂房。2018年获得国家绿色建筑三星认证。2019年获得国家绿色工厂称号。一直以来友达在环境永续、节能减碳和水资源管理上都取得了较好的成效:生产过程用水回收率达到93%以上,每年节水量达33万吨。2021年昆山友达产值同比增加40%,但能耗不增反降,切实创造减碳实绩。2022年,昆山厂区屋顶将增设15兆瓦太阳能发电面板,还将持续投入,加大绿色生产,助力昆山打造环境友好、绿色生态的美丽城市。

千亿级经济航母,乘势而上。

三一昆山产业园内机器轰鸣,生产紧张有序。一台台挖掘机排队下线将从这里走向世界各地。新冠疫情严峻时期,三一昆山产业园与时间赛跑率先复产复工,捷报频传:

2020年3月,小挖产量打破企业历史最高纪录;

2020年4月,小挖产量6366台,刷新行业小型挖掘机单月单厂房下线纪录;

2020年5月,小挖产量再创新高,达到6529台。

此后几个月,小挖产量始终保持高位,撑起了三一挖掘机板块的"半边天"。

"挖"出新动能,"掘"出新优势。

2022年1月27日,三一首台300吨级电驱正铲超大挖也是目前三一最大吨位的履带式挖掘机产品——SY2600E下线;

2022年3月11日,三一首台200吨级全电控反铲超大挖——SY2000H正式下线。

从300吨级电驱正铲到200吨级全电控反铲,三一"超大挖"相继下线,刷新了三一在"超大挖"产品领域的研发创新实力,更预示着三一已完全掌握全电控"超大挖"关键技术,具备全面进军全球超大型矿山设备领域的雄心与能力。三一让国产挖掘机第一次站上世界之巅,并继续向400吨乃至800吨级大型挖掘机的研发目标奋斗。

从空中俯瞰三一创智云谷,这座庞大的建筑宛如三个巨型"1"字连成的三角形,以建筑的语言再现三一集团"创建一流企业、造就一流人才、做出一流贡献"的企业宗旨。这里将是全球最大的土石方研发中心,可同时容纳5000名研发精英。项目建成后,计划在 5 年内将三一昆山产业园打造成千亿级总部及研发基地,建设成为中国智能制造示范园区,推动三一集团从全球销量第一向全球品牌第一跨越。

昆山开发区承担打造的高端装备制造产业创新集群,依托三一昆山产业园等载体,聚焦工程机械、专用设备等领域,加强关键零部件和核心技术研发,不断提升自主制造水平,持续集聚工程机械、电动工具、包装设备、精密机械、过滤设备等多种高端装备制造企业。目前共有 168 家规上企业,年产值超千亿元。

从"跟跑"到"领跑","焊"卫国之荣耀。

在万洲特种焊接有限公司车间里,可以欣赏到智能机器人"花式焊接"的表演。在一条新能源汽车电池托盘产线上,智能焊接机器人仅需 32 平方米左右的空间,就可以自动完成焊接工作,省去了焊后打磨、矫形工序,可节省 7 个人工,并实现 24 小时不间断工作。

新的焊接技术,焊缝强度可达母材的 70% 以上,平整度很好,因此拥有很大的市场应用前景。万洲焊接的搅拌摩擦焊技术刚面市不久,便吸引奔驰、宝马等汽车生产厂商前来洽谈。目前,企业的产品和技术已经应用到新能源汽车、轨道交通、5G 通讯、电力电子、半导体等高端制造领域。

万洲是依托哈工大先进焊接与连接国家重点实验室,以搅拌摩擦焊技术为核心成立的科技型民营企业。

2016 年,昆山政府派人前往哈工大开展产业对接活动,万洲焊接创始人万龙在活动上进行了项目路演,一下就吸引了昆山政府相关负责人的注意。经综合考虑,万龙及其研发团队来到昆山创新创业,加速新焊接技术成果的产业化进程,在长三角区域开启了新的事业版图。

落户开发区 6 年来,万洲焊接已从当初只有 5 名员工、年营业额 200 多万元的小公司,快速发展成为拥有 140 多名员工、年营业额可达 2 亿元的行业领军企业。同时,企业还陆续获得国家高新技术企业、苏州市工程技术中心、苏州市研发机构等荣誉称号。企业自主研发的填充式和自支撑搅拌摩擦焊技术打破了国外近 20 年的技术封锁。

搅拌摩擦焊,是焊接发展史上的一场颠覆性革命,对世界工业制造领域产生了巨大的推动力,彻底解决了铝合金等低熔点材料焊接和异种材料焊接的难题,从此打开了航空航天、轨道交通、新能源汽车、电力电子等高端制造工业的一扇崭新大门。这项技术的开发者就是这位"90后"的董事长万龙,他的另一个身份是哈工大的教授、博导。

万洲焊接坚持把自主研发融入产业高端化的发展实践,成功开发的国内首套智能重载机器人搅拌摩擦焊系统,已获得江苏省新产品新技术认定;成功组建的国内首条新能源汽车电池托盘搅拌摩擦焊生产线,已投入量化生产;在世界上首次实现大尺寸铝铜异种金属静轴肩搅拌摩擦焊接技术的产业化,应用万洲焊接的搅拌摩擦焊机器人设备已经占据了全球95%以上的市场份额。

星火燎原势竟成

昆山国家高新技术产业开发区的前身是1994年国家科委批准设立的昆山国家级星火技术密集区,2006年经江苏省政府批准,命名为江苏昆山高新技术产业园区。2010年9月经国务院批准成为设在县级市的国家级高新技术产业开发区。2012年,昆山高新区与昆山市玉山镇区镇合一,以高新区为主实质化运作,开创了在县级市设立国家级高新区的先河。

"国批十年",踏浪前行。如果说昆山是苏州经济发展的"压舱石",那么高新区就是昆山发展和创新的定盘星。在国家高新区综合评价排名中,位列全国县域国家高新区榜首。

1500多年前,祖冲之在旧称娄县的昆山任县令。他早于欧洲1000年精确推算出圆周率 π。

在今天的昆山高新区,与 π 一脉相承的先进计算的崛起,正在催生出现代工业和智能生活的无穷变数。

先进算力是以智能计算中心为核,为产业提供裂变算能;以算力网络为反应链,催化产业生态大爆发。数据、算法和算力,被公认为是人工智能时代的"三驾马车",将共同掀起最新一轮的人工智能革命。

在高新区南淞路以南,有一片面积约0.3平方公里的水域,临湖而立的是中科可控信息产业有限公司。中科可控是中国科学院信息技术成果产业化基地,凭借领先的高端信息设备技术研发、测试优化、系统集成技术和国际领先的高端智能制造技术,能够为用户提供世界级品质的产品与可信赖的技术服务。

中科可控致力打造世界领先的整机制造智能化产线。2020年9月，中科可控智能化产线正式建成投产。该产线每90秒即可组装一台高端整机产品，设备自动化率达到95％，自动数据采集率100％、在线检测率100％，达目前国内整机智能制造产线的最高水平。

先进计算产业高地正在这里崛起。中科晶上、寒武纪等核心项目纷纷落户。2022年8月，中科晶上发布工业级5G终端基带芯片"动芯DX－T501"，采用工业级5G专用DSP核，具有大带宽、低时延、高可靠等特点。这款芯片可根据工业应用进行个性化定制，面向工业制造、工农生产、交通物流、生活服务、远洋矿山等领域提供工业级5G解决方案。动芯二代芯片也将在不久的将来和大众见面。先进计算产业正以"昆山速度"加速突破。

高端计算机已能计算到π小数点后的62.8亿位。毫无疑问，算力已成为当前整个数字信息社会发展的关键，以先进计算为核心的算力经济将成为衡量一个地方数字经济发展程度的代表性指标和新旧动能转换的主要手段。昆山高新区正用先进计算重构信息化与工业化的关系，核心是重新定义区域创新的四则运算。

"加法"——加快传统信息技术、新一代信息技术走向数智科技。

"减法"——打破信息化基础投入不足、产业基础不足、产业规制繁杂的发展顽疾。

"乘法"——以数据驱动的生活方式带动规模生产的生产方式。

"除法"——以由软入硬的技术路线形成数智兼备、内外循环、绿色低碳的经济形态和产业发展模式。

13年前，"做核酸，到昆山"是昆山人对小核酸产业未来发展的憧憬。那个时候，整个昆山的生物医药产业近乎为零，仅有几家生产辅药产品的传统制药厂也陆续关停。

2008年，昆山小核酸产业基地在昆山高新区奠基，科学家梁子才创办苏州瑞博生物技术有限公司，核酸产业的"火炬"在昆山点燃。

"全球小核酸制药经过近20年的卧薪尝胆，开始进入产业的收获期。我们在昆山播下了'一粒种'，现在，昆山正培育出'一片林'。"梁子才说。

在昆山小核酸及生物医药产业园内，建立了覆盖小核酸新药开发、药物前临床、临床前和临床研究的全产业链，100多家生物医药企业在这里扎根；入驻企业承担了国家"863"计划、重大新药创制等各类国家级项目30个，建立了亚洲最大的小核酸药物品种线；规划四期共计2200多亩的生命健康产业园正加快建设中。昆山小核酸及生物医药产业园已经跻身全国第一方阵，先后被认定为"国家火炬昆山小核酸及生物医药产业基地""江苏省小核酸技术应用创新中心"。

十年磨一剑，砺得梅花香。昆山以知识创新推动技术创新和产业创新，构建了覆盖小核酸技术、药物发现、药物前临床、临床前和临床研究及产业化的全产业链服务能力，形成以小核酸产业为旗帜，创新药物、医疗器械、生物材料及技术服务等方向全面发展的产业格局。"从无到有"到"一鸣惊人"，昆山这把生物医药的"火炬"，正熊熊燃烧，越烧越旺。这里已聚集瑞博生物、昆山新蕴达、泽璟制药、迈胜医疗等100多家优秀高科技企业。亚洲最大的小核酸药物品种线在昆建立；迈胜质子医疗产业化基地生产的质子放疗设备是全球最小的集成化、高性价比的单室质子治疗系统，拥有完全自主的知识产权；瑞博生物先后主持和承担国家科技重大专项"重大新药创制"课题等，自主研发的具有完全知识产权的抗乙肝小核酸一类新药完成申报，开启了核酸干扰技术（RNAi）在常见病领域的应用。

医药行业知名媒体《E药经理人》发布"2022年度中国医药创新企业100强"榜单中，泽璟生物制药有限公司再次入选。泽璟制药是中国首家以科创板第五套标准上市的企业，在昆山、上海张江、美国加州建立了3个研发中心，开发了丰富的小分子新药与大分子新药的产品管线，范围覆盖肝癌、非小细胞肺癌、结直肠癌等多种癌症和血液肿瘤，以及出血、肝胆疾病、免疫炎症性疾病等多个治疗领域。2009年落户昆山高新区以来，泽璟承担5项国家"重大新药创制"项目、多项江苏省级科技项目，致力于研发和生产具有全球自主知识产权、安全、有效、患者可负担的创新药物。

生物医药产业具有高投入、高风险和周期长等特点，泽璟制药选择了创新药这条最难的路。在第十四届健康中国论坛上，由泽璟制药自主研发的小分子靶向新药甲苯磺酸多纳非尼片（泽普生）进入"十大新药（国内）榜单"。泽普生是泽璟制药开发的Ⅰ类新药，于2021年6月获中国国家药品监督管理局批准上市，并被纳入国家医保，成为10多年来一线治疗肝细胞癌研究中，唯一获得效果优秀且更加安全的新一代靶向新药。

截至2022年6月30日，泽璟公司拥有已授权发明专利110项，累计申请发明专利271项，2021年成功实现首年药品销售收入，营收达2.01亿元。此前，在由医药健康信息平台米内网主办的2021年度中国生物医药企业创新力百强系列榜单发布会上，泽璟制药还凭借出色的创新能力，登上"2021年度中国小分子药物企业创新力TOP30排行榜"。

技术推动革新。从2012年开始，昆山就将每年的3月14日定为"祖冲之纪念日"。

作为我国微纳印刷领域的顶级专家，高育龙的人生履历上是一连串闪光的头衔：哈尔滨工业大学博士、中科院苏州纳米所印刷电子中心博士后、美国光学学会审稿专家、第16届中国专利金奖获得者，他还是第一位在国际印刷电子技术领域获奖的中国科研人员。仅他个人，就拥有国内发明专利200多件、国外专利75件。高育龙还有一个身份是昇印光电（昆山）股份有限公司总经理。他手里握有一项独门绝学，就是他通过3年技术攻关，发明的嵌入式纳米印刷技术。

人们手里五颜六色的手机盖板，看似金属抛光而成，其实是轻薄的塑料或玻璃。之所以能有这样的奇妙效果，依靠的就是高育龙发明的这项绝活儿。通过特殊模具压印出微纳米级别的沟槽，填入不同的导电油墨，比如纳米银、纳米铜等，形成导电线路，从而实现高效、精密印刷以及绿色无污染制造。传统的印刷技术在制作柔性电子器件的时候，分辨率大概只能做到20微米，他们实现了2微米的精度，是头发丝1/50的宽度，这在全世界范围内是一个创举。长期以来，中国在微机电、微光学以及微纳制造领域，都面临着西方发达国家的"卡脖子"难题。高育龙立志，要用自己所学扛起中国微纳制造的大旗。他将第一个主打产品锁定在了手机的后盖膜上，让手机有了更高的颜值。而背后，是高科技的支撑。除了手机，这项技术在其他领域也有着广泛的应用空间。相比于传统印刷来说，这无疑是一个颠覆性的变革。

昇印光电在高新区成立短短7年间，高育龙就带领团队打造出了一家年销售额突破5亿元的"小巨人"企业。如今，他们成为国内几乎所有知名手机品牌的重要供应商，在消费电子、新能源、生物医疗领域也实现了产品落地和价值闭环,更是多家全球 500 强企业的战略合作伙伴。

今春喜气满乾"昆"

昆山地处上海与苏州之间,北至东北与常熟、太仓两市相连,东与上海嘉定、青浦两区交界,西与苏州相城区、吴中区、苏州工业园区接壤,南部水乡古镇周庄镇与吴江区毗邻,通达浙江。

昆山市制定出台《昆山现代化城市建设行动计划(2022—2025 年)》,传承弘扬新时代"昆山之路"精神,系统实施城市功能提升、城市生态提升、交通设施提升、智慧治理提升四大工程,全面推进创新城市、青年城市、人民城市建设。行动计划以加快推进"东接、西融、北联、南协"区域联动为发展策略,围绕优化城市中心体系,将昆山市域划分为六大功能片区,逐步形成"一主三副两特"中心格局,全面服务苏州市内全域一体化,深度融入长三角一体化发展。

根据行动计划,昆山市六大功能片区分别是:以昆山城市中环范围为主体的现代城市核心区,塑造老城传统文化集聚区,建设绿色、多元、活力的城市主中心;以昆山开发区、周市为主体的产城融合示范区,打造苏州先进制造增长极,建设包容、开放、共享的东部副中心;以昆山高新区、巴城为主体的产业创新引领区,打造苏州市内全域一体化发展科创强引擎,建设创新、生态、宜居的西部副中心;以昆山旅游度假区为主体的江南文化样板区,向南协同推进长三角生态绿色一体化发展示范区建设,建设生态绿色、风景如画的南部滨湖副中心;以花桥、陆家为主体的特色国际商务贸易区,加快建设数字经济实验区、进口贸易促进创新示范区,当好苏州全面对接上海"桥头堡";以张浦、千灯为主体的特色小城镇样板区,规划建设昆山未来城,打造特色小城镇样板区。

行动计划部署了"四大工程"重点任务。城市功能提升上,注重成片更新与微更新结合,加快推动功能融合、空间融合、产城融合,全力打造魅力四射的"城市中心"、开放创新的"产业空间"、活力青春的"文化地标"、城乡一体的"15 分钟生活圈",完善现代化城市功能。

城市生态提升上,充分把握"自然中的城市"与"城市中的自然"互动关系,全力建设开放共享的蓝绿空间、自由呼吸的海绵城市、"三生融合"的美丽乡村、绿色低碳的无废城市,塑造现代化绿色本底。交通设施提升上,秉持"建交通就是建城市"理念,到 2025 年,实现"上海、苏州半小时直达,市域组团半小时畅达"的目标;到 2035 年,建成上海大都市圈主要城市 1 小时通达、长三角城市群 2 小时通达、全国主要城市 3 小时覆盖的"123 出行交通圈"和国内 1 天送达、周边国家 2 天送达、全球主要城市 3 天送达的"123 快货物流圈",构建现代化交通体系。智慧治理提升上,完善党委领导、政府负责、民主协商、社会协同、公众参与、法治保障、科技支撑的城市治理体系,打造人人有责、人人尽责、人人享有的城市治理共同体,创新现代化城市治理。

这张发展蓝图,清晰地标注出四向发力的路径和坐标。

——向东,向东,向东!

向东,昆山接轨上海,参与虹桥国际开放枢纽建设,以花桥国际商务城为引领,推动昆山数字经济、总部经济、研发经济跨越发展。

花桥经济开发区把守江苏"东大门",是苏州全面对接上海的"桥头堡"。

数字经济、总部经济、研发产业,从无到有、从散到聚,实现由量的积累迈向质的提升,从点的突破迈向链的聚合,形成了以车总馆、航天时代飞鹏、苏银消金等为代表的数字经济产业创新集群。花桥认定苏州市数字经济入库企业 160 家,年产出超 580 亿元;以 NSK、华住、好孩子等为代表的总部经济产业创新集群,引进总部项目超 100 个,年产出超 550 亿元;集聚了以浙大新经济发展创新中心、复旦科技园、西交大创新中心等为代表的高端科创平台 21 个,引进海内外院士项目 9 个、国家级创新创业领军人才 30 人、昆山市级以上"双创"人才 157人,实现昆山市"头雁人才"零突破,为打造汽车、航空航天、机器人、半导体设备、软件、时尚产业等六大研发产业创新集群提供坚实支撑。

中金数据 2008 年在昆山自主投资建设大型高等级数据中心,得天独厚的地理位置和良好的新基建水平是中金数据落户昆山的重要原因。中金昆山数据中心园区占地面积 250 亩,总规划建筑面积约 30 万平方米,建成后可容纳 32000个标准机柜。

中金园区未来感十足,说它是数据中心界的"网红地"不为过。风能、太阳能、潮汐能、生物质能等可再生能源被充分利用,还创新研发应用数据中心能耗管理系统与节能新技术,将低碳绿色和可持续发展理念贯穿数据中心选址、规划设计、供配电系统、制冷系统等各个环节,从节地、节能、节水、节材各个维度进行设计和技术创新。不光如此,"源网荷储"一体化的绿色低碳新模式被应用到数据中心。做节能、集约、绿色、低碳,中金是认真的。

园区距离上海虹桥交通枢纽38公里,直通上海的国家级网络交换中心,承接了上海数据中心算力溢出需求,同时满足了长三角地区用户规模较大、应用需求巨大的算力基础设施布局要求。园区目前已与江苏电信、苏州联通、苏州移动、上海联通、上海电信建立战略合作伙伴关系,共同打造长三角一体化网络体系,实现沪、苏两地的三大运营商线路接入,是国内首家实现上海和江苏网络跨城区互通的第三方数据中心,已成为长三角一体化数字进程的典型实践案例。

数据显示,截至2021年底,江苏数字经济规模超5.1万亿元,位居全国第二,占全国的11.8%,数字经济核心产业增加值占GDP比重达10.6%。

在"东数西算"的整体规划下,江苏数字基础设施建设加速升级,数字技术创新步伐明显加快。随着江苏"智改数转"工作持续推进落地,将大力推动前沿数字技术、工业互联网、云计算、大数据、人工智能、网信安全等新兴产业发展。江苏社会数据总量将呈现爆发式增长,数据存储、计算、传输和应用的需求大幅提升,数据中心已成为支撑各行业"上云用数赋智"的重要新型基础设施。

中金数据昆山数据中心作为中金数据集团部署在昆山的大型高效数据中心集群,可为江苏提供大体量灵活的数据中心扩容空间、高性能算力供应、低时延网络数据传输等服务。可有效提升江苏省工业互联网平台、移动互联网、云计算、人工智能等产业数字化升级,充分发挥数据中心在数字经济社会各领域的赋能程度和应用效果。作为全国性集团企业,中金数据拥有国内资源整合优势,可为江苏提供跨省跨地区的技术对接,将全国领先的新技术、新模式引入昆山与江苏,共建江苏数字经济生态。

2021年9月23日,航天时代飞鹏昆山总部正式揭牌运营。虽然"年轻",却相当"硬核"。

航天时代飞鹏设计、生产的1.5吨业载的FH-98大型无人运输机系统率先完成国内首次大载重跨省异地转场飞行、试运行航线验证飞行、大载重连续空投演习演练等飞行任务。除此之外,针对无跑道保障复杂场景需求的垂起复合翼无人机系统,可执行应急救助保障、物资精准配送、特种物流作业等任务。

年纪虽小,志向高远。航天时代飞鹏努力将成为无人货运物流产业的领跑者作为发展目标。瞄准运输领域顾客需求,开展"远中近结合""高低速互补""固定翼旋翼兼具"不同构型的系列无人运输机系统研制。他们在昆山构建新型智能制造、数字化企业示范项目,呈现先进无人运输数字孪生演示系统、数字化5G智慧无人机生产线、数字化企业管理系统。通过先进无人运输产业的建设有效带动集成电路、新能源动力、新材料等方向的产业化应用,牵引新的技术领域的创新发展。

2012年,台湾青年赵宜泰再次"返回"昆山,创立了昆山玛冀电子有限公司。在此之前,赵宜泰有七年的大陆工作经历。短暂的回台调研,他对比了两岸的创业环境与条件,并对自己的创业项目做了全球行业评估后,带着技术和抱负毅然决定重返大陆,扎根昆山。

起初,赵宜泰与两位初创员工就在一间300平方米的租用办公室里做设计与研发。他非常清楚,这个产品市场前景广大,而国际上现只有两家公司在做。

他会做!

他能做!

他要做!

很快,产品顺利产出。赵宜泰拿出自己全部家当,为产品在花桥找到了第一个生产厂房。

订单来了,投资来了。赵宜泰待在实验室和办公室的时间更久了。

一体成型功率电感的设计和生产是玛冀电子核心竞争力,他们的产品具有耐大电流、省空间的优势,被广泛使用于手机、显示器、计算机、服务器、网通电信等带芯片的各类智能装置中。

2015年,赵宜泰带领公司获得江苏省高新技术企业认定,2017年企业被评为昆山市科技研发机构,2018年被评为"苏州市电感及磁性材料工程技术研究中心",并荣获昆山市"十佳成长型台资企业",企业生产产品片式电感器更获得苏州名牌产品认证。2019年获评"第二届江苏省紫峰奖青年创业企业奖"。

赵宜泰把自己的家也安在了昆山。玛冀电子在昆山的厂房越来越多,也越来越大了。赵宜泰当选昆山市台协会常务副会长后,为促进陆台产业联动、两岸企业交流、引荐台湾优秀青年来陆就业等做了许多工作。

疫情期间,玛冀电子的发展需要资金支持,花桥台服办积极推动昆山农商行与玛冀电子之间的合作，同时全程跟进贷款审批进度，定期上门服务企业，协助玛冀电子顺利获批"昆台融"信用贷款300万元。昆山支持台企复工复产、落实税费减免政策、协助台企稳外贸拓内销等举措，更坚定了赵宜泰扎根发展的决心。

在玛冀电子花桥总部的办公楼的大厅里，文化宣传墙上最醒目的位置写着"情系两岸、深耕花桥"。

——向西，向西，向西！

昆山向西融入苏州主城，与苏州工业园区联动，和苏州相城区一同高标准规划建设阳澄湖两岸科创中心。

区域联动，交通先行。苏昆中环对接项目，即312国道苏州东段改扩建工程是江苏省重点工程，苏州地区重要的东西向干线公路。项目起自昆山境内，与苏州中环已建312国道苏州西段相接，路线全长约33.22公里。312国道苏州东段改扩建工程，昆山段东起中环南线台虹路，西至前进路阳澄湖大桥，全长约10公里。

G312国道苏州东段改扩建工程苏昆中环对接项目已完工，通车后昆山到苏州工业园区最快15分钟。昆山无缝链接苏州城区，深度融入苏州市域一体化。2022年6月15日，苏昆中环对接项目KS1标古城路主线率先实现南北向通车。

串起苏州与昆山的苏州轨交S1线将在2023年上半年建成通车，并与上海地铁11号线昆山段在花桥衔接。到那时，沪苏昆"同城效应"显现，昆山实实在在的"左右逢源"。

在阳澄湖两岸科创中心展厅内，有一个区域布局的水晶沙盘。科创中心总面积119平方公里，昆山范围内16平方公里，占总面积13.5%，岸线全长204公里，昆山岸线长27公里，占总长13.2%。

此乃"三高"地带呀！

——生态含氧量高！高级人才密度高！创新资源浓度高！

区域内蓝绿交织生态网络比较完备。整体水面率17.8%，绿化率34.6%。作为昆山生态"绿肺"，生态廊道总长度约84公里，湖泊水网密布。河道数量703条，长度747.4公里，湖泊10个，面积10.8平方公里。生活配套品质高，宜居宜业宜创的综合环境极具吸引力。

区域内人才集聚,国家级人才68人,研发机构、高新技术企业882家。2019年3月,苏州深时数字地球研究中心在昆山正式启动建设,创始成员已拓展至22个国际机构,28个中外联合工作组、11位院士和超300名专家参与实施;相继被纳入苏州市、江苏省"十四五"规划,并获科技部同意并支持。

区域内有昆山杜克、登云学院、高品质中小学校等教育资源,国际大科学计划、大院大所共建平台、工业技术研究院等科研院所、科创载体规模体量占昆山全市的40%左右。

——向南,向南,向南!

同饮一湖水,共下"一盘棋"。长三角生态绿色一体化发展示范区建设本由青浦、吴江和嘉善组成,昆山虽未被划入,却一直积极参与示范区建设,为此将紧邻淀山湖的南部三镇锦溪、淀山湖、周庄镇定位为示范区协调区,2020年12月,昆山推动南部三镇一体化发展,参与示范区共建"世界湖区"的行动。

昆山锦溪、淀山湖、周庄三镇河网密布、湖荡纵横,天蓝、地绿、水清,拥有淀山湖、白莲湖等23个大小湖泊,总长约860公里的1000余条大小河道,构成了水乡独特的生态底色。其中,淀山湖涉及昆山境内的湖泊面积为13.99平方公里,周边更有27条河流与青浦、吴江交界。

2021年8月,青浦区河长制办公室、吴江区全面深化河长制改革工作领导小组、昆山市全面深化河长制改革工作领导小组办公室、嘉善县"五水共治"工作领导小组(河长制)办公室联合印发《示范区跨界河湖联合河长湖长巡河工作制度》,进一步深化完善"联合河长制",明确了巡河职责、内容、方式、频次、处置等内容,加快水利建设助推示范区高质量发展,形成了保护交界水域的强大合力。

此外,青浦、吴江、昆山、嘉善四地河湖长齐聚淀山湖镇沙泾港站闸,共同举行青昆吴嘉交界水域蓝藻联防联控演练。沿淀山湖周边城市的河湖长"跨界"协作,打造了"一体化"守护碧水清流的全新格局。

绿水青山就是金山银山。党的十八大以来,生态文明理念深入人心,美丽中国建设步入崭新时代。在长三角一体化发展的滚滚浪潮中,绿色发展成为昆山旅游度假区高质量发展的最美底色。

2022年6月23日,长三角示范区协调区锦淀周一体化生态提升EOD(生态环境导向的开发模式)项目启动仪式在昆山阳澄湖举行,标志着全省首个总投资超百亿元的运用 EOD 模式融资项目落地。该项目也是苏州市首个以 EOD 模式成功融资的项目,被纳入 2022 年国开行总行支持长三角生态绿色一体化发展示范区建设战略级重大项目库。

EOD 模式是生态环境部、国家发改委、国开行重点支持的新型融资模式,将生态环境治理与绿色产业发展有效融合、一体实施。长三角示范区协调区锦淀周一体化生态提升 EOD 项目将有效结合昆山旅游度假区自然资源禀赋优势,将锦淀周三镇水乡湖链打造和绿色产业"腾笼换凤"有机融合,实现项目市场化运作,助力打造环境美、生态优、产业兴的旅游度假区。

2022 年海峡两岸中秋灯会在周庄举行。花开并蒂,灯映两岸。灯会历时一个月,其中周庄灯区以"水乡、古镇、田园"江南格局为依托,通过传统主题彩灯、数字科技与现代光影创新应用,让灯彩与文化相融,丰富夜间场景沉浸式体验,扮靓"夜周庄",重点打造周庄古镇、台湾老街、美丽乡村三个主题片区,近百组灯组点亮周庄唯美炫彩之夜。

周庄古镇片区以"水韵江南 梦幻周庄"为主题,串联南北市河水上游线,打造"坐灯船,赏花灯"水上赏灯新体验。在全福南路至照壁区域,以花开富贵为内容,设置"喜迎二十大 奋进新征程"和以《姑苏繁华图》为内容元素打造的主题彩灯迎宾区。依托古镇巷弄、水湾肌理,以"四季江南"为主题布置传统彩灯、文创灯笼和梦幻光影,虚实结合打造"万家灯火"苏式生活体验场景。

台湾老街片区以"大美昆山 魅力宝岛"为主题,依托急水港两侧水岸空间,设置以宝岛台湾地标建筑和风土人情及昆山城市发展新面貌为内容的大型灯组,并结合星星的故乡"花火市集"夜间文旅消费场景,打造"景中游,灯下购"沉浸式消费体验街区,展现魅力宝岛和大美昆山的风物美景以及海峡两岸人民的幸福生活。美丽乡村片区以"乡愁记忆 美丽乡村"为主题,依托乡村田园的自然景观,展现人与自然和谐共生的美好画卷,提升乡村夜间文旅体验;借助"昆韵大道"串联周庄香村和万三酒庄等特色乡村旅游项目,深度融合锦淀周一体化推进成效,展现人与自然和谐共生的美好画卷,以及共同富裕的乡村样板。2022 年更是对蚬江湾和南湖湾两大光影秀进行提档升级,融入江南文化和水乡传统元素,通过多层次、立体化的展演空间,突显周庄八景中的"南湖秋月"和"蚬江渔唱"经典情境,打造虚实结合的主题光影表演。

——向北,向北,向北!

昆山与太仓联动。2018年,苏州、嘉定携手共建嘉昆太协同创新核心圈,自此嘉昆太三地在产业、科创、民生等方面进入深度合作期。区域内,上海嘉定国际汽车城、昆山国家平板显示高新技术产业化基地、昆山全国汽车零部件制造基地、太仓科教新城、太仓长江港口等优势资源发生聚合反应,产出指数级增加。

昆山北部的周市镇,地处昆山、常熟、太仓三市交界处。在79.5平方公里的镇域内集聚了工业企业近3000家,形成了高端装备、机器人与智能制造、电子信息、汽车零部件四大产业集群。

作为昆山"城市北门户"和经济重镇,周市在2011—2021十年间,生产总值从129.28亿元增长到351.64亿元,增长了1.7倍;一般公共预算收入从13.39亿元增长到37.52亿元,增长了1.8倍;连续5年获评昆山市综合考核乡镇第一,三次获评苏州市高质量发展地区,百强镇排名连续两年位列第九。2018年,周市通过"国家火炬昆山高端装备智能制造产业基地"复审,2021年被商务部认定为国家外贸转型升级基地,率先推进首批两宗工改科创产业用地项目建设。铱工场科创产业园重点扶持机器人及智能制造、汽车关键零部件等周市主导产业,通过招引和孵化一批位于产业链高端环节、创新水平国内领先、掌握关键核心技术并拥有完全自主知识产权的高端项目,为构建自主可控现代产业体系注入强大动能。

在2022年江苏省工业和信息化厅公示的工信部第四批专精特新"小巨人"企业认定名单里,周市就有三家!其中,萨驰智能装备股份有限公司是江苏省最大的轮胎机械生产基地以及国内一流的轮胎制造机械设备的供应商和服务商。公司主要从事智能化子午线乘用轮胎一次法成型机、新型液压硫化机/智能物流装备(智慧工厂)的研发、生产、销售和服务业务。产品技术已达到国际先进水平,部分技术已处于国际领先水平,主营产品——智能化子午线乘用轮胎一次法成型机市场占有率连续三年国内排名第一,全球排名第二。企业自主研发的SRS-H型智能化一次法成型机只需38秒即可完成半成品部件到形成胎坯的工序,填补了国内"无人机"的空白,打破了长期以来高端轮胎制造机械被国外厂商垄断的局面。昆山凯迪汽车电器有限公司拥有员工近800人,点火线圈型号达

700 余种，覆盖欧美、日韩、国产等全系车型，年产能 2400 万支，产品 90％出口国外。该公司采用三维软件，通过 3D 模拟、性能模拟等方式，确保设计源头的零缺陷，在高能点火线圈技术、点火模块控制技术、点火线圈制造技术等领域已拥有有效专利 66 项，其中发明 19 项。古田自动化科技有限公司成立十年来，已成为一家专业研产销数控机床（工业母机）与自动化核心功能部件的国家高新技术企业，主要产品有凸轮式四轴五轴、ATC 自动换刀机构、APC 卧式凸轮交换台、凸轮式车床刀塔、凸轮间歇分割器等。主导产品"数控精密凸轮分度装置"属于高档数控机床和机器人中的核心基础零部件，首次采用凸轮滚子传动结构，在定位精度、重复精度、切削力、工作负载等技术指标上处于世界领先水平，替代了国外进口，实现了自主可控。

华辰精密装备（昆山）股份有限公司荣获第二十三届中国专利优秀奖。中国专利奖是由中国国家知识产权局和世界知识产权组织共同主办，对在实施创新和推动经济社会发展等方面作出显著贡献的专利权人、发明人（设计人）以及相关组织者给予表彰，是全面贯彻落实习近平新时代中国特色社会主义思想，深入实施知识产权战略，加快建设知识产权强国，推动构建新发展格局的具体举措，是中国唯一的专门对授予专利权的发明创造给予奖励的政府部门奖，得到联合国世界知识产权组织的认可。华辰精密装备是一家主要从事大型重型数控机床研发生产，具有自主知识产权的高科技上市企业，拥有核心知识产权 89 项，其中发明专利 33 项。企业已成长为国内高端轧辊磨床生产制造的领军企业和昆山国家火炬计划高端装备制造的龙头企业。

周市已累计培育国家专精特新"小巨人"企业 4 家，省级专精特新"小巨人"企业 7 家，苏州市专精特新企业 7 家，昆山市单打冠军企业 3 家，昆山市隐形冠军企业 4 家，昆山市专精特新企业 35 家。

苏州普热斯勒先进成型技术有限公司是周市构建的产业集群发展格局中的一个典型代表。在公司里，一个银灰色的"钢架车身"格外引人瞩目。这是利用电镀锌热成型技术制造出来的车身，这项工艺制造出来的零部件，抗拉强度是传统工艺的五倍，而厚度不到原来的二分之一，成本也更低。得益于自主研发的热成型产线以及相关技术，普热斯勒两度入围苏州市"独角兽"培育名单。该公司研发的自主知识产权的世界级热冲压生产线一举打破国外对该技术的垄断。生产的门环及冲压零件获得德国宝马、上海某外资新能源汽车、长城汽车等业内企业的认证。

经济强是百姓富的最大底气。在农房翻建完成度高且人口居住相对集中的陆桥村,有一家由股份经济合作社入股组建的村级物业管理公司,承揽本村生活垃圾处理、乡村保洁等村级公共服务项目,改善人居环境的同时也带动了村民就业。"一村一品"建设也是以昆山市北特色田园乡村、城隍潭、振东侨乡为载体,引入国有资本,规划建设城隍潭湿地公园、陆桥农业科创园、振东侨乡"江南记忆"特色农旅园,积极开发观光休闲农业、文化创意农业、农耕体验和工业旅游等新业态,打造三产融合的标杆示范。

让"银发族"过上幸福生活是全面小康的重要内容之一。眼下,周市镇区域性养老服务中心即将投入使用。该项目在周市镇福利院旧址新建,总投入2.5亿元,占地27亩,总建筑面积37474平方米,设置护理型床位400张、颐养型床位280张。项目规划涵盖不同功能主题的特色化养老项目,主要包括大健康管理中心、护理院、康养中心、安养中心、老年学校、智慧养老呼叫平台等,满足老年人基础医疗、康复、护理、娱乐、教育、休闲六位一体的医养融合服务需求,从而达到养老服务的全面覆盖。

教育是民生大计,关系千家万户。在下辖14个行政村、24个社区,总人口30万,户籍人口9.95万的周市,有各级各类学校48所,总学位超4.5万个,从幼儿园到高中,有一条完备的全链条教育体系。对于外来人口,积分入学解决率保持在70%以上,近万名新昆山人子女享受到了与本地孩子一模一样的教育资源。

没有全民健康,就没有全面小康。周市有一家苏州乃至江苏省内规模最大的、康复亚专科最为齐全的以"综合医疗为基础、康复医疗为特色"的公立康复医疗机构——昆山市康复医院。医院开设内、外、妇、儿、中医、口腔、眼科等临床科室,康复医疗开设了神经康复、脊髓损伤康复、骨与关节康复、儿童康复、烧伤康复、心肺康复、产后康复、疼痛康复等亚专科,设16个临床科室、11个相应病区、8个医技辅助科室。该医院已经正式被江苏省卫生健康委员会认定为三级康复医院,也是全国县级市首家三级康复医院。

只留清气满乾"昆"

千里莺啼绿映红,水村山郭酒旗风。

黄梅时节雨霏微,闲看燕子教雏飞。

稻熟江村蟹正肥,双螯如戟挺青泥。

老柘叶黄如嫩树,寒樱枝白是狂花。

整洁美观的田园村庄,欢快奔跑的孩童身影,四季不断的美景和美食,昆山幸福和谐的新时代美丽乡村如诗如画。

幸福场景的背后是巴城镇聚焦"三农",对乡村振兴战略的奋力实践。多年来,巴城镇坚持农业现代化与农村现代化一体设计,全力促进农业高质高效、乡村宜居宜业、农民富裕富足,走出了一条别具特色的乡村振兴和城乡融合发展之路。

提到巴城,就不得不提起阳澄湖大闸蟹。作为"中国阳澄湖大闸蟹之乡",巴城大闸蟹已成为昆山的一块金字招牌。目前,巴城镇大闸蟹养殖户、经营户约3700户,相关从业人员近3万人。

20世纪90年代初,大闸蟹都是靠村民散养、零售,后来建设了阳澄湖大闸蟹第一交易市场、美食一条街等,形成了规模较大的市场。2000年,巴城镇倡导群众开挖鱼塘养殖大闸蟹,湖内外都设养蟹用的围网,由于缺乏统一管理,水环境保护与大闸蟹产业发展遇到瓶颈。如何统筹渔业养殖与水环境保护,在提升经济效益的同时也实现生态效益? 巴城镇意识到,大闸蟹产业的规范化、标准化、品牌化经营势在必行。

于是,巴城镇不断拆除大闸蟹围网,投资建设了阳澄湖水上公园以修复生态,还建设了3家污水处理厂以处理生活污水。自2010年起,巴城镇规划建设了昆山市阳澄湖大闸蟹产业园,打造大闸蟹生长的"水晶宫",积极促进大闸蟹产业健康发展。科学养蟹、高质量水体,这些都得益于大闸蟹产业园的提档升级。不仅所有蟹塘都安装了智能水质管理监测系统,而且通过池塘养殖循环水工程,实现养殖尾水三级净化处理,循环利用。根据监测结果,园区养殖尾水处理后氨氮、总氮、总磷等指标全部优于外缘水体,通过生态渔业养殖促进阳澄湖生态环境的优化和改善,实现了社会效益、生态效益和经济效益的有机融合。巴城不断做足"蟹文章",拉长"蟹经济"产业链,开展大闸蟹开捕节、蟹文化旅游节等节庆活动,有效聚集人气,带动自驾游,每年吸引 200 多万人次来巴城品蟹观光。据统计,目前巴城大闸蟹产业链年产值近 40 亿元,创净收益超 6 亿元,真正实现了产业兴、农民富、生态美的目标。

如果说阳澄湖大闸蟹是巴城的一张靓丽名片,那么规划总面积 5556 亩的高标准粮油生产基地则是巴城的另一面旗帜。基地自建成以来,秉承绿色环保理念,绿色防控技术覆盖全区域,正逐步成为昆山耕地轮作培肥的试验示范基地和优质食味稻米产业化开发基地。得益于规模化种植、机械化耕作、集约化经营、品牌化销售的创新发展新模式,2017 年基地成功获批第二批江苏现代农业科技综合示范基地。

在打造粮油品牌的同时,巴城以万亩葡萄园为载体,开展栽培葡萄基地试验,不断调优葡萄新品种种植面积,种植面积达 3280 亩,年产量 320 万公斤,年产值 4480 万元,多个品种在苏州市地产优质果品评比活动中斩获金、银、优胜三大奖项。通过举办夏季农交会、葡萄节等活动,巴城大大提升了现代都市农业的影响力和吸引力。

"阳澄湖大闸蟹""巴城葡萄"等,巴城的农产品品牌叫得响当当!农民收入提高了,农产品向绿色、生态发展,乡村振兴有"劲头"。

一个 3A 级旅游景区、一条特色商业街,一个省级农业观光旅游示范点、万亩葡萄园、500 余家农家乐、6 个生态农庄、5 个蟹市场……目前,巴城镇拥有大小旅游资源单体共 50 多个,建成林石嘴半岛生态农业旅游观光综合体、环鳗鲤湖慢行系统、昆曲长廊、昆曲剧院、引进水之梦乐园等一批特色项目,打造昆曲小镇探源游、生态休闲游、宜居游等 6 条旅游线路,使巴城镇的乡村旅游初具规模,极具特色。

漫步于巴城镇武神潭村,整洁的道路、清澈的河水、粉墙黛瓦的小楼、宽阔的停车场以及完善的配套设施,彻底刷新了参观者对农村的印象。2017 年,武神潭村在保持村庄原有自然风貌的基础上,按照粉墙黛瓦水乡风貌开展人居环境治理,勾勒水韵清爽生态画卷,描绘幸福宜居乡村蓝图。先后获得全国"一村一品"示范村、江苏省"一村一品一店"示范村、江苏省文明村、江苏省科普示范村、苏州市农村人居环境整治示范村、昆山市特色田园乡村建设试点项目等荣誉称号。

昆曲的发源地昆山市坚持"创造性转化、创新性发展",努力做好昆曲艺术的传承发展,取得优异成绩和丰硕成果。

"光有经济没有文化不是全面发展、全面小康。"这是《昆山之路》作者杨守松一直坚持的理念,"经济可以在短时间内实现跨越式发展,但是文化不可能。从'昆山之路'到'昆曲之路',从经济到文化,这两者相互交融才是真正的'小康之路'"。30多年前,杨守松创作了报告文学《昆山之路》,引起全国人民的瞩目,并获得江苏省人民政府文艺大奖和中国作协全国优秀报告文学奖。他用饱含激情的笔触,向世人描绘了昆山经济腾飞的宏伟篇章,也向世人揭示了昆山人民艰苦卓绝的创新之路。

杨守松走上"昆曲之路",有一个也许偶然又必然的缘故。2005年,杨守松退休,第二年他的工作室就移至巴城。昆曲是中国文化名片、世界文化遗产,昆曲的故乡在昆山,而源头在巴城镇。杨守松的"昆山之路"和"昆曲之路"在巴城无缝对接了。在巴城,浓厚的昆曲氛围让杨守松爱上了这一"百戏之师",也让他开始思考要写关于昆曲的书。

昆曲,姓昆,原名"昆山腔",也叫"昆腔",是中国古老的戏曲声腔、剧种,现又被称为"昆剧"。昆曲是汉族传统戏曲中最古老的剧种之一,也是中国汉族传统文化艺术,特别是戏曲艺术中的珍品,被称为百花园中的一朵"兰花"。昆曲发源于14世纪的昆山,后经魏良辅等人的改良走向全国,自明代中叶以来独领中国剧坛近300年。昆曲糅合了唱念做打、舞蹈及武术等,以曲词典雅、行腔婉转、表演细腻著称,昆曲以鼓、板控制演唱节奏,以曲笛、三弦等为主要伴奏乐器,其唱念语音为"中州韵"。

昆曲在2001年被联合国教科文组织列为"人类口头和非物质遗产代表作",2006年列入第一批国家级非物质文化遗产名录,2008年被纳入《人类非物质文化遗产代表作名录》。

从2007年开始,杨守松自费10多万元,辗转江苏、浙江、上海、湖南、广东、北京等地,还奔赴我国香港、台湾和大洋彼岸的美国加州、纽约、夏威夷等地,先后采访数百名昆曲人,其中70岁以上的80多人。他分地域分行当,记录了被访者口述的昆曲史实,集结成《昆曲之路》一书,内容包罗万象,可谓一部昆曲百科全书。其间,他曾在不会英语的情况下孤身一人远赴美国采访,还曾遭遇车祸九死一生,就为了坚持漫漫昆曲寻根之旅。不过,他说,这一切都是值得的,"如今那些老人已经凋零了20多位,如果当时没有及时采访,很多关于昆曲的传奇就真的湮没了"。《昆曲之路》收获了江苏省"五个一工程"奖和紫金山文学奖,杨守松却没有停下记录和追寻的脚步。数年后,《大美昆曲》《昆曲大观》陆续面世,这些关于昆曲的作品引起了业内外的关注。

2020年昆曲小镇入选第三批江苏省级特色小镇创建名单。巴城镇,是一座有着2500多年建制历史的江南水乡古镇,是昆山历史遗存最多和文化内涵最为丰富的地区之一,也是闻名遐迩的阳澄湖大闸蟹之乡、昆曲的发源地。2019年7月,巴城镇启动特色小镇申报创建工作,将昆曲小镇定位为以昆曲为核心,以江南文化为底蕴,重点打造一个全国戏曲艺术交流体验的新乐园、一个文化产业创业创新的新平台、一个文化旅游农业融合发展的新样本。

"让现代人心悦诚服地喜欢我们,喜欢昆曲,喜欢传统文化",这是"昆曲小镇"巴城俞玖林工作室的运营宗旨。2014年,俞玖林工作室在巴城老街挂牌成立,白先勇先生亲自到场挂牌。工作室秉持"为家乡、为昆曲做点实事,探索昆曲传承、传播新路径"的初心,不定期举办昆曲表演、主题讲座、分享会和雅集沙龙等形式多样的公益活动,是感知昆曲、欣赏昆曲、学习昆曲的专业去处。这里还定期举办"大美昆曲"主题讲座及示范演出、知名昆曲演员分享会、戏里乾坤等系列活动,线下现场与线上直播同步,惠及数百万人次。从2015年开始,俞玖林担任巴城石牌中心小学校小昆班的艺术顾问,工作室承担起小昆班的教学工作。

俞玖林是昆山巴城人,知名昆曲小生,国家一级演员,戏剧梅花奖得主。师从著名昆曲表演艺术家岳美缇、石小梅,2003年拜著名昆剧表演艺术家汪世瑜为师。大众对他的认识,大多是从青春版《牡丹亭》开始。

尊重古典,保证表演正宗、正统、正派。

肌肉在燃烧,骨骼在撕裂。

一年多时间苦练身段唱功,重新打造角色。在"巾生魁首"汪世瑜老师的"魔鬼训练"后,俞玖林脱胎换骨。

从2003年开排到2004年首演至今,青春版《牡丹亭》承载了他整个青春,见证了他的成长。对观众们尤其是年轻观众而言,这部戏打开了他们的昆曲之门,让他们了解到昆曲，并且喜爱上昆曲。2004年4月29日，青春版《牡丹亭》在台北正式首演，至今已在海内外演出四百多场，演出足迹遍及海内外数十座城市，直接进场观众超过80万人次，其中青年观众比例达75%，通过其他媒介观看欣赏超过1亿人次。

"以青春的演员演绎一个青春故事，培养一批青年观众，让古老的昆曲艺术重焕青春光彩"，这是青春版《牡丹亭》创排的初衷，知名高校"校园行"成为这部戏的亮点之一，先后在大陆和港台地区及国外40余所大学演出了98场。

从苏州大学的大陆首演开始，俞玖林已经在北京大学、复旦大学、香港大学、台湾成功大学等十六省市著名高校的舞台上将昆曲艺术带给青年学生们。"海外行"的首战是2006年美国西部四座城市为期一个月的巡回演出，这次巡演被当地媒体称为"继梅兰芳赴美演出之后，中国传统戏曲对美国文化产生最强烈的一次冲击"。截至目前，青春版《牡丹亭》已经在美国、英国等十几个国家演出54场，并先后走进剑桥大学、牛津大学、伦敦大学等国际一流名校，还以完全商业演出的模式，走进伦敦赛德勒斯维斯剧场成功演出两轮，创下了中英文化交流史上演出团队规模最大、票价最高、宣传影响最广的纪录。青春版《牡丹亭》"海外行"成功将昆曲艺术推向世界。

无论你的肤色、你的语言是什么，又或者是此前知道或不知道昆曲，观看完青春版《牡丹亭》后，都会记得小生柳梦梅。

"对昆曲的传承大业，要有一种历史使命感。"这份信念支撑着俞玖林不遗余力地做昆曲传承工作。从青春版《牡丹亭》到新版《玉簪记》再到新版《白罗衫》，俞玖林完成了从巾生到官生的转型。除了演员的身份以外，俞玖林还是江苏省苏州昆剧院党支部书记、副院长，同时也是江苏省第十四次党代会代表。如今，他逐渐从以"承"为主到"传""承"并重。

传承是昆曲的命脉。如今，俞玖林依旧在向汪世瑜老师、岳美缇老师等各位前辈大家学戏，把他们艺术的衣钵传承过来。同时，他也逐渐开始教学生，把苏州昆剧院的精品剧目、把自己的所学所悟传给苏昆第五代"振"字辈演员。

创造性转化，创新性发展。巴城昆曲小镇、千灯昆曲风貌区、正仪戏曲主题历史文化街区、蓬朗老街昆曲咖啡小镇等各昆曲文化传播平台"好戏连连"。昆山已有各级"非遗"传承人47人，其中包括江苏省级传承人7人、苏州市级传承人10人、昆山市级传承人30人,昆山市能工巧匠和文化传承类乡土人才两批共12人,江苏省首批"三带"乡土人才名人2人、能手3人、新秀5人,姑苏乡土文化人才6人。昆山在全市范围布局21家集昆曲艺术导赏、演出分享、传播普及于一体的昆曲小剧场,打造城市新晋"网红"打卡点和文旅消费潮流地。

昆山探索发布文化遗产数字藏品,成为全国首个推出"昆曲＋文物"数字藏品的县级城市。开展长三角系列交流展演,举办民歌赛5届、宣卷赛4届、舞狮赛3届和连厢舞赛2届。组织"昆山非遗台湾行"活动,设计文化遗产主题旅游线路6条,打造渔湾市集、庙泾河市集、慧聚夜市等"非遗"主题市集,使文化遗产"活起来""动起来"。

全国第八个昆剧专业院团——昆山当代昆剧院成立,已上演《顾炎武》《梧桐雨》《描朱记》等原创昆剧大戏。每年传承20出经典折子戏。设立江苏首个县级戏曲类基金会"昆山昆曲发展基金会"。连续7年每年实施100场昆曲"四进"活动。设立昆山"顾炎武日",开设"日知学堂",创作音乐作品、评弹《顾炎武》,出版《顾炎武全集》《顾炎武研究文献集成·清代卷》《日知录》等书籍。顾炎武和昆曲两张"金名片"熠熠生辉!

2022年6月15日,苏州市委常委会专题调研昆山市工作,立足社会主义现代化建设新征程,着眼长三角一体化发展大局,赋予昆山"打造社会主义现代化建设县域示范"的总任务。6月22日,苏州市委市政府印发《关于支持昆山打造社会主义现代化建设县域示范 走好新时代"昆山之路"的意见》,把昆山发展放到更高的坐标系中谋划推进,确保昆山县域综合实力和治理水平在全国始终处于领跑地位。

目标既定,路线清晰。

为全面贯彻落实苏州市委常委会专题调研昆山市工作会议精神,坚决扛起"争当表率、争做示范、走在前列"的光荣使命,传承弘扬"敢闯敢试、唯实唯干、奋斗奋进、创新创优"的新时代"昆山之路"精神,聚力建设新城市、大力发展新产业、全力布局新赛道,在社会主义现代化建设新征程上奋勇争先、当好示范,为苏州建设展现"强富美高"新图景的社会主义现代化强市作出更大贡献,昆山市委市政府出台《关于打造社会主义现代化建设县域示范 走好新时代"昆山之路"的总体方案》,围绕2025年和2035年两个时间节点,描绘了昆山打造社会主义现代化建设县域示范的美好蓝图。

到 2025 年,昆山的经济结构、发展动力、质量效益、空间布局实现重大转变,创新驱动发展取得实质性进展,特色产业创新集群建设成效显著,现代化经济体系基本构建,现代化城市建设初具规模,社会治理和人居环境明显改善,建设成为全省社会主义现代化建设的样板。

到 2035 年,现代化经济体系全面建成,昆山城乡宜居水平、社会文明程度和百姓富裕程度大幅提升,成为在全国具有强大吸引力、创造力、竞争力、影响力的社会主义现代化县域示范。

新征程嘹亮进军号已经吹响。昆山市敢为善为、勇挑大梁,以一马当先的冲锋姿态,奋力走在社会主义现代化建设最前列。

江阴市:高台起跳更好看

大道之行,照亮的是前行者的身影;

时序轮替,镌刻着拼搏奋斗者的足迹。

2019 年 5 月 23 日,当江阴被江苏省委省政府明确为社会主义现代化建设试点地区那刻起,一场打造全域现代化城市的巨大工程拉开了帷幕——江阴人高起点规划、高标准建设、高质量发展,实施"南征北战、东西互搏"总战略,撸起袖子加油干,延续着责无旁贷的砥砺奋进,践行着果敢前行的使命担当,为全省乃至全国社会主义现代化建设提供着"江阴样本",贡献着"江阴智慧",交上了一幅现代化城市样板的优秀答卷。

光荣与梦想

长江浩瀚,千帆竞发,勇进者胜!

高台起跳,起笔是世界眼光,落笔为时代标杆!

城为树干,产业为根,根深方能叶茂。作为"全国县域经济和综合发展十九连冠""华夏 A 股第一县""中国制造业第一县",全国首家县级集成改革试点县市——江阴市,正在绘就中国现代化建设的样板图谱。这是一次高台起跳,这是一次高峰攀登,这更是一次对江阴人精神与气魄的历练与考验。

海澜！海澜！

成立于1988年的海澜集团，是国内服装行业龙头企业、全国文明单位。集团现有总资产1000亿元，全国各地员工6万余名。2021年，集团完成营业总收入超1250亿元，利税超75亿元。海澜是无锡地区首家营业收入超千亿企业，在2021年中国企业500强中名列209位、中国民营企业500强中名列67位，连续多年名列无锡地区企业纳税榜前列。2021年获评"江苏省先进基层党组织""无锡市先进基层党组织"荣誉称号。

每一项成功的事业后面有着无数人的殚精竭虑和砥砺奋进，每一桩骄人的业绩背后有着难以想象的风霜雨雪和艰辛曲折。

海澜集团的发展经历了粗纺起家、精纺发家、服装当家、品牌连锁，再到新零售的历程。三十多载风霜雨雪，三十余年的经验沉淀，海澜集团积累了强大的产业运营、品牌运营和资本运作能力，并以服装本业为起点，逐步输出核心能力，为产业赋能，助力实体经济转型。

2017年，海澜之家以HLA品牌正式入驻马来西亚，从而开启海澜品牌国际化新征程。2018年，海澜深耕东南亚市场，又成功进驻了泰国、新加坡、越南3个国家，扩大公司品牌在国际市场的影响力和占有率。"扎根东南亚、辐射亚太、着眼全球"，是海澜之家海外拓展的战略目标和既定方向。

海澜之家经历20年打磨，成长为家喻户晓的国民品牌，全国门店超5500家，线上会员超4000万，遍布全国31个省、自治区、直辖市，覆盖80%以上的县、市，连续多年保持营业收入全行业第一、利润全行业第一、增长幅度全行业第一、股票市值全行业第一、品牌价值全行业第一，在中国男装行业乃至服装行业确立了无可撼动的地位。

海澜智云科技有限公司于2015年在江苏省江阴市注册成立，并在上海、浙江、山西、陕西等省市设立多家全资子公司，形成立足长三角辐射全国的发展格局。公司以"工业互联网碳中和服务商"为定位，以海澜智云工业互联网平台为载体，推动传统工业智能化改造、数字化和绿色化提升。2021年4月，《人民日报》发表"海澜智云碳减排成效明显"的报道。10月，海澜智云工业互联网平台入选国家工信部"特色专业型工业互联网平台"。

近年来,海澜集团在文体旅产业发展上新招迭出,建成国内首家集马术训练、表演比赛及健身休闲度假为一体的标准型、国际化、综合性马文化旅游综合体。经过多年精心建造和打磨,飞马水城已向"海澜国际,世界一流"的马术观赏与体验一体化的马文化旅游基地跨越。曾荣获"长三角地区最佳旅游目的地""中国最具特色马文化主题旅游景区"等称号,海澜国际马术俱乐部创造了"世界上收藏马匹品种最多的俱乐部""世界上最大规模的盛装舞步"等四项吉尼斯世界纪录。

聚焦实体,赋能产业;始于穿着,美在生活;智慧节能,提质增效;寓教于乐,人文化成;以人为本,广揽英才;热心公益,回馈社会!

潮大正是扬帆时。"不断否定自己,永远追求卓越"是海澜的企业精神;"永不止步,不断创新"是海澜的企业灵魂;"深耕服装行业,实业强国"是海澜责无旁贷的职责与使命。以"海阔天空之博大,创波澜壮美之事业"的气魄,海澜人推动着中国服装行业走向更为广阔的天地!

　　　铁流翻滚,燃烧红色的畅想,
　　　钢花飞舞,铸造民族的脊梁,
　　　你用科技的力量,
　　　做大,做精,做强,
　　　奏响中国特钢的华美乐章……

六月晨风,拂扬着如烟绿柳;激昂雄壮的《特钢之歌》在中信泰富特钢集团总部、江阴兴澄特钢厂房上空回荡。

兴澄特钢是中国中信集团下属的高度专业化的特钢生产企业。从江阴要塞农具修配厂到特钢行业的龙头企业,兴澄特钢一路走来,不屈不挠,艰苦奋斗,自主创新,时刻树牢"创建全球最具竞争力的特钢企业"的特钢强国梦,紧紧抓牢党建、创新、品牌三大阵地,直面重大挑战、经受重大考验,实现了重大发展。

作为中国特钢行业龙头企业,兴澄特钢被国家《钢铁工业"十二五"规划》列为四大特钢产业基地之一和中国特钢技术引领企业,是国家火炬计划重点高新技术企业、全国节能先进集体、全国首批两化融合示范企业,荣获2014年"全国质量奖"、2015年"中国质量奖提名奖"、2016年"全球卓越绩效最高奖"(世界级奖)。

公司具备年产660万吨特殊钢的生产能力,为全球60多个国家和地区的用户提供多规格、多品种、高品质的特殊钢产品及整体服务方案。产品广泛应用于交通、石化、机械、海工、风电、核电、军工等行业,其中高标准轴承钢连续20年产销量全国第一,连续11年产销量全球第一,汽车用钢连续15年产销量全国第一。

"特钢是科技炼成的。""工匠大师"许君锋入职25年来,参与、见证了兴澄特钢"普转优""优转特""特转精"的三次华丽转身。以研发推动创新,以创新促进发展,以内部技术突破带动行业革命。公司研究院(中信特钢研究院兴澄分院)拥有国家级技术中心、国家级认可实验室和博士后科研工作站。

兴澄特钢凭借自身的科研成果和创新实力,被认定为"国家技术创新示范企业",并成为此次认定的69家企业中唯一一家钢铁企业。2021年,公司整体发展态势持续向好,各项指标全面提升:生铁产量629吨,同比增长13.3%;粗钢产量706万吨,同比增长2.8%;入库坯材与全年销量均为666万吨,再创历史新高,营业收入1600亿元,同比增长16.7%,连续四年站稳千亿级平台;入库税金达21.18亿元,成为江阴纳税第一、无锡第四的企业。

澄江波涌连天碧,钢火淬炼别样红。

"诚信、创新、融合、卓越"的核心价值观融入每一位特钢奋斗者的心田,"创建全球最具竞争力的特钢集团"是特钢人的宏伟愿景。特钢人,砥砺前行在路上!

无担当,不成大事;无梦想,将被时代淘汰。

产业发展是一个艰辛的过程,需要智慧,需要战略定力和耐力。营收616亿元,人均价值创造与谷歌、苹果相当的远景科技集团的发展与壮大,可以说就是一部理想主义者创新创业的梦想与传奇。

作为中国最大海上风机供应商和中国第二、世界第四大风电整机制造商,2019年6月29日,远景荣登《麻省理工科技评论》"2019年全球50家最聪明公司"榜单前十,其获奖理由是:打造了全球领先的物联网操作系统EnOS,通过"智能机器社交网络",让100吉瓦的6000万个风电、光伏、储能、充电桩、电动汽车等设备实时智能协同，帮助实现大规模可再生能源接入，推动能源转型。

"为人类的可持续未来解决挑战"，这是远景的目标与前行定位。远景以人才为抓手，积极整合全球创新资源，通过智能控制技术、先进的通信和信息技术建设能源互联网，推动传统能源领域的智慧变革，开创智慧能源时代。2021年10月，《财富》杂志2021年"改变世界的50家企业"榜单正式发布。远景因其为解决日益严峻的气候危机而取得的零碳技术创新成就，名列榜单第二，并在独立企业中排名第一。

远景成立至今连续多年业务成倍增长，已经成为全球首家也是唯一一家能够提供智慧风、光、储绿色能源全产业链技术解决方案的科技企业，包括智能风电和储能技术公司远景能源、动力电池企业远景动力、智能物联网企业远景智能三大主要业务板块，研发能力和技术水平已处于全球领先地位。远景已陆续完成在丹麦奥胡斯，美国休斯敦，日本大阪，中国无锡、上海、北京、南京等地的全球战略布局。2021年，远景发布全球首个与ISO/PAS标准接轨的"零碳产业园"标准，在内蒙古鄂尔多斯启动建设全球首个零碳产业园；2022年远景发布国际首批"零碳电池"，并将于2022年底实现全球业务运营碳中和、2028年底实现价值链碳中和，成为我国承诺最早实现全价值链碳中和的公司。

更上一层楼，需要咬紧牙关的坚持；向顶峰攀登，每一步都需付出心血、汗水还有勇气和胆识。远景正致力推动全球绿色能源转型，通过技术创新让风电和储能成为"新煤炭"，电池和氢燃料成为"新石油"，智能物联网成为"新电网"，零碳产业园成为"新基建"，同时培育绿色"新工业"体系，为构建零碳美好世界不懈努力。未来已来，远景准备好了！

无数根巨大的条线自空中悬挂出晶蓝色的瀑布，鎏金溢彩的盆之造型映射出梦幻又时尚的动感。此装置始于智慧能源管控中心，中心的各项数据通过LED信息流瀑布屏向尾厅动态汇聚，暗喻双良集团智慧与成就的汇聚。数据、信息汇聚之处，幻化为光之瀑布，灯光艺术装置承接数据，汇聚到最终的"双良之源"。

秉承"学习才能进取，创造方为永恒"的企业精神，双良集团经过40年的发展与创新，实现了从传统制造企业向绿色化、服务化、智能化企业的转型，形成了

"节能环保、清洁能源、生物科技、化工新材料"四大产业板块,拥有22家全资和控股公司,建立了江阴和包头两大生产基地。连续多年名列中国企业500强,中国制造企业500强,世界500强企业中有300多家是双良的合作伙伴。

风霜雨雪四十载,双良是我国具有自主知识产权的溴冷机诞生之地,拥有亚太地区规模最大的溴化锂中央空调及节能系统设备制造基地、国内领先的智能化环保锅炉生产基地、国内重要的氨纶丝和包覆纱生产基地、国际先进的包装材料及苯乙烯化工材料生产基地。从1985年双良研发的国内第一台具有自主知识产权的溴冷机组,到1990年国内第一台二泵制无喷嘴溴冷机试制成功,双良作出的"产品先安装使用,满意了再付款"和"必须把最好的产品交到用户手里"的严格承诺,为产品打开了市场,赢得大江南北客户的依赖与尊重。

两尊金光闪闪的金杯屹立在展台上,那是双良人的实力与骄傲。2013年,双良入选央视首个大型工业纪录片《大国重器》。2016与2020年,双良分别获得被誉为中国工业"奥斯卡"的中国工业大奖企业奖与项目奖。

双良、双良,其初心是"产品优良,服务优良";

双良、双良,现目标是"健康双良,国际双良"!

"始终做一家受人尊敬的企业集团",站在新的发展起点,双良将紧抓机遇,围绕国家"双碳"战略,秉承"学习才能进取,创造方为永恒"的企业精神,遵循"多元化发展,专业化经营,精细化管理"的发展战略,依托雄厚的实力和人才优势,凭借强大的品牌魅力,加快融入国际化竞争的步伐,成为立足中国、走向世界的国际化大型企业集团。

> 一颗明珠在大江边闪烁异彩,
> 岁月为双良人搭起了舞台。
> 学习才能进取,创造方为永恒,
> 奋飞的旗帜召唤英才。
> 一艘巨轮从大江边驶向大海,
> 梦想向双良人敞开了胸怀……

夕阳将绿树和建筑披上金色霞光,《双良之歌》在厂区欢快地回荡。

展望未来,有多么高远的目标,就有多么深的期盼;

使命梦想,有多么缤纷的画卷,就得付出多么大的努力与心血。

"深化产业结构调整,构建现代产业发展新体系。"习近平总书记的谆谆嘱托,是使命,指出了发展方向;是标尺,明晰了发展要求;是动力,点燃了新时代江阴现代化发展的豪迈激情。

民营经济是江阴经济稳定发展的"压舱石",支持民营经济发展,激发创新创业活力,是江阴现代化高标准建设的重要内容。江阴以"科创江阴"建设为引领,迭代升级"暨阳英才"计划,引进精英人才、引进科技人才项目、引进柔性合作专家、新增高技能人才等,形成了一座城市与精英的双向奔赴,一个个现代企业与人才的相互成就。为民营经济发展营造了最优的发展环境,推动民营经济不断做强做大,为江阴社会主义现代化建设走在全省前列提供了强大的支撑。

谁持彩练当空舞

余霞散成绮,澄江静如练。

为世人所熟悉的江阴长江大桥,蓝天碧水间彰显出宏伟大气;全钢结构的临江路"网红"桥,若飞鹰般的造型寓意着这座城市的鹏程万里;江面上停泊着近200米长的远望号测量船。各类测量仪器一字排开,满满的科技感,雄伟壮观。

江阴长江大保护展示馆,时尚现代又恢宏大气,伫立在江阴滨江风光带。展厅内160米的长江飘带艺术雕塑,自由又磅礴地贯穿展馆全厅,从世界屋脊出发一路向东,千里迢迢奔腾不息,流经江阴直抵东海。"大江之美、大江之阴、江阴力量、水净天开",讲述着江阴人秉承习近平总书记"共抓大保护,不搞大开发"的理念,鲜活生动地讲述着长江生态文化与江阴的深厚情结,共同绘就保护长江的时代新华章的精彩故事。

以江为名,因江而兴。祖祖辈辈生活在长江边,靠江吃江涉渔捕捞,是无数江边人的生存理念。然而,"临江不见江"曾经是江阴的一块心病。如何让全民充分认识长江"十年禁渔"是"为全局计、为子孙谋"的重大战略,需要说服教育,需要思想动员,更需要痛下决心铁腕出击。

江阴市结合国家生态安全和保护生物多样性部署,立足35.7公里长江江阴段,创新实践"平台牵引、智能驱动,联管共治、提质增效"的保护思路,通过研发长江禁捕退捕信息化防控"江盾平台",带动公安、农业农村、水利、海事、交通、城管等9家单位建立紧密型联动机制,长江大保护工作取得显著成效。

"江盾平台",重拳齐出:查处涉渔违法案件,破获非法捕捞等涉水犯罪案件,强化长江大保护,禁捕巡逻防控、重点人员管控,高效整合警务流、政务流,公安网、政务网、互联网携手齐上,江阴网格化治理平台、"12345"热线、"最江阴"App,同步部署公安、农业局、海事局、城管局等应用端口,实现平台共建共享、信息互联互通,助力多部门联动执法、协同办公,牵引形成联管共治合力,实现全天候无接触保护。快速响应处置能力得到提升,助力打防犯罪精准高效,勠力同心形成了长江大保护整体合力,铸就起坚实盾牌。

江阴人喜爱蕴藏着自己热血与担当的清澈长江,而眼前这抹明净的清蓝江水,又融进多少人的心血与汗水。

"功成不必在我,功成必定有我。"长江大保护的浩大工程中,有着无数执法者、保护者、守望者的无私奉献与经年累月的默默付出。江堤闸站管理中心的水利工作者,承担着35.7公里长江岸线守护工作,西沿江片区分担着26.3公里的重任。赵瑜作为一名党员、一个基层管理负责人、一个水利守堤人、一名"河长制"外聘河长,"江河一体化监管"有他的身影,暴风、暴雨的大堤之上有他的足迹;台风肆虐,"汛前、汛后"检查,一步一个脚印地丈量;汛期日夜连续地排涝,熬红了双眼迎风流泪;疫情中一守半月,毫无怨言。许多如赵瑜这样的守护人、守望者,在长江大保护的宏大战役中,执着前行无怨无悔。

"生态进、生产退,治理进、污染退,高端进、低端退",近年来,江阴市以"三进三退"的生动实践,唱响长江大保护的"江阴之歌"。长江江阴段生产性岸线占比已从2012年的72%降至2022年的48%,下降了24个百分点。2020年10月,自然资源部推出第二批共10个生态产品价值实现典型案例,"江苏省江阴市'三进三退'护长江促生态产品价值实现案例"榜上有名。

有大刀阔斧之力,收筚路蓝缕之功。

有雷霆万钧之能,造鸿鹄千里之势。

江阴因地处长江之南而得名,拥有35.7公里的长江深水岸线、13条入江河道。20世纪90年代开始,江阴市长江岸线过度使用、土地超强度开发等问题日益显现:高峰时期曾开发了超过2/3的长江岸线,有4条入江河道水质不能稳定达标。

如何走出一条长江保护与绿色发展相得益彰之路？又有多少江阴人的深情牵挂与砥砺前行。

伴随经济快速发展，江边码头越来越多，大大小小的砂堆一个连一个。装卸高峰时段，机器轰鸣，浓烟滚滚。原江阴市环境保护局发布的《2014年度江阴市环境状况公报》显示，全市地表水水质总体为中度污染，当年实际监测的28个地表水断面中，Ⅴ类和劣Ⅴ类水质断面共有18个，占总数的64.2%。

治理刻不容缓，"壮士断腕"势在必行！

2016年至2021年，江阴市关停取缔"散乱污"企业4214家、关闭化工生产企业181家，2021年单位地区生产总值能耗较2016年末下降20%；清退码头、工厂、轮渡站等，将江苏省政府批复的23.4公里港口岸线主动压缩到16.85公里。

拔掉"锈钉子"，镶上"绿丝带"。江阴对腾退出来的滨江空间实施生态修复，船厂变森林、鱼塘变湿地、工厂变公园，一抹抹绿色连点成片。过去，塔吊林立，噪音刺耳，尘土飞扬；如今，江风习习，天蓝水碧，绿影婆娑。《2021年度江阴市环境状况公报》显示，全市地表水水质总体为良好，在当前重点监测的39个断面中，Ⅴ类和劣Ⅴ类水质断面全部消除，Ⅱ类和Ⅲ类水质断面占总数的89.5%。江阴的利港街道有近12公里的长江岸线。20世纪90年代以来，窑港口作为全市乡镇企业最活跃的地区之一，高强度开发，影响着区域生态环境：附近企业污水直排入江，水域生态系统退化，原本向江面延伸近百米的芦苇滩面积逐渐减少，摘芦叶、采芦花的场景难觅，村民途经时常常掩鼻而过。

还窑港口一湾碧水！"严控长江岸线开发利用"，"推进滨江公园建设，构建沿江生态景观岸线，还江于民、还岸于民"时不我待！窑港口及周边区域散布的98处小型畜禽养殖场、化工作坊和小型修船厂，全部纳入清退范围，复绿工程同步展开。

清退窑港口及周边区域散布的修船厂、养殖场和化工作坊，改造成生态湿地，每年吸引1.4万只以上候鸟栖息繁衍。至2022年，窑港口长江湿地保护小区已累计投入建设资金2600余万元。

拨开密密匝匝的芦苇丛，一条10米宽的船坞痕迹依稀可见。在长江边当了24年船工，51岁的郭建华对窑港口的点点滴滴记忆犹新。如今，放眼望去，无边江景一时新——船厂搬走了,退出的生产岸线变为湿地公园。"岸边不留一个锚桩,江里不留一截锚链。"郭建华与工人们一起动手拆除船厂,有着电焊好手艺的郭建华夫妇应聘到一家机械厂工作,工资待遇可观。

腾笼换鸟,天蓝水碧。"十三五"末,江阴市空气质量优良天数比例较"十二五"末提升13个百分点,国家和省级地表水考核断面水质优良比例提升44.5个百分点。

我不负江河,江河定不负我。

江阴人是一群能把甜糯的吴语说出金属质感的人,是一群勇争一流从不服输的人。长江大保护,江阴有担当。从市委市政府到村民百姓,自上而下,齐心协力。江滩披新绿,岸畔复葱茏。江阴市昔日塔吊林立的主城区长江岸线变身为美丽的江阴"外滩",这大气明净秀丽雅致的"外滩",是江阴人胸前自豪闪亮的勋章。

让我们去欣赏滨江公园带的缤纷画卷——

长江沿线,滨江岸畔,满目葱绿,粉的、红的、蓝的、黄灿灿的花儿就在江岸妩媚盛开,变幻出赤橙黄绿青蓝紫。黄山湖公园、鹅鼻嘴公园、船厂公园、韭菜港公园、黄田港公园一字排开,一幅"水岸和谐、江河联动、江城互动、林湿一体"的缤纷画卷。

"黄田港北水如天,万里风樯看贾船。海外珠犀常入市,人间鱼蟹不论钱。"王安石曾形象地描绘过彼时黄田港繁华市集的景象。今日的黄田港公园就是在黄田港汽渡码头原址上建造而成的,也是江阴市委市政府下大决心还景于民、还绿于民、还清澈江水于民、深得民心的一件大事。从保留原有港口形态的中心广场区到西侧休闲区,多样性的开放空间及室外活动被引入公园,是江边外滩,是市民客厅,是活跃的滨江运动带,缤纷多姿,活色生香。

滔滔长江水满载着江阴178万市民的期盼浩荡东流。展现的是碧翠青山间的清新美丽,是明净蓝天下的怡然幸福。

让我们去漫步锡澄运河公园的十里文化长廊——

江阴是个好地方,运河是一把钥匙。

江阴的母亲河锡澄运河如同江阴的血脉,千百年来穿城而过,生生不息。尤其是北至长江、南至芙蓉大道的"十公里运河",记录了江阴的历史变迁,孕育并发展了具有江阴特色的地域文化,是江阴重要的历史文脉。

进入21世纪以来,锡澄运河船舶通过量平均每年以约10％的比例增长,困扰江阴多年的锡澄运河沿岸城市建设瓶颈、过境船舶噪声污染、沿岸环境脏乱差等问题也愈发突出。江阴毅然使出了运河撤航的"硬招",从2012年开始,启动了历史上投资量最大、涉及范围最广的水运工程——锡澄运河航道整治工程。通过文化长廊的重塑,以锡澄运河为载体建设的运河公园,重新彰显运河乃至这座城市的千年文化,为这座城市也为这方土地留住文化血脉的"根"和"魂"。

"我原以为滨江花园城市'十公里运河'景观带建设,只是在两岸打造一些滨水设施,没想到以后不再通航了。"紧挨着运河边生活了几十年的汤女士一脸欣喜。

漕运通江,枕河人家,人水相亲。楼上推窗见公园、见江河,划桨赏风光,游船赏山湾……这样的场景令人遐想,这样的生活令人羡慕。江阴人有福了。

让我们去看江小澄绣圃芙蓉花儿朵朵开——

"江小澄",很可爱的名字。

"江小澄绣圃"位于芙蓉大道与花山路东南角闲置地块,总面积约8728平方米,总投资约330万元,是"江小澄"小微绿地、口袋公园项目的重要组成部分。以"乐享园林"为建设理念,采用"绣花"的手法,对该地块原有垦荒菜地进行改造,因地制宜,精准施策,打造"趣味＋健康＋园艺"型街头口袋游园,为周边居民提供邻里交流、儿童嬉戏、趣味漫步、文化感知的高品质绿色生活空间。

"绣圃"由圃园、圃廊、健身绿道、街角台地、雨水花园等景观构成,以银色与粉紫色为总体景观格调,将江阴市花芙蓉花融入公园设计之中,提炼芙蓉花纹理为园路的主要线条形状,并将芙蓉花图案绘于透水混凝土路面上,成为公园一大亮点。

公园300米健身绿道贯通花山路与芙蓉大道,位于中心位置的圃园形如绣盘,红、白、玫红、嫩黄等6种不同色彩的绣球绽放出丰满的笑意,在夏风中尽显浪漫与梦幻。绣圃的建成,有效地改善了城市人居环境,提升了城市功能品质,让市民群众更加有获得感、幸福感、安全感。

悠扬婉转的二胡声在圃廊回荡,是近现代江阴籍著名二胡演奏家刘天华的《良宵》。一位老者白衣白衫,左手把琴右手执弦,双眼微闭,嘴角一抹笑意;身边围着群孩子,是二胡班的学员。圃廊间,紫藤下,有看书的,有赏花的,有漫步徘徊的,悠扬的胡琴声中满溢的是幸福,是安宁。

江阴人以智慧与心血倾心打造"三经六脉连江山,环城绿道串碧澄","八公里沿江,十公里运河"的城市 T 台,优化空间布局,加快绿色转型步伐,全面完成江阴绿道滨江道、湖山道工程,打通绿道东南北三线串联节点,展示现代化滨江花园城市的美丽模样。

蓝图已铺陈,江阴人踔厉奋发,这幅更为青绿的画卷值得期待!

幸福都是奋斗出来的

千百年来,山的刚毅、水的婉约,孕育出江阴这样一座璀璨的江南名城。"以人民为中心",江阴上下凝心聚力、矢志发展,让富足成为江阴百姓的日常生活,让富裕成为江阴城乡的生动写照,让富强始终成为江阴人的奋斗目标。

繁花盛开,桃红柳绿。

2015 年 5 月 25 日,这是长江村新一代掌舵人李洪耀永远不会忘记的日子。这一天,习近平总书记来到新长江集团在舟山投资的长宏国际船舶修造有限公司,登船坞、观作业。

被誉为"中国幸福村"的江阴长江村,是中国"十大国际名村",钢材出口至全球十多个国家,远洋运输直达非洲,"新长江"产业链遍及亚、欧、美、非四大洲;是令人艳羡的"全国文明村",家家住别墅、人人有分红、户户有存款……富了口袋又富脑袋的长江村人,高擎"发展"与"富民"旗帜,把昔日的贫穷小渔村打造成乡村振兴的样板。

穷,曾经是长江村深刻的痛。村史馆中泛黄的照片记录着长江村村民的点点滴滴。一座老旧的小砖窑,两根高高的烟囱承载着江边人的致富梦想。长江村在老支书李良宝的带领下,东拼西凑了 700 元钱,就是从这小砖窑起步,从烧窑卖砖到买船搞运输,再到建起长江五金厂、长江砖瓦厂、长江拆船厂等企业,一步步走过来的。

"白颈根老鸭,您不懂吧。"80 岁的村民徐全民讲起那句略带歧视意味的乡下俚语,"我们平日里主要靠打鱼和编芦花靴筒维持生计。只有卖了芦花靴筒才有钱,有了钱就去量米,白白的米袋子挂在脖子上,所以被人叫作白颈根老鸭。"

村里穷时,附近人家闺女嫁人还有一个"潜规则",那就是"宁给南一尺,不给北一丈"。这里的"北",指的就是当时穷得叮当响的长江村。

但长江村人更有着江阴人"拼死吃河豚"的勇气和豪气。"只为成功想办法,不为失败找理由。"这是李良宝老书记常挂在嘴边的一句话,也成为长江村人的人生信条。乘着改革开放的春风,长江村抓住了发展乡镇企业、深化企业改革等机遇,走上了腾飞发展之路。而今,长江村经济实体——江苏新长江集团发展成为营收超 1000 亿元的中国 500 强企业,获"全国五一劳动奖"。

"总书记的鼓励更坚定了长江人走出去的决心和信心。今天,我们已经成功实现了千亿集团的目标,下一个目标是百年企业。"李洪耀信心满满。2015 年以来,舟山长宏国际船舶产业园实现了建造 30 万吨以上大型船舶的能力。同时,在修船方面从散货船、油轮,再到钻井平台,完成了 30 万吨油轮的修理改装,承接了石油钻井平台修理工程。"现在,我们正向着建设国际一流船舶建造企业、船舶修理基地和废钢交易基地的目标奋力迈进。"

熟悉长江村的人都知道,长江村对行政支出很"小气",但民生投入很"大气"。"为富要仁"是老书记恪守的信条。村民小组组长季惠英很自豪:我们长江村建企 40 周年,村里给全体村民发放黄金、白银,其他地方没有吧!村民李火笑道:不止送真金白银,村里一直在变着法儿给村民送实惠。

1995 年起,长江村陆续投资 4 亿多元,历时 10 年,让 818 户村民家家住上了别墅,每家别墅的紫铜大门都是村里无偿送的;每月给村民送水送电。"双暖"民生工程,让全村村民都可以享受 24 小时热水和冬季集中供暖;设立"爱心互助基金",对因病致贫的家庭,除各种保险报销以外的自费部分,再按比例进行补助,全村形成了"千人帮一人"的互助和谐氛围……

伴随着工业经济的转型升级,长江村的民生福利"大礼包"又增添了新内容。2017 年,村里又给村民送出尊老金、婚嫁金、生育金、抚恤金、奖学金、助学金、旅游金。在第十一届全国"村长"论坛上,长江村被授予"中国幸福村"荣誉称号。

时光荏苒,江涛依旧。扬子江畔那个昔日贫困的小渔村,伴随着新中国的成长发展壮大,成为中国经济十强村,"千亿集团、百年企业",是长江村早已拟定的"小目标"。此刻的长江村正领航新长江集团向着"百年企业"的目标破浪前行。

喜庆的灯笼挂起来，开心的锣鼓响起来。长江村国际会展中心大厅张灯结彩，3000多名村民老老小小齐聚一堂，过大年！领红包！每年的年夜饭，"长江村晚"同时开演，天地一对喜福联，人间摆开团圆宴，全村人把酒言欢道丰年！这是一年一度的期盼，也是长江村人心底的盛宴。

小河清澈蜿蜒，白墙灰瓦倒映其中，见烟波浩渺，看绿萍点荡。山泉村如一帧写意水墨画，携带着雅致温润的气息，映入眼帘。婉约与清丽，古雅与秀美，就这样在周庄镇山泉村展现得淋漓尽致。

李全兴书记等候在村部。这位在2021庆祝中国共产党成立100周年大会上，在人民大会堂得到习近平总书记接见、捧回了"全国先进基层党组织"奖牌的优秀村书记，平头，灰色T恤，米白色长裤，白色板鞋，干练又帅气，刷新着传统村干部的形象。

在2009年之前，山泉村曾是令周庄镇乃至江阴都犯头疼的问题村。其实，在改革开放初期，山泉村也曾经风光过，靠村办企业成为先富起来的代表。好景不长，在21世纪新农村建设的大潮中，山泉村却陷入长期的停滞之中，在周边邻居——华西村、向阳村、三房巷村的对比下，山泉村失落黯淡。在这面积2.3平方公里的小山村，江南水乡的宁静恬淡渐渐消失殆尽。

在山泉村陷入衰退的十余年间，李全兴在商海搏击中显露峥嵘。这位有着北方粗犷豪放气息，土生土长的山泉人，从最初的小作坊到大众汽车品牌的全球供应商，完成了人生的财富积累，确立了现代企业管理制度。他所创立的"万事兴"集团，获得了"中国驰名商标"称号，他也成为远近闻名的"亿万富翁"。

或许，当时的李全兴自己也没有想到，有一天，他会放下自己的企业，回村当一名村书记。"全兴，回来，带着我们一起干吧！""全兴啊，你是个大能人，我们相信你！"一句"我们相信你"，令直爽、义气，胸怀开阔又重感情的李全兴心动了：山泉村是自己的家乡啊！李全兴没有辜负这份沉甸甸的信任。

李全兴沉下身子带领全村人干了！以产业兴村为重点，推动高质量经济发展；以生态美村为关键，打造高颜值人居环境；以文明建村为保障，培育高素质现代农民。民生无小事，件件都是头等大事。宣传传统美德、制定村规民约、宣传法律法规，建造门口文化园、民俗文化墙、每年定制文化挂历等，留住乡愁古韵，所有房屋统一粉墙黛瓦;多层住宅底楼朝南的房间全部设计为老年公寓,老年人满足条件即可拎包入住……

"我们所做的一切,不就是让人得到更好的发展么!"此时的村书记李全兴,说这话有着十足的自信与底气。

十多年的苦战奋斗,数十季的花落花开,山泉村纲举目张,兼顾科学性、前瞻性、可行性、实施性,统筹现代产业、村民生活、生态环境,生活区、生产区、生态区"三生同步",一二三产业"三产融合",坚持全村域布置、全形态建设、全体系保障、全要素配置、全生命周期关怀,实现幼有善育、学有优教、劳有厚得、病有良医、住有宜居、老有颐养、弱有众扶。对全村土地进行整治归集,规划建设生态高效农业基地。引导企业加快转型升级步伐、实施科技人才资本融合战略,全村现有上市公司1家,新三板挂牌企业2家。2021年完成工商开票销售42亿元,村级收入7800多万元,村民人均可支配收入9.1万元。

"全国文明村""中国美丽乡村",山泉村富民强村的创新实践,诠释了共同富裕的新内涵,成为中华大地乡村振兴的鲜活范例。

幼儿园放学了,一群孩童欢笑着跑过。一个抱着布偶沙皮狗的孩子弯下身来拾起了地上的一片纸屑,放进了分类的垃圾箱。李全兴笑着对孩子竖起了大拇指。

古树新宫读六百华章,小桥流水观万千气象。

古银杏与白檀相依相拥出缠绵与传奇,石榴花火红,洒落于青砖小园,绿水萦绕着村庄,硕大的月季绽放着清雅的芬芳。神华寺、古银杏、明黄色的寺庙,幢幢别墅粉墙黛瓦,一幅美丽的画卷,有似水流年的古意沧桑,有欢歌笑语的幸福安康。

"您看,这是不是小时候河水的模样?"新桥镇郁桥村温良敦厚的老书记钱刚,执意带来访者去看绕村而行的清凌凌的小河,是水草清灵,是锦鲤艳红,是迎春花灿烂金黄,真的是儿时小河的模样。

令钱刚骄傲的不仅是这古树、古寺、清澈的小河,还有那满是春花、烟柳的百姓公园,更有那承载着富起来的村民们的梦想、聚民心、活民力、共民情的"红船"。

这"红船"是村里的会议室，是文明实践指导站，是百姓的"议事厅"，是老少皆宜的茶社，也是张家大妈、李家阿婆的唠嗑之地，全天对百姓开放。船上有图书架，"有事好商量"的牌子醒目地挂在船窗边。

美丽乡村景美人和，有事好商量，不断商量出乡村振兴的新气象。花木掩映处，昔日的一片小工厂即将被一座座时尚的江南民宿所替代，这是郁桥村实践创新美丽乡村游的新项目——郁桥漫居，它将与郁桥村悠久的历史文化资源、特色田园乡村的美丽风光融为一体，以更优的业态、更好的生态、更美的形态，展示乡村振兴的蓬勃生机，为这古老而又年轻的郁桥村添上浓墨重彩的一笔！

令新桥人、江阴人更为骄傲的是特色小镇的创建。恢宏又雅致的小镇客厅令人眼前一亮：是金梭、银梭灵动炫目的编织实景，是从品牌男装、女装直至要求极高的中国人民解放军仪仗队和军乐团挺括又威严的礼宾服……时尚服饰之都、艺术文化新城、花园城镇典范，新桥镇名副其实。

2017年始，新桥镇以创建省特色小镇为驱动，在江苏推进苏南现代化建设的奋进之路上，实践探索共进共富、共建共享、共生共荣高质量发展新路子，先后获得全国纺织服装名镇、无锡市全域旅游镇和无锡市城乡发展一体化特色示范镇等荣誉。新桥"时裳小镇"在省级特色小镇创建2020年度考核中被评为优秀，2021年又跻身全国特色小镇前50强，位列第6。

特色小镇的打造是新桥镇积极探索新发展理念的重要实践。小镇围绕生产、生活、生态，"三生融合"，立足以人为本，进一步放大产业、功能、生态、文化优势，促进更高水平的产城融合、城乡融合，营造出宜居宜业宜游的特色发展新境界，为推动新桥全域打造"创新引领的产业重镇、魅力闪耀的文旅强镇、和谐幸福的宜居名镇"奠定了先行先导的示范基础。

惊艳于这个全国特色小镇、江苏"时裳小镇"的华丽身影。"我们的新目标就是要打造长三角旅游目的地和全国全域旅游的示范镇！周末，乘坐高铁来到我们新桥，马文化博物馆里赏世界名马，体验骑士精神的变迁与传承；环城游船上看水中建筑，领略固定音符与万千灯火辉映下的欧式风情，再到小镇客厅品品咖啡。"新桥镇美丽的赵叶勤副书记热情相邀。

江阔天朗，彩霞绚丽。置身于小镇的欧式建筑群落，阳光洒下一树金黄，分外耀眼。捧着香醇的咖啡，刹那恍惚，此处何处，今夕何夕！

徐霞客镇,单单"徐霞客"这三个字就令人神往。江阴物华天宝、人杰地灵,从古到今,名人辈出,我国杰出的旅行家和地理学家,有着"旷世游圣"之名的徐霞客也是从此地出发,走向万里江山。

这一次,徐霞客镇在行政管理体制改革试点工作上,走在了无锡市乃至江苏省的前列。

自 2012 年 10 月徐霞客镇正式启动行政管理体制改革以来,按照"集中高效审批、强化监管服务、综合行政执法"的要求,组建了两办六局一中心,形成了"1+4"基层治理新模式,构建了"简约便民、阳光高效"的经济发达镇管理体制。"1"即党的建设总引领,"4"即镇村治理"一张网"、政务服务"一窗口"、综合执法"一队伍"、指挥调度"一中心"。2017 年 4 月,中央编办在无锡召开全国经济发达镇行政管理体制改革推进会,徐霞客镇被作为会议现场教学点,改革模式得到广泛关注和高度认可。按照省委、市委集成改革工作部署,2017 年,江阴市在全市镇街全面复制推广徐霞客镇改革样本,并于 2018 年在无锡全市及江苏省其他47 个经济发达镇全面复制推广。

徐霞客实行镇村治理一张网,将全镇划分为 21 个一级网格和 93 个二级网格,逐步构建"1+21+93+N"的工作体系,坚持从基层实际出发,配齐配强网格管理人员,构建了"一长五员"网格管理结构。同时,网格管理延伸至 21 个村(社区)管理服务工作站,真正实现网格实体化、实效化,形成"上面千条线,下面一张网"的工作格局。政务服务"一窗口":开创了"一窗办、网上办、自助办、延伸办、督着办"的政务服务模式,

"这样太方便我们老百姓了!"3 月 12 日下午,任女士到中心综合窗口办理"我要停办小餐馆"一件事套餐。不到半小时,任女士就同时拿到了《个体工商户准予注销登记通知书》和《〈食品经营许可证〉注销准予通知书》。镇行政审批局实施业务流程优化再造,系统重构办事流程,推动政务服务更加便利高效,打造更加优质营商环境。

总说是基层百姓办事难,行政管理体制改革后,老百姓事情方便办,有的事甚至不出家门也能办。

璜塘村网格员陈冰接到了镇行政审批局派发的"异地居住人员领取社会保

险待遇资格协助认证(网上认证)"任务,立即与住在同福街的陆婆婆取得联系。从上海退休回来现已90岁的陆婆婆,反应有时会有点慢。陈冰打开上海人社App,耐心引导婆婆进行人脸识别,经过多次尝试,完成了异地居住人员领取社会保险待遇资格协助认证(网上认证)。陆婆婆的女儿开心地说:"以前做资格认证先要填表,然后去村里开证明,到镇里盖章,再寄到上海,没有半个月跑不下来。现在一部手机就认证成功了,太感谢您了。"

驱车在霞客大道,在新桥镇,在周庄,有高楼林立,见夏花烂漫。城市与农村有机衔接,哪儿是城市哪儿是农村,对外地人来讲已看不到界限。江阴正打造着江苏乃至全国农业农村现代化示范样本,农业产业强、农村形态美、农民生活富,城乡融合一体的农业农村现代化现实模样已呈现在暨阳大地上。

灿烂的精神光芒

城市承载文明,文明滋润城市。现代与典雅,庄重与明快,大气与简洁,一气呵成,融会贯通。江阴的地标之一,天华文化中心——江阴市新时代文明实践中心正坐落在此。

> 天上飘着些微云,
>
> 地上吹着些微风。
>
> 啊!
>
> 微风吹动了我头发,
>
> 教我如何不想她?

温婉、恬净又有韵致的朗读声,从天华文化中心的小剧场传出,一群身穿纯白长裙的女子正在朗诵。念的是著名新文化运动先驱、江阴籍文学家刘半农先生的诗句。

天华文化中心是一座具有现代综合文化功能的大型文化建筑群,是江阴城市客厅的重要组成部分。江阴市新时代文明实践中心于2018年12月在此挂牌成立,以天华文化中心为依托,整合利用现有"五馆一中心"优势资源,道德讲堂、小剧场、志愿服务站、文明通道、志愿服务孵化基地等多个新时代文明实践点,通过理论宣讲、教育服务、文化服务、科技与科普服务、健康促进与体育服务、法律法规服务等六大平台，举办"讲堂宣讲""榜样评选""共建共享""公益便民""节日新风""文明有礼"等 6 大主题 22 项活动，全方位满足群众需求，让党的百年征程历史、新时代创新理论"飞入寻常百姓家"。

创新打造"新时代文明实践云平台"，优化"点单派单相结合、线上线下相结合"工作模式，细化"群众点单—中心派单—志愿者接单—群众评单"菜单式工作流程，推动群众需求与文明实践志愿服务精准对接，使实践活动更具特色、更可持续、更富活力，切实打通宣传群众、教育群众、关心群众、服务群众的"最后一公里"。每年开展形式多样、内容丰富的新时代文明实践活动 2 万多场次，受益群众超 60 万人次。

"群众在哪里，我们的文明实践就延伸到哪里。"江阴市新时代文明实践指导中心工作人员介绍。江阴全市学习网络已实现全覆盖，构建"中心、所、站"三级联动学习教育网络，在全市 1 个中心、19 个所、267 个站设立习近平新时代中国特色社会主义思想理论学习阵地，收集关于党史、治国理政等方面的红色书籍，建立"红色书籍专柜"，将党史学习教育的学习资料，送到基层党员干部和广大群众身边。

葱郁的大树遮去燥热的阳光，江阴绿道上的"理响江阴"四个红色大字很是醒目。满屋的书籍，幽香的中药味在室内弥漫，五颜六色的香囊挂在墙上，有水、常用药还有一些普及中药知识的文字挂在墙上，左侧角落是一个小小的便民服务站。身着红色马夹的志愿者戴着口罩，眉眼间有一抹笑意：来这儿读书的人很多，尤其是晚上，在绿道上锻炼的市民喜欢这儿，歇会儿再看看书。两位中年女子倚在图书架上看书：嗬，是江苏人民出版社的《澄怀之音》。翻开来，里面都是江阴的名人和故事。

打造启用"理响江阴"学习驿站，为党员群众送上红色经典书籍；通过"机关党员带头讲""退休党员家中讲""思政教师课堂讲"，组织开展"四史"教育、青少年学党史等活动；用好"理响江阴""百姓名嘴"等宣讲队伍，以评书、快板、小品、讲故事等市民喜闻乐见的形式，将党的创新理论、市委市政府的决策部署送到基层、群众身边。似这样的"理响江阴"学习驿站，在郁桥村的红船上也见过，全市还有很多。

让一座城变成一间书房！这是企业家也是爱书人季丰的人生理想。香山书屋从 2006 年创办至今,斗转星移十六载,常年开放,不收任何费用,且 24 小时为读者敞开。香山路上月季花开、四时如春,书屋内阅读交流、志愿风盛。自香山书屋在江阴这个小城生根发芽,逐渐有了第二家、第三家……现在已形成 8 家实体书屋、12 个 24 小时开放的社区阅读驿站、全国范围内上千个书香漂流点的规模。

将创办企业的收入全部投入书房,香山书屋创办人季丰很有成就感:让一座城市变成一座书房是我的人生理想,让书籍的光芒照亮这座城市和喜欢读书的人。香山书屋执着于两件事:"全民阅读"推广,播下一颗颗阅读的种子,营造"全民阅读"的氛围;探索"全民阅读推广志愿者服务模式",在政府的指导下,通过社会组织的有效运作让更多的人了解公益,热爱阅读,成为阅读推广志愿者,进而成为城市文明的传播者。

一个人因理想而生命丰盈,一座城因书香而文明辽阔。

夜色中城市静谧,香山 5 号书香四溢、灯光通明,映亮读书求知的心田。

文明是江阴的底色,城市中的你、我、他都是这份"颜值气质"的担当,流动的"志愿红",成为江阴美丽的风景线。

设立"全澄有爱"志愿服务日,群众的需求就是江阴文明实践的前行方向。"群众吹哨、志愿者报到",全市机关党员干部每周利用双休日半天时间,自觉深入各自挂钩社区,参加社区组织的问卷调查、慰问好人、清洁卫生等志愿服务活动,带动城乡镇村同步下沉社区网格,示范带动广大市民参与创建、推动创建。

打造"全澄有爱文明集市"。整合全市各志愿服务特色支队、社会组织等志愿力量,常态化开展"文明集市"志愿服务活动。2022 年已集中开展"全澄有爱文明集市"400 多场次,受益群众 52000 多人次。

办实事"澄"就微心愿。"我为群众办实事",开展"澄"就微心愿主题志愿服务活动,以提供微服务、圆梦微心愿、开设微讲堂、打造微集市、实现微幸福为主要内容,深入基层一线察民情、解民忧,着力解决基层群众"急难愁盼"。2021 年活动开展以来,已发动全市相关部门征集并实现微心愿 1700 多个。

全"澄"皆是红马甲、处处都有志愿者。自全国文明典范城市创建工作开展以来,江阴重点围绕环境整治、文明宣传等重点项目,丰富志愿服务内容、创新志愿服务形式、汇聚志愿者力量,积极推动志愿服务常态化、制度化、多样化,通过发挥党员志愿服务引领作用,使得志愿服务蔚然成风,传递了爱心,传播着文明。

大街小巷、小区楼道……一群红马夹志愿者们手拿扫帚、簸箕、钳子等工具在认真清扫。志愿者小朱擦着汗水:"创建文明典范城市没有一个人是局外人、旁观者,我们都是城市建设的主人公,为的是让自己的家园更加美丽、美好。""谁不愿意自己的家园更加美丽漂亮!叫我如何不爱她!"大学毕业选择回家乡工作的小姑娘叶子华深情款款道。

一张张图表呈现出令人惊叹的巨变,见证着这座城市对率先、领先的追求从不曾止步;一项项荣誉闪耀在时代坐标的光环里,彰显着这座城市对美好未来的追寻也将永远不会停息。新时代文明实践,江阴人意气风发奋进在路上。

长江浩荡,有一种精神源远流长,穿越时代的云烟,历久弥新;千帆竞发,有一种品格贯穿古今,历经时代的风雨,更臻醇厚。

"人心齐、民性刚、敢攀登、创一流"的江阴精神,淋漓尽致地诠释了江阴人的性格魅力、思想风骨和品格光芒,业已融入江阴人的血脉之中。"产业更高端,创新更澎湃,城市更美好,人民更幸福"的美好愿景,激励着江阴人乘风破浪、砥砺前行。

高台起跳,今朝江阴更好看!

溧阳市:打造未来之城

"望崦嵫而忽迫","恐鹈鴂之先鸣"。

两千多年前的屈原在其不朽的《离骚》中,写下了如此瑰丽的诗句。看来面对时光的紧迫感,古人和今人都有惊人的同感。

戴埠是溧阳的一个小镇。

戴埠的南山竹海,一望无际的毛竹,姿态各异,汇聚成了一片绿色的海洋。这里无海,却清凉胜海。有竹,自然不可无水。竹海静湖,如处子般静卧于山峦叠翠中。置身竹海,一路行来,清风徐徐。漫步竹林,啾啾鸟鸣,微微闲话,人生最曼妙的时刻,莫过于此。

溧阳的天目湖素有"江南明珠"之称,由沙河与大溪两大水库组成的天目湖,波光粼粼,仿佛少女一双清澈的眸子。"靠山吃山,靠湖吃湖",天目湖砂锅鱼头着实让我们大为惊羡,已经形成了一条产业链。渔家乐、鱼头宴给天目湖人提供了致富捷径,腰包鼓起来后,也更为小心地呵护着美丽的湖泊生态。

溧阳是一个令人向往的"人间天堂"!

一个令人向往的城市,总有一种神秘的力量在吸引着人。

这些年溧阳的高光时刻精彩纷呈——

2017年,溧阳着力推进特色田园乡村建设。

2018年11月,首届中国国际进口博览会宣传片《40年,中国与世界》,开篇十秒就是溧阳南山竹海的惊艳亮相。

2019年2月,江苏省印发《关于在苏南部分县(市、区)开展社会主义现代化建设试点工作的实施方案》,选取南京江宁区、南京江北新区、苏州昆山市、苏州工业园区、无锡江阴市、常州溧阳市先行探索。

2020年是溧阳撤县设市30周年,溧阳高质量发展考核位列全省县(市、区)第九。

2021年江苏省农业现代化先行区建设名单,共计13个县(市、区)入选,溧阳成为常州地区唯一入选县(市、区)……

撤县设市32年来,溧阳历届政府领导都很重视绿色生态建设。他们务实能干,浑身上下充满了创业的激情。经济发展迅速,连续多年名列全国百强县(市),先后获评中国优秀旅游城市、中国最美休闲度假旅游城市、全国森林旅游示范市,入选第二批国家全域旅游示范区。

溧阳美景,天目湖,南山竹海,鸡鸣村,天目山茶园,御水温泉……

溧阳美食,砂锅鱼头,溧阳白芹,青团子,天目湖啤酒……

江苏特色田园乡村建设溧阳特色鲜明。

宁杭生态经济带最美城市

溧阳,地处长江三角洲南部的苏、浙、皖三省交界处,东邻宜兴,西与高淳、溧水毗邻,是著名的鱼米之乡、丝绸之乡、茶叶之乡,山水秀美,生态极佳,人文荟萃,被称为"宁杭经济带最美副中心",素有"江南明珠""都市后花园"等美誉。

她还是一座拥有2200多年历史的城市,文化底蕴深厚,拥有国家级文保单位中华曙猿遗址以及省级文保单位秦堂山遗址、梅岭玉矿遗址、神墩遗址等重要的史前文化遗存。秦代建县以来,历代城池遗迹犹存、团城空间格局保留完整,拥有丰富多样的文化遗产和以"水西精神"为代表的璀璨红色文化。

溧阳拥有天目湖、长荡湖等重要水体,以及南山、曹山、瓦屋山等山体资源,形成了"三山一水六分田"的自然格局。然而在20世纪70年代,曾经掀起的"挖矿潮",使得溧阳与周边城市一样,靠山吃山、靠水吃水。山里到处挖石开矿,水里高密度养殖,一些乡镇由于过度开发,致使生态环境遭到严重破坏,山不再那么美,水不再那么清了。

虽然因"腹地劣势"慢了半拍,但溧阳人没有被层层叠叠的山峦挡住目光。他们要"变不可能为可能"。

如何蹚出一条新路?

在谋划当地"十三五"发展时,溧阳市委市政府确立了创建全国文明城市、国家生态文明建设示范城市和国家级产城融合示范城市"三城联创"新目标。

在创建国家生态文明建设示范市的过程中,溧阳市参照创建体系,设置生态制度、生态环境、生态空间、生态经济、生态生活、生态文化六大类38项指标,其中18项为约束性指标,20项为参考性指标,并对涵盖六大体系的42项重点工程进行任务分解。

溧阳理想的蓝图是蔚蓝色的,清澈的天目湖拥抱着溧阳。

一个新的理念,改变了一座城市。

而要把蓝图变为现实,必须打一场艰苦卓绝的"战役"。

从1990年8月溧阳撤县设市开始,30多年来溧阳历届领导班子换人不换蓝图,接力走好绿色发展路,精心治山理水,悉心描山绘水,建设人与自然和谐共生的现代化。"十三五"期间,投资7亿余元治理水库、重点塘坝,6.3亿元保护天目湖水源地,12.8亿元推进区域治污一体化,14.8亿元开展全域农村生活污水治理。关停采石矿、砖瓦窑、石灰窑、码头190余个,生态修复废弃矿山50余个。

溧阳在以山水起势、因山水兴盛的全域旅游实践中找到突破点,形成"风景无处不在、体验无时不在、产业无所不在"的全域旅游格局。

时光回到2018年,江苏省委提出:"在苏南选择若干县(市、区)开启全面建设社会主义现代化新征程试点。"

2019 年 5 月 23 日，全省开展社会主义现代化建设试点工作会议在南京市江宁区召开，决定在南京市江宁区、江北新区，苏州市昆山市、苏州工业园区，无锡市江阴市，常州市溧阳市试点。

试什么？怎么试？

试点围绕六个方面展开：经济发展，民主法治，文化发展，社会发展，生态文明，人的现代化。

江苏鼓励六个试点地区勇争"第一"和"唯一"，再创"领先"和"率先"，但这个"第一"和"率先"不是凭借自身固有的区位和资源争取的优惠政策，而是在已有基础上，打破"孤岛式创新"，树立系统思维，实现"集成超越"。

有人问，溧阳凭什么，又能干什么？

就经济总量看，溧阳 2018 年 GDP 还不到千亿，只是江阴或昆山的三分之一还不到。

然而，在现代化范畴中，经济指标并非唯一。

溧阳位于苏锡常城市连绵带的西侧，地处宁杭生态经济带上，且位于南京、杭州这两大城市的中间节点位置。"边缘化"曾是溧阳的一个标签，但溧阳自然资源丰富，生态优势明显。南侧紧挨着浙江湖州，后者正是"绿水青山就是金山银山"重要思想发源地。溧阳提出，要打造涵山纳水、环境优美、生机盎然，能"代表江苏水平的'两山'理论实践基地"。

溧阳市委书记喊出试点要从四个方面重点突破：一是深耕制造、休闲、健康、智慧"四大经济"；二是建设美意田园、打造精美镇村、发展富民产业、融合城乡功能，实施乡村振兴战略；三是以文明创建为统揽，着力打造文明和谐的生活环境、公平正义的司法环境、优质高效的政务环境；四是以生态为纽带，深度接轨南京、推进苏皖合作、有效对接上海，实行区域合作发展。

溧阳人有底气！是因为溧阳生态建设走在前头——

2017 年 6 月以来，江苏已累计命名 142 个特色田园乡村。溧阳至 2020 年共入选了 7 个，全省领先！

2018 年，"溧阳 1 号公路"火遍网络。这条蜿蜒在绿水青山间的 365 公里的"彩虹路"，是微信朋友圈里的"网红"打卡地。串起 220 多个乡村旅游点、62 个美丽乡村和特色田园乡村,沿线布局36个驿站、32处观景台、26个房车营地,打通全域旅游向纵深扩展的神经末梢。带动沿线10万农民增收,荣膺交通部"我家门口的那条路"评比全国第一以及"四好农村路",是江苏省"旅游风景道",2019年入选全国美丽乡村路。

这条路是溧阳乡村振兴的路,也是游子眷念的回家路。

站在风口上的溧阳,主打"生态牌",喊响"最美城市"口号,放大溧阳作为山水城市的独特生态优势。空气质量优良率达80.1%,位居常州辖市区之首;天目湖水质常年保持国家地表水Ⅱ类水质水平;林木覆盖率达31%。

溧阳市特色田园乡村创建试点,涉及溧城镇八字桥村礼诗圩、上兴镇余巷村牛马塘、别桥镇塘马村塘马、戴埠镇戴南村杨家村和上黄镇浒西村南山后等村庄。

牛马塘村曾因青壮年外出务工一度成为"空心村",如今成为远近闻名的"网红"旅游打卡地,村民的日子越过越红火。

特色田园乡村建设是美丽乡村的"升级版",通过打造特色产业、特色生态、特色文化,塑造田园风光、田园建筑、田园生活,建设美丽乡村、宜居乡村、活力乡村,最终实现"生态优、村庄美、产业特、农民富、集体强、乡风好"的综合目标。

2019年6月,溧阳市在特色田园乡村建设方面成效明显,受到省政府通报表彰,成为全省获此殊荣的唯一县市。

2019年12月18日,包括溧阳在内的江苏7个县(市、区)又入选全国首批乡村治理体系建设试点县。

12月22日,第18届中国经济论坛以"中国企业的全球竞争力"为主题,超过400位来自政商学界的重量级嘉宾共聚一堂。论坛发布了"2019中国创新榜样"名单,溧阳市人民政府荣膺"2019中国创新榜样"。

2020年9月28日,江苏省田园办公布了江苏省第四批次特色田园乡村名单,常州6个村庄入选,金坛区薛埠镇仙姑村、溧阳市竹箦镇陆笪村陆笪等2个试点村庄,以及金坛区薛埠镇茅东林场金牛村,武进区湟里镇葛庄村下场、嘉泽镇跃进村花都馨苑,新北区奔牛镇新市村塘上等4个创建村庄名列其中。

"生态是溧阳最核心的资源、最响亮的名片、最大的生产力。"溧阳全力建设长三角"生态高地"。

为此溧阳严把环保"入口关","对一时拿不准的项目,宁可留白,也不留遗憾,为溧阳长远发展留下空间和想象。"

"上有天堂,下有苏杭。出了苏杭,美在溧阳。"是溧阳的一句城市宣传语。撤县设市32年来,溧阳以昆仑经济技术开发、丘陵山区综合开发、天目湖旅游开发、苏浙皖边界市场开发"四大开发"为基础,明晰绿色脉络,一步步把水库变成天目湖、废弃矿山宕口变成燕山公园、农村路变成"溧阳1号公路";以先进制造、高端休闲、现代健康、新型智慧"四大经济"为支撑,释放生态红利,催生了以"发展可持续、环境更友好、群众得实惠、政府有收益"为特征的"幸福经济";以城乡经济协合、城乡环境契合、城乡生活禽合、城乡治理匡合"四大融合"为方向,推动城乡融合,让老百姓看到变化、得到实惠、感到自豪。

近年来,溧阳同时肩负八大国家级试点任务,美丽乡村建成率在全省名列前茅,"三生共融"的"溧阳样本"、生态产品交易市场建设、"百姓议事堂"等探索被国家部委推广,被生态环境部命名为第四批"绿水青山就是金山银山"实践创新基地。这是溧阳32年创新创业的成功积累,也是溧阳传承赓续、奔向未来的根本路径。

移花接木的创新,成就"点白成金"溧阳茶。白茶原产地在浙江安吉,20世纪八九十年代,溧阳人把白茶移植到了溧阳,并通过技术改良提高白茶品质,在国内外举行的名茶评比中接连摘金夺冠,成为溧阳农产品中最响亮的品牌。

"来溧阳,就是一种生活方式。"在中国溧阳茶叶节,溧阳向全世界发出诚挚邀约。

自1991年举办第一届茶叶节,到2021年正好是第十届。

此外,"爱情泼水节"、"宋团城"观灯节、"四美丰收节"等30余项节庆活动让更多人走进田园,3年带动旅游消费超600亿元。

南部山区大片富硒土壤及天目湖优良的弱碱性水质,这是大自然馈赠溧阳人健康长寿的先天资源。溧阳总人口78.15万,现有百岁老人108位,百岁老人占总人口比例为13.7/10万,远远超出"中国长寿之乡"与"世界长寿之乡"标准。

纳入南京都市圈的溧阳,可长居可小憩,可创业可旅游,可挥洒青春可安养晚年。

南渡镇庆丰村入选第二批全国乡村旅游重点村名单。"满足城里人的田园梦和农村人的城市梦"是南渡镇党委书记施雪芹对庆丰村的浪漫构想,原本的贫困村里,庆丰塔、稻花香剧场等一批"新村标"拔地而起,闲置农房变身鹭堂茶馆、一伴、星天外等公共艺术空间。

"城市即旅游,旅游即城市"的大旅游观在溧阳得到充分体现,让"我的家乡成为你的远方"。到溧阳,欣赏美景,感受自在生活。

2021年4月27日,深化社会主义现代化建设试点工作现场推进会在溧阳市召开。与会人员参观考察了溧阳生态创新展示馆、江苏时代新能源科技有限公司、溧阳网格化服务管理中心、庆丰特色田园乡村等溧阳现代化建设典型单位现场。

人们赞叹:溧阳何以成为"绿富美"!

"点白成金"的天目湖白茶、"清风朗月"的溧阳茶舍,城乡统筹、"田园生金"的做法被人民日报社《中国经济周刊》总结为国内乡村振兴"溧阳样本"。

春天访溧阳,比无边美景更扣人心弦的是,这座城市勃发着一股激情和力量。

作为长三角不可多得的一方净土,群山环抱,碧波荡漾,国家级旅游度假区、国家5A级景区的殊荣,更是让天目湖成为中国精致山水的代表。

田园牧歌的秀美风光,美丽村庄或置于天目湖之畔,或隐于竹海之中,或居于曹山之巅,春季姹紫嫣红、夏季瓜果飘香、秋季稻浪滚滚、冬季银装素裹,令人心驰神往。天目湖集国家级5A级旅游景区、国家生态旅游示范区、国家旅游度假区于一体,成为华东唯一;长荡湖、天目湖两大湿地入选国家级湿地公园,成为全国唯一。目前,溧阳共有17个省级美丽村庄,266个星级旅游农庄,是江苏全省特色田园乡村建设试点最多的县市之一。

同样一件事,溧阳人能做到最精致!

溧阳御水温泉坐落于溧阳石岩里古镇古村落之中,地形错落有致,自然植被丰富,四季常青的毛竹抬头可见。竹海是天然的氧吧,山景是绝佳的屏障,周围还有几百年的古屋,有自然随意的沟涧。温泉周边群山环绕,入目是满山遍野的翠竹,温泉区内有数百年的古树高大挺立,需数人合抱。山溪缓缓流下,绿色植被映入眼帘,大小不一的泡池更是随着地势分散开来,或藏于竹林之中,或掩于古树之下。形成了独特的小气候,一天之内,无论何时,这里都是泡汤休闲的好时候。

晚上，山坡上华灯初上，霓彩闪烁，灯光通明，与周围的景色互相映衬，美轮美奂。拾级而上，温泉区渐次流光溢彩，这里的泡池居然有 50 多个，星罗棋布在一片山坡树林之中。泡池内添加的材料或取名贵之材，或取稀有之品，浸泡其中。在温泉池中还加入了不同的材料，什么当归、芦荟、菊花、黄芪、柠檬。红酒池里，池面上漂浮着玫瑰花瓣，颜色和氛围绝佳。

同样是温泉，溧阳人做到了极致。

美就让它美到极致，美到纯粹。只有美到极致，才能震撼心灵，才是美的内涵和精髓。

"美在溧阳"的美，积淀的是溧阳 2200 多年的历史文化底蕴，更让"明慧、信义、忠勇、慈孝"成为溧阳这座全国文明城市的精神内涵。

戴埠新桥村开创的"百姓议事堂"在全市范围内推广，并且入选中国十大社会治理创新奖。民事民议、民事民办、民事民评，激发了村民自治活力；

溧阳投资 8 亿元实施"美意田园"建设行动，共育"乡"的韵味、"村"的秀美、"文"的浸润、"茶"的芬芳，获评"中国美丽乡村建设示范县"。

广袤田野上，稻香鱼肥，瓜果飘香，一张张洋溢着丰收喜悦的笑脸、一个个产业火热发展的场景，处处彰显着乡村振兴的蓬勃活力。

曹山旅游度假区以"七彩曹山"为主题，建设了樱花林、紫薇谷、格桑花田、薰衣草花田等众多赏花基地，并串联曹山花海、十里梅岭、千亩蓝莓、京林古刹、古道竹海等众多景观，成为溧阳市全域旅游的一张新名片。

2020 年 12 月 17 日，文旅部公布第二批国家全域旅游示范区名单，江苏共有溧阳、宜兴、金湖等五地上榜。

好看的皮囊千篇一律，有趣的灵魂万里挑一。

溧阳的田园是"山水田园"，水是血脉，山是骨骼。

胡润 2020 中国最具投资潜力区域百强榜，溧阳名列总榜单第 11 位，"绿色发展"子榜单第 8 位。《胡润百富》创刊人胡润认为，溧阳不仅是旅游胜地更是产业高地，苏浙皖三省交界、沪宁杭都市圈汇集，必将成为新的枢纽高地和长三角地区最具潜力的城市之一。

处处绿水青山，家家金山银山，人人寿比南山。溧阳人追梦的脚步从未停歇。

溧阳与安徽郎溪、广德的交界处,是长三角地区的"最美净土"。近年来,溧阳与郎溪、广德三地共同建设"苏皖合作示范区"。

习近平总书记曾强调,新农村建设一定要走符合农村实际的路子,遵循乡村自身发展规律,充分体现农村特点,注意乡土味道,保留乡村风貌,留得住青山绿水,记得住乡愁。①

如果说乡村是一幅画,那有的乡村是"富春山居图",有的是"大漠孤烟直",而溧阳,则是一幅"三山一水六分田"的江南山水画。溧阳境内丘陵平原圩区兼具,山水田林湖皆有,乡村田园形态丰富。

自成为全国农村宅基地制度改革试点以来,溧阳以"市场之手"盘活乡村土地潜在价值,分别从宅基地所有权、资格权、使用权三个层面大力探索,在有偿使用制度、资格权认定、择位竞价制度、人才加入机制等方面取得了突破性进展。

2021年5月22日,上兴镇花村"择位竞价"落槌,16户村民竞价合计386万元;南渡镇庆丰村58户村民以商品房置换、货币补偿、异地迁建等形式自愿退出宅基地;竹箦镇水西村实施"统规自建",并计划建设40套养老公寓用于宅基地置换养老……

水西村还借着试点"东风",办起了农家乐、民宿和产业工坊,日子过得红红火火。

位于南渡镇的庆丰村原本是一个名不见经传的经济薄弱村,如今摇身一变成为"拥有都市的乡村"。该村不断盘活土地资源、闲置房屋、留守劳力,大力开展美丽乡村建设,积极推动农旅融合,逐步实现"吃、住、游、购、娱"一体化,把城市游客引进乡村,把乡村优质资源要素提供给城市,形成城乡良性互动。

埭头镇钟家村,地处溧阳东部片区的核心位置,2021年底刚入选江苏省特色田园乡村。以城市后花园、夜消费经济的发展定位,聚焦"酿造一个未来乡村"目标,打造钟家"葫芦村"特色田园乡村建设、美音公路、葫芦洲现代农业产业园"三位一体"发展模式,持续深入打造集民俗活动、乡村观光、水果采摘、亲子体

---

① 《习近平在云南考察工作时强调:坚决打好扶贫开发攻坚战　加快民族地区经济社会发展》,《人民日报》2015年1月22日1版。

验、夜间消费于一体的乡村休闲旅游,实现一产和三产联动。

2021年国庆节期间,钟家村成功举办首届啤酒音乐节,一炮走红,吸引周边数万游客。在溧阳,像庆丰村、钟家村这样的"网红"村庄还有很多,如:"荷塘"礼诗圩、"薯地"牛马塘、"睦邻"塘马、"悠然"杨家村、"长寿"南山后、"诗境"陆笪、"山这边"洑家村等。

不断提升乡村"颜值"和"产值",让特色田园乡村建设成为乡村振兴战略的点睛之笔。截至目前,溧阳已有11个村庄建成江苏省特色田园乡村。

这些村庄名气越来越大,游客越来越多,村里的自然风光、民俗文化、农特产品等尽显魅力,带来了前所未有的经济效益,一个个未来乡村美景正徐徐照进现实。

"乡村振兴"鼙鼓劲擂,近年来,溧阳相继投入100多亿元治山理水,生态环境明显改善,获评"中国美丽乡村建设示范县"。在全国率先以县为单位,打造与安徽广德、郎溪等地区一体化发展的实践样本。

春色满目,人们深入溧阳田间地头,被多彩的田园与山峦互相映衬的美景所吸引,特别是闻名遐迩的旅游胜地天目湖,蓝天白云倒映在湖水中,在万亩竹海映衬下,仿佛人间仙境。

立足生态宜居,溧阳为未来乡村寻找答案,一直在探索与实践。

溧阳蝶变,生态创新引领高质量发展争先进位。

点"绿"成"金",溧阳打造了一个绿色崛起的城市样板。

把绿色发展注入科技创新

溧阳"未来之城"的建设不仅仅只是一座绿色之城,还是一座人、城、境、业和谐统一的具有新发展理念的现代化城市。

生态旅游产业并非溧阳全部,溧阳市确立了先进制造、高端休闲、现代健康、新型智慧"四大经济"发展方向,通过经济发展方式转变,让产业结构更合理、经济发展更绿色。

曾经,十万溧阳建安人"一只葫芦闯天下、一把泥刀走四方",国内高层电梯安装业成为"讲溧阳话的行业",创造了溧阳40%的农民收入和25%左右的税收。从完成国内首台万吨压水机、中苏友好大厦3吨重五角星安装任务,到参建港珠澳大桥、北京大兴机场等国家重点工程……溧阳工业经济突破1900亿元，形成动力电池、智能电网、汽车及零部件、农牧饲料机械四大主导产业背后，更是离不开"12万产业工人"的"功劳"。

进入长三角一体化以及都市圈抱团发展时代，溧阳位于长三角几何中心，其南京都市圈和苏锡常都市圈交会区的优势被逐渐放大，昔日"边角料"如今左右逢源。

溧阳要换道超车！在绿色发展中注入科技创新的无限潜能。

溧阳找到现代健康、新型智慧经济发展路径，打造全国规模最大、档次最高、产业链最完整的千亿级动力电池产业集群。目标是为江苏省现代化建设试点提供"溧阳方案"，为长三角地区城乡融合发展提供"溧阳路径"。

溧阳高新区先后与中科院物理所合作共建了中科院物理所长三角物理研究中心、天目湖先进储能技术研究院，共同打造中国储能技术、清洁能源、高端装备等技术研发和产业转化基地。

目前溧阳拥有中科院物理所长三角研究中心、南京航空航天大学天目湖校区、重庆大学智慧城市研究院、东南大学溧阳研究院、上海交通大学智能制造研究院等五大创新院所。其中，南航天目湖校区，圆了溧阳多年来在"山水林田间建一所大学"的梦想。

2020年是溧阳全面建成小康社会和"十三五"收官之年。先进制造、高端休闲、现代健康、新型智慧"四大经济"在地区生产总值中占比突破50%，先后入选国家城乡融合发展试验区、全国首批乡村治理体系建设试点和江苏省现代化建设试点，并创成国家园林城市。瞄准争第一、创唯一，增强竞争力，江苏省中关村高新技术产业开发区创新驱动发展评价位居江苏省级高新区第一；省特色田园乡村个数、获省政府督查激励次数均居全省县级第一。

2020年6月，在第二届长三角一体化发展高层论坛上，常州溧阳确定参建长三角产业合作区，是唯一一处长三角三省一市全覆盖区域空间！未来，溧阳将是长三角一体化发展风口前的起飞者！

溧阳市将高质量书写中国式现代化建设的答卷。

时任溧阳市委书记徐华勤说：坚持把生态作为溧阳核心资源，确立以"生态创新、城乡融合"为特质建设长三角生态创新示范城市的奋斗目标。按照"聚焦上海、接轨南京、对接深浙、联动皖南"的战略部署,围绕产业美好、生态美丽、文化美妙、生活美满这"四美"目标,坚持以发展先进制造、高端休闲、现代健康、新型智慧"四大经济"为抓手,以推动城乡经济协合、城乡环境契合、城乡生活耦合、城乡治理匡合"四项融合"为重点,以空间拓展与融入长三角协同谋划、生态涵养与城市美誉度协同推进、产业培育与新型城镇化协同互动、民生共享与功能辐射力协同发展"四个协同"为路径,系统推动绿水青山就是金山银山的价值转换,着力建设全省践行"两山"理论先行区、绿色产业集聚创新区、城乡融合发展示范区,努力走出一条"绿色现代化"之路。

聚焦"四大经济",以创新发展、绿色发展、融合发展为导向。2020 年,溧阳全年引进 10 亿元以上项目 32 个,总投资 15.7 亿美元的赛得利莱赛尔项目当年签约、当年开工;总投资 176 亿元的德龙高端不锈钢项目成功入驻;在 2020 年最后一天,宁德时代总投资近 120 亿元的江苏时代动力及储能锂电池研发与生产项目正式落户溧阳,实现了当年连续三个"百亿项目"的突破。

龙头企业的落地与快速推进,推动了溧阳绿色能源产业集群的持续壮大。2020 年,溧阳累计引进动力电池产业链企业近 50 个,产品涵盖正负极材料、电池隔膜、电解液、电池芯、电池包、结构件、锂电智能装备、电池循环利用全产业链环节,其中璞泰来、科达利、天赐材料、卓高、紫宸等企业均排名国内相关企业前三强。溧阳正在成为长三角地区规模最大、研发能力国内领先的锂离子电池集聚基地,为溧阳参与城市群、都市圈的产业分工贡献"千亿级"产业力量。

《孙子兵法》云:"激水之疾,至于漂石者,势也。"当你向河里顺势掷石头的时候,就会感到,只要你的速度够快,石头自然就会在水面上漂起来。

溧阳人只争朝夕!仅看 2021 年第一季度——

1 月底,溧阳与重庆大学共建智慧城市研究院,"山城之花"绽放天目湖畔;

2 月,东南大学基础设施安全与智慧技术创新中心也落户溧阳,短短不到十天的时间,连续两家国内知名高校与溧阳进行深度合作,上汽时代、时代上汽明确在江苏省中关村高新技术产业开发区实施动力电池生产基地二期项目;

3 月,溧阳与德龙镍业再度携手,共签总投资 108 亿元的高端精密不锈钢加工项目,百亿项目攻坚连下两城。

2021 年 3 月 23 日上午,《国家城乡融合发展试验区实施方案》(以下简称

《方案》)发布,溧阳迎来重大利好。

《方案》指出,国家城乡融合发展试验区江苏宁锡常接合片区(简称试验区)地处长三角一体化发展的核心区、南京都市圈范围,该片区包括南京市溧水区、南京市高淳区、宜兴市、常州市金坛区、溧阳市,国土面积 6361 平方公里。

《方案》多次提及溧阳,指出溧阳市已具备了推进城乡融合发展的良好基础条件,拥有江苏省中关村高新技术产业开发区这一省级高新区、天目湖国家级旅游度假区,培育建设了别桥无人机等一批省级特色小镇和溧阳曹山等省级农业园区,为城乡产业协同发展提供了重要平台载体。同时,溧阳现代农业产业园加快建设,试验区科技创新成效初显。

依托生态优势,实现人的现代化,是溧阳的明确方向之一。

通过实施新一轮"天目湖英才榜"3 年行动计划,培育乡土专家 180 名,累计培训新型职业农民 4 万余人。

溧阳的江苏省中关村高新技术产业开发区入驻企业超过了 2500 余家,先后招引创建了中英电动汽车联合创新中心、东南大学溧阳研究院等多个重大科研平台,获批设立国家级博士后工作站。基本形成农牧机械制造、输变电设备制造、汽车零部件制造三大产业集群,正着力打造世界级的新能源动力电池产业基地。在 2019 年度江苏省级高新技术产业开发区创新驱动发展综合评价中,江苏省中关村高新技术产业开发区在 30 家省级高新区中排名蝉联第一,在 51 家国家、省级高新区中排名第 14,以雄姿英发的姿态,高速腾飞!

"像尊重科学家一样尊重企业家",溧阳真心实意与企业携手同行,"真金白银"为企业"雪中送炭"。

溧阳,用开放定义城市、拥抱未来。

海纳百川,方可汇聚江河;开放包容,方能赢得未来。

他们登高望远,跳出溧阳看溧阳。

他们试点赋能,立足当下谋长远。

他们开阔胸襟,近悦远来聚合力。

溧阳曾一年吸引"两院"院士 70 余人次、举办高层次学术交流活动 50 余场。上汽集团、宁德时代新能源等"500 强"企业扎根深耕,江苏省人民医院、省中医院两所医院的溧阳分院携手打造苏皖省际边界地区医疗高地,开放与活力以可触可感的形式在溧阳大地生动演绎。

溧阳高新区(即江苏省中关村高新技术产业开发区)入选江苏省"两业"融合试点!

2020年,溧阳入选全国农村宅基地制度改革试点城市、国家级新型城镇化建设示范县城,建成全国"绿水青山就是金山银山"实践创新基地、国家全域旅游示范区。位居"中国县级市全面小康指数百强"第19位、全国县域经济综合竞争力百强县(市)第25位、中国未来投资潜力百佳县(市)第5位,获评"中国最具幸福感城市"。

溧阳交出了一份沉甸甸的高质量发展成绩单。

溧阳继续坚持空间拓展与长三角一体化协同谋划。

"聚焦上海、远拓京深,联动六县、融宁接杭",是"跳出溧阳看溧阳"的应有之义。跻身上海大都市圈,加入南京都市圈,深化对深圳、杭州的产业招商……溧阳动作频频,主动融入国家战略;与"一岭六县"携手共建的长三角产业合作区被纳入了长三角地区主要领导座谈会"八项倡议",在长三角一体化中形成了抱团合力。

2021年8月28日,总投资220亿元的瓦屋山低碳城项目落户溧阳经济开发区,该项目由中国绿发集团与溧阳经济开发区合作共建,也是中国绿发集团推进绿色低碳转型首个签约落户的示范项目。

"汽车来斯""火车来斯"两大主题乐园,人气爆棚。

溧阳以全国性示范城市为目标,出台《关于加快建设"电动溧阳"的实施意见》《关于加快建设"电动溧阳"的行动方案》,锚定电动中国示范城市,建成全国绿色储能产业示范基地和全国新能源汽车、装备应用示范城市,构建全国新能源汽车服务县级示范体系。

预计到2025年,溧阳市电动汽车将超过1万辆,电动化率超6%。

"十四五"期间,溧阳的动力电池产业产值将突破千亿元大关,成为长三角地区规模最大、研发能力国内领先的动力及储能电池产业基地。

溧阳还擦亮智造名片,上上电缆"精专特外"成就中国工业大奖,华朋风电变压器产品市场占有率全国第一,安靠智电研发的500KV电缆连接件打破了国外的长期垄断,科华控股进入三菱重工等全球知名涡轮增压器制造商的供应商名录,时创能源的高端太阳能电池单晶和多晶制绒辅助品等新产品、新技术填补了国内行业空白。

未来的城市是什么样子?

"未来之城"不只是一座正在崛起的新城,更应是一座践行新发展理念高质量建设的公园城市,它的建设生动体现出绿色发展、城市与景观有机结合的理念,打造出市民游客未来美好生活的体验中心。

溧阳未来会是怎样一座城?

2021年12月13日至14日召开的全市工作思路研讨会上,溧阳市四套班子领导与各镇(区、街道)单位负责人齐聚一堂,全面谋划"溧阳未来会是怎样一座城"。

这个议题引发全市广泛关注和热议。

天目湖镇宣传委员潘桃说:"未来的溧阳将最终成为世界级的旅游目的地。"

天目湖景区园务部陈旭萍说:"未来溧阳必定是一座生态环保之城、动感活力之城。"

一位农企负责人说:"未来溧阳能让农园变公园、茶园变景区、劳动变运动、产品变商品,成为四季茶香的茶旅融合小城。"

南航天目湖校区教师方光武说:"我相信溧阳未来一定是高质量发展、科技自立自强的创新之城。"

南航天目湖校区大一新生贾冰妍说:"我相信不远的未来,溧阳一定可以利用好大数据、云计算、AI、无线传感器网络等技术,发展更先进的智能交通、旅游、医疗等,焕发新的活力,成为一个体现人民价值与追求、有温度的智慧信息化城市。"

清凌凌的水,蓝莹莹的天;空气负氧离子爆棚,沉浸于溧阳的山水,纵情地深呼吸,是很幸福的事。

这是一片智慧的土地。

这是一片让人产生诗意激情的土地,这里正在谱写火一样的史诗篇章。

风起潮涌,融入天目湖的合唱。

南京江宁区:唯创新者强

滨江而立、拥城依江,南京市江宁区自古就是六朝繁华之地,素有"天下望县、国中首善之地"美誉。

地区生产总值从十年前的不到千亿,攀升至 2021 年的 2810 亿元,为 10 年前的 3.7 倍;十年人口增长 80 多万,综合竞争力位列"全国百强新城区"榜单前三;产业结构持续优化,构建先进制造业产业体系;加快推进融合一体发展,城乡旧貌换新颜……党的十八大以来,南京市江宁区经济总量稳步攀升,综合实力实现新跨越,用一项项实际行动交出了亮眼的成绩单,谱写出了高质量发展新篇章。

2019 年,按照江苏省委省政府工作部署,南京市江宁区成为全省社会主义现代化建设六家试点单位之一,为全省全面开启建设社会主义现代化新征程提供样板示范,为全国发展提供标杆示范。

使命在肩,奋力前行。2019 年,南京市江宁区委十三届十二次全会发出"动员令":奋力把江宁建设成为"争当南京表率、争做江苏示范、走在全国前列的中国特色社会主义现代化典范新城区"。

"聚创新之能,乘开放之势,发力现代化,当好排头兵。"

江宁发扬"争第一、创唯一"的精神,以打造具有全球影响力的创新高地的雄心壮志,全力建设中国特色社会主义现代化先行示范区,为全面建设人民满意的社会主义现代化典范城市树立更具引领性的江宁示范。

勇当科技和产业创新开路先锋

创新始终是推动一个国家、一个民族向前发展的重要力量。

党的十八大以来,以习近平同志为核心的党中央高度重视科技创新,提出"实施创新驱动发展战略"等重大决策部署,把创新的重要性提升到了前所未有的高度。

抓创新就是抓发展,谋创新就是谋未来。

创新和开放,一直是江宁的特色。

进入新的发展阶段,南京江宁区深入贯彻落实新发展理念,以创新驱动发展战略,坚持科技创新和制度创新"双轮驱动",勇挑大梁、敢为善为,全方位打通基础研究、应用研究和产业化通道,不断提升产业核心竞争力,为实现高质量发展贡献"江宁力量"。

2019年是新中国成立70周年,是决胜高水平全面建成小康社会的关键之年。对成为江苏省社会主义现代化建设六家试点单位之一的江宁而言,更不一般。

2018年,一般公共预算收入位居全省前三,跻身全国工业百强区前十强;以"学南山、赶昆山、超萧山"的奋进标杆为衡量,江宁区GDP、一般公共预算收入、规上工业增加值等核心指标增幅均高于标杆地区;在竞争最为激烈的园区榜单上,江宁开发区2016年以来稳居全国前十强。

一连串闪亮的数字令人振奋,不断提升的位次更催人奋进。

登高方能望远。江宁人清醒地看到日益激烈的区域竞争所带来的巨大压力。站上新起点,江宁容不得半点松懈,不进则退,非进不可。必须重新唤起当年兴办开发区的那种"拓荒"精神,必须以翻篇归零的心态,改革创新再出发!

"强富美高"首要一条就是"经济强"。

江宁区委区政府深刻认识到,经济发展是实现全面小康的根本,而创新驱动是实现经济高质量发展的"华山一条路"。在南京打造具有全球影响力的创新名城发展愿景中,江宁区鲜明站位"核心区"。

"江宁哪一步发展、哪一个成绩,不是想出来的、干出来的、拼出来的?"江宁区委全会上,区委主要领导发出动员令:不能墨守成规,必须打破思维定式,闯出新路,再起宏图,再创辉煌,铸造新时代江宁改革发展的新业绩。

新起点,筑新梦。江宁立下"六个高"的系统化发展目标,即高层次引领动能转换,锻铸创新发展新引擎;高效益推动转型升级,构筑现代产业新高地;高标准深化集成改革,打造营商环境新样板;高品质推进城乡融合,展现宜居宜业新典范;高要求践行绿色发展,提升美丽江宁新内涵;高起点办好民生实事,共享幸福平安新生活。

这"六个高"的目标,每一项都是高位攀高、难中加难。必须要有一股敢攀"华山一条道"的韧劲。"关键之年"必须用好改革创新的"关键一招",不断冲破掣肘江宁发展的瓶颈,打破道道"玻璃门""卷闸门",真正实现高质量发展走在最前列。

铺展在江宁大地上的这幅高质量发展长卷，注定起笔不凡。力透纸背的发展宣言背后，是江宁有拼劲。

凭着这股劲，2019 年的江宁，在创新发展方面积蓄新势能，新增新型研发机构 30 家；新增孵化引进企业 560 家；全年高新技术产业投资额增速、高新技术产业产值增速目标均达 15%……

凭着这股拼劲，2020 年江宁区多项指标再创佳绩。2020 年，全区高新技术企业年度认定数首次突破 500 家，总数达 1480 家；新增独角兽、瞪羚企业 53 家，总量达 91 家，位列全市第一；新增万德斯环保等上市企业 4 家，累计达 35 家，总量位居全省区县第二。江宁也因此夺下全市创新名城建设总指数、水平指数和发展指数三个"第一"，综合竞争力位列"全国百强新城区"榜单第三。

南京市统计局、南京市委创新办、南京市科技局联合发布 2020 年度南京创新名城建设评价结果，江宁区再度蝉联创新名城建设三个指数"第一"，"创新江宁"实至名归。

全区营商环境综合评价位列全省第一，连续三年出台区委一号文，制定改革方案，打出优化营商 108 条和支持民营经济发展"组合拳"，获评省政务服务改革创新成果奖和省简政放权创业创新环境先进区，综合竞争力位列"全国百强新城区"第三位……

站在新起点，江宁区不断优化"创新生态"——

在顶层设计上，江宁区下好"先手棋"，率先成立"区委创新委员会"，下设办公室并实现实体化运作，统筹全区创新工作，围绕"两落地一融合"机制创新、支持企业创新创造等三个方面开展 12 项科技改革，科技体制改革工作获省政府通报激励和市政府示范推广。

在创新指标上，江宁区打赢"攻坚战"，2020 年高新技术企业达 1480 家，瞪羚、独角兽企业达 91 家，上市企业达 36 家，万人发明专利拥有量超 115 件，国家级科技企业孵化器和众创空间达 31 家……聚焦创新指标抓攻坚，各项指标数据跑出"江宁加速度"。

在创新平台上，江宁区扭住"牛鼻子"，启动共建中科院麒麟科技城，组建紫东综合交通实验室，紫金山实验室发布全球首个确定性广域网创新试验成果。

北大科技园正式开园,国家海外人才离岸创新创业基地正式落户,成功建成海智湾·江宁国际人才街区,百家湖硅巷已建成双创载体面积逾 120 万平方米。

在优化生态上,江宁区打好"组合拳",江宁开发区综合实力跃居全国第 6;江宁国家高新园提升 3 个位次;麒麟高新区知识创造和技术创新能力位列省级高新区首位。同时,成功举办 APEC 创新城市论坛暨 2020 全球菁英人才节、中国创新挑战赛、创新周江宁专场等特色活动,创新生态在高标准上取得新成效……

"任务书""作战图"迅即铺开——江宁区聚焦 2021 年创新工作要点确定的优化创新机制、打造创新平台、培育创新主体等 8 个方面 50 项工作内容,攻坚克难,砥砺前行,奋勇担当国家创新型城市建设排头兵。力争全区高新技术企业规模突破 2000 家,率先构建新型研发机构"百家方队",新开发建设应用场景项目 200 项,新集聚顶尖专家和高端团队 5 个,境内外上市企业突破 40 家,万人发明专利拥有量超 120 件,全力推进紫金山实验室、"中科系"、"江宁药谷"等重大创新平台取得一批原始创新成果。

"创新就如登山,越往上走越难,风景却越好看,我们必须迎难而上,以超常规的硬招实举打好江宁创新发展的'登山赛'。"江宁区委的认识高度一致。

2021 年,江宁区持续围绕市委"九个创新"部署,进一步构建全区高位统筹、上下联动、高效协同的全域创新发展格局,聚焦"基础创新+技术转移+产业培育"创新平台三个创新圈层,建立高新园区、大学城区、众创社区"三区联动"协同创新机制,完善政策链、资本链、人才链"三链融合"科创森林培育机制,实施信息化、精准化、市场化"三化并举"创新创业服务机制,创新实干,砥砺前行,以更大决心和更大力度优化创新生态,提升创新内涵,打造创新高地,做强创新产业,奋力建设高能级集聚的现代产业强基地、创新名城核心区。

紧扣"探索性、创新性、引领性"要求,江宁以创新的思维举措谋划创新发展,勇当国家科技和产业创新开路先锋。

江宁区抢抓南京综合性国家科学中心创建契机,争取更多科技力量进区布局,带动高端创新资源集聚,厚植产业创新引领优势。2021 年,该区重点推进紫金山科技城建设,支持紫金山实验室围绕未来网络、6G 等领域开展基础性研究,推动毫米波芯片等成果规模化应用;高标准建设麒麟科技城,加快信息高铁综合试验基础设施等四个重大科技基础设施建设,推动南京紫东综合交通实验室争创国家重点实验室;强化专业领域科学家、卓越工程师培养和引进;组建江宁大学城校地融合促进中心,推动产业创新平台协同融通共享;加快国家第三代半导体技术创新中心中试平台建设,完成高档数控机床及成套装备国家制造业创新中心申报,运动健康研究院投入运营。

江宁区推动企业研发机构提质增效,2021年新增市级以上企业技术中心、工程技术研究中心30个,实施科技成果转化项目100项以上;重点打造高水平新型研发机构10家,全区孵化载体面积达170万平方米,积极创建国家双创示范基地。

随着引领性国家创新型城市核心区建设的不断深入,这里汇聚起更多的创新力量,吸引更多行业创新人才集聚和流动,创新氛围日趋浓厚。为此,江宁区精准施策,构建企业全生命周期服务体系,建立高成长性企业培育库,形成成果转化、孵化加速、高新技术企业辅导、上市培育等一整套系统的政策措施,加快创新主体培育,构建科创矩阵,为产业创新提供充足的"源头活水"。

面向国家创新战略,越来越多的国家重大任务在江宁落地生根。紫金山实验室先后发布十多项全球重大原始创新成果;未来网络试验设施作为我国信息通信领域国家重大科技基础设施,累计开通城市光传输网络节点40个;"信息高铁综合试验基础设施""开源软件供应链重大基础设施"等中科院重大科技基础设施落地麒麟科技创新园并加速推进;南京现代综合交通实验室实现实体化运营,国家第三代半导体技术创新中心等一批国家级产业创新平台启动建设,新一代智能电动汽车底盘研发平台建设取得重大突破。

2012年以来,江宁区累计组织实施江苏省重大成果转化项目72个,市级以上科技计划项目数超13000个。江宁区财政科技支出占一般公共预算支出比重实现稳定持续增长。

高新技术企业数量是衡量一个区域创新能力的重要指标。近年来,江宁区呈现创新主体千帆竞发态势。

"男生宿舍605发现异常,启动预警……"在高新技术企业南京远御网络科技有限公司,展厅内的一块电子大屏引人注目,上面显示着某中学图书馆、宿舍、食堂等多点位火情监测数据。

火情预警如此智能高效,得益于该企业研发的"NB-loT 智慧烟感解决方案"。该方案基于 5G 和低功耗窄带物联网技术,由智能烟雾检测器、智能燃气报警器、智能监控报警管理体系等组成。一旦监测出现异常,系统会立刻报警,通过短信等方式及时通知用户,以便其展开精准排查,预防火灾发生。目前,南京市多家中小学校已安装部署。

近年来,江宁区牢牢牵住科技创新这个"牛鼻子",积极培育和引进高新技术企业,实现了"科技型中小企业—高新技术企业—高成长性企业—上市企业"梯队培育、链式发展的新格局。

近年来,江宁区成为全省第二个、南京市第一个高新技术企业总量突破千家的行政区(县)。同时,江宁区还拥有科技型中小企业 1425 家、专精特新企业 328 家、高成长性企业 91 家、上市企业 73 家,以上指标均占南京市总量的四分之一以上。

作为一家致力于新能源、新材料、环保节能和太阳能发电等技术开发和技术服务的新型研发机构,中电华恒(南京)能源产业研究院成立不到两年,就交出一份高分"答卷"——实现自主创新成果以及发明专利 15 件,孵化引进企业 30 家,自身和孵化引进企业累计收入约 1.5 亿元。

在中国科学院院士周孝信为"头雁"的核心团队带领下,中电华恒与南京工业大学开展紧密合作,同时积极探索海外资源合作,设立英国研发中心、日本研发中心,成功研发出高效低成本可再生能源发电、高效低成本长寿命储能、高可靠性低损耗电力电子、新一代人工智能技术等多项创新成果。

中电华恒孵化企业之一江苏简谐能源科技有限公司,已成功转化多款储能产品。"传统电池体积大、耗电快、寿命短,且多采用串联电路。"简谐能源相关负责人介绍,公司研发的模块化电池包使用并联电路,体积小,出现故障只需更换个别零件,一上市就大受欢迎。

新型研发机构落地,就如点燃了创新引擎,带动了产业实现集聚式发展。中电华恒研究院院长助理郭寰宇介绍,为加快产业化进程,中电华恒还采用资本与科技孵化双联动模式,成立中电华恒南京股权投资管理有限公司,并联合中核集团、三峡资本等出资组建了总规模 50 亿元的"新能源产业基金",将通过投资新能源项目带动相关孵化企业产品迅速市场化,培育一批清洁能源领域"小巨人"。

目前,江宁区拥有备案新型研发机构 59 家,一个个新型研发机构,源源不断地为江宁区孵化出创新的种子、小苗。

创新生态优化,"科创森林"蓬勃生长。江宁区连续三年以区委"一号文"印发政策文件,形成了惠及各类创新主体、双创人才、科研平台、服务机构,覆盖科技企业和机构发展全生命周期的政策扶持体系,推动"科创森林"在江宁区自由生长。

坚持更高标准、站在更高维度、推动更高水平、更高质量创新,是江宁打造创新高地的孜孜追求。

2021年6月21—25日,江宁区委创新办举办"2021南京创新周"江宁系列活动。江宁区紧扣"新发展格局下的城市创新"这一主题,突出"全民感知",强化"品牌传播",融入"江宁创新探索"元素和"来江宁织造幸福"城市品牌内涵,精心筹划48场系列活动,签约项目150余项,总投资近500亿元,聚力打造有影响、有温度、有实效的创新周。

翻开2021年江宁创新周日程表,6月17—18日,第五届未来网络发展大会在紫金山科技城上秦淮国际文化交流中心举行。大会作为创新周江宁系列活动之一,开幕式上举行了紫金山实验室重大成果发布、国家重大科技基础设施(CENI)开放合作启动仪式等重点活动;1场高峰论坛和13场主题论坛涵盖未来网络全球发展战略、网络通信发展与变革等众多未来网络领域前沿议题;闭幕式上还进行了紫金山科技城规划设计全球发布、未来网络白皮书全球发布以及产业重大项目落地、紫金山实验室重大合作成果落地等。

第四届中法创新合作发展大会、2021北欧—中国(南京)生命科技与数字医疗产业合作论坛、世界储能技术大会暨国家自然科学基金委中英储能技术论坛、九龙湖之夜——国际创新街区嘉年华……创新周期间,江宁举办系列活动48场,其中7场活动纳入全市重点(头部)活动。梳理"创新节目单"不难发现,江宁正面向全球链接高端要素资源,一场场创新活动彰显浓浓"国际范儿"。

志合者,不以山海为远。秉持"共创、共享、共赢"的理念,国内外新朋老友奔赴而来。2021年创新周期间,包括一批著名经济学家、国际政要等在内的500余名重要嘉宾齐聚江宁,共谋城市创新路径,共画江宁未来蓝图。

为营造"全民感知创新"的浓厚氛围,江宁区多维度、立体化、沉浸式展示各类黑科技、八大产业链、新产品及应用场景项目370余项,并在龙湖天街、江宁金鹰等人流密集区域布设 3 个线下展点和 33 个打卡点。一台永不落幕的"超级派对",在江宁热土震撼开启!

"最让我印象深刻的,是这里聚焦创新的氛围。"2022 年 9 月 5 日,福特汽车(中国)福特品牌乘用车事业部总经理莱尔·沃特斯在南京"金洽会"开幕式上致辞,详细列举公司深耕南京 17 年的丰硕成果,表达了持续投资的坚定信心。

更多的项目同向而行,坚定选择这片热土。2022 年南京"金洽会"期间,江宁区共签约项目 52 个,总投资达 1201 亿元。

创新是动力源,产业是着力点。江宁区持续发力打造创新产业,坚持产业布局高端引领战略,加快推进紫金山实验室、未来网络试验设施 CENI 项目、"中科系"创新平台等重大原始创新平台的布局建设,麒麟科创园已成为北京中关村之外最大的中科院系资源集聚地。

江宁区坚持创新主体梯次培育和全生命周期扶持,助力创新型产业集群持续壮大。科技企业规模总量突破 10000 家,全区有效发明专利拥有量突破24000 件,累计获中国专利奖 58 项。优势产业拔节生长,共创成生物医药、通信与网络等多个国家火炬特色产业基地,智能电网产业获批国家高新技术产业化基地、国家创新型产业集群(试点)、国家装备制造产业示范基地,成为江宁最具优势的主导产业。

截至目前,江宁区高新技术企业高位增长,规模总量达 1780 家,继续保持全市第一、全省第二;新增国家级专精特新企业 9 家,累计达 15 家,位列省市第一。2022 年,江苏省工信厅公布第四批国家级专精特新"小巨人"企业名单,江宁区新增 22 家,占全市 35.5%,位居全省前列。

在这片创新沃土,创新主体正呈现千帆竞发态势,共同汇聚起建设创新名城核心区的澎湃动能。

创新发展的硬核支撑

面对新一轮产业变革,江宁如何赢得新机遇?

2022 年 9 月 6 日,江宁区十大百亿级产业集聚区招商推介会举行。瞄准未来网络、第三代半导体等 10 个具有高成长性产业,重点聚焦这 10 个百亿级产业集聚区定位,江宁区发布了十大百亿级产业集聚区发展规划,重点园区板块逐一明晰了"主攻"方向。

"十四五"期间,江宁区进一步梳理供应链图谱,提高产业链安全韧性水平,加快构建先进制造业产业体系。全力强化园区经济职能,以"十大"百亿级产业集聚区为引领,推动重点园区规模质量双提升,多维度助力区域经济高质量发展。

以江宁开发区、麒麟科创园、江宁高新区、滨江开发区和汤山旅游度假区5个片区为核心,以未来网络产业集聚区、第三代半导体产业集聚区、百家湖硅巷现代服务业产业集聚区、麒麟科技城创新产业集聚区、中国能谷双碳产业集聚区、数字创意产业集聚区、生命科技产业集聚区、新能源产业集聚区、新材料产业集聚区、文旅康养产业集聚区等10个产业集聚区为发展方向,辐射整个江宁区,为区域经济高质量发展注入强劲动能。

2022年,是江宁开发区建区30周年。

30年栉风沐雨,30年开拓进取。

30年来,江宁开发区从一个名不见经传的县级自费开发区,一路走来,江宁开发区人逢山开路、遇水架桥、开拓争先,把过去的一片荒郊野岭建设成为产业强、生态优、活力足、宜居宜业的现代化新城,综合实力跻身国家级经济技术开发区第六位,成为开放创新发展的一面闪耀旗帜。

作为国家级经开区,江宁开发区担负着经济主阵地、主战场的责任使命,肩负经济大区"勇挑大梁"的重任。

经济总量占南京市比重约1/8,规上工业总产值和利用外资占比约1/5……成立30年来,江宁开发区已成为当地经济发展的一大阵地和对外开放的金字招牌。

从"捡进篮子都是菜"到"低于500万美元项目不再单独供地",再到现在的瞄准产业体系引进项目;从单一制造工厂到研发中心,再到多种功能性机构总部,开发区项目选择的步子越迈越大,追求层次越来越高,产业一步步升级。

创新是引领发展的第一动力。江宁开发区坚持创新在高质量发展中的核心战略地位,推动园区从江宁制造向江宁智造加速转型。园区现已累计建成省级以上众创空间和孵化器63个,科技孵化项目2000多个。同时,为促进科技成果就地转化、缩短产业化周期,园区还在国外累计设立海外研发机构11个、离岸孵化器 20 个。目前,园区已拥有高新技术企业 1066 家,高新技术产业占工业经济比重达 70%。园区先后建成"国家海外人才离岸创新创业基地"和院士工作站 8 家,博士后工作站 64 家、研究生工作站 63 家,引育国家重点人才计划专家 111 人,高端人才资源总量在国家级经开区中名列前茅。

2022 年 7 月 1 日,2022 南京智能制造装备产业链创新服务大会在江宁开发区大数据中心举行。现场集中签约的 24 个产业链项目中,有 19 个项目来自江宁开发区,涉及机器人产业化、节能科技、智慧健康等智能装备制造多个领域,为园区智能制造装备产业链高质量发展注入磅礴动能。其中道达数字工厂解决方案项目由江苏道达智能科技有限公司投资建设,核心团队在国内泛半导体产业拥有近 20 年行业经验,致力于探索泛半导体产业的智能制造国产化,产品涵盖全自动化 MES 系统、EAP 系统 AI 工业人工智能等,为国内泛半导体产业、3C 电子、教育等行业近百家客户提供解决方案、产品和服务。音华 EMS 悬挂搬运机器人系统研制项目由南京音飞储存与行业知名外资企业联合投资开发,项目将通过引进国外先进技术、人才团队、填补国内空白,加速国产化。该系统是一种在特定水平轨道运行的空中搬运机器人系统,具备超高速物流输送、自动分岔及合流、空中贮存、故障自诊断等功能,广泛应用于轮胎、药品食品、烟草等行业。

作为全市智能制造装备产业链发展的主战场,江宁开发区紧扣"链式布局、集群发展"发展思路,在智能制造装备产业领域深耕发力,推动园区由"制造强区"向"智造强区"转变,累计集聚埃斯顿、音飞储存、菲尼克斯、优倍自动化等智能制造装备企业超 130 家,引入汇川技术、恒立智能制造以及中电鹏程、中电光测为代表的"中电系"等一批领军型智能制造装备重大项目,智能制造装备产业主营业务收入连续三年保持 20% 以上的增长,2021 年实现主营营收 560 亿元,占全市 43.98%。此外,园区在优化营商环境上狠下功夫,除了实施"企业发展陪伴计划""腾飞计划"等政策外,还在南京市率先发布"专精特新八条""智改数转八条"专项政策,同时联合发起江苏省智能装备产业联盟,设立 160 亿产业基金、创投基金以及 10 亿元埃斯顿智能制造产业基金,针对产业链重点企业落实"一对一""管家式"精准服务,全方位为智能制造装备企业高质量发展赋能,推动园区成为全市智能制造装备企业青睐的首选之地。

面向"十四五",江宁开发区坚持把智能制造装备产业作为巩固提升实体经济的关键抓手,着力引进一批产业链关键项目,培育一批专精特新、"小巨人"、单项冠军企业,抢抓"智改数转"机遇,打造更多"灯塔工厂"、智能工厂、工业互联网标杆工厂,进一步提升产业承载力、竞争力和转型力,聚力打造国内有影响力的智能制造装备产业发展高地。

在南京市乃至江苏省的科技创新版图上,麒麟科创园承担着"顶天立地"的重要使命。瞄准重大原始创新,助力破解创新"有高原无高峰"瓶颈,麒麟科创园更侧重从零到一的突破,在"高原"之上起"高峰"。

十二载斗转星移,这片青山绿水之间的园区与国家战略同频共振,从零起步拔节生长,不断集聚"中科系"顶尖创新资源。省、院签约共建南京麒麟科技城,打造"中科院麒麟区域创新高地",近年来大院大所抱团落户,这里已成为北京中关村以外"中科系"创新资源集聚程度最高、门类最为齐全、成效最为显著的区域。十二年砥砺前行,麒麟科创园不断提升创新高度、创新浓度、创新速度,创新生态不断优化,园区面貌蝶变升级。"中科系"四个重大科技基础设施落地建设,中国科学院大学南京学院建成开学,千余"中科系"高端人才纷至沓来。以创新之名,城市与人才双向奔赴,产城人文在这里深度互融,城市功能品质不断完善。

2022年,由中国科学院自动化研究所、麒麟科创园管委会主办,中科南京人工智能创新研究院承办的"决策智能与计算创新平台重大科技基础设施实施方案论证会"在宁召开。中国科学院院士张钹、乔红,中国工程院院士刘韵洁、江碧涛,中科院南京分院院长杨桂山等一众大咖齐聚"云端",一致同意该项目尽快启动。这意味着,又一项重大科技基础设施即将从"规划图"变成"施工图"!

决策智能与计算创新平台、开源软件供应链、信息高铁综合试验基础设施、百兆瓦级压缩空气储能技术研发与集成验证平台,是中科院在宁培育建设的四个"中科系"重大科技基础设施项目。四大项目均聚焦我国关键核心技术领域的"卡脖子"问题,堪称国之重器,是南京建设引领性国家创新型城市、争创综合性国家科学中心的关键棋子,将支撑更多国家级科技项目落地实施,目前全都在加快落地建设。

注重"顶天立地"的原始创新,麒麟科创园稳扎稳打,为"科技之城"强基铸魂。围绕重大原始创新和关键领域"卡脖子"技术难题开展攻关,自动化所创研院发布了世界上首款主打低比特量化的神经处理芯片,从源头上破解了芯片计算领域备受关注的"内存墙"难题;计算所创研院完成了中科院弘光专项"空天地一体化网络卫星移动通信终端芯片",正在推进信息高铁重大科技基础设施项目;软件所正建设国内首个开源软件采集存储、开发测试、集成发布等一体化设施,打造全球最大的开源代码知识图谱和开源软件供应链体系。

厚积才能薄发。瞄准创新策源活力之城,麒麟科创园突出创新在园区建设全局中的关键作用和核心地位,力争在战略力量集聚上体现高地、原始创新上体现引领、创新合作上体现示范、创新机制上体现先行,助推南京争创综合性国家科学中心和区域科技创新中心、助力江宁打造具有全球影响力的创新高地。到2025年,力争汇聚5000名"中科系"人才,落户国家科研机构(含中科院机构)达到20家以上,培育6—8个重大科技基础设施、集聚4—5个国家重点实验室。

瞄准新能源、新消费两大支柱产业,新一代信息技术、智能制造两大主导产业,以及综合交通、生物医药、新材料等未来产业,园区产业集群全面扩大。中国能谷、五星控股集团总部等重大项目先后落户。其中,由华能集团投资建设的中国能谷项目聚焦新型电力(装备)、节能环保等领域,总投资约300亿元,将打造长三角一体的千亿级能源创新产业集群,全面建成后预计年营收超过2000亿元。紫东综合交通实验室组建完成,将承担交通领域国家重大战略任务,目前一期已完成改造出新。

正在麒麟科创园启动建设的信息高铁综合试验基础设施,是国内首个云网边端一体化协同的信息基础设施试验场,将为信息领域国家级重大科技基础设施建设奠定基础,提升我国信息领域自主可控及自主创新能力。该设施将打造以南京"信息高铁"测调中心为核心、全国各站点协同连接的算力互联网,推动IT3.0时代信息基础设施进入"中国时代"。

2022年9月3日,首届元宇宙产业发展高峰论坛举行。江宁"智造"的最新产品——虚拟数字人"宁小馨"和机器人"清心"联袂主持,惊艳全场。

以数字技术的迭代升级和虚实互融的场景应用为显著特征的元宇宙产业,正成为数字经济的全新赛道。为此,南京市元宇宙产业联盟成立,吸引全市元宇宙产业链重点企业、相关高校院所、产业投融资机构、重点产业园区、南京市软件和信息服务集群促进机构等100多家成员单位参与,联盟秘书处就设在江宁高新区管委会。江宁高新区勇当南京发力元宇宙的先行者,在省内率先出台了《关于加快发展元宇宙产业的若干政策》，成立了六支覆盖数字经济领域的产业基金，落户了灵境元宇宙产业研究院、清博智能、清芸机器人等一批元宇宙研究机构及创新企业，并通过举办南京市元宇宙产业发展大会、"宁创汇"元宇宙专题路演、元宇宙 XR 发展在线沙龙等多场元宇宙产业领域的重大活动，将园区的元宇宙产业发展环境和扶持政策宣传到全国。

2022 年"金洽会"，江宁高新区又为南京市元宇宙产业画上浓墨重彩的一笔。活动当天，10 个元宇宙相关产业项目签约落户，进一步壮大江宁高新区元宇宙产业集群。布局元宇宙，江宁高新区已具备了先发优势和产业基础，目前初步形成"研究院＋产业联盟＋先导区/集聚区"的创新发展态势。

数字经济既是经济提质增效的"新变量"，也是经济转型增长的"新蓝海"，它正在前所未有地重构经济发展新图景。

发展数字经济，江宁高新区有独特的资源禀赋。江宁大学城与数字经济高度关联的 8 所高校开设相关专业超过 80 个，部分驻区高校围绕数字经济已建设一批孵化器、实验室、创新中心。园区数字经济创业氛围良好，引进、培育了多伦科技、小视科技、易科腾、典格通信、紫峰云存储设备生产基地等一批数字龙头企业(项目)。

2021 年起，江宁高新区将数字经济产业列为园区未来的重要发展方向。当前，园区数字经济产业主要聚焦新一代信息技术、数字创意、工业互联网、元宇宙四大领域，按照"一轴两核多点"进行规划布局，以建设"百亿级"江宁数字创意谷为抓手，锁定电子竞技、数字传媒、影视动漫、创意设计、数字教育等五大赛道。同时，重点发展软件开发与信息技术服务、人工智能与脑科学、VR/AR 与元宇宙、数字创意、云计算、物联网、电子商务、互联网金融等领域。

瞄准未来产业新赛道，江宁"智造"正在"破圈"出道。

布局"百亿级"江宁数创谷，是江宁高新区发力长三角数字创意产业新高地的"先手棋"。江宁高新区先后出台江苏省首个扶持数字创意产业发展、扶持元宇宙产业发展的专项政策，组建总规模达 27 亿元的六支产业基金，投入"真金白银"，完善数创产业生态圈。2022 年以来，数创谷先后落户南方数创投、灵境元宇宙研究院、百度移信等 20 家总投资达 50 亿元的数字创意领域知名企业，一批数字创意成果不断涌现。

当前,江宁高新区正紧抓数字经济发展机遇,依托江宁大学城科教创新资源优势,以建设"百亿级"江宁数字创意谷为抓手,锁定电子竞技、数字传媒、影视动漫、创意设计、数字教育等五大赛道。预计到"十四五"末,创意谷产业产值和营收将达到180亿元,带动园区数字经济核心产业营收突破300亿元,集聚企业数量超过1000家,为全市推动数字经济高质量发展塑造新增长极。

在长江江苏段的最上游,江宁新的千亿级先进制造业新高地,一座高端产业与宜商宜居互为交融、园区转型与产业升级互为促进的现代化滨江新城,正昂然崛起。

南京江宁滨江开发区,江苏长江最上游的省级开发区,在转型升级、二次创业的澎湃春潮中,一年翻一番,三年三大步。至2021年,园区主要经济指标实现几何级增长,经济总量实现倍增,工业总产值突破1000亿元以上,园区在全省省级开发区排名进入前五位。

滨江开发区从抓高端产业、大型项目发力,以战略性新兴产业为主攻方向,引进培植电子信息通信、新能源及汽车、高端智能装备、科研现代服务四大主导产业。

江宁滨江开发区将不断强链补链,计划三年引进内外资重大项目50个以上,总投资超过千亿元。以中兴、烽火为引领,打造信息通信产业园;以LG化学电池、卡耐新能源电池为龙头,引导新能源智能汽车和动力电池以及配套产业向园区集聚;以LG为媒介,着力打造韩资产业园;以格力电工、科远自动化等重大项目为依托,加速园区内装备制造企业的转型升级。

尤其值得称道的是,滨江新落户重大项目盘活了一大批低端低效的企业用地。通过采取项目嫁接、收储用地、法院竞拍、扶持转型等多种方法,园区盘整出低效用地企业20家,腾地面积1850亩,用于烽火通信、格力电工、LG等10多个科技型新项目的入驻。

招引大项目的同时,园区还建设以滨江科技企业孵化器、博创中试园、博睿科技创新中心、江湾谷科技等四大科创载体为核心的科创生态圈,与同济大学、南京大学、东南大学、南京航空航天大学、百人会等共同建成科技创新与转化平台。同时组织园区22家制造企业成立"滨江智能制造产业联盟",成功为企业申报各类项目85个,完成高新技术企业申报46家,高新技术企业数增速近10倍。

截至 2021 年,江宁滨江开发区打造市级以上创新创业平台 10 个,高新技术企业 100 家,名牌产品 35 个、中国驰名商标 10 个,在科技创新和品牌建设中亮出"滨江形象"。2022 年以来,滨江开发区咬定江宁区党代会确定的先进制造业产业导向,加快构建滨江产业体系,产业发展动力十足。园区列入省市区重大项目 27 个,其中产业类项目 26 个,民生类项目 1 个,总投资 807.1 亿元。

奋进者永不止步,在风吹浪打中勇毅前行。

千年圣汤,养生天堂。

汤山坚持把共享作为高质量发展的根本目的,依托温泉、人文等资源优势发展温泉体验、健康疗养、休闲度假,打造一座"近者悦、远者来、居者安"的典范之城。

汤山以温泉为特点,以"康养"为核心,打造江苏省首个康养特色小镇项目"汤山温泉康养小镇",这也是首个在国家级旅游度假区中的康养小镇。

汤山深入挖掘"康养、历史、餐饮"三种文化,重点推进苏豪健康产业园、前海人寿南京医院、涵田温泉颐养中心等一批康养项目建设,加快汉海文旅城、冰雪大世界、裸心度假村、袁家村乡村生活综合体等项目落地建设,拉长温泉产业链,形成新的增长极;加速文旅集团市场化运营,吸引鼓励更多的社会资本参与园区景点运营,培养引进一批懂市场、善经营的专业人才,增加经营性收入,推进良性发展。

在乡村振兴发展上,汤山加快推进七坊、汤家家两个传统"金花"村提档升级,分层分类打造 5 个省级特色田园乡村、10 个市级特色田园乡村、40 个市级宜居村、四大民宿村,加快形成龙尚、孟墓、阜庄—宁西以及园博园周边四大美丽乡村组团。同时依托汤山度假区、园博园平台和资源优势,探索民营、自营、合营等多元化、市场化的合作模式,重点以乡村民宿为引导产业,不断延伸植入疗养康养、会议会务、农事体验、特色美食和文化街区等业态模式。

好山好水好景,宜居宜业宜游。汤山作为南京东大门,既有长三角一体化、长江经济带、宁镇扬一体化等战略机遇,又有国家级温泉旅游度假区、江苏省园博园的现实机遇,还有城市三环、宁句线地铁等立体交通枢纽的利好。2021 年,国家体育总局、文化和旅游部共同公示了全国 47 家国家体育旅游示范基地,江苏省仅两家,汤山温泉旅游度假区在列,有力展示了汤山"温泉＋体育"成效。

汤山温泉旅游度假区将按照江宁区第十四次党代会提出的争创"世界级旅游度假区"新目标,进一步拓展文化休旅、养生度假、研发总部等综合功能,力争五年内游客接待量突破 1500 万人次,位居国家级旅游度假区前列。

　　未来,江宁区将以五大核心发展片区,引领"十大"百亿级产业集聚区抢占发展新赛道、打造区域增长极,打造产业创新、数字经济、深化改革、产城融合四大高地,为江宁建设社会主义现代化先行示范区提供强有力的产业支撑。

创新成就"江宁力量"

　　创新是引领发展的第一动力。

　　先行示范的"江宁使命"催人奋进。

　　2021 年,在北京举办的国家"十三五"科技创新成就展上,南京市江宁区共有 6 家单位自主研发的 7 项科技成果亮相,涉及 5G 通信、新能源汽车、生物医药、高端装备制造等领域——科技创新的"江宁实力"引人注目。

　　面向世界科技前沿,南京威派视半导体"十年磨一剑",自主研发的数字显微芯片达到了 4 亿像素,但体积不到硬币大小,可替代显微镜置入现有医疗仪器中,单次拍照瞬间获取全视野图像。2022 年底,6 亿像素数字显微芯片正式亮相,成为世界上像素尺寸最小、像素规模最大的成像芯片。

　　面向国家重大需求,紫金山实验室参展的 CMOS 毫米波芯片,实现了核心技术的关键突破,在 5G/6G 毫米波和宽带卫星通信等领域具有广阔应用前景。此外,紫金山实验室还在未来网络、网络空间内生安全等领域取得了一系列重大突破。

　　面向经济主战场,中汽创智科技有限公司研发的氢燃料电堆性能指标国内领先,同时以电堆开发为纽带,布局材料端、部件端、系统端等多点技术,持续为国家"双碳"战略和氢能行业发展贡献力量。作为"十三五"国家科技重大专项重点参展单位,南京工艺装备制造有限公司展示了为国产高端五轴卧式车铣复合中心配套的滚珠丝杠副和滚动导轨副,这是"中国制造 2025"的关键部件。

　　面向人民生命健康,前沿生物药业(南京)股份有限公司自主研发全球首个长效 HIV 融合抑制剂艾可宁,已被纳入国家医保目录,2022 年在厄瓜多尔和柬埔寨获批上市;南京艾尔普再生医学科技有限公司研发出基于人源诱导多能干细胞(iPSC)再生心脏细胞和 3D 心脏组织,目前已完成国家临床研究备案……公司市场经理宣莹说,从"移植"到"再生",千万心衰患者的"心希望"即将梦想成真!

创新型企业积厚成势,赋予江宁担当"排头兵"的深厚底气。截至 2022 年,全区累计备案市级新型研发机构 100 家,占全市总数约 1/3;高新技术企业总量达 1480 家,位列全省第二;国家级专精特新企业,市级瞪羚、独角兽企业,境内外上市企业规模总量全市领先;苏博特等 9 家企业入围 2020 年度江苏省百强创新型企业榜单,智能电网产业先后获批国家级创新型产业集群、高新技术产业化基地等"高成色"资质。

创建引领性国家创新型城市,江宁区是南京重大原始创新的重要承载地。依托紫金山实验室,目前紫金山科技城空间规划和产业规划已完成;中科院"一院四所"载体加快建设,国科大一期正式交付使用,"中科系"四个重大科技基础设施落地麒麟科创园并启动预研。两大创新平台将在"高原之上起高峰",形成创新发展"峰峦迭起"之势。

江宁区在国家科技创新成就展上展出的自主研发科技成果,生动彰显了江宁集群创新的活力。

2022 年 8 月 25 日,"奋进新征程 建功新时代——江宁这十年"系列主题科技创新专场新闻发布会举行。

砥砺十年创新路,江宁城市能级不断提升。江宁区主要创新指标南京全市领先,国家级重大创新平台实现零到多的突破,高新技术企业总量十年增长了11 倍,发明专利授权量由 2012 年的 629 件增至 2021 年的 5461 件……

十年间,江宁区实现了诸多从零到一的原始创新突破。面向国家创新战略、产业自主可控需求,推动更多国家重大项目在江宁落地。紫金山实验室已纳入国家战略科技力量序列,先后发布十多项全球首个重大原始创新成果。未来网络试验设施获批我国信息通信领域唯一国家重大科技基础设施。信息高铁综合试验基础设施、开源软件供应链重大基础设施等中科院重大科技基础设施落地麒麟科创园并加速推进。南京现代综合交通实验室实现实体化运营,国家第三代半导体技术创新中心等一批国家级产业创新平台启动建设,新一代智能电动汽车底盘研发平台建设取得重大突破……聚焦关键技术领域突破攻关,江宁区

2012 年来累计组织实施江苏省重大成果转化项目 72 项。

从实验室走向市场，江宁区致力于培育科创矩阵，产业创新彰显"厚度"，坚持创新主体梯次培育和全生命周期扶持，助力创新型产业集群持续壮大。科技型企业规模总量突破 10000 家。瞪羚、独角兽企业达 174 家，总量全市第一。国家级专精特新企业达 37 家，总量全省居首。上市企业数达 44 家，是 2012 年的 2.75 倍，规模省市居前。

中汽创智科技有限公司成立只有数年，在氢燃料动力电池领域获得受理的发明专利已经有 90 多件，关键指标也达到了国内领先水平。130 千瓦氢燃料电堆和 110 千瓦氢燃料系统这两款自主研发的创新产品已于 2021 年获得国家工信部产品公告，并已搭载公交车及洒水车进行道路测试，截至 2022 年累计行驶里程近万公里。

南京工艺装备制造有限公司两项核心产品——滚珠丝杠副和直线导轨副，作为高档数控机床用核心零部件，问世以来已获得 65 项专利授权，成功解决了 30 余项"卡脖子"技术问题，相关指标达到国际先进水平。这两项产品已被广泛应用于高端装备制造、人工智能、新能源、轨道交通等领域。

创新是发展的第一动力，生机勃勃的"科技力量"就是"江宁力量"的动力之源。

打造具有全球影响力的创新高地的核心是创新人才。

人才是第一资源，也是创新活动中最为活跃、最为积极的因素。聚焦"争当表率、争做示范、走在前列"要求，江宁区坚持人才优先发展战略，不断深化人才发展体制机制改革，聚力打造人才发展现代化区域标杆，努力为南京加快打造高水平人才平台和建设引领性国家创新型城市贡献"江宁力量"。

以产业集聚人才，以人才引领发展，实现城市和人才的互相成就，正成为江宁区高质量发展的鲜明底色。截至 2022 年，江宁区入选省级人才计划 450 人、市级人才计划 1206 人，聚集高层次创新创业人才约 2700 名，各项指标均位居省市前列。

2022 年，前沿生物药业（南京）股份有限公司与中科院上海药物所、武汉病毒所共同开发的 FB2001 进入 Ⅱ/Ⅲ 期临床试验。这是一种新冠病毒蛋白酶抑制剂，将为新冠肺炎中、重症患者带来福音。

这一风头正劲的明星药企,也曾遭遇发展瓶颈。"在项目研发的关键时期,陷入了缺少资金、没有足够场地的困境,江宁区及时伸出援助之手,给予各项科技人才政策扶持。"公司董事长谢东说,最终全球第一个长效 HIV 融合抑制剂新药——艾博卫泰获批上市,企业于 2020 年顺利登陆科创板,步入发展快车道。

江宁区先行先试、创新集成的政策供给和靶向扶持,给了像谢东一样的领军人才在此深耕创新的底气。一直以来,江宁区高度重视人才工作,在全市率先推出人才政策,实施"创聚江宁"人才工程、"人才强企十策"、"百家湖人才计划"……十余年持之以恒,坚持以重点人才工程集聚人才,与时俱进的政策创新,让江宁引才不断释放磁场效应。

人才聚,产业兴,城市旺。江宁区坚持以产兴才、以才促产,推动人才链与产业链深度对接、人才发展与产业发展深度融合,实现了产业和人才同频共振。

"来江宁,就有机会",成为众多创新创业者的共同心声。不拘一格用人才,江宁区制定人才评价"举荐制"、试行人才认定评价积分制,畅通了各类人才的发现和成长通道。

南京思来机器人有限公司总经理朱华是这一创新机制的获益者。2019 年,经专家举荐,他被评为江宁区中青年优秀人才,入选江宁区高层次创业人才引进计划,获得 50 万元创业扶持资金。如今,他又入选了南京市创新型企业家培育计划,企业已成长为规上高新技术企业和瞪羚企业。

"江海纳才、宁聚致远"成了这里的鲜明标识,产业和人才的双向奔赴催生丰硕发展成果。截至 2021 年底,江宁区已有 308 家人才企业被认定为高新技术企业,人才企业年销售收入超 130 亿元、纳税超 12 亿元。

"手机上一键申请,很快就审核通过。到了江宁,当场就拎包入住。这里有和海外一样的生活和工作环境、氛围。"北欧可持续发展协会执行会长张寿廷博士说,入住"海智湾·江宁"国际人才街区,让他切实感受到了"江宁速度""江宁服务"名不虚传,而这正是归国创业者最为看重的"软环境"。

如今,张寿廷仍在上海、长沙等城市间奔波,但已笃定地把事业重心安放在这里。"每个月有一半时间在南京,不仅自己的项目要落地,还要吸引更多的北欧人才选择这里。"

2021 年 4 月,"海智湾·江宁"国际人才街区在九龙湖畔正式揭牌启用,街区以"一街所有、全面集成"模式,为留学归国人才和国际人才提供了"类海外"生活工作环境。至今,已吸引近千名海外人才入住,800余名人才出湾并留区创新创业。

5月10日,"智汇创新·才赢未来"中英高层次人才云上交流大会暨百家湖人才讲坛在南京江宁开发区举行。园区20多家产业链龙头企业带来上百个岗位,诚邀海内外人才落户江宁。南瑞集团、金智科技等6家企业与南京大学、东南大学等高校相关学院进行"人才定制实验室"签约,联合培养优秀人才。

抓实人才"引育留用",实现人才"近悦远来"。江宁区发挥科教资源禀赋优势,深入实施"科技镇长团""百校对接""科技副总"等计划,与东南大学共建环东大知识创新圈,深挖高校院所科研"富矿",推动科研成果加速转移落地。聚焦紫金山实验室、紫东综合交通实验室等重大科创平台,江宁区对平台引才给予专项支持,累计给予1500万元资助,帮助引进210名高层次人才,助力原始创新和关键技术攻关。

江宁积极选派、引进地方和高校人才双向挂职、任职,与北京大学、厦门大学、天津大学等30所高校院所建立了常态联系合作机制。2021年,江宁区开展了校地、校企高层互访及各类宣讲活动近百场,转化校地合作成果78项,涉及项目金额达1.75亿元。

打造人才集聚发展的"水草丰美地",人才首位度正托举城市能级跃升。2022年,江宁区已创成"国字号"人才基地7个,累计自主培养国家重点人才工程专家61名,入选省"科技企业家"63名,省"双创人才"191名,均居全市首位。每年4万余名青年大学生选择在这里就业创业,成为城市进击的"源头活水"。

2022年2月19日,江宁人才集团有限公司揭牌成立,这是南京首家人才集团,也是江苏首家区级人才集团,其前身是2012年成立的江宁科技创业投资集团,如今全新的定位是"人才服务集成商、人力资源供应商、人力资本运营商、科技金融服务商"。用投资加持人才的背后,是江宁区用市场化手段开发和配置人才资源的路径突破。

构建"人才+服务+资本+产业"的立体发展模式,运用投资基金吸引高精尖人才,用金融服务帮助创业人才实现梦想,是江宁人才集团的一个重要使命。该集团正与江宁区科技局共同设立"天使基金",服务更多初创型企业。

用金融活水浇灌科创森林，激活经济发展中最活跃的因子。2022 年，江苏省第二批入库科技型中小企业名单公布。江宁区第一批、第二批共入库备案 1859 家科技型中小企业，占南京市总量的 20.4%，数量全市第一。它们是高新技术企业的后备力量。

"科技创新的核心是人才，城市治理需要人才，我们要打造的是一个城市级的人力资源平台，集聚经济社会发展所需各类人才，实现人尽其才。"江宁区委人才办相关负责同志介绍，2021 年，江宁区对各类人才计划整合优化，出台"紫金山英才·江宁百家湖计划"，形成以精英、领英、俊英、群英、强企五大工程为主体的人才政策体系，统筹开发科教文卫农等各领域人才，带动人才队伍质态整体跃升。

作为江苏省人才发展现代化建设试点区，进入"十四五"时期，江宁区聚焦建设高水平人才集聚区的战略目标，全方位引进、培养、用好人才，持续激发人才创新创业活力，基本实现人才队伍现代化、人才效能现代化、人才发展治理现代化。江宁区分"三步走规划"，绘制人才工作"时间表"，通过"引才"提速、"育才"提质、"用才"提效、"留才"提优等人才工作四大体系，将江宁打造成为高水平人才集聚区。到 2025 年，全区人才资源总量超过 56 万人，全社会研发经费投入占 GDP 比重达到 4%；到 2030 年，基本建成高水平人才集聚区和人才强区，成为科技人才富集、产才深度融合、科技贡献显著的人才汇聚地；到 2035 年，全面建成高水平人才集聚区和人才强区，构筑具有全球影响力的一流人才创新高地。

江宁大学城内有 16 所高等院校，师生规模近 30 万人，仅院士就有 50 多位……

坐拥江宁大学城，是江宁区独特的资源禀赋和发展优势，如何充分利用这一优势？

十年来，江宁依托高新区园区产业基础强、创新生态好、营商环境优等优势，积极探索打通大学城高校从基础研究、应用开发到产业化的通道，努力实现人才培养、平台搭建和社会服务功能有机结合，推进校地创新资源共享，不断实现校地融合，助推区域经济高质量发展。

从东南大学、中国药科大学到南京工程学院，江宁大学城的高校里活跃着一批"教授董事长"，他们带着专利走出"象牙塔"，在江宁高新区就地孵化出一批前沿项目。

2022年5月，江苏首批"前沿引领技术基础研究专项"发布阶段性成果，中国工程院院士、中国药科大学教授王广基牵头的睿源干细胞项目分外引人注目。该项目突破了干细胞药物制备瓶颈，建立了全链条、闭环式的符合国内与欧盟标准的干细胞双规范GMP生产制备体系，还针对抑郁、阿尔茨海默病等疾病发现了新靶点、新药物。王广基说："前沿引领技术基础研究专项，引导我们提出前瞻性的研究，针对重大医药基础问题实现从零到一的突破。"

翻看江宁区的高校高层次人才库，你会发现包括王广基在内，已有数十个在库人才，随便挑出来一个，都是各自领域里的"扛把子"。

中国药科大学博士生导师丁黎教授也位列其中。2014年，丁黎在江宁高新区的产业化建议下注册南京科利泰医药科技有限公司，为新药研发提供临床生物样本检测，即用科学手段监控新药进入人体后的作用时间、药效等，丁黎被业内称作血中验药的"福尔摩斯"。"刚创业特别难，还好园区提供了扶持资金帮助我们顺利起步。"丁黎至今难忘。

这些年，江宁打破高校与地方的"围墙"，引导校友经济精准对接园区产业方向，做大"校友圈"裂变效应。如今，在江宁高新区，"一脚跨进公司上班，一脚站在'象牙塔'"的"教授董事长"越来越多，高层次"校友圈"孵化出一个又一个前沿"产业集群"。

这是江宁高新区深耕校友经济的初步成果。

近年来，园区吹响校友组织"集结号"，先后引入清华大学校友之家、北京大学南京校友会、武汉大学江苏校友会总部基地、北京交通大学江苏校友会等多个校友组织，校友组织已成为江宁高新区招商引资的助推器。2022年上半年，园区生物医药签约项目总投资超百亿元，紫珑细胞免疫治疗药物研发及产业化项目、柏雅联合华东区总部及MAH中心项目、佰克生物以及药维生物医药等都因校友与江宁高新区结缘，也从一个侧面印证了校友经济的强大带动力。

近30万人，这是江宁大学城师生的数量。校友经济升级，需要营造更优的政策环境，让园区外的校友愿意回归，还要让校园里现有的大学生乐于留下。为此，江宁区专门为大学生创新创业定制了"大礼包"——《江宁高新区促进大学生创新创业的扶持政策（试行）》。根据政策，辖区内高校盘活空间资源建设创新载体最高可领 1000 万元补贴,大学生创办企业首次获批高新技术企业可领 80 万元奖励、免费享受创业服务⋯⋯园区掏出真金白银助力年轻创客精彩"起跳"。

这个政策"大礼包"重点围绕扶持大学生创新创业、鼓励高校建设创新创业载体、营造创新创业文化氛围等层面"立体式"发力。除了政策扶持,园区还通过一系列活动营造"双创"氛围,比如每年举办大学生创新创业大赛,打造"创业节""成果展""技能赛""对接会""导师课"等五大品牌创新活动。

江宁高新区与高校的合作正在加速。2021 年 12 月,江宁高新区与东南大学合作共建的江苏运动健康研究院签约落地,该研究院同时与华为技术有限公司开展战略合作,打造"政产学研用"创新共同体。在数字经济产业方面,江宁高新区联合江苏经贸职业技术学院、江苏数动未来科技有限公司共建的数字经济产教融合基地——"数动未来空间站"也将于 2022 年 9 月建成试运营。

立足新时代这个大坐标大背景,江宁区发展已经进入禀赋优势加速释放期、发展后劲加速积蓄期、赶超态势加速形成期。江宁区的干部群众正拿出咬定青山的定力、猛虎出山的士气、愚公移山的韧劲,在创新生态厚积薄发中,彰显江宁智慧、开辟江宁路径、锻造江宁力量。

面向未来,江宁区将继续保持"争第一、创唯一"的奋斗激情,勇挑创新能级跃升的大梁,聚焦"中国特色社会主义现代化典范新城区"远景目标,大力实施创新能级跃升工程,努力建成江苏省创新型示范区、长三角校地融合发展典范区、全国一流产业创新引领区,让江宁成为创新人才荟萃、创新主体集聚、创新成果涌现、创新活力迸发的中国特色社会主义现代化先行示范区。

秦淮河畔,创新动能澎湃潮涌;长江之滨,创新强区壮丽崛起!

南京江北新区:聚合创新的"江北探索"

跨越南京长江大桥向北驶去,一座崛起的新城迎面而来,沿途路标格外"吸睛"——研创园、医药谷、121 创新社区、最近的未来⋯⋯

穿行在林立的高楼大厦之间,你会感知到这座新城所肩负的使命与它奋力前行的雄心。

举目远望,青山为屏、绿水为带,"口袋公园"三步一景,令人不禁感慨,南京的未来岂止在江南!

很难想象,7年前,这里还被视为城乡接合部,老江北人喊过江叫"进城"。为实施区域协调发展战略、推进长江经济带建设、培育新的发展增长极,2015年6月27日,国务院批复在南京长江以北设立江苏首个国家级新区——江北新区。决策一朝落子,拥有2500多年建城史的南京,迅速拉开了打造创新策源地、建设南京新主城的恢宏架势。

2019年5月,江苏省委省政府在全国层面率先启动社会主义现代化建设试点工作,江北新区凭借发展水平领先、区域特色明显等优势,被列为6个试点地区之一。到今天,江北新区更是处处透着"新":

从无到有、从有到强,"两城一中心"高端产业,代表中国先进生产力参与国际竞合;具有全球竞争力的创新生态,孕育出众多冠以"首个"的科研成果;"试验田"上制度改革硕果累累,优质营商环境赢得创业者、投资者青睐;与此同时,医疗、教育等高端资源加速集聚,交通动脉向四面八方延展开来,深耕基层的现代化社会治理体系,多层次提升城市发展能级……打造"最近的未来"的顶层设计蓝图,有了落地可见可感可触的现实模样。

2021年,南京江北新区综合实力跃居国家级新区第6位,全域地区生产总值约2561.7亿元,占南京全市比重达22.1%,较7年前提升7个百分点。设立以来,新区累计建成过江通道12条,学校40余所,鼓楼医院江北国际医院、南医大四附院等先后建成开诊,民生事业紧随经济发展同时进步,吸引新增人口80余万。高端产业集群,让"就业有路、创业有助",新增城镇就业人口超14万人,吸纳大学生就业超13万人,"民富"水平持续提升。

一幅用改革和创新勾勒的美丽画卷,正在长江之北熠熠生辉。

阔步"向北"

从顶层规划设计起步,充分整合资源,激励特定区域先行先试,进而形成发展优势,是改革开放以来,我国提高经济发展质量和效益,率先探索社会主义现代化建设的"关键一招"。

20世纪90年代初,随着改革开放深入推进,我国开始试点建设国家级新区,主要承担重大发展和改革开放等战略任务。

从最早"站在地球仪旁"思考开发浦东新区,到21世纪打造承载"国家千年大计"的雄安新区,历经30余载的创新实践,如今19个国家级新区已成为走在中国高质量发展最前沿的"第一方阵",引领国家先进生产力参与国际竞合。

江北新区诞生在南京城镇化进程加速和国家战略在江苏落地"叠加"的背景下。长期以来,江苏因长江天堑,形成了南北发展的巨大落差。而南京也因受困于"一江之隔"的自然条件,形成了"资本不过江、人才难过江"的现实困境,使南京江北地区的发展长期落后于位于江南的主城区。面对提高城市能级与"首位度"的迫切需求,以及江南主城区承载力日趋饱和的现实,南京城市扩张亟待寻找新的空间。

冲出老城天地宽。跨江向北,成为提升南京城市能级的最优解。

2001年,南京提出重点建设包括浦口新市区在内的"一城三区"战略,把长远发展的目光锁定在新城新区。于是,一项项重大决策应时而出,应声落地。

2002年,南京着手对江北地区进行区县行政区划调整优化,撤销浦口区和江浦县,设立新的浦口区,撤销大厂区和六合县,设立六合区,为后续新城开发做铺垫。

2006年,南京市第十二次党代会首次明确"跨江发展"战略,提出基础设施先行,以打造长三角先进制造业中心、全省现代服务业中心、长江国际航运物流中心、全国重要科教中心、东部城市绿色中心"五个中心"为抓手,力促产业化、城市化同步,全面推动江北地区发展提速。

"跨江发展,缩小南北差距,是几代南京人的希望"。时任江苏省委常委、南京市委书记罗志军在小组讨论时说,南京要力争通过5—10年的努力,使拥有2400平方公里土地的江北成为南京科学发展新的战略空间,真正形成长江两岸融合、功能互补、联动发展、共同繁荣的新格局。

"在南京推动建设江北新区。"2013年4月,在国务院同意、国家发展改革委印发的《苏南现代化建设示范区规划》中,这句振奋人心的话语跃然纸上。

"江北新区"这四个字寄予了无数南京人沉甸甸的期待。

决策者对"江北新区"的定位是:"重点推进产业转型升级与新型城市化,打造产业高端、生态宜居的城市新区,成为加快现代化建设和提升国际竞争力的新引擎。"这为未来这片区域的发展,擘画出一条清晰的路径。

天时地利人和接踵而至。很快,长江经济带、长三角区域一体化等国家战略以及"一带一路"倡议,在 2013 年前后纷纷出台。与此同时,国家级新区在全国的布局也进入加速期,兰州新区、广州南沙新区、陕西西咸新区、贵州贵安新区、青岛西海岸新区等先后获批设立,掀起了一阵发展热潮。

作为东部沿海大省,"为全国发展探路",是党中央对江苏的一贯要求。"争当表率、争做示范、走在前列",向上,要接天线,积极担起国家使命,参与重大战略部署,接得住、落得实;向下,要接地气,在打造"试验田""先行地"中,率先提交实践答卷。

运筹帷幄之间,江苏力争跻身国家级新区行列再谋新篇。于是,省委省政府提手落笔,再一次"圈定"南京江北。

历史镌刻下了那一刻:2014 年在南京举办第二届夏季奥林匹克青年运动会。

"未来之星从眼前升起,让快乐分享感动……成长之梦在无限延伸,信心和勇气都能获胜。"长江北岸,在亚洲最大的体育馆——南京青奥体育公园内,《梦无止境》的乐符欢腾雀跃,萦绕耳畔。它似乎也向人们描绘了这片区域未来发展的美好图景。

这一年,来自全球 204 个国家的 3787 名运动员抵宁,共同参加了第二届夏季青奥会,使南京成为国内继北京之后第二个接待过 200 多个国家和地区运动员的城市。敞开门迎接八方宾客,南京向世界展示绵延 2500 年的名城风采。

同样如火如荼展开的,是申报全国第十三个、江苏省首个和唯一一个国家级新区的工作。

2014 年 3 月,南京市委市政府江北新区领导小组成立;同年 6 月,江苏省政府正式向国务院申报设立国家级南京江北新区。

经过一年紧张有序的筹建,2015 年 6 月 27 日,国务院审议通过《关于同意设立南京江北新区的批复》(国函〔2015〕103 号),正式批复设立南京江北新区。7 月 11 日,国家发改委审议通过《关于印发南京江北新区总体方案的通知》,明确《南京江北新区总体方案》已经国务院原则同意。

国务院赋予江北新区的定位是:建设"自主创新先导区、新型城镇化示范区、长三角地区现代产业集聚区、长江经济带对外开放合作重要平台"。其中,"创新"位居首位,成为引领江北新区推动各项工作高标准、高水平、高质量推进的主线。国家发改委进一步要求,江北新区要在"大力实施创新驱动发展战略,探索以自主创新引领产业转型升级有效路径"等方面率先探索。

江北新区,因创新而生、因创新而兴、因创新而强。

"跑申报那几年,国家发改委的同志跟我说,你们一定要坚持把创新摆在第一位。"时任南京市委常委、江北新区管委会专职副书记罗群坦言,筹建初期,为让南京江北能挂上国家级新区的牌子,他常常往返在北京和南京之间,有时上午一个电话,下午就坐在北京的会议室里开会了。

这位曾在中国电子科技集团公司第十四所里干过科研、抓过管理,拿过机械电子工业部科技进步特等奖,用两年时间通过体制机制改革推动十四所产业化发展实现里程碑式的突破的专业干部,对于创新的重要性、探索性与紧迫性,无疑有着更深的理解和丰富的经验。

罗群认为,让江北新区坚定走创新之路,一方面,是源于我国经济发展到了一定阶段,必须要靠创新驱动来转换动能,以此加快催生更多新的经济增长点。另一方面,从国家层面看,也是着眼于南京高校多、科研院所多、国有企业多的特色,科教资源丰富,在自主创新方面具有得天独厚的优势,可以在此闯出一条新路。

工业是现代化的核心。新中国成立后,我国历经筚路蓝缕、从小到大,几十年持续追赶,到 2015 年,已从"一穷二白"逆袭成"制造大国",实现了由贫困落后的农业国到现代化工业国的转变。数据显示,2015 年,我国制造业总产值达 3.5万亿,是美国的 150%,有 220 多种产品产量居世界第一。

然而,也正是在此前后,我国制造业进入了发展的考验期。"大而不强",长期处于全球价值链中低端,加之外部竞争环境前堵后追、两面夹击,使中国迎来重重挑战。

诞生在这样的宏观环境下,江北新区也自然被寄予了别样的期许。江北新区的"创新为先"与当时《中国制造 2025》战略提出的坚持"创新驱动"高度契合,开启了"由大到强,从追赶者到引领者"的万里征途。

实际上,在新中国推动社会主义工业化的伟大进程中,历经改革开放大潮洗礼的"创新"火种,早已播撒在南京江北的大地上。

这里的企业曾生产出了中国历史上第一袋化肥，1953年，新中国第一号发明证书，也是颁发给了这家企业——永利𫗧厂（中国石化集团南京化学工业有限公司前身）。

20世纪80年代末，江北地区顺利搭上了国家高新技术开发区的第一班列车。只是因为历史的疏忽，曾在一段时间内发展相对暗淡。

时针再次拨到2014年，继中关村科技园区、东湖高新区、张江高新区和合芜蚌自主创新综合配套改革试验区之后，国务院再次批复支持南京、苏州、无锡、常州和镇江5市的8个高新技术产业开发区和苏州工业园区建设苏南国家自主创新示范区，打造"创新驱动发展引领区、深化科技体制改革试验区、区域创新一体化先行区和具有国际竞争力的创新型经济发展高地"，成为中国第五个"国家自主创新示范区"。

今天位于江北新区直管区的南京高新技术开发区，就是苏南自主创新示范区最早的八个高新区之一，也是当时南京市唯一获批建设的国家自主创新示范区，迎来了区域依靠自主创新、实现科学发展的全新机遇。

国家级新区设立后，熊熊燃起的"创新之火"，即刻照亮南京江北的发展前路。省市联动，一系列扶持和激励政策纷纷出台——

2016年1月，江苏省委省政府审议通过《关于加快推进南京江北新区建设的若干意见》，明确在政策扶持、规划编制、项目安排、体制机制创新等方面给予支持；

6月，南京市政府正式批复《江北新区总体规划（2014—2030）》；10月，南京第十四次党代会召开，提出要努力把江北新区建成南京发展新的重要增长极，在江苏跨江发展、扬子江城市群建设中发挥更大作用；

11月，江苏省第十三次党代会召开，强调要集中力量建设江北新区等重要平台，打造人才高地、创新高地、产业高地；

12月，江苏省委常委会专题研究南京工作，提出要高标准建设江北新区，将江北新区打造为江苏未来的创新策源地、引领区和重要增长极。

这里也聚焦了更多关注的目光——

时任江苏省委书记李强，在2017年2月23日调研江北新区时言辞恳切："能拿到国家级新区的牌子非常不容易，它和过去传统的产业园区或者新城区有着巨大的区别,根本上来说应该是完全不一样的。省委之所以在国务院批复确定的'三区一平台'这个大的定位上,又提出打造成为全省未来的创新策源地、引领地、重要增长极,总的意思就是江北新区要形成新的发展形态,要在发展新经济、生成新动力、探索新模式上有所突破,在产业发展、城市管理、基础设施建设等方面要向更高层次的形态迈进,发挥引领和示范作用。"

紧随成功摘牌喜悦之情而来的,是急切发展带来的焦虑。唯谋定而动,方能笃行致远。

"眼前,江北新区要抓好高标准编制实施规划,主动对接国家和省'十三五'规划,积极借鉴国内外城市建设的成功经验和其他国家级新区规划建设的先进理念,实现总体规划、空间规划、产业规划、土地利用规划的'多规融合'。"时任江苏省委副书记、省长李学勇指出。

成立的前两年,江北新区人几乎把时间都花在埋头做规划上。他们深知,只有打开视野,借鉴融合,立足实际,准确把握难点、痛点和关键点,才能真正走出一条别人没有走过的新路。

时任江北新区管委会综合部副部长周庆刚回忆道:"前期管委会负责规划的同志们,曾多次前往国内外先进园区,像硅谷、雄安、浦东等,进行实地考察和系统学习,并多方吸纳权威专家和研究机构的意见。"

经过组织专家精心编制,包括新区"十三五"规划在内的190余项重要规划以及60余项近期建设规划、基础设施建设规划等相继出台,以开放的思路、前瞻性的远见,"高起点、高标准、全覆盖",擘画出一幅幅宏伟蓝图。

自此,一盘聚合创新、改变区域发展格局、重塑内核动力、引领创新策源、惠及一方百姓的大棋,渐渐浮出水面。

"开题破卷"

"先行先试",聚力改革探索破除体制机制障碍的新路,是国家级新区挂牌后给南京江北带来的最大"红利",也是江北新区需要"率先示范"的重点领域。

成立初期,根据国务院批复文件,江北新区的规划面积是788平方公里,包括浦口区、六合区和栖霞区八卦洲街道,并覆盖南京高新区、南京化工园、海峡两岸科工园等三个国家级园区,以及其他各类园区和开发区。

在新区范围内，又同时存在国家级新区管委会、原行政区、区政府等几级管理、多重机构，权责分工不明确，导致管理不顺。

刚诞生的国家级新区如何"迈出步子、走上路子"？亟须用改革来"开题破卷"。

"聚焦施力，打造核心区，构建一个拳头、一套班子的领导机制，形成统一、协调、精简、高效的管理体系"，是当时江苏省委省政府、南京市委市政府对江北新区尽快打破制度壁垒的一个基本判断。

2017年5月11日，南京市委市政府发布《关于进一步完善南京江北新区管理体制的意见》（简称《意见》），江北新区改革大幕自此拉开。

《意见》明确对新区组织架构和空间架构进行优化。一方面，提出加强领导小组建设，组长由市委书记担任，副组长由市长担任，相关单位和有关行政区领导为小组成员，领导小组下设办公室。领导小组负责新区重大规划调整、重大政策制定和重大项目推进的研究和协调职能。

同时，推动新区与高新区、化工园区管理机构、人员高度融合。将高新区和化工园区党工委、管委会整建制并入新区党工委、管委会，保留高新区、化工园区党工委、管委会的牌子，并以此优化新区党工委、管委会领导职数的设置。

另一方面，围绕空间架构，调整相关街道托管关系，提出设立直管区、共建区、协调区。直管区为高新区、化工园区原托管的5个街道（浦口区的沿江、泰山、盘城街道和六合区的大厂、长芦街道）以及顶山街道、葛塘街道，共386.25平方公里。

在直管区内，又划定33.2平方公里的核心区，集中开发、示范引领，通过整合，陆续形成了今天的中央商务区、产业技术研创园、枢纽经济发展办公室、南京生物医药谷、新材料科技园和智能制造产业园等板块。

共建区规划面积788平方公里（以街道行政区划为边界），除直管区外的其他区域，以浦口、六合区为主开发建设，新区对重大事项进行统筹。

协调区则是在浦口区、六合和栖霞区八卦洲范围内，除直管区、共建区外的其他区域，由江北新区对涉及关联和长远的事项与相关行政区加强沟通、协调。

2017年7月21日，江苏省十二届人大常委会第三十一次会议表决通过了

《南京市人民代表大会常务委员会关于南京江北新区行政管理事项的决定》(简称《决定》)。

《决定》对新区管委会及其职能机构行政主体地位、行政管理权限和行政管理事项、与区政府和市级部门派出机构权力划分和协调、深化行政管理体制机制改革、调整适用地方性法规和规章的权力和程序等作出了明确规定,赋予新区管委会及其职能机构行政主体资格,为促进和保障新区改革创新、先行先试提供法治保障。

8月1日起,江北新区管委会正式承接直管区内经济管理、城市建设和管理、社会事务和社会管理等方面职责,并依照法定程序逐步承接赋予新区直管区的46项省级管理权限。

优化管理体制和空间结构后,江北新区的自主发展权、自主改革权、自主创新权得到进一步强化。同时,也奠定了新区深化改革"解放思想、刀刃向内,大胆闯、大胆试"的总基调。

随之,一系列创新举措铺天盖地展开,筑就了支撑江北新区高质量发展的四梁八柱。

建设"扁平化""大部制"的现代政府,确保各类需求"垂直传达、快速落实"——

政府作为城市的规划者、建设者,能否高效运作、精准施政,决定着城市开发建设的命运。

为提高行政效能,江北新区管委会成立后,结合"扁平化""大部制"等先进理念,迅速启动内设职能机构与产业平台的设置组建工作。

按照"大职能、宽领域、少机构"的原则,新区把原本38个部门精简成15个,部门内再按照"工作办"为单位进行专业分工,通过推动各条线集约资源、统筹管理,在保障原有行政管理内容的前提下,打破相似相连部门间的壁垒,进一步明确权责,提高行政效率。

"我们的目的是要缩减管理层级,让企业、百姓的需求垂直传达,快速落实",江北新区管委会党群工作部相关负责人说,调整内部机构后,管委会七八百人可以承担过去几千人的工作量。

走进江北新区科创局,工作人员送材料,时常都会在走廊里"跑起来"。白天处理具体业务,晚上加班写材料,成为常态。

在这里工作多年的汤清乐此不疲,"刚来时还会'轮空',现在要承担各种工作、调研服务企业、参加市里工作会议,感到充实,也能接触更多、学到更多"。一群朝气蓬勃的年轻人,在大部制改革下,同样被赋予更多的"自主性",以十足的热情参与国家级新区的开发建设。

优化管委会机制后的第一年,南京亚派科技股份有限公司有员工到科创局办事,经常会与科创局对接创新券和知识产权补贴方面的工作,"最直观的感受是服务企业的效率提高了,为我们省了不少事"。

与此同时,结合建设现代产业示范区的要求,新区还积极探索"市场化"运作模式。推动财政资金基金化,成立扬子投资、产业投资、建设投资、科创投资四大投资公司,激发财政资金的投资引导作用,激发金融活水。与此同时,设置了产业技术研创园(简称研创园)、生物医药谷、中央商务区等产业发展平台管理机构,与管委会内设机构平级,主抓园区建设、招商引资等工作。

产业平台如同一个个"小园区",高度自主的机制释放出前所未有的活力。2019年底,研创园结合自身特色,确定了"大部制+专业小组"的动态组织模式,在管理办公室下设7个职能部门,每个职能部门内部设立专业小组,小组成员既是企业管理者,又是服务企业发展的"店小二",职能范围覆盖行政管理、财务统计、规划设计、载体建设、产业招商、企业服务、科技创新等各个方面,显著提升了园区的综合运营效率。

打破身份、能上能下,组建一支在"同一个梦想下"干事创业的队伍。

人是支撑发展的第一资源,在国家级新区开发建设初期,尤为需要一支"干事创业、专业过硬"的铁军队伍。

2020年,芯片行业细分领域领军企业芯华章落地江北新区,至今谈及选择新区的原因,芯华章董事长兼CEO王礼宾总是感慨良多,"当时我们也考察了多个城市和园区,但是江北新区这边工作人员的专业性,是很让人惊喜的,在一些地方还不知道EDA是怎么回事的时候,新区工作人员对整个集成电路产业和EDA领域,已有了深刻理解"。

从对政府工作人员"一张报纸、一杯茶、坐一天"的刻板印象,到"敬业的""专业的"人民公仆,一个个"前缀"词,透露出社会各界对新区管委会"新风貌"的认可。

人的变化背后,离不开制度的力量。为激发人的主动性,江北新区创新"干部能上能下、员工能进能出、收入能增能减"的"三能机制",大力推动聚焦市场、效益、贡献的人员聘任与激励机制改革。

在选聘中,按照核定员额数进行人员选聘。首次选聘员额数的80%,预留20%员额鼓励全员创先争优,并明确员额人员晋升条件,畅通晋升通道。在管理上,围绕关键绩效指标,按月如实打分对全员统一考核管理,鼓励"多劳多得、少劳少得",并实施"动真格"的末位淘汰机制,下发退出员额聘任制管理办法。

用人制度改革打破了"出生"壁垒、"铁饭碗",在管委会内,不论是公务员、事业还是企业身份,都是"能者上、庸者下"。工作人员的服务意识、责任意识、团队意识得到提升,干事氛围从"等着干"变为"抢着干",从"要我做"变为"我要做"。

同时,职能部门进一步聚焦"专业性",提升工作人员综合能力。以科创局为例,通过加强主导产业和创新相关的培训交流、培育全科服务人才,鼓励工作人员主动走出办公室、走进企业,"送政策、送服务"上门,深入企业"问需求、解难题",积极引导每位科技创新工作者,既能当好支持"双创"的店小二、服务员,也能当好人才创业的导师和领路人。

改革再加码,以制度创新为核心,推动"双区叠加"联动发展——

2019年8月,中国(江苏)自由贸易试验区南京片区正式揭牌,39.55平方公里规划面积全部设在江北新区范围内。成为国家"开放尖兵"的一员后,南京片区主要承担建设"具有国际影响力的自主创新先导区、现代产业示范区和对外开放合作重要平台"的职责,与国家级新区江北新区发展定位一脉相承。

"两区叠加"搅动一池春水,挂牌首年,就吸引新增企业1.3万余家,南京江北这片改革"试验田",再次迈上发展"新高地"。

按照中央和江苏省差别化改革试点的要求,2019年12月,南京市委市政府出台了支持南京片区高质量发展的"1+9"制度文件,即《关于促进中国(江苏)自由贸易试验区南京片区高质量发展的意见》和支持南京片区构建一流创新生态体系、集成电路产业发展、生命健康产业发展、金融创新发展、投资贸易便利化、人才发展、强化规划和自然资源要素保障、加大产业资金引导力度、教育和卫生健康国际化等9个配套文件,为南京片区发展锚定方向、明晰路径。

在此框架下,江北新区与南京片区试行"两区"融合发展,班子一体运营,快速成立了"南京市江北新区管理委员会自贸区综合协调局",细化改革任务清单,主抓南京片区制度创新等各项工作。管委会各职能部门"比拼赶超",按照"周周有创新"的目标,投入各自领域、深化改革开放。

2022 年 6 月,南京绿叶制药有限公司委托江北新区生物医药公共平台检测实验进口的 4000 毫升人类空白血浆,顺利通过金陵海关的后续监管,予以放行。成为新区进出境特殊物品海关集中查验监管点建成后,首批监管放行的进口特殊物品。

绿叶制药公司药物分析主管邓雪涛说:"这次采购的血浆是一个 A 类的特殊管制物品。以前要把货物运到公司,然后再去申请让海关上门来做查验。这个周期可能至少需要 3 到 5 天。平台建立后,货物到了这边,海关进行集中查验,48 小时以内,就把货物查验好了。"

这是南京片区围绕服务区域主导产业发展推出的创新案例之一。据南京江北新区党工委委员、管委会副主任林其坤介绍,生物医药产业作为技术密集型产业,研发周期长、失败风险高,产业发展的研发服务环境支撑至关重要。为促进生物医药全产业链开放创新,南京片区已累计形成 14 项制度创新成果。

为促进金融领域开放创新,南京片区率先落地江苏首批 5000 万美元的 QDLP 基金和南京首批 30 亿元的 QFLP 基金。同时,开展境内外汇(NRA)账户改革试点,为企业成功办理了江苏自贸区首笔错币种跨境融资业务和江苏首单跨境人民币创新试点业务。成功上线全国自贸区首个人民币跨境支付系统标准收发器,实现人民币跨境收付款全流程直通式处理。

获批设立 3 年,南京片区硕果累累,共形成 150 余项体现首创性的制度创新成果,其中 4 项在全国复制推广,31 项在江苏全省复制推广,33 项在南京全市复制推广。

以制度改革为牵引,区域营商环境全面优化。如今,企业到江北新区,"一窗通办"2 个工作日内可办结工商登记,工程项目"拿地即开工",各类手续办理时间被缩短 70%以上,22 个行业企业在"一业一证"改革下"拿证"时间缩减 97%,非现场智慧监管模式可对 8000 多家市场主体风险分级……优化流程、提升效能,实现"企有所需、必有所应"。

聚焦"科技创新"体制机制改革,探索形成"自主创新先导区"的江北特色——

2022年4月25日,在江北新区土生土长的企业集萃药康成功登陆科创板,成为新区第23家上市企业。就在4年前,南大医学院教授、集萃药康创始人高翔还带着项目各处跑市场、找投资,"身份转变后落差特别大,你是教授,人家把你当座上宾,你是创业者,有时约人都难,吃了不少闭门羹"。

作为在江北新区"土生土长"的企业,如今,集萃药康收入规模已超9亿元。通过持续攻关实验动物创制策略与基因工程遗传修饰技术等,集萃药康拥有自主知识产权的小鼠品系总量突破2.2万例,建成目前全球最大的基因敲除小鼠品系库,改变了我国实验动物依赖进口,限制新药研发的"卡脖子"现状。

团队控股,以才引才……这家企业身上,集聚了江北新区深化"科技创新"体制机制改革的多项重要举措。

2017年,南京市正式启动"科研成果项目落地、新型研发机构落地、校地融合发展"工程。其中,培育新型研发机构集群,成为新区牵引科技创新体制机制改革的抓手。

借力新型研发机构,江北新区促进参与主体"多元化",依托兼具科研实力和创业精神的人才团队,以股权为纽带组建混合所有制企业,以科研团队为主体打造高校院所、地方平台、社会资本等各方参与的利益共同体,实现组建模式多元化。同时,促进管理体制"企业化",跳出传统行政管理模式,参照企业管理的体制机制,实行更灵活的管理模式、决策机制和薪酬机制,利用多重优势吸引国内外高端创新人才,充分调动科研人员的积极性和创造性。

为进一步为科研人员"解绑",解放人才"创造性",江北新区还推动了一系列围绕创新人才的体制机制改革。2020年8月25日,南京江北新区召开新型研发机构服务月系列活动——新型研发机构"双聘制"试点基地揭牌仪式暨南京信息工程大学"双创"政策宣讲会,标志着江北新区率先在南京信息工程大学开展"双聘制"试点工作。

活动期间,时任江北新区管委会副主任陈潺嵋说,"双聘制"的核心是鼓励和允许新型研发机构中优秀的科技型企业家分别与高校院所和新型研发企业签订聘用协议,以两个不同身份分别在企业和高校院所同时从事科技创新实践和科研教学工作。合作推行新型研发机构"双聘制"试点,是江北新区与南京信息工程大学面向未来、共谋发展的又一项战略性探索,对于建立新区与南京信息工程大学人才"共引共育共享"机制有重要意义。

2020 年 4 月,为方便外国人才来华工作,江北新区推出便利化政策"1+5 大礼包",汤清介绍,"1"是指实现本地化办理。"5"是指五项便利措施,即延长许可时限,拓宽创新主体引才绿色通道,鼓励引进外籍青年人才,赋予南京片区人才认定自主权以及试点建设外国人来华工作信用体系。

厚植现代化体制机制主干,把改革融入发展的毛细血管中,江北新区催生出前所未有的强劲力量。

因创新而兴而强

党的十八大以来,习近平总书记曾先后三次到江苏考察调研,要求江苏着力在改革创新、推动高质量发展上争当表率,在服务全国构建新发展格局上争做示范,在率先实现社会主义现代化上走在前列。

总书记一直对江苏的经济发展和科技创新十分关注。2014 年 12 月 13 日,夜色已至,习近平从镇江来到江苏省产业技术研究院考察,在成果展示区,他拿起石墨烯气体阻隔膜仔细揣摩,了解到这一产品达到国际领先水平,感到十分高兴。

习近平在与同科技人员交谈时说,实现我国经济持续健康发展,必须依靠创新驱动。要深入推进科技和经济紧密结合,推动产学研深度融合,实现科技同产业无缝对接,不断提高科技进步对经济增长的贡献度。①

作为江苏创新体系的重要组成部分,江苏省产业技术研究院(简称产研院)迄今已与江苏 200 余家龙头企业建立联合创新中心,对接达成技术合作 400 余项。

产研院就坐落在江北新区,按照产研院院长刘庆的说法,正"以只争朝夕的

---

① 《习近平:主动把握和积极适应经济发展新常态 推动改革开放和现代化建设迈上新台阶》,《人民日报》2014 年 12 月 15 日 1 版。

紧迫感'铺路架桥',努力让实验室里的'科技之苗'长成产业中的'参天大树',同时帮企业对接全球创新资源,化解研发痛点"。

但在国家级新区未成立之前,像江苏省产研院这样的高端资源往往"不过江",江南"高地"与江北"洼地"形成鲜明对比。其时,横跨南北总长5853米的南京长江隧道内,还设有一个收费站,过往车辆零零落落,甚至可以"赛车",很难想象几年后,隧道会出现"堵车"的盛况。

"早些年没人来江北,没人就没活力,更别提一些高端的创新资源,新区成立后,我们必须先把资源给引进来。"罗群说。他们首选的就是引入像江苏省产研院这样的实力机构,进而起到强力的带动作用。

2015年11月10日,江苏省委常委会第19次到南京集体调研,主要研究南京市"十三五"发展和国家级南京江北新区建设问题。会上,围绕"打造自主创新先导区"鲜明提出,现阶段江北新区要加快海内外创新资源的集聚集成,让各类创新人才愿意来、能成事、成大事。

2016年4月19日,仅仅5个月时间,南京江北新区就与江苏省产研院、南京高新区共同签署了《江苏省产业技术研究院落户南京江北新区的框架协议》。

不久后,江苏省产业技术研究院总院以及膜科学技术研究所、智能制造技术研究所、北京大学分子医学南京转化研究院等专业研究所相继入驻江北新区。一场由创新驱动的"加速跑"正式启动。

"高校资源是南京宝贵的财富,作为产生科技成果的'主阵地',如何做好'高校'文章至关重要。"在任职江北新区管委会科创局局长之前,聂永军曾是南京大学医学院党委副书记(现南京晓庄学院党委常委、纪委书记),据他介绍:"抓创新,江北新区始终把高校作为最好的盟军,双方共同探索新型校地创新空间实践,打破高校相对孤立封闭的状态,并加强知识共享、技术合作、开放创新,促进名校名城名企深度融合发展。"

甫一成立,江北新区就先后与南京大学、东南大学、上海交通大学签署了全面战略合作协议,牵头组建江北新区高校联盟。

2016年11月,在首届联盟年度会议上,时任南京大学副校长薛海林提出,将与江北新区围绕共建国际生物医药技术联合研究院、南大医学院附属医院江北鼓楼医院、江北新区南京大学医学研究中心、南大微电子学院和低碳研究院等展开全面合作。

此后,东南大学集成电路产业服务中心,南京信息工程大学中国气象科技产业园等一批高端载体平台也纷纷在江北新区落户。

与此同时,为进一步激发校地融合创新活力,江北新区在参考国际科学规划,充分借鉴美国查尔斯河沿线高校集聚带、杭州城西科创大走廊、以色列特拉维夫等国内外先进经验的基础上,于2019年正式发布"江北新区高校创新集聚带规划",系统打造"环高校知识经济圈",以布局"新空间"打开"新格局"。

与传统高校发展模式不同,根据江北新区规划,通过实施校区、园区、社区、城区"四区联动",构建创新活力旺盛、创新主体网络化互动、功能混合布局的创新空间,同时,重点集聚优质城市配套设施,打造"有活力、有温度、有格调"的品质生活微社区,丰富校地创新空间承载内涵等,最终将形成"宜学、宜业、宜居、宜游"的创新生态圈。

多年来,深化产学研合作,持续推动了江北新区创新成果持续外溢、转化。以江北新区与南京信息工程大学从2018底开始筹备合作的"中国气象谷"项目为例,到2020年上半年,"中国气象谷"已集聚了7个省级以上工程中心,以及中国华云、墨迹天气、华为集团、象辑科技等龙头企业,逐步形成集教育培训、项目研发、成果转化、企业孵化于一体的气象服务行业全产业链,成为地方与高校共同打造的环高校知识经济圈样本。

万物皆有时,时来不可失。对于用"创新"重塑筋骨的南京江北新区而言,除了国家级新区落地带来的政策红利外,同时,身处新一轮科技革命和产业革命的浪潮中,全球创新活力竞相迸发,特别是创新资源加速流动,也为江北新区在"世界发展的坐标上"聚合创新,创造了千载难逢的机遇。

而投身于"全球创新等高对接",则成为江北新区未来能够在南京、江苏乃至全国实现创新引领的必然选择。

"栽下梧桐树,引来金凤凰。"为提升对海外高端资源的吸引力,江北新区不断完善与全球先进地区接轨的创新政策支持体系,深化与科技创新大国和关键小国的合作,完善知识产权保护体系和科技成果转化体系,用一流的创新生态"虹吸"全球资源。

设立以来,江北新区相继出台了《促进创新创业十条政策措施》(宁新区委发〔2016〕1 号）、《知识产权促进与保护办法（试行）》（宁新区管发〔2017〕129号）、《建设具有全球影响力创新名城先导区行动计划》（宁新区委发〔2018〕3号）、《产业科技金融融合创新先导工程（"灵雀计划"）实施办法（试行）》等文件，并不断对标升级，为江北新区走好创新驱动的高质量发展路径提供有力的政策支撑。

为让全球资源"放心来、大胆创"，江北新区把知识产权保护摆在更加突出的位置，全面打造全链条保护体系，在探索知识产权保护工作方面走在全国前列。

2016 年 11 月，南京市人民政府批准设立江北新区仲裁院（南京知识产权仲裁院）。2017 年 3 月，江苏省知识产权局批准设立南京江北新区知识产权维权援助分中心。同年 11 月，国家知识产权局批复同意建设中国（南京）知识产权保护中心并落户江北新区，作为国家级知识产权综合服务平台，该中心主要承担专利快速审查、确权、维权工作，推进知识产权保护协作，开展专利导航、知识产权运营服务，确定了 71 个 IPC 分类号和 30 个洛迦诺分类号作为预审、确权的业务范围，并于 2018 年 10 月 19 日正式启动运行。

中国（南京）知识产权保护中心的成立，对江北新区知识产权保护工作具有里程碑意义，为新区打造国家级知识产权服务业集聚区奠定了坚实基础。成立后，保护中心积极开展知识产权纠纷多元解决工作，又先后引入了南京市中院、市检察院、市知识产权仲裁院、江苏（南京）知识产权仲裁调解中心等机构入驻中心设立服务站。

各类专业资源接踵而至。2020 年 4 月 20 日，新结构经济学知识产权研究院在江北新区揭牌成立。研究院由南京市人民政府、北京大学新结构经济学研究院、江苏省知识产权局和江苏大学四方共建，成为北京大学新结构经济学研究院在地方成立的第一个专业类的研究院，专门运用新结构经济学的理论框架，从事知识产权理论和政策实践研究。

同时，江北新区还推动建设了海外知识产权维权联盟、建立海外知识产权纠纷预警防范机制、搭建国际知识产权及涉外法律服务平台、支持境内外知识产权法律服务机构创新合作等，积极融入全球知识产权治理生态。

除了建优生态引进来之外，江北新区还注重迈出脚步走出去。围绕海外创新布局，先后在美国波士顿、英国伦敦等地设立 7 家创新中心、离岸孵化器，着力联络海外相关产业领域专家、知名企业负责人、关键技术负责人及技术转移机构负责人,形成海外创新网络,建立海外人才团队创新、项目落地的全流程服务保障体系。

与世界顶级创新平台牵手,江北新区不惧路远、不惧时长。

2018年3月,经过近3年的多轮磋商与谈判,剑桥大学南京科技创新中心正式创立,同年7月对外挂牌。并于2019年9月10日,在江北新区成功奠基,成为剑桥建校800年来首次在英国境外设立的合作研究机构,也是剑桥大学在中国唯一冠名的科技创新中心。

奠基当天,万里晴空,中英代表同怀"创新"梦想,谈笑风生。对于双方的合作,剑桥大学校长斯蒂芬·托普显示出十足兴趣,他说"我们深刻感受到南京在发展新科技和医疗健康领域的雄心,将共同加快在智慧城市、医疗保健、生态环保等方面加快技术转移和成果转化,确信合作会使南京在某些领域占据核心位置"。

分秒必争,不负韶华。目前,江北新区已与德国弗劳恩霍夫IPK研究所签约共建中德智能制造研究院,联合美国劳伦斯伯克利实验室组建了生命可持续研发中心,与瑞典、芬兰合作设立中国·北欧创新合作示范园,南京大学·伦敦国王学院联合医学研究院、南丁格尔护理学院等一批国际创新合作项目也相继落户江北新区。

伴随一项项合作、一个个项目而来的,是支撑发展的第一资源——人才。

截至2021年底,江北新区已吸引了超3万名专业人才,其中包括诺贝尔奖获得者3人、海外院士23人、国家重点人才115人,带领新区以全新面貌阔步融入全球创新网络。

创新发展,毫无疑问,根,必须牢牢扎在"产业化"上。

多年来,江北新区坚持创新与产业同步抓,持续推动创新链与产业链深度融合。一方面,无论是政策制定、集聚资源还是生态打造,创新的方方面面均紧密围绕产业布局展开。另一方面,重新调整产业结构,靶向核心技术自主可控,重点打造技术密集型、人才密集型的高端产业集群。积极探索"研创"经济模式,回答我国"建设现代化经济体系""推动高质量发展"等时代之问。

获批设立之初,江北新区最先提出的是"4+2"产业结构,即智能制造、生命健康、新材料、高端交通装备四大先进制造业，以及现代物流、科技服务两大生产性服务业。

目标太多，往往会四处出击，分散有限的资源和精力。为此，江北新区的决策层不断地思考聚焦，最终将目标集中在"两城一中心——芯片之城、基因之城、新金融中心"上。从此，他们开启了一个国家级新区进军国际产业和科技竞争核心板块的新征程。

2018年7月2日晚，江北新区官网正式发布了直管区规划。重点发展"两城一中心"产业，目标要把"芯片之城"打造为国际化芯片产业合作前沿区、芯片产业集群发展新高地和江苏省芯片产业创新中心，把"基因之城"打造为国际基因大数据科创中心、国家生物医药产业基地和长三角大健康生态新城，把"新金融中心"打造为长江经济带产融结合示范标杆和扬子江新金融集聚区。

落后就要挨打。在中国式现代化进程中，这句话时刻在警醒着人们一定要自立自强，成为鞭策各地勇于担当的内驱力之一。

2015年，台积电（南京）有限公司总经理罗镇球到江北新区考察时，项目选址处一片荒芜。江北新区紧锣密鼓配水、配电、配设备，顺利在2017年推动了台积电投产，虽然罗镇球表示，"全世界能跟上台积电脚步的不多，江北新区跟上了，而且还在加速"。

但改善基础设施相对容易，构建产业配套却并非易事。当时，能够满足台积电芯片制造满负荷生产的芯片设计企业，江北新区没有一家，放眼全国，也仅有华为几家企业具有一定的技术实力。

这件事给罗群留下深刻印象："集成电路、生命健康是近年各国产业竞争的制高点，但我国仍有很多环节'受制于人'，江北新区承担着创新使命，就是要对标国家产业战略，率先在这些'卡脖子'环节上取得突破。"

面对日益白炽化的产业竞争，江北新区寻差异化路径谋突围，根据三大主导产业，细化系列发展规划、工作指导意见，集中力量抓产业链关键环节，尽快出特色，形成集聚效应。同时，突出"生态"打造，系统推进产业园区建设、招引高端要素、深化产学研合作、优化营商环境，全面整合有形的、无形的、市场的、政府的资源，为产业发展提供全生命周期服务。

发展新金融中心,除了将金融作为主导产业,还有另一层因素,集成电路、生命健康都是高投入的产业,必须要有资本的支撑。从特定的意义上说,只有通过发展新金融把资本的池子做大,才能让两大产业可持续发展。面对这些前瞻性选择,江北新区决策层迅速形成共识。

截至 2021 年,江北新区新金融中心已集聚各类金融机构超过 1000 家;集聚股权投资类机构 615 家,规模约 5000 亿元。各类金融机构、投资机构在为企业解决"钱"的问题同时,与江北新区形成了"以资招商"合作模式,利用资本在市场、专业化方面的优势,筛选推动更多优质的"两城"项目落地江北新区。

江北新区率先在 EDA(电子设计自动化)领域形成优势。作为"芯片之母",EDA 是国内集成电路产业比"缺芯"更严重的命门所在。2020 年,江北新区引入了一支由全球 EDA 精英团队创立的企业芯华章,专攻国产自主可控的集成电路设计智能软件和系统研发。2021 年 7 月,江北新区产业投资主体江北产投集团完成对芯华章的天使轮投资 1 亿元,帮助企业在初创期快速成长。

落地后,在研发产品上,芯华章可依托南京集成电路产业服务中心、EDA 软件公共技术服务平台为其提供技术支撑,降低企业研发成本。在培养人才上,可与南京集成电路产业培训基地共建课程,根据企业发展需求整合行业和高校专家,为员工镀金增值。在产业载体研创园办公环境方面,楼内就有星巴克、网易严选、健身房、银行等配套,周边一公里内建有人才公寓、五星级酒店、24 小时绿色阅读……生产、生活、生态相容。

以往企业要费大力气做的事,在江北新区构建的产业生态中,各类要素高效流动,企业发展无后顾之忧。落地仅 2 年,芯华章便提交发明专利申请 64 项,获得专利授权 15 件,著作权 5 件,并完成七轮融资。

同样,依托生命健康产业成熟的生态系统,世和基因近年来成长迅速,已建成拥有超过 120000 份样本的中国肿瘤 NGS 基因组数据,并与全国 500 多所三甲医院建立合作,市场估值超 10 亿美元。

2013 年,在多伦多大学医学院从事癌症研究的邵阳与同学组成 5 人"海归"团队,带着"让癌症不再是一场宣判,希望肿瘤能成为一类慢性病,晚期肿瘤能够通过药物进行有效控制,早中期肿瘤能够越来越早地被发现和及时治疗"的愿景,来到江北新区创业。

针对这只平均年龄仅 30 岁的年轻团队,江北新区生物医药谷以"一揽子保姆式"贴身服务,助力世和基因爬坡过坎、管控风险,通过量身定制基因测序设备、办公室、实验场地等配套政策,帮助企业解决资金、人才、设备等创新资源缺乏难题。创业者只需专心研发、开拓市场,其余的事情江北新区工作人员一手包办。

2020 年 7 月,投资超 6 亿元的世和基因中国总部基地建成封顶,在这里,可以集聚 1000 多名高素质技术研发人员,共同推动中国精准医学事业发展。

新冠疫情发生后,世和基因发挥技术优势,研制出新型冠状病毒检测试剂盒,满分通过国家卫健委开展的新冠肺炎病毒核酸检测室间质量评价,被投入抗疫工作中。为支持地方打赢疫情攻坚战,企业紧急从全国各地筹备抗疫物资,第一时间搭建超 500 平方米的核酸检测方舱实验室,配备 40 台检测设备,150 名实验人员,24 小时全力奋战在抗疫一线,回馈地方。

"创新引领"与"高端产业"融合,最直接的体现是科技型企业不断涌现。到 2021 年底,江北新区已集聚了高新技术企业 1500 余家,新型研发机构 90 余家。其中,聚力推进关键技术国产化、填补国内行业空白的企业并不少见。

迸发的"活力"获得大企业、大项目青睐。2018 年 7 月,江北新区与华为正式签订战略协议,共同在智慧新主城建设上探索合作。2019 年 8 月,双方合作进一步深化,华为鲲鹏生态基地正式揭牌,协同 40 多家企业共同成立江苏鲲鹏计算产业联盟。2021 年,继鲲鹏生态产业体系合作之后,昇腾再次落地新区,双方将依托南京人工智能计算中心,以算力集群携手新区主导产业集群共同发展,推动产业升级和生态集聚,促进南京人工智能产业发展。

悄然中,江北新区已从昔日"荒凉地",蝶变为创新创业者眼中的"香饽饽"。

一组令人兴奋的数据:2021 年底,江北新区集成电路全产业链收入超 750 亿元,同比增长超过 55%,生命健康全产业链收入超 1300 亿元,同比增长超 30%,带动地方生产总值同比增长 14.3%,达到 2561.7 亿元,持续领跑全市。

依托发展高端产业,江北新区再次点燃了创新驱动的引擎,借力质量变革、效率变革、动力变革,推动全域经济转型升级迈向高质量发展,为国家构建自主可控的现代产业体系持续赋能。

打造品质之城

城市是人类最伟大的发明与最美好的希望,城市的未来决定着人类的未来。

2020年11月12日至13日,习近平再赴江苏考察时强调,建设人与自然和谐共生的现代化,必须把保护城市生态环境摆在更加突出的位置,科学合理规划城市的生产空间、生活空间、生态空间,处理好城市生产生活和生态环境保护的关系,既提高经济发展质量,又提高人民生活品质。[①]

历史上,南京素以钟灵毓秀、物华天宝之地著称,无论是江南江北,生态资源都极为丰富。江北地区以老山为靠、长江为照,虽然建城2500余年,发展速度不及江南,但也为践行新发展理念,打造南京现代化新主城预留了一块"宝地"。

2018年2月9日,南京江北新区管委会召开经济社会发展情况通报会。会议提出要用8年时间再造半个南京城的壮志,除了实现经济追赶外,最重要的就是加快补齐基础配套和公共设施短板,优化城市人居环境,紧抓国家级新区建设机遇,尽快出功能、出形象、出效益,为人民建设一座现代化的品质之城,满足人民对美好生活的追求。

"以前这里就是一条河,河边还总堆满各种生活垃圾,路过总有臭水沟的味道,边上也没什么配套设施,现在建了滨江、青龙、七里河几个绿化带,还有游船码头,环境好,周末我们总爱过来走走。"2022年"五一"假期,家住江北新区花语熙岸府的朱先生,带着妻儿到七里河畔散步,两岸绿化丛里的月见草正值盛花期,一株株粉色花朵迎风摇曳,在天蓝水清中映衬出这座新城的蓬勃生机。

2021年初,江北新区启动七里河综合整治工程,该工程施工全线长达4.5公里,从上游的浦乌路处出发,一直延伸至滨江大道的入江口处,经过河底疏浚清淤、新建人行桥和码头、沿河亮化等优化改造后,如今,仿佛一条美丽的珍珠项链,串联起核心区滨江绿带、青龙绿带两条景观绿带。

守住好山好水、坚持绿色发展,是江北新区再起新城的鲜明底色。设立以后,江北新区持续发力产业增绿、生态增容、污染减量、岸线减压,重点攻坚长江大保护、碧水保卫战、蓝天保卫战、净土保卫战,全面消除45条黑臭河道,PM2.5

---

① 《习近平在江苏考察时强调:贯彻新发展理念构建新发展格局 推动经济社会高质量发展可持续发展》,《人民日报》2020年11月15日1版。

均值被降至 26.9 微克/立方米,空气优良率超过 85%……2020 年,绿色发展指数已升至长三角地区第 8 位。

从谋定规划到实施建设,不到 7 年时间,江北新主城拔地而起。

在中央商务区、研创园等核心片区,鼓楼国际医院、南京一中、托马斯国际学校等重大项目陆续建成并投入使用,补齐江北新区教育、医疗等方面的关键短板,教育资源实现幼小中高全覆盖,医疗资源从社区医院、三甲医院到高端专科医院全覆盖,人民真正实现了"教育在家门口""看病不过江"。

融合国际先进理念的高楼大厦,承载着靶向"普惠性""高水平"的公共服务功能。

2020 年 6 月 15 日,毗邻长江北岸,总建筑面积约 7.5 万平方米的江北新区市民中心正式揭牌。市民中心由上下两个直径 104 米的圆形塔楼创造出上圆遮蔽下圆的市民活动广场,建筑内部形状方方正正,整个建筑形如中国古典宝盒,寓意幸福美满,既契合我国"天圆地方"的传统哲学,又呈现出多元包容的国际设计理念。

市民到这里办事,可便利获取政务服务大厅包括创业创新、公安业务、投资建设、民生保障、不动产等在内的全方位、全事项、全流程服务,休息等待时,还可以到市民中心的下沉广场,享用轻餐饮,逛逛无人超市,或者到江北新区规划馆参观。自交付使用以来,中心年接待市民 42 万人次,为群众日均办件 1000 余件。

2021 年,江北新区市民中心入选了中国建设工程鲁班奖(国家优质工程)。江北新区公建中心讲解员介绍,市民中心"通过广泛使用装配式建筑、海绵城市、地下综合管廊、新能源等先进的建设技术,从而达到节约资源、保护环境、减少污染的目标,为人们提供健康、适用、高效的使用空间,最大限度地实现人与自然的和谐共生。"

"这该是怎样的一座城?"2015 年 9 月,国家级新区获批设立第 3 个月,江北新区管委会上上下下带着喜悦之情,热烈畅想着南京新主城的风貌,并发起了面向全球的形象推广语征集活动,最终选定了"最近的未来"。这句口号在展现江北新区新形象的同时,慢慢也变成了这片土地上人们共同追求的愿景。

要有强烈的"未来感",必然离不开创新,江北新区率先实践海绵城市、智慧城市、小街区密路网等城市建设的国际前沿理念。应用新技术、新理念,成为规划建设的一大特色。

地下空间作为现代城市拓展发展空间和优化城市功能布局的重要方面,也成了江北新区一张"隐藏"名片。

2020年9月19日,南京江北新区地下空间一期工程一区1段开始浇筑顶板混凝土,标志着国内规模最大、最复杂的单体地下空间工程"浮出地面"。这个占地64.1公顷、规划7层的"城市倒影",直达地下48米,相当于一栋18层的高楼向地下延伸。

到2023年交付使用时,将形成一个完整的绿色海绵空间,为现代城市提供市政、商业、交通、人居等综合服务功能,并缓解地面交通拥堵、土地资源紧张等问题。

与此同时,江北新区打造的全国最高标准地下综合管廊,已建成近40公里并投入运营。走进管廊,电力、通讯、给水、江水源管道、燃气等多种管线整齐划一,管廊里灯光明亮、干燥通风,物联网、人工智能等现代化信息技术,全天候保障各类管线安全运行。江北新区综合管廊目前已完成高压电力入廊约15公里,入廊线缆总长度180公里,江水源管道入廊3.2公里……有效破解了"马路拉链""空中蜘蛛网"的城市顽疾,特别是通过高空电力缆线入廊,为江北新区释放出了约1000亩的土地,土地价值约350亿元。

数字时代,链接物理世界与数字世界的"智慧城市",可以说是人们对未来城市的"第一想象"。

2019年,江北新区启动"创新策源地计划",并在"计划"框架下发布"智慧城市2025规划",提出到2025年,要率先建成全国数字孪生第一城。江北新区大数据管理中心副主任孟军介绍:"数字孪生,就是为真实的物理世界搭建一个高度镜像化的数字世界。一座城市运转状况如何,可以通过数字世界清晰感知,就像照镜子一样,实体城市与数字城市孪生共长。"

江北新区数字城市和物理城市同步规划、建设、管理,物理城市所有的建筑、道路、设施以及物件、事件,都有相应的数字虚拟映象。在今天的江北新区,城市运行中全要素、全流程的数字化,正发挥着愈加重要的作用,智慧生活、智慧医疗、智慧教育等应用,更加精准地提升群众获得感、满意度。

"公共收益资金、维修基金一目了然,物业发起事项,业主一键表决,这种当家做主的感觉真好。"在江北新区泰山街道,居民已经用上区块链技术参与小区管理,依托区块链不可伪造、可追溯、公开透明、集团维护等特征,形成的"数字信任",缓解了以往居民与物业间紧张的关系。而为电梯、消防栓、水电表等接入智慧监测设备,则丰富了数字江北的"神经元",守护人民群众安全、幸福生活。

四通八达的现代交通体系,拉近南北距离,为江北新区疏通发展动脉。

10年前,家住江北在河海大学鼓楼校区读研的小张,每周末要坐单程近一个半小时的公交车往返城南城北,"那时回家我们总开玩笑说是回桥北乡下"。毕业后,小张成家搬到了市区,工作则找在了江北新区,"现在自己开车,差不多半个多小时到单位"。谈及这几年最大的感受,小张说:"除了交通便利很多,通勤上下班的路上,我还发现往江北新区去的车子越来越多了。"

2020年12月24日,南京江心洲长江大桥(南京长江五桥)正式通车,五桥全线双向六车道,全长约10.3公里,仅需10分钟,便可从江北新区直达南京河西。国家级新区设立以来,为打破天堑之阻,江北新区加快推动包括桥梁、道路、地铁等在内的公共交通建设,实现12条通道连接长江两岸。

正在加快推动建设中的南京北站,规划有北沿江高速铁路、宁淮城际铁路、宁宣城际铁路、宁滁蚌城际铁路、宁启铁路五条线路途经于此。到2050年,南京北站预测铁路旅客发送量将达到3650万人次,铁路客站最高集聚人数11000人。

"设南京北站,既是当务之急,也是百年大计,既是重大交通工程,也是重大民生工程、民心工程,既是南京发展的客观需求,也是服务全国全省的重大项目。"2022年2月11日,时任江苏省委书记吴政隆到江北新区调研铁路南京北站规划建设情况,他强调必须把南京北站规划建设放到全国一盘棋、放到实施国家重大战略、放到全省经济社会发展全局中高点定位、系统推进,确保经得起历史、实践和人民检验。

随着城市功能不断完善,新的城市风貌吸引更多人口涌入。近5年来,江北新区人口累计增长了近80万,其中三分之二人口是18岁到34岁的年轻人。

"以青春之我,创建青春之国家,青春之民族。"2019年11月24日,北京大学艺术学院音乐剧《大钊先生》,在江北新区桥北文体中心大剧院上演,江北新区新青年济济一堂,在一段荡气回肠的精神史诗中重温初心、坚定使命。

世界速度轮滑锦标赛、南京青年戏剧节、盘城葡萄节……众多国际赛事、高端艺术展、文艺活动,近年来纷纷被引入江北新区,丰富着这座新城的精神文明内涵,也向世界展示了江北新区的城市文化 IP。根据网络舆情抓取与资料分析,眼下,创新、品质、奋进、包容、智慧、生态、宜居,已成为老百姓心目中江北新区城市建设的关键词。

这片热土,在吴楚文化、工业文化、红色文化等多元文化历经千年的碰撞下,焕发出全新生机,为满足人民对美好生活的向往拔节生长。

从城乡接合部到现代化新主城,在打造区域经济增长"新引擎"的同时,面对高速发展过程中出现的大量人口涌入、治理承压明显、群众诉求多样等挑战,江北新区坚持推动社会治理现代化,着力保障社会和谐有序、人民幸福安康。

2020 年初,新冠肺炎疫情突如其来,仿佛是对我国各地政府治理能力展开了一场抽查"大考"。当时,江北新区常住人口已达 140 多万,辖区内居民小区近340 个,防控工作史无前例、严峻复杂。

江北新区快速成立了疫情联防联控工作指挥部,把防疫重心、队伍力量下沉到基层一线,依托 7 个街道近 1000 个综合网格,集聚机关下沉干部、专职网格员队伍、执法队员、志愿者超 6 万人等多方力量,织就严密防控网。同时,推动居家隔离软件、智能广播终端、公共卫生防控方舱等一批智能软件上线,提高疫情防控效率、降低传播风险,交出了有效应对疫情的"江北答卷"。

这场"大考",考出了江北新区立足基层、深化街道改革,着力"做精街道、做强社区、做实网格",依靠科技创新手段,构建共建共治共享社会治理新格局的鲜明特色。"人到格中去、事在网中办","指尖点拨、云端解决","小事不出网格、大事不出社区"……各种新理念、新模式在江北新区落地推广,持续增进民生福祉,提高当地群众的满意度、幸福感。

"之前要办公积金业务,上班必须跟领导请假,现在下班后到小区边上的 24小时自助服务区,几分钟就能办好。"家住江北新区泰山街道的冯敏女士说。为方便群众在工作时间外利用自助设备办理业务,2020 年 8 月,泰山街道推出了"泰山政务 24h"自助服务区,可提供社保、医保、水电气暖、公积金、不动产、交通违法处理、企业信用查询等 25 类 60 余项业务办理。

充分放权，街道改革创新方能大胆突破。自2019年起，针对基层"看得见管不着"难题，江北新区系统启动街道改革。一方面优化组织架构，按照"6（内设机构）＋1（综合执法大队）＋3（服务中心）"的模式对街道机构和所属事业单位职能进行整合，推动人员力量、执法权限下沉到底。另一方面，按照"用得着、接得住、管得好"的原则，加强街道强权赋能，累计下放各类管理权限超过450余项。

2021年11月5日，江北新区发布"打造15分钟政务服务圈实施方案"，进一步梳理更新委托下放街道的服务事项清单，通过推动街道由管理型向服务型转变，为群众提供更加便利、优质的服务，让与群众生活息息相关的民生事项就近即可办理。

着眼于残疾人、高龄老人等弱势群体，顶山街道推出了"小顶跑腿"特权服务，围绕老年人优待证、公交优惠（免费）乘车、尊老金等，提供帮办代办业务套餐以及其他业务的代办、帮办、陪办、导办。百姓反映，现在"服务距离拉近了，心理距离也拉近了"。

互联网时代，依托科技支撑可激发倍增效应，为社会治理现代化创造高效路径。

大厂街道作为历史悠久的南京工业卫星城，集聚了扬子石化、南钢集团、南化公司、中化十四建、华润南热等众多大型企业，老城发展在配套改善、环境整治、安全保障、社会矛盾等方面，长期面临着更多的治理难题。

"不到30分钟，在智慧社区服务平台反映的问题就得到了答复。"2022年5月11日，家住四周社区的郭先生上报天玑苑3栋附近中间道路花丛中有建筑垃圾，四周社区1号网格员接收到手机推送通知后，立即赶赴现场处理并向郭先生反馈情况，并将处理结果反馈给社区卫生主任，要求社区加强监督管理。"能及时知道处理进度，心里就有底了。"郭先生说。

"我们紧抓科技创新关键增量，做好基层治理惠民生的加法。通过打通数据壁垒、促进数据共享，加快智慧大厂跨部门、跨行业的技术、应用、体验全面融合，推动基层社会治理数字化转型，着力让辖区居民更深切地感受到办事、出行、生活等方面的便利，实现数据多跑路、人民少跑腿。"大厂街道党工委书记茅俊海说。

2021年3月，江北新区大厂街道城市运营中心平台正式上线，这个承担街道治理中枢功能的"智慧大脑",以社会治理一体化平台为基础,把城市治理、安全生产、社区警务以及民生服务4个平台的数据融会贯通,可全方位展示"社会治理、网格服务、综合执法、党建平台、智慧小区"等多维信息,并搭建了城市网格、房屋、单位、事件、监控等智慧管理模块,实现感知、分析、服务、指挥、监察"五位一体"功能需求。

进小区,居民轻松"刷脸",封闭式管理更加精准高效;坐电梯,智慧监管系统实现运行参数实时采集和故障远程监控,安全防范突发情况;小区自治用上"区块链"投票系统,链通万家、公开透明……

从城市大脑、智慧街道到智慧小区、智慧工地、智慧医疗,江北新区紧抓数字政府、智慧城市建设,不断完善"网格＋网络"治理体系,深入探索"区块链＋社会治理""城市智慧大脑"等治理新模式,有效激发了科技创新红利,形成"小政府、大服务"治理格局。

中国式现代化建设必须坚持党的领导。如果说,聚力"改革创新、科技赋能"快速试出了社会治理现代化的江北特色路径,那么,坚持发挥党的引领作用,则是江北新区贯穿始终的生命线。

设立以来,江北新区先后推出了"党格＋网格"治理模式、打造家门口服务"红色驿站"、构建政企合作大党建联盟等创新举措,不断以党建促创建、优服务,高标准建设基层治理现代化的战斗堡垒。

基层是主阵地,小区连着千万家,一个个自下而上的党建创新,巧妙破解了治理的"老大难"问题。2020年10月,盘城街道提出了"红色物业"创建活动计划,建立以社区党总支牵头,小区党支部、物管会、物业公司"三驾马车"共治的"红色联盟",通过发挥党员先锋模范作用、凝聚社会多元共治力量、创新物业服务等,实现问题有人管、矛盾不上交。

获批设立7年,江北新区已成立了510个网格党支部、832个党小组,构建了以网格党支部为核心、网格内其他组织和党员群众共同参与基层治理的网格治理格局。在党组织的凝聚力下,江北新区各类资源与民生需求顺畅对接,党员、志愿者、群众积极参与社会治理。迈向新时代,群众满意度不断提高。

一江带水润两岸,在国家级新区南京江北新区,汇聚全球企业、人才、科研院所、资金等高端要素的创新生态、产业生态正加速形成。具有国际竞争力的综合营商环境、追求高品质的城市建设，让"近者悦、远者来、居者安"。人们在这里生活，青山环抱、亲江乐水，创业就业有希望，参与治理有机会……

与江南老城区隔江相守，江北新主城从一张蓝图蜕变为"强富美高"的一幅实景。未来，一南一北"双子城"交相辉映，必将使南京成为我国社会主义现代化强国路上的耀眼明珠。滚滚长江东逝水，而今，再看千古金陵换新颜。

第三篇章 刷新新高度

产业新集群,这个新生事物一经涌现,便在不断刷新江苏产业新高度。

世界工业发展实践表明,集群化是产业发展的基本规律,是制造业向中高端迈进的必由之路,也是提升经济竞争力的内在要求。

每一个新词的背后,其实都是一个新的产业细分赛道。

2021年,工业和信息化部开展的先进制造业集群决赛优胜者名单正式公布,为推动先进制造业集群发展,工业和信息化部组织开展先进制造业集群竞赛,围绕新一代信息技术、高端装备、新材料、生物医药等重点领域,分别遴选出两批次共计25个先进制造业集群。

从全国看,有9个省市的相关产业集群入选"国家队",其中江苏和广东各有6个,浙江有3个,上海、山东、湖南、四川各有2个,安徽和陕西各有1个。江苏共有6个先进制造业集群入围,数量与广东并列全国第一。

江苏入围的先进制造业集群分别是:无锡市物联网集群、南京市软件和信息服务集群、南京市新型电力(智能电网)装备集群、苏州市纳米新材料集群、徐州市工程机械集群、常州市新型碳材料集群。

江苏省第十四次党代会报告中提出:"坚持把创新作为江苏发展的第一动

力","坚持把实体经济作为江苏发展的看家本领。加快建设制造强省,大力推进全国制造业高质量发展示范区建设,发展壮大生物医药、人工智能、集成电路等战略性新兴产业集群,着力打造物联网、高端装备、智能电网、工程机械、节能环保等世界级先进制造业集群。"

围绕长三角一体化国家战略和长江经济带,在推动高质量发展的背景下布局产业集群,是江苏全面开启现代化新征程、走好新的赶考之路的必然选择。

数字经济新业态加速涌现

产业数字化是新一轮科技革命和产业变革的前沿端口,是数字经济发展的重要特征。

"十三五"期末,从一组数据中人们就已看到江苏数字经济发展的蓬勃势头:2020年,全省数字经济规模超过4万亿元,位居全国前列,数字技术与实体经济加快融合,新业态新模式加速涌现。

——在重大科技攻坚克难方面屡有突破。"神威·太湖之光"超级计算机、"昆仑"超级计算机达到国际顶尖水平,未来网络试验等国家重大科技基础设施落户江苏,网络通信与信息安全紫金山实验室纳入国家科技力量布局,第三代半导体技术创新中心正式获批。

——数字产业规模不断提升。2020年,电子信息产品制造业业务收入2.87万亿元,软件和信息服务业业务收入1.08万亿元,"十三五"时期年均增速分别达9.54%、8.87%,物联网、人工智能、云计算等新兴产业规模和增速领跑全国。

——数字产业能级保持全国前列。"十三五"期间,参与创建和试点的中国软件名城数量位居全国第一,无锡市物联网、南京市软件和信息服务入选全国先进制造业集群,苏州获批国家新一代人工智能创新发展试验区,无锡国家级车联网先导区建设深入推进,16家企业入围全国互联网百强企业,7家企业入围全国互联网成长型企业20强,2020年成长企业入围数位列全国第一。

数字经济产业集群往往出现在网络基建保障条件最为优越的地区。

助力经济发展质量变革、效率变革、动力变革,赋予产业新动能,毫无疑问,借助5G网络,江苏的经济高质量发展插上了腾飞的翅膀。

2019年被视为全球"5G元年"。就在这一年,江苏全省数字经济规模超过3万亿元,位居全国第二,占GDP比重超过40%。

至2021年底,我国累计开通142.5万个5G基站,建成全球最大5G网络。江苏数字基础设施建设全国领先,从推进5G与4G技术共享和业务协同,2019年8月江苏5G基站共计5423个,到2021年底江苏建成并开通5.9万个5G基站,5G基站总数达13万个,排名全国第二。

为提升建设效率、降低建设成本,2021年,江苏稳步推进5G融合应用,在钢铁、交通、教育等重点领域实施2306个5G行业应用项目,打造699个示范应用标杆。增强移动宽带、海量机器连接、高可靠、低时延应用……5G的这些特质带给人们超乎寻常的体验。

2021年10月18日,习近平总书记在十九届中共中央政治局第三十四次集体学习时强调,近年来,互联网、大数据、云计算、人工智能、区块链等技术加速创新,日益融入经济社会发展各领域全过程,数字经济发展速度之快、辐射范围之广、影响程度之深前所未有,正在成为重组全球要素资源、重塑全球经济结构、改变全球竞争格局的关键力量。

2022年,江苏结合"三同步"的贯彻落实,推动5G网络向深度覆盖发展。作为全省5G基站最多的设区市,苏州2021年新开通1.1万个5G基站,5G基站数量达2.6万个,2022年还将新建1万个5G基站。2022年,江苏移动全面打造"覆盖广、驻留稳、使用优"的5G精品网络,特别是在城市地铁、近海海域、长江航道把5G网络"加宽加厚"。

江苏是制造业大省和全国重要的制造业基地。截至2018年底,江苏规模以上工业主营业务收入达128085.6亿元,仅次于广东,高于山东。虽然主营业务收入低于广东,但从规模以上工业企业利润看,江苏2018年达到8491.9亿元,全国排名第一,高于广东。从产业集群来看,传统产业领域,江苏拥有6个超万亿元级产业集群,机械、纺织行业居全国首位,电子、石化、冶金、医药行业居全国第二;新兴产业领域,物联网、新材料、节能环保、软件、新能源、海工装备等产业规模居全国第一,节能环保、光伏、海工装备、智能电网装备分别占全国市场份额25%、50%、30%、40%。数量众多的产业集群有力支撑了全省实体经济发展,为区域经济壮大和全球价值链攀升奠定了坚实基础。

有如此深厚的产业基础,用产业集群集聚各项优势资源,用数字经济为产业集群服务,把创新链上的创新资源不断植入产业当中,这是当前各地区纷纷需要把握的发展契机。

2022年1月5日,苏州召开了新年第一会,将主题聚焦在数字经济时代下的"产业创新集群"。

回顾2021年度,苏州经济再上新台阶,诸多核心数据再创历史新高。其中,GDP预计达到2.2万亿元,约占江苏全省的1/5;财政一般公共预算收入完成2510亿元,约占江苏全省的1/4;进出口总额突破3800亿美元,约占江苏全省的1/2;规上工业总产值突破4万亿。

这些数据,说明苏州已实现"十四五"和现代化建设的良好开局。这些数据,直接表明了苏州问鼎全球第一大工业城市的实力。

苏州成为世界第一大工业城市,并非一蹴而就,而是将本地乡镇企业的发展基础、上海产业的机会溢出、外资企业落地带来的开放空间三个驱动苏州产业发展的动力源结合起来。在三大动力中,外向型经济与本土经济在产业链上的高度契合最为关键。如,仅苏州高新区一地就有约600家日企入驻,其中不仅有跨国龙头企业,也有大批中小供应商。

自改革开放以来,经过粗放型发展阶段,借鉴新加坡城市产业发展的经验和管理模式,苏州市积极做好招商服务,积极吸纳科技和先进制造业企业落户,并顺应产业发展规律提供配套支持。经过多年发展,苏州工业经济规模总量庞大,且形成了内在逻辑和区域空间分布,主要集中在电子信息、装备制造、先进材料、生物医药四大核心重点产业,2021年总产值达3.8万亿元。目前,落户在苏州的16万家工业企业,涵盖了35个工业大类、167个工业中类和491个工业小类。虽然,苏州制造业规模大、配套能力强,出现了千亿级和万亿级的产业集群,具备了产业创新的坚实基础,数量众多的大院大所和数以万计的产学研项目也具备了在这些领域率先建立创新集群的良好条件,但充分认识到制造业大而不强、创新能力相对不足的现实,苏州的决策层认为只有建设产业创新集群才是苏州高质量发展行稳致远的必由之路。

如何构建产业创新集群?以什么为抓手,以什么为引领?

产业创新集群,首先需要具备一定数量和质量的企业聚集,而苏州的产业基础非常好,已经自发形成了良好的产业生态土壤。

苏州市委常委、常务副市长顾海东在 2022 年 1 月 5 日的新闻发布会上表示,从产值、重点企业、人才、载体、聚集区域等指标看,绝大多数的市场要素都聚集在了电子信息、装备制造、先进材料、生物医药这四大产业上。

在既有的产业基础上,不断调整及找准产业发展方向,长期规划、合理布局,通过选择性产业政策的实施以及服务型政府的构建,将地区经济发展必备的市场要素等汇聚起来,才能在产业集聚方面精准发力,形成产业创新集群。

作为 2022 年苏州市委市政府"一号文件",这次会议发布的《苏州发展数字经济时代产业创新集群二十条指导意见》明确指出,"十四五"时期,苏州将动态投入超 1000 亿元财政专项资金和总规模超 2000 亿元的产业创新集群发展基金,用来专门推动发展创新集群,将苏州打造为"创新集群引领产业转型升级示范城市"。如在企业创新发展方面,对首次入选"世界 500 强"的企业给予 3000 万元奖励。

用创新融合产业、引领产业,已经成为化解和破除经济发展诸多矛盾和困局的总突破口,是经济能否实现可持续增长的决定性因素。用创新引领产业集群是产业集群发展的更高形式,创新集群是产业集群经过升级之后形成的以技术创新优势为主导的新集群。

从国内外创新集群建设的实践看,一般有两种推动路径:围绕产业链部署完善创新链,围绕创新链布局赋能产业链。苏州决策层认为不管是哪条路径,政府都需要在推进过程中发挥重要作用,既要推动现有产业集群向创新集群转型升级,又要坚持规划引领,高水平打造新的创新集群,各级政府将当好总体方案的"规划师"、创新生态的"护林员"、主动服务的"店小二"。

抓住数字经济带来的契机,推进数据服务产业、赋能产业。苏州的电子信息产业由接受台港澳的制造迁移开始,通过多年的发展,初步实现了从制造业集群到信息研发创新集群的升级。

位于苏州高新区的莱克电气,是一家以高速电机为核心技术的研发制造商。公司以家居清洁、空气净化、水净化、厨房电器等绿色智能小家电,园艺工具及其核心零部件为主营业务,产品销往全球 100 多个国家和地区,是全球环境清洁电器领域的隐形冠军。

高品质生活怎能缺少高科技推动？高品质生活怎能缺少好品牌主导？2009年，莱克电气自主品牌 LEXY 莱克应运而生。创牌十年，莱克坚持高端定位，坚持以科技创新和匠心精神来打造品牌，做一流产品，创一流品牌。凭借带给客户高品质的生活便利体验，莱克品牌迅速崛起，现已成为中国小家电行业最高端的民族品牌。莱克电气公司秉承"为客户创造价值"的经营理念，坚持创新驱动发展，坚持"与众不同、遥遥领先"的产品创新策略，引领了吸尘器行业的技术发展，其销售和赢利持续稳定增长，创造了行业里众多的第一，成就了"清洁王"的美誉。2015 年公司在上海证券交易所成功上市。

　　2018 年以来，面对中国城市化、工业化增速的减缓，中美贸易战等国内外严峻的经济形势，莱克按照"12345"战略稳步推进，即：围绕一个中心，以客户为中心，以创新为动力；面向国内国外二个市场，构建双循环体系；发展三大业务模式：国内大力发展自主品牌，构建内循环，国外继续深耕 ODM/OEM，东南亚扩产建厂构建外循环，同时发展新能源行业快速发展所带来的核心零部件业务。

　　莱克聚焦四大产品升级方向：瞄准产品的高端化和大健康需求，广泛采用新能源、无线化技术和智能化、数字化技术，构建"5＋5"产业产品生态：第一，构建五大消费品牌产品生态。满足不同层次的消费者需求，对消费者进行分层分级、线上/线下渠道分化，对不同使用场景的多样化产品进行不同的品牌定位，构建了莱克、吉米、碧云泉、西曼帝克、莱小厨五大品牌生态。第二，构建五大零部件产业生态。即利用企业长期以来培育出来的核心零部件技术，包括高速数码电机、精密铝压铸与加工、精密模具、电池包等技术，瞄准新能源汽车、太阳能等高增长行业的新需求，开拓五大核心零部件新业务。

　　新战略的实施，为莱克电气高质量可持续发展打开了更广阔的发展空间和业务边界，实现了真正意义上的全球化和一业为主、多元发展格局，使得业务更稳定，抗风险能力更强。企业再次进入高增长发展轨道，自主品牌与 ODM/OEM 贴牌、内销与外销、线上与线下各条业务战线同步均衡发展。

　　目前，公司旗下拥有七大生产制造基地，占地面积 75 万平方米，员工超10000 人（其中设计研发人员超过 800 人）；拥有吸尘器、空气净化器、净水机等小家电和园艺工具产品总装，高速电机和汽车电机制造，精密压铸与加工，精密冲压，注塑成型加工，模具制造，电池包组装等 20 多个制造分厂；拥有马达年生产能力 4000 万台、注塑年产能 2.5 万吨、精密模具年产能 2500 套、精密压铸与加工年产能 1500 万件、电池包年组装 600 万组、吸尘器等小家电产品年生产能力 2000 万台的综合加工能力。

在研发方面,莱克也不断进取。公司拥有授权专利超过 1600 件,其中发明专利超过 200 件,多项科研成果获得行业颁发的科学技术进步奖。近年来,公司每年的新产品开发数量超过 100 多款、研发投入占销售额的 5% 左右。

20 多年来,莱克从未停止过变革和创新的脚步。近十年来企业致力于全面转型升级,一方面产品不断向高端化、无线化、智能化升级;另一方面生产向自动化智能制造转型。2020 年品牌价值突破 70.1 亿元,成为出口型小家电企业创立自主品牌、实现从中国制造到中国品牌成功转型的企业之一。也成为"中国制造"向"中国创造""中国品牌"转型的追梦者、实践者和成功者。

2021 年,面对跌宕起伏的经济形势和疫情的不利影响,公司销售收入超过 79 亿元,增长超过 27%,其中自主品牌增长超过 50%,再创历史新高。

长三角生态绿色一体化发展示范区,是推动苏州市吴江区高质量发展的金字招牌,已经成为吴江集聚高端要素、融入双循环的"助推器"。携手上海青浦、浙江嘉善,吴江率先探索将生态优势转化为经济社会发展优势、从项目协同走向区域一体化制度创新协同,全力打造生态优势转化新标杆、绿色创新发展新高地、改革开放新高地、人与自然和谐宜居新典范。"十三五"期末,吴江拥有国家级科技企业孵化器 4 家,国家级企业技术中心 10 家,省级示范智能车间 134 家。

走进吴江,恒力集团生产车间里,智能机器人沿着轨道来来回回忙碌穿梭;在亨通集团实验室,全球研发基地的项目进展可"一屏共振"。全球最大氮化镓工厂英诺赛科在汾湖落户,其主要产品硅基氮化镓可充分满足 5G 智能时代产业发展的需求,是当前半导体产业发展的全新赛道和重要机遇;亨通长三角科大亨芯研究院项目落户汾湖,将造就一个 5G 智慧高科技百亿元级新产业园;中科院与汾湖高新区合作建立苏州微电子与光电子融合技术研究院。

素有"太湖明珠、江南盛地"的美誉,无锡是中国民族工商业发祥地、乡镇企业发源地。

2021 年无锡 GDP 突破 1.4 万亿元,人均 GDP 达 18.74 万元,居全国大中城市首位。拥有集成电路、生物医药等 10 个千亿级产业集群,179 家上市企业,连续三年位居"中国500强"四榜单企业数全省第一,物联网产业入选国家首批先进制造业集群。产业门类全、配套优、技术含量高,从集成电路到生物医药,从浩瀚太空到万米深海,都刻下了深深的"无锡造"烙印。

2020年,无锡高新区(新吴区)数字经济规模达到2586.85亿元,同比增长10.8%,占全市半壁江山。战略性新兴产业产值占规上工业总产值比重达51.1%,持续保持全市第一。高质量发展综合考核连续位列全市第一。太湖湾科创城重点发展物联网及数字产业、集成电路、生物医药、高端商贸、高端软件与数字创意产业;空港经济开发区重点发展生物医药、智能装备、高端商贸及临空服务产业;江溪梦溪智慧产业园重点发展物联网及数字产业、汽车零部件、智能装备、高端商贸、高端软件和数字创意产业;旺庄智能装备产业园重点支持智能装备、新能源、高端商贸及临空服务产业;梅村智能制造产业园着重打造智能装备、汽车零部件和新能源产业;鸿山物联网智慧产业园重点发展物联网及数字产业、智能装备产业。

优势产业何以更优?人才是第一资源,创新是第一动力。政策加持,引凤来栖。无锡筑起"近悦远来"的人才生态,以最优营商环境打造太湖湾科创带引领区"最美名片"。截至2021年底,全市人才总量超过195.4万人,其中高层次人才15.33万人;全市累计引育省级以上人才(团队)830个、市级领军人才(团队)2700个。设立规模各2亿元的太湖人才成长基金、太湖人才天使基金,设立规模5亿元的太湖人才成长二期基金。

经过数字经济的升级改造,人们惊喜地看到知识创新给多个企业和产业集群带来的发展新优势。大力支持新型研发机构、高校、研究院等人才蓄水池的发展将在关键核心技术供给能力、成果转化落地等方面发挥更加突出的作用。

掌握国际话语权的"太湖印记"

2009年8月7日,时任国务院总理温家宝同志视察无锡,提出在无锡设立"感知中国"中心,无锡国家传感网创新示范区随之建立。由此,拉开了中国物联网发展的序幕,开启了中国加快建设网络强国、大力发展数字经济的新篇章。

十多年来,以创新实践为引领、产业发展为目标,扎实推进技术创新核心区、产业发展集聚区、应用示范先导区建设,物联网发展呈现良好态势,这座工业名城因物联网焕发了新的活力。2021年,无锡物联网集群更是以总分第二的成绩(并且是全国唯一以物联网为主题)成功入围首批国家先进制造业产业集群。

而今,无锡物联网产业跻身全国产业集群区域品牌建设试点,智能传感产业集群成为全国首批创新型产业集群。以远景能源、朗新科技等为代表的行业解决方案集群,以必创传感、无锡海康等为代表的传感设备集群,以海澜智云、航天大为等为代表的平台应用集群已经逐渐形成规模。特色园区建设扎实推进,推动形成南山以车联网为特色、雪浪以工业大数据为特色、鸿山以智慧城市为特色、慧海湾以先进感知为特色的差异化空间布局。

从2004年引进总投资20亿美元的超大规模集成电路项目开始,无锡一跃成为中国集成电路产业的新高地,产业规模仅次于上海。

无锡传感网创新示范区2009年底获批时,其主体核心部分就被定位于太湖国际科技园内,设立无锡国家传感信息中心,中心面积10.8平方公里,建设包括创新园、产业园、信息服务园、大学科技园以及感知中国博览园展示中心在内的"四园一中心"。

2009年下半年到2010年上半年,包括太科园等在内的无锡当地物联网聚集区充分抓住机遇。包括中国电信物联网应用和推广中心、中国移动无锡物联网研究院、中国联通无锡物联网研究院、江苏下一代广电网物联网研究中心、无锡国网信通物联网研究中心以及无锡物联网产业研究院和中国物联网研究发展中心在内的"五网两中心"成为重点入驻企业。

如果说2009年无锡迎来了物联网产业发展的政策机遇期,那么随着后续政策陆续出台,使物联网产业的落地更有具体政策法规可依。2012年,国务院批复《无锡国家传感网创新示范区发展规划纲要》,要求无锡在物联网领域先行先试,为全国物联网发展探索道路、积累经验、提供示范。

之后,《江苏省物联网产业"十二五"发展规划》《无锡市物联网产业发展指导目录》《无锡市物联网与云计算产业资金管理办法》《关于更大力度实施无锡物联网应用示范工程建设三年行动计划》等系列政策措施陆续出台,给无锡物联网产业的发展提供了行动指南。国内外物联网高端人才纷纷来到无锡创新创业。2010年示范区列入产业统计的年销售规模100万元以上的物联网核心企业有

259 家,到 2021 年已增至 608 家,从业人员突破 10 万人。全市物联网及相关产业总产值在 2012 年首次突破 1000 亿元大关;国内首个物联网云计算中心在无锡正式启用;物联网技术开始在无锡经济社会发展各领域、各行业开展试点应用,示范区建设实现了由小到大的阶段突破。

2013 年,无锡企业就已经在全球 17 个国家和地区、200 多个城市承建或参建应用示范工程。

如果说互联网是以"人的需求"为中心构建的,那么物联网则真正实现将人与万物并列,实现人与物、物与物的网络沟通。网联天下、智慧万物就是物联网的终极目标。

短短十年,一个全新产业从无到有、由弱变强,成为抵御内外部不确定性的重要支撑。中国物联网的十年,无锡留下了深刻的"太湖印记"。

十年间,作为物联网首航之城,无锡已集聚物联网相关企业超过 3000 家,构建了芯片、感知、连接、平台、应用与安全的完整产业链,产业规模达到 3563 亿元,产业营收约占全国的 1/4,营收年均增长 27.32%。

2016 年,中国国际物联网(传感网)博览会正式升格为世界物联网博览会。2018 年,无锡成为全国第二个集成电路产业规模超 1000 亿元的城市;全市新增国家智能制造试点示范项目 4 个,累计创建省示范智能车间 95 个,数量稳居全省前列;海澜集团依靠物联网技术完成多场景协同一体化改造,成为无锡首家营收超千亿级的企业。

2021 年 4 月,无锡物联网产业集群成功入围国家首批先进制造业集群。而从这一年的收获来看,无锡集成电路产业实现营业收入 1783.05 亿元,同比增长 25.5%。其中,集成电路设计、制造、封测三业实现销售收入 1246.61 亿元,占全省 45.2%,产业链规模全省第一、全国第二,其中 A 股上市公司 11 家,全省第一,形成了"集成电路的无锡军团"。随着集成电路产业逐步发展,以其为基础支撑的物联网产业,更是迅猛发展。

新安镇,原来是无锡最贫困的镇之一,但无锡(太湖)国际科技园在此落户后,不仅成为无锡国家传感网创新示范区的最核心区域,更成为国内物联网产业的聚集地。工信部原科技司通信标准处处长钱航曾被派驻无锡新区管理委员会任副主任,协助分管国家传感网创新示范区工作,推进物联网产业发展工作。

2012 年,工信部正式发布《无锡国家传感网创新示范区发展规划纲要(2012—2020 年)》(简称《规划纲要》)。《规划纲要》明确要求:无锡示范区覆盖无锡市行政辖区,按空间分布和功能定位,划分为核心区、重点区和支撑区。核心区着重发展共性技术和产品,重点区着力发展应用技术和产品,支撑区为产业发展提供各种协作配套,形成优势互补、分工协作、共同发展的物联网产业总体格局。其中,传感网创新园、传感网产业园、传感网信息服务园、传感网大学科技园和感知中国博览园被列为核心区,并被要求建设成为无锡物联网示范区的"技术创新核心区、科研成果转化示范区、产业规模化发展集聚区、大规模应用先导区和信息商务服务中央区"。

从规划到分步走,从蓝图到千帆竞发,优势要素资源的集中,带来的是千亿产业集群的崛起。2019 年,工信部启动了先进制造业集群竞赛工作,无锡物联网创新促进中心从近 100 家参赛对手中脱颖而出,成为入围决赛阶段的唯一一家以物联网为主题的产业集群促进机构。2020 年 12 月,顺利完成集群竞赛决赛答辩,努力打造国家级产业集群促进机构的"无锡样本"。2021 年,无锡规模以上工业总产值突破 2 万亿元大关,达到 2.1 万亿元以上;包括集成电路、物联网在内的无锡 16 个重点产业集群实现主营业务收入 1.76 万亿元,同比增长21%,其中,10 个产业集群规模超千亿元。

站在国家级先进制造业集群培育的全新起点,如何推动无锡物联网集群发展迈向更高水平、更高层次?处在产业转型升级、提质增效的关键阶段,物联网作为无锡规模最大的产业集群,如何激发更大的活力?2021 年,《无锡国家传感网创新示范区发展规划纲要(2021—2025 年)》正式印发。无锡始终秉持创新驱动与应用牵引相结合、重点突破与协同发展相结合、市场主导和政府引导相结合、试点示范与全面推广相结合的培育原则,从探索中发展,从发展中优化,分阶段、分层次、分目标推进物联网重点工作落实落细,多措并举激起物联网产业发展活力。

无锡物联网企业是参与战疫的新生主力,也是在逆势中扛起经济复苏重任的中坚力量。利用装有 RFID 电子标签的腕带和专用读取设备,精确显示病人行动轨迹,让医院开展全过程闭环管理成为可能。2020 年新冠肺炎疫情期间,由识凌科技公司研发的这套医疗物联网软硬件整体解决方案,在湖北、重庆、江西、山东、江苏等多地医院投入应用。盘点 2020 年上半年经济数据，无锡 GDP 同比增长 0.8％，其中以物联网为龙头的新一代信息技术产业功不可没。物联网、高端软件、集成电路、大数据和云计算产业营收分别同比增长 12.3％、26.9％、31％、17.08％，展现出强劲的发展韧性和活力，对全市工业经济企稳向好发挥了重要作用。

以集成电路产业做支撑，依托先进信息基础设施，无锡正以领军企业为龙头、以重大项目为抓手、以优质平台为载体，打造物联网产业集群。投资超百亿美元的华虹集成电路研制基地、投资 86 亿美元的海力士二工厂、投资超百亿元的中电海康感知设备基地、海尔物联生态网基地、360 物联网安全运营总部等重大总部经济项目纷至沓来。全市集聚物联网相关企业已超过 3000 家，初步形成了包括关联芯片、感知设备、网络通信、智能硬件、系统集成、应用服务在内较为完整的产业链条。

物联网已然融入城市发展的血脉，无锡也成为中国物联网产业应用发展的前沿阵地。3000 多家物联网企业在这里集聚，涵盖感知、连接、平台、应用、安全等较为完整的产业链，物联网产业规模超 3500 亿元，排名省内第一，在全国也处领先位置。

有了这样的产业集群基础，下一步如何在物联网领域掌握自己的话语权？那就要制定自己的标准，让其成为国际标准，且是让全世界信服的标准。

2021 年 3 月 12 日，由无锡物联网产业研究院主导的全球首个物联网金融领域国际标准发布，再次奠定了无锡在该产业领域的"话语权"。

无锡物联网产业研究院牵头或参与制订的物联网国际标准 12 项，主导制定全球首个物联网体系架构标准，参与一半以上物联网国际标准制定；由无锡企业承接的物联网工程已遍及全球 60 多个国家 700 多座城市；年均授权发明专利超 2000 件，高性能 MEMS 传感器、异构感知融合、物联网终端安全防护等一大批创新成果达国际领先水平。

在全球工业升级换代的背景下，无锡更是找到了与自身实业适应的工业互联网领域，用数字经济为传统制造业赋能，带来产业的又一次革命。注重发挥驻锡科研院所创新力量，深入实施"一所一策"计划，与多家科研院所单位开展战略合作，充分释放"大院大所"创新优势，促进技术与资本、成果与市场精准对接，推动产学研用深度融合。作为国内首个国家级车联网先导区,无锡加快车联网城市级应用步伐,应用示范项目一期包含主城区、太湖新城区的 280 个路口和 500余个点段的路侧设施数字化升级改造。依托车联网重大项目,博世、奥迪、高德地图、四维图新等知名企业加速在锡布局,逐步形成涵盖测试、应用、运营的车联网企业集群。在无锡,物联网技术已广泛应用于交通、环保、医疗健康、公共安全、气象、水利、城市管理、海关等 300 多个细分领域,"雪亮工程"一期项目竣工,汇聚了 5.25 万路高清视频。

十多年来,无锡市副市长高亚光一直负责物联网推进工作,被称为物联网集群的"链长"。从概念到应用到产业链到集群,"链长制"对锻造完整、畅通的产业链尤为重要。

高亚光说:"发挥'链长制'制度优势,我们通过建立常态化服务机制、研究制定产业链(集群)图谱、引导核心企业技术攻关、建设产业公共服务平台等系列工作,全面掌握产业链发展现状,精准打通痛点堵点。"2020 年,无锡重点梳理物联网产业链、供应链情况,深入企业调研,就企业发展过程中存在的技术、资金、市场、人才、生产等问题,积极联系相关机构,搭建沟通桥梁,及时反馈企业的意见建议。

庞大的产业集群,如何更好激发市场主体的活力,发挥集群效应?无锡成立物联网创新促进中心(以下简称"促进中心"),探索以集群促进机构服务产业创新发展的范式,并于 2021 年获批国家先进制造业集群培育机构。促进中心按照"公司＋联盟"市场化运营形式,构建形成专家咨询层、理事会决策层、工作执行层"三层架构"组织运行机制和"建生态、攻研发"互促共进的"一体两翼"发展格局。同时聚焦"产业培育、共享服务、展览展示、投资融资、合作交流、技术创新、智库支撑、应用示范"等八大服务方向,搭建物联网集群综合服务平台,推动政府和市场、制造和服务、线上和线下有机结合,有效破除主体协作壁垒,推动产业联动发展。以促进中心为核心,无锡加速建设物联网创新载体,获批创建国内首个芯片封装测试领域国家先进制造业创新中心,相继建成投用国家超算中心、国家智能交通综合测试基地、国家物联网感知装备产业计量测试中心等国字号创新载体 178 家,高端创新资源加速汇聚。

3000 家以上物联网企业集聚,物联网领域上市企业超 70 家以上,无锡已形成涵盖关联芯片、感知设备、网络通信、智能硬件、系统集成、应用服务等较为完整的产业生态。这归功于无锡瞄准产业链关键环节，实施"对外招引＋向内扶持"多主体培育路径。围绕产业链各环节，无锡完善重点物联网企业招商名录，以重大项目为抓手，与行业领军企业开展合作：招引航天科工无锡物联网安全生态基地、斯润天朗车联网运营总部等项目落地；与平安、北京邮电大学签署战略合作框架协议；与华为开展新一轮深化战略合作等。搭建孵化载体，无锡孵化出一批高新技术企业。无锡海创江南众创空间专注于物联网、车联网、人工智能数字化等发展领域，两年多来已成功孵化 200 多家企业。

十余年求索，物联网从概念走向落地。无锡坚持创新引领，以需求导向促进商业模式创新、以市场应用倒逼基础理论和关键技术创新，重点聚焦激活创新引擎、引育市场主体、扩大示范应用三大方面，推动物联网发展再攀高峰。

全球第一个城市级车联网（C-V2X）项目、全国第一个智能变电站、第一个食品溯源项目、第一个水利规模化智能监测……无锡纵深推进物联网技术与其他行业深度耦合，示范区示范引领和带动作用日益彰显。

创新已经成为无锡物联网集群发展的"第一杠杆"。

作为全国唯一一个物联网国家级先进制造业集群，无锡锚定世界级集群培育目标，加强系统化布局、加快生态化构建、促进高端化升级、开展国际化合作，重点聚焦做强核心产业链、培育产业生态企业、夯实拓展应用示范、汇聚高端创新资源、广泛开展合作交流等，巩固扩大物联网产业领航之势，进一步增强集群核心竞争力、地标影响力。

为跟上国家对集群培育的要求，2020 年，无锡物联网创新促进中心与 12 家龙头企业、科研院所共建 6 个技术创新基地，与华东理工大学、同济大学等共建 4 个联合实验室，与信通院、飞谱电子等共建 6 个联合创新平台，支持中国船舶 702 所开展工业仿真软件国产化替代项目。

为进一步发挥核心竞争力和地标影响力，布局物联网产业，从 2016 年 11 月世界物联网博览会上公布建设鸿山物联网小镇规划起，无锡相继建设了鸿山、雪浪、慧海湾三个物联网特色小镇。汇聚无锡传感网产业发展之精华，承启物联网产业发展之新篇，这三个小镇的建设已经成为物联网产业高地建设的城市新路径。

以镇兴产、产镇融合。从布局开始,无锡就注意分类指导,发挥物联网小镇的各自魅力,产业特而强、功能聚而合、形态小而美、体制新而活,以原有的区域特色产业为基础,依托新的生产组合方式,培育小型的创新创业空间,在壮大新兴产业基础的同时,带动传统产业的转型升级,力争成为汇聚物联网优质发展资源的"强磁场"。

鸿山物联网小镇以产业导入为抓手,以物联网综合应用示范区为引领,累计产值已达 56 亿元,其中特色产业主营业务收入达 52 亿元;

雪浪小镇积极推动制造业与物联网的全面融合,努力探索"小镇+平台+生态+集群"的产业发展新模式,新落户科创类及基金企业约 150 家,研究院(创新中心)5 家;

慧海湾小镇以龙头企业为引领,以中电海康无锡物联网产业基地建设为依托,致力打造物联网智能传感千亿小镇。产业基地项目总投资 22 亿元,推动构建以面向物联网应用的芯片、微系统、模组为重点,以 STT-MRAM 技术应用为特色,以边缘计算为核心的产业生态。

新发展格局下,开放合作是发展的必由之路。无锡一方面将协同联动长三角城市群,面向公共服务等重点领域,协同部署物联网传感节点,建设城域物联网专网,加速汇聚长三角物联网高端资源,放大示范区先行先试的溢出效应;另一方面将构建完善跨境产业协作与交流体系,扩大世界物联网博览会的品牌影响力,持续加深无锡物联网集群在全球物联网版图的时代印记。

人工智能行进在全国第一方阵

提到人工智能,不能绕过一个人。

那就是南京大学的周志华教授。

从本科到硕士到博士,周志华一直在南京大学计算机学院人工智能领域钻研。2012 年,周志华当选国际电气电子工程师学会(IEEE)和国际模式识别学会(IAPR)的会士;2013 年,当选 ACM 杰出科学家(ACM Distinguished Scientist),是我国大陆高校首位当选 ACM 杰出科学家的学者;2016 年,他又当选了国际人工智能学会(AAAI)、美国计算机学会(ACM)、美国科学促进会(AAAS)

的会士。至此,他成了与人工智能相关的五大主流国际学会的华人"大满贯"会士第一人。2017年,周志华当选欧洲科学院外籍院士。同年2月,他与密歇根大学一位著名教授一起担任国际人工智能学会2019大会的程序委员会主席,成为1980年该会议创办以来首位华人主席,也是美欧之外国家首位担任大会程序委员会主席的学者。同年8月,在墨尔本举行的国际人工智能联合大会(IJCAI)上,他又当选了IJCAI 2021的程序委员会主席,成为1969年该会议创办以来中国内地首位担任此职位的学者。

他在全球科研界地位的提升与他个人的科研成果是密不可分的。这一消息传出,对江苏人工智能产业发展的带动作用越发明显。

2017年8月28日,江苏省人工智能学会(JSAI)成立。这为江苏人工智能产业发展注入一针强心剂。

在科幻小说和影视剧构想中,人工智能的技术仿真已经无所不能。而现实中,科技进展到哪一步了?未来二十年能看到的人工智能带来的改变又有哪些?人工智能产业给高品质生活将带来哪些想象的空间?这些仿佛还在幻想中的技术如何带给社会生活更为便利的改变?

一块看起来平凡无奇的黑板,只需轻轻一点,教学内容就会展现在透明触摸屏上;无论是用手指还是粉笔,都可在屏幕上书写出想要的内容,屏幕还具备绿色护眼的功能,智能又互动。这块集普通黑板、电视电脑、投影仪、电子白板于一体的纳米智能触控黑板是苏州泛普科技股份有限公司研创,也是企业核心技术在教育行业落地的成果之一,入选2020年度苏州工业园区人工智能优秀应用案例。

人工智能学会的秘书长房伟说:"江苏人工智能产业在国内总体上处于第一方阵,初步形成涵盖智能硬件、智能软件、智能机器人、无人机、智能网联汽车、人工智能系统等较为完整的产业链。"

回顾最初江苏人工智能产业起步阶段,房伟不胜感慨。当初面临配套政策不完善、产业集聚不突出、龙头企业有待培育、吸引高端人才力度不够、创新能力有待提升等多道难题,经过不懈努力,而今"江苏已初步形成了有利于人工智能产业发展的生态环境,产业集聚初步显现"。

1947年艾伦·麦席森·图灵首次提出"人工智能"这一概念。早在20世纪

50 年代,我国第一台仿生机器人就出自江苏。这个项目是由南京工学院机械系25 专业(东南大学机器人所的前身)牵头完成,传感技术和集成能力是当时江苏进行机器人研发的优势技术。之后由于历史原因,很长一段时间,江苏乃至全国并没有对发展机器人技术进行整体规划。

1983 年,全国第一次机器人大会召开,会上传出好消息:国家制订规划支持机器人产业发展,其中工业机器人及其核心器件如机构、传感器、驱动控制器为研发重点,并明确机器人技术要为汽车装备业服务。1992 年当时的机械工业部确定,在南京设立机器人研究重点基地。瞄准国家重大需求,从江苏"走出去"的机器人,精准助力我国航空航天发展,能自主避障、可人机交互的"巡检机器人"为深空探测发挥了重要作用。

2016 年 3 月,Alpha Go 人工智能机器人轻取围棋九段棋手李世石,年底又挑战中韩日的一流高手,取得 60 战全胜。这个里程碑般的事件向世界证明,机器可以像人类一样思考,甚至比人类做得更好。

放眼全球,美国最早在官方层面推动人工智能发展,早在 20 世纪 70 年代中期,美国国防部高级研究计划局已经开展了自动语音识别和图像理解等人工智能技术的实际应用研发。2013 年,美国又率先启动了脑科学计划,联邦政府拨款达到 1.1 亿美元。美国白宫于 2016 年 5 月宣布成立"人工智能和机器学习委员会",用于协调全美各界在人工智能领域的行动,并通过人工智能技术提高政府办公效率。日本政府于 2015 年先期投入 10 亿日元在东京成立"人工智能研究中心",集中开发人工智能相关技术。2015 年底发布的第五个科学与技术基础五年计划提出"超级智能社会"的未来社会构想,计划投入 26 万亿日元。经济产业省、文部科学省与总务省三个部门携手成立了"项目推进委员会",共同推进人工智能领域的研究。2016 年专门制定高级综合智能平台计划(AIP),明确人工智能的发展方向。韩国于 2015 年发布了 StarLab 软件研发项目,人工智能是五大关键领域之一。2016 年,韩国政府希望利用 Alpha Go 人机大战作为契机,启动韩国官方版人工智能"BRAIN"计划,计划投资约 8.4 亿美金,希望能在人工智能领域追赶美国。

全球科技企业竞相布局人工智能。谷歌、微软、IBM、Facebook 等企业通过加大研发投入力度、招募高端人才、建设实验室等方式加快关键技术研发,并通过收购等方式兼并人工智能优秀中小企业来提升整体竞争力。近十年来，全球人工智能领域企业专利申请前十名大部分为美国、日本和韩国的跨国企业。

2017年7月，国务院印发《新一代人工智能发展规划》，明确了六大重点任务。在这之前，人工智能概念就已多次出现于"十三五"规划纲要、国家科技创新规划、国家战略性新兴产业发展规划中。2017年全国两会上，人工智能首次被写入政府工作报告。

人工智能技术最大的爆发力来自和传统产业的结合，产生颠覆性的应用和创新。近年来，江苏着力推进制造强省建设与先进制造业发展，互联网、大数据、人工智能和实体经济融合发展加速，已取得初步成果。

技术储备强、产业氛围佳、人才结构优，产业生态初步形成。江苏省建有计算机软件新技术、工业机器人、智能车辆控制等十多个国家和省级重点实验室，技术储备强。依托省产业技术研究院，江苏布局建设机器人与智能装备、数字化装备等6家专业研究所，并建有省级智能装备产业技术创新中心。围绕脑科学、智能机器人等前沿领域，江苏已组织实施前瞻性产业技术攻关115项、重大科技成果转化项目32项。江苏在人工智能的研发、生产、集成、应用等上下游产业链布局上较为完善，产业氛围佳。目前，江苏拥有南京移动互联特色产业基地、江宁通信与网络特色基地、无锡国家物联网高新技术产业化基地等14家国家级特色产业基地，以及昆山机器人科技产业园、无锡传感网科技产业园等13家省级科技产业园。目前，全国关于人工智能及工业机器人领域的专利申请量为99264件，位居世界第一，其中江苏省占全国11%；人工智能及工业机器人技术在江苏的应用主要集中在智能制造等产业。

大数据、云计算是人工智能的重要支撑。近年来，江苏相继成立无锡云计算中心、南京大数据产业基地、盐城大数据产业园等大数据产业集聚区，吸引并集聚了一批优秀企业。

招才引智，求贤选能。人才带动产业发展。江苏在人工智能领域拥有2名国家"千人计划"人才、2名国家杰出青年、8名国家优秀青年以及长江学者等高层次专家，人才结构优。2017年8月，江苏成立人工智能学会，通过整合科技人才资源要素，促进人工智能科技成果有效转化。

2022年，清华大学发布人工智能全球最具影响力学者榜单，江苏省共有13人入选该榜单，涉及了经典人工智能、计算机视觉、数据挖掘、多媒体、可视化、计算机网络、物联网7个领域。江苏省入选人数在国内处于第一梯队。

人工智能涵盖了20多个核心领域，如经典人工智能、机器学习、计算机视觉、自然语言处理、机器人、知识工程、语音识别、数据挖掘、信息检索与推荐、数据库、人机交互、计算机图形、多媒体、可视化、安全与隐私、计算机网络、操作系统、计算理论、芯片技术和物联网等。深耕这些领域，江苏不仅在研发上发力，在吸引人才上聚力，也在不断做强做大产业规模上彰显实力。

面向未来发展，人工智能只有把基础打牢，深耕细作，方能成就一片天地。

从产业创新的角度来看，人工智能是集成计算机科学、生物学、语言学、社会学、逻辑学、工程学等多个学科，能够将经济社会需求更加迅速地反馈至实体产业领域，实现人、生产设施、产品和服务等制造资源的实时交互和信息集成，使得生产效率大幅提高、产业业态大幅提升的先进技术。

2021年，《江苏省"十四五"科技创新规划》中提道："抢抓后疫情时代人工智能迅猛发展的重大战略机遇，坚持技术和应用双轮驱动，以发展复杂系统智能为导向，前瞻部署类脑计算芯片与系统、决策智能与计算、通用人工智能、高级机器学习、人机接口、虚拟现实智能建模、AI推理框架等关键技术；以重要应用场景为驱动，研究攻克人工智能核心算法、计算机视觉与机器视觉、自然语言处理与智能语音、自主无人系统等关键技术；以'智能＋'创新应用为突破口，加快推进智能软硬件、智能机器人、智能运载工具、智能家居和智能终端产品研发，突破人工智能从'可以用'到'很好用'的技术拐点，推进南京、苏州、无锡建设新一代人工智能创新发展试验区，积极争创人工智能创新应用先导区，打造全国人工智能技术创新引领区和产业发展战略高地。"

扬优势，补短板，挖潜力。从国内第一方阵迈向创新发展引领区先行区，江苏的人工智能一直在尝试走出自己的天地。

近年来，江苏已成为全国人工智能产业创新发展的重要基地，基本形成以苏南城市群为重点、以南京和苏州为核心的"一带两核"发展格局。中国（南京）智谷、中国（南京）软件园、苏州人工智能产业园等人工智能产业集聚区初具规模，以思必驰、亿嘉和等为代表的一批本土优秀人工智能企业正在加速成长。

2021 年 7 月 17 日上午,2021 中国人工智能产业年会在苏州工业园区举行。大会围绕中国人工智能科技成果产业化和苏州国家新一代人工智能创新发展试验区核心区建设,邀请专家、学者和企业家汇聚一堂,通过项目签约、高端论坛、产品展示等活动,共促人工智能产业创新集群高质量发展。通过展望人工智能未来趋势,展示基础前沿理论成果,集聚领军科学资源,交流关键核心技术与传统产业融合,赋能行业应用场景落地,进一步释放科技创新潜能,探讨高校院所企业科技奖励项目产业化体系机制变革,营造数字经济时代产业创新生态,为政府部门、科研机构、商业企业、科技园区和市场投资提供方向指引与决策支持,为促进我国人工智能科技奖励成果产业化和苏州国家新一代人工智能创新发展试验区核心区建设搭建高水平交流合作平台。会上,第一期人工智能科技成果产业项目授牌;长三角专精特新"小巨人"企业培育基地揭牌;智博天宫(苏州)人工智能产业研究院与工业和信息化部电子第五研究所华东分所、苏州工业园区绿色智能供应链协会等 11 家长三角专精特新"小巨人"企业培育机构合作签约,并与江苏欧软信息科技有限公司、友达数位科技服务(苏州)有限公司等 11 家合作企业签约。

众所周知,人工智能是新一轮产业变革的核心驱动力。目前,人工智能已经成为苏州工业园区重点发展的战略性新兴产业。近年来,苏州园区以新一代人工智能与实体经济深度融合为核心主线,持续加强产业链、创新链布局,目前已集聚相关企业 900 余家,其中上市企业 14 家,培育了思必驰、华兴源创、极目机器人等创新势头强劲的国内细分领域领军企业,拥有国家级人才工程人才 14 位、国家队科研院所 12 家,形成了极具活力的创新创业生态圈。为加快建设国家新一代人工智能创新发展试验区核心区,园区聚焦医疗、教育、交通、金融等多个领域,加速 AI 技术赋能,培育了清睿智能、智慧芽、瀚川智能等 30 家创新应用场景示范企业,打造了聚合数智金融服务平台等 15 个标杆示范项目,累计发布 4 批共 40 项人工智能应用场景,形成了优质项目纷至沓来、人才环境持续优化、企业创新成果不断涌现的发展态势。

2022 年 7 月 16 日举办的第十一届吴文俊人工智能科学技术奖颁奖典礼上,苏州工业园区两家企业荣膺相关奖项。其中,荣旗工业科技(苏州)股份有限公司凭借"AOI&LCR 一体化检测平台的研发"获得吴文俊人工智能科技进步奖

（企业技术创新工程项目）。苏州敏芯微电子技术股份有限公司则以"高信噪比低功耗 IIS 数字输出 MEMS 声学传感器"荣获 2021 年度吴文俊人工智能专项奖（芯片项目）三等奖，也是 MEMS 行业唯一获奖单位。

2022 年 8 月 27 日，在第五届江苏人工智能大会开幕式上，江苏省目前唯一的人工智能国际合作联合实验室——江苏省人工智能国际合作联合实验室正式揭牌，该实验室由江南大学与英国萨里大学、斯特斯克莱德大学等多所知名大学共同建设。一批人工智能领域优质企业项目签约落户滨湖。

医药产业加快冲刺"世界级"集群

2018 年 12 月 1 日，江苏省政府发布了《省政府关于推动生物医药产业高质量发展的意见》。生物技术和新医药产业成为江苏大力发展的战略性新兴产业，全省初步形成了各具特色的产业发展态势。

泰州国家医药高新区是国内首个国家级医药高新区，连云港已成为国内一流的抗肿瘤、抗肝病、现代中药等创新药物研发和产业化基地，苏州工业园区一大批生物制药高科技初创企业正在崛起，南京江宁医药谷、栖霞生命科技园、江北新区细胞谷初具雏形。

国家发展和改革委员会宏观经济研究院生物产业发展战略专家韩祺曾经在答记者问时说："生物医药的热度持续升温，加速成为引领经济社会发展的一个新的浪潮。"

生物医药是事关国计民生和国家安全的战略性高科技产业。江苏将生物医药产业列入十大战略性新兴产业和十三个先进制造业集群重点培育，推动生物医药产业快速健康发展。数据显示，2020 年全省生物医药产业产值约占全国总产值 1/6，2021 年上半年产值同比增长 16.4%；化学药制剂和医疗器械子行业规模已连续多年居全国首位。在创新能力上，"十三五"期间，全省共获批创新药 15 个，占全国总数近四成，药品注册申报和批准数量均居全国第一；2020 年生物医药领域专利申请量超万件、授权量突破 5000 件，均居全国首位，获批全国首个国家生物药技术创新中心。

2019 年 12 月印发的《长江三角洲区域一体化发展规划纲要》中，明确将生物医药作为长三角区域新一轮高质量发展十大聚焦产业领域之一。近年来,江苏成为全国医药产业发展最快、创新能力最强的地区之一,并在不断加速冲刺"世界级"医药产业集群。

2019 年,江苏医药制造业增加值增长 19%,投资增速高达 53%。南京的生物医药产业在基因技术等方面具有先发优势,国内基因测序行业前 20 强企业已有 12 家落户在此。南京金斯瑞生物科技有限公司是全球最大的基因合成制造商,其基因技术产品占据世界市场份额的 25%。世和基因自主研发的非小细胞肺癌组织 TMB 检测试剂盒是中国首个通过国家药监局创新审查的 NGS 大Panel 肿瘤基因检测试剂盒。南京传奇生物科技有限公司自主研发了国内首个获批临床的 CAR-T 疗法,也是中国首家同时获得中美两国 CAR-T 细胞治疗药物临床批件的生物医药企业。南京药石科技股份有限公司为全球医药公司提供药物研发领域创新型化学产品和服务。2021 年 12 月,药石科技与江苏艾迪药业股份有限公司在抗 HIV 创新药物领域展开合作。药石科技相关负责人表示,企业为艾迪药业整合酶抑制剂 ACC017 项目提供整体 IND 临床前开发策略制定,以及原料药和制剂开发、生产及注册申报等一站式 CMC 服务。

生物制药用分离纯化层析介质,占据了生物制药生产环节约六成成本,也是困扰中国生物医药行业多年的一项"卡脖子"技术。过去,国内药企主要依赖进口获取这项原料,面对外国公司每年 10% 的提价要求,只能无奈接受。苏州的纳微科技用十多年如一日的刻苦攻关,终于掌握了这项制备技术。以沙子为原料制成的纳米微球,每克的表面积相当于一个足球,在质量和工艺上实现了弯道超车。

泰州的龙头药企扬子江药业集团,致力于将现代技术应用于中药生产,让传统药方焕发青春。通过引进国外先进的理念、设备技术、产品和人才,扬子江药业不断缩小与全球一流药企的差距,在推动中医药文化"走出去"方面建树颇丰。

放眼全省,医药产业空间布局逐步完善,形成了三个自贸区医药产业集群+苏中泰州医药产业四大板块,打造出了泰州、连云港、南京、苏州、无锡、常州六大产业园区。

南京自贸片区聚焦"基因之城"建设,打造千亿级生命健康产业集群。南京自贸片区是国家级江北新区"基因之城"建设的核心承载区,目前正在打造以基因细胞产业为引领的千亿级生命健康产业集群。自贸区落地江北新区后,新区专门出台生物医药产业发展促进政策,并制定南京片区"1+N"支持政策,以更大力度支持生命健康产业发展。

苏州自贸片区瞄准新药创制、高端医疗器械和前沿生物技术,打造有全球竞争力的产业地标。2019年苏州市生物医药产业入选国家级战略性新兴产业集群。2021年,生物医药产业被列为苏州在全球最有竞争力、最有影响力的产业地标精心打造。苏州自贸区在全国率先实行进口研发(测试)用未注册医疗器械分级管理,提升医疗器械产品的开发与上市速度,争创生物医药国家技术创新中心。

连云港自贸片区围绕"中华药港"目标定位,打造具有国际影响力的医药创新基地。新医药是连云港最具特色的主导产业,也是连云港推动自贸区建设的重要内容。连云港聚集了中国医药研发能力前十强的4家医药企业。

泰州深耕医药产业几十年,总量规模连续18年"领跑"江苏,代表性企业产销规模、国内外知名药企的集聚度、高层次生物医药创新创业人才的集聚度都是全国领先。多个细分行业在国内具有较强竞争力,抗体药产业形成集约创新优势,疫苗产业集群水平国内园区最高。成熟的产业环境是一大特色优势,拥有首家国家级医药高新区、长江经济带大健康产业集聚发展试点、国家康养旅游示范基地三个"国字号"金字招牌。

南京生物医药谷是南京市生物医药产业地标空间布局中的核心区域,也是南京市生物医药科技创新的产业高地。生物医药谷依托现有产业基础,紧抓国家级新区、自贸区的"双区"联动发展机遇,进一步聚焦"基因之城"建设,着力打造以基因细胞产业为引领的千亿级生命健康产业集群。

南京生物医药谷重点从药物研发、高端医疗器械、特色检验检测等方面布局生命健康产业链。其中,药物研发领域已集聚绿叶制药、先声东元等"中国医药百强企业",健友生化、药石科技等主板、科创板上市企业,汇集了以威凯尔、药捷安康、强新科技等为代表的小分子药物研发企业,以北大分子南京转化院、先声百家汇等为代表的大分子药物研发企业。高端医疗器械领域拥有南微医学、沃福曼医疗、康友医疗、双威生物、天纵易康等代表企业。2020年,南京市8个进入国家创新医疗器械特别评审通道的产品中有7个在药谷,其中,世和基因的肺癌靶向药物基因突变检测试剂盒(高通量测序法)、沃福曼医疗血管内断层成像系统、血管内断层成像导管等3个创新医疗器械产品已获批上市。2019年,沃福曼医疗还获得了国家"数字诊疗装备研发"重点专项。特色检验检测领域依托省科技服务业(检验检测认证)特色基地,聚集了第三方检测服务企业56家,包含22家骨干服务机构,其中,包括金域检验、苏博检测、帝基生物、高新精准医学检验所等基因检测企业,集萃药康、明捷医药等医药分析和公共服务企业,中谱检测、微测生物、欧萨检测等食品、农药、环境检测的代表企业。

苏州围绕大健康概念组建生物医药集群,串联起全市包括沿环太湖和吴淞江创新轴上多个相关生物医药产业小组团,如以金光科技产业园为主要集聚区的生物医药集群、以吴淞江科技园为主要集聚区的生物医药与大健康集群和以吴淞湾科学城为主要集聚区的医药研发与生物技术集群,未来还将囊括以昆山未来城为主要集聚区的小核酸和生物医药集群,以及正在规划建设中的临湖现代中医药科教创新园和以太湖科学城为主要集聚区的高端医疗器械集群等。

2022年7月,药明康德宣布将在新加坡建立研发和生产基地,预计未来十年累计投资20亿新元。这家2000年起步于无锡的生物医药企业,经过十多年发展,现已成长为我国CXO头部企业,并在亚洲、欧洲、北美等地设有运营基地。

生物医药产业是"十四五"无锡高新区规划发展的重点产业之一。计划到2025年,全区生物医药产业规模将达到1350亿元。如何引入高端创新资源和重大项目,推动强链、补链、延链,加快打造产业集群,这是摆在高新区面前的问题。

从2020年开始,面对向全球招引各类创新团队和重大项目,有效解决高层次创新人才缺乏、企业创新能力不足的现实难题,无锡高新区始终坚持行政审批"零障碍",政策落地"零折扣",贴心服务"零距离",不断促进营商环境提档升级,倾力打响"无难事、悉心办"营商环境品牌。

由无锡高新区与阿斯利康共建无锡国际生命科学创新园,目前入驻率超过90%;无锡市药品检验检测中心,承担了香草醛、交沙霉素等7个国家药品标准物质质量监测工作;阿斯利康制药公司健康物联网创新中心,加快生物医药与物联网创新融合,创成"智慧医疗"的新模式。

江南大学益生菌科学与技术研究走在全球前列。2021年,无锡高新区与中国工程院院士、江南大学陈坚团队正式签署合作协议,共建益生菌及功能食品产业研究院,将通过整合多方面资源,开展益生菌与肠道健康领域的关键科学问题研究,以及推动益生菌科技成果产业化,实现食品、营养、微生物、临床医学等学科融合发展。

这些新建创新载体、平台和示范基地,对无锡高新区加快集群创新体系建设、集群品牌建设等,发挥了重要的推动作用。

无锡高新区在发展中,更是以参与国际医药产业竞争为目标,已取得了一系列创新成果。近年来,有20多个新研制或开发的药物,分别进入Ⅰ、Ⅱ、Ⅲ期临床,其中3个仿制药完成一致性评价,10个药物正处于临床前研究阶段。无锡高新区生命科技产业园也获批成为国家火炬特色产业基地。

济煜山禾的前身为本地的一家老牌中药厂。近年来,在无锡高新区创新政策、创新平台和专项资金的支持下,快速成为国内中药行业的创新领军者。目前,该企业拥有国家新药品种12个,其中一类新药2个,国家中药秘密技术品种1个,还先后参与或制订国家标准十余项。

祥生医疗是无锡高新区重点支持的一家医疗器材领域企业。该企业自主研发的具有5G远程同步功能的sonoeye掌上超声设备,虽只有电动剃须刀大小,但通过手机或者平板电脑,即可进行心肺、胸腹等全身检查。目前,祥生医疗掌上超声设备已在全球20多个国家和地区用于临床检查、急救诊断,被誉为"急诊神器""掌上生命线",祥生医疗也是中国科创板超声第一股。

观合医药落户无锡高新区以来,已经承担了5个国产新冠疫苗的海外三期临床研究组织任务。这些疫苗包括腺病毒疫苗、灭活疫苗、重组蛋白疫苗、mRNA疫苗等多个路线,还承担了一个新冠治疗性中和抗体的临床研究。

2022年迪哲中国区研发生产总部及全球生物医药创新孵化中心项目在无锡高新区开工。迪哲医药一期建设投资约10亿元,研发投入约20亿元,将建设迪哲创新药研发及生产基地,未来5年推动至少一个创新药产品获批上市;二期将用于扩大商业化产能、新剂型产能、孵化中心、研发实验室、物流及配套设施等。

"我们双方将携手共同孵化全球创新药领域优质项目。"迪哲医药董事长张小林表示,未来迪哲也将继续坚持全球创新,不断提升国际竞争力,积极吸引研发、资本、工业等领域的伙伴，与无锡高新区共同打造具备全球竞争力的生物医药产业集群。

具有世界前沿水平的战略科学家、熟悉国际生物医药产业法律法规和市场环境的国际医药注册人才、具有国际影响力的生物医药领域优秀企业家群体，这些都是推动生物医药产业高质量发展不可或缺的人才要素。

早在"十三五"期间，江苏便初步形成"一谷""一城""一港""一园""多极"的产业发展格局。"十四五"以来，江苏产业集群化特征更加明显，苏州、南京、泰州、连云港、徐州、南通、常州、无锡8个城市集中了全省80%以上的生物医药企业，产值占全省总量的95%以上。苏州中国药谷、南京生物医药谷、泰州中国医药城和连云港中华药港成为四大代表性集聚区。

2021年9月26日，江苏省政府发布了《关于促进全省生物医药产业高质量发展的若干政策措施》。创新是生物医药产业的永恒主题和不竭动力。从仿制药到研发国际一流创新药，江苏生物医药创新正释放强劲动能。江苏省把知识产权保护同样置于重要地位。江苏省将推动南京、苏州等知识产权保护中心加快建设，支持连云港申报建设知识产权保护中心，面向生物医药产业相关企业提供专利快速审查、快速确权、快速维权"绿色通道"。

目前，江苏正积极打造具有国际影响力、国内领先的生物医药和新型医疗器械先进制造业集群，依托恒瑞医药、先声药业、康缘药业等优秀企业，推进省级制造业创新中心建设，同时结合国家制造业创新中心建设总体布局，组织扬子江药业、正大天晴、豪森药业等企业积极参与国家医药高端制剂与绿色制造创新中心建设，组织鱼跃医疗、朗润医疗、飞依诺等企业积极参与国家高性能医疗器械创新中心建设，支持面广量大的中小企业提升创新能力，培育一批核心技术能力突出、集成创新能力强的"隐形冠军""单打冠军"。

苏州高新区是江苏省"一区一产业"唯一重点支持发展医疗器械产业的区域，是苏州市生物医药产业地标"两核"之一。2021年，已集聚起400多家医疗器械相关企业，拥有各类专利近2000项，从业人员超万人，产业年产值连续多年保持30%的增长速度，2020年年产值达200亿元。围绕医疗器械产业发展，苏州高新区已形成创新平台、孵化平台、服务平台、载体平台、资本平台在内的发展生态圈。以江苏医疗器械科技产业园为例，作为苏州高新区与中科院苏州医工所共建的国家级医疗器械科技产业园,园内除了数百家相关企业,还引入东南大学苏州医疗器械研究院、江苏省医疗器械检验所苏州分所等一批专业平台,先后获批国家火炬特色产业基地、创新型产业集群试点、国家级科技企业孵化器等。产业资源加速集聚,江苏医疗器械科技产业园经历多次"扩容",占地156亩的产业园四期项目已在建设中。

第四篇章 锻铸新引擎

科技创新是提高社会生产力和综合国力的战略支撑，是推动我国加快发展的新引擎。

江苏作为首个创新型省份建设试点省，在全国创新大局中占据重要地位。在中国创新版图上，江苏科技创新主要指标大幅跃升，产业自主可控水平实现新提升，战略科技力量培育取得新突破。2012年到2021年，全省全社会研发投入占比从2.38%上升到2.95%，万人发明专利拥有量从5.7件提高到41.2件，高新技术产业产值占规模以上工业产值比重从37.5%上升到47.5%，科技进步对经济增长的贡献率从56.5%提升至66.1%。

特别是近年来，着力突破"卡脖子"技术，创新链与产业链深度融合，布局建设了苏州实验室、紫金山实验室、太湖实验室等一批重大创新平台，锻造了一批"国之重器"，纳米、超算、物联网等产业和创新水平均居全国前列。

繁霜尽是心头血

科技立则民族立，科技强则国家强。

在江苏这片热爱科技创新的土地上,江苏科学家军团积极响应国家号召,打造国之重器,突破科技前沿,一座座"科技高峰"正在拔地而起。他们上达浩瀚宇宙,下至未知深海,为国家宏大战略立下汗马功劳;他们博古通今,从古代的四大发明火药,到5G、6G通信技术,用尽毕生心血,在各自领域中完成了一个又一个令人骄傲的突破。

2012年6月24日,"蛟龙"号顺利下潜7020米。

同一天,我国神舟九号飞船与"天宫一号"手控对接成功。

深海之下,"蛟龙"号主驾驶叶聪与正在太空遨游的宇航员互送祝贺,这段奇妙的海天对话,将"可上九天揽月,可下五洋捉鳖"变成了现实。

"上天下地",四个简简单单的汉字,蕴含的是一代又一代科学家的无私奉献与辛勤付出,只为打造国之重器,穷尽天地奥秘。可又有谁知道,国之重器的孕育,充满了艰辛与挑战。

"脱军装我们不愿意,但是为国学习导弹我们愿意的。"

回想起1958年的那个夏天,戚发轫激动又感慨。1957年大学刚毕业的戚发轫进入新组建的国防部第五研究院一分院,也是我国首个专门研究导弹和火箭的研究院,穿上了军装。1958年夏,他听说一个好消息,院里派大家去莫斯科学习导弹技术。刚学了几个月俄语准备去苏联,大家却突然被通知去不了了,因为苏联不接受现役军人去他们的军事院校学习。经过一段时间的协商后,领导通过高教部让大家去莫斯科航空学院学习,没想到培训名单一下来,戚发轫又被拦了下来,"搞空气动力学的、强度的、材料的都可以去,但学习导弹总体设计的人不能去"。这给青年戚发轫很大的刺激。

到了1959年,中苏关系恶化。苏联采用釜底抽薪的方式,不但撤走全部专家,还带走了所有图纸资料,目的就是切断新中国的导弹研制计划。在一穷二白的年代,戚发轫等科学家在钱学森的带领下,克服种种困难,采用改进后的液氧作原料进行发射,终于把"东风一号"成功送上了天。

1962年3月21日,"东风二号"导弹首次发射遭遇失败。"东风二号"发射失败后,钱学森制定了一个原则:把一切问题都消灭在地面上,不能带着任何疑点上天。作为"东方红一号"卫星主要技术负责人之一的戚发轫,遵循着这一从失败中总结出的原则,和团队一道,为"东方红一号"卫星做了充足的地面试验。

"由于没有低温试验室，大家就在海军的冷库里做试验。夏天我们穿着大棉袄、塑料鞋，出来以后塑料鞋都冻裂了。"戚发轫说，"但是没有一个人抱怨过。"

中国工程院院士、神舟飞船总设计师戚发轫是新中国航天史的谱写者与见证者，曾参加中国第一发导弹、第一枚运载火箭、第一颗卫星、第一艘试验飞船和第一艘载人飞船的研制工作。在南京航空航天大学"思政公开课"上，戚发轫解密航天事业的腾飞密码，讲述了"两弹一星"精神的重要内涵，以及"特别能吃苦、特别能战斗、特别能攻关、特别能奉献"的载人航天精神。

戚发轫表示，航天事业发展到现在，新问题新挑战会不断涌现，新一代航天人的使命任务比老一代光荣艰巨。"老一代航天人当年是解决'有无问题'，别人有的我们要有；新一代航天人要解决'别人有的我们要做得比他们好，他们没有的我们也要有'的问题。"戚发轫表示，"创新精神的核心没有变，我们要激扬自力更生、艰苦奋斗的志气，当年我们靠自己，现在还是要靠自己！"

对于嫦娥一号卫星系统总指挥兼总设计师、中国科学院院士叶培建来说，创新精神同样重要。七旬探月的"追梦人"，仍在为飞向更远的深空奋斗。

1968年7月，从浙江大学毕业的叶培建被分配到卫星制造厂，他原本想到西北基地去工作，但未能如愿。然而，叶培建与航空航天事业的缘分并未就此中断。

1980年，叶培建通过首批留学生考试，前往瑞士留学。在这里，他第一次近距离接触到了月球探测成果。一次偶然的机会，叶培建来到联合国世界知识产权总部，看到了各国最高知识水平的代表作。"当年我们展出的是个景泰蓝花瓶，代表中国工艺水平。美国的展品却要在放大镜底下才能看清楚。那是一块来自月球的岩石，名为 A piece of the moon。"缘分就是如此的巧妙，后来的他也与中国探月工程紧密地联系在了一起。

从我国第一代传输型侦察卫星、第一代长寿命实时传输对地观测卫星，到我国第一颗月球探测卫星，甚至包括取代"红马甲"的深圳股票交易卫星 VSAT 网……作为多个具有开创意义的空间探测器的总设计师、首席科学家，叶培建在航天领域摸爬滚打了50多年，亲历我国航天事业从无到有、由弱变强，亲身参与我国卫星研制、遥感观测、月球与深空探测等重大工程。

1994年，我国科学家开始进行探月活动必要性和可行性研究。2000年11

月,我国首度公布将开展以月球探测为主的深空探测的技术预研,"绕""落""回"三个阶段探月计划拟于 2020 年完成。

"人家是一个脑袋两只手,我们也是一个脑袋两只手,人家能干成的事,我们也一定能做到。"这是叶培建常挂在嘴边的一句话。2004 年初,探月一期工程立项,叶培建担任"嫦娥一号"卫星总设计师兼总指挥。62 岁的叶培建带领着一支平均年龄不到 30 岁的研制队伍,攻克了一系列技术难题,拿下了大批具有自主知识产权的核心技术,用短短 3 年时间完成了"嫦娥一号"卫星的研制。2007 年 10 月 24 日,承载着中华民族千年奔月梦想的"嫦娥一号"卫星发射成功,书写了中国航天器研制历史上的传奇,这也标志着我国航天事业在走向月球、探索深空的技术上迈出了最为艰难的第一步。

"嫦娥三号"首席科学家,"嫦娥二号""嫦娥四号""嫦娥五号"试验器总指挥顾问兼总设计师顾问……2007 年至今,叶培建带领着团队一次次刷新深空探测的纪录。

2020 年 12 月 7 日,采集月壤归来的"嫦娥五号"稳稳着陆,我国首次月面自动采样任务取得圆满成功。这也意味着,我国探月工程完成了"绕、落、回"三步走战略规划的最后一步。在叶培建看来,这代表着中国航天人 20 年来的不懈追求,终于提交了一份满意答卷。他满怀底气地说:"我们实现了承诺。我们没吹牛!"

"一个伟大的中国,一个强大的社会主义国家,必然方方面面都要强,要用'航天梦'来托举'中国梦'。"叶培建青春年华投身祖国航天事业,年逾古稀仍心系祖国航天未来。为表彰叶培建在空间科学技术领域的卓越贡献,2017 年 1 月,国际天文学联合会国际小行星中心将编号"456677"的小行星命名为"叶培建星"。面对荣誉,叶培建谦虚地说:"那颗星并不属于我,但却给我带来了一份新的责任与使命,那就是在有生之年再多做点事情。"

浩瀚宇宙,终将留下中国航天人坚定的步伐。从宇宙回首看地球,海洋深处,究竟是怎样的世界?航天人"上天"的同时,也同样有着一批对于海洋深处、对于"下地"情有独钟的人。

从自主设计的 7000 米载人潜水器"蛟龙"号,到自主研发的 4500 米载人潜水器"深海勇士"号,再到探底马里亚纳海沟的全海深载人潜水器"奋斗者"号,这些"大国重器"的背后离不开一个人,他就是中国船舶集团有限公司第七〇二研究所副所长叶聪。20年来,他先后担任"蛟龙"号主任设计师和首席潜航员、"深海勇士"号副总设计师、"奋斗者"号总设计师,参与并见证了中国深海事业一步步跻身国际领先水平的历程。

叶聪始终奋战在载人深潜第一线,长期从事载人潜水器设计理论研究与技术攻关,一步一个脚印,逐渐成长为我国深海装备事业及深海载人潜水器技术的领军人物,在载人潜水器总体设计、潜水器操作驾驶和潜航员培训等方面做了系统化的创造性工作。

2020年全世界有一半的大深度载人深潜活动都是由"蛟龙"号、"深海勇士"号和"奋斗者"号完成。在地处无锡的深海技术科学太湖实验室,望着户外广场上一字排开的载人深潜"大国重器"实尺度模型,叶聪感觉幸运,能赶上中国载人深潜最好的时代,这是个人选择与国家发展的完美融合。

2002年,7000米载人潜水器立项,叶聪随即参与了"蛟龙"号载人潜水器的研发。2003年,刚工作两年、年仅24岁的叶聪,担任我国首台自行设计、自主集成研制的"蛟龙"号主任设计师。

作为中国载人潜水器最年轻的主任设计师,叶聪面对标准规范缺乏和国外技术封锁,突破一系列关键技术,开创性地进行了潜水器总布置设计,独立完成了所有设计阶段的任务使命分析报告、均衡计算书、深潜操作流程以及潜水器总图。

到了充满风险与挑战的海上试验阶段,叶聪冲锋在前、勇挑重担,在2009年至2012年海上试验期间,作为国内首位载人深潜主驾驶员、"蛟龙"号首席潜航员,执行了"蛟龙"号海试阶段51次下潜中的38次任务。"蛟龙"号下潜深度从50米、300米,到1000米、3000米、5000米,最大下潜深度达7062米。

谈到这段为期四年的海上试验经历,叶聪毕生难忘。每次出海,在一个几乎与世隔绝的环境中,所有问题只能船上的人自己解决。每次下潜,三个人蜷缩在内径2.1米的球舱里,不仅要调试各个系统功能,还要进行科考作业,捕获海底生物。

"蛟龙"号与母船通讯"失联",电气绝缘故障,机械臂突然断裂,遇到大量沉积物覆盖……困难可想而知,意外不可避免。叶聪带领团队靠着过硬技能,一次次解决险情。

伴随着"蛟龙"号从图纸变为现实,叶聪所在的载人深潜团队开启了新的征程——要全面掌握核心技术,让谱系化的潜水器在国内得到技术、部件、运维等方面的支撑。2009年,"深海勇士"号载人潜水器立项,叶聪担任副总设计师和总质量师,全面负责总体设计工作。

历经8年艰苦奋斗、研制攻关,2017年,"深海勇士"号载人潜水器顺利完成海试工作并交付验收。叶聪介绍,与"蛟龙"号四年稳扎稳打的海上试验过程不同,短短34天的有效时间里,"深海勇士"历经5个试验海区,完成了28次下潜、426项测试,最大下潜深度4534米,完成所有试验任务,4500米深度下实现了全程无故障运行。

值得一提的是,经过8年艰苦研发,4500米级载人潜水器验收报告显示,潜水器国产化率达到95%。我国已具备载人舱、浮力材料、锂电池、推进器、海水泵、机械手、液压系统、声学通信、水下定位、控制软件等关键部件的自主研制能力。

勇往直前,才能创造更加灿烂的辉煌!站在"蛟龙"号和"深海勇士"号的肩膀上,叶聪担当"奋斗者"号全海深载人潜水器总设计师、海试总指挥。从2016年正式立项起,叶聪主持完成了"奋斗者"号集基础研究、技术攻关、应用示范为一体的全链条创新,创建了我国独具特色的全海深载人深潜装备研发技术体系。

2020年11月10日8时12分,"奋斗者"号在马里亚纳海沟成功坐底,创造了10909米的中国载人深潜新纪录。从此,"地球第四极"烙下中国印记,我国成为同类型载人深潜装备领域的领军国家。

"奋斗者"号能在万米海底勇往直"潜",得益于有一颗强大的中国"心脏",其国产化率超96.5%。"奋斗者"号融合了之前两台深潜装备的"优良血统",不仅采用安全稳定、动力强劲的能源系统,还拥有更加先进的控制系统和定位系统,以及更加耐压的载人球舱和浮力材料。这就是中国力量。

万米深度只是科学坐标之一,叶聪团队还追求更多场景的应用和反复安全的到达。在"奋斗者"号研制成功的基础上,他和团队正围绕深海装备快速化、重载化以及协同作业方面继续努力。未来,还将进一步丰富完善我国潜水器谱系,为海底资源、地质和深海生物调查,以及科学研究、水下工程、打捞救援和深海考古等提供更多支持。

近年来,针对我国深海装备行业发展需要,叶聪牵头成立了中国造船工程学会深海装备产学研用创新平台、深海装备技术学术委员会,有力促进技术链与产业链深度融合;搭建了潜航员培训技术体系,组织编制潜航员培训教材,指导培养多位潜航学员;走进校园课堂,带头普及海洋科学知识,积极推动青年事业蓬勃发展。

作为一名青年科技工作者,叶聪希望年轻人潜心钻研、不惧困难。"要在关键时刻顶得上去,困难面前沉得下心,也希望今后有更多人关心海洋,积极投身科学研究工作。"

"下地"不仅包括探索海洋深处,也包括"地下钢铁长城"的铸就。

在庆祝中国人民解放军建军 95 周年之际,中央军委 2022 年 7 月 27 日在京隆重举行颁授"八一勋章"和荣誉称号仪式。中共中央总书记、国家主席、中央军委主席习近平向"八一勋章"获得者颁授勋章和证书,向获得荣誉称号的单位颁授荣誉奖旗。

八一大楼仪式现场,部队官兵和文职人员代表整齐列队,气氛庄重热烈。下午 4 时,18 名持枪礼兵正步入场、伫立两侧,颁授仪式开始,全场高唱国歌。中共中央政治局委员、中央军委副主席许其亮宣读习近平签署的中央军委授予"八一勋章"和荣誉称号的命令,中共中央政治局委员、中央军委副主席张又侠主持仪式。

杜富国、钱七虎、聂海胜等获得"八一勋章"的同志依次上前,习近平为他们佩挂勋章、颁发证书,同他们合影留念。

"八一勋章"获得者钱七虎院士的家乡在江苏昆山。他为国铸盾 60 余载,初心不改。

20 世纪 70 年代,当人们欢呼庆贺核弹爆炸成功之时,一群身着防护服的科研人员冲进爆炸现场,年轻的钱七虎就在其中。他进行的核弹爆炸防护工程研究,开创了我国核生化防护工程这一崭新学科。

世间万物,相生相克,有矛必有盾。防护工程被誉为一个国家的"地下钢铁长城"。如何铸就坚不可摧的"盾牌",成为钱七虎毕生钻研的课题。

"哪些事情对国家和人民有利,科学家的兴趣和爱好就要向哪些事情聚焦。"当说到自己的这句座右铭,钱七虎的声音微微发颤,似乎又回到了自己奋战在铸就"地下钢铁长城"一线时的模样。

1937年8月,淞沪会战爆发,钱七虎的家乡江苏昆山饱受战乱困扰,人民流离失所。那一年,母亲在逃难途中生下他。

钱七虎在苦难中艰难成长。新中国成立后,他依靠政府的助学金,顺利完成中学学业。他成绩优异,成绩单被当作慰问品送给参加抗美援朝的志愿军。

新旧社会的强烈对比,让钱七虎报效国家的感情日益强烈。

1954年,钱七虎成为原哈尔滨军事工程学院成立后选拔保送的第三期学生。毕业时,他成为全年级唯一一个全优毕业生。1965年,钱七虎在获得副博士学位后,从苏联留学归国。此后,防护工程成为他毕生为之奋斗的事业。

"国家间的军事竞争就像两个武士格斗,一人拿矛、一人持盾,拼的是矛利盾坚。我的使命就是为国铸造最强盾牌。"钱七虎这样描述他挚爱的防护工程事业,"防护工程是地下钢铁长城,也是国家安全的最后一道防线"。

"我军的战略方针是积极防御,不首先使用核武器。敌人先打了我们,我们要保存力量进行反击,靠什么?靠防护工程。"如果说核弹是军事力量中锐利的"矛",那么防护工程则是一面抵御侵袭的"盾"。钱七虎归国后很长一段时期,我国面临严峻的核武器威胁。他在核空爆防护工程理论与设计方法领域进行开拓性研究,研制出国内第一套核爆炸压力模拟装置,设计出当时国内跨度最大、抗力最高的飞机洞库防护门,相关成果被编入国家规范。

20世纪80年代以来,世界军事强国开始研制新型钻地弹、钻地核弹,动辄数十米的钻地深度和巨大威力让人不寒而栗。为此,钱七虎创造性地提出建设深地下超高抗力防护工程的总体构想,并攻克一系列关键技术难题,为抗钻地核武器防护工程的选址、安全埋深、指标体系的建立和抗爆结构的设计提供理论依据,实现了防护工程的跨越式发展。

有人曾在某地下防护工程内当面表达对钻地弹的担忧,钱七虎的回答掷地有声:"我们的防护工程不仅能防当代的,也能防未来可能的敌战略武器打击,什么钻地弹来了都不怕。"

这是一位科学家的豪气,更是一个国家的底气。

在一次次探索实践中,钱七虎逐步建立起我国现代防护工程理论体系,解决了我军核武器空中、触地、钻地爆炸以及新型钻地弹侵彻爆炸等若干工程防护关键技术难题。

在半个多世纪的科研岁月中，钱七虎为我国多项大型工程立下汗马功劳。1975年，钱七虎设计出当时国内抗力最高、跨度最大的飞机洞库门；1992年，钱七虎主持被誉为"亚洲第一爆"的珠海国际机场项目爆破工程，开辟了中国爆破技术新的应用领域；在港珠澳大桥的海底隧道项目建设上，钱七虎综合考虑洋流、浪涌、沉降等各方面因素，提出关键性建议方案；作为多个国家重大工程的专家组成员，钱七虎还对南水北调工程、西气东输工程、能源地下储备等提出切实可行的决策建议，并多次赴现场提出关键性难题的解决方案。

2018年1月8日，钱七虎获得中国科技界的最高荣誉——国家最高科学技术奖。从习近平总书记手中接过奖章时，他思绪万千、心潮澎湃："我想，我这一生，做得最正确的选择就是将自己的理想与国家民族的前途命运紧紧相连。国家的需要，永远是我奔走的方向。"获奖不到一周，他便决定将800万元奖金悉数捐出，重点资助西部困难学子。

钱七虎长期从事防护工程及地下工程的教学与科研工作，创建了我国防护工程学科，建成了国家重点学科、重点实验室和创新研究群体，填补了多项理论研究空白。研制出我国第一套空中核爆炸荷载模拟试验装置，研发出多种新型防护材料和系列高抗力复合结构。获国家科技进步一、二、三等奖各1项，荣获中国人民解放军专业技术重大贡献奖、何梁何利基金科学与技术进步奖等；2013年荣立军委一等功。截至2019年，钱七虎先后指导博士研究生55名，博士后40名，帮带10余名国家级科技人才。

钱七虎常说："只有把个人理想与国家的需要、民族的前途紧密联系在一起，才能有所成就、彰显价值。"

"耄耋之年自有狂，固北疆，战南洋。磨剑数载，建万里国防……"这是钱七虎的学生在获知导师获得国家最高科学进步奖后，有感而发写下的一首词。奋斗一甲子，铸盾六十年。自从选择了科学防护事业，钱七虎始终站在学科发展前沿，为我国现代防护各个时期的建设发展倾注心血。钱七虎说，自己一生从未动摇的目标就是，为祖国铸就一座打不烂、炸不毁的"地下钢铁长城"。

和钱七虎研究的"核爆炸"一样，王泽山研究的也是"爆炸"，只不过，他热爱的是中国古代"四大发明"之一的火药。这项古老的发明，在他的手中，再度焕发熠熠星光。

"自己这一辈子,除了还能做火炸药研究这一件事,别的都不擅长。我的生活已经跟科研分不开了。一旦离开,就会感觉自己好像失去了生活的重心。"

虎年春节刚过,年过八旬的王泽山,冒着春雪,来到办公室查阅资料。在外人眼中,这就是一个外表朴素、身材瘦削的普通老人。然而,正是这位 86 岁的老人,推动我国火炸药整体技术实力进入世界前列。作为著名火炸药学家、中国工程院院士、南京理工大学教授,被誉为中国"火炸药王"的王泽山,三次获得国家科技大奖的一等奖。2018 年 1 月 8 日,他又一次登上了国家科学技术奖励大会的领奖台,这一次,中共中央总书记、国家主席、中央军委主席习近平亲自向他颁发国家最高科学技术奖证书。

1935 年 10 月,王泽山出生于吉林省吉林市。此时他的家乡已经沦陷在日军的铁蹄之下。父亲悄悄教育他:"我们是中国人,我们不能做亡国奴。"从此,父亲的话在他心里种下一颗报国的火种,一生都在燃烧。

1954 年,王泽山高中毕业,报考中国人民解放军军事工程学院火炸药专业。为什么选择这门"过时、基础、枯燥并且危险,一辈子也出不了名"的专业?王泽山说:"专业无所谓冷热,只要国家需要,任何专业都可以光芒四射。"作为全班唯一主动选择这个冷门基础专业的学生,他开始了与火炸药超过一个甲子的相伴。

火药是中国古代的四大发明之一。然而,近几百年里,中国的火炸药技术却一直落后。王泽山凭借 60 多年的矢志创新,勇攀高峰,带领着团队推进了我国火炸药整体技术实力跨入世界前列,让中国发明的火药在 21 世纪实现"复兴"。

火炸药的储存周期一般是 15 年到 20 年。过了存储周期后,怎么处理便成为难题。20 世纪 80 年代,王泽山花了十年的努力,率先攻克了废弃火炸药再利用的多项关键技术,将这些具有很大安全隐患和环境风险的"危险品",变成了二十多种畅销国内外的军用和民用产品。1993 年,这项技术获得了国家科技进步一等奖。

我国幅员辽阔,温度差异非常大,比如,在冬天,东北的气温低至零下三四十摄氏度,海南的气温则在零上二十多摄氏度,对军械性能的发挥会产生重要影响,这一问题也困扰世界军械行业上百年。1996 年,他研究的低温感度发射装药与工艺技术摘得了国家技术发明一等奖。那一年他已经 61 岁。

20 年后的 2016 年,王泽山再次发明了等模块装药和远程、低膛压发射装药技术,大幅度提升了远程火力的打击能力。应用此项技术使弹道性能全面超过其他国家的同类火炮,解决了国际军械领域长期没有解决的难题。他也再次获得 2016 年度国家技术发明一等奖,成就了科技界罕见的"三冠王"传奇。

早年和王泽山一起就读军事学院的同学,现在大多已退休 20 多年了。在很多人看来,王泽山完全可以功成身退,颐养天年。但王泽山仍然奋战在一线。作为南京理工大学年龄最大的院士,他 69 岁考下驾照,开车穿行各地;他还会玩微信、叫网约车、网上订机票宾馆。

在同事们眼中,80 多岁的王泽山是一个真正的"80 后",像年轻人一样,好像永远不知疲倦,永远都在学习最新潮的事物。

然而,做这一切,并非赶时髦。王泽山说,学开车是为了方便去工厂测试;叫网约车,是省去对方派车接站的时间。人生有涯,他不想为任何琐事浪费时间。作为一个科研工作者,他的生命应该始终是奋斗的姿态!

在研究废弃火炸药的安全再利用时,一年中,王泽山超过 200 天辗转于辽宁、内蒙古、青海等地。野外试验场远离住宿地,一次,王泽山一边吃饭一边思考实验情况,吃完饭才发现自己手里拿的"筷子"竟是两根树枝。冬天,阿拉善地区的气温达到了零下 30 多摄氏度,扬尘和大风吹得人睁不开眼,冷到高速摄像机都"罢工"了,可王泽山在试验场一待就是一整天。一天的实验做下来,课题组的年轻人都疲惫不堪,有些吃不消。而年逾花甲的王泽山晚上还要核对和验证白天取得的各类实验数据,反复查找实验过程有无疏漏之处。

1999 年,王泽山被评为中国工程院院士。那时他已经年逾花甲,很多人忙着退休,但他依然沉心搞科研。

王泽山特别珍惜时间,只要没有特殊安排,他会在晚上九点半左右休息,然后凌晨两三点起来工作。王泽山与夫人有一个"约法两章":他工作的时候两人互不干扰;春节等长假,带夫人外出旅游。可是,到了旅游地,却常常留在房间工作。生活里争分夺秒的他,却舍得扔大把时间在试验场。即使已经八十多岁,王泽山每年还是几乎有一半时间侍在试验场里。

2021 年 12 月,一条科技新闻火爆出圈:王泽山将他所获得的国家最高科学技术奖等奖金共计 1050 万元,一次性捐赠给南京理工大学,支持学校教学和为国家培养国防人才。而不为人知的是，作为一位著名科学家，他凡事能省则省，能简则简。

他的代步工具还是 69 岁时购买的一台 10 万元的紧凑型轿车。一次，王泽山参加学术会议，会场保安见他衣着简朴，又是自己开车，误认为他是司机，将他拦下。每次去辽阳 375 厂，他都坚持住在条件简陋的厂招待所，而不去条件更好的市区宾馆。因为，"招待所离厂里近，开会实验都方便"。

王泽山常说："只要能给别人光明，我愿做那执灯的人。"王泽山始终强调自己是一名"教育科研工作者"，为国家培育人才摆在第一位。

听过王泽山讲课的人都会有这样一种感受：他上课从来不会简单地重复那些已经成熟和定型的知识，而是第一时间将国际上的前沿技术和研究成果引入课堂，培养学生的国际化视野。他是国内较早实践与国外大学联合培养博士研究生的教授之一。

在南理工教师队伍中，王泽山一向以严格而出名。一年冬天，他带领学生在东北进行靶场实验。为了保证实验数据的准确，他要求学生将测试数据扩充到 20 个。80 多岁的王泽山和学生一起站了一天完成了实验。

"铁面"背后，更多的是对年轻人不遗余力地提携。一次，在研究所的总结会上，王泽山说，这些年来，大家都习惯性地认为我牵头的项目成果都是我的。但事实不是这样。"药筒斜肩部装药方法和装置"的发明，虽然是我提出来的，但最终解答的是我的学生刘玉海，所以这项成果不是我的。后来，在申报专利时，他坚持将刘玉海作为第一完成人。

有这样一组数据，从教以来，王泽山共培养了百余名硕士，90 多位博士；10 多人获得国家科技奖一等奖，30 多人在攻读学位期间多次获得省部级以上科技奖励和国家专利。其中，国家科技成果奖励评审专家肖忠良，国家首批"万人计划"教学名师钟秦等，扎根武器装备研制一线，成长为中国国防事业的中坚力量。

"繁霜尽是心头血，洒向千峰秋叶丹。"长期以来，这些江苏力量以实现国家富强、民族振兴、人民幸福为己任，着力攻克关键核心技术，破解创新发展难题，在重大科技领域不断取得突破，为江苏省经济社会发展，为我国科技事业发展做出了杰出贡献。

聚力前沿突破

2002 年 8 月 24 日,第六届未来网络发展大会如期而至,来自国内外的顶尖互联网专家、电信运营商、网络设备制造商等齐聚南京,共同探讨科技前沿趋势,解码未来创新命题。

紫金山实验室亮出"创新海拔",院士共话"东数西算",成果展"新科技"轮番登场,创新大赛 35 支战队"激战正酣"……

大会带来一场网络视听盛宴,引领探索无限未来。

网络通信与信息安全紫金山实验室位于江宁开发区无线谷,是江苏省、南京市深入贯彻落实习近平总书记关于"加快新时代网络强国战略"指示的重要举措,聚焦网络通信与安全领域国家战略需求,全力打造世界一流网络通信与安全研发高地,引领全国网络通信产业尽快实现自主可控。自成立以来,以刘韵洁院士团队、尤肖虎教授团队、邬江兴院士团队为基础,汇聚了近 1000 人的科研队伍,重大成果已初步展现。

"紫金山实验室就是要解决国家重大的科学技术问题、产业发展重大的瓶颈问题,以及解决普通企业、普通研究单位、普通高校没法办成的一些重大的任务。"

刘韵洁院士对于中国目前的 5G、6G 发展状况,可谓是如数家珍。操着一口不甚标准的普通话,刘院士形象而生动地解释道:"5G 的重要性,不仅可以比作人的神经系统,更可比喻为人的血液循环系统。在 5G 引领的万物互联、工业互联网时代,信息的价值会像人的血液一样。"

"5G 可不是只比 4G 多了 1 个 G,它是革命性的。和 4G 比起来,5G 具有超高网速、超低延迟、超广连接的特点,可以说,5G 在网络架构上比 4G 复杂得多。"

对于 5G 建设中的"卡脖子"难题,刘院士特别指出:"组建核心网是目前 5G 发展中非常重要的核心竞争力。"核心网,决定了 5G 独立组网能否真正实现,也决定了千行百业能否真正实现"+5G"。

"中国在 5G 方面话语权越来越大。"刘院士谈到,在 4G 时代,中国经历漫长的从跟跑到并跑的阶段,但在 5G 发展上,中国提前部署,步入了"第一阵营",毋庸置疑地"走在前列"。不过,刘院士也坦言,他个人认为,在 4G 领域,依旧呈现以美国为主导的业态,"移动通信对于社会的影响,不仅表现在手机等终端上,更重要的是,它的技术能拉动产业链,从而撬动整个产业的发展"。

"目前,中国的核心技术依然缺失,依然受制于美国,包括芯片和操作系统等",刘院士不回避中国在技术方面面临的短板。同时他也强调,中国要抓住 5G 发展的机遇,并提前部署未来网络,"我们已经是时候研究 2030 年的未来网络发展趋势了,因为 2030 年 5G 将开始向 6G 演进"。2030 年的网络需求,是要支撑万亿级、人机物、全时空,安全智能的连接和服务。

而这,仅仅只是开始。成立以来短短五年间,紫金山实验室在多个领域都绽放出了独属于自己的风采。2020 年 8 月 14 日,在第四届未来网络发展大会上,由紫金山实验室牵头主导发布多项重大成果,包括全球首个确定性广域网创新试验、数据驱动的 B5G 网络智能开放平台、长三角工业互联网高质量外网开通三项重大科技成果,并在大会上同期发布紫金山实验室 6G 研究白皮书、未来网络白皮书。

2021 年 6 月 17 日,在第五届未来网络发展大会上,由紫金山实验室和北京邮电大学共同完成的"全球首个骨干网级可编程交换设备操作系统"首次对外发布。该系统通过开放网络架构、异构芯片兼容、多种应用场景的构建,可满足工业场景下差异性定制化的需求,已在长三角 9 个城市核心节点、PB 级算力数据中心的大规模测试环境中得到应用实践,有效提升工业互联网的效能。大会还发布了全球首个 5G 网络数据采析与性能追踪系统等重大成果,多家单位共同启动了未来网络试验设施开放合作,标志着这一国家重大科技基础设施将正式对外提供服务。

"紫金山实验室的目标之一,就是构建新型网络架构,满足产业互联网时代对互联网的确定性和连接性的要求。"刘院士表示,互联网已经进入到下半场,即赋能实体经济,对制造业进行升级改造,这对网络服务质量提出了更高要求。

作为第六届未来网络发展大会的重磅环节,紫金山实验室联合江苏省未来网络创新研究院、未来网络产业公司发布了全球首个广域确定性网络系统重大突破成果,同时紫金山实验室还发布了全球首个云原生算网操作系统、全球首个 6G TKμ 极致连接无线传输试验平台 V1.0 两项重大科研成果。"确定性网络是互联网进入实体经济面临的严峻挑战，也是重要机遇。"中国工程院院士、紫金山实验室主任刘韵洁团队从理论、算法、体系架构上攻关，设计了确定性网络的大网操作系统。此外，历时十年，我国信息领域第一个大科学装置 CENI 全国 40 个城市骨干网全部开通。

在六朝古都南京，紫金山实验室闪耀着通信科技最前沿的智慧结晶；数百公里外，地处江南水乡的无锡，太湖实验室也同样绽放着海洋装备领域的丰硕成果。自主研发的"三维水弹性力学分析软件""海洋结构分析通用软件"等多个船舶工业 CAE 软件成功发布；深海采矿重大专项成效显著，完整构建我国自主知识产权的深海多金属硫化物采矿技术体系；载人装备谱系化发展不断完善，"奋斗者"号全海深载人潜水器完成首次常规科考应用……

中国工程院院士、太湖实验室主任吴有生的科研之路充满传奇。

1967 年，吴有生从清华大学工程力学系研究生毕业，来到了 702 研究所工作，从此开启了他与中国船舶工业半个多世纪的不解之缘。当时，我国舰艇研制工作基础薄弱，迫切需要基础理论学科保驾护航。年仅 25 岁的吴有生，深感自己肩头的重任。他暗下决心，一定要通过这一代人的奋斗，努力迎头赶上。风华正茂的他一头扎进实验室，开始舰艇抗爆试验研究。

夏夜的江南，闷热而潮湿。吴有生以高昂的干劲投入工作。为了对付肆虐的蚊虫，他头戴草帽、脚套雨靴，坐在昏黄的灯光下查阅资料、绘制图纸，汗水浸湿了衣衫依然心无旁骛。经过坚持不懈的努力，吴有生凭借坚实的力学基础和对工程实际问题出色的分析能力，与团队创造性地建立了一套在核空爆作用下舰船结构弹塑性变形的工程分析方法和等级预报方法，为战术论证和抗核加固设计提供了重要的依据。为此，他荣获军队科技进步一等奖和全国科学大会奖；发展了水下爆炸作用下舰船结构动响应与设备冲击环境条件的试验与预报方法，获三个部级科技进步二等奖。

吴有生先后担任 702 所总工程师、副所长、所长、名誉所长。702 所作为中国造船工业的技术支撑、前沿学科发展的主导单位和对外窗口，担负着中国船舶科学技术攻坚开拓的尖兵责任。吴有生深知肩头担子的重量，他似一台开足马力的机器不知疲倦地运转着，一方面履行好所领导的职责，一方面带头开创新的科研领域。

吴有生对国家负责的高度责任感已使他超然于物外。一次,在某个发展战略研讨会上,有人对舰艇定量声学设计心存疑虑,吴有生则认真分析阐述定量声学研究的必要性、现状以及发展前景,一口气讲了半个小时,可谓苦口婆心、情真意切,他的激情已经沉淀为对科学和理想不懈追求的一种执着和坚韧。

"国家对我的要求很高,也很重视我的意见,我必须为国家利益着想。"站在国家的角度从顶层考虑,吴有生认为深海是未来人类开发利用海洋最重要的领域,也是世界海洋科学、经济、军事竞争的制高点。从20世纪90年代开始,他就努力推动深海装备技术的研究。他带领船舶界专家经十年努力,促成了我国7000米深海载人潜水器于2002年立项研制。在他的支持下,2009年"蛟龙号"研制成功,2012年到达了7062米的深海,刷新了世界载人深潜的新纪录。

"面向新时代,我国海洋装备科技与产业的发展必须聚焦在'绿色、智能和深海'三大重点方向上。"肩负着工信部高科技船舶科研计划专家委员会主任的重任,吴有生着眼世界发展趋势和国家的紧迫、长远需求,组织行业内各专业的专家,论证提出在我国船舶与海洋工程领域开展产学研深度融合的科技创新的内容与途径。

"之所以重视深海,是因为深海资源开发和利用决定着人类经济的可持续发展和我国未来的命运。"吴有生表示,发展太湖实验室,在深海空间开展研究,将揭开世界前沿科学和高技术发展的全新天地。太湖实验室主体建设单位中国船舶702所长期在海洋装备技术领域扎实拓展,特别是在谱系化载人深潜装备研发方面,走在了世界前列。以"蛟龙"号、"深海勇士"号、"奋斗者"号等为代表的深海装备制造和载人深潜实践证明了太湖实验室的设施条件、专业基础、发展潜力十分具有优势。

太湖实验室执行主任何春荣表示,下一步,太湖实验室将整合中国船舶集团以及江苏、海南省等相关资源,整合"洞—池—湖—海"试验研究体系和国家超级计算无锡中心,在全国形成"一体两翼,双湖三海"的总体布局,让太湖实验室成为国家深海技术科学领域原始创新、自主知识产权重大科研成果策源地,形成引领科技创新发展的国家战略科研力量。

除了紫金山实验室、太湖实验室,位于人间天堂苏州的姑苏实验室同样引人注目。材料科学姑苏实验室是瞄准国家实验室标准和国际一流水准建设的新型研发机构,是江苏省委省政府和苏州市委市政府倾力打造的重大科技创新平台,成立之初获批"省属科研事业单位"和首批"江苏省实验室"。实验室坐落在苏州工业园区,建设资金总额 200 亿元(10 年建设期),土地规划 500 亩,主要研究领域包括电子信息材料、能源环境材料、生命健康材料等,目前已在电子信息材料领域逐步开始重点布局。

作为目前仅有的三家江苏省实验室,紫金山实验室、姑苏实验室和太湖实验室均以创建国家实验室为目标。目前,紫金山实验室、姑苏实验室和太湖实验室已分别在网络通信与安全、材料科学、深海技术科学等领域汇聚了国内顶尖科研团队,建有一批国家重大科技基础设施和科技平台,具备了承担国家重大科技任务的基本条件。

紧扣国家实验室功能定位,三大实验室开放汇聚了一大批"国字号"资源。紫金山实验室探索"人才特区"政策,整合东南大学、中国电科 14 所等科技力量,组建联合研究中心和伙伴实验室;姑苏实验室依托中国科学院苏州纳米所等机构,统筹集聚各类高能级科研院所、大学和企业优势力量,打造一体化协同创新格局;太湖实验室发挥中船集团的央企优势,构建"核心＋基地＋网络"的创新体系布局。

同时,三大实验室已建立了高效的管理运行机制。"三个实验室都实行理事会领导下的主任负责制,建立了管理与科研相分离的组织模式。在这种模式下,理事会负责重大任务和事项决策,而实验室主任和首席科学家团队则集中精力开展科研,有利于实验室在既定任务牵引下更富效率地组织攻关。"韩子睿建议,三大实验室还可在建立重大任务形成机制、构建开放协同的发展机制、强化目标导向的项目管理机制上进行创新突破,为争创"国字号"提质增速。

矢志开拓创新

2021 年,锚定"十四五"发展目标,江苏科技工作者坚持"四个面向",坚持高水平科技自立自强,围绕国家重大战略需求、行业未来发展需求和产业链安全开展科研攻关,突破多个关键核心技术,收获一批重要原创成果,在中国科技创新的多个"高光时刻"中,均闪耀着"江苏军团"矢志科研、开拓创新的身影。

2021年11月3日,2020年度国家科学技术奖励大会在北京人民大会堂举行。

江苏共有39项通用项目和1名人选获奖,其中江苏单位主持完成项目12项,参与完成项目27项,1名人选获得国际科技合作奖,获奖总数继续位居全国前列。39个通用项目包括自然科学奖3项、技术发明奖8项、科技进步奖28项。这些获奖项目紧扣国家战略需求,在重大科学发现、关键核心技术突破、产业转化等方面展现了江苏强大科技实力。

2021年11月18日,两年一次的中国科学院、中国工程院院士增选结果正式揭晓。江苏共16人当选,其中中国科学院院士7人,中国工程院院士9人,占全国总数超10%,人数仅次于北京居全国第二,再创新高。

近年来,江苏新晋两院院士数量节节攀升,且全国占比越来越高。目前,江苏两院院士总数已达118人,为全国省份之最。

收到当选为院士消息的时候,中国工程院院士、南京农业大学教授沈其荣正在该校白马教学科研实验基地,手把手地带领团队做果树的秋季基肥施用。

"提高土壤肥力是提升作物高产、优质、口感的关键,这也是40年来我们团队科研探索坚持的初心。"在沈其荣看来,土壤肥力是作物生产的基础,也是一个国家或地区经济发展的命脉之一。

近40年来,有机肥与土壤肥力研究是贯穿沈其荣院士团队科研探索的中心线——将传统的农家肥资源研发成商品有机肥,让农民能够像施用化肥那样方便地施用有机肥,这一方面能有效抑制土壤酸化和调控土壤微生物区系,另一方面能大量消纳农业废弃物,消除农村环境污染隐患。

"关键的科学问题就是解密土壤生命的密码。"对由他提出的并和其团队实施的"调控土壤微生物区系"新思路,沈其荣做了这样的生动解释:"我们研发的这种肥料,一方面让土壤中现有的好的微生物生长得更快,另外一方面想办法引进土壤中缺乏的其他好的微生物,让它们进入土壤后能够如鱼得水,全身心地投入培肥土壤的工作。"

这一得到国内外同行认可和良好评价的新思路及其实践,取得了令人瞩目的成效。团队研发的有机肥和生物有机肥技术工艺被全国660多家企业采用,研发的土壤熏蒸与生物有机肥联用防控土传病害综合技术效果显著。

在师生和同行眼中，沈其荣是个不折不扣的"魔法教授"，因为他的工作就是将农田秸秆和畜禽粪便等变废为宝，用来调控土壤的微生物区系，一头破解了长期困扰农业生产的环境污染，另一头又能显著增强土壤肥力，推动农业的可持续发展。

沈其荣常对团队里的年轻人讲，"我们的研究就是围绕'有用'和'有理'。'有用'是指科研要围绕国家和社会所需，切实破解农业生产上的难题、持续改善土壤、生态和环境；'有理'就是探究背后的科学问题，揭示为什么有用的机制、机理"。

在沈其荣看来，一个博士（Doctor of Philosophy）就应该用哲学思维去看待和分析自然界的事物，也就是凡事都能一分为二地辩证看待，当然，如果也能用这样的思维去面对社会和人生，那就更能释放自己，活得更加从容、开阔。真正的科研是靠兴趣和爱好来驱动的，真正的科学家是为了揭示自然界的奥秘，并将这种理论再转化成改造自然的技术或产品。

2021年，东南大学附属中大医院院长、介入医学专家滕皋军教授当选中国科学院院士。当祝贺的信息纷至沓来时，同事却找不到他的踪影。

原来，早上8点多，滕皋军教授就来到手术室，带领团队为一位中晚期肝癌患者进行介入手术。这位患者来自浙江诸暨，慕名找到滕皋军教授，希望可以通过介入手术帮他解除疾痛。滕皋军带领团队医生为患者顺利实施了手术。

刚走出手术室，滕皋军收到了一份惊喜。同事们都按捺不住喜悦的心情，找来两瓶香槟现场庆祝。有几个调皮的同事，还把香槟直接喷到滕皋军的身上。

然而，几分钟后，他又匆匆赶回办公室，处理其他工作了……

周一下午专家门诊，周三上午大查房，每周还要安排各种手术。11月18日早晨，就在他赶往手术室的路上，还不忘在科室研究生群里，转发《17个癌种，免疫检查点抑制剂治疗指南》，督促学生了解临床前沿资讯。临床、教学、科研、管理……这就是他的日常工作状态。

滕皋军院士自20世纪80年代在当时几乎空白的基础上开展介入治疗工作，为中国介入放射学发展作出了开创性和持续性贡献。近年来，他率领团队，围绕肝癌这一严重危害国人健康的重大疾病，探索了一系列介入综合治疗技术，包括栓塞化疗术、各种冷热消融技术、放射性粒子植入术，发明了放射性粒子支架技术,还成功完成了中国内地首例钇90玻璃微球治疗原发性肝癌等。他组织完成了全国59家顶级医院参加的,国际上首个介入治疗联合免疫的真实世界配对研究,结果显示联合治疗可以显著提高中晚期肝癌的疗效。作为中国医师协会介入医师分会会长,他组织编写了第一至第二版《中国肝细胞癌经动脉化疗栓塞(TACE)治疗临床实践指南》,还牵头成立了中国肝癌介入多学科联盟,已经成功举办了66场推广活动,逾百万人次参与,向全国同行普及介入多学科规范化诊疗,使更多的肝癌患者获益。此外,作为牵头专家,组织美国、法国、日本、韩国、新加坡顶尖专家,撰写发表了首个经动脉化疗栓塞(TACE)治疗肝癌的专家共识。

滕皋军教授从事医学影像与介入放射临床、教学、科研工作近40年,他扎根临床一线,首创了10余项介入新技术,完成了数以万计的介入手术。他发明和创制了放射性粒子支架以及支架植入相关技术和理论,大幅度提升了恶性肿瘤导致的食管、胆管、门静脉及气道梗阻患者的生存时间和生活质量;他建立的胆汁漏出导致经颈静脉肝内门静脉分流术(TIPS)支架再狭窄的新理论,为新型支架的研发与广泛应用于治疗门静脉高压症奠定基础。作为分子影像学的开拓者,他发展了多项分子和功能影像新技术与新应用,并与介入技术融合,引领介入学科发展前沿。研究成果先后获得国家科技进步二等奖3项,发表论文200余篇,授权中国和国际发明专利10余项。

"工作忙碌这么多年,甘之如饴,一切以病人为中心,以解除病人病痛为目标,是我们不断创新的动力和方向,用更多更先进的技术服务好病人,我的心里才更踏实。"滕皋军说。

"江苏科技军团"用无私奉献、顽强拼搏、勇攀高峰的实际行动,诠释当代科技工作者的理想情怀和人生价值,为推进江苏高质量发展走在前列、加快建设"强富美高"新江苏做出了重要贡献。

"国家'十四五'规划纲要明确提出,要强化国家战略科技力量,建设重大科技创新平台。这对江苏'十四五'科技创新发展既是重大机遇,也是重点任务。"江苏省科技厅厅长王秦表示,面对新一轮国家重大创新布局机遇,江苏以重大需求和重大任务为牵引,聚焦最有基础、最有优势和最需突破领域,加快布局建设重大科技创新平台,力争更多创新载体纳入国家创新体系。

浇灌科技之花

人才是科技事业的支撑。只有构建引才护才留才的优良生态,才能真正激发出人才的创新活力。

近十年来,江苏省级层面先后出台"科技创新 40 条""科技改革 30 条"等一批突破性政策,实施科技创新减负行动,赋予创新主体和科技人员更大的科研自主权,让科技人员把更多的精力投入科研工作中。"十三五"期间,江苏科技人才队伍量质齐升,全省研究与试验发展(R&D)人员达 91 万人,约占全国的 12%。2021 年 11 月 18 日,中国科学院、中国工程院院士增选结果正式揭晓,江苏共 16 人当选,占全国总数超 10%,位居全国第一。

《江苏省"十四五"科技创新规划》提出,到 2025 年,全省从事研究与试验发展(R&D)人员超过 96 万人,科技人才总体规模居全国前列;全面打造国内一流、具有国际影响力的科技人才集聚高地;科技创新主力军队伍建设取得重要突破,在关键核心技术领域拥有一支规模庞大、层次结构合理、勇于挑战、敢于创新的自主创新科技人才团队。

走进苏州大学纳米科学技术学院,挂着"迟力峰"牌子的实验室里,穿着白色实验服的学生正聚精会神地做着实验。穿梭于实验室之间与学生亲切交流的短发女老师就是苏州大学功能纳米与软物质研究院的副院长、博士生导师迟力峰。

中国科学院院士、苏州大学教授迟力峰,是苏州大学功能纳米与软物质研究院"元老级"的教授。1957 年出生的她,如今已经年过花甲,但她对科研的热情却不曾消减。紧跟世界脚步,她三十多年如一日地钻研,始终保持原始的好奇心探索世界。

迟力峰在德国待了 20 多年,在那边带了很多中国学生。迟力峰在来到苏大之前对苏州完全不了解,但学校的引才力度很大,她需要的工作条件完全能够满足,除此之外,苏州的人文环境也特别吸引她。

迟力峰目前主要在物理化学领域从事表界面分子组装及反应的研究。"一方面,我做基础研究,过去 9 年在苏大集中进行分子在表界面的组装和反应是如何发生的,另一方面我也在做表界面的调试。"她说,很多人会觉得物理化学枯燥,但在她看来却有无穷的乐趣。"当我看到分子在表面上有那么多行为,会觉得它们很聪明，通过眼睛去见证会觉得是很神奇的事情，所以我在实验室里是很享受很快乐的。我后续会继续保持大的研究方向，同时希望扩展领域，把之前想做却没有条件做的事情开展起来，往基础应用的方面，投入更多力量。"

"化学的本质实际上就是创造新的物质，所以做有机的分子反应，才能创造新的物质。我的研究领域，就是把化学反应拿到一个非常特殊的环境下来做。"迟力峰说，从创造新物质这方面来讲，是和整个化学相通的，只是我们的仪器不是常规用作发育反应的仪器，化学反应是希望能够解决一些比较本质的问题。"此外，为什么我一直提表界面，因为我们生活的各个方面实际上都是和表界面有关，包括手机、电脑的电子产品，都有表界面，从广义上讲，表界面是一个无处不在的东西。"

迟力峰坦言："学校对纳米学院的投入力度很大，像我们正在使用的这些仪器，一台就价值几百万，让我们在后期做项目时有了良好条件。"

生逢伟大时代，何其有幸。

2022年5月18日，南京大学庆祝建校120周年之际，习近平总书记在给南京大学留学归国青年学者的回信中，勉励归国青年"在坚持立德树人、推动科技自立自强上再创佳绩，在坚定文化自信、讲好中国故事上争做表率"，满载着总书记殷殷期许的珍贵来信，让留学归国的青年学者们倍感振奋。

"大家都安下心来做最难的事情，全力将研究向前推进一些。"

"虽然老话说'父母在，不远行'，但我和你妈妈还是很希望你能走出国门去看看，在自己的专业领域继续深造，将来做一个对国家、对社会有用的人……"南京大学现代工程与应用科学学院教授袁洪涛现在还记得：2007年的夏天，自己背上行囊出国留学，临上飞机前，父亲在他口袋里塞了一封信。

满满8页纸，写满了父亲对他生活起居的叮嘱、对他只身远行的牵挂以及对事业发展的祝福。"那一刻，我感受到身上沉甸甸的责任！"袁洪涛说。10年之后，他放弃了国外优厚待遇，回到南京大学从事科研工作。又是5年，他带领的研究团队在原创性基础研究领域不断取得突破。

"关山万里，爱国之心不改；远渡重洋，报国之志弥坚。"在南京大学，从李四光、程开甲等老一辈科学家，到袁洪涛这一代留学归国青年学者，他们留学归国后投身科教事业，在各自岗位上报效祖国、服务人民，取得了丰硕成果。

为什么回国？"专业能发挥用武之地"，"个人兴趣和国家需要相结合"，"没有什么原因，这是一件自然而然的事情"……

2007 年，是袁洪涛科研之路的转折点。

从中科院物理所博士研究生毕业时，他已在薄膜新材料生长和原子结构领域深耕数年。这个领域在当时很有前景，但他在出国从事博士后研究时，却选择了一个陌生的领域——新型超高浓度场效晶体管。

"这方面的前沿研究，目前在全球都是空白。即便投入了时间也未必能成功，你们谁有勇气承担这个课题？"到了国外，袁洪涛的博士后导师坦言，自己对这一领域也没有把握。袁洪涛站了出来："我愿意牵头！"

袁洪涛埋头研究，和合作伙伴开发出一种全新的场效晶体管，实现了从 0 到 1 的突破。

2017 年回到南京大学任职时，他再次来到新起点：之前的研究都是聚焦单个电子元器件，此时要面临集成应用的难题。"这是一项前所未有的研究。光是对新介质材料的实验探索，就在 3 年内进行了上千次。"但困难没有拦住袁洪涛，团队成员"开拓思路""突发奇想"，最终实现了突破……

心系"国家事"，肩扛"国家责"。南京大学留学归园青年学者中间，有的转换深耕多年的科研领域，将国家需要放在第一位考虑；有的放弃国外优厚待遇，回国努力开创学科发展新的一页；有的甘坐冷板凳数年，只为带领团队"安心做难事"。

情系桑梓服务人民，挥洒智慧服务社会。他们中间，有的致力于产学研协同创新，将研究成果拓展到多个产业领域；有的在生命医学领域攻关，守护人民生命健康；有的向人工智能领域发起冲击，为我们创造更智慧、更便捷的生活……

"你为什么选择回国？"

这个问题其实无须多问。他们创新奋斗的动力源泉就在于——想国家之所想、急国家之所急、应国家之所需。南京大学留学归国青年学者，是新时代爱国青年的缩影。

一手啤酒、一手烤串，社区空地上围篝火而坐，从创业打算聊到工作计划……南京"海智湾"国际人才街区，为欢迎新近入住的海外归国年轻人，开启了一场时尚活力的"BBQ"派对。

2020 年底,建邺区率先启动南京"海智湾"国际人才街区建设,人才公寓迎来首批 70 多位海外归国人才,平均年龄不到 28 岁。南京"海智湾"布局了 4 个片区——建邺、紫东、江宁、江北,凭借各自优势,吸纳全球顶尖名校的不同学科人才。"海智湾"为入驻海外英才提供 3 个月研习期。3 个月里,海外人才免费入住人才公寓,享受相关补贴,还有人才专员"一对一"开展政策辅导、职业规划和创业孵化……3 个月后是否选择南京,全凭自愿,但如果留下,综合扶持最高可达 1 亿元。这是一封诚意满满且充满情怀的"邀请函",希望海外人才都能走进南京看一看。

"海智湾"旨在打造国际人才街区,"首站"服务是一大亮点,人才政策模式也是全国首创——只要符合全球高层次产业人才和世界高水平大学、研究机构青年留学人才标准,即可享受"拎包入住"人才公寓,3 个月期间每月发放 3000 元研习补贴;对掌握关键核心技术的海外科技领军人才,符合条件的提供 500 平方米以上免费办公场所,给予 500 万—1000 万元项目配套资金;顶尖人才,综合扶持最高 1 亿元……"来到一座陌生的城市打拼,需要适应期,我们在 3 个月内做好人才落地、生活,以及事业启航的服务,让人才毫无负担地走进南京、感受南京、选择南京。"南京市人才办负责人说,"海智湾"聚焦人才初次落地阶段需求,打造"类海外"环境,提供"一站式"工作、生活服务。

3 个月的"海智湾"研习计划,释放了一个明确信号:南京欢迎人才、尊重人才,不求所有、不拘一格。

"海智湾"是一次"启航",且以"长远"为航向。一方面,它必将增进海外人才对南京的了解——无论好不好,先请你到南京看看;另一方面,这一新政也具有现实意义。服务科技强省,江苏的确需要一批青年科技人才和创新团队,只有完善科技创新人才结构,才有可能攀登科研更高峰。当前,网络通信与安全、绿色低碳、集成电路、半导体等都是南京的产业优势,必将为国内国际人才提供"没有天花板"的创新舞台。

创新创业,人间天堂苏州充满希望、诞生奇迹。2022 年"精英周"期间也已完成签约项目 1899 个,较 2021 年增长 5.15%,其中创业投资项目 1732 个、创新合作项目 167 个、院士项目 51 个,再创历史新高。

从创新创业载体搭建,到政策服务加持;从爱才惜才的满满诚意,到产才互动蓄能提级……十四年，苏州为一个"才"字动足了脑筋；十四年如一日，除了久久为功的坚持，苏州还有更深的情怀和更大的志气。

2016年，黄帆带着项目一起落户苏州。说到结缘苏州，黄帆一直觉得挺有戏剧性。2015年，黄帆还在法国巴黎准备博士毕业答辩，偶然收到了苏州市政府在法国举办的"赢在苏州"国际创客大赛的邀请，这项比赛正是"精英周"的联动活动之一。

黄帆当时已经在武汉筹备一家公司，正在做前期准备。因为参加"赢在苏州"比赛并且还拿了一等奖，黄帆有了一次近距离接触苏州的机会。

在苏州，不管是创业引导资金的政府激励，还是股权政策支持，都给初次创业的黄帆留下了深刻印象。不过，让黄帆下定决心的，还是苏州对于"人"的服务态度。

"我们团队有那么多博士，基本上都拿到了省级或者是市级的人才政策，政府的各项补助帮助每一个人可以在最短的时间里安家落户，这非常了不起。"

从创业初期的6人团队，到如今博士比例过半的工程师军团，黄帆的公司在苏州稳扎稳打。不仅研发出全球首款白色激光探照灯，2022年，还凭借"基于压缩感知技术的激光测距成像系统"项目，在首届全国颠覆性技术创新大赛中获得总决赛最高奖。

14年里，一个个"黄帆"、9000多个创新创业项目来到苏州，落户苏州。一个人选择一座城是"信任"，一座城遇到优秀的人是"幸运"。信任与幸运叠加，是人与城的双向成就。

青年兴则国家兴，青年强则国家强。在这些优秀的引进人才身上，集中展现了"爱国、创新、求实、奉献、协同、育人"的新时代精神。

晋代杨泉在《物理论》里写道："夫医者，非仁爱之士，不可托也；非聪明理达，不可任也；非廉洁纯良，不可信也。"这句话正是对东部战区总医院主任医师张龙江的真实写照。

张龙江凭借对所学专业的热爱，以及持之以恒的勤勉精神，取得了诸多科研成果与学术荣誉。荣誉背后，是他一步一个脚印攀登和跨越的身影。

21世纪初，张龙江在昆明医学院攻读医学影像硕士时，昆明医学院在国内首批引进了全球最先进的4层螺旋CT。在导师宋光义教授的指导下，张龙江开始进行 CT 血管成像技术和应用的探索。2003 年至 2006 年,张龙江在天津医科大学攻读博士学位时,查阅了肝性脑病这一领域的相关文献,觉得这方面的研究很有意义。于是,在中华放射学会主任委员祁吉教授的悉心指导下,张龙江开始了肝性脑病结构和功能磁共振成像的探索。

到东部战区总医院工作后,在卢光明主任的大力支持和指导下,张龙江继续在这两个领域钻研探索。他拓展了肝性脑病的研究内容,又与肾脏病科合作进行肾性脑病神经影像学方面的研究工作,取得了一些创新性的成果。同时,他利用科室先进的医疗设备,针对颅内动脉瘤等重大心脑血管病的精准诊断难题,研发了系列影像新技术。新技术在提高精准诊断水平的同时,大幅降低了 CT 的辐射剂量,提升了 CT 检查的安全性。张龙江的相关研究成果已获国家科技进步二等奖、中华医学科技一等奖等科技奖励。

张龙江在做轻微肝性脑病全脑功能连接网络时发现,轻微肝性脑病病人全脑功能连接网络的改变和之前的理论很吻合,让他和团队成员备受鼓舞。该研究成果在国际顶级期刊发表,获得国际同行的高度评价。

在繁重的工作之余,张龙江挑起了医学影像学创新研究的重担。先后承担或主持了国家自然科学基金优秀青年基金项目、国家自然科学基金重点项目、国家自然科学基金面上项目、科技部重点研发计划等多个国家级课题。近 5 年时间,他以第一作者和通讯作者在国际期刊发表 SCI 论文 93 篇,累计影响因子398.759,研究结果被 SCI 论文引用 1000 余次。其中《肝性脑病结构和功能磁共振共像的创新应用》于 2015 年获得教育部科技进步一等奖。

张龙江记得,2006 年自己刚到总院时,科室在全国首批引进了当时国际上最先进的双源 CT,这让他异常兴奋。他们利用这台 CT 设备开展了大量新技术的研发和临床转化应用工作。对他来讲,心血管 CT 研究既是科学研究,也是临床工作,他们将相关科研成果迅速转化到临床应用中;而对肝性脑病的研究则偏向于临床前研究,更多的是探索疾病的机制。

通过多年研究实践,张龙江在心脑血管病的影像学研究方面有了很多创新型发现,提出了一系列全新的技术手段,形成了很多论文与专著,其中很多文章甚至标题都出现了"双能量"这个词汇。

张龙江解释说,所谓双能量,就是 X 线球管发射出两种不同的能量。比如说，X 线球管在管电压 140KV 和 80KV 情况下，发射出的 X 线能量是不同的，对组织和器官的影响也自然不同。据此，他们可以通过简单的减法原理，得到这两者不同能量下，组织或者器官对 X 线衰减的差别。通过这种方法，可以看到常规方法无法看到的细微病变，能够将其用彩色编码的方式直观显示。他们在肺栓塞的双能量 CT 方面做了很多工作。很多情况下，小的栓子在常规 CT 增强图像上是很难显示出来的，而利用双能量 CT 能够显示这些区域的"灌注"缺损，从而确立肺栓塞的诊断。张龙江在肺栓塞方面的研究工作，得到国际同行的高度认可，相关论文在北美放射学年会百年庆典特别纪念文章中作为肺栓塞影像技术发展的代表性文献。目前，这些技术已经在总院作为常规技术应用。

开辟新领域，挑战新前沿。在南京大学化学楼二楼的会议室里，中国科学院院士、南京大学化学和生物医药创新研究院院长郭子建教授和团队成员就《面向多维联用肿瘤免疫治疗的创新药物设计及其分子基础》项目的进展情况，正在进行讨论。该项目拟通过化学分子水平的创新，解决经典肿瘤疗法和现有免疫治疗方法中的关键瓶颈问题，在多维联用肿瘤免疫治疗中实现突破，以推动江苏省生物医药产业开发具有自主知识产权的多维联用增效技术，在肿瘤免疫治疗产业的白热化竞争中提升国际竞争力。而这些创新研究成果，有赖于这个活跃在化学生物领域的年轻团队。

作为恢复高考后的第一批大学生，郭子建从事化学研究数十年。1978 年，郭子建考入河北农业大学化学系学习，1982 年毕业留校任教，后出国留学；1994 年，在意大利获博士学位；1994 年至 1996 年，在英国伦敦大学从事博士后研究；1996 至 1999 年，分别在加拿大不列颠哥伦比亚大学和英国爱丁堡大学做访问学者和研究人员。在外学习工作期间，郭子建取得了突出成绩。然而面对留下与回来，郭子建没有犹豫。"回国！"满怀拳拳赤子心，身为共产党员的他深知自己是国家建设的一块"砖"，要把自己的事业发展与国家民族融为一体。回来，义不容辞！

理由很简单，决定很果断，行动更务实。在他看来，发表论文、申请专利只是科研的起点，作为理论研究者，更要为产业化的创新提供支撑和保障。他捕捉到化学生物学对于推动未来生命科学和生物医药发展的重要意义，在中国国内较早关注并开展研究，志在深入揭示化学生物学新规律，促进新药、新靶标和新的药物作用机制的发现。近 20 年来，他一心扑在自己钟爱的研究事业上，从零起步，从无到有，从有到精，真正把科研扎根在祖国大地。

1999 年，郭子建回国从事高等教育和科技创新工作，在南京大学化学化工学院及配位化学国家重点实验室工作，历任重点实验室主任、配位化学研究所副所长，南京大学化学化工学院院长等职务，还兼任南京大学化学化工学院党委委员，为南京大学的学科建设和我国生物无机化学学科的发展做出贡献。他长期从事化学生物学交叉领域研究，回国之初，学院实验室科研条件不完备，他就把自己的实验拿到生科院去做，并联系高翔、徐强、张俊峰、华子春等多位生科院老师指导自己的学生进行实验。天道酬勤，在生物无机传感与成像、金属抗肿瘤药物的分子作用机制与靶向输运及金属人工核酸酶等方面，他取得了系统的研究成果，以通讯作者在包括 JACS（3 篇），*Angew Chem*（2 篇），*Autophagy*（1 篇），*Chem Sci*（7 篇）等在内的 SCI 刊物上发表论文 117 篇，被引用 4893 次，相关成果获 2015 年度教育部自然科学一等奖，获 Luigi Sacconi 基金会和意大利化学会联合颁发的 2016 年度 Luigi Sacconi 奖章，是继诺奖得主野依良治之后的第二位亚洲获奖者。

在生物无机传感与成像方面，他带领团队成功构筑了多种高敏特异性荧光探针，其中具有专一和可见光激发特性的苯并噁二唑荧光探针以及快速响应的硫化氢比例计量型荧光探针构筑及应用，得到同行的广泛关注。

在金属抗肿瘤药物的作用机制及其靶向输运方面，他长期从事金属药物相关研究，通过化学生物学策略，在顺铂类药物的作用机制及其靶向输运、新型单功能铂类抗肿瘤配合物的设计等方面取得了系统的进展，发展了具有肿瘤靶向性、可被胞内过氧化氢激活的纳米药物输运体系。

在人工金属核酸酶的设计构筑方面，郭子建等发展了一系列基于铜配合物的人工核酸酶，受到 2016 年诺奖得主 Feringa 教授的关注。除此之外，他还是科技部 973 计划重大科学前沿领域项目"靶向线粒体代谢的分子探测与过程调控"首席科学家及国家自然科学基金委"功能配合物"创新群体学术带头人，得到了国家基金委化学生物学领域首个重大研究计划《基于小分子探针的细胞信号转导研究》培育、集成及择优项目的连续资助。

回国任教期间，他紧跟学科交叉发展趋势，极力推动南京大学化学化工学院建设化学生物学学科,与世界一流名校同频;他敢为人先,率先引进国际同行评价机制,让内行人评价内行人,促进教师发展。在人才引进方面他不遗余力,2012年,郭子建以化学化工学院院长的身份特意赴美参加"北美·南京大学周"活动,与加州大学伯克利分校、约翰斯·霍普金斯大学、马里兰大学帕克分校等世界一流高校就教师和研究人员及研究生交流等方面的合作进行了商谈。

2019年6月,为了打破学科交叉壁垒,郭子建领衔建设了南京大学化学和生物医药创新研究院。尽管研究院成立不久,郭子建高兴地发现:一批对交叉领域感兴趣的新生力量正在凝聚、激活,年轻人在交叉领域的讨论和合作远远超过了以往。有的年轻人合作发表了文章,有的相互启发发现了新课题,在人才基金项目方面纷纷取得了新突破。

研究院目前已经招募了来自南大化学化工学院、生科院、物理系、模式动物所、现代工学院、医学院6个院系40多位青年学者,同时从海外引进了5位专职研究员,未来专职研究员队伍将发展到20人左右的规模。"我们希望凝聚南大校内外的研究力量,聚焦化学与生物医药前沿交叉领域,在化学生物学、合成与新药发现、疾病模型与分子机制、生物医学影像、生物医学工程与大数据等领域发力,加速基础研究的发展,搭建基础研究和应用研究的桥梁。"

"我们希望在体制机制上再做一些创新,让年轻人在合作交叉研究方面更加顺畅,去推动年轻人将共同的兴趣落实成为有步骤的计划,一方面解决国家战略需要的重大问题,另一方面与以原创研究为主的企业合作,共同突破卡脖子难题。"郭子建说。

林以种为本,种以质为先。在2021年江苏省科学技术奖励大会上,南京林业大学教授陈金慧摘得首届省青年科技杰出贡献奖。这对从事林木遗传育种领域科研工作20余年的陈金慧而言,既是一份令人欣喜的收获,更是一份沉甸甸的责任。

陈金慧从1998年攻读博士研究生开始,师从施季森教授从事林木细胞工程繁育技术研究。当时国内该领域的研究几乎是一片空白,没人知道这项研究会有什么样的结果,她却以坚韧的毅力、执着的科学精神,20年如一日,不断探索林木细胞工程种业的奥秘。

陈金慧的办公室就在实验室尽头6平方米左右的小隔间里。她几乎把所有的时间都泡在了这狭小的空间里。"每天上班之前先围着实验室转一圈,看看那些瓶瓶罐罐。"除了出差、失败、调整、重来、反复,对陈金慧来说,犹如家常便饭。有时候做了半年的实验,数据却不理想,只能从头开始。

"为国家培育出更多更好的林木良种,是我的责任。"怀揣着这样的责任感,陈金慧潜心研究20多年,在林木遗传育种领域里进行着不懈的探索。她先后主持及承担"863"项目课题、"973"项目子课题、国家自然科学基金和行业重点专项等科研项目15项,发表SCI论文32篇,获得授权发明专利22项。在杉木和杂交鹅掌楸等重要用材树种的遗传改良、良种培育和细胞工程种业等研究领域取得了多项创新性研究成果,培育的系列品种得到了大面积的推广应用。

陈金慧和团队成员揭示了林木体细胞胚胎发生和调控的分子机理,挖掘了一批影响体胚高效发生的重要功能基因和关键蛋白,以杉木、杂交鹅掌楸等我国重要用材树种为突破口,突破构建了林木良种细胞工程繁育和遗传转化通用技术平台体系,在我国首次实现了林木良种壮苗的细胞工程规模化生产,从根本上改变了"一粒种子育一株苗"的传统林木种苗繁育方式,有效地推动了我国林木种业向现代化规模生产的跨越。

"作为青年科技工作者,我们肩负'传承'和'攻关'的双重使命,既要继承前辈们严谨求实的科研精神,又要在国际前沿领域奋力开拓,创制和培育更多的林木良种为国家绿水青山增色添彩。"陈金慧这样说,也是这样做的。

中国科学院、中国工程院是国家科学技术界和工程科技界的最高学术机构,两院院士是国家的财富、人民的骄傲、民族的光荣。江苏自古崇文重教、英才辈出,在新中国科技发展史上,在苏工作的院士群星闪耀、灿若星河,他们是江苏的骄傲与荣耀,他们的精神已成为引领江苏创新发展的强大动力。

在科研之路上,邢定钰始终辛勤耕耘。

邢定钰院士长期从事凝聚态理论、统计物理等方面的研究和教学工作。在量子输运和自选输运理论、磁性纳米结构和巨磁电阻、半导体的热电子输运,以及超导和关联电子体系理论等方面取得一系列创新成果。他将理论研究与实验相结合,在量子输运理论、自选输运与巨磁电阻、高温超导电性、磁性纳米结构以及低维系统中相变等课题的研究中,取得了一系列创新成果。截止到2019年初,他已在国际核心学术期刊上发表论文400多篇,95%以上是立足于国内完成的,其中包括在美国的重要学术刊物《物理评论》上发表的 143 篇和《物理评论快报》上发表的 23 篇论文,研究成果受到国际同行的广泛关注,被 SCI 学术期刊多次引用。

1997 年,邢定钰和爱人刘楣的研究成果"半导体热电子输运的非平衡统计理论"获江苏省科技进步奖一等奖。同期,他们与合作者对磁性纳米结构和氧化物的巨磁电阻效应的理论做了系统和深入研究,智慧与辛勤的汗水汇成另一硕果——自旋输运和巨磁电阻理论,该项成果获得 2002 年国家自然科学二等奖和 2001 年的教育部高校自然科学奖一等奖。

邢定钰与合作者提出的掺杂锰氧化物中的庞次电阻起因于温度诱导的安德逊型金属——绝缘体转变的模型,成为国际上一个有影响的理论,《物理评论快报》审稿人称其为对庞磁电阻理论做出了突出贡献,1997 年他们发表的有关庞磁电阻效应的 3 篇主要论文被国际同行的 500 多篇论文引用。

2006 年起,邢定钰担任了南京大学量子调控研究基地的国家重大科研项目"固体微结构的量子效应、调控及其应用"首席科学家;2011 年起,他又担任该基地的国家重大科研项目"固态电子系统的量子效应、量子结构涉及和量子计算"的首席科学家。同时,还担任过多项国家攀登计划、国家"973"项目、国家重大科学研究计划项目的专家组成员,以及国家自然科学基金委员会理论物理专款学术领导小组成员。

三尺讲台,是邢定钰与学生互动交流的最好平台。邢定钰常说,在他的多次获奖经历中,有两个奖项最令他印象深刻,一次是站在人民大会堂的领奖台上,接受国家领导人颁发的国家自然科学奖二等奖,另一次是 2006 年在南京大学浦口校区,接受学生给予的"我最喜爱的教师奖"。2008 年,他被授予"江苏省高校教学名师"的荣誉称号,他培养和指导硕士和博士研究生中已有近 40 人获得博士学位。

1993 年,邢定钰担任南京大学物理学系分管科研和研究生的副系主任。1999 年,在闵乃本院士的大力推荐下,邢定钰成为南京大学固体微结构国家重点实验室的第三任主任。

在接任实验室主任第二年,全国数理类国家重点实验室 5 年一次的重要评估开始了,邢定钰在两位前任主任的指导下,认真撰写评估总结,精心准备汇报材料。经过多轮答辩和评审,南京大学固体微结构国家实验室在众多竞争者脱颖而出,被评"优秀类"第一名。

2005 年初,邢定钰被南京大学委任为微结构国家实验室主任。邢定钰组织以首席研究员为主的人才团队,引进实验室急需的研究人才,提携和帮助年轻学者尽快成长。邢定钰的理念是努力营造和谐又富有竞争的学术氛围,使国家实验室里的每一个人都受到尊重、都有施展才华的舞台、都有自己的发展空间。2014 年由南京大学牵头,联合了复旦、浙大、中科大、上交大、中科院的国家强磁场中心,以及华为公司的相关研发组,成立了教育部"2011 计划"的"人工微结构科学与技术协同创新中心",邢定钰担任中心主任。这是把校内的学科交叉和协同创新放大到跨单位的强强联合,形成一个从基础研究到应用研究的全链条科技创新平台。

邢定钰是第十一届全国政协委员和第十二届全国人大代表。2008 年,邢定钰针对研究生待遇太低的问题在政协小组讨论会上发言并提交相关提案。他大力呼吁增加科研经费的投入,改善青年研究人员的生活待遇。近几年,研究生的待遇已有很大的改善,科研经费的分配也越来越体现出对人力资源的重视。2011 年,邢定钰对高校和科研单位高薪引进一些人才的"人才计划"发表了自己的观点,他的观点得到科技界很多政协委员的共鸣,《科技日报》在头版头条给予了报道。

"国防建设是一项长期的事业追求,不能急功近利,需要咬定青山不放松,脚踏实地做工作。"这是蓝羽石四十余年来一直践行的理念。

2021 年 11 月 18 日,中国电子科技集团第二十八研究所首席科学家蓝羽石当选为中国工程院院士。他是第二十八研究所建所近 60 年来第一位院士。

1982 年,蓝羽石从山东大学毕业进入二十八所,一直工作在科研与工程一线。20 世纪 90 年代以来,我国面临的空天威胁日益严峻,蓝羽石聚焦体系作战能力,主持研制成功多项重大系统装备,从根本上解决了系统建设"烟囱林立"的难题,探索出了一条系统研制建设的新路径。当时系统研制,除了技术本身的难关,还面临着适应部队编制和交付谁使用的风险。蓝羽石带领团队,以"看准一条路,必须要坚持到底"的信念,自己先干,先做起来,让技术研究与部队实际需求相结合,落地生根,生长起来。首批系统交付部队使用后,系统好用管用,受到极大的欢迎。

身为中国电科首席科学家、科技委副主任、第二十八研究所研究员级高级工程师，他长期工作在国防科技一线，从事军事指挥信息系统的技术研究和工程建设。先后主持承担多项国防重大预研课题、国防"973"项目研究，提出网络化指挥信息系统体系架构自主适变理论方法，主持研制成功多项军队重大指挥信息系统装备，获国家科技进步一等奖1项、二等奖1项，国家技术发明二等奖1项，省部级科技进步奖多项。出版著作5部，授权发明专利10余项，获全国五一劳动奖章、全国优秀科技工作者等荣誉称号。

做了几十年的军事信息系统，蓝羽石说："别人说，你们总体'用一张纸、一支笔、一台计算机，就把信息系统做出来了'，这么说也没错，我们最核心的关键技术就在里面了，关键技术才是科研院所的核心竞争力！"当前，信息技术发展日新月异，云计算、物联网、大数据、人工智能等新技术层出不穷。如何有效维护国家安全，提升基于网络信息体系的联合作战能力、全域作战能力，新的需求带来新的挑战，新的征程赋予新的使命。蓝羽石正带领团队为建设网络信息体系，打赢未来战争，不断探索，迈步向前。

构建科创走廊

G60，是沪昆高速公路的"编号"，这条高速公路东起上海松江区，向西南方向经过苏州吴江区，然后再向浙江省延伸，终点昆明。

长三角G60科创走廊，包括G60国家高速公路和沪苏湖、商合杭高速铁路沿线的上海市松江区，江苏省苏州市，浙江省杭州市、湖州市、嘉兴市、金华市，安徽省合肥市、芜湖市、宣城市9个市（区）。

这是一条科创走廊，更是一条"黄金走廊"。

作为江苏唯一入列G60科创走廊的城市，苏州埋头苦干了近三年——这1000多个日夜，已在G60科创长廊"时间史记"中留下了深深的"苏州印记"。

"每周有两三天在苏州，三四天在上海。从上海到苏州，坐半个小时高铁就到了，非常方便。"中智行科技有限公司市场与传播高级经理郭潇楠说，中智行从上海虹桥拓展到苏州高铁新城后，穿梭沪苏两地成了他每周工作的日常，在不经意间,他也成了虹桥相城同城化的"体验者"。

"汽车驾驶,安全为先。复杂的路况、恶劣的天气、视觉死角盲区、突然窜出来的车辆等,对智能驾驶车辆都是考验。"中智行董事长助理、战略部高级总监狄笛说,第一代智能驾驶属于单车智能,发展到第二代,通过在路端布设传感器等设施设备,运用5G等技术,与智能驾驶车辆形成全域感知,实现车路协同,突破了单车技术瓶颈,不但更具经济性,而且交通运行效率可提升60%。"一代技术,为国外引领,二代技术,则是中国创造。"狄笛说,车路协同,在很大程度上需要借助高级别的智能化道路才能够发挥最大的效力,相城在"新基建"方面的大力支持和投入,将帮助中智行有机会把车路协同的理想变为现实。

包括中智行在内,苏州高铁新城目前已集聚智能驾驶(智能网联汽车)产业企业56家,整个相城区达84家。截至2020年底,苏州高铁新城完成总长63.4公里的智能网联测试道路改造,包含了丰富的城市开放道路场景。

建立产业联盟和产业园区联盟,是长三角G60科创走廊推动产业集群建设的重要方式。作为G60科创走廊成立的第三个产业联盟,智能驾驶产业联盟2019年在苏州高铁新城揭牌以来,先后牵头或参与组织举办了全球智能驾驶峰会等一系列重大活动,在促进产业协同发展、招引更多专业人才等方面发挥积极作用。从企业到产业联盟,苏州积极融入G60科创走廊。据统计,全市近1000家企业加入长三角G60科创走廊相关产业联盟,形成推动产业发展的聚合效应。

长三角G60科创走廊集成电路产业联盟落户苏州工业园区并非偶然。

创耀科技扎根苏州园区以来,专注于通信核心芯片的研发、设计和销售业务,并提供应用解决方案与技术支持服务。该企业是国内较早研发并掌握基于VDSL2技术的宽带接入技术和宽带电力线载波通信技术的企业。目前,创耀已在电力线载波通信芯片相关的算法与软件、接入网网络芯片相关的算法与软件、模拟电路设计、数模混合和版图设计等方面形成了诸多核心技术,主要产品和技术处于国内先进水平。企业相关负责人表示,国内集成电路设计人才集中在北京、上海,苏州离上海很近,交通方便,区位优势明显。

芯片半导体是国之重器。在苏州工业园区,目前已形成了较为完备的集成电路产业链,在特色细分领域拥有良好的产业基础,产业链完整性、企业集聚度、人才储备等均处于全国领先地位,国内半导体微纳制造十强企业一半来自这里。在多个领域也都取得了骄人成绩。在封装测试领域,全球前十大封测企业有 6 家进驻园区,9 家企业位列我国封测行业 30 强,产业地位突出,营收占全国 11.2%。在集成电路设计领域,园区拥有各类 IC 设计企业 110 余家,其中营收过亿企业有 9 家,尤其在光通信、化合物半导体等特色细分领域,涌现了一批具备行业领先优势的重点企业。园区还拥有半导体设备、材料企业 28 家,其中设备企业 9 家、材料企业 15 家、设备配件企业 3 家及设备加工企业 1 家。除了整体产业跃居全国前列之外,园区近年来还涌现出晶方半导体科技、京隆科技、思瑞浦微电子科技等一批明星企业。

参与 G60 科创走廊建设,苏州围绕规划对接,加快推进产业布局一体化。近年来,苏州聚焦人工智能、集成电路、生物医药等先导产业,主动参与构建长三角 G60 科创走廊"1+7+N"产业联盟体系,苏州工业园区成为"长三角 G60 科创走廊产业园区联盟"首届理事长单位,苏州工业园区东沙湖基金小镇和吴江高新区医疗器械产业园被确定为长三角 G60 科创走廊产业合作示范园区。为深度融入长三角 G60 科创走廊建设,2022 年 3 月苏州市成立了长三角 G60 科创走廊建设推进领导小组,进一步加强推进相关工作的组织领导和统筹协调。

大院大所带来"大融合"。

2016 年 10 月,苏州市政府、苏州工业园区管委会、华中科技大学、江苏省产业技术研究院签订合作协议,共建华中科技大学苏州脑空间信息研究院。根据协议,项目组将协同国内顶尖科研院所和高校,整合相关学科领域的智力资源,力争建设世界一流水平的脑科学国际合作研究中心。

华中科技大学苏州脑空间信息研究院位于苏州纳米技术国家大学科技园内,占据了一幢独栋的四层小楼,高大上的光学成像平台就位于一楼。

"这一设备叫作神经环路成像系统,正在采集小鼠大脑的显微图像。"研究院研究骨干江涛博士介绍,"通过高分辨的显微成像,可以检测示踪剂在整个脑内的分布,从而展现出神经元的复杂三维结构。"他截取其中一小段画面,画面清晰直观地显示,黑色的背景上,代表神经元的白色信号正在图像上缓慢"流动"。

"由此,我们可以知道,大脑中的这两个部位有某种联系。具体是何种联系?在什么情况下产生联系?打断联系后可能会产生什么后果?这都有待我们去研究。"江涛博士说。

"这一领域的研究,对人类认识脑、保护脑和模拟脑具有重要的科学意义和深远的经济社会影响。"研究院副院长李安安说,人脑由数百种以上不同类型、总数达千亿级的神经细胞组成,每个神经元与数千个其他神经元联接形成"神经环路",特定神经环路传递和处理神经电信号的过程形成特定脑功能。因此,绘制脑图谱解析全脑神经联接的结构和功能,可以帮助理解大脑内神经信息处理机制,进而理解脑认知功能。

2016年初,苏州工业园区与华中科技大学初步接触;10月,签订共建协议;12月,正式完成登记注册后的一周之内,第一笔的建设经费就拨付到位;2017年1月,召开研究院第一次理事会,确定发展方向;6月,第一个平台光学成像平台实验室竣工……建设过程中,李鹏程感受到了让人惊叹的"江苏速度"。

"进展相当快。尤其光学成像平台实验室抢在6月下旬的这次冷泉港亚洲科学会议前建成,让我们顺利地向国内外专家展示了研究院平台的建设情况,为以后的发展带来无限机遇。"李鹏程说,冷泉港亚洲科学会议是美国冷泉港实验室在亚洲开的首个学术会议,级别很高,"很多一流专家不是想约就能约到的"。

李鹏程说:"研究院成立后,园区的主要领导、分管领导、科技条线领导全都换了。一开始我们有些担心,当初定下来的计划是不是要重新沟通?事实证明,所有工作'无缝对接',丝毫没有影响工程进度。"

据介绍,光学成像平台实验室竣工后,后期研究院还将加快建设生物平台、大数据计算平台、生物医学仪器平台等。未来,研究院计划引进和培养更多高层次人才,发展和利用高时空分辨、大探测范围和高通量的三维光学显微成像技术,实现在哺乳动物全脑范围,以真实尺度构建包括神经元和血管等脑内复杂结构的精细形态和连接关系的数据库,绘制多尺度高分辨三维脑图谱。

一个时代有一个时代的主题,一代人有一代人的使命。

十年,历史的年轮留下一个深深的刻度。一连串跳动的数字和闪亮的名字,记录下江苏科技创新、勇毅前行的壮美征程。

《江苏省"十四五"科技创新规划》提出,到2025年,科技强省建设取得阶段性重要进展,基本建成具有全球影响力的产业科技创新中心,主要创新指标达到创新型国家和地区同期中等以上水平。

江苏科技创新未来可期。

逐日之旅

"零"的突破

2022年国庆长假后的第二天——10月9日，人们还沉浸在节日的欢乐和喜迎党的二十大的热烈氛围之中。就在这一天，中国第一颗综合性太阳探测卫星——"先进天基太阳天文台"在酒泉卫星发射中心发射升空。

酒泉，位于祁连山脚下的遍及万里的巴丹吉林大漠之中。在过去，这里是一个很少有人涉足的遥远的神秘王国。相传，汉朝将军霍去病带兵出征匈奴，大获全胜，凯旋后驻军河西一带。汉武帝为了奖赏他的功劳，特颁赐御酒一坛。霍去病为了和将士们共庆胜利，便将这坛御酒倾倒于山泉之中，尔后与众豪饮。后来当地百姓为了纪念这位能征善战又体恤部下的英雄，便将此地称为"酒泉"。东晋的高僧法显在《佛国记》里，对此曾有过这样的文字记载："上无飞鸟，下无走兽，遍望极目，唯以死人枯骨为标帜耳！"19世纪末，瑞典探险家斯文·赫定一踏进这片大漠的边缘地带时，也曾发出过惊恐的悲叹："这里不是生物所能插足的地方，而是死亡的大海，可怕的死亡之海！"

酒泉无酒，死海不死。如今，酒泉名闻遐迩，享誉海内外。在这里，建成了我国第一个卫星发射中心。

中国走向太空的第一步，就从这里开始！自1970年4月24日"长征一号"运载火箭成功发射中国第一颗人造地球卫星"东方红一号"以来，酒泉卫星发射中心先后执行110次航天发射任务，成功将145颗卫星、11艘飞船、11名航天员送入太空。

四个月前，搭载神舟十四号载人飞船的长征二号F遥十四运载火箭在这里点火发射，约577秒后，神舟十四号载人飞船与火箭成功分离，进入预定轨道，发射取得圆满成功。

四个月后，人们的目光再次聚焦在这里——

金秋的十月，酒泉的天空，像玻璃一样明亮，像大海一样湛蓝。

卫星发射场上，乳白色的长征二号丁运载火箭载着"先进天基太阳天文台"

（以下简称"ASO-S"）卫星，昂首挺立在高高的发射架上，就像一位远征的使者，整装待发。

"1分钟准备！"7时42分35秒，发射指挥长下达了最后一个预备口令。

发射的时刻终于到了。在现场的该卫星首席科学家甘为群与在场的每一个人脸上显露出神圣而凝重的表情。

"10、9、8、7、6、5……点火！"随着这洪亮的声音，7时43分35秒，操作员快速准确地按下了发射控制台上的点火开关。

刹那间，大漠震颤，地动山摇。7时43分39秒，巨大的火箭喷吐着橘红色的火焰，在山呼海啸的轰鸣声中拔地而起，直冲苍穹。

火箭快速地向东南方向飞去，渐渐消失在人们的视线中。

在发射中心控制室里，嗒嗒，嗒嗒……测仪灯光在不停地跳跃着，即时捕捉着火箭的飞行轨迹。

爱因斯坦这样说过：一个男人与美女对坐1小时，会觉得似乎只过了1分钟；但如果让他坐在火炉上1分钟，却会觉得似乎过了1小时。是啊，此时此刻，不要说1分钟，就是1秒钟，甘为群与他的同事们都觉得是那么的漫长！

13分钟后，指挥所高音喇叭传来消息："星箭分离！"

15分钟后，指挥所高音喇叭再次响起："卫星太阳能帆板打开。卫星入轨！"

17分钟后，卫星发射中心邹利鹏司令员以洪亮的嗓音宣布："本次卫星发射圆满成功！"

现场的所有人员不约而同地欢呼起来。

几乎在同时，央视新闻客户端发布消息：

北京时间2022年10月9日7时43分，我国在酒泉卫星发射中心使用长征二号丁运载火箭，成功将先进天基太阳天文台卫星发射升空，卫星顺利进入预定轨道，发射任务获得圆满成功。该卫星主要用于太阳耀斑爆发和日冕物质抛射与太阳磁场之间的因果关系等研究，并为空间天气预报提供数据支持。

此次任务是长征系列运载火箭的第442次飞行。

这一刻，标志我国自行设计制造的"ASO-S"卫星正式进入太空运行，实现了我国太阳专用综合探测卫星"零"的突破——中国人在逐日之路上跨出了可喜的一步。

这一刻，对于中国天文工作者来说，是值得高兴与庆贺的。他们在用最新的天文科学成果，向党的二十大献上一份厚礼！

作为这颗卫星的首席科学家，甘为群更是激动不已，感慨万千。

怎么不激动、不感慨呢？"ASO-S"卫星从地面升空到进入运行轨道，仅仅用了几分钟的时间，而中国天文人却为此盼望和奋斗了近半个世纪，经历了艰难而曲折的逐日之旅。

科学家毕竟是科学家。甘为群内心的激动并没有溢于言表，他避开人群，独自走出控制室，来到发射场的旷野中，仰天凝神，思绪若即若离，穿越时光的隧道，飞回了过去的那些岁月。

与太阳"结缘"

甘为群生不逢时，出生于我国"三年困难时期"的 1960 年，那时他家已家道中落。甘为群祖上是南京赫赫有名的望族——甘家。如今南京城内留存的"甘家大院"又称"甘熙故居"，是由甘熙的父亲甘福开始建造的，后来甘熙又续建、扩建。当时清朝的规定是民间住宅造屋不能超过一百间。据说天帝的房子有一万间，皇宫是九千九百九十九间半，王公勋爵的住宅是九百九十九间半，民居便只得九十九间半了。作为曾国藩同科进士的甘熙曾在京做官，深知此事关系重大，所以未敢建满百间，只建九十九间半，那半间是一个四面皆窗的楼阁。

甘为群是甘家的第 28 代，他出生时，甘家大院早被收购为国家所有，他家就住在狭小的平房里。由于家庭成分不好，父母亲终日胆战心惊、闷闷不乐，顾不上孩子。他懂事后，时常被惊慌和迷惘所笼罩，没有享受过多少童年的快乐。在他的印象中，小时候住过的房间很小，但东西两侧竟各有一扇小窗户，早晨能看到日出，晚上能看到日落。这是他一天中最开心、最阳光的时刻。

七周岁那年，他上了大行宫小学。这小学来头不小，位于南京市主城中心地带的大行宫。清代康熙帝六下江南时，四次居住在当年的江宁织造府，因此就把江宁织造府所在地称为大行宫。大行宫小学被认定为曹雪芹故居的一部分。故居里标志性的那棵古木——龙爪槐，就在校园的国旗旗杆旁边。那棵龙爪槐很古老，树干是灰褐色的，很粗糙，布满了褶皱；树干上有许许多多的小树杈，虬曲着向地面生长，像一只只龙爪，遒劲而丰润，颇有种昂扬又谦逊的派头。

虽然是在那个"极左"的年代,但语文老师在课堂上,还是经常会提及这棵古树和《红楼梦》,讲曹雪芹与大观园的故事。同学们听得津津有味,而甘为群似乎对此并没有多少兴趣,不想听。有一次,老师偶然讲起了夸父逐日的故事,这一下子把他吸引住了。

老师说,相传在远古的黄帝时期,有一年天气非常热,火辣辣的太阳直射在大地上,烤死庄稼,晒焦树木,河流干枯。人们热得难以忍受,夸父族的族人纷纷死去。首领夸父看到这种情景很难过,他仰望着天空道:"太阳实在是可恶,我要追它,捉住它,摘下它,让它听人的指挥。"于是他开始追逐太阳。

教室里一下子炸开了锅:能追上太阳吗? 不可能吧? 太阳怎么能摘下来呢?

甘为群不说话,他似乎是相信的。他急等着老师往下说。

老师让大家安静,继续说道,夸父真的去追太阳了。太阳在空中飞快地移动,夸父在地上如疾风似的,拼命地追呀追。他穿过一座座大山,跨过一条条河流,大地被他的脚步震得轰轰作响。说到这里,老师停顿了一下,然后问,你们说夸父能追上太阳吗?

同学们都瞪大眼睛,不知怎么回答。过了一会儿,一位同学举手说,太阳那么远,又跑得那么快,是不可能追得上的。

"能! 一定能!"甘为群霍地站起来高声作答,引得同学窃窃私语。

老师笑了。他说,甘为群同学说对了。经过九天九夜,在太阳落山的地方,夸父终于追上了太阳。他无比欢欣地张开双臂,想把红彤彤、热辣辣的火球抱住。可是太阳炽热异常,夸父感到又渴又累,就跑着去找大泽里的水解渴,但大泽太远,夸父还没有跑到大泽,就在半路上被渴死了。

同学们都露出惋惜的神情。老师问大家,你们觉得夸父的做法对不对呢? 值得不值得这样去做呢?

这下同学们叽叽喳喳议论开了。有的说对,有的说不对。有位同学的回答获得了大家的赞同,他说,夸父的做法是对的,但不值得去做,因为那样做就是鸡蛋碰石头,等于去送死。

唯有甘为群又出来唱反调:"我说夸父不但做得对,而且非常值得!"

"值得去送死吗?"同学们轰的一声大笑起来。

甘为群的脸涨得通红,说不出话来。老师打圆场道,大家不要笑话甘为群同学,我讲这个故事给你们听,就是鼓励你们从小立下志向,将来做一个追赶太阳的人。

就在那一年,有一件事让小小的甘为群终生难忘:一天晚上,外面一片热闹,人们都在仰头观看我国第一颗人造地球卫星"东方红一号"经过南京的上空,大喇叭同步传来悦耳的《东方红》乐曲。甘为群和大家一起沉浸在欢乐的海洋中。冥冥之中,在他的心里埋下了与卫星结缘的种子。

几年后,甘为群从大行宫小学毕业,升入南京市 25 中学,初高中都在这里就读。他长大成人,刻苦学习,在南京市首届物理竞赛中获得了前十名的好成绩,并代表南京市参加省级竞赛。高中毕业时,已是恢复高考的第三年。他一直没有忘记小学语文老师的那句话,做一个追赶太阳的人,在填报志愿时他毅然选择了南京大学天文系,终以优异成绩如愿以偿。

做一个追赶太阳的人

甘为群是幸运的。他一踏进南大的校门,居然就与太阳"结缘"了。

南京大学天文系始建于 1952 年,是中国高等院校中历史最悠久的天文学专业院系,号称中国天文学顶尖人才的摇篮,当时拥有中国唯一的天文学一级重点学科和一批高水平的天文学专家学者。

开学第一周的周末,方成老师为天文系的新生做了一次讲座。就是这次讲座让甘为群对太阳有了全面的认识——

太阳,是与我们关系最密切的一颗恒星,也是唯一一颗可以详细研究的恒星。它为我们带来了光明和温暖,也对地球产生重大影响。亿万年以来,太阳一直无私地为地球提供光和热,让我们摆脱了黑暗和寒冷。正是太阳促进了地球生命的诞生。人类自诞生之日起,就沐浴在阳光下,享受着太阳的光明和温暖。正如高尔基所说,人类一切美好的东西都来自太阳之光。

然而,地球上不止有风和日丽,偶尔也会有狂风暴雨,甚至会发生火山、地震和海啸等恶劣自然灾害,直接威胁到我们的生存。同样,太阳作为太阳系的绝对王者,其直径是地球的 109 倍,重量是地球的 33 万倍。对地球来说,太阳不仅是慈祥的太阳公公,有的时候他也会变得暴躁易怒,发起脾气来可不得了。

翻开人类的历史,像这样的太阳风暴和对地球的影响,有过许多的记录。它虽然不会直接伤害地球上的生命,甚至无法吹跑我们头上的帽子,但能影响甚至破坏我们的生活。科学家们预测,太阳活动 11 年周期所产生的剧烈爆发,都将严重影响近地空间环境,甚至有可能彻底摧毁现代化的基础设施,包括卫星、电力供应、无线电通信、卫星通信和电力传输等。可见,太阳风暴和空间天气,并不只是科学家们关心的自然现象,而是与日常生活息息相关。不管是从天文学的角度去探寻恒星奥秘,还是从实际生产生活的角度来讲,对太阳开展系统深入的观测都十分必要。

听完讲座,方成老师又带着新生们参观了学校刚刚建成的太阳塔,并亲自作了介绍。

太阳塔是塔式太阳望远镜的简称。世界上最早的太阳塔是美国著名天文学家海耳在 1908 年率先建成的。这种装置是在塔的顶部安装一组定天镜,将太阳光垂直向下反射,使之进入太阳光谱仪等光学仪器进行观测。这能大大减弱地面上升热气流对观测带来的不良影响,因而大大提高太阳观测的质量。在海耳这一开创性工作之后,世界许多国家的天文台纷纷建造了太阳塔,然而中国直到 20 世纪 50 年代却还没有一座太阳塔。

直到 1958 年,南大天文系才提出建造中国第一座太阳塔。但由于遇上国家经济困难和"文化大革命",太阳塔研制计划被搁置起来。到了 1973 年,大学校园逐渐走向正常,天文系决定重启太阳塔研制计划,并任命方成为太阳塔研制组组长。在进行大量调研的基础上,进行了太阳塔的深化设计,并经多方实地考察,最终选定中山陵孝陵卫林园区的一块地方作为建太阳塔的地址。

方成带领天文系的 20 多位教职工,克服资金不足、交通不便、人手不够等困难,组织和参与基建工作,先后花了 6 年的时间,于 1979 年初才完成太阳塔主体工程,接着又开始太阳塔的光机电总装,到了这年 9 月终于建成。塔高 21 米,采用双层塔结构及独特的三片式圆顶,望远镜由定天镜系统、成像系统和电路控制系统组成。投入初步使用后,得到了太阳像和太阳光谱。

听了关于太阳的讲座,参观了昂首苍穹的太阳塔,甘为群大开眼界,对太阳的"感情"更深了,便暗自许下终身——把专业方向重点放在太阳的观测与研究上,圆自己少年时期的梦想——做一个追赶太阳的人。

小时候,甘为群有些懒散,母亲常常这样说他,太阳晒在屁股上也不肯起床。

这是真的，他住的那个小房间，到上午七八点钟的时候，阳光照射到他的床上，暖洋洋的，他总是赖在床上想多睡一会儿。

而现在不一样了，学生宿舍里照不到太阳，他也用不着等太阳，每天一大早就起床，来到学校的一块草坪上，天还没亮的时候，他先背英语单词。天微亮以后，他就开始看书，一直看到太阳从东方升起，便径直去食堂吃早饭，然后听课、听讲座、去实验室、上图书馆，晚上十点左右才回到宿舍休息。整整四年，周而复始，除了周日，他都这样度过，像蜜蜂贪婪地吸饮于百花丛中，像雄鹰自由地翱翔于浩瀚苍穹，如饥似渴地学习各种知识，以优异成绩完成了大学本科的学业。

机遇往往就是巧合，巧合往往就是机遇。就在甘为群大学本科毕业的时候，方成结束了在法国巴黎天文台两年多的进修，回到南大，意气风发地投入教学与科研。甘为群考上了他的硕士研究生，成为方老师的大弟子。方成治学严谨，教学认真，尽管只有两个学生，还是坚持每周面对面授课，从原理阐述、公式推导，到具体的数值计算方法及课堂讨论，方老师的言传身教使甘为群终身受益。在进入硕士论文研究阶段，方老师虽然工作十分繁忙，但雷打不动坚持每周一次论文进展讨论。1983 年，我国第一次在昆明召开了国际太阳物理大会，方成带着甘为群一起参加了这个有国际众多著名太阳物理学家出席的盛会，许多原来只是停留在文献中的名字突然活生生地出现在甘为群的面前，让他大开眼界！他也因此认识了不少国际天文学大家，他后来博士论文选题正是来自参加这次会议的灵感。

三年之后，也就是 1986 年，方成升任教授兼博士生导师，甘为群在提前完成硕士论文并在国际核心刊物发表后，顺理成章地成为方成的第一位博士生，从此，甘为群追随他的导师方成，这位 1995 年当选为中科院院士的著名天体物理学家、太阳观测与研究的领军人物，正式踏上了漫长的逐日之路。

方成与别的专家教授不一样，特别注重理论与实践相结合，特别注重动手能力的培养。他自己就是一个动手能力特别强的人，亲手做天文望远镜，亲自参与太阳塔的设计和建造，孜孜不倦地进行太阳的观测，认真仔细地进行数据处理和科学研究。这期间，他和他所领导的团队创造性地开展了许多出色的研究工作：建立了白光耀斑、日珥、谱斑和太阳黑子乃至微耀斑和"埃勒曼炸弹"等的半经验模型，被国际上广泛应用；首次提出了利用电离钙 K 线的光谱诊断方法；研究了耀斑发生时氢的非热电离和激发效应,提出了由光谱诊断耀斑非热高能粒子的方法……

从硕士到博士,甘为群逐渐成为方老师团队的重要成员。老师的倾心传授、研究理念和科学态度对他影响极大,坚定了他将太阳物理研究作为自己终生事业的信心。他在刻苦学习的同时,尤其注重自己观测能力与动手能力的培养,而太阳塔为他提供了最好的实践平台。硕博期间,他成了太阳塔的常客。南大与太阳塔之间有近 20 公里的路程,而学校到那边坐公共汽车不方便,中途还得走一大截,路上需要近 2 个小时。甘为群一大早起床,披着晨光,踏着早露,迎着霞光,快步前往,以便赶在旭日东升前到达,跟着导师开始一天紧张的观测工作,待太阳落山了,他不肯立即离开,而是用计算机进行各种计算。要知道,这台天文系仅有的计算机,是他的导师方成,在国外考察与讲学期间,用自己省吃俭用下来的钱购买回来的,放在这里供大家使用。当时很少有人会用计算机,而甘为群用得非常熟练,而且几乎成了它的管理员。当时计算机操作还得使用 Basic 语言,甘为群硕士论文涉及的非局部热动平衡计算程序的早期调试,就是在上面进行的,枯燥无味的数据通过计算机的计算,变得如此奇妙,帮助他一步一步向着既定的目标迈进,一点点撩开苍穹的面纱。

转眼间,就到了撰写博士论文的时候了,他确定的论文题目是《耀斑大气半经验和理论模型》,这既要运用天体物理的相关知识,更需要有大量的观测依据。有段时间,他几乎天天往返于学校与太阳塔之间,好在那时太阳塔又新添了一些更为先进的观测仪器和计算机,但是,天公不作美,在太阳观测的最佳季节里,南京的天气却一反常态,连续阴雨天,太阳迟迟不肯露面,这急煞了甘为群。无奈之下,他与太阳塔的工作人员商量,能否让他临时在这里住下来,一边写论文,一边等待天气的好转。工作人员被这位勤学苦干的学生所感动,加之长期交往结下的情谊,便同意了他的请求,给他安排了住宿,并让他一起搭伙吃饭。

他把自己关在一间小屋里,说来也巧,这间小屋,居然与自己小时候住的那个房间大小差不多,也是东西各一个小窗户。这熟悉的环境和简陋的条件,反倒是对他莫大的激励!他昼夜不舍,潜心思考,精心运算,常常废寝忘食,把全部精力与心智用于论文写作,成了踽踽独行、形单影只的畸零人。他的思想却翱翔于万里长空。苍穹里,孤雁高飞。

有一天，一名工作人员发现甘为群一天没有到食堂吃饭，便去找他。推开小屋一看，只见他趴在桌子上，便上前叫唤他，用了很长时间才叫醒他。原来，连续几天的熬夜，大脑皮层过于兴奋，导致他进入了深度睡眠状态。

天若有情天亦晴。也许是老天爷被他的精神所感动了，天气很快放晴了。雨过天晴，天高云淡，阳光明媚，这给甘为群带来极好的观测机会。一周下来，他获得了大量的太阳观测数据，有些数据是平时用很长时间也难以观测到的。这给他的博士论文增添了价值很高的第一手资料。面对老天的馈赠，他倍感幸福。

之后，天文系和南大计算中心的计算条件有了很大改善。甘为群博士论文研究也进入到理论分析和计算阶段，他先后转战天文系计算机房、南大计算中心的机房、紫金山天文台的机房。当时的上机费很贵，方老师给甘为群提供了大量宝贵的科研经费。

经过长时间的努力，他写出了厚达一百多页的长篇论文。在论文的结尾处，他郑重地加上了一句话：我要做一个追赶太阳的人。

方成老师仔细地阅读了他的论文原稿，看出了文章中的勃勃生机和奇异光彩，但还是检查了又检查，核对了又核对，提出具体的修改意见。博士论文答辩时，甘为群的阐述获得一致好评，答辩委员会主席陈彪院士评价说：这是一篇不可多得的既充满理论思维又具有观测依据的扎实论文。甘为群成为南大天文系培养的第一个天体物理博士。他的博士论文后来发表在美国《天体物理杂志》上，开南大博士学位论文在该杂志发表的先河。

一天，方成把甘为群叫到自己的办公室，充分肯定他硕博期间的学习研究成果，并告诉他，我准备向系里申请，把你留下来。

此时此刻，甘为群的心情无法用言语来表达，前者让他兴奋不已，后者让他激动万分！

要上就上在世界上领先的

然而，不然！这次他遇到了人生的第一次挫折。由于天文系的教师指标一时批不下来，他留校的希望落空了。方成对此很是惋惜，甘为群更是一片迷茫。

迷茫之际，方成告诉他，紫金山天文台的空间天文实验室前途无量，建议他去找一下张和祺台长。

张和祺，太阳物理学与空间天文学家。早期从事太阳物理研究，主要研究方向是太阳耀斑现象的储能、发生机理及高能物理过程。他最早在国内开展太阳耀斑光谱光度分析研究，建立了耀斑光度及其运动的联合跟踪测量法。他曾观测到百年罕见的太阳特大爆发的氢 Hα 光谱序列而引起国际同行关注。1982年，根据美国爱因斯坦卫星的空间探测数据，他提出了射线类星体内光度与红移的关系，其分析结果已为国外学者所采用和推广。1989 年，他从美国 SMM 太阳峰年卫星数据中发现了太阳耀斑第二次高能释放现象——太阳射线暴。他还全力推进中国空间天文学的建立，在紫金山天文台创立了以高能辐射探测为主体的空间天文实验室。

在一个周日的上午，甘为群带着忐忑的心情摸到张台长位于南京峨眉路的家。没等甘为群开口自我介绍，张和祺便热情道："方成老师向我推荐了你，我们正需要你这样的专业人才。你就到这里来吧！"

甘为群很是意外，他没想到方老师事先已经联系过张台长，更没想到张台长二话没说就接收了他。他原先准备好的自我介绍用不上了，不知说什么是好。

"我不仅知道你的名字，还看过了你的论文。"张和祺说，"你研究的方向就是我们空间天文实验室的重要课题之一。你到这里来是有用武之地的。"

甘为群讷讷道："我在空间探测方面，基本还是空白。"

张和祺鼓励道："空间探测是手段，你已经做出了很好的研究成果，基础扎实，经过进一步的研究积累，反过来提出空间探测项目才更加具有科学含金量，我们对你抱有很大期望。"张和祺又说，"尤其是你在论文结尾处加的那句话，做一个追赶太阳的人，看似多余，却打动了我。"

"这是我少年时期立下的志向。"甘为群心情放松下来，表示道，"我一定会不辜负方老师和您的期望，努力往太阳空间探测这一新的方向上靠。"

"我们正是这样期待的。"张和祺干脆直接问，"你准备什么时候来上班？"

甘为群不假思索地问："下周一可以吗？"

"可以！"张和祺笑了，"你真是一个追赶太阳的人。不过，入职手续不会那么快。这样吧，你可以先来上班，明天我让人带你先参观一下紫金山天文台。"

就这样，1989 年 6 月，甘为群成了紫金山天文台的一员，被安排在空间天文实验室，担任助理研究员。当时，他是紫台新生代中唯一的博士。

紫台的空间天文实验室是在 1976 年成立的。那时国家完成"两弹一星"任务,科学界提出"两星一站"计划,其中的一星就是指"天文一号"卫星。这是张和祺牵头在 20 世纪 70 年代中期的一次重要的全国科学规划会议上提出的,得到国家的重视并产生重要影响。"天文一号"卫星的目标是填补中国空间天文的空白,以太阳观测为主,太阳观测又以耀斑爆发为主。为此,在中国科学院的安排下,紫台专门成立了中国第一个空间天文实验室,联合国内多家单位共同研制。

原计划在 1980 至 1981 年的太阳活动第 21 周峰年期间,发射"天文一号"卫星。如果按期发射,则"天文一号"卫星和日本"火鸟"卫星及美国"太阳极大年"卫星几乎是同时的,中国的空间太阳物理也将与日本和美欧处于同一起跑线上。可惜的是,由于该星部分载荷如掠入射软 X 射线成像望远镜的研制难度超出预期,加之后来国家政策调整等原因,"天文一号"卫星最终未能继续下去。这给中国天文界留下了很大的遗憾,紫台空间天文实验室的工作一度在艰难中徘徊。

在紫台空间天文实验室工作不久,甘为群就崭露头角,多篇论文在国际天文杂志上发表。之后,甘为群入选德国洪堡学者计划,到德国慕尼黑马普地外物理研究所从事博士后研究。在这里,他第一次接触到先进的太阳探测仪器和空间数据,一边向外国同行虚心学习,一边潜心科学研究,在理论与观测两个方面都取得了长足的进步,发表了数篇有分量的论文,其中有一篇研究太阳耀斑大气加热的论文,是他第一次利用互联网与当时在美国的同行密切合作完成的。由于充分利用了双方的优势,甘为群对论文结果的重要性十分看好,可在论文投到欧洲核心天文杂志后,却被带有偏见的审稿人"枪毙"了。这判断上的巨大反差给甘为群带来了困惑,为了进一步检验自己的判断,甘为群转而将该论文投到更高一级的美国天体物理杂志。很快审稿意见来了,开头就写道:"这是一篇高水平的原创性工作。"对于做科研的人而言,没有什么比得到同行的高度认可更让人欣慰的了。

回国后,甘为群继续在空间天文实验室工作,先后担任副研究员和研究员,取得了多项科研成果,获得了多个重要奖项,如中国青年科学家提名奖、中国科学院青年科学家一等奖、国家杰出青年基金、国家教委科技进步一等奖、中科院自然科学二等奖、国家自然科学三等奖等。1995 年前后,是甘为群的收获年,但他心里十分清楚,天文学是一门观测性的科学,他在天文设备方面尚没有什么贡献,更大的考验还在后面。

　　随着我国经济社会的快速发展,空间天文太阳观测迎来了一次重要的机遇——1992年9月21日,中央政治局常务委员会批准我国载人航天工程按"三步走"发展战略实施,简称"921"计划。紫台张和祺台长瞅准这一重要机会,提出了空间天文探测包搭载载人航天实验飞船的计划。1993年底,甘为群随张和祺台长一行到北京参加论证会。会上,有人对载人航天搭载空间天文探测仪器计划提出异议,认为日本等国都搞过了,我们大可不必再搞了。在这样的会议、这样的场合,照例是轮不到甘为群发言的,但初生牛犊不怕虎,他主动要求发言,利用自己对国外前沿了解的优势及对中外差距的深度思考,结合"921"所能提供的条件和国家当时有限的实力,指出,就技术而言,如果别人搞过了我们就不搞,那我们永远不可能实现零的突破,就无法追赶上世界先进水平,更不用说超越了。他的发言,引起了与会者的共鸣,最终紫台联合高能物理研究所争取到了空间天文探测包搭载载人航天实验飞船神舟二号的任务。

　　与此同时,北京天文台台长艾国祥院士提出了宏大的空间太阳望远镜计划。

　　艾国祥,天体物理学家,中国科学院院士,1996年获何梁何利科学与技术进步奖,2002年当选第三世界科学院院士。1966年提出太阳磁场望远镜并主持研发,于1987年和1988年分别获得中国科学院和国家科技进步奖一等奖。从20世纪90年代末开始,艾国祥转向了空间天文和天文空间信息领域。

　　艾国祥对甘为群的研究成果颇为赏识,曾让后来也成为院士的汪景琇写信,有意把甘为群调北京天文台工作,但张和祺台长以紫台人才紧缺为由予以婉拒。现在要搞空间太阳望远镜,艾国祥又想到甘为群——不是调他,而是合作。

　　他把甘为群请到北京,开门见山地说:"想必你已经知道了我提出的空间太阳望远镜计划,不知你对此有何看法?"

　　"我当然举双手赞成。"甘为群说,"我国早该上这样的项目了!"

　　"哦,你们有这样的紧迫感就好了。"艾国祥笑言道,"英雄所见略同啊!"

　　甘为群连忙说:"不是所见略同,而是十分赞同您的计划。"

　　"既然赞同,我们一起来干如何?"艾国祥问。

　　"好啊!"甘为群谦逊道,"如果艾台信任,我们就跟着你干。"

　　"不是跟着我干,而是合作。"艾国祥说,"说实话,我转向空间太阳研究时间不长,而紫台空间天文实验室长期从事这方面的研究,你又在国外做过专门的训练与研究,这是个优势"。

"由你来当领军人物,我们就有信心。"甘为群建言道,"这个项目必须抓紧上,我们先起步,从小做起,小步快跑。"

"不不不,我们要做就做大的,要上就上在世界上领先的。"艾国祥豪气道,"我们不能跟在别人的后面追,而是要赶超。我的计划是同时搞几个先进的望远镜,主要是 1 米口径的太阳磁场光学望远镜。这在世界上还没有人搞这么大的。"

甘为群没有立即接话,想了想说:"这当然是好,但我觉得做这么大的望远镜,技术上挑战很大,而且投资巨大,恐怕难度太大,难以实现。"

"没有难度哪来高度?"艾国祥坚持认为,"做最大的、搞最先进的才有意义。"

甘为群坦诚道:"不是我保守,而是我们一下子做不起来。欲速则不达。"

"这可不是我们搞天文的人说的话。"艾国祥半玩笑半认真道,"宇宙的速度与地球上的速度是不一样的,搞天文的不快怎么行呢? 眼睛一眨多少光年就过去了!"

"是啊是啊。"甘为群为难道,"我们也想快,但总觉得心里不踏实。"

艾国祥有点不高兴了,直率道:"你们不想搞大的,那我来负责 1 米望远镜。你们就搞软 X 射线紫外望远镜,这应该没有问题吧?"

"问题是有的。"甘为群随即又表示,"但我们一定按照你的要求,领下任务,克服困难,争取把这个项目做成做好!"

艾国祥满意地点了点头,又讲了讲一些具体的设想与要求。

甘为群从北京回来后立即向张和祺台长作了汇报。张台长对这个项目虽有顾虑,但仍表示支持,指定甘为群牵头,启动软 X 射线紫外望远镜的预研工作。这其实是甘为群第一次真正涉足空间天文项目领域。他当时带着常进(2020 年当选中科院院士)等几个年轻人投入到这一全新的领域。半年后就拿出了技术预研报告,并投入到随后差不多持续两年的中德合作空间太阳望远镜项目推进中,在其中发挥核心成员作用。

但是,空间太阳望远镜的确技术难度大,加上其他原因,预研和推进过程十分漫长和曲折,到 2010 年差不多处于停滞状态。项目从提出到终止前后近 20

年,令人感慨。早在甘为群到紫台工作不久,一天中午休息聊天,一位老同事就告诫甘为群,空间天文是一个费时间、做虚功、干了一辈子很可能两手空空的行当。从"天文一号"卫星的下马,到空间太阳望远镜的不了了之,似乎一个个都得到了印证。

真是这样的吗? 就只能这样了吗? 甘为群心有不甘,他没有退却,而在思索——思索其中的原因,思索新的出路。

永不放弃

东方,晨曦微露。

这一期间,搭载神舟二号的空间天文探测仪器计划取得积极进展。该计划于1994年正式立项,在长达7年的时间里,紫金山天文台与中国科学院高能物理研究所共完成了3台高能辐射探测器的研制,并于2001年1月10日随神舟二号飞船顺利入轨,在轨运行165天。在此期间,载荷工作正常,除了观测到若干宇宙伽马射线暴,还观测到数十个太阳伽马射线耀斑和逾百个太阳硬X射线耀斑。

神舟二号空间天文分系统的成功,实现了中国空间太阳天文观测零的突破。这在一定程度上鼓舞了中国天文科学家的士气。

而对于空间太阳望远镜计划的中断,甘为群与大家一样,感到十分惋惜与难过,但他没有泄气与沮丧。他认真分析了不成功的原因,一是大型科学项目的提出一定要与国家整体实力相适应,二是所提计划既要考虑先进性也要考虑可行性。经过反复思考,甘为群觉得还是要回到当初向艾国祥台长所提的建议上来——从小做起,小步快跑,即先搞太阳探测小卫星。于是,他拉着常进等年轻人提出了太阳高能小卫星预研项目,这一项目得到了国家自然科学基金委员会的资助,很快进入到预研阶段。

2004年7月18日至25日,国际空间研究委员会(COSPAR)第35届世界空间科学大会在法国首都巴黎召开。这是空间科学研究领域最有权威的非政府间国际组织会议。甘为群以紫台副台长的身份,与常进研究员和南京大学方成院士一同参加了大会。

会议期间,他们与法国同行探讨太阳空间探测合作的可能性,得知法方有

LYOT 和 DESIR 两个小卫星计划方案。甘为群便向法方介绍了紫台正在开展太阳高能小卫星项目的预先研究,并提议中法合作,将三个小卫星计划合并起来。双方经友好商议,联合提出了中法合作"太阳爆发探测小卫星(SMESE)"的概念,其科学目标是瞄准太阳活动第 24 周峰年,研究耀斑非热粒子的加速和传播作用过程、日冕物质抛射的形成和早期演化以及耀斑和日冕物质抛射之间的关系。

这一国际合作,非常有助于加快我国空间太阳探测的进程。所以,甘为群作为中方负责人的 SMESE 项目,很快在 2005 年底获得国防科工委的经费承诺支持。2006 至 2008 三年间,在中国科学院国家空间科学中心的参与下,中法项目组共进行了 30 多次的双边项目推进会,先后完成了 0 相、A 相和 A+相阶段的任务,形成了 100 余份技术文档,并通过了法国航天局组织的阶段评审。

就在甘为群对这个项目抱有极大希望的时候,法方由于项目安排方面的冲突,于 2009 年初正式通知中方终止 SMESE 项目。

这给甘为群当头一盆冷水。空间领域的国际合作谈何容易!这期间,甘为群还主持提出"基于一箭五星的太阳空间物理探测计划"并得到预研支持,也是不了了之。他在追逐太阳的道路上屡屡受挫,难免有些懊恼,难道当初同事的告诫真是一道魔咒?冷静下来,甘为群决心打破魔咒,永不放弃,另辟蹊径。

山积而高,泽积而长。经过大量的调研和科研工作,条件成熟了,2011 年,甘为群胸有成竹地提出了中国第一颗综合性太阳探测卫星——"先进天基太阳天文台(ASO-S)"的概念。

一颗信号弹在天空绽放出璀璨的光芒。

中国空间太阳物理研究终于迎来了黎明前的曙光——中国科学院启动了空间科学战略性先导专项计划。甘为群抓住机遇,将"ASO-S"整体打包(1+3,即 1 个概念性研究加 3 个载荷方案研究)申报了该计划的第二批预先研究项目。但是,立项遇到了阻力。因为当时申报的项目很多,竞争相当激烈,加之有关方面对太阳探测认识不足,没有给予足够的重视。为此,甘为群在论证会上据理力争,进行了充分的阐述。

他说,空间天文往往都是从对太阳探测开始的。改革开放三十多年来,我国太阳物理研究已经从跟踪发展到了并行、局部先进的水平。20 世纪 80 年代开始,以我国科学家自主研制的具有国际先进水平的地面太阳望远镜已经形成一定规模,中国的太阳物理研究逐步跻身国际先进行列。但是,我们也要承认,与国际空间太阳探测水平相比,我国的差距巨大。从第一颗太阳探测卫星上天到现在,世界主要空间大国共发射与太阳观测直接或间接有关的卫星70余颗,获得了大量的前所未有的观测数据,使得人类对太阳的认识有了质的飞跃。我国虽然在太阳物理研究方面处于国际前列,但研究所依赖的数据绝大多数都是来自国外的太阳探测卫星,这种对原始空间数据几乎零贡献的状况,显然是一个很大的问题。

说到这里,甘为群激动道,太阳是太阳系的老大,常常被喻为地球的父亲。太阳给了地球那么多阳光和温暖,难道我们中国人就不想给太阳公公更多的关注和回报吗?

甘为群激动而幽默的话语赢得了大家会心的笑声。

甘为群话音一转说,大家知道,1989年3月13日,加拿大北部地区电网在短时间内突然遭到破坏,整个魁北克省的供电系统陷入瘫痪。在排查事故原因时,发现这次断电事件的元凶就是太阳风暴! 更近一点的2003年,太阳爆发了一次强磁暴,使欧美的GOES、ACE、SOHO和WIND等一系列科学卫星遭受了不同程度损害,导致全球卫星通信受到干扰,GPS全球定位系统受到影响,定位精度出现偏差,地面和空间一些需要即时通信和定位的交通系统遭到不同程度的瘫痪。可见,无论对于科学技术的发展,还是国家安全,太阳探测都是极其重要,已经成为各国天文学界、空间物理学界等领域的竞争焦点,各国科研人员都使出了浑身解数,我们要不甘自弱、急起直追!

充分的理由、热情的话语,深深打动并说服了与会者和评委,最终,"ASO-S"卫星概念及有关三个载荷作为一个整体,于2011年正式获得中国科学院空间科学战略性先导专项计划的支持,列入预先研究项目。

跨出可喜的第一步,甘为群团队趁热打铁,随即进行预先研究。世上无难事,只要肯攀登。一次次冥想,一次次运算,火花迸发;一张张稿纸,一个个方案,堆积如山。他们终于找到了通天之路——提出了"ASO-S"的科学目标——"一磁两暴":一磁是指太阳磁场,两暴是指太阳上两类最剧烈的爆发现象——耀斑和日冕物质抛射,即同时观测太阳磁场、太阳耀斑和日冕物质抛射,研究其形成机理、相互作用和彼此关联，揭示太阳磁场演变导致太阳耀斑和日冕物质抛射爆发的内在物理联系，同时为灾害性空间天气预报提供支持。为实现这一目标，卫星需要配备 3 台有效载荷。他对标国际先进水平，结合国内已有的基础，提出了 3 台载荷具体的技术指标。

按照空间科学先导专项的布置，一个空间项目要想走到最后，必须经过 3 个阶段：预先研究、背景型号、卫星工程立项与实施。这样，预先研究工作做完后，自然要申请背景型号项目支持。这是卫星工程立项前最关键的环节。预先研究形成的概念是否可行，关键技术能否突破，必须在这一阶段解决，这一阶段的经费体量因此比预研阶段高出十倍到数十倍，属于准工程阶段。然而，就是在这个环节的申请上，引发了一场不小的风波。

在背景型号项目申请答辩会上，有人提出，从技术的可靠性和节约成本的角度，中国目前还是先进行地面太阳观测为好。

甘为群解释道，是的，在地球上，地面太阳观测具有升级灵活、成本较低、可持续性强的特点。但是，地球大气会对天体辐射有吸收作用，甚至导致很多波段在地面无法开展观测；大气湍流会限制观测分辨率及降低测量精度；昼夜交替导致观测无法连续进行。为了弥补这些短板，空间太阳观测早已成为太阳观测的主战场，它有无与伦比的优越性——全波段、全时段，空间分辨率和观测精度不受地球大气影响。现代太阳物理学科的进展大都来自空间太阳观测的驱动。

又有人质疑道，既然搞空间太阳探测，就应该重启"空间太阳望远镜"卫星计划，而不是另起炉灶。

因为甘为群对"空间太阳望远镜"卫星计划了如指掌，便胸有成竹地说，中国空间太阳探测从 20 世纪 70 年代中后期开始至今，走过了一条曲折的道路，几代太阳物理学家为了改变中国没有太阳探测卫星的状态，进行了长期不懈的尝试和努力，40 多年过去，除了神舟二号空间天文分系统取得过少量太阳空间观测资料以外，中国至今仍保持着太阳探测专用卫星"零"的记录，相比较国际上已经发射了 70 多颗太阳探测专用或有关卫星，的确令人感慨，尤其为"空间太阳望远镜"卫星的夭折而惋惜。

接着，甘为群分析道，一个项目能否继续进行下去取决于多种因素，这其中既有客观因素，也有主观因素。但一个项目即使最后没有取得成功，也不意味着一无所获,从中国空间太阳物理的发展历程来看,"天文一号"卫星积累的载荷研制经验为神舟二号空间天文分系统的成功打下了很好的基础;而神舟二号太阳高能辐射探测器的研制经验被直接用于 SMESE 项目;SMESE 项目虽然最后没有走到工程立项,但"ASO-S"的预研直接受益于"SMESE"卫星概念性阶段研究的成果,而且,我们的"ASO-S"拓展了"SMESE"卫星的科学目标和载荷构成,此外,空间太阳望远镜的预研成果对提出"ASO-S"卫星项目发挥了重要作用,"ASO-S"卫星科学目标"一磁两暴"中的"一磁"及 3 个载荷之一的全日面矢量磁像仪就是来自空间太阳望远镜的因素,空间太阳望远镜实际上已经被融入"ASO-S"卫星中。

有理有据的答辩,说服了所有的专家,"ASO-S"项目获得了背景型号答辩打分的第一名。

甘为群凯旋。但还未来得及庆祝,一个意外的消息很快从北京传来,有关方面以"有不同意见"为由,竟没有批准"ASO-S"进入背景型号研究。

得此消息,甘为群彻夜难眠,压力剧增。几天后,中国科学院副院长阴和俊来紫台调研,甘为群和方成院士一起向阴院长当面详细汇报了"ASO-S"卫星项目和答辩经过的情况,对背景型号研究未获批准表示异议与不满。阴院长当即说,对于科学目标先进的项目我就支持,并表示回去后就来协调。

一周后,甘为群终于获准赴京参加由阴院长亲自主持的国家空间委员会关于背景型号项目遴选的终极会议。会上,他十分珍惜来之不易的机会,充分利用 15 分钟的汇报时间,向评委扼要介绍"ASO-S"项目的全貌,特别是强调项目的重要性和紧迫性。会议进行到讨论环节,中国工程院院士、国家航天局原局长栾恩杰第一个发言:今天这 4 个项目中,如果只能上 1 个,我建议上"ASO-S"。

权威领导一言九鼎。"ASO-S"终于迎来了好运,获准进入背景型号研究。接下来是马不停蹄地准备立项材料。也许是好事多磨,正当背景型号项目材料准备得差不多的时候,甘为群突然接到通知:对不起,原先承诺的背景型号经费无法落实!

巧媳妇难为无米之炊。上千万的研究经费从何而来? 甘为群为此煞费苦心,先是从台里有限的经费中挤出 360 万元,接着又向国家基金会提出资助申请。在他的不懈努力下,国家基金会投票通过了"ASO-S"资助申请,给了 865 万元。后来中国科学院又补了240万元。这样,研究经费基本落实了。

2014年1月1日正式启动"ASO-S"背景型号研究,伴随着经费的逐个落实,工作也走上正轨。项目进行了一年后,有关方面突然通知要对项目开展中期评估。甘为群按照中期评估惯常的思路,主要汇报了项目一年来的进展及接下来的计划。没想到,这次由所谓第三方负责的中期评估不同以往,相当于重新评估背景型号项目的立项。如此理解上的错误,直接导致"ASO-S"的评分最低!

得分最低意味着什么?意味着后续资金难以到位,项目面临自生自灭的严重危险!

甘为群大为不服,但无可奈何。何苦呢,就此罢休吧。不!决不能半途而废,更不能自生自灭!他对他的团队说,我们豁出去了,困难再大也要依靠自己的力量搞下去!

真是夸父逐日的精神啊!

决定命运的时刻到了。2016年年中,中国科学院组织对空间背景型号项目的结题验收和综合论证。专家们听了甘为群关于"ASO-S"背景型号项目实施情况的汇报,审阅了堆积如山的研究报告和技术文档,还现场查看了部分原理样机和样件,大家大为惊讶!对"ASO-S"背景型号阶段的工作与成果,一致给予高度评价,认为开创了一条自筹经费开展背景型号阶段研究的新路子,"ASO-S"终于在8个背景型号项目中脱颖而出,成为进入卫星工程立项程序的两个项目之一。

经历一波三折,中国科学院在2017年底正式批复"ASO-S"卫星工程立项。

太阳终于升起来了。阳光占据了甘为群的心房。

怀抱"中国心"

最美人间四月天。

2018年4月11日,甘为群接到了中国科学院的聘任书,聘任他为"先进天基太阳天文台"卫星工程首席科学家。他的心情像草长莺飞的自然界一样美丽,又像忙于春播的农民一样时不我待。

此时,离太阳活动峰年仅有6年左右的时间。太阳每11年为一个活动周期,开始的4年左右时间里,黑子不断产生,越来越多,活动逐渐加剧。在黑子数达到极大的那一年,称为太阳活动峰年。在太阳活动峰年最有利于对太阳爆发现象的观测。

错过这个峰年，又要再等 11 年!

不能等! 拿着沉甸甸的任命书，甘为群感到使命光荣、责任重大。科学卫星在中国尚属于新生事物，卫星首席科学家更是在这片土地上才出现没有几年。虽然文件上定义了科学卫星一切围绕科学目标，首席科学家具有一票否决权，首席科学家因此也要负责卫星的科学产出。但具体如何履行首席科学家的职责，如何确保卫星的研制满足科学的需求，并没有现成的模式。

甘为群借鉴前人及国外的经验，他利用主抓预先研究和背景型号研究对情况比较熟悉的优势，除了协助卫星工程总体和卫星系统组建卫星工程研制团队外，还重点着手组建卫星科学团队，包括组建卫星科学应用系统。他根据需要在"计划之外"任命了 3 位载荷科学家和 3 位载荷数据科学家，前者确保载荷的研制过程中必须满足科学指标和科学需求，缓解科学家与工程师在工作理念上的差异；后者负责卫星数据下传后的生产、处理、存储和服务，并负责数据分析软件的研发。这一新架构的提出使得首席科学家的工作有了抓手，很快被业内接受和效仿。

多少事，从来急。在"ASO-S"卫星工程开工动员大会上，甘为群要求各任务团组以高度的使命感做到"三个确保"：确保"ASO-S"的创新性，形成中国太阳探测卫星载荷的独特组合，真正做到在一个卫星上同时观测"一磁两暴"；确保"ASO-S"的高质量，努力实现各项科学目标，达到预期的探测效果，力争取得重大科研成果；确保"ASO-S"赶在太阳峰年期发射升空。他强调说，我们要与太阳赛跑，努力加快卫星工程的进度，按期完成各项工作任务。

这期间，传来了一个让甘为群且惊且喜的消息——

他的导师方成院士捷足先登，带领南京大学的天文团队及长春光机所的技术团队，与航天八院联合提出，构建一个超高指向精度和超高稳定度的卫星平台，开展高精度的太阳观测。此后，他们经过三年多的科学论证和方案设计，确定了双超卫星平台加 Hα 光谱成像的总体设计，明确了卫星的科学目标和技术指标，于 2019 年 6 月获得国家航天局批复立项，两年后在南京完成地面观测试验，接着在上海完成了整星集成测试。

2021 年 10 月初，双超平台太阳光谱成像观测项目开展卫星征名活动，确定该探日卫星为"羲和号"。羲和是上古神话中的太阳女神，象征着中国太阳探测的缘起。

同年 10 月 14 日,"羲和号"卫星发射升空。卫星重量为 550 公斤,稳定运行在平均高度 517 公里的太阳同步轨道上,获得了一批高质量的太阳光谱数据,拉开了我国空间探日的序幕,打破了我国没有第一手太阳空间探测数据、依赖国外卫星数据的被动局面,有力提升了我国在空间科学领域的国际话语权。

导师的探索精神和探日成果,对甘为群既是极大的鼓舞和鞭策,也是巨大的压力。他决心追赶导师,追赶太阳,尽早把我国第一颗综合性太阳探测专用卫星——先进天基太阳天文台发射升空。

当然,升空不是目的,真正的目的在于实现新的科学目标。

甘为群一再提出,我国的太阳卫星虽然起步晚了,但一定要做出自己的特色,实现新的科学目标,那就是"一磁两暴"。为了实现这一科学目标,甘为群在设计之初就在"ASO-S"的载荷配置上寻找突破和创新——搭载三台不同功能的太阳探测望远镜,同时观测对地球空间环境具有重要影响的太阳上最剧烈的爆发现象。在天文研究中,这样的组合观测,即在多波段同时进行观测非常重要。

三个载荷的体量虽然不是太大,但关键技术的难度很大。关键技术拿不下来,"ASO-S"的科学目标就无法实现。而在"ASO-S"之前,我国的探日卫星几乎空白,没有多少经验可循。甘为群经过反复思考与权衡,没有基础,就从头开始,发挥全国天文研制之优势,集中优势兵力打歼灭战。

三个载荷是太阳观测的"三大法宝",同时也是技术上的"三座堡垒"。只有攻克了这"三座堡垒",才能真正获得"三大法宝"。在甘为群的感染下,研制团队燃起斗志,踏上了攻关攀登之路。

第一座堡垒:全日面矢量磁像仪的高精度磁场测量技术。

全日面矢量磁像仪由邓元勇任载荷科学家。他是中科院国家天文台怀柔太阳观测基地主任,中科院太阳活动重点实验室副主任。接到研制任务后,邓元勇带领他的团队,首先确定了全日面矢量磁像仪的研制目标:实现比国际同类设备更高的磁场测量精度。针对这一目标,研制团队深入分析了已有设备的特点,抓住了提高磁场测量精度的关键点,提出了以大靶面、高帧频探测器实现不同偏振分量的交替采样为技术主线的研制方案。

技术方案虽然确定下来,但项目组面临的技术挑战却是一个接着一个。首先,航天级大面阵、高帧频探测器国际上并无现货,国内处于研发阶段,性能参数、空间环境适应性等都需要从头摸索;其次,为了实现空间高速、交替采样,采用了全新的液晶偏振调制技术,这在当时国际上完全没有先例,项目组与合作单位从原材料开始一步步走到了最终的航天器件;此外,双折射滤光器油浸动密封技术、自动波带稳定技术、海量数据星上实时处理技术、精密温控及高精度同步控制、高精度稳像技术等,虽然在地基磁场测量设备中已经广泛应用,但国内缺乏空间应用经验。针对这些拦路虎,载荷承担单位国家天文台、南京天光所、西安光机所联合多家外协单位,通力合作,最终一一扫清障碍,完成了研制。地面测试显示,载荷达到甚至超过了预期技术指标。

第二座堡垒:太阳硬 X 射线成像仪。

该载荷由张哲任主任设计师。他是中国科学院紫金山天文台高级工程师。对他来说,承担这一研制任务占有"天时地利人和"。他从参加工作开始就介入并承担起太阳硬 X 射线成像仪的预研和技术攻关工作,而紫台又是这个项目的发起单位,更重要的是,首席科学家甘为群及其带领的卫星科学团队,乃至硬 X 射线成像仪硬件研制团队成员又都和他身处同一个实验室,项目上各方面的沟通和交流都十分顺畅和便捷。但是,摆在他面前的这台载荷的研制工作,之前在我国还是空白,面临着数项关键技术攻关的艰难任务。这其中最难的是准直器。太阳硬 X 射线成像仪的探测器阵列相当于一个个的小眼睛,这些小眼睛前面对应着准直器的光栅对阵列,为了实现 X 光子流量方向的信息调制来用于成像,数千条狭缝阵列采用坚硬的钨材料加工,层叠厚度超过 1 毫米,最窄缝隙只有 20 微米,而前后相距 1.2 米,在这种距离上还要求光栅在前后端对齐得分毫不差,而这个"分毫不差"还要求能抵抗发射过程中的剧烈震荡,以及进入太空后恶劣的极端温度和真空环境后保持稳定。

为此,在近十年的研制过程中,张哲伴随仪器而成长,他领导的团队不断迭代成像仪的设计方案,在国内选择多家合作制作单位,与他们一起优化方案,研讨工艺,并给大家打气鼓劲。一次次试验,一次次失败,一次次调整,最终,满足要求的钨光栅采用激光加工方案取得了成功,光栅层叠和对准装配完成准直器也实现了完美的工程实施。团队还通过不断的优化和改进,在世界上首次实现了同类载荷全系统的 X 射线束流调制测试,对 X 射线调制成像能力做出了充分的验证。

第三座堡垒：莱曼阿尔法望远镜。

该载荷由陈波任主任设计师。他是中国科学院长春光学精密机械与物理研究所副总工程师。虽然他先后参加过多项国家重点课题研究工作，曾获国家科技进步二等奖等多项重要奖励，但莱曼阿尔法望远镜对他来说，是一个新的课题、新的挑战。

莱曼阿尔法望远镜实际上由三台望远镜、四个成像通道组成，其中最具代表性、最难研制的是莱曼阿尔法日冕仪，它由一套共用的主光学系统和两台 CMOS 相机构成，可在 121.6nm 和 700.0nm 两个波段同时对 1.1 太阳半径到 2.5 太阳半径日冕进行高分辨率成像。利用这台仪器可以在极强的太阳"圆盘"照射下，对太阳周边亮度降低 4 到 8 个数量级微弱的日冕辐射进行高分辨率成像观测。

研制中，陈波研究员带领研究团队，团结奋战，攻坚克难，解决了大范围杂光抑制、亚秒级高精度稳像和莱曼阿尔法波段辐射定标等关键技术问题，研制出我国第一台双波段太阳莱曼阿尔法日冕仪，角分辨率高于在轨运行的 Solar Orbiter 卫星上的同类日冕仪，将在太阳物理研究和空间天气预报研究中发挥重要作用。

其实，在三个载荷的研制过程中，技术难度是一个方面，而他们恰恰又遇上了"天灾人祸"。

天灾就是新冠疫情。就在"ASO-S"载荷研制最为关键的时候，新冠病毒肆虐全球。这给本来时间十分紧张的研制工作雪上加霜——不能正常上下班，实验室无法如期使用，人员往来受到限制，各种器材和零部件无法运送或邮递……针对这一特殊情况，甘为群要求各研制单位积极应对、科学安排，并通过"远程视频""腾讯会议""微信通话"等形式，及时进行线上讨论、信息沟通、情况汇报，确保"抗疫"与"研制"两不误。年近六十岁的陈波，疫情期间住在研究所的实验室一个多月，过春节也没有回家，完成了 100 多个软件模块的计算开发任务，确保了研制工作的进度。

人祸就是西方封锁。无论是哪个载荷，都要用到芯片。芯片是载荷的"心脏"。只有使用先进的芯片，才能制造出高质量的载荷。以前，卫星载荷上用的芯片，有些是从外国进口而来的。然而，就在"ASO-S"载荷的研制期间，西方一些国家对中国实行所谓的制裁,加上国际疫情极为严峻,一些元器件和芯片的断供给载荷研制工作造成极大困难。面对这一情况,研制单位措手不及,产生了消极畏难情绪,甚至提出推迟研制时间,等时机成熟后再干。对此,甘为群参加工程例会,一起研究对策。他说,元器件不能进口,既是挑战也是机遇,逼着我们转危为机。对于芯片,我看有两条路可走,一是在国内筛查同类替代品,二是我们自己进行研发。总之,芯片不能成为我们的拦路虎。我们要通过我们的努力,保质保量搞出"ASO-S",为我们争气,为中国争光!甘为群的一番话,极大地鼓舞了大家的士气。办法总比困难多。三个研制单位调整思路,群策群力,既发挥自身优势,又多方寻求合作,尽管走了一些弯路,但最终攻克了芯片难题,研制成功了怀抱"中国心"的高质量卫星载荷。

卫星的研制属于重大系统工程。"ASO-S"卫星研制就包括 6 大系统:卫星系统、运载系统、发射场系统、测控系统、地面支撑系统和科学应用系统,至少涉及几百个科技人员。此外还有工程总指挥和总设计师,以及工程总体、总体办公室、中科院主管机关等。"ASO-S"卫星这次未设载荷总体,中科院上海微小卫星创新研究院作为卫星系统总设计师单位,发挥了至关重要的作用。诸成总师自从卫星实施以来几乎天天加班,从未有过休息日。科学应用系统总师黎辉身先士卒,带病坚持工作……看着整个团队的奋力拼搏与团结协作,甘为群常常感慨道:"我们这些幕前人,更应该看到那些在幕后兢兢业业付出的人,他们是最辛苦的人!"

在科学的道路上,没有平坦的大路可走,只有那崎岖小路上攀登的不畏劳苦的人们,才有希望到达光辉的顶点。在卫星载荷研制成功后,甘为群并没有松一口气,继续带领黄宇、苏扬、封莉等年轻的科学团队,夜以继日地做好卫星发射前的各项工作,并为卫星升空后的科学研究进行提前准备,自行开发各种软件。"ASO-S"入轨后,每天将产生大约 500GB 的观测数据,且全部科学数据和分析软件将面向全球用户开放共享,共同实现其科学目标。

现在,离既定的科学目标,只有一步之遥了。

逐日之旅,正在路上

2022 年 7 月 11 日,中国科学院发布的"先进天基太阳天文台"征名活动启事，一下子吸引了全国人民的眼球——

太阳仅仅是宇宙中的初级谜题，

太阳的谜团终将被人类逐一揭开。

中国第一颗综合性太阳探测专用卫星，

迎光启航，逐日而行，

求索于日地间，

它就是—— 先进天基太阳天文台

Advanced Space-based Solar Observatory

利用太阳活动第 25 周峰年的契机，

它将对太阳上两类最剧烈的爆发现象——

太阳耀斑和日冕物质抛射，

以及全日面矢量磁场开展同时观测，

研究"一磁两暴"

也为灾害性空间天气预报提供支持。

这颗空间科学卫星

将于 2022 年 10 月，

在酒泉卫星发射中心发射升空，

展开对太阳的探索之旅。

现在，我们诚挚邀请您，

为即将发射的先进天基太阳天文台，

起一个中文昵称。

让您的名称创意，

跟卫星一起，共游太阳系。

延续中国人为卫星起名的

诗意和浪漫，

传承人类的科学探索精神和人文情怀。

征名活动得到广泛响应，在短短的两周中，共征集到 25000 多份提案，最终确定"ASO-S"的中文昵称为"夸父一号"。

在新闻发布会上，甘为群向大家报告，经过两轮评选，最后专家投票确定，先进天基太阳天文台取名"夸父一号"。大家知道，"夸父"是中国神话故事《夸父逐日》中的神话人物。另一中国神话故事《嫦娥奔月》中的嫦娥，已经是探月系列卫星的昵称，《夸父逐日》中的夸父，用来命名探日卫星，太阳对月亮，夸父对嫦娥，两个神话故事，突显中国文化，相得益彰。而且，"夸父逐日"表现了古代先民胸怀大志，英勇顽强的精神，寄托了中华民族对探索自然矢志不渝、锲而不舍的强烈愿望和顽强意志。作为这颗太阳卫星的首席科学家，甘为群一生有志于做一个追赶太阳的人，用自己的实际行动弘扬"夸父逐日"的精神。

2022年10月9日，"夸父一号"冲向苍穹，奔向远方。

重量859公斤的"夸父一号"已运行在高720公里的太阳同步轨道上，将连续4年、24小时对太阳进行不间断的多波段、高质量的观测……

黎明时的大漠格外壮观。一轮火红的朝阳喷薄欲出，万道霞光从东方射出，沙漠上闪现出一片金光。

太阳每天都是新的。甘为群面向阳光，久久伫立，思绪纷飞。他既为"夸父一号"的成功发射而兴奋，又开始盘算着接下来的工作——为了迎接明天的太阳，必须及时把卫星传回地面的海量数据转化为高质量的科学成果！

"甘台，记者在等着视频采访您呢！"

甘为群闻声回过神来，急忙赶了回去。

面对视频中的记者，他先是感谢各方的协同与支持，然后介绍道，经过40多年的探索，中国没有太阳探测专用卫星的历史随着"夸父一号"的发射而被改写，成为国际太阳空间探测大家庭的一员。尽管太阳距离地球平均达1.5亿公里，但一旦发生太阳耀斑、日冕物质抛射等爆发活动，它所裹挟的大量带电高能粒子，会对人类生存环境，尤其是与现代生活息息相关的电磁环境造成严重破坏。因此，持续地对太阳活动进行监测是非常有必要的。现在，我们有了这颗卫星，科学家可以至少提前40个小时得到信息，从而及时做出相关的防护举措。

记者问："你对你一生所从事的事业怎么看？"

甘为群若有所思，脑海中闪过一幕一幕的酸甜苦辣，然后缓缓说道，我的职业生涯中做过三件事：研究、行政与项目。当然太阳物理研究是贯穿始终的。我最看重的还是卫星项目，真正实现我儿时的梦想——做一个追赶太阳的人。之前卫星尚没有发射,结果还不确定。现在"ASO-S"卫星已经成功发射,总算实现了我人生的一个大目标,这不仅是自己的目标,也是中国太阳物理界的目标,还有什么能比这个更让人欣慰的呢?

记者又问:"你对我国太阳探测有何预测和期待?"

甘为群无限深情地说,我作为"ASO-S"的首席科学家,首先期待"ASO-S"的观测结果能够给太阳物理前沿研究注入新的动力,在"一磁两暴"和太阳大气结构与动力学的研究中取得重要成果,完成中国空间太阳物理完整的体系建设。同时,我也期待中国的太阳空间探测在国家有关部门的重视下能够由此走上可持续发展的轨道,建立日趋完善的项目选择机制;期待在中国自己建设的空间站上搭载更大、更先进的太空天文台,赶超世界先进水平;相信在新生代太阳物理学家们的共同努力下,中国下一代太阳探测卫星能够在更高起点上展开,为全世界太阳物理学科的发展做出中国应有的贡献。

最后,记者请他用最简短的语言表达自己此时此刻的心情与愿望。甘为群脱口而出——

"面向未来,向日而行。逐日之旅,正在路上……"

南京软件谷:迈向"数字高峰"

眺牛首而望钟山,揽秦淮而襟长江。

明朝时候,这里是皇家花苑;清代以后,这里是南郊花市;从改革开放到20世纪90年代末,这里是城市的蔬菜基地。

进入21世纪以来,这片土地却像变了魔法一般,先后将中兴、华为、润和、硅基智能等三千多家软件企业、三十多万名涉软人才"磁吸"过来,软件和信息服务业年产值达两千多亿元。

这个颇具传奇色彩的地方,有个响当当的名字——中国(南京)软件谷(以下简称软件谷)。

近年来,南京市雨花台区委区政府高瞻远瞩,奏响园区高质量发展交响曲,软件谷迅速实现了从"软件高原"到"数字高峰"的华丽转身,荣膺全国首批中国软件名城"示范区"、全国首批国家数字服务出口基地。2021年10月,软件谷入选江苏省首批中国软件名园试点单位,吹响了创建首批中国软件名园"集结号"。

十年磨一剑

熟悉南京雨花掌故的人都知道,短短十多年,昔日南京市民的"菜篮子"已蜕变为软件名城示范区,过程跌宕起伏。

对雨花人而言,由蔬菜产业转型为软件产业,是一次壮士断腕、破釜沉舟的远征,更是一份谋定而后动、"一张蓝图绘到底"的责任与担当。

贝壳,浅藏在波澜不惊的沙滩下,只有聪明的拾贝者才会发现。

起初,大家对雨花软件并不看好。毕竟,彼时省市软件产业发展的重点在主城区。"不安分"的雨花人似乎不这么认为。

21世纪初,国内软件产业蓄势待发。雨花人敏锐地抓住了这一历史性机遇,超前布局,成功引进了中兴通讯、华为两家软件巨头。

创新创业的种子,在雨花 134.5 平方公里沃土上生根发芽。如何快速扶持软件产业发展?全区上下意见当初并不一致。雨花人对待软件企业经历了一个从不理解、不接受,到全力支持、竞相欢迎的过程。

本来,由雨花台向南直到纬九路沿线(即后来的软件大道)的大块区域,均已规划为宁南片区房地产开发范围。彼时南京房市火热,区里上下摩拳擦掌,对开发宁南房地产信心满满,大家都把宁南房地产视为摇钱树。区财政相当一部分来自宁南房地产。

是要很快变现的房地产,还是要需要花大力气扶持的软件产业?区委区政府主要负责人经过通盘考虑,最终下定决心:一个地区如无高端产业作长久支撑,可持续发展将难以为继!

从 2004 年成立雨花信息产业基地,到 2008 年成立雨花软件园,再到 2011 年成立软件谷,整个纬九路沿线近 8 平方公里地块,均从房地产用地变更为产业用地,为其后纬九路软件产业的快速发展创造了条件。

"大江歌罢掉头东,邃密群科济世穷。面壁十年图破壁,难酬蹈海亦英雄。"这是伟人周恩来东渡日本留学前夕写的一首诗。

软件谷的十年发展史,颇有坚韧破壁的意味。

2011 年 8 月 2 日,为高标准建设"中国软件名城",南京市委市政府制定出台《关于以打造"一谷两园"软件产业集聚区为重点高标准建设中国软件名城的意见》，软件谷正式成立。

软件谷涵盖原雨花软件园、铁心桥工业园和雨花经济开发区，分为北园、南园和西园，规划面积约73平方公里，约占雨花台全区面积的一半。这么大的建设规模全国罕见。

为何取名软件谷？据曾在铁心桥街道工作的黄主任回忆，当时他陪同市、区领导在将军山一带考察，一位市领导说："美国有个硅谷，我们这边山清水秀，要不就叫软件谷吧？"当然，将这里称为软件谷还有另一层意思，就是资金流、信息流、人才流、技术流都往谷里流，那软件谷将来就是资金、信息、人才、技术的高地。

"你的斑驳与众不同，你的沉默震耳欲聋。"雨花软件，如黑夜中的"孤勇者"，奋力追寻着最孤高的梦。

软件谷的横空出世，标志着雨花软件在南京软件名城建设中占据了举足轻重的地位。市里更加重视战略性新兴产业发展，区里获得了前所未有的政策资源和人财物支持，一批专业型人才先后集聚软件谷。

风雨之后是彩虹。

2017年6月，以软件谷为核心的雨花台区入选全国第二批"大众创业万众创新示范基地"。同年9月，国家工信部信软司、江苏省经信委和南京市人民政府签署合作备忘录，共同推动软件谷创建继上海浦东新区之后全国第二个中国软件名城示范区。

2018年4月、2020年5月、2021年2月，以软件谷为核心的雨花台区国家双创示范基地，因建设成效显著，先后三次获国务院办公厅督查激励表彰。

2021年10月，软件谷入选江苏省首批软件名园试点单位。

如今，软件谷已成为全国最大的通信软件产业基地，全国首批、江苏唯一的国家软件和信息服务业示范基地及国家数字服务出口基地。雨花软件，由此比肩北京中关村、上海浦东新区。

十年磨一剑。

软件谷楚翘城、云密城、科创城、创业创新城和大数据产业基地"四城一基地"已成为园区建设的标杆。统信UOS操作系统生态产业园、浙大网新人工智能产业园等专业园区建设蒸蒸日上，显示出雨花软件强大的生命力。

近年来，尽管深受新冠疫情影响，软件谷主导产业仍持续"逆势增长"。作为南京中国软件名城核心区，软件谷以2%的市域面积，贡献了全市近40%的软件业务收入、全省近20%的软件业务收入。目前，全区涉软企业总数达到3762家，软件产业建筑面积达到1124万平方米，软件从业人员达到33.5万人。

在南京软件产业展览馆展厅内，来自全国的参观者不时驻足凝眸。通信软件、云计算、大数据、移动互联网、人工智能……一系列新兴产业让人目不暇接，深深感受到区谷大力推进创新创业带来的巨大变化。

2021年是我国"十四五"开局之年，也是软件谷成立10周年。

此时的软件谷，恰似风华正茂的少年，心中不时泛起"欲与天公试比高"的青春悸动。

软件谷如何在新的起点上实现高质量发展？社会各界高度关注。

经过周密调研和科学论证，区委很快给全区人民拿出了一份新答卷："十四五"期间建设"全面创新、全域高新"新雨花。软件谷作为南京软件名城的"标志区"、雨花经济的顶梁柱，意味着必须承担起更大的时代责任。

未来可期，行则将至。

那么，何谓"全面创新"？何谓"全域高新"？

雨花西路99号，是一座20世纪80年代的五层破旧老楼。40年来，区发改委一直在此办公。深秋的一个傍晚，笔者在这座老楼有幸"窥见"7000余字的《雨花台区打造"全面创新全域高新"新雨花行动方案（2022—2024）》文本，疑惑许久的"两全两新"谜团瞬间解开。

原来，区发改委两年前即牵头开展区域高质量发展谋划，旨在推动全区由科技创新向全面创新转变，推动全域高新发展。

所谓"全面创新"，就是打造"全面创新示范区"，以科技创新赋能城市发展，推动形成双创升级、数字经济、创新城区、绿色生态、数字服务、数字治理六个领域全面创新的新格局。

在"全面创新"的版图上，人们可以看到，创新的浪潮将席卷雨花大地："生态进城，创新入山"建设初见成效，环境智慧化管理水平不断提升；"幸福三圈"民生服务体系更加完善，社会事业优质化水平显著提升；数字社会治理体系日趋健全,政务服务高效便捷……

所谓"全域高新",就是打造"全域高新先行区"。依托软件谷、"两桥"片区、南站片区、雨花街道和赛虹桥街道打造雨花数字城,建设世界级软件名园。依托雨花经济开发区、古雄街道、板桥街道和梅山街道,打造雨花新滨江,促进产业数字化转型升级,推进新城建设,打造滨江最美岸线。

在"全域高新"的版图上,人们惊喜地发现,整个雨花,尤其是软件谷,从基础研究到产业化的全流程创新链正全面构建,一批原始创新、关键核心技术创新成果正快速形成,一批创新型企业和高端创新人才纷纷抢滩雨花……

潮平两岸阔,风正一帆悬。软件谷,向着"两全两新"的彼岸,乘风破浪,疾速远航……

打造软件产业超级"孵化器"

"为什么我的眼里常含泪水,因为我对这片土地爱得深沉。"

走马软件谷,人们深刻地感受到,来自全国各地的"码农"们,对软件谷有着一种近乎膜拜的深深眷恋之情。

"创业车站,创业梦想始发站。"每次人们经过地铁一号线软件大道站时,都能在立柱上看到这么一句动感十足的蓝色标语。标语下面,一辆蓝色的列车,带着年轻人的创业梦想,呼啸向前。

徜徉在两平方公里的江苏创业大街,我们看到一大块形似"矩阵"的软企"孵化器":集聚了30多家创业空间,还包括一些新型研发机构、软件谷双创展厅、创业车站、部分公共服务平台等。一股浓郁的创新创业之风扑面而来。

截至2021年,软件谷集聚软件企业3400多家。其中,有营业收入的百亿级企业4家,50亿—100亿企业4家,10亿—50亿企业18家,1亿—10亿企业129家;亿元以上企业占企业总数的4.4%,但营业收入达到2329亿元,贡献了全部业务收入的93%。

"雨露滋润禾苗壮。"成绩的背后,得益于政府聚焦科技创新,用"有形之手"为众多创业者打造的"超级孵化器"。在这里,区谷为一大批初创型企业提供"繁衍壮大"的合适温度,帮助它们由纤弱的幼苗茁壮成长为高耸的森林。

镜头一:"智慧软件谷",永不打烊的线上政务平台。

"智慧软件谷"全称中国(南京)软件谷智慧服务平台,以实现园区管理、服务产业集聚、服务企业发展、服务数据归集利用、服务科学决策这"五服务"为建设目标,切实打通政企沟通"最后一公里"。

"智慧软件谷"包含职能端和企业端两大门户,约211个功能点。职能门户主要集合企业数据管理、园区特色展示、网格化管理及业务审核等综合性管理功能,以"一企一档"的形式,收录软件谷约5000多家活跃企业档案。企业门户则根据企业自身对平台功能定位需求,提供线上申报、政企互动等多项服务内容,并收录华为人工智能创新中心、APEC中小企业信息化促进中心等多个谷内优质公共服务平台。

在现场大会议室,20多台大屏电脑一字排开,工作人员正有条不紊地收看信息、答复咨询,实现了园区各职能部门与企业的"云办公""云服务"。

软件谷产业发展部工作人员孙轶文感慨地说,以前各类数据信息繁杂,人工处理不堪重负。如今有了智慧平台,谷内政策申报业务均由线下提交纸质材料转为线上无纸化流程,真正实现了"数据多跑路,企业少跑腿"。截至目前,累计收到企业申请3000余项,相关政策的申请数量显著增长。

孙轶文自豪地说,上线"智慧软件谷"服务平台,实现了政策推送、项目申报、政策兑现、统计监测等功能上线上云,3800余家企业账户在软件谷实现了"一个账号、一个平台、一网通办"。

近年来,软件谷在企业服务上的另一个亮点,是搭建众多优质公共服务平台,构建优良产业生态。

据软件谷产业发展部副部长郭茜介绍,这些公共服务平台对中小企业提供了开放共享的技术支撑。毕竟,大企业有能力开发程序包,中小企业难以做到。近年来,软件谷建设了中软国际解放号等多个优质公共服务平台,但凡中小企业有需求,都可以通过它来发包,企业需求匹配均在线上撮合。

再如,华为人工智能云,做成一个个工具包,类似"积木"重新排列组合。企业列出需求清单,由华为人工智能云提供精准服务。

为了孵化谷内科技企业,软件谷仅每年用于公共服务平台的政策性扶持费用就以千万计。其中,国内顶尖的公共服务平台有翼辉自主实时操作系统平台、华为(南京)人工智能创新中心、中软国际解放号等九个。

镜头二:谷雨双创学院,助力初创型软企发展的"黄埔军校"。

从 2015 年的 1.0 版本开始,软件谷科技创新部始终紧跟企业发展趋势,不断升级创新创业服务生态地图,目前已发展到 6.0 版本。区谷双创服务日渐品牌化、国际化、高端化。

在科技创新部,副部长杨敏娟徐徐展开软件谷创新创业手绘地图 6.0 版。她自豪地说,双创地图一年一个版本,主要是软件谷发展实在是太快了。在这张报纸大小的浅蓝色双创地图上,软件谷近年来涌现的产业园区、知名企业尽收眼底:十里软件大道两旁,华为、中兴、东软、润和、南京大数据产业园、云密城、沁恒科技园等知名软件企业和园区星罗棋布;数字大道以南、机场二通道两侧,科创城、总部经济园、浙大网新等新兴产业园蔚为大观……

呵护创业激情,崇尚务实笃行。

如何打造以"保姆+导师"服务为核心的创新创业生态系统、助推软件企业孵化、成长、壮大?杨敏娟介绍,谷雨双创学院值得一看。

原来,为了帮助种子期、幼苗期企业尽快成长,2020 年初,软件谷与区委组织部联合打造了谷雨双创学院这一颇具雨花特色的企业培育平台。该平台被外界戏称为软件企业的"黄埔军校"。

按照"1+3+N"的培育模式,软件谷积极探索优质软企特色培育路径。"1"指软件谷双创服务中心;"3"指培训营、成长营和加速营;"N"指优质初创型软件企业。

其中,培训营发现、筛选、培育好种子,助力培育"紫金山英才先锋计划——高层次创新创业项目";成长营帮助企业快速成长,助力培育"紫金山英才先锋计划——创新型企业家项目"、准瞪羚企业;加速营帮助企业突破发展瓶颈,进入快速成长期,助力培育瞪羚企业、独角兽企业、准 IPO 企业。

两年来,谷雨双创学院送走了一批又一批的优秀双创"毕业生"。这些"毕业生"也不负众望,在双创大潮中大显身手:

——培训营入选市级人才项目 7 个;成长营 6 家企业年主营业务收入增长率超 100%,最高增长率达 700%,5 家企业就业增长率超 50%;加速营有 4 家企业喜获融资,平均融资金额 4500 万,1 家企业入选市创新型领军企业,1 家企业入选南京青年创业潜力新星。"斑马家政云""福康通""壹证通"等多位学员企业彼此已形成资源与业务链接合作。

——学员企业全年新入选高新技术企业6家，科技型中小企业11家，申请软件著作权超500件、专利超300件。

——学员企业获得各类荣誉资质超188项，包括"省级专精特新小巨人企业""市级信用管理示范企业""金梧桐奖——创新成长企业"、ISO体系认证及全国各类创新创业赛事奖项、榜单等。学员企业年销售收入平均增长率超50%。

"时下，初创型企业生命周期中最重要的是前三年。谷雨双创学院作为园区主办的培育组织，不仅给企业培训，而且还帮它们链接经过软件谷遴选的第三方优质资源，比如行业领军人物、资深投资人、财务专家，甚至还有管理型的创业导师等。"杨敏娟介绍道，"通过这样一个平台，创业者不仅可降低成本、获得资讯，还能了解到同行业的潜在竞争对手，明晰其在市场中的定位。谷雨双创学院提供阳光雨露，企业只管向阳生长。"

聚焦生态打造，优化双创生命周期服务链。2021年，谷雨双创学院通过定向培育、广纳资源，积极打造精准的专业化、市场化的特色培育体系，为软件谷挖掘并聚集一批高成长性科技企业。学院的成功做法得到南京市委组织部的高度认可，并入选全市"我为群众办实事"百佳案例。

镜头三：好大"三棵树"，移大树、育小苗、发新芽。

"好大一棵树，绿色的祝福。你的胸怀在蓝天，深情藏沃土……"这是20世纪蜚声大江南北的一首流行金曲。著名歌手田震将《好大一棵树》唱得如痴如醉，令人难以忘怀。

如今，在软件谷这片双创热土上，招商人员用科技创新的思维将成片的"好大一棵树"呈现在世人面前。

走进软件谷招商合作部部长赵华的办公室，犹如钻进了一间高速运转的前线作战指挥室。

映入眼帘的是软件谷招商地块分布图。不同的招商区域用不同的颜色涂抹。右侧的墙上，则是招商工作进度表，重大项目、一般项目、进度情况、一周工作安排等，计划详尽、一目了然。桌上，几摞厚厚的招商政策文件、宣传手册、项目计划书，宛如医院处方，一字排开。

赵华坦言："过去招商偏爱大项目，但项目占地较多，且有些项目发展不如预期。"近年来，随着数字经济的发展，软件谷招商思路主动求变，他形象地称之为"三棵树"——

"移大树"：将眼光瞄准北上广深等一线城市纯研发类企业总部，抓住它们在华东布局的契机，想方设法吸引它们在软件谷设立分部，而非单纯拿地。

"育小苗"：练就一双火眼金睛，积极招引一批科技含量高的小微企业入驻各类孵化器。

"发新芽"：围绕信创、芯片、集成电路等国家重点发展科技产业，鼓励谷内相关大企业延伸产业链、供应链，成立新公司，打造新兴产业。

思路一变天地宽。充满科技元素的招商手段，让软件谷传统招商模式悄然实现了"更新迭代"。

"云招商""云洽谈"，让招商引资不断档。软件谷招商合作部积极应对新冠疫情影响，有效推进豪威科技、普联技术等项目洽谈进度。

"图谱招商""精准招商"，让招商引资链条化。重点突出产业建链、强链、延链、补链，持续关注元宇宙、量子科技等战略新兴产业领域发展动态，提前布局未来产业。

"三访三服务"，让招商引资面对面。深入开展走访、专访、回访等"三访三服务"活动，提供外资重大项目"直通车"服务和外资企业落地"一篮子"服务，导入世界 500 强企业资源……

辛勤付出的背后，是沉甸甸的收获。

在 2022 年春季南京市重大招商项目暨央企总部项目签约活动上，荣耀软件研发总部项目视频签约；

2022 年 4 月底，航天民芯华东总部等 5 个项目顺利签约，项目总投资 9.3 亿元；

2022 年 5 月，瑞昇威网、云之微电子、川美新技术、航天东鑫电子等 31 家航天科工 8511 所上下游企业签约落户；

2022 年 1—5 月，软件谷引进软件和人工智能产业链优质项目近 60 个，其中亿元以上项目 18 个；完成外资引进 8905.15 万美元，占全年目标任务的 48.93%。

后疫情时代，招商引资工作如何取得新突破？赵华激情难抑：聚焦"六大产业集群"，"推在谈、重储备、深谋划"，打造数字经济"雁阵梯队"；综合运用基金招商、第三方平台招商等手段，招引龙头型、基地型项目；精准发力，加速拓展产业链招商"长度"及"宽度"……

镜头四：软件谷经济网格服务中心，全天候服务软件企业的"店小二"。

"高质量发展向上攀登，联系企业向下扎根。"一行粗大、带有虚影的蓝色宣传标语，镌刻在中国（南京）软件产业博览馆展墙上，异常醒目。

近年来，软件谷坚持创新驱动，持续优化营商环境，企业服务品牌不断"推陈出新"，服务质效不断提升。

譬如，打造管委会主任、副主任、部长、副部长、部门工作人员的企业服务责任四级体系，把企业的发展难事作为全体软件谷人时刻牵挂的"家事"；

再如，成立集成电路、人工智能、云计算大数据信息安全、信创、通信软件及运维服务、互联网等六大产业联盟，构建合作共赢、协同创新的产业生态系统；

举办线上"智创未来——云端引才"软件谷 2022 春季校园招聘月、"区谷融合发力塑'两全两新'政企携手纾困谋'发展新局'——区谷机关部门组团服务软件谷企业"等 30 多个人力资源、文体赛事、政策法律培训等服务活动，帮助企业解决发展"痛点"……

"无事不扰，有求必应。"为了给企业提供更为精准、全面的服务，2022 年 3 月，软件谷成立经济网格服务中心，派出企业服务专员进入楼宇办公，把"服务企业的办公室"搬到企业身边。

为更好地服务企业，软件谷经济网格服务中心积极推进驻点办公，在金证科技园、创智大厦、科创城、创业创新城、金地威新等 5 个园区分别设置片区办公点。目前，八大片区共计挂牌 34 个优质园区、182 栋楼宇。

一大批企业服务专员挂牌上岗，昼夜穿梭在各大园区、企业，真正实现了政企互动、贴心服务的零距离，涌现出许多感人故事。

浙大网新人工智能产业园是软件谷发展数字经济的"标杆"项目，一期工程约 22 亩，征拆涉及片区路网规划调整。区土储中心、谷规建部上门服务，在很短时间内就完成了地块拆迁和规划调整。

办理土地出让手续时，企业服务部徐健想企业之所想、急企业之所急，提前进行用地土壤污染物状况调查，并积极协调规划部门，在拆迁结束后以最快的速度完成了项目地块出让挂牌；李忠兵、齐秋谨等人更是积极协调企业对接地铁单位、图审中心、行政审批等部门，并联推进总平方案设计、审批、施工许可等手续。

浙大网新，从土地摘牌到开工建设，用时仅70天，并于2022年7月18日完成主体封顶。

2022年1—8月，软件谷经济网格服务中心更是引导企业落户注册87家。

众人拾柴火焰高。

近年来，区委组织部、区人才办引进近百名体制外科技创新创业人才，到软件谷企业从事科技研发或创办科技型公司，为软件谷提供了源源不断的人才支撑；区委宣传部开足马力，借助国内外主流媒体和金陵微雨花公众号，不断为软件谷及相关企业发展呐喊助威；区级机关工委则利用"政务直通车"平台，定期组团为谷内企业释疑解惑、链接资源……

地处软件谷核心区的铁心桥街道，认认真真接"单子"，征地拆迁冲在前，全力保障无怨无悔，为软件谷数字经济发展做出了巨大"牺牲"；雨花街道各科室、社区则把全程服务数字经济发展作为"第一要务"……

候鸟落巢。近年来，国内众多头部软件企业纷纷在软件谷开设分部。这些头部企业又呼朋引伴，招引更多的高精特新企业落户软件谷，从而营造区谷一流的产业环境。

弹奏园区产城融合"交响曲"

绿树婆娑，流水潺潺。

在软件谷各产业园区，人们无不被精细的规划、集约化的用地、人性化的设计、优美的环境深深折服。

软件谷北园面积约25平方公里，软件产业发展起步较早，用地早已告罄。南园，面积20平方公里，山水相依，成为发展软件产业的绝佳之处。西园，为雨花开发区，面积28平方公里，属于软件产业的战略储备用地。总体看，软件谷虽然区位极佳，但土地资源极其稀缺。

"国内一流，国际领先。"这些年，软件谷人高标准严要求，科学整合土地资源、积极完善公共配套。历经努力，一座产城融合、颇具现代气息的软件园区矗立在世人面前。

镜头一:"云密城","科研定制地"供地模式破解空间发展瓶颈。

位于宁双路 19 号的云密城,名字似乎有点神秘。这是一座科技之城、创新之城。"云"代表云计算大数据,"密"代表信息安全。云密城是软件谷探索推行"科研定制地"供地模式的开山之作,通过"联合拿地、统一规划、联合建设、分割出让、统一配套、集中托管"的特色园区集约化用地建设模式,让企业专心发展,也有效破解了科研用地趋紧问题。

漫步云密城,一栋栋整齐靓丽的建筑,气势恢宏。每栋楼都被绿地环绕,咖啡店、书吧等一应俱全,洋溢着浓浓的青春气息。

138 亩的云密城,现已入驻企业 300 家,包括诚迈科技、中新赛克、伟思医药、嘉环科技等 9 家头部企业及 5 家上市公司,年纳税达 8.5 亿元,产出强度约达 616 万元/亩。

目前,"科研定制地"模式已全面复制到总部经济园、南站产业园、智慧科技园等特色园区的开发建设中,成效显著。

作为软件谷发展公司重点打造的云密城升级版——总部经济园,215 亩地域内集聚了 28 家科技型总部企业,软件谷为企业提供全程代建服务,让企业实现"拎包入住""轻装上阵"……该园抢抓数字经济发展新机遇,重点聚焦人工智能、医疗科技、信息安全、互联网电商等新兴高端产业,建成后将入驻软件人才 3 万人。

特别是,云密城和总部经济园坚持"土地紧约束,空间宽预留"原则,按照每名员工 20—25 平方米的标准计算企业所需建筑面积,每家企业可预留 5000—8000 平方米的未来发展空间。相比传统模式,上述两个园区节省近 200 亩建设用地和大量城市配套建设费,切实减轻了企业负担。

南站 5G+创新园项目占地约 97 亩,毗邻南京南站、南京地铁 1 号线花神庙站、软件大道和绕城高速出口,交通便利。2022 年 2 月,项目用地分割为四个地块挂牌出让,工地建设一片火热,这一区域将很快崛起为城南数字经济新高地。

为全速发展数字经济,区谷充分凸显政府作为,从规划、土地、财政、科技、税收、人才等方面不断完善政策、调配资源,全方位扶持软件产业园区做大做强、全过程助力初创企业创新创业。

以用地为例。近年,软件产业用地需求急剧攀升。软件谷土储中心主任尹波坦言,10年来,谷土储中心牵头完成拆迁面积近200万平方米,仍难以满足软企海量的用地需求。这两年,软件谷在地块紧缺的情况下,将效益低下的商业用地全部调整为产业用地,"抠"出近400亩的产业用地,解了众多企业用地的燃眉之急。

镜头二:北辅道,南京海绵城市建设的典范。

新春栽新树,画绿软件谷。

近年来,区谷坚持绿色生态发展,建设了一大批高品质游园、绿道,成为产城融合的点睛之笔。软件谷处处绿意葱葱,生机盎然,号称"金陵绿谷"。

北辅道,原先是绕城公路边上的一条长2公里、宽80米左右的大土坡。坡上杂草丛生,人迹罕至。如今,成为众多"码农"散步游园的"网红打卡地"。

步出云密城,向南300米左拐至凤信路,东方湛蓝的天空下面,忽然如海市蜃楼般涌现出一大片绿色的"森林"。

步入云密路,一片开阔的游园呈现在眼前:深蓝色的步道与天空浑然一体,两侧是造型各异的台地式景观、雕塑、草坡、花圃,抬头仰望,一丝阳光从树梢间倾泻而下。

绕城公路凤宁路口,在层次分明的绿树、盆景、青草间,一排乳白色的发光字体分外夺目:"中国(南京)软件谷欢迎您!"下面则是一排英文:"Welcome to China(Nanjing) Software Valley!"

谈起北辅道小游园,毕业于清华大学土木工程专业的软件谷规划建设部副部长袁天燊颇多感慨。他说,政府投巨资高水准建设北辅道小游园,初衷就是为软企"码农"和居民提供一个启发灵感、散步休憩的场所。该游园西起凤宁路,东至华为路,分为形象展示景观、雨水花园生态景观、现状植被梳理等三个区域,总面积约2.3万平方米,2019年10月软件谷管委会启动建设,并于2020年4月竣工开放。

与传统绿道、游园硬质铺装不同的是,北辅道小游园项目科技感十足。该项目采用渗透性强的透水材料铺地,新建植草沟、生态雨水花园,在城市防洪、景观优化等方面发挥着巨大的改善作用。北辅道小游园现已成为近年来区农业农村局和软件谷规建部牵头建设全域绿道工程、助推软件谷产城融合的一个缩影,成为南京海绵城市建设的典范。

袁天燊介绍，仅谷管委会周边，安德门大街往西正加紧新建绿道，西春路口也将建设近万平方米小游园。届时，这些绿道、游园将与北辅道小游园、天隆寺游园相呼应，共同勾勒出城南最长的"绿色天际线"。

对软件谷而言，产城融合的重点是努力跟上软件产业快速发展的节拍，加快完善公共配套，让软件产业发展"长板更长、短板变长"。

近年来，雨花台区新改建机场二通道、数字大道等76条城市道路，新增道路里程75公里，路网密度提高至每平方公里2.9公里。

以软件谷城市路网建设为例。袁天燊回忆，2011年软件谷成立时，规划路网建成率仅30%。如今，软件谷路网建成率已达85%，剩余的主要是被山水阻隔的零星道路。一旦机场二通道全部建成，软件谷路网建成率将高达90%。放眼国内软件园区，这种路网建设水平是比较罕见的。

镜头三："幸福三圈"，把美好生活带回家。

近年来，区谷坚持以人民为中心，高质量打造"幸福三圈"，即5分钟社区商业圈、10分钟文化体育圈、15分钟健康服务圈，为30万"码农"在商业、学校、医院建设等方面作出了诸多努力，成效明显。

曾几何时，人们对雨花台区有个不太好的印象，即"雨花没有好学校"。

众多软件企业集聚雨花后，"码农"孩子上优质学校难的问题越发凸显。周边居民也更多地把孩子送到中心城区读书。尽管雨花区位优越，但房价始终属于全市主城"洼地"。

2012年1月，软件谷土储中心成立，迅即会同谷规建部对谷内低效用地进行摸排，发现楚翘城东北有一块约100亩的企业低效用地，区位极佳。于是，谷土储中心牵头区征拆办、铁心桥街道对该地块实施征收，历时三年，终于完成拆迁商谈。2016年，软件谷成功引进并建设了南外雨花国际学校这一全市顶级优质教育资源。

花香蝶自来。"软件谷＋南外"双品牌迅速在全区叫响，区教育局全力以赴，一大批优质教育资源纷纷向雨花集聚：先后建设软件谷幼儿园、附属小学、第二附属小学、软件谷中学等9所学校，形成了"软件谷牌"系列学校。市属五大名校全部落户雨花。曾经的教育"洼地"华丽转身为教育"高地"。

令人惊喜的是，雨花房价也因"软件谷牌"系列学校的建成而一路攀升。自从南外雨花国际学校进驻后，家住世贸城品住宅区的聂向阳老伯乐开了花，孙子进了好学校。更让他想不到的是，这里房价原先不足3万元，现在则飙升至5万元，成为城南房价最高的区域。

"雨花满天"，青春与诗意的浪漫邂逅。

近年来，区谷大力挖掘雨花历史人文资源、打造区域文化地标，提升软件谷文化"含金量"。雨花美术馆精心打造"雨花满天"全国画展品牌，成为该区群众文化活动中的一张靓丽名片，也为众多"码农"提供了放松身心、提升艺术素养的好去处。

产城融合，民生为本。

近年来，区谷内引外联，区卫健委主动靠前，积极引进、培育各类优质医疗资源，让软企员工在园区就能享受到较好的医疗服务。江苏省人民医院雨花分院、省妇幼保健院雨花分院开工建设，成立医联体38个、打造省级特色科室4个、家庭医生工作室17个。

数年前，不少"码农"时有怨言：软件谷区位一流，休闲末流。如今，楚翘城、虹悦城、世茂广场、雨花客厅等如雨后春笋般纷纷涌现。区谷现有大型商业综合体9个、全区标准化菜场达标率达到100%。

"幸福三圈"，普惠民生。

产城融合，高歌猛进。

"最年轻，最创新"

伟大新时代，辉煌中国梦。

站在第二个百年新的历史起点，雨花吹响了"打造新滨江，建设数字城"的奋进号角，以世界眼光勇攀软件新高峰，以如椽巨笔书写软件新华章。

"最年轻，最创新"，成为软件谷创建首批中国软件名园最美的姿态。

"送欢板桥湾，相待三山头。遥见千幅帆，知是逐风流。""风流不暂停，三山隐行舟。愿作比目鱼，随欢千里游。"

板桥，别名板桥浦，宛如一颗椭圆形绿宝石，镶嵌在长江南岸。秦朝时就有驰道经过，六朝时为都城建康军事重镇，宋代称为板桥市。相传古代此地曾有一雄鸡斗胜外邦公鸡，又有"古雄"之称。这里自古以来就是商贾云集、兵家必争之地。

如今的板桥地区，又称"雨花新滨江"，东南与江宁区接壤，西与浦口区隔江相望，北与建邺区鱼嘴城市新中心毗邻，包含板桥、古雄、梅山三个街道和雨花经济技术开发区，面积57.5平方公里。

长期以来，板桥地区堪称雨花的"西伯利亚"。尽管面积超过全区面积的40%，但经济总量仅占全区总量的25%，城乡二元结构、乡镇形态痕迹依旧明显。城市路网建成度不足40%，已成为全域发展最大的短板。

2022年8月11日，雨花台区委十二届五次全会召开，围绕"全面创新、全域高新"目标定位，号召全区上下"打造新滨江，建设数字城"，谱写现代化典范城市创新名区建设的崭新篇章。

"打造新滨江，建设数字城。"这一全新的发展蓝图，在雨花干群中激起阵阵涟漪：

打造新滨江，雨花创造性地提出了"江河汇、数字流、城市环"的设想，最根本的就是要打造集"公共服务、数字产业、文化体验、江河生态、新兴消费"于一体的滨江新城。

此举不亚于2011年8月成立南京软件谷，堪称雨花发展史上的一个重大转折点。

打造新滨江，雨花人秉持高远的眼光，以精品意识规划城市、精致理念建设城市、精密思维经营城市，推动城市发展与空间拓展相互促进，让长江文化与滨江生态相得益彰……

雨花出品，必须精品。

12名区管干部、6名科级干部被遴选到新滨江建设指挥部，实行专班运作；

南大规划院、苏邑设计院等单位纷纷加盟，形成"指挥部统一领导＋常设机构专班运作＋专业团队智力支持"的新滨江组织架构；

实行规划设计、建设标准、土地管理、项目准入、监督考核"五统一"运作模式，确保新滨江建设全域高新……

历时半年，在充分借鉴国内外先进科技新城建设经验的基础上，雨花新滨江空间建设规划新鲜出炉。

该规划围绕"江河湖桥、绿廊环绕"独特优势，紧扣"江河汇、数字流、城市环"

愿景意象,着力把 57.5 平方公里的雨花新滨江打造成为古都南京的"滨江客厅首岸、绿色智造新城"。

一环串五城。雨花新滨江拂去神秘的面纱,以窈窕的身姿向我们款款走来——

人居森林城:位于雨花经济开发区,凸显长江南岸资源特色,高标准打造集生态、创新、居住、消费、娱乐于一体的复合型示范片区;

数智创新城:位于板桥街道,立足新一代信息通信、智能装备、轨道交通等先进制造业,打造绿色低碳、智能高效的数字制造产业片区;

青年乐活城:位于莲花湖畔,紧扣青年人群价值需求,打造自在包容、自然野趣、自由开放的青年"一站式"成长目的地;

转型示范城:依托梅钢转型发展基础,引入智慧管理、智慧生产等平台,推进片区开放与产城融合,探索都市生态产业转型新模式;

都市产业城:以高层级设施、高标准规划为引领,打造都市产业探索区、新城建设理念实践区。

在新滨江建设指挥部办公室,规划建设部副部长袁亚琦翻开新滨江规划文本,欣喜地说,"新滨江"最大的好处是提振了全区广大干部群众精气神,今后这里作为软件谷高新产业的延伸之地,"产城融合""数实结合"将日趋明朗化。

"数字江河,开放之环。"届时,包括新滨江在内的整个雨花台区 134.5 平方公里,将成为全国最大的中国软件名园。

历史将在这里定格。

走进雨花新滨江,一股青春朝气迎面袭来:

秦淮新河入江口步行桥国际竞赛方案出炉,江豚广场步行桥、大胜关公园等成为"网红打卡地";

中交投、中电建、中铁上投、国开行等 40 余家央企,纷纷向雨花新滨江抛出绣球;

引入瑞典"产业社区"先进概念,"指状嵌入"7 大片、60 多个科技型"产业社区",产城融合全面提速……

招商引资,更是捷报频传。

在新滨江管委会办公室,一份最新的产业招商项目信息表显示:已有意向科技项目18个,包括中国航天科工智能制造基地、中国南山·新能源数字经济产业园、深圳豪威科技半导体显示产业基地等一批重大数字经济项目……

区谷联动,软硬结合。作为"新滨江"核心区的雨花经济开发区,已率先行动。

"打造雨花新滨江,就是要把软件谷效益'溢'出去。原先隔着绕城公路和秦淮新河,软件谷很难辐射到这里。现在,开发区与主城区衔接的路网已经打开,这里将更多地承接软件谷产业转移。"雨花经济开发区管委会主任施妙生兴奋地说。

诚如斯言。不久前,雨花经济开发区9号工坊都市工业园即承接了软件谷外溢项目——投资3000万元的富智康无人机项目。2022年1—9月,该项目实现产值3286.9万元,税收393.46万元,月平均同比增长110%。

在施妙生看来,雨花经济开发区有870多亩研发兼容工业用地,这是南京主城区极其稀缺的都市工业产业资源,至少可打造20多个软硬结合"园中园",引进上百家专精特新企业。

"最年轻,最创新!"

施妙生坦言,在雨花开发区,"最年轻"是指涌入更多的年轻人和年轻的产业;"最创新",则指开发区产业全面转向"专精特新",大力发展创新型都市工业。他坚信,将会有更多的年轻人来雨花开发区工作和生活,真正实现新滨江"产、城、人"的完美结合。

海阔凭鱼跃,天高任鸟飞。

党的二十大报告提出,推动战略性新兴产业融合集群发展,构建新一代信息技术、人工智能、新能源、新材料、高端装备,绿色环保等一批新的增长引擎。

2022年8月,雨花在全国率先提出建设数字城,加速软件谷向数字城转变,开启了雨花软件产业发展的新时代。从软件谷到数字城,无疑对雨花人提出了更高的要求。这无疑是雨花软件产业发展史上的一次飞跃!

思路决定出路。

区发改委、科技局和谷相关部门迅速行动起来,高质量完成了雨花"数字城"空间资源梳理、数字大道沿线产业空间研究、软件谷城市发展及土地开发研究等7项专题研究工作。

数字引领,产业高端。在深入调研的基础上,区谷以争创首批"中国软件名园"为契机,聚焦数字思维、数字经济、数字城市、数字赋能、数字治理、数字服务、数字政务、数字政府等八个领域,持续推动数字产业化、产业数字化、数字化治理、数据价值化这"四化"融合,打造江苏数字经济中心,加快软件谷由"软件高原"向"数字高峰"转变。

建设"数字城",必须开好头、起好步。

如今,软件谷八大数字产业园已悉数闪亮登场:信创专业园、人工智能专业园、"互联网＋"专业园、金融科技园、轨道交通专业园、总部经济专业园、智慧科技园和云计算专业园。它们行业领先,前景看好,堪称全国数字产业园区"优等生"!

筚路蓝缕,以启山林。

令人欣喜的是,区谷正精心打造"两链一雨"创新生态,为创建中国软件名园、建设雨花数字城注入强劲动力。

——优化"服务链"。率先实施"一件事一次办"、长三角"一网通办"。2022年上半年,上线"不见面审批"事项 1338 项,"不见面审批"率达 99.7%,居全市第一。

——上线"及时雨"。以"一对一"精准对接、惠企政策"免申即享"、财政资金直达等机制,实现从"人找政策"到"政策找人"的转变。2022年上半年,完成上线惠企政策事项 203 项,累计奖补资金 8.23 亿元,受益企业 4000 余家。

——做强"供应链"。设立总规模 15 亿元的"双创"投资引导基金,召开"科创金融改革实验区"争创大会,发布《建设科创金融改革实验区总体方案》《科创金融扶持资金政策实施办法》,促进科技型中小企业加速成长……

"两链一雨"创新生态,给一批成长型数字企业插上了腾飞的翅膀。

在硅基智能公司,区政府主要负责人为之提供了一个叫"及时雨"的展示平台,给予公司诸多支持。

公司办公室主任陈俐伶介绍:"'及时雨'就是让政策找人,它是国家'放管服'改革的重点内容。市里对'放管服'改革很重视,把它写进了市委一号文件。雨花则一直走在省市'放管服'改革的最前列。"

自落户软件谷以来,硅基智能发展如何?董事长司马华鹏掰起了手指:从

2018年至今，员工数基本上每年增加100人，现已有400人。至于产品产值，2018年达3000万元，2019年超5000万，2020年则达到一个亿。每年基本都保持50％以上的增幅！

无独有偶。在软件谷南园茗苑路6号芯创产业园A栋、B栋，我们看到了一个绿边白底的企业索引图，两栋楼都已布满数字类企业，且不约而同地出现了同一家企业的名字：胜科纳米（南京）有限公司。

"胜科纳米"是一家从事半导体集成电路分析测试服务的数字企业，号称"7天×24小时芯片全科医院"。2021年3月26日，该公司落户软件谷，填补了软件谷半导体分析测试产业服务的空白。

令胜科纳米南京项目负责人罗晓丹印象深刻的是，近年来，软件谷每年都为胜科纳米提供了专项测试服务补贴，让他们在疫情肆虐的日子里颇感温暖。

入驻软件谷芯创产业园后，胜科纳米驶入了发展的"快车道"：2021年，员工28人，营收22.14万元；2022年员工66人，前三季度已实现营收1868万元。

在胜科纳米的"磁吸"下，南京芯诠科技有限公司、南京钻石激光科技有限公司、澳禾科技（南京）有限公司、南京抒微智能科技有限公司纷纷入驻软件谷芯创产业园，组成一座颇具规模的芯创企业"群落"。

在软件谷，与胜科纳米发展情景相似的数字企业，中新赛克、翼辉信息在业界如雷贯耳。

在云密城，南京中新赛克科技有限责任公司有单独一栋楼，公司主营业务为网络可视化基础架构、网络安全、大数据运营及工业互联网安全等产品的研发、生产和销售，主营产品在国内市场占有率达20％以上。中新赛克在软件谷的员工有1262人，其中研发人员占70％以上。目前，公司已有授权专利71项，软件著作权189项。

说起公司，总经理王明意颇为自豪，"中新赛克注重以人为本，倡导自主创新的理念，着力打造了一支具有公司特色、勇于拼搏、敢于创新的技术和管理人才队伍。"

通过历年努力，中新赛克已荣获江苏省生产性服务业领军企业、工业信息安全应急服务支撑单位、国家专精特新"小巨人"企业、国家规划布局内重点软件企业。

同样,翼辉信息在软件谷的发展也堪称传奇。2016年,翼辉着眼于推广操作系统的产业化。如今,翼辉操作系统已媲美国外许多操作系统,服务用户超1000家。

"让国产软件从'能用'到'好用'再到'常用'。让自身核心技术从'跟跑'到'并跑'再到'超越'。"谈及翼辉的未来,总经理丁晓华激情满怀。

春华秋实。一些明星数字企业在创建首批中国软件名园、建设雨花数字城的过程中悄然崛起、笑傲群雄——

亚信安全、嘉环科技、联迪信息成功上市;

亿嘉和"羚羊D200"智能操作机器人获中国民用机器人场景突破奖;

江苏满运物流信息有限公司"基于大数据的智慧货运管理平台建设及示范应用"项目上榜2022智慧江苏重点工程;

……

2022年以来,软件谷培育国家级制造业单项冠军企业3家、专精特新"小巨人"企业12家、省级专精特新中小企业8家。全区独角兽、瞪羚企业总数达到52家,位居全市前列。

"最年轻,最创新"正成为雨花最时髦的流行语。在这片被烈士鲜血染红的土地上,一座气势恢宏的中国软件名园已显现轮廓。

一组数据颇为震撼:到2024年,区谷将拥有高新技术企业1200家,院士、国家重点人才等顶尖专家40人以上,涉软从业人员超40万人,软件业务收入达4000亿元,新型都市工业产业总产值达400亿元。

"最年轻、最创新",这是软件谷人科技创新的特有气质,也是人们对"全面创新、全域高新"的深情呼唤。

那么,软件谷人是如何理解"最年轻、最创新"的呢?

软件谷企业服务部部长翟云海这样打趣:"最年轻",代表着一种活力、一种激情、一种朝气。毕竟,软件谷集聚了一大批年轻创业者。软件谷集聚的都是朝阳产业,这些产业也很年轻。"最创新",则是软件谷的产业、技术、服务等各方面的工作都要创新,唯有创新,才能赢得发展的主动。

"最年轻""最创新",对全体软件谷人来说,意味着在创新创业的浪潮中敢闯敢试、中流击水、永不言败。

建设雨花数字城,创建首批中国软件名园,助推软件谷走上"国际知名、国内一流"的大舞台,软件谷必将以崭新的形象、傲人的业绩,谱写新时代数字产业发展的绚丽华章!

南钢:数智连接未来

2022 年 11 月,工信部公布全国首批 30 家"数字领航"企业名单,南钢成功上榜。"数字领航"企业是国家在制造业领域树立的引领发展的"旗帜"。制造强国,数字中国,南钢给未来推开了一扇窗——

其实,早在两年前,南钢 JIT+C2M 智能工厂就已正式投产。这份"智造钢铁"的新答卷,是南钢镌刻在灼热大地上的一场经营理念的革命——生产流程再造、经营生态重构,无数条数据链接的曲线纵横起伏,以出类拔萃的宽度和广度,编织出跨时代的工业体系新架构。

视野·定位

定位,是立事的起点,是行事的基点,是成事的落点。唯有准确定位,才能正确做事。

制造向"智",大势所趋。

在工业发展的道路上,正是以超越同行的开阔视野为基点所打破的每一重边界和准确的定位,支撑着南钢这副巨大的钢铁身躯,从肺腑里释放出巨大的热量,散发出耀眼的光芒。

如果说 64 年前,霸王山下建起的一座年产 10 万吨的钢铁厂,改写了江苏省缺钢少铁的历史,那么如今以"创建国际一流受尊重的企业智慧生命体"为企业愿景的南钢,则为钢铁强国注入了新的内涵。

南钢围绕"世界级智能化工业脊梁、现代化都市环保型绿色工厂、千亿美元管理市值的高科技产业集团"战略目标,构建起金属新材料+新产业"双主业"发展新格局,打造创新驱动、数字化转型、新产业裂变三条高成长曲线,推进"一切业务数字化,一切数字业务化","产业智慧化,智慧产业化",以及"工业互联网+数据治理"双轮驱动,形成了"绿色""智慧""人文""高科技"的高质量发展新特征,并以核心技术、核心产品、核心模式、核心业务、核心团队的"五核"能力,在许多"大国重器"上镌刻"南钢印记",为我国创新型国家建设,为全面建成社会主义现代化强国不断贡献南钢力量。

南钢人始终坚守"钢铁强国"的初心和使命,砥砺前行,将南钢发展成为千万吨级的精品特钢基地,先后荣获国家级高新技术企业、全国五一劳动奖状、国家知识产权示范企业、国家企业技术中心、全国首批"数字领航"企业、全国两化融合标准应用先进单位、国家区块链创新应用试点、国家工业互联网试点示范、中国产业区块链百强、全国工业旅游示范基地、中国工业大奖、中国专利奖、中国大学生喜爱雇主、世界钢铁企业技术竞争力十强、全球钢铁行业专利申请数量第七位、中国钢铁行业"竞争力极强"(A+最高等级)企业、大中华地区行业首张SA8000社会责任管理体系证书等众多国家级荣誉。

1958年成立的南钢,经历了机械化、自动化、信息化、智能化的数字化转型发展历程。2004年投用钢铁行业首个冶炼轧钢一体化MES系统,2008年建成ERP系统。

2014年,时任总经理的黄一新提出对接船厂实施船板的定制配送,在行业内首推JIT模式。

伴随时代巨变的大潮,黄一新以战略家的眼光敏锐地捕捉到,只有当大数据、互联网、人工智能、云计算、智能制造、"工业4.0",这些新理念和新技术与生产运营实际彼此聚合,才能让企业在风口中站稳脚跟。

从此,南钢开启了企业数字化转型的新历程。

行成于思,行胜于言。

黄一新,大学一毕业就扎根南钢,经研发、销售、运营、管理各领域的历练,一步一个台阶走上党委书记、董事长的领导岗位。

2015年10月,黄一新接任董事长时,整个钢铁行业当年亏损两千多亿,南钢亏损20多亿,企业已经在生死存亡的边缘。如何扭亏为盈把企业做大做强,这道无法推诿的严峻难题就像一座大山压在黄一新的肩上,传统的方法和手段已经难以为继,如何跳出惯性,以创新思维寻找钢铁行业新的生存发展之道,是他需要追寻的那束光。

面对严峻复杂的形势,要赢得优势、赢得主动,就必须有识变之智、应变之方、求变之勇，方能化危为机。黄一新审时度势，走出国门，在钢铁领域不断寻找标杆，汲取养分、能量和灵感，期望完成新的变革。

明者因时而变，知者随事而制。针对传统钢铁行业产能过剩、生产流程复杂、质量管控难、缺乏数据标准、危险场景多等问题，经过对德国、韩国、美国等国家的钢铁企业的多方考察，黄一新认为："我国人口红利所带来的人工成本优势将逐渐不复存在，数字技术将会重塑全球工业制造产业的价值链。工业企业的数字化转型的目标就是实现智能制造，如果中国工业企业不能在这一波数字化转型浪潮中迎头赶上，很有可能丧失制造大国的地位。"

黄一新被世界上生产效率最高的钢厂——德国巴登钢厂在集控管理和数字化应用方面的成绩震撼了：巴登钢厂人均年产钢高达2700吨，而国内企业普遍低于1000吨。他找到了新的目标：南钢应该向巴登钢厂学习，第一是学习集控管理的高效率，第二是实现数字化应用的高水平。

2017年11月，南钢和德国巴登钢厂举行中德巴登智能制造协同创新协议签字及基地揭牌仪式，双方将在冶金机器人应用以及其他领域展开合作。通过学习与合作，将以南钢电炉精炼炉取样测温机器人、转炉连铸机结晶器自动加保护渣机器人等为初期合作的实施对象，并将逐步开拓中国的冶金机器人应用和服务市场。

韩国浦项集团是全球最具竞争力的钢铁企业之一，他们致力于将数字化融入其生产与组织过程，打造智能企业，以此提升自己的全球竞争力。智能企业是一个概念，它不仅涵盖了制造和生产，而且在跨工艺的所有部门构建起智能管理，包括系统和基础设施。为了达成目标，该公司成立了一个与智能工厂技术相关的专门部门——POSCO ICT，负责研发和管控质量系统及基础设施。与POSCO ICT合作开发的国内第一个中厚板炼轧一体化MES系统，引入韩国浦项的生产管控理念，成为POSCO ICT在国内合作的优秀案例。南钢的数字化思维也得到了长足的进步。

年产百万吨钢的美国大河钢厂，目前是世界上最低能耗、最环保、人工效率最高、产品认可度最好的钢厂。大河负责人向前去考察的黄一新介绍说："成熟制程和AI应用的结合，是未来钢铁生产过程中提高产品质量的关键。"

一个新的趋势正在到来——"40年前，钢铁行业人工成本占到总投入的

80％,20％是靠技术；但现在完全变了，90％是技术和 AI，只有 10％是人力的工作。"

黄一新深究世界最先进的钢厂出彩之处，发现了他们的数字孪生技术对于整个企业生产运营的模式变革所带来的深远意义，也深刻体会到了他们的经营誓言："我们极富远见，在最重要的时刻创新，我们勇于创造新的规则，勇于挑战未来。"

视野，开拓了。

定位，找准了。

早在 2015 年制定"南钢'十三五'规划"时，黄一新就提出了"创建国际一流受尊重的企业智慧生命体"的企业愿景。面向全球先进钢厂的对标学习，使他更加坚定了实现这一愿景的信心。

南钢将致力于打造具有自感知、自学习、自决策、自迭代、自进化等高阶能力的企业智慧生命体，实现从线性增长变为指数级增长。

2020 年，荣登"苏商数字化转型领军人物"的黄一新，在他的《数智化时代的组织与领导力变革实践》主题演讲中，让人们看到了"数智南钢"的创想、实践与感悟，从中感知到他与数智时代的积极呼应和心脉相连。

2022 年 11 月 23 日，2022 中国（南京）国际软件产品和信息服务交易博览会在南京国际博览中心开幕，工信部副部长辛国斌等领导巡馆参观南钢展位，深入了解南钢数智化发展情况，勉励南钢加快数智化转型。辛国斌表示，南钢智慧产业化做得很好，走在了行业的前列，他希望南钢聚焦关键共性技术，找准定位，在工业软件、智能装备等方面加大创新研发，更多地走出去。

南钢勇毅前行的脚步不停，正快速追赶世界。

蓝图·战略

智慧，是生命所具有的基于生理与心理器官的一种高级创造思维能力，包含对世界的感知、记忆、理解、分析、判断、升华的所有能力。

南钢的"智慧生命体"构想不只是一个概念，更是跨领域、协同化、网络化、社会化、国际化的系统工程，是顶层设计的"一把手工程"，是共融共生、共创共享的生态工程，更是改变思维、工作、生活方式的全员工程。

这张蓝图,缀满了南钢人期盼发展壮大的心愿。

黄一新认为"南钢智慧生命体"应具备四个特征:

生产经营体现出智能制造、准确决策;

企业能够感知外部快速变化,并科学、精准地预判,与外部社会形成共生共荣的生态圈;

针对企业运行中的短板、痛点,可以自我修复、进化、实现迭代;

在"互联网+"的背景下,嫁接企业内、外部资源,推进产业资本与金融资本有机结合,实现传统制造业企业从线性增长到几何级数增长的蜕变。

围绕这一宏大的企业愿景,新的战略全面铺开——

南钢积极探索符合中国国情的工业4.0体系,通过"一切业务数字化,一切数字业务化"的创新实践,形成了独具南钢特色的"产业智慧化"和"智慧产业化"双重竞争优势。

南钢将数字化战略"置顶",推行"一把手工程"策略,建立数字化管理委员会,由董事长和总裁亲自挂帅,管理战略、文化、投资、组织与绩效,以客户价值导向进行团队目标与整体绩效牵引。

南钢自20世纪90年代开始陆续建设起销售、财务等专业领域的信息化管理系统,与生产自动化控制系统相结合,大大提升了生产及管理效率。

经过多年战略指引、文化导向、聚焦投入,培养起了一批具备数字化思维方式的业务骨干,成为其他企业无法短期复制的宝贵财富。同时在项目建设过程中,秉承建设一个项目、培养一批队伍的原则,现在已完成从引进来到走出去的转变。使南钢由一个信息化建设的追赶者,变为数字化转型的引领者。

在数字化建设方面,南钢坚持长期持续的压强式投入。"十二五"期间,南钢投资8亿元,完成了核心业务系统数字化全覆盖;在"十三五"期间又前瞻性提出了"创建国际一流受尊重的企业智慧生命体"企业愿景,投资超过15亿元,实现了"一切业务数字化",开始探索数字化无人区,构建实时可靠、安全共享、智慧决策的内部智慧工厂和外部全链路价值循环的产业运营生态。在"十四五"期间,计划投资将超25亿元。

未来,南钢将持续利用云计算、大数据、物联网与人工智能等新一代数字技术,全面建设智慧工厂,打造南钢工业元宇宙,将实现大规模集控、无边界协同、大数据决策、智能化运营,组织模式和生产模式同步变革,全流程数字化管理,全面领航制造业数字化高质量发展。

坚持技术、业务、数据"三驾齐驱"。南钢数字化转型工作重视 IT、OT 和 DT 的全面协同。运用先进数字化技术,对生产设备与车间的三维空间信息进行数字化建模,采用实时生产数据,使用状态观测器模型驱动 3D 模型与生产现场同步,实现产线状态实时映射,使生产过程状态一目了然;对工艺知识沉淀,全面整理各业务模块的业务指标、预警预案、预警点位、数采点位等工业技术诀窍(Know-How),全面融合生产、质量、设备、能源、成本等业务智能看板信息,实现对运行指标、过程监测、协同支持、生产规范设计与分析决策的监控,为操作人员、技术人员与管理人员实时、高效掌握生产运行状况提供支撑;挖掘数据价值,打通全线"信息流""物料流""能量流""数据流",以数据治理为基础,打造数字钢水、数字板坯、数字钢板三个数字化产品,将企业数据资产转变成为驱动业务的主要生产力。

建立坚实的数字化组织保障。除数字化管理委员会配套下设专家智库,充分牵引业界顶级资源支撑南钢整体转型建设,南钢还聘请了工程院院士领衔的 46 位专家作为数字化转型专家智库,指导南钢的数字化转型和智能化改造战略规划;在执行层面成立了数字应用研究院,负责数字人才变革与选拔、应用场景孵化落地,营造数字文化氛围等职责,强化数字化战略引领能力。

依托于数字化管理委员会及数字应用研究院,南钢在钢铁行业首创了数字化人才序列,最高级别的首席科学家级别与公司高管齐平,构建了人才引进、成长、选拔、流动的成套体系和机制,同时牵引内部 OT 型人才成长为稀缺的"OT+IT+DT"的复合型人才。并且注重与外部顶级专家、研究机构、领先供应商的技术合作。

需要强调的一点是,数字化远远不只是将简单的流程、数据线上化及可视化,更重要的是数据交换与管理的整合、高效界面的创建以及与业务活动的链接,从而体现出数据应用的价值。

南钢以数字应用研究院上承公司之战略牵引,下启数字化之赋能与推进,着力激活底层员工数字活力,每周由总裁祝瑞荣亲自主持公司级数字化例会,对数字化转型工作进行部署。员工对南钢的数字化文化认同感在钢铁行业中首屈一指,同时付诸行动,倡导"人人懂IT""人人都是数据分析师"。

2020年7月29日,全国政协委员、中国钢铁工业协会党委书记、执行会长何文波调研南钢时给予了充分肯定与高度评价:"南钢的'智慧生命体',从产业智能化到产业链智能化,再到生态圈智能化,极富生命力。作为城市钢厂,能够立足生存,得到尊重,进而实现产城融合共同发展,南钢的实践具有典范作用。引领客户需求,创新'JIT+C2M'模式,把传统产业做成优势产业,扩展到新兴产业,南钢的经验值得行业借鉴。"

开拓·引领

不畏艰险,于荆棘丛生处,拓展出新天地的人,谓开拓者;而坚定站于一线,手持镐斧,直面荆棘的人,才配称为引领者。

一家年产逾千万吨的钢铁企业,如何把按吨销售的传统模式,做成按件销售的"新零售"? 又如何不依赖固定资产的扩张带动业绩的增长? 这些看似"天马行空"的想法,正在南钢一步步变为现实。

这背后,是数字化叠加智能化与传统产业融合后产生的"化学反应",是南钢规划的一个恢宏梦想。

建设"JIT+C2M"智能工厂,就是要让交到客户手中的每一件钢质部件都拥有鲜明的个性特质。

"JIT"(Just in Time)是指准时制交付,即在整个制造过程中通过将各生产要素有机协同、质量管控快捷精准、工业化信息化深度融合、产能资源优化配置,让整个生产体系实现柔性化、敏捷化,满足客户个性化定质、定量、定规格交付的需求;"C2M"(Customer To Maker)强调从终端消费者到生产者的畅通连接,实现对钢铁制造的全价值链重构。

南钢总裁助理孙茂杰表示,个性化定制与规模化生产,对钢铁企业来说是一对矛盾。个性化定制必然带来订单的零散化。以30万吨的VICC油轮为例,按传统模式,一条整船客户大约需要500个规格的船板,现在船厂推行分段化精益生产,一条船给钢铁企业下的规格多达2800多个。南钢用两年的时间打造了一套"C2M(客户对工厂)"体系,在钢铁行业率先推行基于"互联网思维"的船板个性化定制配送新模式,钢材利用率由90%提高到95%,库存从原来2个月减少到 7 天，造船工时节省了 1/3。

"像生产消费品一样智造工业品。"

南钢"JIT＋C2M"智造体系表现出的优秀品质，只有你想不到的，没有它做不到的。

南钢主动应对复杂的市场变化，在"JIT"模式的基础上进一步发展"C2M"，依托大数据、AI、云计算、5G 等新一代信息技术，自主设计，自主研发，自主创新，2020 年 7 月建成世界首座专业深加工高强耐磨钢的"5G＋工业互联网"智能工厂——南钢"JIT＋C2M"智能工厂。

传统同类企业需要 150 多人，而该智能工厂生产技术人员目前仅 38 人，人均生产效率 100 吨/月，效率提升 5—10 倍。生产周期由 45—60 天缩短到仅需 15 天；产品按"配套服务方案"提供，深加工产品年增长 300％。

南钢"JIT＋C2M"智能工厂通过规模化、精益化、柔性化制造，为用户提供个性化定制服务，产品聚焦工程机械、矿山机械、农业机械、冶金机械、水泥搅拌机械、港口机械等六大领域，解决了用户对耐磨钢部件的需求在轻量化、耐用性、环保等方面的痛点问题。投运以来，已累计供货耐磨钢部件 3.2 万吨（80 多万件），产品出口至西班牙、意大利、中东、澳大利亚、美国等地区，已开始在国内工程机械龙头企业、矿山企业、农场基地等广泛应用。这是从传统钢铁行业模式向研、产、深加工、销一体化新型高科技互联网钢铁企业转型的一种开创性探索，更为钢铁企业未来发展提供了新方向、新路径。

在设计方面，充分展示数字化、智能化工厂理念。智能工厂按照工业 4.0 示范线标准设计，深度融合南钢打造企业智慧生命体的战略思想，充分利用工业互联网、工厂信息化集成体系、工业机器人、智能物流、大数据等先进技术，引入 AGV、RGV、智能机器人、程控行车等先进设备，形成一套架构完善、自动化和信息化有机融合的工厂智能制造体系。

工厂布局坚持"物流路径最短，设备动作最少，工序配合最好"的高效率低成本原则，按照数字化、智能化工厂理念进行工艺设计及国产设备选型，保证工厂整体布局紧凑、整齐、美观、合理，设备安全、环保、可靠，实现少人化、绿色化，提升生产效率，节约投资成本，充分彰显出南钢的技术实力与企业形象。

在生产方面，充分体现柔性化、"JIT"、无人化的理念；在用户服务方面，充分体现敏捷性和全面性。

力拓公司是南钢重要的铁矿石供应商和合作伙伴,在蒙古国有一处矿山,2019年矿山检修需要更换一批耐磨衬板,这批耐磨衬板部件共3.465吨,8种图纸规格,共103件,耐磨等级高,加工难度大。如果不能按时采购到这批产品,很可能出现影响检修计划完成的严重事故。当时离交货时间只有15天,在全球都没有找到能满足其交付时间和要求的供应商。找到南钢"JIT+C2M"智能工厂后,从准备技术设备、生产人员,到分析图纸、选择好原料,再到制定加工工艺,南钢精心计划好每个环节所需要的时间,最终仅用7天时间就将用户需要的产品备妥,用空运方式将用户急需的部件送至蒙古境内的矿山。

前几年的一个农机市场上,每台德国雷肯五铧翻转犁市场价在25万元左右,而国产的五铧翻转犁因性能不达德国标准每台售价只有2万—3万元左右。

黑龙江、新疆等地区是我国重要粮棉产区,高端五铧翻转犁的使用量较大,从德国、法国、美国等国家进口越来越多,但这些国家的厂商会经常以货源不足、运输不畅为借口,推迟供货或不供货的情况时有发生。2019年,由中科院提供材料指导和工艺指导,南钢负责钢铁材料生产和结构部件生产,新疆农科负责组装和实际耕作试验,研制出了完全可以与进口产品相媲美的国产五铧翻转犁,解决了农机的"卡脖子"问题。

如今,德国雷肯公司寻求南钢开展合作,南钢农机部件产品走向世界指日可待。

穿过时间和空间,"JIT+C2M"个性化定制跨越了和客户之间的一道道关口,让南钢智造通向"钢柔并济"的诗和远方。

南钢"JIT+C2M"智能工厂携带着数智化工业运行的巨大动能,如灯塔光束一般,为制造业带来无比的惊奇感和冲击力,引领着制造业的智改数转:

入选2021全国工业互联网试点示范项目、全国智慧企业建设创新案例;

入选全国第五批智能制造标杆,荣获2022年长三角企业数字化创新标杆案例;

入选工信部《2020年工业互联网创新发展工程——基于IT−OT深度融合的工业互联网企业内网网络化改造推广服务平台项目》;

入选发改委新基建项目《面向"互联网+"协同制造的5G虚拟企业专网建

设》重大工程支持项目名单,获得奖补资金 2000 万元;

被收录到《钢铁工业调整升级规划(2016 年—2020 年)》,列为个性化、柔性化产品定制新模式;

作为唯一一家传统制造业代表,与华为一起作为全国仅有的两家企业代表在工信部 2017 年全国两化融合总结会议上做《"JIT＋C2M"新模式引领传统产业转型升级》报告。

精益·求精

数智化的改变,是革命性的、加速度的。

南钢没有可依赖的成熟路径,放眼望去皆为无人区,这其中难免会有"分娩期"的阵痛,但最终会通过不断探索而达到理想的境界。

2015 年以后,随着人工智能算法的成熟以及在各领域的应用,人们越来越多地提到智能化,算法也变得越来越聪明。在南钢数字应用研究院的研究人员看来,这些仍是数字化转型的初期成果,更深层次的变革尚在酝酿中。

南钢的决策者们始终让企业的数智化建设处在"开弓"的姿态。

南钢,以一股链接未来的力量,紧紧咬住中国速度,跑出"南钢速度"。

南钢智慧运营中心成为行业崛起的新起点。

2021 年 12 月 28 日,南钢智慧"航母"——智慧运营中心"启航"。

那天,站在南钢智慧运营中心进驻仪式现场的,有不少参与项目建设和为项目上线运行"护航"的人。那些曾经的点点滴滴画面令现场的每个人都难抑激动之情:南钢的"智慧大脑"终于由畅想变为现实!

这是钢铁行业首个覆盖业务最广的"智造、经营、生态"集群式一体化中心,涵盖了 6 大集群,16 大业务领域,通过数字孪生实现跨空间、跨边界、跨组织的集群式一体化智慧运营。

走进南钢智慧运营中心大厅,眼前展现的是一块宽 42 米、高 6 米的特大管控大屏,它的宽度是近百米跑道的一半,有两层楼房那么高,如此巨大的显示屏,令人惊叹,令人震撼。

大屏分为 3 个区域,中间区域用于显示生产集群的管控系统,左右两侧是 13 大专业模块的监管,行业内首个集制造、经营、生态于一体的智控中心,涵盖

"原料、炼铁、铁调、炼钢、轧钢、成品"六大集群,"安全、安防、环保、生产、质量、设备、能源、物流、成本、采购、研发、营销、生态"十三大模块,实现横向到边、纵向到底的数字化、一体化管控。

为支撑整企业运营,让数据和应用一目了然,南钢智慧运营中心需要具备哪些功能,效果图的细节设计是否还需要修改,选用什么样的风格?

3个多月来,金恒科技系统原型组的小伙伴们共同参与讨论数十轮,需求方案修改近20稿。为了配合6大集群16大领域构建,3位小伙伴连续加班近3个月,输出效果图百余张,参加大大小小会议30多场,形成各业务领域数字工厂的设计原型过程资产。

要将一张平面图制作成3D效果图并不容易,从照片到模型要经历初步建模、材质渲染、灯光渲染等多个步骤,简单的模型一天可制作两张,复杂一点的需要耗费两到三天。有时为了保证渲染的连续性,需要一直守在电脑旁,以防意外中断而前功尽弃。

专题会召开前几天,为了更加全面地展示项目整体效果,系统原型组需要紧急把参观模式制作成3D效果,为此,小组不得不临时增调人手,李宇恒更是连续通宵3天,加班加点反复修改细节并渲染出模型,保障了第二天智慧运营中心项目的顺利推进。

南钢将钢铁生产成本占比最大的铁区进行了全面改造和升级,建成国内整合规模最大的铁区一体化中心,实现45个中控室合一。

在铁区一体化集控大厅,通过12面360块监视大屏,展示现场2000余个摄像监控点,显示了强大而系统的视频监控、融合通讯、数据集成、物料跟踪、智能应用等功能。将原来分散在各现场的操作岗位,按工序高效协同原则部署,使480多人远离高温、粉尘、煤气区域,进行远程集中控制。

2021年大学毕业的小张,幸运地被分配到智慧运营中心工作。他是一位典型的"钢三代",他的爷爷、父亲都曾是南钢职工。从小吃着钢铁饭长大的他,知道爷爷、父亲他们在钢铁企业岗位上经历过的那些"苦脏累",他也相信,看到今天这样一个全新工业大脑的运行,爷爷、父亲他们那一代南钢人的情感能量会得到再一次的爆发。

炼铁事业部现有人员2300余人,自铁区一体化中心投用后,34个管理科室优化为 16 个,39 个车间优化为 19 个,全工序集控运行后优化出 204 人。支撑南钢从单领域单工序寻优走向跨领域甚至全局寻优,高炉燃料比已经下降了 20 千克/吨,实现生产年降本超 3 亿元。预计到 2025 年,南钢将实现"两倍增、两减半"(人均产钢、高附加值产品占比倍增,研发周期、质量成本减半)。

南钢智慧运营中心融合百万级数据信息,实现毫秒级同步,包含数十套支撑系统,上千条业务规则,上百个管控模型,完成了从采购、生产到销售等各业务环节全要素、全流程、全价值链的集成。同时建成的六条数字孪生工厂示范线,通过大量传感技术、物联技术、工业网络技术、边缘计算技术的应用,攻破了全流程物料跟踪的难题,完成虚拟空间数字映射,实现生产运营实时动态与数字孪生实时采集数据的融合,以海量数据为基础建立规则模型,上万个数据采集点快速响应,开发智能排程、加热炉智能烧钢、AI 质量性能预报等 29 个智能应用,支撑了典型特钢轧钢工厂的精益生产。数字孪生工厂投用后产品成材率提升 0.5 个百分点,综合能耗降低 2 个百分点。

"钢铁是怎样炼成的?"在南钢智慧运营中心可以"一屏了然",整个采、产、销、研全过程,以及采集的有关数据也可以"一目了然",研发周期缩短了 30%,加工成本下降了 10%。

但有些物理上更高维度的视角和领域如何触及?南钢率先创新应用"5G+无人机"。

无人机在南钢 9 平方公里智慧园区自动绕飞,通过搭载的气体检测仪、温度检测仪、喊话器、高清摄像头等设备,动态检测厂区臭氧、一氧化碳、二氧化硫等特殊气体是否超标,实时监测炼钢炉温度是否处于安全工作状态,对紧急事件进行现场指令传达,并通过移动 5G 专网实时回传现场拍摄的图片和视频画面,为调度人员提供决策依据,实现园区调度指挥、园区巡检、环保监测等无人机应用场景。还挂载了非常先进的可见光摄像头、红外摄像头,对管道、高炉的关键部位进行可见光和红外温度的实时监测。挂载的气体检测系统,对园区内大气环境提供七大类实时气体数据监测。

南钢智慧运营中心是数字时代的产物,也创造了全国第一。现在每次提及智慧运营中心的建设,大家会想起黄一新执笔撰写的近两万字的《风云一甲子,开启南钢高质量发展新时代——在 2019 年计划会上的讲话》。

那次讲话中,黄一新强调,南钢的一二级、MES、ERP、CRM等系统已积累了许多过程数据,但是主要依赖线上导出报表、线下EXCEL公式统计处理,缺少大数据的专业化技术处理和应用,要建设"研产销"为一体的大数据平台——智慧运营中心,深度挖掘海量数据中的隐形价值。

把智慧运营中心的建设摆上议事日程,一支快速组建起的专业团队立即投入到智慧中心战略部署中。

在南钢的每一次大小会议上,总裁祝瑞荣也多次明确要求:智慧运营中心建成后,要充分挖掘各方面数据背后的价值,要用这些数据来指导生产经营,促使智慧运营中心更具前瞻性、实用性、科学性,让南钢成长为业内极具竞争力的新型钢厂。

江海洋清晰地记得奋战在南钢数字化转型前线的日日夜夜。他是金恒科技信息化领域负责人,十多年来,参与并见证了南钢信息化建设的创新发展,他从一名开发工程师,成长为钢铁制造过程的业务领域信息技术骨干、"IT＋OT"复合型人才,成为首屈一指的南钢数字化转型青年信息技术专家,带领着一支200多人的信息化团队———一群破解"数字密码"的人,承担了多项重要项目建设。

2020年,江海洋的妻子突患疾病,一边是家中啼哭的幼儿、重病在床的妻子、白发苍颜的父母,一边是"JIT＋C2M"智能工厂、智慧党建系统。江海洋告诉自己,一刻不能停下,项目进度不能受一点影响。

他布满通红血丝的眼睛与数智化项目建设密切相连,无数个日夜兼程的讨论研究、实践验证,甚至闭上眼睛,就能将数百页图纸像电影一样逐一回放。

一串串数字和一串串链路之间,不差分毫地相连,南钢智慧运营中心的"说明书"让行业专家"刮目相看",更让团队在张开数智之翼的南钢,努力向上攀升。

历时近9个月,智慧运营中心终于落成,这是一次重塑对钢铁工业想象的全新价值呈现。

开放·延伸

互联网时代,无论是代码还是数据,只有开放,才能聚群智以激发创新的力量、放射出更大的价值,再加以延伸,才能够真正推动社会的进步。

数字化转型是一个集业务、组织、技术与变革管理于一体的综合工程。数字化叠加智能化,不是简单地做加法,是面对新形势、新挑战的一次拓荒,是一场刀刃向内的变革。

南钢从顶层设计出发,形成了战略规划、产业布局、投资决策等数字化大监管体系,增强了治理数字化的能力,实现了精准管控、精准决策、精准运营,持续提高南钢智能化运营水平。

南钢构建数字叠加智能化的阿米巴创新集群,打造激情四射的集体,让每一位员工成为主角,员工既是"CEO",也是平台创客,全员参与经营,依靠全体智慧努力完成企业经营目标。南钢设备管理系统通过建立设备生命周期管理等9个模块,建立信息化的预防检修体系,持续提高设备稳定运行率、生产运行绩效、维护绩效,降低维护成本,稳定及提升产品质量。

这个先机,就是传统经验的数字化。在南钢,老师傅半辈子或一辈子积攒的炼钢、管理经验,都已转化为数字语言,被永久记录下来。采集的数字语言经过精准分析,形成工业密码。过去师傅靠经验带徒弟,现在是靠数据来传承,由此焕发新样式、新业态。

南钢不断向国际性标杆企业学习,秉持开放合作共享的理念,自2003年开始与韩国浦项钢铁合作。来自韩国的金修乎已经在南钢工作长达十年时间,其间不仅充分发挥自己的能力,为南钢解决多项技术攻关难题,将韩国一些先进的理念运用到工作中,还培养了一批精通生产管理和运营的核心骨干人员。由于对南钢及南京市的发展做出突出贡献,金修乎获得了南京市荣誉市民的称号。

正是因为南钢的这种开放合作共享的生态理念,使得南钢由行业的追随者逐渐蜕变为引领者。

开放生态拥有两个维度的特质,一方面在于开放,另一方面则在于共建。开放之下,展现的即是宽广之姿。南钢与英国高校深入合作,成立了南钢英国研究院,共同探索人工智能课题,智能制造专家董洪标为南钢的发展进言献策,共同推进转炉炼钢终点碳温性能预报研究和连线钢的研发等,每年还会开展在线的战略研讨课题,被南钢纳入重点研发计划。2022年9月,董洪标荣获英国皇家工程院院士。

开放,也让南钢通过产业互联网,使钢铁产业上下游的用户在同一平台交易与协同,实现了南钢精细化的生产与运营数据向客户的传递,使得原先产业链上下游从公司对公司的协作转变为车间对车间级的数字化协同,使上游产业链增益 2%,下游产业链降本 4%,产业链整体成本下降 3%。比如南钢的战略客户招商局重工造船厂,通过南钢产业互联网平台的连接实现了建造计划联动,建造周期缩短 30%,库存周期缩短一半,能够比别的船厂早三分之一的时间把船交付给船东,体现了极强的竞争力。

2021 年 12 月 31 日,南钢召开数据治理 Owner 任命大会,有 29 名中高层管理人员分别获得公司级 Owner 任命书、L1 级 Owner 任命书。由此也掀开了南钢数据治理的新篇章。

"数据"这个词在拉丁文里是"已知"的意思,也可以理解为"事实"。如今,数据代表着对某件事物的描述,数据可以记录、分析和重组,带来的变化被称为"数据化"。

为有效发挥数据第五要素作用,通过数据洞察业务、释放数据价值,南钢率先在钢铁行业全面开展数据治理。南钢从顶层设计出发,形成了战略规划、产业布局、投资决策等数字化大监管体系,建设以业务为主导的数据 Owner 体系、敏捷响应的数据组织网络,明确数据全生命周期的责权利。

基于国际主流的湖仓一体架构,打造实时数据湖与数据仓库融合平台,为企业数据处理、数据资产沉淀与共享提供统一底座。通过 AI 模型的大量应用,让数据由过去的事后记录、分析到实时感知、过程调优、实时分析、精准执行、智能决策。2021 年,南钢已完成板材生产领域资产化试点,数据服务交付平均缩短50%,数据指标复用率提升 50%,IT 存储资源节约 20%,形成钢铁行业数据资产管理与共享新模式。

打造钢铁"数字新工人"。南钢一直在探索工业智能装备应用,用数字化的工具来武装员工,通过机器人让现场工人远离危险、减少重复劳动、减少苦脏累的工作,在解放现场工人的同时,通过机器人的操作标准性和高精度,提高产品的质量,提升生产作业效率。南钢产出了焊标牌机器人、无人抓斗行车、冲击实验机器人、自动加渣机器人等行业 No.1 产品,圆棒修磨机器人、高线挂标机器人、窄带钢打捆机器人等行业"Only 1"产品,机器人领域共获授权国内专利 87项,申报国外专利 13 项。自主研发出一批智能试验室、雷达检测、视觉标识、智能安全帽、MR 点巡检系统 AR 眼镜等产线工序操控机器人 300 台套,累计优化人员 164 人。

在这场深刻的数字化转型过程中,南钢将财务、服务、科研,甚至是生活逐渐填充进"数字游戏"中,让员工离挥汗如雨的体力劳动越来越远,让生产和生活离高效、精准、快捷、质感越来越近。

数字化转型让南钢在"一个转身又一个转身"中,显得格外华丽、从容、优雅。

南钢通过流程数字化工具——RPA 机器人,率先在财务领域取得跨越式提升。目前已实现往来对账、票据到期预警、纳税申报等 8 项、18 个流程自动化处理,提升时效 28—45 倍。

智能安全帽,主要应用在煤气作业、密闭空间、高空施工等危险区域,拥有脱帽检测、近电检测、跌落摔倒检测、静默检测等多项黑科技功能,为人员的实时安全保驾护航,适用于多种工业场景,视频数据在云端管控确保数据安全。此外,智能安全帽也可作为智慧园区、智慧工厂对人员精确智能管控的新型终端。目前已经在南钢、南京电信、酒钢、山西焦煤集团、东泰煤炭等多个企业中投用超过1100 套。

全自动冲击试验机器人,为南钢首创、世界领先的基于视觉定位的全自动冲击试验机器人系统,解决了高端材料的关键性检验人工作业量大、作业精准控制难的行业痛点。该系统申请专利 12 项,其中发明专利 3 项,国际专利 4 项,经鉴定为国家级新产品,获得冶金科学技术二等奖。案例在 2019 年亮相德国汉诺威工业展,已推广至新余钢铁、兴澄特钢、联峰钢铁、鞍钢等知名企业,并且远销俄罗斯耶弗拉兹钢铁厂。

生产过程中的大型装备点巡检工作量大,非计划停机影响大,突发设备故障导致安全生产无法有效保障。南钢依托 FMS 设备管理体系,从全面性、易用性、个性化、可拓展等多维度考虑,采用最新的云边协同框架,构建设备智维平台。以统一的设备管理流程、统一的状态监测标准、统一的绩效评分指标,通过状态可视、模型分析、人机协同与多系统融合,将设备管理模式由点检定修制向设备预测性按需维护模式转变。大幅提升了一线员工的数据感知能力和设备智能运维水平,备品备件费用、维修成本、人工作业量、设备故障诊断周期都大幅度下降。

南钢通过整合各项工艺数据、研发数据,覆盖了全球 28 个标准体系、1000

余种材料研发应用实测数据库及主要焊材库;实现研发周期缩短30%,提高研发命中率20%。

南钢构建的全钢种性能预报,在钢板下冷床后即可快速预测出产品性能,可根据工艺实绩和预测性能指导后续生产工艺,或判断是否单独取样以确保产品性能稳定性,改变了传统钢铁产品质量检测业务流程,大幅降低产品质量检测成本。案例已推广至新钢集团、日照钢铁、江苏永钢等企业。

为打造阳光、透明的废钢供应链,营造公开、公平、公正的废钢交易环境,南钢将人工智能中的计算机视觉技术应用于废钢验收判级的过程中。对码头废钢装车过程的高清图片进行自动采集,并通过AI算法对图片进行识别,实现了废钢采购、运输、装车、验收、结算的全流程跟踪管控,11种料型的自动判级、扣杂,准确率高于95%,钢铁料消耗平均降低3.3千克/吨,年降本1.22亿元。其中,车辆周转效率提升10%,降低废钢转运和装卸费用32万元/年。

钢板表面缺陷检测系统,攻克了检测对象及表面缺陷种类复杂多样、热轧钢板表面易雾化、光线传播易变形、环境对检测系统信噪比影响大等一系列技术难题。系统于2020年底在南钢中厚板卷厂成功投用,实现缺陷检出率98%及以上,缺陷分类准确率90%及以上,有效减少质量异议。系统已成功申报专利4项。

数字赋能绿色低碳发展,打造美丽都市型绿色钢厂。南钢着力推进智慧能源体系建设,以智慧能源建设驱动低碳绿色发展,利用智慧能源管理,数字化、实时化、精细化,实现精准调控,充分发挥能源数字化积极作用。开发碳排放监控系统,实现对碳排放总量、碳排放强度、碳减排等板块重要数据的实时监控。2021年9月8日,南钢郑重向全社会公布"双碳"行动纲要,即"碳十条",争做低碳发展的领跑者。能源管控一体化平台使得工序能耗降低了3%,实现煤气零放散,自发电比例提升5%,带来年化效益近2亿元。

南钢围绕战略目标,面对发展风险、财务风险、市场风险、运营风险、法律风险等未来不确定性的影响,打造以"强内控、防风险、促合规"为目标的智能风控管理平台,重点围绕采购、销售、工程、设备等关键领域的风险点,实现了对南钢经济运营活动的实时监测、动态预警、综合防卫"三大功能",防止风险由"点"扩"面",避免发生系统性、颠覆性重大经营风险,筑牢企业治理现代化的基石。

"用数据预警、用数据决策、用数据监督、用数据创新、用数据赋能"来建设智慧园区。南钢在原治安保卫智能管理平台的基础上，引入地理信息与运营管理信息整合，实现"管理一张图"，方便决策和处置。运用"图感知""人脸识别""平时监测和战时调度"等智能技术与保卫业务深度融合。近三年，南钢智慧园区交通违章事件下降了41%，治安防范事件下降了68.6%，为南钢止挽损近1亿元，同时南钢保卫团队也由原先的973人减少到现在的300人。

为了解决工控架构存在的问题，南钢与华为以轧钢加热炉为试点场景，探索传统业务和新业务的融合承载，围绕"开放、标准、统一"的目标，打造新一代工控系统架构，探索出以"工业智能网关"作为通用算网底座的方案，实现多种应用App一体化部署；同时通过工业现场网络化部署，实现传统烟囱式架构的解构，打开封闭的生态体系，解决数据难治理和产线关键设备自主化供给的问题。这样多管齐下的方式，使得南钢能逐渐实现工业控制的开放化、网络化、网联化、协作化、智能化。目前，现有架构已经在轧钢加热炉场景正常运行，新增数采点上线周期缩短70%，端到端成本降低50%。

南钢数智化，一直在路上。既要"登高"，又要"眺远"。

"未来只有两种企业，数字化企业与非数字化企业。"当数智化持续催动着产业升级之时，南钢以开放的生态、跨界的赋能，为制造业铸上数字的灵魂，用数智连接未来、与未来对话，那种忘我打拼的自豪感、荣耀感、成就感逐步勾画出"数智领航者"的模样。

正如黄一新所说："数字化技术赋能的工业产业互联网风口已经来临，但是工业产业的互联网巨头尚未出现，会不会来自传统制造行业，极有可能！"

第五篇章 沿海新崛起

凭海临风,凌空俯视,江苏千里海岸线,海堤蜿蜒,林带苍翠。

连云港、滨海港、洋口港……这些拥有三十万吨、二十万吨、十万吨级泊位的港口,犹如一颗颗硕大的明珠镶嵌在绵延的海岸带上。

行走海堤,远眺堤外,可见大海澎湃,波浪汹涌,滩涂延展,鹿奔鹤鸣,万鸟翔集。

环视堤内,村镇相连,城港相间,穿越而过的沿海高速公路和铁路,宛如灵动的飘带托起一幅人气升腾的繁华图卷。

这里吸引了全球关注的目光,聚合了人们的期待。

北起连云港,中经盐城,南至南通,千里海岸带已成为孕育涵养江苏未来经济发展最大的增量空间——

向海而生,江海交汇处,滩涂每年仍以两万亩的速度持续生长。

依海而荣,百川终入海,江苏海岸线的特色风貌正在日渐显现。

向海图强,深水港口在快速崛起,海上新能源风电及新兴产业在这里大手笔布局,千亿产业集群在这里落地生根、勃发生长。

江苏迈向现代化的宏阔征程中,广袤的沿海经济带正展示出赋能未来的现实路径。

向海而生的"自然资本"

放眼全球,沿海低地(海拔低于 10 米),已成为人口与社会经济最为集中和活跃的地区。

目前,世界上大约 40% 人口生活在海岸 100 公里以内,并且人口数量仍在不断增长。中国海岸线 40 公里以内的沿海低地总人口已占全国总人口的半数以上,而江苏则是全国沿海低地面积最大、人口最多的省级行政区,其沿海低地面积约达 6.7 万平方公里,占全国沿海低地总面积的 34.8%,沿海低地人口约5200 万,接近全国沿海总人口的三分之一。

千百年来,在黄河和长江两条大河的共同形塑下,江苏海岸带孕育出了独特的地理风貌与广袤的自然空间,并形成了我国面积最为广阔的淤泥质潮间带滩涂。

2021 年中科院东北地理与农业生态研究所及中国国家地球系统科学数据中心等机构发表的数据显示,江苏的滩涂面积约 2041 平方公里,占我国滩涂总面积近 24%,位列全国第一。其淤泥质滩涂平均宽度为 1.5 公里,东台条子泥等区域最宽处可达 20 公里以上。如今,沉积物堆积和大陆架沉降等动态地质变化仍在持续地塑造着中国黄(渤)海候鸟栖息地的景观与生态岸线。

春夏之际,行走在江苏黄海海岸线,最先映入视野的是海堤外大片绿色,那里有摇曳的芦苇和丰茂的水草,还有大片的碱蓬沼泽,再向前就是潮起潮落的淤泥型潮间带。

落潮时,开阔的滩面上会袒露出一道道延展的波痕,潮沟里浅浅的水面在太阳照射下散闪着耀眼的光。许多跳跳蹦蹦的弹涂鱼,从小小的洞穴中滑出,转眼又隐没在淤泥之中,像是一个个跃动的精灵。还有吞吐泡泡的螃蜞,转动小而长的细眼,快速地穿行在泥滩上,留下了一行行密匝匝的印迹。

走进滩涂深处,人会即刻陷入细腻而富有弹性的淤泥里,此时向淤泥深踩一会儿,会发现灰白相间的文蛤鼓出。再往前,有蜗牛状的泥螺,浅水里还有壳体透明的白虾……广袤的滩涂是上千种底栖生物的栖息地,这些富集的底栖生物,吸引了不远万里从东亚—澳大利亚、新西兰等地迁徙而来的候鸟群光临觅食,勺嘴鹬、小青脚鹬、黑嘴鸥、黑脸琵鹭,这些濒危的珍禽飞来此处换羽、繁育、越冬,成群而来的身影犹如在阔大的画布上泼洒了一抹抹惊艳的色彩。

涨潮时，淤泥滩和大片的互花米草会没入水中，浑黄的海水一波波荡向天际，一群群迎风翱翔的海鸥翻飞鸣叫着。极目远眺，海风扑面，水天交际处是繁忙的公海航线，穿梭着各类船只，你可以想象天际深处的另一边就是韩国与日本。

这里没有东海岩相潮间带惊涛拍岸的宏大气势，没有南海砂砾质潮间带碧海金沙的湛蓝优美，但在专家的眼中，江苏黄海的"烂泥滩"却是一片"蕙心兰质"，它把自己的丰饶埋藏在淤泥之下——这里是全世界各种海滨湿地中生产力最高的生态系统之一。

打开东亚—澳大利亚候鸟迁飞的地图会发现，江苏黄海滩涂是世界候鸟迁徙路线上十分重要的栖息地。数十万只候鸟在一年一度的万里迁徙中，会在这片滩涂长时间地停歇与补充能量，为此人们又常常戏称这里是鸻鹬类鸟儿的"服务区"与"加油站"。

目前，我国记录到十万只以上迁徙水鸟的沿海湿地共有 8 处，而江苏海岸线就占了三处，分别是连云港的青口河口——临洪河口滩涂，盐城的东台条子泥——东沙滩涂，如东的东陵滩涂。其中，全球半数以上勺嘴鹬、小青脚鹬都会在东台条子泥和南通洋口港滩涂区域长时间地停歇觅食、换羽繁育。

近年来，连云港的青口河口滩涂越来越被关心候鸟的人们所知晓，有成为"江苏第一候鸟大站"的趋势。据《中国国家地理》杂志报道，保护机构"勺嘴鹬在中国"已连续三年在这里记录到 2 万只半蹼鹬，接近全球这种鸟类的 95％以上。除此之外，这里还有黑尾塍鹬、大滨鹬和蛎鹬，数量有十万之多。

春季，是半蹼鹬迁飞的高峰期。每当此时，在连云港北部的青口河和临洪河入海口的滩涂上，人们会看到空中不时有上千只半蹼鹬组成的"云团"在头顶掠过，它们一会儿腾起飘向空中，一会儿又突然"砸"下地面，犹如一股股翻滚的生命浪潮拍击在广袤的滩涂上。落下后，它们细针般的长喙在淤泥里穿插，动作整齐划一，蔚为壮观。权威统计显示，连云港有 22 种鸻鹬类的水鸟数量超过整个迁飞区种群的 1％。而这个很容易让人忽视的数字，却让连云港在整个东亚—澳大利亚迁飞区的 100 多个鸻鹬类停歇地中位列第一。

另一处尤为令人瞩目的是盐城东台的条子泥。

2022年8月18日下午。东台条子泥滩涂上的潮水已经退去，层层叠叠的沙脊映照着细碎的波光，一波又一波鸻鹬和黑脸琵鹭飞临这里觅食嬉戏。几天前，持续13年行走在沿海滩涂的观鸟员李东明惊喜地发现了一只勺嘴鹬熟悉的身影，它的脚上套着"YE"旗标，悠然地踱着小步，呆萌地用长长的"小勺嘴"，不停地刺进泥沙觅食。

"它们今年回来的时间和往年差不多，7月29日发现1只，到今天已经发现了20多只。"李东明介绍说。这是首批秋迁盐城条子泥勺嘴鹬大军的"先头部队"。勺嘴鹬因其扁平如勺状的嘴而得名，是江苏滩涂最受关注的迁飞明星之一。它是我国一级保护动物，也被世界自然保护联盟列为"极危"物种。

2008年以前，我国科学家们对这种小型水鸟的了解，仅仅限于它们在俄罗斯远东楚科奇自治区北极苔原带繁殖生活。十多年前，当资深水鸟调查员章麟在南通如东县的小羊口港滩涂上第一次发现并记录到6只勺嘴鹬时激动不已，由衷感叹"这如同是白日做梦"。其后几年间，通过他和同事们持续不断的调查，再结合国际国内同行的研究成果，对这种极危鸟类的迁徙规律，以及在江苏的分布有了更多的认知。随着深入调查，章麟从小洋口到盐城东台条子泥，再到南通如东200多公里的海岸淤泥质滩涂，记录到勺嘴鹬的迁飞数量逐步由当年的6只扩展到了200至300只。

东台条子泥位于东台沿海东北角，因其港汊形似条状而得名，区域湿地面积约270平方公里。空中拍摄的图片尤为令人惊异，退去的潮水犹如精妙的雕刻师，在广袤的沙滩上将一道道弧线形的沙脊和沟壑，"雕刻"成各种各样的奇妙图案——那些深浅不一的沟槽有的被"冲刷"成了一排参天的"生命巨树"，成了在沙滩上恣肆生长的森林；有的则隆起了层层叠叠的弧线型波痕，使人联想到宏阔的沙漠之海。涨潮时，这里还拥有壮观的一线潮与神奇的两分水，它们自天际汹涌奔腾而来，在一波波交叠的波涛冲击下，转眼就消隐在茫茫无际的海水中。

一到深秋，这里临近的陆地草地则有成片艳红的碱蓬织成一条狭长的"红路"，镶嵌在丰茂的浅绿与金黄色交织的草滩中，装点出令人无比惊艳的斑斓秋色。

这里流传着"720"人工修复湿地留鸟护鸟的故事。2019年之前，一些专家们在观察中发现，每年从东亚—澳大利亚迁飞区来到黄渤海，特别是盐城东台一带潮间带栖息的许多濒危鸻鹬类,如勺嘴鹬、小青脚鹬、大滨鹬等呈逐步减少的趋势,这引起了多方面的关注。东台沿海经济开发区的吕洪涛主任介绍说,为此他们专门邀请了北京林业大学东亚—澳大利亚候鸟迁徙研究中心(CEAAF)、北京林业大学湿地保护与修复一流学科创新团队专家教授和荷兰皇家科学院院士Theunis Piersma 教授团队多方合作,来东台条子泥一带开展中国滨海栖底动物调查,同时组织自然保护管理机构和民间观鸟团体共同开展了勺嘴鹬春、秋、冬季全国同步调查,并建立了 CEAAF 东台条子泥研究基地。

调查发现,由于黄海沿海修建海堤的缘故,潮间带滩涂在涨潮时往往会被淹没,而在滩涂觅食的鸻鹬鸟类需要在附近的湿地停歇数小时,落潮时它们再会飞回滩涂觅食。可是每逢天文大潮的日子,整个潮间带滩涂都会被一望无际的海水淹没,此时的鸻鹬就会选择堤内的高潮位区域停歇。那些年,堤内围垦的湿地被承包给个人,开发成一片片养鱼塘,水面开阔的鱼塘水比较深,短腿的鸻鹬鸟类难以在此栖息。此外,十多年前因人工引进用来改良滩涂的互花米草生长迅速,极大地影响了滩涂底栖生物的生境,并影响到鸻鹬鸟类停歇时的食物链。

自 2020 年起,CEAAF 和东台沿海经济开发区、红树林基金会合作,精心选择了一处因滩涂围垦面积为 720 亩的鱼塘,作为高潮位栖息地的修复示范区。团队根据鸻鹬鸟类选择高潮位的关键要素,包括高潮位与潮间带的距离,创造适合珍稀濒危鸻鹬鸟类的生境,如避开猛禽掠食者、免受干扰、最少的能量消耗以及额外的进食机会,还有栖息地的水位、水质、地形等各种要素在内进行综合设计。为此,他们还编制了《720 亩高潮位栖息地管理实施细则》,开展有针对性和科学性的管理。比如,高大密集的乔木容易隐匿各种猛禽,会对鸻鹬鸟类形成威胁,每年必须进行修枝;对于滩涂新入侵的互花米草,一周内必须进行拔除;对于新生长的芦苇,每年 6—8 月必须进行清除,等等,几年来已先后投入几千万元。

这是一次人类护鸟别出心裁的科学实践,也是切实维护生物多样性的有益尝试。

2020 年秋季,对修复效果进行跟踪监测发现,迁徙季 720 亩高潮位停歇地累计记录的水鸟超过 20 万只,其中单日最高记录水鸟数量约 58000 只,单次记录小青鹬 1150 只,累计记录勺嘴鹬 113 只。此外,仅仅在 2020 年 8 月至 12 月,在条子泥就已记录到至少 78 万只各类水鸟,其中有世界自然保护联盟濒危物种红色名录 26 种受威胁物种，并有 20 种鸟类的数量超过其种群的 1%。如今，每年这里吸引了包括勺嘴鹬在内的全球超百万只珍稀候鸟来此栖息换羽，丰润生命。2022 年，在大片碱蓬地里孵化出的黑嘴鸥达 5000 多只。条子泥"720"高潮位栖息地的修复成果，向世界贡献了人与鸟、人与自然和谐相处的"中国样板"。

科学研究表明，鸟是有记忆的，鸟更是有智慧的。当我们以与其和谐共处的方式去善待自然界的鸟类种群，它们总是会以坚定的栖息地选择来回报这种平等的"知遇"。

年年岁岁，鸟去鸟来，显现出的是条子泥及盐城沿海滩涂独特的生态魅力。其实，人类护鸟留鸟，又何尝不是善待自己？这是人与鸟的深情感应，是人敬畏地球上所有生命的一首舒缓长歌。

盐城还建有丹顶鹤和麋鹿两个国家级自然保护区，已成为全球最大的野生丹顶鹤越冬地和世界最大、中国唯一的野生麋鹿园。

走进大丰川东闸口南侧一片宽阔的芦苇场和沼泽地，空气里弥漫着一股麋鹿的气息，低头寻觅临近的路边草地，满眼都是麋鹿的粪便和密集的足印。这一带是麋鹿的野放区，生活着 2000 多头麋鹿。远远望去，它们几十头或上百头地群聚一起，雄性的麋鹿张扬着长长的犄角，昂然而又悠闲地漫步在泥沼里，身边的母鹿有的卧着，有的站立，回望着有人与车的地方。令人惊奇的是，有一只白鹭站立在一头缓慢行走的公鹿背上，彼此构成了一幅动物间怡然共生的自然画面。以大丰为中心，北至响水的灌河口，南到南通的启东，几百公里的海岸线现在都已是野放麋鹿的生活区。

打开历史典籍，我们会看到许多形容麋鹿的记载。《诗经·小雅·鹿鸣》中的鹿就是麋鹿："呦呦鹿鸣，食野之苹。我有嘉宾，鼓瑟吹笙。"这是周朝帝王宴请群臣的宫廷乐曲，相传魏晋后失传。《淮南子》一书里曾以"麋沸蚁动"来形容战争导致的骚乱，也让人不禁联想到历史上麋鹿的繁盛景象。汉代刘向在《说苑·杂言》中以"麋鹿成群，虎豹避之；飞鸟成列，鹰鹫不击"，形容其同心同德，力量之大；宋代苏洵则以"泰山崩于前而色不变，麋鹿兴于左而目不瞬"比喻遇事冷静，沉着不慌。这些都使人感知到麋鹿的悠久历史。

据国内多年来的考古发现，麋鹿几乎是与人类同时生活在地球上的。麋鹿依赖的温带平原湿地也是人类繁衍生息的沃土，因此体形硕大又相对温和的麋鹿,也成了早期人类生存狩猎的主要肉食动物。从我国的版图分布看,北至辽宁康平,南到广东新会及海南岛,西起山西襄汾,东至东部沿海及台湾岛,都曾有麋鹿生活过。高强度的狩猎,加之气候周期性变化的影响,形成了人进鹿退的局面,到了清朝末年,野外的麋鹿基本绝迹。

中国自周朝以来,就有王室饲养麋鹿的传统。这些人工繁育的种群也因此得以在北京南苑的皇室猎苑得以代代延续。南苑又称南海子,曾是永定河冲积而成的一片湿地。1890年因永定河决口导致的大洪水和随后的战乱,使得这里仅存的麋鹿最终走向灭绝。这促使英国的第十一世贝德福特公爵,把他当年以非常手段从南海子引入后散落在欧洲各国动物园内的18头麋鹿搜集起来,饲养在自家的乌邦寺庄园内,麋鹿的血脉也因此得以延续。

20世纪80年代,中国改革开放打开了国门。1984年,英国十四世贝德福特公爵决定让更多的麋鹿回到中国的故乡,分别于1985年和1987年将38头麋鹿从乌邦寺送回南海子,进行繁育和野化研究。

在麋鹿引入回国计划实施前,国内的专家们也开始了对麋鹿种群引入的选址调研,他们的目的很明确:要使麋鹿在原生地恢复实现自我维持的野外种群。

大丰麋鹿国家级自然保护区研究员丁玉华回忆起这段历程时说,专家们最初选定的麋鹿种群放养地是泰州。因为20世纪七八十年代前后,在泰州溱潼一带考古中发掘出了一批麋鹿化石,它们表明远古时期这一带有野生麋鹿生活。放养麋鹿种群需要划出大面积的自然保护区,对于人多地少的泰州来说,政府部门相关负责人露出一脸难色。于是,专家们把目光投向了盐城大丰这片宽广的淤泥质海岸。"这里的土地资源丰富,加上当地政府积极支持,最终选择了大丰。"丁玉华回忆说。

1986年,在世界自然基金会的支持下,另外39头麋鹿坐专机抵达上海,再运到江苏大丰。"1985年冬天,我们就开始了准备,种植牧草、建围栏、挖河道引水……几个人住在非常简陋的房子里,工作生活都在这里。"本是大丰兽医的丁玉华由此与麋鹿结缘。历经30多年的坚守,如今他早已成为国内研究麋鹿方面的专家,撰写出版了百万字的专著《达氏麋鹿》。

1986年夏天,39头麋鹿在飞抵上海后,乘着8辆大卡车来到大丰保护区。大丰广袤的湿地为麋鹿提供了重要的活动空间和充裕的食物来源。从1986年开始,丁玉华和他的同伴们,在历经了麋鹿消化不良、皮下血肿、瘤胃气鼓、母鹿流产等一系列"水土不服"的病害侵扰之后,终于让重新回归的麋鹿种群适应了这方水土。

1987年8月,世界自然基金会的野生动物保护专家艾尼奥特从英国专程来看望39头麋鹿一年来的生活情况。回国前他对丁玉华留下了充满期待和信任的嘱托:"这里的麋鹿就靠你了!"丁玉华和他的同伴践行了这个跨越国度的约定。

经过两年的引种扩群和十年的行为再塑两个阶段,到1998年,大丰麋鹿总数达到354头。此时的大丰保护区作出了另一个重大决策,即把麋鹿放归大自然,恢复野生种群。

1998年11月5日,这是一个被载入史册的日子。保护区先挑选了体质强壮的8头麋鹿在保护区的核心区进行野放试验。这是100多年来麋鹿第一次走出人工围栏,回归到真正的野外自然环境。

1999年春天,一头野放的麋鹿产了第一头小崽。

2003年3月3日,在野外出生的第一只雌性麋鹿又生下了小崽。

此后,连续3年麋鹿群都有个体产崽,且全部成活。这意味着野化的麋鹿具有了种群繁衍的能力,实现了真正意义上的绝处逢生——野放化归成功。这群海外"游子"终于重回故土生生不息。

2021年10月,联合国《生物多样性公约》第十五次缔约方大会在昆明召开前夕,正式发布的《中国的生物多样性保护》白皮书中指出:麋鹿通过人工繁育扩大种群,并成功实现放归自然,与大熊猫一并列入中国濒危物种保护的重要成果。曾经在野外灭绝的麋鹿如今在北京南海子、江苏大丰和湖北石首分别建立了三大保护种群,总数已经突破8000头。其中,江苏大丰麋鹿国家级自然保护区数量最多,共有人工圈养、半散养及野生麋鹿6000多头。

广袤的滩涂、丰富的底栖动物、迁徙途中的候鸟、奔跑的麋鹿群,成片的芦苇沼泽、碱蓬沼泽、光滩沼泽构成了一望无际的荒野,形塑了这片海岸带令全球惊艳的自然风貌。这是盐城乃至江苏走向现代化进程中得天独厚的"自然资本"。

得益于大自然给予的这份慷慨馈赠,决策者们决定申报世界自然遗产名录,以此填补中国滨海湿地类型遗产的空白。

2019年7月5日,在阿塞拜疆首都巴库举行的第43届世界遗产大会上,21个委员会国一致通过澳大利亚代表团提出的关于江苏盐城"中国黄(渤)海候鸟栖息地(第一期)"项目修整案。联合国教科文组织世界遗产委员会根据自然标准,将盐城黄海湿地列入《世界自然遗产公约》。与会者一致认同黄海湿地世界遗产地的突出普遍价值和在东亚—澳大利亚候鸟迁徙路线中的极端重要地位,赞扬中国政府在沿海湿地保护方面采取的措施和取得的最新成就。

专家们介绍,盐城黄海湿地世界自然遗产地包含五个保护区:江苏大丰国家级(麋鹿)自然保护区、江苏盐城国家级(丹顶鹤)自然保护区、江苏盐城条子泥市级自然保护区、江苏东台高泥湿地自然保护地块及江苏东台条子泥湿地保护地块。

由此,盐城的滩涂湿地成为中国第十四处、江苏唯一的世界自然遗产。这是人与自然的契约,它填补了我国滨海湿地类型遗产的空白。让盐城人倍感自豪的是,他们为此仅仅用了3年多的时间,就实现了别人需要8年甚至更长的时间才能实现的梦想。

从全球视野看,这片黄渤海候鸟栖息地,位于世界上最大的潮间带泥滩系统中,保护着具有全球意义的生物多样性。它是每年400多种鸟类、5000多万只候鸟迁飞路线上不可或缺的中转驿站,牵引着全世界关注的目光。

这是一个充满希望的开端。从地理学上看,这里也是华北平原与太平洋风云际会的前哨,蕴含着中华文明千百年来丰厚的历史记忆。

申报世界自然遗产湿地的成功,彰显出我们对黄海岸线自然资源价值认知在不断地提升与迭代:历史上自汉王刘濞起,令天下亡命徒煮海为盐,催生了黄海之滨延续千年的盐业勃兴;至近代张謇利用不断生长的土地资源进行滩涂垦牧,促进了沿海种植业的发展;新中国成立后至改革开放初期,伴随江苏沿海开发战略的实施,推进了滩涂养殖业发展;到20世纪80年代后,盐城分别建立起两个国家级自然保护区,又成功申报世界自然遗产——透过千年的岁月流变,我们深刻感知到,江苏有了更加开阔的生态视野和自觉保护世界生物多样性的阔大情怀,在对待自然价值的态度上,人们一次次理性地战胜自己,进而不断超越那些显性的经济利益和可测算的经济增长数值。

"荒野是锻造文明的原材料。"这是美国生态伦理之父利奥波德说过的一句名言。在现代文明快速扩张与科技力量日渐强大的今天,这片世界自然遗产湿地正在引导我们更加理性地思考,并自觉地规划着未来绿色发展的前行路径。

蓄力向海的"大港蓝图"

港口是海洋经济发展的强大引擎,承载着江苏走向海洋强省的希冀与梦想。

从最北端的连云港,到最南边的南通,江苏绵延千里的海岸线,正在形成以连云港、盐城、南通三座城市为中心的沿海港口群,是江苏推进新一轮高质量发展的"重要变量"。

2020年,江苏的GDP超过10万亿元。如果把这一成绩列入2020年世界各国的排名中,那么江苏的GDP紧随韩国之后,列于全球第11位,已超越俄罗斯、澳大利亚、西班牙等国家。

江苏也有其明显的短板:沿海南通、盐城、连云港三市的GDP为1.93万亿元,占全省的比重仅为18.4%,其中GOP(海洋生产总值)对全省的贡献率则仅为7.6%,在全国11个沿海省份中,排在广东、山东、福建、上海、浙江之后,属于中等偏后的水平。

拉长江苏大规模开发和利用海洋资源的这块短板,是江苏开启现代化进程的必由之路。

近半个世纪以来,全球海洋经济得到了持续快速发展,高度渗透到一些国家的国民经济体系,成为其重要的经济增长点,战略地位日益突出。比如美国、日本以及20世纪的亚洲四小龙,海洋经济成为他们经济腾飞的重要引擎之一。

2020年6月,欧盟发布的《2020年度蓝色经济报告》指出,尽管2020年沿海及海上旅游业、渔业及水产养殖业受到新冠疫情的严重影响,但总体上看,蓝色经济对经济复苏的贡献仍旧潜力巨大。在经合组织(OECD)2016年发布的报告中,通过对169个国家的海洋经济数据进行初步计算,全球海洋经济产出1.5万亿美元,约占世界总增加值的2.5%。专家们认为,现在世界的海洋生产总值每十年翻一番,2000年已接近1万亿美元。预计到2030年,海洋经济对全球经济总增加值的贡献额可能会翻一番,超过3万亿美元。

当下,全球海洋产业发展格局在加快调整,海洋经济的重心向亚洲转移的趋势明显,尤其是在造船、海洋工程装备制造、海洋金融、航运、滨海旅游等诸多海洋产业中逐步显现,原因在于:一是亚洲国家凭借劳动力成本的比较优势大力发展海洋装备制造业;二是以中国为代表的亚洲各国已成为世界海洋渔业发展的佼佼者;三是世界海运贸易向发展中国家转移,亚洲成为世界最重要的装货区和卸货区。突出的如上海建设的深水港——洋山港,2002年3月经国务院正式批准立项动工,此后经过四期码头建设,港口优势迅速凸显。2010年,首次超过新加坡,成为世界最大的集装箱港口。此后,集装箱与货物吞吐量不断飙升,现已蝉联世界集装箱第一大港12年。

中国发展海洋经济有其自身的特色和优势。近十年来,中国海洋经济规模翻了一番。数据显示,2019年我国海洋生产总值超过8.9万亿元,占国内生产总值的比重为9.0%,占沿海地区生产总值的比重为17.1%。

江苏海岸线向东,与日韩隔海相望、经济交往密切;向西经欧亚大陆桥、长江黄金水道通连中西部腹地和中亚、东欧,借此用好国际国内两个市场、两种资源,可以打开更为开阔的发展空间。

发展海洋经济,需要有大的海港。从国际视野看,相邻的日本平均每30公里岸线就建有深水港。再看国内的广东,拥有广州、深圳、珠海、东莞和湛江等5个亿吨大港,2020年沿海经济带创造了广东全省82.3%的经济总量,产生了广东全省90.7%进出口总额。

多年来,江苏沿海一直在内省自身的不足,多方位探寻加快发展海洋经济的现实路径,不断加大港口群和沿海交通基础设施建设力度,并将此作为全省率先实现现代化目标进程中的"重要变量"。

值得特别关注的是,2021年12月,国务院批复、国家发改委正式印发《江苏沿海地区发展规划(2021—2025)》,再一次为江苏沿海地区的发展定下了短期目标与长远愿景。

其中重要的目标之一,就是立足千里海岸线,构建"一国际枢纽海港(连云港)、一出海口(盐城滨海港)、一门户(南通通州湾)"的海港格局体系。

最北端的是连云港。

"山海连云、东方大港"——这里寄托了几代人走向深蓝的宏阔期许。走过百年的风雨历程,在一次次阵痛、彷徨与热切的期待中,如今一个国际枢纽大港终于在一代又一代人的艰辛开拓中昂然崛起。

从地理上看,连云港位于山东半岛与内陆连接处,北部海州湾局部岸段是砂质海岸,连云港云台山地区是基质海岸,有着建设深水港的天然条件。

正因如此,早在100多年前,孙中山就在他制定的《建国方略》之《实业计划》中,明确提出在我国沿海建设北方、东方和南方三个大港和四个二等海港,其中海州(连云港)名列其中。他指出:"海州位于中国中部平原东陲,此平原者,世界中最广大肥沃之地区之一也。海州以为海港,……今已定为东西横贯中国中部大干线海兰铁路之终点。海州又有内地水运交通之利便,如使改良大运河其他水路系统已毕,则将北通黄河流域,南通西江流域,中通扬子江流域。海州之通海深水路,可称较善。在沿江北境二百五十英里内海岸之中,只此一点,可以容航洋巨舶逼近岸边数英里内而已。"认为海州应建成"可容航洋巨舶"之东方大港。

这是一个视野宏阔并极具前瞻性的战略构想。

然而,这个东方的"大港蓝图"只有在新中国成立后,几代人历经改革开放和中国全方位融入全球经济的今天,才能将其一步步变成现实。

"东方大港"愿景,始终牵引着党和国家决策层及江苏省委省政府关注的目光——

1973年,周恩来总理提出连云港要"三年改变港口面貌",成为全国改扩建的主要港口之一;1984年,连云港成为国家确立的首批14个沿海开放城市之一;1985年,国家交通部正式批准连云港港口西大堤工程初步设计方案;1989年,港口吞吐量首次突破千万吨大关。

1993年至2012年,新亚欧大陆桥全线贯通,连云港先后被确定为新亚欧大陆东桥头堡,全国主要港口及区域性中心港口。

进入新世纪,伴随江苏沿海地区开发、长三角一体化、东中西区域合作示范区建设等国家战略,连云港港成为江苏沿海港口的龙头、上海国际航运中心北翼及长三角三大枢纽港之一。

2007年1月2日,温家宝总理考察连云港并察看连云港集装箱码头,希望做好规划,加快发展。2009年6月10日,国务院常务会议正式把江苏沿海发展列为国家战略,要求成为重要经济增长极、新亚欧大陆桥东方桥头堡。

2009年4月20日,习近平同志视察连云港时提出,孙悟空的故事,如果说有现实版的写照,应该就是我们连云港在新的世纪后发先至,构建新亚欧大陆桥,完成我们新时代的"西游记"。2017年,习近平总书记在中哈亚欧跨境运输视频连线仪式上讲话时提出,将连云港—霍尔果斯串联起的新亚欧陆海联运通道打造为"一带一路"标杆和示范项目。

改革开放以来,特别是进入21世纪,连云港港口的组合功能等级在持续提升。目前,全港规划岸线约为110公里,陆地面积92公里,布局形成了以连云港区为主体,以赣榆港区为北翼、以徐圩港区和灌河港区为南翼的"一体两翼"组合港。现已投入使用的万吨级以上泊位70个,集装箱、铁矿石、煤炭、粮食、氧化铝、散化肥、液体散货等专业化泊位近30个,总设计能力约为1.74亿吨和320万标箱。连云港区进港航道为30万吨级,其中万吨级以上的泊位49个,可靠泊30万吨的矿石船和1.7万标箱的集装箱船,真正成为世界一流的深水海港之一。

连云港主体港区的旗台作业区是全港的深水泊位区,这里建有两个30万吨泊位。临水的码头上,庞大的卸船机、装船机、装车机,一字儿排开,犹如气势磅礴的钢铁巨擘,昂然矗立。据作业区负责人介绍,这里主要装卸来自巴西淡水河谷和澳大利亚必和必拓的铁矿砂,2021年装运货物量达3600万吨,经济收益突破9000万元,集约化效应日渐显现。港区还将进行40万吨的泊位改造,投资的股东们对连云港港区的发展充满信心。

如果沿着海州湾巡视,可见弧线形的海湾岸线上,密集地矗立着一座座庞大的装船机、卸货机、装车机,几艘由外海缓缓驶向港湾的货轮高鸣的汽笛声,似乎在向人们昭示港口快速发展的蓬勃生机。

近年来,连云港面向海外的航线也日渐增多,现已开辟集装箱航线78条,其中远洋干线3条(中东波斯湾、美西南、非洲),近洋航线33条,还有内贸航线6条和沿海支线13条。

值得欣喜的是,2021年2月,《国家综合立体交通网规划纲要》又一次将连云港确立为7条交通走廊中的大陆桥走廊起点和11个国际枢纽海港之一。同时,连云港港获批成为港口型国家物流枢纽。

2021年,连云港港完成货物吞吐量2.77亿多吨,同比增长9.62%,其中外贸吞吐量完成1.38亿多吨。集装箱完成量突破500万标箱,达503.49万标箱,同比增长 4.8%。连云港中欧班列全年完成 619 列,同比增长 11.7%。

面对近在咫尺快速发展的日照港,连云港港口的干部员工倍感压力。作为 20 世纪 80 年代第一批被列入国家开放港口的城市之一,连云港曾经错失了一系列发展机遇,但是他们知其不足而后勇毅,正以卧薪尝胆的决心、踔厉前行的姿态,全力加快提升国际枢纽海港的能级,进一步扩大陆海联运通道优势,主动服务中西部产业,打造陆海内外联动、东西双向互济的综合物流枢纽。

"十四五"规划时期,连云港将计划投入 150 亿元以上,突出"国际知名枢纽港"内核,聚力建设主体港区"五大中心":自贸区港发展中心、大型智能化集装箱中心、国际粮食集散中心、绿色专业化大宗商品集散中心、液体散货中心。

连云港人正奋力用自己的双手,托起百年东方大港的现代化梦想。

从连云港港口向南 60 海里处是另一个在开发的大港——滨海港。

在专家们的眼里,这里是江苏千里沿海海岸线最凸出的岸段。以此为坐标点,向北距青岛港 145 海里,向南则至上海港 335 海里。向东至韩国木浦港仅为 360 海里,离釜山港为 480 海里,距日本长崎港则为 475 海里。

面朝大海,背倚淮河,这里还是千里古淮河的入海口。

从千年的时空中审视,这里经历了黄河夺淮入海(1128 年)和黄河北移(1855 年)两次重大事件。滚滚而来的巨量泥沙,沿着千里淮北大平原倾泻而下,最终在此处入海,由此形成了北至灌河口、南至射阳河口的废黄河三角洲。此后,伴随黄河泥沙北移,这里的海岸逐步由最初以河流作用为主的堆积过程,转变为在海洋动力作用下的岸滩侵蚀改造,致使原有的三角洲遭遇海水大面积冲蚀,岸线急剧后退,至今仍保持着弧形凸出的古黄河三角洲的岸线形态。

据滨海港区的同志介绍,从 1971 年后,滨海县将部分岸段建造了防护工程,控制了岸线后退,但岸段因此又出现浅滩侵蚀现象,使岸段形成了 -15 米深线,距岸仅为 3.95 公里的贴岸,并拥有锚地广阔、海床平坦、潮差较小特点,使其具有建设特大型港口的天然优势。

20 多年来,滨海县委县政府先后邀请中科院力学所、清华大学、南京水科院、河海大学等 10 多家国内权威院校和多名专家,前来勘测研究论证并形成共识:滨海港是江苏沿海建设 10 万吨级及以上码头条件最好、投资最省的港口,是江苏沿海承接能源、钢铁等重大项目发展的理想选址。同时,这里的－20 米深水线距岸仅为 43 公里,有建设 20—30 万吨级航道码头的潜力与优势。

自黄河夺淮以来,倾泻而下的泥沙和无穷无尽的水患,改变了这里的一切。明清以降,极度贫困的艰难岁月如同梦魇般烙印在一代代人的记忆里。当得知历经近千年的水患给滨海"冲刷"出一片独具优势的深水"贴岸",他们拥抱海洋的激情就被彻底激活了。

发展的视野一旦打开,就会释放出无尽的内在动力。让滨海港成为沿海经济带崛起的重要支撑成为盐城市决策者们的共识,他们豪情勃发,升腾起加速发展的大港之梦。

借脑借力,开发大港,盐城市委市政府执着坚韧的决心感动了方方面面,赢得了江苏省委省政府的支持和中央的肯定。于是,一个个重要的节点刻在了人们的记忆里——

2008 年 4 月,滨海港 10 万吨级航道工程项目获得江苏省发改委批准;2008 年 12 月,滨海港通过引进央企参与港口建设的发展模式正式启动。

2009 年 7 月,滨海港开工建设 10 万吨级航道防波挡沙堤工程,分为北堤和南堤,北堤长 4800 米,南堤长 1980 米,口门宽 800 米,形成环抱式港池面积约 5.1 平方公里。2011 年 11 月竣工,2012 年 8 月通过验收正式投入使用。

2014 年 10 月,码头主体工程及配套设施建设完工。2014 年 10 月 28 日,滨海港正式开港试航。

2015 年 6 月,港区启动第二个 10 万吨级通用泊位和第一个 5 万吨级液体散货泊位建设。其中,北区通用码头二期工程于 2018 年 3 月建设完成并通过交工验收,投入运营;南区液体散货码头一期工程于 2018 年底完成码头主体施工。

2016 年 12 月,10 万吨级航道一期工程通过交工验收;2017 年 4 月,航道开始试运行;2019 年 11 月,航道正式通过 5 万吨级竣工验收。

2018 年 8 月,中海油 LNG 码头工程通过国家发改委核准,2020 年 12 月正式开工建设,2022 年 6 月码头主体通过交工验收,计划 2022 年 9 月完工投运。

2017 年 9 月 7 日,国务院批复滨海港作为国家一类开放口岸对外开放。2019 年 12 月,滨海港一类开放口岸通过省级预验收。

2020 年 9 月 3 日,滨海港区一类口岸通过国家级验收。十多年历经的艰辛与挥洒的汗水，都融化在了一次次成功的喜悦之中。

如今的滨海港已成为沿海又一道引人注目的新风景——

行走在港区临海的大堤上，海风拍面，涛声阵阵。壮阔的黄海海面卷起千层叠浪，一波波冲击着圩堤，不远处一道弧线形的石堤伸向深海处，犹如长长的手臂拥抱着浅浅的月亮湾沙滩，给磅礴的黄海平添了几分浪漫的诗意。举目远眺，一艘大型货轮正停靠在泊位上，巨大的卸船机挥舞着长臂在忙碌地卸货。

回望堤内，道路纵横，林带如翠，环抱着一汪碧波荡漾的湖水。湖旁，一块耸立的泰山石上刻着"古黄河入海口"几个大字，尤为醒目。再远处，可见由中海油江苏天然气有限责任公司投资建设的国内最大的三座 LNG 圆形储罐傲然矗立，即将完工。喧嚣而过的运货车流和不断集聚的人气，展现出一个滨海新建港口的蓬勃活力。

统计显示，滨海港区现已建成 10 万吨级为主的码头泊位 7 个，综合通过能力达 4800 万吨。2021 年，港区货物吞吐量突破 1000 万吨。在建临港重大产业项目 7 个，总投资 302 亿元。其中，投资 80 亿元的国家电投协鑫滨海 2×100 万千瓦火电两台机组全部并网发电。投资 45 亿元的 5000 万吨储配煤中心项目投入商业运行；投资 137 亿元、共 80 万千瓦的 3 个海上风电项目，已完成投资 74.5 亿元；投资 58 亿元、共 65 万千瓦的 4 个陆上风电项目，已建成运营；中海油 3000 万吨 LNG 储运基地项目规划编制正在抓紧推进。

港区负责人介绍，随着 20 万吨级航道防波堤一期工程、LNG 码头、滨海港铁路专用线、滨淮高速、海河联运作业区码头等工程的加快建设，港区集输运体系在日益完善。"十四五"期间，港口开发将争取形成以 20 万吨级航道和 30 万吨级泊位为龙头、5—10 万吨级泊位为主体、千吨级内河码头为支撑的总体格局。滨海港凝聚着盐城向海图强的坚定信心和走向现代化的远大目标。

在江苏沿海的最南端还有一个被称之为"海上明珠"的大港——南通市洋口港。

洋口港位于长江口北翼，南枕长江、东临黄海，地处中国沿海沿江"T"型经济带交汇处，隔江与上海及苏南相依，溯江则联结着长江中上游多个省份，有着突出的"外引西进"的战略地位。

如果借你一双"慧眼",可穿透这一片大海,发现在浑黄的海水深处,延展着一条条深槽水道,有70多条沙脊与这些深槽相间分布,呈辐射状展开,其分布范围超过2万平方公里,由此构成了世界内陆架浅海最大的堆积地貌体系,被专家们称之为"南黄海辐射沙脊群"。其实我们也可把它想象成一只摊开的手掌,那一条条沙脊就如同手指,沙脊间的深槽就如同是"手指缝",而辐射中心区域则是"掌心",这块"掌心"的面积达到3800平方公里。

几十年来的持续研究,使得人们对黄海辐射沙脊的认知有了突破性的提升:它是一个组合地貌体,系古长江三角洲沉积体,受波浪掀沙和辐射状潮流动力塑造而成。从黄海生长发育的维度看,其中的部分沙脊为古长江入海通道沉积,深槽则由潮流冲刷维持,由于是沿古河道发育,沙脊地貌稳定,深槽宽大且水深条件良好。

从20世纪七八十年代起,如东县委县政府邀请了以中科院院士王颖为代表的一批海洋专家在洋口港一带进行科学探查。他们发现,穿过十多公里潮间带后的外海,深藏着一条三万年前古长江的入海通道。为此他们提出了一个前所未有的设想:辐射沙脊群就是潜在的天然海港港址,如果越过宽阔的潮间带,直接在沙脊上建设人工码头,那么-20米至-30米的深水槽就是天然的深水航道,可建10万吨、20万吨级以上的深水海港。与此同时,这一发现还解决了一直困扰人们的另一个难题:港口与生态保护的冲突,因为潮间带浅滩有着丰富的底栖生物,是许多万里迁徙而来的珍禽觅食与栖息之地,生态系统服务功能价值突出,加之潮滩植被的固碳作用巨大,让码头远离岸边的方式恰好解决了这一难题。

新发现新理念,激发出新的希望。对临海无港的百万如东人来说如获旷世宝藏。他们决心借此彻底改变如东困于陆上交通末梢的闭塞状态,进而结束江苏漫长淤泥质平原海岸无深水港的历史。

如东历届县委县政府坚定建港目标,坚持把科学论证和科学决策放在第一位。他们先后邀请了十多位两院院士以及王汝凯等3位国家港口设计大师、20多家国内顶尖研究机构和100余名专家学者参与研究,形成科研成果近2000万字。

那是一段充满激情的岁月,留下了如东干部群众锲而不舍、艰苦奋斗的深刻记忆。

如东洋口能不能建港,长期巨额投资真的能带来应有的回报吗?一时议论四起。人们的担心不无道理,至少在中国历史上还没有在平原淤泥质海岸建港的先例。

1986年深秋,天津城已是落叶纷飞,处处透出沁人的寒意。时任如东滩涂局副局长的周树立,奉命来到交通部天津第一航务设计院,向著名港口设计师顾民权总工求教。不巧的是,此时的顾总工正在秦皇岛参加国务院召开的重要会议。等待期间,周树立主动向院内的其他专家介绍洋口港的情况。当他们听说一个县级政府谋求建深水大港,而且是建在淤泥质的海岸,纷纷摇头觉得这是异想天开的事。在他们的认知里,建设大港那可都是国家级项目啊。周树立没有灰心,苦等几天之后,当他闻知顾总已在秦皇岛回天津的途中,立刻雇了一辆吉普车,在途中登上了他所乘的那趟列车,通过播音员找到了从未谋面的顾总工。望着周树立热切而又疲惫的眼神,顾民权被这位来自江苏海边的基层干部深深地感动了。

三天后,顾总工来到了如东,踏上了西太阳沙。踩着脚下的铁板沙,抬头遥望前方的深水通道,顾总工惊叹不已,这确实是天赐的良港资源,是中国沿海辐射沙洲中蕴藏的一个奇迹。在实地考察中他的思路被打开了,并提出了一个开放型的设想:以深水通道建设深水航道,由两侧的沙脊充当天然的挡浪墙,阻挡侧流,消减侧浪,用西太阳沙作基地构筑人工岛,建造码头用地,而人工岛前方深槽的最深区域作港池,并建造若干个10—20万吨级泊位,人工岛与海岸间铺设实堤与引桥完成陆岛连接,岸边滩涂可实施围垦形成临港工业用地。此后的实践证明,顾总工的最初设想都得到了一一印证。

那时的如东人并不知道,正是他们萌发出建设大港的梦想,在改革开放的大潮中,率先奏响了江苏沿海经济带向"海洋经济"转型的第一声号角。他们期待能够因海兴业,积极放大经略海洋的发展潜力。

迎难而上锲而不舍的还有袁新安。40多年来,他亲历了洋口港从最初勘探研究,到开发建设发展的全过程。20世纪80年代中期,原本在县政府办公室工作、富有开拓精神的他,被调到临时组建的洋口港开发办工作。面朝茫茫大海,经费拮据,资料空白,工作环境十分艰苦。没有资料,就依靠当地渔民,一点一点地积累建港的水文资料,最终顺利完成了160多项科研任务。

20世纪90年代,一家国际著名公司准备与江苏省电力局合作,在洋口港建设大型LNG接收站,然而当该项目上报国家计划委员会时,却因种种原因未能获批。消息传到县里,顿时引起了轩然大波。几经周折,港口的经费要被冻结,人员班子要被解散,就连那块"洋口港开发办公室"的牌子,也要被摘下来。何去何从?现实的困境,犹如巨石压在袁新安和同事们的心头。过了许久,袁新安只得把那块由他亲自挂上的牌子摘下来,反复擦拭后细心地包裹起来。他对同事们说,心若在,梦想就在,洋口港建设的希望就在。

不久,又一次利好消息传来,洋口港终于被列入全国LNG接收站备选名单中。于是他们重整旗鼓,把已经摘下来的洋口港开发办公室的牌子又重新挂了起来。在多方共同努力下,国家有关部门确认洋口港建设LNG接收站科学可行,且航道可为LNG专用,安全可靠。

坚持不懈,必有回响。1999年,如东LNG站列入长三角规划。2004年,国务院批准了洋口港30平方公里海域使用权。2005年,国家发改委批复了总投资160亿元的江苏LNG项目,并正式同意开展前期工作。2014年初,洋口港先后建成人工岛、黄海大桥、万吨级重件码头、10万吨级码头和5000吨液化品专用码头,以及临港工业区。

2016年至2020年,洋口港先后招引的项目达95个,中石油、金光集团、桐昆集团、协鑫能源、法国爱森、中广核、中天科技等世界500强企业和民营500强企业纷至沓来,其中有4个百亿级项目。2019年,LNG能源岛建设纳入《长江三角洲区域一体化发展规划纲要》,上升为国家发展规划。

近年来,依托桐昆等一批重大项目,洋口港积极规划建设纤维新材料产业园,重点发展功能性差别化纤维以及下游的产业用纺织品、尼龙6工程塑料等高附加值纺织产业,预计将达到千亿级产值。能源岛建设方面,中石油江苏LNG接收站的储罐已经由4个变成6个,国信LNG接收站已开工,协鑫LNG接收站也已启动建设,预计到"十四五"末,整个LNG接卸能力将达到3000万吨/年。LNG能源交易中心也已投入使用,并与上海天然气交易中心开展合作,形成LNG线上线下同步交易。

如今,洋口港靠江、靠海、靠上海的区位优势日渐凸显。它位于中国经济最为发达的长三角北翼,地处长江"黄金水道"和中国沿海"黄金海岸"的交汇处,在上海一个半小时经济圈内。公路方面,可通过通洋高速、扬启高速、G328国道等南接上海苏南、北连苏北齐鲁、西通扬泰宁马,构成便捷的高速路网。铁路方面,可通过海洋铁路、洋吕铁路接入全国货运铁路网;通过通苏嘉甬高速铁路,可接入全国客运铁路网。航运方面,经崇启大桥到上海浦东机场仅需90分钟车程,从洋口港到南通兴东机场只需50分钟,还有正在规划的南通新机场,未来的洋口港将真正实现客货运全球高效通达。如东的决策者们坚定不移,他们将紧紧围绕"能源岛、产业港"的定位,确立"三千一百亿"的目标,紧抓优势,错位发展,争创江苏沿海最强的省级开发区。

风从东方来,潮涌南黄海。洋口港历经近40年的开发历程,靠着数代建设者的接续奋斗,创造了中国港口开发史上一个又一个奇迹。

临海而兴的"蓝色增长极"

富集的自然禀赋,分布的大港口群,凸显的区位优势,无不呈现出江苏沿海极为广阔的发展空间和产业集聚的巨大潜力,特别是随着航空、高铁、高速和水运等现代交通网络的日趋完善,沿海河湖连通、海河交汇、江海联动等战略优势愈加突出,以大产业建设推动大园区、大城市发展的条件更加完善。

进入21世纪以来,江苏省委省政府大力实施区域协调发展战略,不失时机地推动沿海开发上升为国家战略,积极稳妥推进"1+3"重点功能区战略,全省生产力布局持续优化,区域协调发展的水平不断提升,一批百亿级领军企业、千亿级现代产业呈现出快速向沿海集聚的喜人态势,高质量发展的区域经济新格局正在形成。

在这一趋势下,南通、盐城、连云港三市信心倍增,分别提出"十四五"期间向1.5万亿、1万亿、5000亿级工业城市迈进的新目标。

这是一个千载难逢的机遇,更是一个承载热望的跃升起点。

"城市东进、拥抱大海",这是连云港市提出的战略目标。

近年来,连云港紧紧抓住中国(江苏)自由贸易试验区连云港片区建设新机遇,不断深化港产城融合发展路径,在东西双向开放的"交汇点"大局中,全方位展现出"强支点"的担当,产业集聚亮点频现,大项目落地速度加快——

2022年7月30日。随着34号风机徐徐转动,华能国际江苏清能公司灌云海上风电场成功实现300兆瓦全容量并网发电。这个项目位于连云港灌云县河口的转流潮汐海域,是连云港地区第一个海上风电项目,共48台机组,叶轮直径长184米,居亚太地区之最。在项目的身后,形成的是以中复连众复合材料集团有限公司、中船重工第七一六所等企业和科研院所为代表的产业集群,产品覆盖海上风电、海水淡化装备制造等多个领域。其中,中船重工第七一六所研发制造的全球首台具备自动对接功能的LNG高端装卸臂,打破了国外产品长期垄断的局面。江苏最大的海水淡化项目——田湾核电蒸汽供能项目海水淡化子项目也在连云港开工,设计日产淡化海水能力4.56万吨。

2022年8月23日,卫星化学连云港石化烯烃综合利用项目一期二阶段正式投料一次性开车成功。它标志着连云港石化烯烃综合项目全面建成,可转化销售商品500万吨,产值350亿元,由此跻身为国内最大的轻烯烃综合利用企业。这只是卫星烯烃一体化产业布局中的重要环节之一,该项目规划年产135万吨PE、219万吨EOE和26万吨CAN,总投资335亿元,将为构建卫星化学功能化学品、新能源材料、高分子新材料等三大业务板块提供充足的原料保障,是江苏省重大项目之一。

最为引人注目的是连云港徐圩新区。这片曾经沉寂千年的海滨盐滩,如今一跃成为一方创新创业的热土,一批千亿级石化产业集群在这里快速崛起。

徐圩新区位于连云港市南翼片区,总规划面积约467平方公里,海岸线长28公里,临港产业区153平方公里,地势平坦开阔,东扼海州湾与日韩相望,南接长三角经济带,北通环渤海经济圈,区位优势叠加海岸线港口优势。2009年6月,国务院批准实施《江苏沿海地区发展规划》,在此背景下,连云港启动徐圩开发区建设。2014年6月,徐圩被列为全国七大石化产业基地之一。

13年来,园区先后投资730亿元,不断完善基础设施建设和功能平台建设,其中徐圩港区规划面积74平方公里,规划6个港池113个大中型泊位,规划吞吐能力4亿吨。现已具备10万吨级船舶通航条件,30万吨级航道基本建成;3个10万吨级散杂货泊位、3个3—5万吨级多用途泊位,另有2个5—10万吨级散杂货泊位和6个5—10万吨液体散货泊位在建设中,预计2022年底共有25

个泊位投入运营。

在路网连通方面,连盐铁路徐圩支线已建成试车,徐圩新区产业园专业铁路一期工程项目正在加快推进建设;公路规划与外围连霍高速、宁连高速、京沪高速、沿海高速、连宿高速、204国道等主体交通框架实现互联互通,形成"六纵六横"路网框架。

徐圩园区坚持以石化、高端装备制造、临港贸易物流加工等为主导的新型工业化基地的产业定位,秉承产业链上下游一体化原则,引进了盛虹石化、卫星石化、中化循环经济产业园等3个大型上游石化产业和佳化化学、韩国SK新材料、美国奥升德等10余个下游产业链项目,烯烃规模达千万吨级以上,原料就地转化率达70%以上,16个投资主体共32个产业项目累计总投资3200亿元。

目前,徐圩已经形成盛虹石化、卫星化学、中化国际三大龙头产业集群,规划投资约3000亿元。到"十四五"末,基地预计实现应税销售收入约3000亿元。

徐圩新区三大产业集群的发展态势尤为令人振奋——

2022年9月7日,盛虹化工新材料项目在连云港正式开工建设。建设中的EVA项目主要包括三套20万吨/年管式法光伏级EVA装置,一套10万吨/年釜式法高端热熔胶级EVA装置和一套5万吨/年高端共聚物EnBA(乙烯丁基丙烯酸酯)装置。该项目总投资约216亿元,规划建设70万吨/年EVA,以及PO/SM(大型炼化技术)及多元醇、高端聚烯烃等项目。这只是盛虹产业集群中的一部分。盛虹石化产业集群在徐圩开发区的总投资超1500亿元,将建设1600万吨炼油、110万吨乙烯、280万吨芳烃及240万吨醇基多联产、630万吨PTA、120万吨丙烷脱氧以及100万吨光伏EVA、100万吨丙烯腈、100万吨可降解塑料等多个下游产品装置,打造涉及核心原料+新材料、新能源、电子化学、生物技术等多元化产业链,使其成为具备世界一流新能源新材料供应能力的高新技术产业集群。目前,正逐步进入产出期。

卫星化学产业集群,项目规划总投资约750亿元,建设250万吨烯烃综合利用、130万吨聚烯烃、52万吨丙烯腈及下游150万吨/年环氧乙烷、二氧化碳回收利用制电子级碳酸脂等装置,打造具有绿色循环和国际先进能效水平的轻烃一体化产业基地。

还有规划总投资约800亿元的中化国际产业集群,主要建设以丙烷脱氧为龙头的碳三产业链,计划年产 160 万吨绿色聚合物添加剂及配套原料系列产品,年产 700 万吨电子级高纯氯气、2 万吨电子级高纯硫酸等电子化学品系列产品,项目全部建成后可实现年产值超 900 亿元。

这些产业集群不只给连云港的未来发展注入新动能,也为沿海经济带的崛起提供了强支撑。

2022 年 6 月 8 日,国际湿地公约官网发布第二届国际湿地城市名单,全球 25 个城市获此殊荣。中国有 7 个城市上榜,盐城名列其中,这也是江苏唯一上榜城市。

"好生态"是盐城最为耀眼的一张王牌。

在现代化的征程上,盐城市把江苏省委省政府"勇当沿海地区高质量发展排头兵"新要求,作为赋能未来发展的目标引领,提出建设"国际湿地、沿海绿城"新定位,充分释放盐城的生态魅力与发展活力。

近年来,加强生态经济共享合作是盐城深耕的重点之一。全市以环黄海地区丰富的海洋资源为依托,加强与东北亚等泛黄海区域绿色经济合作、投资贸易交流,推动构建环黄海生态经济圈,作为盐城融入中日韩国际"小循环"的重要突破口。依托黄海湿地世界自然遗产品牌,整合自然保护区、沿海林场、滩涂湿地等资源,加快建设丹顶鹤湿地生态旅游区、中华麋鹿园、野鹿荡"暗夜星空保护地"等沿海湿地特色景区,与环黄海地区合作发展"生态＋旅游、康养、体育、文化"等生态经济。

在沿海三市的产业版图中,盐城海上风电资源得天独厚,拥有 582 公里的海岸线和 680 万亩滩涂,沿海及近海 70 米高度风速超过 7 米/秒,有着超 10GW 的可开发"风光资源"。

2013 年,盐城海上风电产业被纳入国家首批发展试点。全市紧紧锁定海上风电装备企业,先后引进金风科技等产业龙头企业,并相继引入中船重工、双瑞风电叶片等一批产业链企业,形成了整机配套电机、叶片、海缆等研发、制造和运维服务一条龙产业链,成为国家海上风电及装备高新技术产业基地的重要组成部分。其中,风电整机和设计方面,年产能 2300 台套,2020 年产量 1475 台套;在叶片设计和制造方面,已落户的锐风科技、双一科技等叶片生产商,年产能 8529 片,2020 年产量 8527 片,在叶片防腐、材料、功率等方面取得突破;在塔筒、道管架及内置件制造、海上风电运维方面,年产能65.5万吨,2020年产量达47.6万吨。"十三五"期间,盐城风电装机容量738万千瓦,风电并网规模352万千瓦,占全省总规模61%,全国39%,全球10%。2020年,盐城可再生能源装机容量达985万千瓦,占全省可再生能源装机容量28.1%,可再生能源装机容量和发电量均居全省首位,成为长三角地区首个"千万千瓦新能源发电城市"。盐城市未来的目标是力争进入全球风电产业分工的链条中,实施风资源系统化、规模化、集中化开发利用,进而在世界绿色能源版图中"嵌入盐城坐标"。

新能源等战略性新兴产业如今已日渐成为盐城的主导产业。其中,盐城晶硅光伏产业规模已从2014年的20亿元增长到2021年370亿元,是全省光伏产业发展最快、集聚度最高的地区。SKI、比亚迪、蜂巢等动力电池龙头企业先后落户盐城,已建成产能30GWH、在建和签约106GWH、规划50GWH,2025年有望突破200GWH。新能源汽车产业链不断完善,总投资达百亿元的SKI动力电池项目竣工投产,捷威、丰盈、广谦等重大项目对GDP增长拉动效应明显。盐城不断加大对新兴产业的发展布局,在大丰片区,支持以常盐工业园、大丰经济开发区为核心,建设新能源装备制造产业发展基地。在射阳片区,以"构建产业生态"为方向,着力补齐风电及储能装备制造链条,提升研发平台能级,培育海上工程施工运维,建设更具国际竞争力的海上风电创新名城。在东台、阜宁、滨海等地,则以"配套"为主要方向,打造新能源关键零部件装备制造基地。与此同时,积极推进深远海风电试点示范和多种能源资源集成的海上"能源岛"建设,支持探索海上风电、光伏发电和海洋牧场融合发展。加快滨海LNG接收站建设,推进中俄东线、沿海输气管道等重大管线工程。

推进世界一流钢铁产业基地建设,着力打造千亿级不锈钢产业集群。盐城加快构建以黄海新区、大丰港经济区为重要载体,形成以不锈钢、精品钢和优特钢三大重点领域为主攻方向的钢铁产业发展新格局。在响水片区,加快推动德龙镍业二期年产135万吨不锈钢项目建设,形成50万吨镍铁合金、247万吨不锈钢、200万吨轧钢生产能力,加快拉长延伸产业链条,形成不锈钢100万吨管材、100万吨棒线材、100万吨制品的产业规模。在大丰港开发区,引导联鑫钢铁等积极发展非高炉冶炼、氢冶炼,围绕全市风电、汽车和机械加工等产业,发展特钢产品,补齐区域产业链,推动产品向装配式建筑用钢等深加工方向拓展,打造全省沿海首个绿色建筑精品基地。在新滩片区,加快推进钢铁转移项目落地实施。

全面提升产业能级,加快从"一业为主"(汽车)向"多轮驱动"转变是盐城的又一选择。至"十三五"期末,盐城市共有整车生产企业 7 家,产品类别覆盖了乘用车、商用车和专用车等全系列产品,"一部车"战略体系不断丰富。面对新能源汽车的快速崛起,盐城积极支持东风悦达起亚、华人运通等企业主攻纯电动、插电式混合动力、燃料电池汽车,切实增强电机、动力电池、智能控制等关键核心零部件的本地配套能力,提高产业核心竞争力,成功引进了华人运通、江苏中车、国唐汽车、北汽摩登等整车企业,华人运通智能网络高端新能源汽车已经批量生产,全市共有汽车零部件企业 502 家,其中规上企业 1854 家。鼓励重点企业开展智能车载终端研发和产业化应用,加快建设长三角智能网联汽车试验场,设立汽车金融公司,提升检测、试验等基础能力。充分发挥江苏新能源汽车研究院、悦达汽车研究院等创新平台效能,强化汽车产业与海上风电产业联动发展,发展海上风电波谷电制氢,力争在氢燃料车研发中取得突破。

盐城市对未来集聚的多元产业有着更高的定位:一是围绕汽车、钢铁、新能源和电子信息等主导产业,着力构建产业生态、锻造产业链条,形成更具竞争优势的产业集群,力争全市工业全口径开票销售达 9000 亿元,新增规上工业企业 400 家以上;二是推动战略性新兴产业规模化,引导支持晶硅光伏、动力电池、海上风电等战略性新兴产业补链强链,不断做大规模;三是加快培育海工装备、海洋生物药物、海水淡化利用等海洋经济,积极布局半导体、储能、氢能等前沿高端产业,培育更多新增长点。

在沿海经济快速转型的新赛道上,盐城正以争做"排头兵"的自我担当奋力前行。

"靠江靠海靠上海"的南通,作为江苏沿海地区经济总量最大、发展势头最好的城市,一个个千亿级产业集群蓬勃兴起,特别是通州湾新出海口的能级在加速提升。

南通位于江苏沿海最南端,处在沿海经济带和长江经济带的 T 型交汇点,集"黄金水道"和"黄金海岸"于一身。"十三五"时期,沿海综合实力实现历史性跃升:2020 年全市生产总值达 10036.3 亿元,成为江苏继苏州、南京、无锡之后第四个迈进万亿级的城市。其中,沿海前沿 2500 平方公里、21 个乡镇的经济总量翻了两番。2020 年全省海洋生产总值 2107.4 亿元,南通占全省和沿海三市的比重分别达到 26.9% 和 51.2%。

多年来,南通积极将位于"上海北"的地域优势转换为"北上海"的发展优势,提出"上海孵化、南通转化"的思路,以更大步伐接轨大上海,借助上海在配置全球资源、集聚高端要素方面的门户效应,形成与上海产业配套融合、协同互补的新格局。目前,南通市 50% 以上的企业在上海有合作关系,近几年共引进沪籍亿元以上项目超千个,2021 年新签约并注册总投资 10 亿元以上的 109 个内资项目中,从上海引进的项目数就达 27 个,占比为 24%,产业协同融合效应日渐凸显。

全面提升新出海口,成为南通发展强劲引擎。南通按照国际一流海港标准推进通州湾港区规划建设,打造长江集装箱运输新出海口,积极融入长三角世界级港口群一体化治理体系建设,协同打造长三角北翼港口群。港口功能布局正进一步完善,在原沿海洋口港、通州湾、吕四港港区整合为通州湾港区的基础上,将进一步优化资源配置,合理划分洋口、通州湾、三夹沙、海门、吕四等 5 大作业区功能,推动通州湾港区一体化、高质量发展,促进通海港区与通州湾港区联动发展。与此同时,积极推进通州湾港区三夹沙临港产业码头工程、通州湾新出海口二期及后续配套工程、吕四港区集装箱码头、洋口港区 LNG 码头、吕四港区 LNG 码头建设,并启动南通港通州湾作业区一系列新的工程前期工作和建设,如北防波堤、三夹沙南航道工程、小庙洪上延航道工程、网仓洪 10 万吨级航道工程、网仓洪 20 万吨级航道工程、吕四作业区 10 万吨级进港航道扩建工程、吕四作业区西港池 10 万吨级进港航道工程、洋口作业区金牛码头区进港航道及防波堤等。预计到 2025 年,通州湾新出海口货物吞吐量将达 1.4 亿吨,集装箱吞吐能力将达 500 万标箱。

建设高能级沿海园区,推动开发园区向现代园区转型。南通市积极推行"一区多园"模式,加快培育特色产业集群,提升土地产出率、资源循环利用率和智能制造普及率。强化园区沿海发展主阵地作用,优化打造"4+2+X"沿海开发园区,挖掘培育增量资源,提高重大项目承载能力,以更高能级园区为沿海高质量发展提供强有力的支撑。布局"4+2+X"即 4 个重点产业园区:通州湾示范区

（含海门港新区）临港工业区、吕四港经济开发区、洋口港经济开发区、如东沿海经济开发区，2个重点旅游发展区：启东圆陀角旅游度假区、如东小洋口旅游度假区，若干个特色产业园区：南通外向型农业开发区、海安老坝港滨海新区、启东海工船舶工业园、启东江海产业园等。4个重点产业园区中，通州湾示范区（含海门港新区）临港工业区重点发展高端装备制造、新材料（精品钢、石化新材料）、现代物流（国际物流、大宗商品物流、装备物流）等产业。吕四港经济开发区重点发展新材料（超纤及上下游产品）、智能装备（智能工具）、新能源、高端粮油等产业。洋口港经济开发区重点发展清洁能源、新材料（石化及下游材料）、轻工（造纸及纸制品）等产业。如东沿海经济开发区重点发展化学制药、植保化工、化工新材料、海上风电等产业。这无疑是一个志在高远的前瞻性安排。

极具发展潜力的国家级新材料产业基地在加快布局。南通充分发挥大通州湾集聚效应，重点发展节能低碳绿色环保的金属新材料、石化新材料、生物基新材料等临港高端产业，建设多元化、规模化、市场化、国际化的产业基地，推动新材料产业成为南通沿海高质量发展的核心主导产业。加快推进中天精品钢等重大项目建设，打造东部沿海绿色精品钢产业基地。按照全省石化产业发展"两基地一空间"布局，规划建设大通州湾石化产业发展新空间，支持通州湾积极布局炼化一体化项目。钢铁新材料方面，以中天绿色精品钢项目为龙头，构建高技术、高附加值、多层次的钢铁产业链，打造以特种钢铁为重点的沿海金属新材料产业基地。石化新材料方面，推动洋口港经济开发区造纸工业精品化、高端化发展，通州湾示范区和洋口港经济开发区协同发展特色化工新材料、合成橡胶、工程塑料、高分子材料产业，打造大通州湾石化新空间。生物基新材料方面，加快抗菌肽、河豚毒素提取、生物降解材料等项目研发进程，打造海安生物基新材料产业园。海洋化工新材料方面，打造具有海洋特色的精细化工产业链，建设启东生命健康城、如东沿海经济开发区化工产业基地。

2022年8月8日，中天绿色精品钢项目轧钢工程6号金棒实现一根钢过线，试产圆满成功。中天绿色精品钢项目位于南通市通州湾畔，是南通推进"大通州湾"建设、打造长三角一体化沪苏通核心三角强支点城市的龙头项目，总投资1000亿，规划产能800万吨，每年可实现营业收入超千亿元，是全球单体最大的优特钢棒线材基地。

今天的南通正以世界眼光、一流标准规划试验区，加快启动建设沪苏跨江融合发展试验区，打破地理和行政界限，统筹港产城联动发展，促进长江南北先进要素向试验区集聚，打造沪苏通一体化先行区和传导上海、苏南发展势能的中继站，建设上海国际综合交通枢纽新功能区、长三角新兴绿色临港产业基地、上海国际大都市功能拓展区。

南通的发展气势如虹，南通的跃升万众瞩目。人们相信，未来的南通发展会更加不可限量。

依海而美的沿海风光带

江苏千里沿海，是经济带，是文化带，更是一条依海而美的自然风光带。这条风光带是沿海地区魅力塑造的重要组成部分，也是推动沿海高质量发展的重要载体。

不可否认，在现代经济和沿海城市建设的急剧扩张中，江苏沿海的自然生态原貌正在受到越来越严峻的挑战，除了像兴建沿海大堤以及进行水利水系疏浚这样的资源开发外，高速公路、铁路的修建，城市边界的扩张，大批新兴产业的集聚等，都在势不可挡地侵蚀和吞噬着沿海广袤的原野。

沿着江苏海岸线巡视，除了连云港部分海岸及盐城东台、南通如东等海岸段是直接邻海之外，大部分海岸线都因广袤的滩涂、潮间带及自然保护区的隔离，有着近海而不邻海，近水而难亲水的现实状况。对于许多百姓而言，澎湃博大的黄海依然是一个敬而远之的"空间存在"，难以成为身临其境的滨海"风光体验"。

美国十大环境保护俱乐部之一的塞拉俱乐部有句名言："不要盲目地反对发展，而要反对盲目的发展。"

在开发和保护沿海资源的进程中，如何打开认知视野，在广泛借鉴国内外实践经验的基础上，整体谋划、系统构思、精心设计，展现神形兼备的美丽海岸带？

2021年4月，江苏省委省政府召开全省沿海发展座谈会，要求创新工作机制，在省级层面成立沿海地区特色风貌委员会，负责沿海城镇建设管控和风貌塑造的管理与指导，集中力量打造一批滨海风情小镇、一批滨海特色村落、一批滨海风貌景观，形成具有江苏特点、彰显滨海风貌的"最美海岸线"。

2021年9月5日，江苏沿海地区高质量发展领导小组印发工作准则，明确江苏沿海地区特色风貌管理委员会的主要职责是，负责沿海城镇建设管控和风貌塑造管理指导，审定邻海地区城市设计方案、重点地段和空间的设计方案，编制相关技术指南，建立供地方选择的总建筑团队专家库，指导沿海地区市、县建立总建筑师制度。

这是理念与制度上的一次突破和创新，它把沿海地区发展纳入高起点、高质量、高品位设计开发建设的全新层面。

放眼全球，国外许多滨海地区成功的特色风貌塑造与管理经验，也无不为江苏沿海风光带建设提供了多层次有益的参照。

挪威有着长达1500公里的海岸线，他们通过立法的形式严格管控海岸线：海岸线100米以内原则上禁止一切建筑物；如有例外，确需建造，需要地方政府向中央决策机构报告，协商确定。同时，他们也高度尊重海岸带的生物多样性，保护其文化多样性和景观多样性。

挪威首都奥斯陆与其他的滨海地区不同，此地是以滨海步道串联海景佳地及历史文化场所，积极创造更多的公共空间和交流场所，成为其重要的"网红打卡地"，每年吸引游客约600万人次，而其本国人口只有535万，奥斯陆首都仅有60万人口。与此同时，他们还以魅力建筑增持滨海地区的吸引力。如2008年落成的奥斯陆歌剧院，荣获2008年世界建筑节文化类大奖，被评为"世界十大歌剧院"，由此也成为挪威最重要的当代文化建筑。

再看意大利对滨海五渔村的村落保护。五渔村依山面海而建，记载了一千多年来人与海相依而居的漫长历史，1997年入选世界自然遗产。意大利倡导保护山—海—村彼此相依的空间格局，建立了色彩矩阵管控建筑的模式，运用16种基本色彩，引导塑造这个既色彩斑斓又美美与共的魅力渔村聚落。

通过这些世界范例的成功实践，人们可以从中得到许多启示：首先他们普遍把沿海岸线资源作为公共稀缺资源予以建设管控；其次，是把特色风貌作为沿海魅力塑造的重要组成部分予以精心设计引导，高度重视沿海生物保护的多样性、景观设计的丰富性与历史文化资源的保护，在此基础上创新发展，不断动态提升；再次，是重视城市设计、建筑设计和景观设计一体化融合，力求从人的真实三维空间旅游观赏体验出发，精心设计塑造，等等。

在因地制宜与广泛借鉴国外实践的基础上,江苏沿海地区风貌塑造,形成了极富创意的前瞻规划与快速落地的现实定位。

——依托有千年历史的范公堤、串场河,塑造沿海地区重要的历史文化线路,同与之相交的 8 条国省道干线一起,形成面向大海的"1+8"的历史文化线路网络,串联沿线历史文化资源和城镇村落,并使之与海岸线紧密联系起来,体现江苏"向海而生"的增长规律与文化特质;

——依托海岸线和滨海风景路,使之纵横南北,串联城、港、岛、滩,形成多元景观交织相聚、展现江苏沿海缤纷千里的特色长卷;以与之交汇的 16 条河道为支线,形成伸向内陆的"1+16"的蓝绿景观路线网络,将滨海与内陆有机连接,彰显沿海地区的整体活力和蓬勃生机;

——以历史文化线路网络与蓝绿景观线路网络相互交织、串联、穿插,有机串联江苏沿海地区 20 个具有发展潜力的特色风貌区,编织形成多彩魅力网络,系统整体展现江苏沿海地区的景观特色和文化魅力。

云台山、连岛、海州古城、盐城瓢城、阜宁范公堤遗址、东台盐渎古镇、南通狼山名胜、如皋通扬运河、启东吕泗港湾……

于是,我们看到了那些被描绘在蓝图中的"大写意",落地变成了一幅幅可见可触的"工笔画",迅速"蝶变"的城、镇、村、港、岛、滩,就如同一颗颗靓丽的明珠,镶嵌在漫长的江苏海岸线上,徐徐展现出别具特色与韵致的风光魅力。

位于连云港海州湾的连岛,是江苏最大的海上岛屿,屹立于湛蓝的大海之中,与连云港港口隔海相望,是江苏美丽海岸线中的一大亮点。行走在连岛沿海而建的滨海栈道上,青山苍翠,碧海蓝天,尽收眼底;潮声涛语,风啸鸥鸣,声声入耳。这里有近海亲水的金色沙滩——大沙湾浴场,有汇聚青山、茂林、奇石、碧海于一体的苏马湾生态园,有洋溢着渔家乐趣、推窗望海、卧床听涛的渔村之旅,还有如彩虹横卧挽拥碧波的拦海巨堤。

在连岛—笸箩山青翠的松林深处,建有"邓小平与人民在一起"的群雕公园。群雕塑像背依青山,面向大海,目视远方。群像中的小平同志微笑着伫立中间,紧靠他左右的分别是知识分子、劳动者、军人、青年和儿童,寓意他深得党心民心,深受人民的爱戴。群雕底座为红色花岗岩,由清华大学美术学院著名雕塑家李象群精心创作而成。雕塑的背后题刻着小平名言:"我是中国人民的儿子,我深情地爱着我的祖国和人民。"

群雕塑像安放地址的精心选择,彰显出小平同志放眼世界、拥抱大海的家国情怀,也寄托了连云港人民对这位"改革开放总设计师"的无限深情。邓小平的一生似乎与连云港有着不解之缘。70多年前,作为总前委书记的邓小平指挥了东起连云港西至河南商丘的淮海战役;40多年前,得益于小平同志的亲切关怀,连云港被确定为全国首批沿海开放城市;25年前,中央领导和他的家人又以最朴素、最庄严的方式,将他的骨灰撒入连云港东部附近的海域。站在群雕前,人们的耳畔会常常回响起1992年,他最后一次踏上江苏土地时的殷殷嘱托:"江苏应该比全国平均速度快。"

如今的公园,既是连云港党员干部的教育基地,也是无数游客观赏连岛山海风情必到的"打卡地"。

2021年,连云港制定了《连云港沿海特色风貌总体设计》规划,一场以"滨海"为底本、以"景观"为内涵、以"风情"为路径的滨海风貌形塑行动正在展开。全市将围绕全长126千米的"蓝色风光带",建成一批滨海度假区、亲海风情区、牧海渔家村和近海观光线,可以期待,林茂、滩净、岸绿、湾美将成为连云港市沿海岸线最为鲜明的标识。

如果从盐城海岸段空中俯视,你会看到东台条子泥湿地保护区、临海的巴斗村及绵延万顷的黄海森林,它们组成了融临海滩涂、湿地候鸟、渔村渔趣与绿色森林为一体的"组团式"景观区。

东台条子泥湿地保护区是中国黄(渤)海重要的候鸟栖息地,与其毗邻的是大丰麋鹿自然保护区。每年这里吸引了包括勺嘴鹬在内的全球约百万只珍稀候鸟来此栖息换羽,是候鸟迁飞线路上的重要驿站,也是沿海风光带中观鸟赏鹿的绝佳地。

深秋是这里最美的季节。落潮时,行走在条子泥大堤上的游客们可透过一架架望远镜看到远处十分壮观的画面:水天相连的浅水滩上,时而会落下密密匝匝的鸟群,时而它们又鸣叫着振翅冲向天际。与层层叠叠游弋的候鸟相望的,是近百头悠然漫步的麋鹿。那些宁静安然的麋鹿与灵动不羁的鸟群,恰巧构成了滩涂上一幅幅极具生命张力的鸟鹿同乐图。此时再放眼远眺,天高云淡,宏阔的黄海、大片浅黄色草地和一块块繁密碱蓬交织的"湿地中国红",会为你铺呈出黄海之滨美不胜收的斑斓秋色。

与条子泥相距十公里左右的黄海森林公园，是沿海地区最大的平原人工森林，始建于1965年的国营东台林场，人们形容这里是"朝霞与候鸟齐飞，林海共波涛一色"。

"唯有植树志常在，敢叫荒滩变绿洲"，镌刻在公园展示馆门前的这句豪言壮语，记录了20世纪60年代首批18位林场工人和此后数百名东台干校的干部，最先在这里挖沟改碱、垦荒植树的拓荒史，以及70年代一批批来自上海、苏南和本地的知青，积极参与林场建设，用青春与激情追逐绿色梦想的传奇。

通过一代代人的接力，如今这里已拥有6.8万亩森林资源，森林覆盖率达90%，享有"江苏最美风景道"的水杉和银杏长廊贯穿其中，还有整齐排列的枫杨、迎风摇曳的翠竹及林下蓬勃生长的各种花草，建成了江苏沿海线上最大的一片绿海。依托这片森林，人们打造了森林课堂、空中栈道、浪漫森林、少儿营地等一批特色景观，建成了木屋群落、温泉酒店、智慧森林科普馆，并在这里常态化开展"森林音乐节""森林读书会""森林芭蕾""森林马拉松"等系列文化活动，使黄海森林富有了别样的文化魅力，如今已经成为知名的长三角休闲康养胜地。

在条子泥与黄海森林之间，有一个别具海边风情的巴斗村。早在200多年前，巴斗村还是一片浅海滩涂，来此谋生的巴斗先民以杂树芦苇搭棚，把贮粮笆斗翻过来当桌子，人们常常在笆斗上吃饭，被叫作"笆斗饭"，后来村子就因此得名巴斗村。小渔村200多户600多人口，祖祖辈辈靠出海捕鱼为生，全村原有大小渔船110多艘。21世纪以来，村里减船转产，渔民们"洗脚上岸"，利用周边上万亩滩涂发展特色海水养殖。2019年，黄（渤）海候鸟栖息地（第一期）成功入选《世界遗产名录》，作为地处核心区的巴斗村迎来生态发展的新机遇。全村利用靠近条子泥和黄海国家森林的区位便利条件，积极发展乡村旅游，走渔旅融合发展的路子，投资4000多万元开发三水滩休闲度假村项目，新建了游客中心、渔民之家、巴斗泉驿站等景点，让这片古老的渔村融入了现代化的生活元素。整个渔村由特色渔文化、红色文化以及保持自然风貌的海边风情点，串联起一条3公里长的沿海观光线。走进村里，你会看到一栋栋造型别致的小楼房外墙上，绘着帆船、海鸟、贝壳等图案，路边立着渔民抬鱼篓等海上劳作的小品雕塑，道路标牌上还镶嵌着鱼、虾、蟹等系列造型，处处散发出临海亲海的渔村风情。

这些只是盐城漫长海岸线上的几处别具魅力的风光侧影。

一江碧波潋滟，百里海岸怡人。位于江苏海岸线最南端的南通启东市，是江苏第一缕阳光升起的地方，也是江苏唯一全域靠江靠海靠上海的城市。这里滨江临海，与上海隔江相望，和苏南一衣带水。高空鸟瞰，可见长江、黄海、东海三水交汇，一边是碧波万顷的大海，一边是滨江生态绿廊，还有荷兰风车、灯塔等景观点缀其间，无不令人心旷神怡。

2021年，启东完成了江海岸线设计、沿江沿海空间规划研究等初步设计方案。他们以其全球化的视野，把江风海韵谱成诗、绘成图，镌刻在绵延178公里的江海岸线上，融入城市的生活与发展中。2021年，启东新建江海堤防44公里，新建示范段18公里，完善堤顶道路72公里，在南通市的通达工程考核中名列第一。2022年，启东市又投资11.1亿元，新增沿海堤顶路27.3公里，新增沿江堤顶路34公里。

最美的江海岸线是圆陀角段，全长18公里。一路前行，美景连连。江海文化景观通道依托连兴港—新湖大堤—恒大大堤，将渔人码头商业街区、五大长江文化节点、四季花海等景观，如同颗颗珍珠般串联其中。春季，百万株摇曳生姿的郁金香"刷爆"了启东人的朋友圈；秋季，大面积苗壮生长的向日葵犹如一片金色的海洋，迎来了人们赞叹的欢歌笑语。

还有位于启东江海南路南端、令人赏心悦目的滨江生态绿廊。沿着江堤堤顶路一路前行可直达江边，满眼都是蓬勃张扬的绿色。过去这里有5个黄沙码头，还有几家化工厂，是名副其实的"生态锈带"，路上满布的是黄沙、淤泥，空中飘浮的是刺鼻的沙尘。如今这里树木葱茏，鸟语花香，壮阔的江面波光粼粼，远处崇启大桥宛如巨龙卧波飞跨江面，让人一眼千年，铺呈的是一幅幅蓝天碧水的秀美画卷。

回望历史，千百年来以陆地经济为主的江苏沿海，已在人们深刻的记忆中渐行渐远。从一次次突围，一次次涅槃，一次次开拓，到向海图强，依海而生，奋楫扬帆；从一片广袤浑浊的"淤泥滩"，到执着建成走向深蓝的一流港口；从打造优美沿海风光顶层设计的蓝图，到落地展开的现实画卷——江苏沿海发展蹚出了一条引人瞩目的"江苏路径"。

展望未来，一个拥抱海洋经济的新时代热潮涌动。

这片极具发展潜力和拓展空间的战略要地，如今已成为长三角最具吸引力的产业转移承接地。在江苏"争当表率、争做示范、走在前列"的现代化蓝图中，让人期许的海洋产业集聚、海洋生态怡人、海洋经济领先、滨海风貌优美的沿海经济带，正蓬勃而起，阔步走来。

第六篇章 振兴新乡村

农为邦本,本固邦宁。

民族要复兴,乡村必振兴。全面建设社会主义现代化国家,实现中华民族伟大复兴,最艰巨最繁重的任务在农村,最广泛最深厚的基础在农村。农业强不强、农村美不美、农民富不富,决定着全面小康社会的成色和社会主义现代化的质量。

党的十八大以来,江苏扎实推动"三农"工作,乡村面貌和农村民生持续改善,乡村振兴实现良好开局。

农业更强了。江苏作为传统的"鱼米之乡",以占全国 1.1％的国土、3.4％的耕地,生产全国 5.5％的粮食、7.6％的蔬菜、3.4％的肉类、6.9％的禽蛋和7.4％的水产品。全省农林牧渔总产值从 2012 年的 5200 亿元增加到 2021 年的8000 多亿元。蔬菜总产稳居全国前三,淡水渔业产值连续多年稳居全国第一。乡村产业加快融合发展,全省培育千亿元级优势特色产业 8 个,10 亿元以上县域优势特色产业 199 个,涌现全国产业强镇 64 个、"一村一品"示范村镇 186 个。农作物耕种收综合机械化率达 83％,农机化水平位居全国前列。

乡村更美了。江苏深入实施乡村建设行动,加快建设生态宜居美丽乡村。

先后编制完成 1029 个"多规合一"实用性村庄规划,如期高质量完成 30 万户农民住房改善任务。常态化开展"四清一治一改一管"村庄清洁行动,农村生活污水治理率达 37%。以河湖长制统领农村水环境治理和农村生态河道建设,建成农村生态河道 2.23 万公里。全面推行农村公路"路长制",推动农村公路进村入户,村庄等级公路通达率达 99%。新建成绿美村庄 505 个,累计建成融山水、田园、产业于一体的省级特色田园乡村 446 个,初步呈现田园乡村与繁华都市交相辉映、美美与共、城乡融合的生动图景。

农民更富了。2021 年,江苏农民人均可支配收入 26791 元,较 2012 年增长 223%,城乡居民收入比缩小到 2.16:1,是全国城乡收入差距最小的省份之一。全省农村集体资产规模超过 4000 亿元,村均集体经营性收入突破 200 万元。村民富、村庄富,共同富裕的美好愿景,正在江苏大地上逐步变成实景。

江苏,不仅牢牢端稳了全省 8500 万人的饭碗,而且为全国粮食安全作出了重要贡献。

志之所趋,无远弗届。锚定打造新时代"鱼米之乡"奋斗目标,一幅幅乡村振兴的壮美画卷,正在江苏大地徐徐展开。

藏粮于地

秋风四起,又是苏州市吴江区震泽镇齐心村"长漾大米"的丰收时节。

苏湖熟,天下足。苏南,亘古及今为鱼米之乡、富庶之地。改革开放以来,乡镇工业在苏南地区率先崛起,苏南农村曾演绎了无数"无工不富、无商不活"的传奇。在工业化、城镇化的大背景下,那些以传统农业为主导产业的乡村,是否就注定匿声于历史的舞台?

苏南农村用实践表明:鱼米之乡,风采依旧!

齐心村,给出的实践答案是:"农业稳"是"工业富、商业活"的基础,在产业"接二连三"的布局上,首先必须"保一"。

齐心村的答卷,也正是江苏全省的答卷。"稳农业"必先"稳耕地",江苏在实施乡村振兴战略中,始终把"稳耕地"放在"稳农业"的"置顶项",党的十八大以来,先后出台《关于进一步加强耕地保护和改进占补平衡的实施意见》《江苏省设区市政府耕地保护责任目标考核办法》《关于严格耕地保护坚决制止耕地"非农化"行为的通知》《江苏省防止耕地"非粮化"稳定粮食生产的实施方案》等文件，不断健全耕地保护制度，严守耕地保护红线，采取"长牙齿"的耕地保护措施，坚决遏制耕地"非农化"、基本农田"非粮化"，严格执行国家"占一补一、占优补优、占水田补水田"等要求，在全国率先并坚持实施"先补后占"措施，不断完善占补平衡管理；仅"十三五"期间，全省就新增耕地面积近100万亩，为实施"藏粮于地"夯实了牢固的根基。

"守住了耕地，就端牢了饭碗，赢得了未来。"齐心村原党委书记魏建良介绍了他们的"破题之钥"：随着农村人口不断向城市转移，以及农业机械化的飞速发展，"小田"变"大田"是大势所趋、时代必然。长期以来，"巴掌田""斗笠田""皮带田"在广袤的农村遍地开花，要把这些"小田"并拢为适宜于机械化作业的"大田"，推进农村土地经营权流转是最为有效的途径。基于这一思考，十多年前，齐心村就启动了整村土地流转工作，成立了粮食生产合作社，村民不用家家户户种田，而是将田地集中起来交给合作社耕作，村民们以流转的责任田参与入股分红。

土地流转，驱动齐心村发生了田之蝶变。一方面，农业机械化代替了人工劳作；另一方面，握指成拳打造出"长漾大米"品牌。围绕这一农业品牌，还衍生出长漾果品、长漾香酒等周边农业产品，拓宽了农民靠地增收的门路。"长漾大米"获评苏州优质大米金奖，并经中国绿色食品发展中心审核认定为绿色食品A级产品。

土地流转带来的另一大明显变化，就是解放了大量的农村劳动力。针对闲置下来的富余劳动力，齐心村于2021年初成立了劳务合作社，推进各种业态的帮工帮作，用村民的"农闲时间"换取"挣钱空间"，经过一年多运作，社员增至65户175人。与此同时，齐心村结合当地的人文历史与田园风光，因地制宜成立了农旅合作社，重点运营月半湾游乐园、乡邻中心等农旅项目。仅2022年端午节的三天假期，齐心村就累计接待游客超1.2万人次。其中，端午节当天接待客流量达5000人次，各业态营业收入超15万元，充分彰显出乡村旅游的蓬勃发展和巨大潜力。

东林村是太仓市城厢镇的一个行政村,全村耕地面积4400亩,共有768户农户,在册人口2714人。该村人均耕地面积只有1.6亩,是典型的地少人多的乡村,如何在有限的土地资源上"生金"? 东林村通过土地经营权流转,集中全村劳动力和土地成立了东林劳务合作社、东林合作农场等,一步步摸索,走上了循环农业的发展道路。

在东林村,有一半的耕地专门用于水稻种植。如何增加稻田收益? 东林村的做法首先是在人力成本上做减法,将这2200亩稻田交由10名新型职业农民来打理。

仅这10个人,能忙得过来? 该村28岁的新型职业农民高健答道:"通过农业现代化的手段,完全忙得过来。比如播洒农药,原先一个农民一天忙下来,大概只能播洒农药10到20亩,但无人机一次加药10升水就可以播洒8到10亩左右,我一天下来可以洒到200亩至400亩。而且,无人机作业全程安全,省水、省药,还不会破坏农作物。"

东林村的老村民张耀忠爷孙三代人都在当地务农,对于种植方式发生的巨大转变,他是看在眼里、乐在心头。张耀忠说:"像我父辈的话他们都是脸朝黄土背朝天的,我们这一代已经开始从小型的机械到现在大型的机械转变,农业全部通过机械化来完成了。我儿子这一代到目前为止,从全程的机械化又转向了智能农业。"

种田成本降下来,农田收入涨上去。据测算,东林村在"大田"推进农业机械化后,亩均产值由过去的不到2500元,迅速提高到现在的5000元。仅此一项,2200亩稻田每年可增收550万元,人均增收2000余元。

除了让有文化、有知识的青年人来操控智能化设备,东林村还探索出了将水稻秸秆制作成饲料、用生态饲料喂养特色湖羊、羊粪再加工成有机肥来提升土壤有机物含量的生态循环农业。"我们到日本的佐竹公司做了测试,他们号称日本最好的米得分是90分,我们现在已经达到88分。"东林村党委书记苏齐芳说,土壤的有机质提高后,种植出的大米、蔬菜水果都能卖出好价钱,而科技的赋能,更让大米具有的传统的温饱功能上升到营养功能,甚至特定的保健功能。

2021年,东林村集体稳定性收入达3100万元,农民人均可支配收入达45000元。成为远近闻名的乡村振兴示范村。

实事求是地讲，由于农村传统观念的根深蒂固，推进农村土地经营权流转，并非一帆风顺。以盐城市滨海县八巨镇前案村为例，该村的土地流转就曾出现过"肠梗阻"现象——

十多年前，有着 811 户农户、3113 名村民的前案村，处于贫困线以下的农户占到了三分之一。村集体也是亏空累累。2010 年 10 月，村委会换届时，向村民公开的村集体负债是 68 万元，全村没有一家企业，没有一个像样的产业，走进破旧的老村部，竟然找不到一张完好的办公桌。

前案村为什么会这么穷？

前案村的穷，首先出在土壤环境上。相对于内陆地区，前案村所在地域是一块较为年轻的土地，几百年前，当地还是一片汪洋大海。南宋初年，"黄河夺淮"后，黄河东流入海裹挟而来的泥沙，逐渐在黄海海岸线累积成陆，形成了大片的沿海滩涂。前案村便处于这片滩涂上，其成陆时间约在公元 1680 年左右，黄海东去，在海水退去的滩涂上留下了深深的盐碱，多年来，农作物收成较低。

其次出在水系治理上。早些年，海拔较低的沿海滩涂地区，每到汛期，上游客水大量压境，导致年年水涝。除汛期外，平常日子又频频干旱，水涝与干旱的交替侵扰，严重影响了农作物的生长。新中国成立后，修成了苏北灌溉总渠，滨海县渠南地区受益于水系通畅，农作物逐渐繁盛。而渠北较渠南缺水，一度只能长玉米、棉花等农作物，长不了水稻。而前案村恰恰又在渠北地区。

改革开放以来，渠北的土壤不断改良，缺水问题逐步得到了解决。而对比前案村周边的村，虽然有穷村，但也有富村。同样的土壤、水系条件，为什么偏偏是前案村越走越落后？

这个问题，正触及前案村最根本的"穷因"：据史料记载，前案村素有尚武的传统，民风向来彪悍。清中期，此地刚刚"插草为标"，新移民为争抢土地资源纷争不断。落户于此的周、刘两家的土地纠纷持续多年，此官司虽经多方调停息讼，但在官府的笔录中，这场官司所涉的田地被称为"案田"，"案田"所在的村庄也被称为"前案"。

宁可拳相向，不让一寸地。由是观之，田地纠纷亦是前案村的主要穷根之一。要在这样的历史背景下，推进农村土地经营权流转，难度可想而知。

果不其然,在换届中当选为村党总支书记的朱洪辉,在全村推进土地流转时,就遭遇了很大的阻力。朱洪辉带人进行耕地复量时,就有不少村民极力阻止。一些村民气势汹汹地责问朱洪辉:"听说你要把我们的耕地给卖了?"

"不是卖,是土地流转。"朱洪辉解释。

"我们就指望这耕地生活,流转出去,我们手上没了地,还怎么务农?"

朱洪辉要跟他们细算账,但这些阻挠的村民却不给他解释的机会。

土地流转眼看走不下去了。当时,与朱洪辉达成土地流转共识的是紧邻前案村的滨淮农场。滨淮农场历史悠久,农业机械化程度高,他们商谈的每亩流转价格是950元,而且还答应了朱洪辉的要求,即土地流转后,农场优先安排前案村的村民进农场打工。

滨淮农场开出这么好的条件,村民们却拒绝接受,怎么办?

"村民不愿意流转土地,村委会就示范做给村民们看。"朱洪辉毫不气馁。

朱洪辉主动从自家拿出钱来,发动村民动土20多万立方米,一举填平了村里的大小废沟塘,整理出村集体土地300亩,整体流转给滨淮农场。合同一签,首年的近30万元流转资金就打到了村集体账户。

租金来得如此容易,村民的思想疙瘩解开了。在朱洪辉的动员下,前案村的土地终于流转了起来,从300亩到1000亩,再到4500亩……几年时间,前案村有90%多的耕地进入了流转。仅此,前案村每年收到的流转租金就达420多万元。不种地也能收租金,只是土地流转的初始"红利",一大批农民从土地上解放出来后,进入了二、三产业,呈现出"流转收租金,参股收股金,打工挣薪金"的生动态势,极大地拓展了农民的收入渠道,2017年,该村村民人均收入达到1.5万元,甩掉了省定经济薄弱村的帽子。

与前案村相距不远的滨海县五汛镇四汛村,也同样通过村集体土地流转的先行先试,带动了全村的土地流转工作。2020年,四汛村成立专门的公司,对集中流转的土地进行统一平整、管理,仅从过去"小田"的200多块田埂上,就整理出土地400亩,仅此就为全村每年增收近40万元。该村党总支书记、村委会主任韩魏伟细算了一笔账,全村5000多亩耕地从"小田"变成"大田"后,实现了耕地的化零为整,不仅可推广应用耕种、田管、收割等节本增效的大型农机,还能扩增耕地面积,统一培肥地力,亩均增收300多元,全村全年通过耕地增收150多万元。

纵览江苏大地,土地流转动作频仍、蔚为壮观,昔日阡陌纵横的"小田",变成了广袤辽阔的"大田",一眼望去,碧野平畴,田成方、路成行、渠成网,青山在前,沟河纵横,白云掠影,希望的田野上生机勃勃。

在"小田"变"大田"的基础上,江苏因势利导、因地制宜,推进高标准农田改造,每年投入改造资金 35 亿元,每年新建高标准农田 300 万亩以上。经过多年持续改造,江苏在全面完成国家下达的 5844 万亩永久基本农田划定任务的基础上,累计建成高标准农田 4600 万亩,为全省农业生产的专业化、集约化、机械化铺平了道路。

土地流转中,农场吸收消化流转的土地毕竟有限,如何调动新生力量投身农业生产? 为切实解决"谁来种地"这一难题,江苏将大力培养造就高素质职业农民队伍作为一项重要工作加以推进。2015 年初,农业部将江苏确定为新型职业农民培育整体推进试点省后,江苏抓住这一契机,迅速出台《江苏省政府办公厅关于加快培育新型职业农民的意见》,要求全省各地结合地方产业发展实际,分层次、分类别开展新型职业农民教育培训、规范管理和政策扶持"三位一体"培育工作,逐步建立常态化的新型职业农民培育制度。

从 2020 年开始,江苏再次加码发力,统筹教育培训资源,开展中小农业企业产业双创新农人孵化培养,依托农业龙头企业、高校科研院所等力量,致力培养一批具有较高影响力的初创型和成长型的农业企业产业双创新农人。

截至 2021 年末,江苏累计培育专业大户、家庭农场、农民合作社、农业龙头企业等新型经营主体 23 万个。其中,省级以上农业龙头企业达到 907 家,国家级 99 家。江苏还深入实施农产品质量监管"十万规模主体入网行动",目前入网主体已达 17.1 万家。

藏粮于技

2014 年 12 月,初冬的江苏大地艳阳高照,草木呈绿,洋溢着勃勃生机。

12 月 13 日至 14 日,习近平总书记在出席南京大屠杀死难者国家公祭仪式后,对江苏进行视察。

"务农重本，国之大纲。"总书记对农业发展情况格外关心，他深入到镇江市世业镇先锋村农业园调查了解现代农业发展情况。在园区草莓种植基地门口，总书记走到摆放着该园区生产的草莓、橘子、葡萄等产品的展区，拿起产品，详细询问产量和市场价格。走进草莓大棚后，他实地察看草莓生长情况，细致地询问当地农技专家赵亚夫，这些草莓品种从哪里来，种植用的是不是营养钵，一亩地投入多少钱，一年纯收入有多少，等等。

　　在了解了草莓种植的详细情况后，总书记动情地说："上世纪80年代，我在河北正定县工作时，就曾经到满城县考察草莓种植情况，引进他们的草莓品种。"[1]

　　总书记对江苏的同志嘱托道："现代高效农业是农民致富的好路子。要沿着这个路子走下去，让农业经营有效益，让农业成为有奔头的产业。要更加重视促进农民增收，让广大农民都过上幸福美满的好日子，一个都不能少，一户都不能落。"[2]

　　时隔多年后，赵亚夫回忆起总书记到镇江先锋村农业园的调研考察之行，仍然记忆犹新，历历在目。他说："总书记对农业技术很在行，对藏粮于技更是充满了期待。"作为江苏早期的农技专家，赵亚夫对"藏粮于技"的感受很深。

　　习近平总书记视察的镇江草莓产业，就是由赵亚夫牵头发展起来的。1982年，时任镇江市农科所所长的赵亚夫，作为镇江地区农业研修组成员曾到日本学习过一年。在日本的一家农场，他看到了令他震撼的情景：500多亩土地，每年生产的粮食够2400个人吃一年；农场一年的收入，合当时人民币16万元。更让他惊喜的是，他第一次看到了红艳艳的像心果一样透着清甜香味的草莓。在看到草莓时他就想，如果能把草莓引到家乡去种，对农民的脱贫致富一定会有帮助。后来赵亚夫学会了草莓种植技术，并在研修结束时像普罗米修斯捧着火种一样，小心翼翼带着20棵草莓苗回国，将每一株都繁殖成了300多棵，开始在句容营构他的草莓事业。

　　当时，净收入超过常规农作物两倍的草莓种植，得到了句容农民的认可。草

　　[1][2] 《习近平：主动把握和积极适应经济发展新常态　推动改革开放和现代化建设迈上新台阶》，《人民日报》2014年12月15日1版。

莓成为当地农民致富最成功的项目。

按自然节气种植的草莓大获成功之后,赵亚夫又开始研究反季节大棚草莓的种植。物以稀为贵。在不同的时令吃到香甜可口的蔬果,是现代农业带给人们的美味。茅山山区的冬天,尽管室外寒意浓浓,但塑料大棚内,在阳光的照射下却暖意融融。一颗颗草莓长出来了,它们晕红挂腮,羞涩地含着笑。

大棚技术创新应用后,草莓的收获期延长到半年多,草莓亩产也达到 3000 公斤,和日本亩产量大体相当。更令人欣喜的是,大棚草莓种植成功后,在元旦和春节都有上市,而且产量高、品质好,经济效益非常之好。

赵亚夫说,冬天长出草莓,这可是全国第一家,也是句容农民致富的希望。

2003 年,句容被授予"草莓之乡"称号,草莓种植在 21 个省(区、市)得到推广,大江南北的田地上、大棚里,红草莓像红红的希望,一直甜透人心。

2001 年 4 月,已任镇江市人大常委会副主任的赵亚夫将要到龄退休。退休前,市委书记找他谈话,问他退休后有什么想法。赵亚夫想了想,坦诚地说:"我 1961 年毕业于宜兴农学院,平生就喜欢跟'三农'打交道,退休后我想到句容戴庄去进行帮扶,继续发挥余热。"

戴庄地处句容茅山老区,赵亚夫对这个地方充满感情。早在 20 世纪 80 年代初,赵亚夫就曾在茅山老区创造性提出"水田保粮、岗坡致富"的工作思路,推动发展高效农业。在茅山老区培养出一批致富能手和示范户,但随着时代的发展,茅山老区的农业技术还有待进一步提升,而他就想充当农技扶农路上的老黄牛。

听了赵亚夫的想法,书记站了起来,紧紧握住他的手:"感谢你一心为民、壮心不已的情怀,你放手去干,有什么困难直接找我。"在书记的亲自安排下,镇江市委为赵亚夫安排了专门的办公室,并配备了车子供他下乡使用。

戴庄地处溧阳、溧水和句容交界处,当时是一个村集体负债 60 多万元、村民收入不到 2800 元的穷村。赵亚夫来到这里后,当即决定把戴庄作为发展生态农业和有机农业的试点,为戴庄致富找一条新路。在他眼里,戴庄虽然穷,但资源和环境都非常好,方圆 60 多平方公里的土地上,山水相融,耕地肥沃,丘陵和岗坡生态怡然,水质也是一类标准,没有工业污染,只有 860 多户人家,是发展生态农业和有机农业的好地方。

手中有粮，心中不慌。赵亚夫深知：江苏历来人多地少，耕地资源十分宝贵。在这样的不利条件下，江苏却创造了人口密度最大省份总量平衡、口粮自给、调出有余的成绩，很显然，这很大程度上得益于农业科技的贡献。如果说，田地流转推动"小田"变"大田"是"藏粮于地"的显性特征，那么，依托农业科技进步，推动农业现代化则是"藏粮于技"的赋能飞跃。因而，他始终把"藏粮于技"视为推动新时代乡村振兴的重要法宝。

秉持着"藏粮于技"理念，赵亚夫在戴庄大力探索有机农业振兴之路。该村在种植"越光"水稻时，为帮助当地农民做好有机水稻和杂交水稻种植，选用生态肥料和农药，赵亚夫推动戴庄成立了全省第一家有机农业合作社，切实帮助当地农民解决有机稻种植、翻晒、烘干、仓储、大米加工等技术问题。为了对接高端市场，学稻麦栽培技术出身的赵亚夫还研究经营管理和市场营销，为"越光"大米申请了"野山小村"的商标。根据赵亚夫的创意，商标图案是这样的——淡淡的远山间，有村庄若隐若现，还有一抹红和一抹绿飘忽其间，象征着生态和梦想。

在赵亚夫的大力倡导下，戴庄坚持走"绿水青山就是金山银山"之路。戴庄鹅山上林草茂盛，翩飞的白鹭和很多鸟儿在这里繁衍栖息，不时有野兔、野猪和獐子在林间出没，还有娃娃鱼和野生猕猴都在这片山林中出现。根据南京大学生命科学院的调查报告显示：戴庄的有机稻田里，生存有 10 纲 31 目 130 种小动物，这说明该村的生态系统得到了卓有成效的修复。再看山坡间林子下，公鸡和母鸡在跑跳着打闹，牧场里的羊群在悠闲地吃草，景色怡然。水田里稻花飘香，一派丰收在望的景象。

生物多样性的丰富，让全村的山、水、林、田、湖、草组成的生命共同体活力得到了明显增强。生物系统内的相生相克，有效改良了土壤、治理了农业污染源。这里大面积种植的水稻，连续 12 年都不用农药和化肥。该村出产的"野山小村"有机大米，入口软糯、光滑、有弹性，粥汤浓稠，深受市场欢迎。

在农业技术的赋能下，戴庄昂首阔步于小康之路。截至 2021 年，戴庄村集体经济收入从负债 60 多万元提高到年收入 200 万元，积累集体固定资产超1000 万元，全村人均收入达 3.4 万元。

盛夏时节，南通启东市南阳镇佐鹤村农旺家庭农场的 1000 亩稻田稻苗青青。启东处处绿浪涌动，这样的场景在以前是"异想天开"。

当年，启东农村因土壤"犟黄泥"漏水特性，难以长成丰收稻田。当地深入实施"藏粮于技"战略，从品种繁殖到好米当家，从低产低效到高产丰收，从引进大米到自给有余，从成功试种到全面推开……短短8年间，启东借助农业科技的进步，驯服了"犟黄泥"，建成了"米粮仓"，一跃而成国内水稻扩种面积最多的县市。2021年，启东稻谷平均亩产已跃升至1050斤，相较于传统豆麦旱作模式，亩均增收500多元。

种子是农业的"芯片"，也是实施"藏粮于技"的重中之重。

为加强种业"卡脖子"技术攻关，近十年来，江苏充分发挥农业科技创新实力较强的优势，加强农业科技研究和科技成果转化应用，共选育主要农作物新品种600多个，其中有17个水稻品种被列入农业农村部超级稻名录，良种对粮食增产贡献率超过45%。全省农业科技进步贡献率达70.9%、高于全国平均水平近10个百分点。农业科技的自立自强，让江苏在有限的土地上，生产出更多更好的农产品，稻麦亩产水平全国领先。

2021年，江苏启动种业振兴"揭榜挂帅"项目，鼓励省内种业企业、高校科研院所开展合作，对核心种源进行优异功能基因挖掘和生物育种核心技术研究，初步建立了种业产学研合作攻关机制。借助科教资源优势，加强关键核心技术攻关，努力培育更多具有自主知识产权的优良品种，为种业振兴展现担当作为。

种业"芯片"的打造，成为粮食稳产增产的关键要素。金秋时节，走进盐城市阜宁县郭墅镇刘李村的种植基地，5000多亩秋粮长势喜人，丰收在望。该基地负责人介绍，在好种子的加持下，一穗高产水稻的稻粒能够达到130到140粒，比普通水稻高出10粒左右，平均亩产量比该县平均产量增加了70公斤左右，而且品质也更好。

南京市江宁区应用最新的种业"芯片"，在淳化、湖熟及秣陵3个街道分别建设100亩以上的"优质稻米示范基地"，基地内稻米种植全过程不使用化学农药、化肥，使产品关键指标达到有机食品标准。示范区每亩产量可达800斤左右，大米的市场价每斤可达15—20元，测算下来，一亩稻田产值超过1万元，这是普通种植方式的5倍左右。

作为全省首批亩产吨粮县，泰州兴化市围绕"稳面积、提单产、优品质、强价值"，抓好"良田、良种、良技、良机、良农"五个关键点，持续提升粮食综合生产能力，让农民种粮获得更多收益。兴化市钓鱼镇全面推广"扬麦 28"新种子，在全镇建成百亩示范方，平均亩产 695.8 公斤，最高田块单产达 715.8 公斤，创造泰州市小麦百亩示范方平均单产、最高田块单产历史纪录。

一粒种子可以改变一个世界。江苏沿海拥有大量的滩涂资源，长期以来，滩涂土壤因重盐重碱，无法种植水稻。为充分利用滩涂资源，江苏沿海地区与袁隆平"海水稻"团队进行合作，尝试耐盐水稻种植。南通市如东县栟茶方凌垦区作为东部滨海盐碱地类型，土壤含盐量在千分之二至千分之六之间，是江苏首个入选的耐盐水稻试验示范种植基地，经过稻种的不断改良，示范种植大获成功，产量不断突破。

2020 年 4 月，江苏袁品力联农业科技有限公司与国家杂交水稻工程技术研究中心达成协议，引进该中心"超优千号""叁优一号"种子，在南通、盐城等沿海地区开展耐盐水稻绿色高产攻关试验。试验中，江苏省农技推广总站和国家杂交水稻工程技术研究中心科研团队，联合扬州大学、南京农业大学、江苏省农科院等专家组织协同攻关，试验示范取得重大突破，经全国权威专家实地机收测产，平均亩产达 802.9 公斤，创造了我国盐碱地水稻单产最高纪录。

目前，全省已在沿海滩涂种植耐盐水稻 100 万亩左右。其中，土壤盐分浓度千分之三以下、亩产超过 600 公斤的种植面积约 20 万亩，亩产达 400—500 公斤的种植面积约 70 万亩。"十四五"期间，江苏全省大力实施"开发百万亩盐碱地、滩涂种植海水稻"规模基地项目的开发建设，力争使江苏成为全国盐碱地改良的示范样板，实现农业可持续发展，为国家粮食安全作出新的贡献。

藏粮于技，科技赋能。党的十八大以来，江苏始终秉持科技兴农、科技强农理念，充分发挥科教大省优势，不断加强政策扶持，聚力推进农业科技创新应用，让农业插上科技的翅膀，2021 年全省农业科技进步贡献率达到 70.9%，高出全国水平约 10 个百分点。

科技浪潮，澎湃江苏，激荡起科技兴农的朵朵浪花。

——打造了一系列农业科技创新平台。2016 年，江苏在全国第一个启动建设国家级现代农业产业科技创新中心南京国家现代农业产业科技创新示范园区;组建了江苏农业科技创新联盟,吸纳全省 30 多个涉农高校、科研机构和企业;创建农业农村部重点实验室(科学观测实验站)超过 40 家;2017 年,江苏设立全国第一个农业重大新品种创制专项计划,重点支持项目 49 个;2018 年,江苏启动第一批试点实施农业重大技术协同推广计划,累计实施项目 34 个;启动实施省种业振兴"揭榜挂帅"项目,共立项 141 项;深入实施粮食丰产科技工程,切实加强粮食优质丰产栽培技术创新,每年在全省示范稻麦新品种、新技术 20 多项,示范面积 1500 多万亩。

——形成了一系列农业科技研究成果。"十三五"以来,全省农业行业累计获得国家科学技术奖 20 项、省科学技术奖 118 项、省农业技术推广奖 120 项;全省选育审定主要农作物新品种 481 个;19 个水稻品种列入部超级稻名录,数量全国第一;畜禽新品种通过国家审定数量达 19 个,居全国第二位。一批农业技术达到世界领先和全国领先水平。南京农业大学发掘籼粳杂种不育、生育期和株高等关键基因,构建多基因聚合育种技术体系,有效解决籼粳交杂种优势利用中杂种半不育、超亲晚熟和株高超亲等生物育种难题;扬州大学破解食源性人兽共患病原菌防控核心技术难题;省农科院世界首创兔出血症病毒杆状病毒载体灭活疫苗。扬州大学稻麦丰产高效栽培理论与技术全国领先,全省水稻精确定量栽培技术推广面积约 2400 万亩。

——创新了一系列农业科技推广方式。针对新型经营主体生产技术和服务指导需求,不断加强技术集成推广应用,创新农技服务方式,提高重大技术推广效率和覆盖面。2017 年江苏启动建设的省级现代农业产业技术体系规模全国第一,目前共设立技术集成创新中心 25 个、技术创新团队 140 个、技术推广示范基地 360 个;聚焦重点产业,组织实施农业重大技术推广计划,江苏每两年发布 40 项左右农业重大技术;坚持试点先行,实施农业重大技术协同推广计划试点项目,促进农业科技成果转化落地;推进农业科技进村入户,每年培育 5 万科技示范主体;创新服务方式,在全国率先建设农业科技服务云平台,开发"农技耘"App,推动农技推广服务信息化。加强体系建设,率先全面建成"五有"乡镇农业技术推广综合服务中心。

"一台无人驾驶收割机每小时可收割 15 亩地,既省工、减损,还提效、降耗。"

夏粮收割期间,走进苏州吴江国家现代农业示范区的"无人农场",一茬茬小麦被无人驾驶收割机"吞进肚子",传输脱粒、粉碎匀抛、智能卸粮,一气呵成。吴江区农机化技术推广站站长叶申柱说,这是苏州首次完成小麦机械化无人化收割作业,标志着"无人农场"从水稻生产向稻麦轮作"耕种管收"环节延伸拓展。

农业现代化中,最明显的特征是——无机不农、无农不机。

面对"特色农业机械化"这一农业生产全面机械化的"短板",江苏着力推进传统农机向智能化、绿色化转型升级。2020年,组织设施农业、林果茶、渔业、牧业等行业和领域有较高影响力的45名专家,组成江苏省特色农业机械化专家指导组,用"最强大脑"护航江苏特色农业机械化发展。

2022年9月28日,全省推进实施农机化"两大行动"暨农业生产全程全面机械化示范县建设现场观摩会在扬州召开。会议期间,参会人员观摩了扬州市设施和露地种植模式下的蔬菜生产机械化新装备新技术作业演示,对该市农业机械总动力达295.7万千瓦、主要农作物耕种收综合机械化率达84%的成绩纷纷点赞。

农机化"两大行动"即农业生产全程全面机械化推进行动和农机装备智能化绿色化提升行动。2021年,江苏省农业农村厅印发《江苏省农业生产全程全面机械化推进行动实施方案》和《江苏省农机装备智能化绿色化提升行动实施方案》,明确农机化"两大行动"是"十四五"农机化发展的重中之重,为全省"基本实现农业机械化"提供了时间表和路线图。

江苏农机化"两大行动"实施方案,提出两大具体目标:

——全程全面机械化全国领先,力争在全国率先基本实现农业机械化。到2025年,全省农作物耕种收综合机械化水平达到90%以上,特色农业机械化水平达70%以上。

——全省农机装备智能化绿色化发展水平走在全国前列,智能农机装备占比大幅提升,智能农机实际应用场景覆盖所有农业县,农机信息化管理实现"一图统揽""一网统管",低碳减量绿色环保农机装备与技术大面积推广应用,全省基本建成绿色环保农机装备与技术支撑的农业绿色化生产技术体系。到2025年,全省示范推广智能农机装备5万台(套),清洁热源烘干、水稻侧深施肥、犁耕深翻等部分绿色环保农机装备技术推广占比达到60%以上。

值得一提的是,农机化"两大行动"实施方案首次具体说明农业生产全程全面机械化推进行动和农机装备智能化绿色化提升行动的概念,并明确"全程、全面、智能、绿色"四个方面内涵。

蓝图既定,奋斗不息。未来,江苏将围绕农机"两大行动"方案,强化政策支持以"兴机富民"、强化协调配合以"合力强机"、强化科技服务以"一业一机"、强化分类指导以"一机一策"、强化创新创优以"机械强农"、强化本质安全以"平安农机",全力推动江苏农业迈上现代化新征程。

一村一品

无锡东北部,有一座海拔仅一百余米的小山,当地人称之为顾山。

顾山得名,说法不一。有说汉时当地走出的一位顾姓将军,因屡立战功被封王,其老家之山遂被称为顾山;有说山形似龟的这座小山,其龟首昂然东顾,遂以"顾"命名之。

据传,古时候,还因山上遍种兰花,芳香四溢,又叫香山。

顾山不高,却正处于锡山、常熟、江阴三地交界处,素有"鸡鸣闻三县"之说。无锡市锡山区东港镇山联村,就在顾山的山脚下。

金秋时节,阵阵凉风执起画笔,给原野山坡勾勒出金灿灿的花边,这是山联村最美的季节。放眼广袤的田野,千亩金色菊海摇曳生姿,村庄的山边水旁、房前屋后,处处都有造型各异、五颜六色的菊花,相机镜头随便对准一处,都能拍出别致的美景。

在如今满目皆景、游人如织的山联村,你可能想象不到,早在十几年前,这里还曾是一幅"灰头土脸"的模样。

时光回转到 2007 年。这年夏季,刚刚大学毕业留在无锡工作的朱虹,利用节假日回到老家山联村看望父母,碰巧村里开党员会,时任村党总支书记吴岳平听说朱虹是新党员,就邀请她参加会议,并作为新党员表态发言。

没想到,这次党员会的"火药味"很浓。有党员批评外来人在山联村任意开石矿,恨不得要把顾山"开膛剖腹";有党员提出村里没致富产业,老百姓多年如一日过着穷日子;有党员埋怨山联村太偏僻,连条像样的公路都没有……

听着大家的发言，朱虹的眉头越皱越紧。她是从山联村走出去的大学生，父母是当地农民，在她的印象中，山联村破旧的农房多年不变，农民收入多年不增长。不过，也有变化——河道越来越脏，顾山越来越秃，空气中的灰尘越来越多。她，陷入了沉思。

为了改变家乡的落后面貌，朱虹经过一番思想斗争，决定辞去无锡市区的工作，回到山联村做一名大学生村官。就在朱虹回村不久，一场太湖蓝藻大暴发事件，给无锡上了惨烈的一课。这次事件不仅对无锡在此之前的经济增长模式进行了严厉的拷问，也使无锡重新思考衡量小康社会的标准。痛定思痛，无锡立马关停3000家以上对太湖有污染的工业企业，并将生态环境治理摆上了小康社会建设的首要位置。

在此背景下，山联村提出的打造生态旅游村，可谓是在恶化的生态环境中闯出一条走向光明的新路！

停止挖山采矿，关停9家污染企业，集中开展村庄绿化美化，花大力气进行河道疏浚清淤……山联村打出了一套环境治理的"组合拳"，利用得天独厚的自然环境和人文资源，因地制宜恢复山水风貌。多方筹资1300余万元，重点规划建设"山前嘉园"，积极打造乡村旅游景点。以顾山的历史文化为依托，相继修复了"龟山东顾""知青小屋""金鸡墩"等人文和自然景观。

事有难易，无恒则难，有恒则易。一套"组合拳"打下来，山联村的水变清了，路变绿了，空气变好了。朱虹带领乡亲们趁势而上，大力发展"三金"产业，即打造以山联皇菊为代表的"金花"、以山联黄鳝为代表的"金条"、以灵芝孢子粉为代表的"金粉"。

"三金"产业是山联村统筹利用本村土地资源的杰作。该村将5000余亩耕地和1000余亩水面集中规划、统一经营，形成农业产业四大板块，即：集中连片的2400亩土地用于发展红豆杉种植业；连片的500多亩土地用于菊花茶的种植；开发500余亩土地进行特色养殖；零散分布的500多亩土地因地制宜用于水果、蔬菜、花卉苗木的种植。并以四大板块带动形成"红色"水果发展区、"黄色"菊花油菜种植区和以红豆杉为主的"绿色"感受区，并通过"专业合作社＋大户""专业合作社＋家庭农场"等新型农业经营模式，鼓励村民自发创业，形成家庭农场、农家乐、采摘基地之间多种形式的联合经营，实现合作共赢。

值得一提的是,当地"金花"经过多年持续深耕,培育出独有的山联皇菊新品,成为一个屡上"热搜"的旅游IP产品。该村投资4000多万元建设的千亩菊花园,涵盖食用菊、观赏菊、药用菊、艺术菊等多个种类。每到秋季,山联村漫山遍野金菊盛开,游客纷至沓来。

除了菊花绽放的季节,当地一年四季均可见"菊",如菊花茶不仅是当地的待客茶,也是山联村"云泽园"等"网红"早茶的必点款,菊花春卷、糕点等点心也是不少游客的最爱,菊花菜早已是当地精品餐饮和民宿的创意摆盘特色里最鲜亮的一抹底色。有商业头脑的山联人还对菊花进行深加工,在村里的特色农产品商店,菊花茶、菊花米酒、菊花糕点等十几个系列的产品琳琅满目。他们还与江南大学食品学院合作研发出"菊花伴"饮料,销售到全国40多个大中城市。

"三金"产业为山联村带来了"金山银山",2020年,全面小康社会建成之年,山联村捧出了亮眼的"成绩单":全村村级集体总收入1034万元,是2006年的8倍多;全村农民人均纯收入48000元,80%以上的家庭收入与2006年相比实现了翻番。2021年,山联村入选第11批全国"一村一品"示范村镇。

山联村的"三金"产业,只是全省推动"一村一品"战略的一个缩影。

与山联村颇为相似的是,徐州睢宁县桃园镇桃园社区也依靠菊花走上了乡村振兴路。

2019年3月,江苏省委驻睢帮扶工作队进驻桃园社区,在工作队的帮助下,桃园社区深入调研,因地制宜,决定发展菊花特色产业,流转160亩土地种植金丝皇菊、胎菊等。但因为没有经验、缺乏技术指导,再加上遇到旱涝急转的恶劣天气,菊花接连发生种苗短缺、幼苗病害、虫害等问题。工作队及时请来南京农业大学的菊花种植专家管志勇教授到该社区进行技术指导,为社区挽回了损失。有了技术支持,桃园社区将菊花种植面积扩大到500亩,并且定下不低于1200吨的产量目标。

进入金秋时节,连片绽放的菊花将桃园社区铺成了一片金色海洋。上百名村民忙着采摘菊花、烘制菊花茶。57岁的孙远梅一有空就到菊花地里忙采摘,按斤计费,多的时候每天能有上百元收入。"以前到了我这个年纪就闲在家里了,日子过得不好,邻里之间还容易闹矛盾。现在天天忙着赚钱,日子过得好了,烦心事也少了。"孙远梅说。

如今的桃园社区,环境变美了,村民口袋鼓起来了。2021年,该社区菊花产值120多万元,村集体仅此一项就增收30多万元。

在文明富裕的张家港,杨舍镇善港村长期自喻为"灯下黑"。

之所以这样讲,是有原因的。进入21世纪后,善港村并没有因为地处江南而表现出相应的富裕和美好,十几年前,全村还只有煤渣路,晴天刮风一身土,雨天走路一身泥,还有一些泥垒的茅草房很是碍眼,和鱼米之乡的富足江南显得格格不入。

2009年秋,32岁的葛剑锋当选为善港村党支部书记。为了尽快把大伙带上致富的康庄大道,他索性把家搬到了村委会办公室,一门心思投入工作。2012年,在区划调整中,原善港村、杨港村、五新村、严家埭村"四村合一",合并成新的善港村,土地面积达到了9.07平方公里,暂住人口2万多人。

面对壮大起来的村庄,葛剑锋更是激情满怀,一幅新的发展蓝图在他的心中徐徐展开。在加强党组织建设的同时,葛剑锋为善港村确定了"宜工则工、宜农则农、宜副则副、宜商则商"的发展路径,通过做精一产、转型二产、提升三产,努力让善港焕发出新的活力。

2013年,葛剑锋想在村里建冬暖式大棚,努力打造"一村一品"。为筹集资金,葛剑锋四处奔走,最终获得了600万元的国家财政项目,建成了160个冬暖式大棚。

善港村党委副书记黄琴回忆起这段经历,感慨地说:"当时建大棚,葛书记带领大伙儿一起下地干活。大冬天,也许是因为身体虚弱,挥汗如雨的葛书记在田里干活时脱得只剩一件衬衫。"说到这里,动情的黄琴略略停顿了一下,接着说:"那会儿,葛书记其实病得很厉害,人都有些浮肿了。在田里一起干活的村民都让他去休息,他就是不听。"

对善港村有机农业的发展,葛剑锋说,作为现代化的农村,不能没有现代化的农业,对于新时代的农民来说,农业依然是农村之魂。

随着善港的越光大米、无花果冻果、美国金瓜等产品生产和上市,全村200多个闲散劳动力在村办农场实现了就业。在"互联网+"模式的运作下,有机农业这一项,就为善港带来了可观的经济效益。到2021年,善港村集聚了147家内资和外资企业,村经济合作社也有超千万元的分红,村级年可用财力超 2500 万元,村民人均年纯收入达 38600 元,先后获得江苏省水美乡村、江苏省民主法治示范村、江苏省和谐社区建设示范村、江苏省休闲观光农业示范村、江苏省生态文明示范村、苏州市先锋村等荣誉称号,在两个文明建设中,成为张家港乡村建设的新亮点。

"艞"是个生僻字,音同"要",意指船板。在连云港市连云区,以"姓氏＋艞"为地名的村庄很多,如金艞、郝艞、蒋艞、乔艞,板桥街道张艞是其中之一。

张艞村距离海边 4.5 公里,全村 806 人,人少、偏僻。过去,"盐场经济"是该村一大支柱产业,随着海盐生产规模的缩小,村弱民穷现象突出。但张艞人不安于现状,近 10 年来,务实肯干的张艞人抓住毗邻开发区的地缘优势,探索以土地入股、提供配套等途径参与村企共建,并探索"一村一品"致富路——将废置的盐场变成海水、淡水养殖场,大力发展东方对虾等水产品养殖,不少村民得以发家致富。

张艞村村民张春好当过兵,退伍后跑过卡车、开过校车,虽说干过多种职业,但始终没摸着致富门道。"一村一品"搞起来后,张春好返村办起养殖场,成为东方对虾的养殖大户。他说:"在家门口干什么都方便,我承包了 100 亩塘口,丰收年亩产 200 斤,按单价每斤 18 元算,一年下来营收 36 万元,去掉成本到手 21 万元。"

近年来,张艞村还与连云经济开发区内企业华乐合金集团联手,以土地、资金、人力等资源入股方式,新上总投资 5000 万元的超细粉深加工处理项目。"这个项目进一步化解金属钢渣等企业生产余料的堆放、处理难题,同时满足市场对优质超细矿粉的需求。"张艞村党支部书记杨韬说,"八成订单来自周边大型水厂、混凝土搅拌站,可实现年销售额 4400 万元。村集体占股 35%,每年可以拿到固定收益 200 万元。"

时光回转到 10 年前,华乐合金集团刚刚入驻连云经济开发区,急需土地建造厂房。杨韬回忆:"当时为支援企业建设,村里一家家做工作,才得以快速完成整体搬迁腾出地来。"

杨韬也清楚地记得,在一次村企联谊庆中秋文艺晚会上,他献唱的歌曲《母亲》，勾起华乐合金集团董事长的乡土情怀。在一次次交流中，双方感情越来越浓厚，商机也慢慢浮现——企业建成后，原料、成品无处堆放，严重制约了企业发展。"我们知道后，立即自建了 2.7 万平方米的物流货场，第一时间解决企业发展难题，获得年租金 133 万元。"

紧接着，得知企业为废弃水渣的处理而犯愁，张艞村又主动对接，以土地、资金入股形式合作成立旺和新型建材有限公司，占股 35%，循环利用华乐合金集团的生产固废水渣，生产矿渣微粉和钢渣微粉。这个项目能年产水泥原料 60 万吨，年产值 6800 万元，村集体每年分红 300 万元。

随着村企联合共建不断深入，村集体经济持续壮大，杨韬也意识到，"不能让资金躺在账上、不能让资源粗放浪费"。于是该村与农业科研院所合作，打造高效农业和苗圃种植园区，年创收 300 余万元；为提升 1800 亩低产土地的效益，引进喜多多家庭农场，开发建设高效水产养殖基地，年创收 90 余万元。"至此，形成具有张艞资源特点的产业链条。"

"村庄拥有的建设用地并不多，靠盖厂房出租的'收租模式'已经落后。"总结过去发展经验，杨韬认为，想发展就需要参与企业经营成为股东，换句话说，这是"主人翁意识"，这一点很重要。2021 年，张艞村集体收入突破 1300 万元。

一个曾经经济薄弱的全区边缘化小村庄，因地制宜、开拓创新，跻身连云港市村级集体经济"十强村"，先后入选省级新型农村集体经济发展典型案例、新型农村集体经济引领共同富裕示范村十佳案例。

"村民每年每人可以领到 1 万多元的分红，60 岁以上的老人，村里按月发放生活补助，还送养老保险、医疗保险。"张艞村党支部书记杨韬对《中国经济时报》记者介绍，如今大伙儿搬入干净宽敞的居民小区，配套有党群服务中心、居家养老站点，一幅勤劳致富、幸福满溢的新农村画卷正在铺展。

对于张艞村的发展实践，江苏省习近平新时代中国特色社会主义思想研究中心省社科院基地副研究员赵锦春剖析后认为，产业兴旺是解决乡村一切问题的前提，其本质要求构建乡村完备的现代化生产体系、产业体系与经营体系。盘活村集体资源资产，提高集体资源开发利用的效能是促进产业兴旺的关键。张艞村的发展经验启示我们，充分利用乡村土地资源优势，坚持村企合作，推动乡村"资源变资产、资金变股金、农民变股民"是实现产业兴旺的科学路径。只有以搭建高效设施农业园区为平台、以发展新型农业经营主体为载体、以构筑完整的现代产业链条为目标,才能有效提升乡村三次产业间的关联度、支撑度与贡献度。

"黄桥烧饼黄又黄哎,黄黄烧饼慰劳忙哩!烧饼要用热火烤哎,军队要靠老百姓帮哩……"行走在现代感十足的泰兴市域"副中心"黄桥镇街头,一曲《黄桥烧饼歌》提醒我们这里曾是革命老区。

拥有全国先进基层党组织、全国文明村、中国美丽休闲乡村、全国乡村旅游重点村、全国一村一品示范村、江苏省首批特色田园乡村等 20 多项国家和省级荣誉称号的祁巷村,位于黄桥镇南部。

这个曾经连续 11 年被泰兴市重点扶持、2001 年村集体经济负债 280 多万元的贫困落后村,发展成为中国美丽休闲乡村,主要得益于"一村一品"战略的实施。

故事要从村党委书记丁雪其讲起。丁雪其初中毕业后从事猪鬃加工与销售,成了村民眼中的能人。2001 年,丁雪其被村民以"另选他人"的方式推选为村委会主任。

上任后,丁雪其将自己的企业与祁巷村"联姻"共建,实施"一村一品"战略,通过"公司＋合作社＋农户"模式,带动 120 户村民从事猪鬃加工,就地转移劳动力 2000 多人。村集体通过收取土地年租金、合作社管理费等渠道,增加了集体收入,摘掉了贫困帽子,祁巷村由此荣获全国一村一品示范村荣誉称号。

7 年后,丁雪其担任了村党支部书记,开始着手把土地变成村民的"钱袋子",决定实施土地流转,发展生态农业,全村共流转 4000 多亩土地,先后建成了小杂粮、水产、香荷芋、蔬菜、果树苗木等产业振兴基地,逐步带动全村 300 多户村民参与各项农业产业。同时建起了规模化高效农业大棚,以果蔬观光采摘为切入点,吸引了更多的游客到祁巷体验农耕文化。

近年来,随着黄桥"红色旅游"的兴起,丁雪其又开始考虑发展乡村旅游。经过 10 年发展,祁巷村建成国家 3A 级的小南湖风景区,协调 40 多家农户闲置房屋开发了农家乐和民宿,每年前来的游客达 6 万多人次,年营业收入 600 多万元。

祁巷香荷芋、元麦、荞麦等小杂粮以及和平蔬菜、草鸡蛋等特色农产品通过国家产品质量认证，每年线上线下销售额达 2000 多万元。2020 年，借助"万企联万村"战略，祁巷村与中国铁塔集团达成村企"联营"共建协议，在智慧旅游方面尝试合作。

围绕"一块田""一泓水""一道环"，祁巷村做优农副产品、做美自然风光、做实基础建设，为乡村振兴提供了可资借鉴的案例。2021 年，祁巷村村集体实现经营性收入 356 万元，农民人均可支配收入达 26862 元。

黄河故道从宿迁市穿城而过，流经该市一县四区，为充分利用好这一资源，宿迁市围绕"绿色水美生态廊道、富民增收经济廊道、城乡一体示范廊道、文旅融合展示廊道"发展目标，加快建设黄河故道"生态富民廊道"，促进该市经济高质量发展。

走进黄河故道沿线的洋河新区斯味特万亩苹果园，红通通的苹果压弯了枝头，工人们背着筐子忙着采摘、分拣。"我们这一筐 600 多斤，一天能采 200 多筐。"苹果员工孙修平说。得益于当地得天独厚的自然资源和科学有效的技术赋能，苹果园可持续三个多月每天十多万斤的产量。为了保证苹果品质、延长销售时间，公司还投资建设了三栋保鲜库，目前二号库已经建设完毕。

"边建边投入运行的是二号库，能存放 5000 吨苹果，接下来后续要盖的是一号库是气调库，也是 5000 吨，那边还有个三号库是一万吨，总体加起来是两万吨。"斯味特果业福瑞斯气调库负责人说。斯味特果业计划总投资 20 亿元，包括万亩苹果基地、万亩红梨基地、万亩葡萄基地，目前万亩苹果基地已建成，盛果期预计年产 1 亿斤苹果，将成为中国苹果产业转型升级的示范标杆。

产业发展，道路是关键，为了推动富民廊道健康发展，宿迁市还将基础设施作为发展重点。在 268 省道洋河段建设现场，洋河段桥梁下部结构施工已经完成，施工人员正在进行水稳铺设。"268 省道建成以后将有力促进黄河故道生态富民廊道乡村产业等互联互通，支撑沿线乡镇花木栽培、果蔬种植、水产养殖等产业，也为缓解城市过境交通拥堵提供有力支撑。"268 省道宿迁段工程洋河新区段现场技术员张宇说。

秋风送爽，天高云淡。走进淮安市涟水县红窑镇芦笋种植基地，映入眼帘的是一幢幢高规格的连栋芦笋大棚。近年来，涟水县不断延伸芦笋产业发展链条，以争创国家特色农产品（芦笋）优势区和国家级现代农业产业园为引领，持续扩大芦笋种植规模，每年新增 5000 亩以上。"我们加强芦笋产业化开发，培育引进一批高端加工企业，新建冷链设施和芦笋加工生产线，深度开发芦笋汁、芦笋面条、芦笋食品化菜肴、芦笋即食休闲食品等系列产品，打造绿色健康芦笋产业链，促进生态高效种植业一二三产联动发展。"涟水县芦笋协会会长郑标说。

不仅仅是涟水县的芦笋，无锡市维常村的中华绒螯蟹、徐州市八路镇的花卉、扬州市合心村的黑莓……越来越多乡村有了自己的特色产业和"致富经"，并成功在市场上打响了盱眙龙虾、射阳大米、兴化大闸蟹、南京盐水鸭、阳山水蜜桃等一批区域公用品牌，其中盱眙龙虾、射阳大米、洪泽湖大闸蟹品牌价值分别达228 亿元、185 亿元、154 亿元。

党的十八大以来，江苏通过"一村一品"大力推动乡村产业融合发展，推动优势特色产业集群集聚发展，在全省积极打造出 8 个千亿元级优势特色产业，全省10 亿元以上县域产业 185 个，全国产业强镇 64 个、"一村一品"示范村镇 186个；优化加工业布局，省级农产品加工集中区达到 60 家；大力发展新产业新业态，创新开展"苏韵乡情"等系列乡村休闲旅游农业推介活动，2021 年全省休闲农业综合收入达 902 亿元。

此外，部分现代农业产业还挺进资本市场"冲浪"。2019 年 2 月 18 日，位于常州的立华股份在深交所挂牌上市，在国内罕见的农牧企业 IPO 中，这是江苏省第一家上市的畜牧业企业。在立华牧业"公司＋合作社＋农户"发展模式的带动下，常州市新型农业经营主体蓬勃发展，成为全省畜牧业"排头兵"企业之一。

乡村如画

莲叶田田，荷影绰绰。仲夏时节，南通如皋市城北街道平园池村的千亩荷塘进入最佳观赏期。

"采莲南塘秋，莲花过人头。低头弄莲子，莲子清如水。"南朝乐府民歌《西洲曲》描绘的这幅美景，不仅在如今的平园池村变成现实，更为可喜的是，"荷花经济"也变成当地村民的"聚宝产业"。

打开平园池村的村史，这个原本"一季稻子一季麦，一直种到头发白"的纯农业村，数年前还是一个经济薄弱村。村党总支书记刘炜建回忆，2014 年，他刚刚担任村党总支书记时，盘点"村产"，村集体自有资金仅有 20 多万元，全村多处河道沟渠淤塞、道路年久失修、垃圾乱堆乱放……村庄环境整治迫在眉睫，而这仅有的资金只能是杯水车薪。

乡村致富之路千条万条，到底选择哪一条？平园池村党总支、村委会经过反复讨论，决定把带领村民致富的破题点放在高标准农田改造上。按照《国家农业综合开发高标准农田建设规划》中的定义，高标准农田是指达到"田地平整肥沃、水利设施配套、田间道路通畅、林网建设适宜、科技先进适用、优质高产高效"标准的农田。加快高标准农田改造建设，对于提高农业综合生产能力、提高耕地生产效率和水资源利用效率，具有重要的战略意义。

但是，高标准农田需要大量投资，平园池村自己无力承担。面对资金短缺的难题，刘炜建带头跑项目、跑农户，一方面争取上级资金支持，鼓励在外能人反哺家乡，一方面说服村民舍小利顾大局，积极参与进来。经过多方申请、多次争取，2014 年，总投资 715 万元的江苏省农业综合开发高标准农田建设项目成功落户平园池村，首批农田得以改造，农田产量大幅提升。

初尝甜头后，他们又抓住南通市开展城乡建设用地增减挂钩和占补平衡项目契机，将村集体闲置且破旧不堪的老办公室、老卫生室、老木材市场、老塑料编织厂等进行拆旧复垦，并鼓励 96 户村民拆除老旧危房、入住街道统一规划的集中居住区，共整理出土地 85 亩，村集体收入也因此增加了 260 万元。

实实在在的经济效益，让村民看到了致富希望，他们的心也随之紧紧相连，村党总支的组织力、凝聚力、战斗力也得以充分彰显。有了深厚的群众基础，平园池村两委会顺势而为，积极探寻将当地文化资源转化为文化资产的新路径，谋划、构思农旅融合、文旅融合的新篇章。

平园池村河塘密布，水资源丰富。长期以来，当地人一直有广栽莲藕的传统。每到夏季，荷花盛开，常引得不少村民驻足观赏。看到这些，一个大胆的想法浮现在刘炜建的脑海里："莲藕浑身是宝，何不以荷花为主题，走'农业＋旅游'的道路呢？"

可是这个想法一抛出来，就有部分村干部、村民代表提出异议："荷花在水乡到处可见,哪能吸引到游客?""整个村子是大路朝天、处处开放的,形不成闭环,怎么向游客收费?"

面对这些异议,刘炜建从容一笑,他自信地解释:"荷花确实很平常,到处可以看到,但外面看到的都是东一簇、西一簇,零零散散的,构不成景观。如果我们大规模栽种,形成规模效应,肯定会吸引来大量游客。"说到这儿,他略做停顿,目光从一张张期盼的脸上扫过,见大家都在静待下文,他这才清了清嗓子,"荷花是我们对外吸引人气的载体,游客们来了,总要吃饭、住宿以及消费吧,大家算一算,要是我们吸引来一万名游客,每人平均消费一百块,那就是一百万啊!"

刘炜建这么一算,大伙儿的脸上露出了笑容。这时,一位群众代表冷不丁地发问:"过了荷花开放期,怎么办?"

这一问,提醒了大伙儿,他们脸上的笑容顿时凝固了,所有人的目光都转向了刘炜建。刘炜建似乎早有准备,他不慌不忙地答道:"这个问题,我早就想好了,我们有三张牌可以打。第一张牌,可以借助推进农旅融合的契机,顺势打造采摘园、竹菊园、菌菇园等各类农业休闲景点,让游客一年四季来到平园池村都有特色风景可看;第二张牌,我们推动莲藕深加工,加工生产荷叶茶、干莲子等农业特色产品,做到既卖风景也卖产品;第三张牌,大力发展民俗文化,提高农旅融合的'含金量'。我相信,这三张牌一打,不仅村民的收入大幅增加,村容村貌也会焕然一新。"

刘炜建话音刚落,会场响起一片掌声。这热烈的掌声,让刘炜建长松了一口气,他知道这次"应考"成功了。

组织群众、发动群众、依靠群众,为各项工作的顺利开展铺平了道路。平园池村顺势而为,以"文+农+旅"深度融合为理念,因地制宜发挥当地资源禀赋优势,大力发展乡村休闲、生态农业观光。

他们巧做莲藕文章,引进百余种观赏型荷花,配套建设道路、木栈道、观景台等硬件设施,将闲置的水塘打造成游人如织的千亩生态藕池文化园,形成集"风景、鲜花、莲蓬、莲子、荷叶茶"等于一体的生态产业链,村里"长"出了400多亩盆景农场、230多亩观光采摘园、23个农民专业合作社和家庭农场。从旅游观光到荷藕产业和套养甲鱼700亩,从传统农业村变身胜迹遍布、百业兴旺的"网红乡村",在四季有景的平园池村,800多名村民捧上了"旅游饭碗"。

几年来，平园池村的村容村貌也焕然一新。他们整合财政扶持项目，拉动招商引资，先后投入数千万元改造农田、扩建荷塘，建起1100多亩藕池园。大力发展乡村休闲、生态农业观光。闲置的房屋变成了民宿，曾经的粮仓变成了农耕名俗文化馆，通过这些资源整合，将乡村旅游与产业形态塑造相结合，大力推动传统农业向现代农业转变。

近年来，平园池村深入发掘"荷藕"文化，打造"荷藕产业链条"和"荷乡旅游品牌"，"江海平原第一藕香荷韵"美名不胫而走。据刘炜建介绍，平园池策划推出的荷花节，现已成为招商引资、对外宣传推介的重要平台，一年一届的荷花节，既是吸引游客走进乡村、畅享美景的旅游盛会，也是当地全民共享、百姓尽欢的文化"筵席"。

除了荷花，平园池村四季皆有风景。春季的牡丹、秋季的菊花，吸引着不少游客来此休闲度假，他们打造的冬季温泉，温暖的水汽成为寒冬里的暖流。

夏日午后，走进平园池村食用玫瑰花种植基地，南通盛塘农业科技有限公司负责人许映春自豪地介绍，该基地是目前江苏省唯一一家大规模食用玫瑰花种植基地，基地内40多万株玫瑰花是从山东引进的食用玫瑰。

"既能观赏，又能食用，一朵玫瑰花，能赚两份钱。"许映春说，该项目投资不久，投资成本就已全部收回。据了解，食用玫瑰花易种植，从4月中旬一直开到10月中旬，采下的新鲜玫瑰花在消毒后的车间烘干、晾晒后，可以制作成花茶、鲜花液、细胞液、干花瓣、鲜花素、精油、纯露、花酱等产品，这些产品畅销江苏、山东、安徽等地。他们还与扬州大学农学院合作，从花苞、花瓣、花粉、花叶等环节展开链式开发，创造更高的经济效益。

值得一提的是，盛花期每天有100多个村民前来采摘，带动了周边村民的就业增收。玫瑰花事业，可谓"甜蜜"了百姓生活，"浪漫"了乡村"钱"景。

清晨，朝霞满天。村民曹连达趁着早凉，钻进了荷塘忙碌起来。池塘里，200亩太空莲长势喜人，茎秆伸出水面约一人高，宛如一片小树林，手掌般大小的莲蓬取代夏花成了当季主角。"它又叫水果莲，花刚谢不久，莲子水嫩得很，游客们抢着买。"曹连达介绍，荷塘由村里统一承包，他只负责采摘，一天能挣130多元，比种地划算多了。

另一片藕塘前，平园池村村委会主任秦德来和村旅游公司负责人张晓辉正在商议莲藕销路事宜。"莲藕、莲子、荷叶是平园池的三件宝。"秦德来指着面前的800亩荷塘兴奋地告诉笔者,2022年"三宝"销售额预计将达3000万元,千亩荷塘亩均毛利润超过1万元。

荷塘不仅有莲藕,还有"富硒甲鱼"。当地村民王利强投资700多万元,创办了利用荷塘资源养殖"富硒甲鱼"的欢庆家庭农场,50亩孵化基地和350亩商品甲鱼养殖基地,全部采用生态化养殖,亩产400公斤,到年底出售,最低价每公斤卖到360元,最高价每公斤520元,亩产达十五六万元,一年就收回了投资成本。

500亩牡丹园、600亩菊花园、400亩盆景农场、200亩采摘园,让平园池村唱了乡村旅游的"四季歌",村民的收入也随之水涨船高,村民平均年收入已从2015年前的1.8万元增长到2021年末的3.37万元,村集体年收入也从2015年的30万元增加至2021年末的300多万元。

富了"口袋",更富"脑袋"。挖掘民俗文化,是平园池村旅游发展的另一主题。如皋素有"长寿之乡"美誉,有数百位百岁老人,"长寿文化"成为如皋市的一张文化名片。平园池村依托这一人文优势,将"长寿之乡"文化融入当地传统工艺中,为"长寿之乡"烙上鲜明的乡村日常印记。

周日的下午,走进平园池村农耕民俗文化馆,一位来自如皋的志愿者带着一群小学生握着花布、拉着细线,做着五颜六色的"粽子",引来不少好奇的游客围观。一问才知,原来他们做的不是"粽子",而是一种特殊的长寿香囊。而这位志愿者正是这项传统工艺的非物质文化遗产继承人唐筱梅。

苍术、佩兰、薄荷、藿香……一包包小香囊,馥郁芬芳。唐筱梅现场手把手地教孩子们制作。"一开始做香囊粽子的时候,我都穿不过去线。"来自如皋经济技术开发区第二实验小学的范吴晗说,"在唐老师的帮助和指导下,现在我做得熟练了,做好的手工也能送给自己珍惜的人,我特别高兴!"参与制作香囊,只是平园池村传承弘扬中华优秀传统文化的一个缩影。

带着香囊的香味,我们走出农耕民俗文化馆时,一支旗袍队迎面而来,十几位身着旗袍的阿姨们撑着传统的油纸伞,穿行于荷塘的长廊上。远远望去,旗袍上红色的彩绘花纹,装点在白墙灰瓦与接天莲叶的背景中,甚是好看。

旗袍队的队员秦皖兰告诉我们,"村里2017年成立了旗袍队,现在共有34位村民参与了进来,年龄30多岁到70多岁不等。平时有活动,我们就来表演旗袍秀，看着游客们拍照喝彩，我们也很开心。"

六月的夏日，清澈透亮的水面上，大片大片碧绿的莲叶舒展着身躯，朵朵粉红的荷花点缀其间。短短几年，平园池村已从经济薄弱村一跃成为"中国美丽休闲乡村""全国乡村治理示范村"和"全国文明村"。"传承民俗文化，让大家看得见发展，也记得住乡愁。"刘炜建说。

带着新鲜感，呼吸着清新的空气，徜徉在花海般的平园池村，我们似乎也能体验到"小楫轻舟，梦入芙蓉浦"的情思和遐想。

每逢周六、周日，是南京西南角的高淳蓝溪村"乡村房东"杨婷最忙碌的日子。

2010年，20多岁的杨婷因"留在村里没有发展机会，种地更不行"，而跟农村的大多年轻人一样——外出打工。

前些年，蓝溪村的乡村旅游悄然火了起来，杨婷看出了商机，她与丈夫商量后拿出全部积蓄，回到蓝溪村石墙围自然村创办农家乐。

杨婷的决策当然是有依据的，蓝溪村紧靠国内首座"国际慢城"桠溪，这让蓝溪人眼前一亮，他们开始认真思考如何近水楼台先得月，依托"慢城"卫星村优势体现"慢"价值。

于是，蓝溪村组织了村级招商队，通过乡贤的引荐"招凰引凤"。很快，第一家想在蓝溪发展总部经济的医疗器械公司被成功引进，紧随其后，符合蓝溪村开发方向的旅游专业企业、农业休闲观光公司也被纷纷吸引了进来。

正是在全村招商的大环境下，杨婷回村创业。"没想到，农家乐一办就火，后来我就从农家乐发展到做民宿。"杨婷清楚记得，从农家乐做到民宿，生意火热一直持续到了2018年，"基本上周边城市的旅行团都来游玩过"。

"周边旅行团数量有限，村子又没有新的游玩项目更新。"2019年，村里民宿产业遭遇滑铁卢。那段时间，焦虑挂在了村民们脸上。杨婷不服，国家都实施乡村振兴战略，倡导大力发展农村，不可能一点机遇都没有吧？必须坚持下去！

功夫不负有心人，村里传来与南京市总工会谈妥要建职工疗养基地项目的消息，这让蓝溪人为之一振。果然，项目一开建，蓝溪村再次由"冷"转"热"。"这一次，生意比之前还要好，民宿的客房，一到周末就爆满。"因而，每到周六、周日，都是杨婷接待游客最为忙碌的日子。

"从山村农家乐到田园民宿村,从美食一条街到游购娱一体化,从村集体增收到全村共享发展成果……蓝溪村农旅融合发展经历了从'1.0'到'2.0'的版本蝶变。"谈及打造"慢村"快跑的十年,村党总支书记张波啜了口茶,打开了话匣子,该村深入推进的农旅融合、总部经济、土地流转承包、门面出租等,使得蓝溪村的经济曲线连年上扬——截至 2021 年底,全村共有农家乐 81 户、民宿 60 户,带动农民就业 530 多人,村集体收入达到 180 万元。

"蓝溪的下一个奋斗目标是达到农旅融合'5.0'版,即从吃农家饭、住农家屋,到打造世外桃源般星级酒店式轻奢款乡村农旅。"张波信心满满。

背靠独特的乡村资源,因势利导推动农旅融合,是江苏乡村振兴中的一个亮点。如蓝溪村依靠"国际慢城"卫星村发展农旅产业,而扬州市仪征陈集镇沙集村则依靠该村自有的红色资源发展起农旅融合产业。

沙集村地处苏皖两省交界处,是扬州著名的革命老区。1939 年,仪征县第一届县委就诞生于此。近年来,这片"红色热土"通过农业招商,一二三产融合发展,村集体经济不断发展壮大,摘掉了穷帽子,成了仪征脱贫致富典型村。

2020 年 12 月,沙集村将南井组的原八一希望小学旧址改造为红色旅游景点。这个景点以仪征县第一届县委、新四军革命事迹为基础,通过精心布展,打造成仪征市红色文化教育基地,长期开展展示参观、学习教育培训等活动。

此外,沙集村还在红色文化教育基地周边,恢复打造南井组在清末民初时期有名的吴家粉坊,同时在周边划出一小块土地,种植五谷杂粮,展示蓑衣、耕牛、石舂等,切实把红色旅游和美丽宜居乡村、绿色循环农业结合起来,以旅兴农,以农带旅,彰显生态旅游效应。

清水蜿蜒,道路平整,绿树成荫,万花掩映。

走进江苏乡村,处处美景如画。

2022 年 9 月 16 日,2022"苏韵乡情"乡村休闲旅游农业(南京)专场推介暨第十八届中国·南京农业嘉年华在江宁区湖熟街道现代农业产业园开幕。本次活动全面展示了近年来南京推进乡村振兴、打造都市田园取得的成果。

活动现场,主办方发布了江苏省休闲旅游农业十大特色模式、百个经典项目和 120 家江苏省乡村休闲运动基地;南京富蓝特蓝莓种植专业合作社、江宁区金美家庭农场等 40 家主体被授予南京市"苏韵乡情"品牌系列标识使用权;谷里街道的都市农业公园＋康养温泉度假区项目、湖熟街道的海岳天初级农产品加工流通基地项目等一批南京市一二三产融合重点项目合作签约,总金额超 10 亿元,为乡村发展注入新动能、新活力。

现场还举行了"南京市大学生耕读教育实践基地"授牌仪式,这是南京市农业农村局牵头推动休闲农业基地与相关学校合作的农教融合新模式。

2022 年 9 月,江苏省住房和城乡建设厅召开江苏省美丽田园乡村游赏指南推广新闻发布会,发布了"烟波古渡""森海逸趣""果荷飘香"等 30 条"江苏省美丽田园乡村游赏线路",供广大游客参考借鉴。

至此,江苏已累计公布了 439 个省级传统村落和 540 个省级特色田园乡村,其中,省级特色田园乡村实现了 76 个涉农县(市、区)全覆盖,苏州市吴中区被确定为国家首批传统村落集中连片保护利用示范县。

在此之前,江苏省住房和城乡建设厅还联合省农业农村厅、省文化和旅游厅、省乡村振兴局、省乡村规划建设研究会等部门和单位,在美丽田园乡村游赏线路的基础上,优化推出了覆盖 13 个设区市以及环太湖地区、大运河沿线的 30 条游赏线路,聚焦古韵、山水、田园、赏花、美食、红色、养生、亲子等热门旅游主题,涉及的省级特色田园乡村和传统村落增至 144 个,这些村庄大多集中在城市近郊,线路长度适合周末和短期游。

为进一步推动江苏传统村落保护和发展,展现传统村落与自然、山水、田园高度融合的文化特质,2022 年 5 月,江苏省住房和城乡建设厅委托省乡村规划建设研究会面向全社会公开征集江苏省传统村落徽志,吸引社会各界广泛参与传统村落保护工作。

此次"江苏省美丽田园乡村游赏线路"发布后,江苏省住房和城乡建设厅专门组织开发了"江苏省美丽田园乡村游赏指南"微信小程序,方便游客随时随地、快捷灵活地查看 30 条游赏线路的具体信息,实现从"指尖"直达"乡村"。

只要按图索骥,打开微信小程序主题页面,即可浏览到各种乡村游线路介绍、游线地图及游线列表,进入游线列表页面,还可查看村庄介绍、收听语音讲解、使用一键导航,查询周边著名景点、农家乐、酒店民宿等配套设施列表及联系方式,真是方便极了。

新风扑面

2018 年,盐城市滨海县八巨镇前案村党总支书记朱洪辉启动了农房改造计划,筹建 500 户居民的新村点。他给这个新村点取了一个吉祥的名字——龙兴庄。

逐梦路上,难得一路坦途。打造"龙兴庄"亦是如此。"动员村民往新村点搬迁,真是煞费苦心。"朱洪辉说。

自家的农房虽然低矮破旧,但大多是住了几十年的老住宅,让村民们搬离旧宅基,他们难以割舍。朱洪辉迎难而上,采取分步实施、分期推动的计划。经过一年多的努力,首期 142 套焕然一新的农房于 2019 年 10 月竣工。

当这青瓦白墙、错落有致的"农家别墅"呈现在村民们面前时,他们惊呆了:这不是城里人的房型结构吗? 客厅、卧室,卫生间、厨房间等一应俱全,水电气网等全部通好。比城里人的套房更高一筹的是,这些房屋有独立的院子,并且自成既封闭又开放的农村社区体系,每户都有专用的停车库,路道、路灯、绿化、广场均配套齐全,村里还将河道、道路、社区清理保洁定为公益岗,招聘村民走上公益岗,走出了"为群众、靠群众"的物业治理新路径。

"这房子,漂亮又实用!"村民们发出了由衷的赞叹。

再看房价,都是村民所能承受的水平。以村民曹健康为例,他早年就有翻盖新房的打算,为了早日实现梦想,他在外拼命打工挣钱,省吃俭用,攒下了一点钱,但算来算去,翻盖一套新房要花费三四十万元,而他订购了"龙兴庄"的首期楼上楼下合计 120 平方米的房子,房价只有 1200 元/平方米,总价 15 万元左右。而且,他的旧房拆迁是按 750 元/平方米折算的,再加上宅基地补助的 1 万元,他总共只花了 5 万元左右就住进了新房。

"龙兴庄"首期工程交付后,二期、三期工程推进时,村民们全力支持,踊跃参与。目前,"龙兴庄"已搬迁进 412 户居民,全部竣工后,预计搬迁进居民 610 户,占全村农户的 73.5%。

在离"龙兴庄"不远的地方,还有一个集中的商贸区——前案老街,这些临街建筑,开设了农特产品、餐饮等特色小店,以农旅融合吸引人气,以人气焕发商机,繁荣了消费经济,成了前案村的"网红打卡地"。

"动员村民搬进龙兴庄,原先的宅基地复垦为耕田,再流转出去,每年能增加40多万元的租金收入。这些收入,来之于民,用之于民。"朱洪辉说,在农房改造中,兜底脱贫户换新房的费用全由村集体承担。该村已有12户五保户、38户低收入农户未花一分钱,住上了五六十平方米的新房子。

青瓦白墙、绿树成行、小桥流水……被水墨调色过的前案村,愈加美丽。

村子大变样,文明紧跟上。为加强村党组织建设,朱洪辉创新开设了"道德讲堂""田间微课堂"。"讲师"除朱洪辉等村干部外,村里的文明标兵户、身边典型纷纷现身说法,以身边事感染身边人,营造向上向善的村风民风。

村民张从友的妻子长期瘫痪在床,张从友不离不弃,照顾妻子十多年,赢得了村民的一致赞誉。由于家有病人,过去,张从友的日子过得紧巴巴的,在朱洪辉的安排下,张从友做了村里的保洁员,有了一份固定的收入。

2019年,"龙兴庄"二期工程中,张从友几乎没花一分钱,就住进了"龙兴庄"。朱洪辉还从培树典型的角度出发,帮助张从友成功申报了"盐城好人"。

文化程度不高的张从友被特聘为村"道德讲堂"讲师,他以自己亲身经历的时代巨变,讲述励精图治的前案故事,真实可信,打动人心。

在朱洪辉的张罗下,村里成立了文明新风理事会,制定了理事会章程,设立了红事白事登记簿,根据登记情况和积分评定标准,填写文明积分评议表,公示后经村两委会表决通过,凭此积分可到文明积分超市兑换日常生活用品。并设立新风餐厅,根据红事白事登记情况,每桌不超过500元,桌数控制在6桌以内。

文明新风,扑面而来。通过移风易俗,红白事大操大办的现象已经消失,邻里纷争越来越少,聚众打牌更是一去不返……

走进前案村,还能随时见到温馨的志愿者驿站,这些散落全村的驿站,为村民提供茶水、充电和短时休息服务。"感觉到整个村庄成了一个随时能够休闲的会客厅,既保留了理想中的村庄样子,又不失时尚气息。"这是返乡务工的年轻人,在微信朋友圈转发的信息。

村里打造了前案公园、乡村大舞台,投资兴建了3500平方米的村民文化法治广场,利用法制长廊、电子屏、文化墙、宣传栏、文明家庭和文明卫生户创评等,开展社会主义核心价值观宣传教育，引领文明风尚；两年一届的村民广场文化艺术节，极大地丰富了群众文化生活。

连云港市赣榆区海头镇海前村毗邻国家级中心渔港——海头港，全村1728户中有400多户从事电商行业，经营海鲜产品的占到村民总数的一半以上。近年来，海前村因地制宜，依托传统海洋渔业资源优势，抢抓网络经济发展机遇，大力发展传统文化产业和新兴电子商务产业，通过组织开展新风培育、电商培训等志愿服务活动，带动全村形成线上与线下互动、农户与客户直通、增收与增智并重的专业村、文明村发展格局，探索出一条"乡风文明＋阵地强势＋产业新颖"的富民兴村新路。该村先后获得市级文明村、省级"和谐社区示范村"、省"农村电子商务示范村"、全国乡村特色产业亿元村等荣誉。

有一段时期，随着电商产业发展得越发红火，海前村村民生活水平得到大幅提高，而在红白事方面求"讲究"、搞排场，造成人情包袱繁重，全村要求风俗改革的呼声愈加高涨。为此，海前村新时代文明实践站组织党员和群众代表召开专题会，成立红白理事会，组成以老党员为会长，村"两委"干部、乡贤、实践站志愿者为成员的领导小组，对村民展开白事慰问、殡葬事宜联络、餐饮对接等服务。

通过入户走访广泛征求村民意见，海前村制订了红白事操办标准，并将其纳入《村规民约》，"约"定升学、落新宅等取消办酒，红白事简易筹办等内容。而后，村里通过悬挂横幅标语、张贴倡议书等方式，让文明新风深入村庄各个角落，使全体村民在潜移默化中提高思想认识。同时，理事会成员带头签订《移风易俗承诺书》，以实际行动自觉抵制陈规陋习，传播厚养薄葬理念，弘扬勤俭节约新风，带动了村风民风向上向善。

"这些年每到暑假，都要参加几场升学宴，礼金越来越重，负担也越来越重。今年村委会老早就下发了通知，大家也都自觉遵守、抵制攀比、不办酒席，村里上门赠送助学金，送一些大学生活的学习用品和必需品，简简单单地为孩子庆祝一下，这样做，让家长和孩子都更加开心。"村民张昇荣说。

"红白事不能大操大办的道理，老百姓都明白，但是又不好意思遇事简办，就是觉得没面子。我们将'移风易俗'纳入村规民约，党员干部带头垂范，大家自然都支持。现在，我们的基层组织凝聚力、新风正气同步得到了提高，党群干群关系也得到了明显改善。"海前村党支部书记周家新说。

海前村还定期开展"文明家庭""好婆婆好媳妇""十佳诚信电商"等评选活动，每季度公布"人情新风红黑榜"，通过选树正面典型，曝光反面案例，整顿不良风气，鼓励村民见贤思齐、崇德向善。

仓廪实而知礼节，衣食足而知荣辱。海前村坚持经济发展与精神文明建设同步推进，常态化开展"净美家园"行动，实施通村主体道路绿化亮化工程，升级改造居民小区活动广场，建成一座塑胶篮球场，安装全套健身器材，公共广场占地面积达到3000平方米，满足群众健康生活需求。村民殷翠华自豪地说道："以前，我们都得去隔壁村活动，现在我们有了自己的场所，大家晚上也都愿意出来锻炼了，跳跳广场舞、聊聊家常，其乐融融。"

走进村新时代文明实践站，只见功能齐全、图书满柜，其藏书达1600余册。

引起我们浓厚兴趣的是，该村新时代文明实践站内还设立了海州湾农民书画院分院，周家新告诉我们，村里成立了书画指导志愿服务队，免费提供书画培训，为村民尤其是老年人提供了一方交流切磋技艺、展示自我风采的平台。"这一做法，不仅丰富了老年人的精神文化生活，促进了邻里间和谐相处，更能够让基层群众零距离接受传统文化的熏陶，同时提升了实践站文化志愿服务项目的品牌内涵。"

针对乡村孩子暑期无处去、课外活动匮乏等问题，海前村再度精准对接群众需求，重点打造妇女儿童之家和乡村复兴少年宫，招募暑期返乡大学生，开展"七彩假日"志愿服务活动，开展书法、绘画、剪纸等传统技艺培训，防溺水等安全教育讲座，还有课业辅导和心理疏导，将"陪伴作业、培养兴趣、保障安全"融为一体，将关爱未成年人工作落到实处。

这一做法，切实解决了从事电商的村民后顾之忧。村民王虎说："我们晚上直播带货，白天要打包发货，没时间去关心孩子，而自从实践站里暑假开了课，孩子们都在一起学习玩耍，更不用担心孩子的安全，真是帮了我们大忙了。"

2021年，海前村从事电商产业的村民达到3000余人，电商销售额超过10亿元。海头镇以此为支撑，将镇电商协会、电商党支部设在海前村。目前，海头镇电商协会共有成员130余人。

"这些协会的会员，都成了乐于公益事业的志愿者。"周家新连称协会是基层治理不可或缺的"左膀右臂"。在采访中，我们也确实听到了许多协会会员们的好人好事，比如，疫情期间，协会组成志愿者队伍，自发到各防疫卡口慰问并捐款捐物；在升学季，协会会员们会自发去困境家庭捐赠助学金；而到了传统节日，协会的会员们也会相约着看望陪伴孤寡老人。协会会长仲崇庆感慨地说："我在海边长大的，也吃过很多苦，现在看到海前村发展得越来越好，大家心往一处想、劲往一处使，感到很欣慰，我多为村里多做些贡献，也是理所当然、责无旁贷的事。"

海前村还建成了电商孵化中心，组建独具特色的电商志愿服务队，招募电商商家、"网红"及返乡优秀青年人才参与志愿服务活动，常态化开展一对一帮带、手把手培育，已助力近百人创业成功。举办电商创业培训50余场次，带动近千人就业。

"终于用上了水冲式厕所，不仅方便，还干净卫生。"徐州市邳州市碾庄镇彭庄村村民彭德富说。以前彭庄村环境卫生各方面都比较差，道路两旁都是旱厕，一到夏天就散发出难闻的臭味；现在，他看到工作人员正在为新建的水冲厕所修建化粪池，村干部带领村民清理周围的杂草和杂物，忍不住喜悦的心情。

近年来，徐州邳州各镇区将农村改厕工作作为改善农村居住环境、提高农民生活质量的重要抓手，全力推进农村"厕所革命"，各村品质得到极大提升。为彻底整治村庄环境，彭庄村9个村干部，每人各带一组人，围绕着村里的主要道路，打扫环境卫生、清理房前屋后杂物。

同时，该村利用广播宣传，号召家家户户全部行动起来，积极参与"创文"工作。截至2021年12月，该村所有旱厕、黑臭水体已经清理完毕，新建水冲式厕所30多座。"我们打算整修村内所有下水道，铺上盖板，实施村庄环境常态化管理。"彭庄村党支部书记表示。

借邳州创建全国文明城市东风，碾庄镇以"厕所革命"加大农村环境综合整治力度。如今，乡村面貌焕然一新，百姓真真切切感受到了生活的幸福。

夏夜，位于南通市启东市区东郊的惠萍镇"三角区"公园，总会迎来数十位居住在附近的村民前来跳舞、散步、游玩，而3年前，这里还是一大片"散乱污"小作坊集聚区，环境卫生脏乱差，居民过往皆掩鼻。环境的改变，也几乎是"一眨眼"的工夫。

无论是彭庄村的"全村改厕"，还是惠萍镇的"三角区公园"，这都是江苏推进农村人居环境整治提升进程中显现的一朵小小浪花。

发展永无止境，奋斗未有穷期。江苏省委省政府从改善农村人居环境大局出发，提出了"十四五"期间建设生态宜居美丽乡村的目标任务和政策举措，持续改善提升江苏农村人居环境质量。

"十四五"期间，江苏明确启动"二二二"建设计划，即推动指导全省20个县（市、区）、200个乡镇（街道）、2000个行政村发挥农村人居环境整治提升示范带动作用，确保到2025年末，全省农村人居环境持续改善提升，生态美、环境美、人文美、管护水平高的"三美一高"生态宜居美丽乡村建设取得显著成效。

聚焦生态宜居美丽乡村的建设目标，江苏提出了夯实村庄建设基础、提升农民生活品质、保护乡村农韵肌理等五大重点任务。其中，围绕农村厕所整治、生活污水治理、生活垃圾治理等短板弱项，明确农村新建户厕要由室外向室内转变、由厕所向卫生间转变，满足农民群众现代生活方式需求；农村水环境综合整治要以房前屋后河塘沟渠和群众反映强烈的黑臭水体为重点，根据污染成因，综合采用控源截污、水体净化等措施开展治理，并建立健全长效运行维护机制，确保到2025年，全省基本消除较大面积的农村黑臭水体。

为了保存乡愁记忆，江苏还明确将挖掘乡村特色风貌元素，并鼓励有条件的地区在农村人居环境整治提升中，同步发展农业休闲观光旅游等新产业新业态，力争到2025年，建成特色田园乡村1000个，有效保护1000个左右的省级传统村落和传统建筑组群。在此基础上，深入挖掘本土特色乡村文化，建立一批科普性强的农耕体验基地、教育基地和文化馆，推进乡村文化传承发展。

忽如一夜春风来，千树万树梨花开。

在开启全面建设社会主义现代化国家新征程中，全面推进"产业兴旺、生态宜居、乡风文明、治理有效、生活富裕"的乡村振兴，成为第二个百年奋斗目标的重要内容。

进入新时代，踏上新征程，江苏明确了发展目标任务和举措，将持续沿着"高质量发展、高水平循环、高技术引领、高成长收入、高品质生活、高效能治理和加快形成新型工农城乡关系"的规划目标和路径，一步一个脚印，把发展蓝图变成美好现实。

乡村新振兴，未来已来；乡村新振兴，未来可期。

第七篇章 绿色新标识

蓝天白云,天朗气清,尽显生态之美。放眼远眺,大江之上层林叠翠、江河湖泊碧水荡漾;环视四周,城区处处花团锦簇、绿意盎然。

一幅幅山水人城和谐相融的新画卷,让人心醉。

长江72.6公里生产岸线转为生活、生态岸线,长江江苏段再现水清岸绿、江豚游弋喜人景象;全省生态环境质量达到有监测记录以来最好水平,PM2.5平均浓度下降到33微克/立方米、空气优良天数比率达82.4%、水环境国考断面优Ⅲ类比例达87.1%;全省共建成国家森林城市8个、国家生态园林城市9个,获联合国人居环境奖城市5个,建成省级特色田园乡村446个……

一个个活生生的充满说服力的新数据,激荡人心。

2021年11月30日,初冬的南京寒意微凉,江苏省现代美术馆里却洋溢着春天的气息。

由江苏省文联主办、江苏省摄影家协会承办、江苏省现代美术馆协办的"美丽江苏"摄影大展正式开展。组委会从20000多幅征集作品中选出300幅摄影作品、18件视频作品,摄影家们运用娴熟的摄影语言,将对美丽江苏的赞美、对美好家园和生活的热爱融入光影、定格成像。在镜头旋转之下,黄海之开阔、江淮之灵秀、运河之绵长、太湖之浩渺一览无余,江苏坚持生态优先、绿色发展的新成果一一铺陈,江苏开放包容、勇立潮头的新面貌争相展现,美丽江苏的自然生态之美、城乡宜居之美、水韵人文之美和绿色发展之美在展览中得以充分彰显。

"强富美高"新江苏现代化建设是一个有机整体,绿色是美丽江苏建设最为靓丽的标识,是"强富美高"新江苏现代化建设最为鲜明的底色,是人民群众美好生活需要的最为基本的成色。

美丽江苏建设,是对人民追求美好生活的真诚回应,是一张看得见未来的宏伟蓝图。

强力"治污",美丽江苏更清爽;主动"留白",美丽江苏更和谐;大力"添绿",美丽江苏更怡人。

由"一城煤灰半城土"变为"一城青山半城湖"的徐州,由"垃圾围城"变成全省闻名生态镇、电商镇的宿迁市耿车镇,"腾笼换鸟"实现华丽转身的张家港东沙化工园等,都是江苏不断优化生态环境的缩影。

建设美丽江苏是推进现代化建设、实现高质量发展、创造高品质生活的必然要求。在迈向社会主义现代化强国的新征程中,江苏将全面贯彻习近平生态文明思想,深入实施可持续发展战略,坚持生态优先绿色发展,更为有力地推进美丽江苏建设,作为坚决扛起"争当表率、争做示范、走在前列"光荣使命的重要内容和重大历史任务。

人不负青山,青山定不负人。

在这片有风景、有底蕴的土地上,江苏儿女正织好绿色发展的"双面绣",描绘生态环境高质量发展更为绚丽的篇章!

为建设美丽江苏注入澎湃动力

作为自古以来人皆向往之的鱼米之乡、富庶之地,江苏自然条件优越、生态禀赋较好,"水韵江苏"特质鲜明,园林城市、名城名镇和美丽乡村众多。"日出江花红胜火,春来江水绿如蓝。"放眼江苏大地,一幅彰显自然生态之美、城乡宜居之美、水韵人文之美和绿色发展之美的锦绣"苏"景图正徐徐展开。

——擦亮"绿色"的底色,舒展自然生态之美。江苏把筑牢生态底线作为美丽江苏的首要任务,牢固树立"绿水青山就是金山银山"理念,以生态环境高水平保护促进经济高质量发展的坚定决心打好污染防治攻坚战,深入实施山水林田湖草一体化生态修复,生态环境在十年间实现了从严重透支到明显好转的历史性转变。江苏主要入长江支流和入海河流全部消除劣 V 类,全省林木覆盖率达到 24%,盐城的黄海湿地成功申报世界自然遗产,填补了我国滨海湿地类的空白……如今,"绿色"越来越成为美丽江苏最靓丽的标识、成为"强富美高"新江苏现代化建设最鲜明的底色。

——点亮"幸福"的暖色,勾勒城乡宜居之美。作为全国唯一的美丽宜居城市的试点省份,江苏从两方面发力:一方面积极推动实施城市更新行动,进一步优化存量、提升品质、完善结构,回应人民群众对美好生活的向往;另一方面,大力开展农村人居环境整治提升行动,十年间累计建成绿美村庄近 1 万个,持续推动广大乡村实现从局部美到全域美、从外在美到内在美、从一时美到持久美、从观感美到机制美的美丽蝶变。目前,江苏拥有 9 个国家生态园林城市,15 个城市获得"中国人居环境奖",山清水秀、天蓝地绿的城乡宜居美景让"向往的生活"照进现实。

——刻画"流动"的线条,描摹水韵人文之美。"美不美,家乡水。"江苏是全国唯一同时拥有大江大河大湖大海的省份,不仅拥有 400 多公里长的长江、近 1000 公里海岸线,还拥有全国五大淡水湖中的两大淡水湖——太湖和洪泽湖,以及淮河和京杭大运河。江苏因水而兴、因水而盛,更因水而美而灵动。江苏以实际行动守护一江清水,长江江苏段生态环境质量发生转折性变化。此外,江苏着力塑造"水韵江苏"文旅品牌,擦亮大运河文化品牌,积极建设长江国家文化公园(江苏段)等,让水韵人文之美在流动的江水中展现江苏的"诗与远方"。

——绘就"融合"的蓝图,打造绿色发展之美。江苏是长江经济带中水网密度最大、发展基础最好、综合竞争力最强的地区之一。面对资源环境承载受限等问题,江苏加快建立健全绿色低碳循环发展经济体系,以加强生态环境保护倒逼产业结构调整和发展方式转变,坚决遏制"两高"项目盲目发展,大力发展绿色低碳产业。十年间,江苏设立碳达峰碳中和科技专项资金,创新推进"绿岛"项目建设,积极打造绿色循环产业园区,不断壮大绿色技术创新载体。潮起江海,奔腾不息,江苏为推动高质量发展注入更多"绿色动能"。

党的十八大以来，江苏坚持生态优先绿色发展，深入实施可持续发展战略，推动长江经济带高质量发展，协同推进降碳、减污、扩绿、增长，促进人口资源环境均衡发展、永续发展，逐步呈现美丽江苏图景。

让我们再看一组数据：

2012年到2021年，江苏全省地区生产总值连跨6个万亿元台阶，从5.4万亿元提升到11.64万亿元，增加115.6%。

十年来，江苏在经济总量翻了一番多的同时，主要污染物排放总量持续下降，单位GDP能耗、碳排放强度分别下降48.3%、43.4%。全省化学需氧量、氨氮、二氧化硫、氮氧化物分别削减25.8%、24.4%、40.7%、46.9%，PM2.5平均浓度下降54.8%、降至33微克/立方米，首次以省为单位达到国家空气质量二级标准，实现历史性突破。

从2012年到2021年，空气优良天数比率提高22.1个百分点、达82.4%，国考断面优Ⅲ比例提升43.7个百分点、达87.1%，劣Ⅴ类断面全面消除，长江干流江苏段水质保持Ⅱ类，太湖治理连续14年实现"两个确保"，湖体总磷、总氮浓度达到十年来最优。

在位于南京河西的江苏省环境监测中心内，有一份珍贵的空气"日历图"。2013年以来，监测中心工作人员每天在固定时间、固定方位拍摄一组照片，直观记录天空"颜值"变化："灰霾天"越来越少，"水晶蓝"已成常态。

2021年，全省生态环境质量指标均创有监测记录以来最好水平，绿色成为江苏高质量发展的鲜明底色。社会公众生态环境满意率连续五年上升，2021年度达93.6%。第二轮中央生态环境保护督察对江苏工作给予高度评价，指出江苏"工作力度大，取得明显成效"，"现代环境治理体系建设走在全国前列"。

这份"高颜值"生态环境答卷来之不易。

历史性转变背后，是江苏深入打好污染防治攻坚战、以生态环境高水平保护促进经济高质量发展的坚定决心。

十年来，江苏省委省政府坚持以习近平生态文明思想为指引，认真落实习近平总书记对江苏工作的重要指示精神。2013年首次以全委会的形式专题研究部署生态文明建设；十三届江苏省委把"生态环境更加优美"列为高水平全面建成小康社会"六大目标"之一；2016年底，以中央环保督察反馈问题整改为契机，启动实施力度更大、针对性更强的专项行动;2018 年召开全省生态环境保护大会,确立"1＋3＋7"污染防治攻坚作战体系。同年,在全国率先成立打好污染防治攻坚战指挥部,以前所未有的决心和力度向污染宣战。2018 年底,省委办公厅印发《关于全面加强生态环境保护坚决打好污染防治攻坚战的实施意见》,提出到 2020 年的总体目标,要求着力解决突出生态环境问题,有效改善环境质量,环境风险得到有效管控。

江苏坚持完整准确全面贯彻新发展理念,全力推动绿色低碳发展。转方式上,牢固树立"绿水青山就是金山银山"理念,以加强生态环境保护倒逼产业结构调整和发展方式转变,坚决遏制"两高"项目盲目发展,出台"三线一单"生态环境分区管控方案,为项目准入划框子、定规则。

在调结构上,江苏切实践行"绿水青山就是金山银山"理念,以加强生态环境保护倒逼产业结构调整和发展方式转变,坚决遏制"两高"项目盲目发展,出台并严守"三线一单"生态环境分区管控方案,为项目准入划框子、定规则。自 2016 年起,江苏把"减化"作为环保工作的重中之重,开展化工企业"四个一批"专项行动,即关停一批、转移一批、升级一批和重组一批。仅 2017 和 2018 两年间,沿长江 8 市累计关停化工企业 2223 家,化工园区由 54 个减少到 29 个,有效破解了"重化围江"难题。全省依法依规关停取缔"散乱污"企业 57275 家,关闭退出 4739 家安全环保不达标、低端低效的化工生产企业。

在增动能上,江苏大力发展绿色低碳产业,推动自愿碳排放权交易,落实碳普惠政策,让主动减碳的市民和小微企业得到实惠。制定清洁生产发展规划,推动企业主动开展清洁用能改造、生产工艺改造、污染治理设施提标改造,不断提高清洁生产水平。

江苏坚持方向不变、力度不减,深入打好污染防治攻坚战。省市县三级设立打好污染防治攻坚战指挥部及办公室,抽调党委政府相关部门人员集中办公,实体化运行。坚持铁腕治污、有案必查,一不怕苦、二不怕得罪人,对环境违法行为零容忍。成立省市两级执法重案组,重拳打击环境污染犯罪;建立异地执法制度,组建 26 支异地执法小分队,排除地方干扰,全力查处重大和跨区域违法案件;对重大环境违法案件,与公安机关和检察院联合挂牌督办、联合现场督导;加强行政执法与刑事司法衔接,全流程彻查犯罪链条;对环保违法企业失信实行联合惩戒；及时启动生态环境损害赔偿诉讼，从"行、刑、民"三方面开展追责。统筹PM2.5和臭氧浓度"双控双减"，累计完成治气重点工程3万余项。

太湖治理，科学谋划，累计投入治太专项资金300亿元，带动各级财政和社会投资超过2000亿元，实施3700余项重点工程，有力推动流域水质改善。

为打好蓝天碧水净土保卫战，江苏统筹PM2.5和臭氧"双控双减"，累计完成治气重点工程3万余项；全面推行断面污染上游责任举证等关键举措，推进排污口"查、测、溯、治"省域全覆盖，完成城市黑臭水体整治591条；加强受污染耕地安全利用，受污染耕地、污染地块安全利用率实现"双90％"目标。

江苏着力解决突出生态环境问题，第一轮中央生态环保督察及"回头看"交办问题全部完成整改。2018、2019、2020年长江经济带国家警示片披露问题率先整改清零，人民群众的生态环境获得感幸福感安全感持续提升。不断做大生态保护分母，出台生态空间管控区域监督管理办法、加强生物多样性保护的意见等文件，创新开展生态安全缓冲区建设，建成国家生态文明建设示范区27个、"绿水青山就是金山银山"实践创新基地6个，数量居全国前列。

通过集中攻坚，推进生态环境治理体系和治理能力现代化，到2020年底，全省生态环境质量持续改善，实现了由严重透支到局部改善，再到全面好转的历史性转变，污染防治攻坚战阶段性目标任务圆满完成。

江苏坚持依法治污、科学治污，推动生态环境治理体系和治理能力现代化。江苏是全国唯一部省共建生态环境治理体系和治理能力现代化试点省。紧紧抓住这一契机，江苏大力推进法规标准、环境基础设施、监测监控"三项基础能力"建设，完善法规标准体系，每年出台一部地方性法规。近年来，江苏着力完善法规标准体系，每年出台一部地方性法规，三年中制定修订地方环境标准101项，数量是过去10年总和的两倍。在全国率先提出"三个转变"，注重源头预防和源头治理，即由倒逼发展向倒逼发展与激励发展并重转变、由攻坚作战向攻坚作战与治本作战并重转变、由指导监督向指导监督与自身高质量发展并重转变，在规划、建设、生产源头采取措施。

2020年，江苏省委十三届八次全会专题部署美丽江苏建设，将其作为一项事关全局的重大战略任务。

2020年5月1日，江苏出台了《江苏省生态环境监测条例》，将环保监测数据纳入人大监督范围,对监测数据造假的机构和个人实行"双罚"。这是全国首部生态环境监测地方性法规,率先建立生态环境损害赔偿"1+7+1"制度体系,创新推出"金环"对话、企业停限产豁免办法,让现代化治理有据可依。

2021年江苏省第十四次党代会提出"坚持生态优先绿色发展,更加有力推进美丽江苏建设"。2021年11月,江苏《关于大力发展绿色金融的指导意见》,即"绿金30条"重磅出炉,明确了今后江苏绿色金融发展的思路、目标和任务。其中提出不少高招、实招,包括探索开展碳汇、核证自愿减排项目交易基础工作,支持符合条件的绿色企业在多层次资本市场上市或挂牌,引导全国性金融机构在江苏设立绿色金融业务中心等。"绿金30条"为绿色金融发展按下"快进键"。

生态兴则文明兴,生态衰则文明衰,生态环境是人类生存和发展的根基。

为加强生态文明宣传教育,促进人与自然和谐共生,2022年6月,江苏省政府印发《江苏省生态文明教育促进办法》(以下简称《办法》),这是全国首部以生态文明教育命名的地方规章。《办法》共6章40条,主要包括总则、学校生态文明教育、家庭生态文明教育、社会生态文明教育、保障激励措施、附则等内容。生态文明教育需要广泛动员全社会参与,为此,《办法》明确,普及和加强生态文明教育是全社会的共同责任。

《办法》与时俱进,吸收了省内外生态文明教育法规政策研究的最新成果,提出了具有一定前瞻性和引领性的措施,基本确立了职责清晰、分工明确的生态文明教育组织实施体系,初步构筑了系统完整、科学可行的生态文明教育支撑保障机制。

推进生态文明教育立法对于回应公众呼吁、填补法律空白、提升工作实效、建设美丽江苏都具有重要意义。

生态环境基础设施既是供给端,又是需求端;既服务重大项目,本身也是重大项目。为推进环境基础设施建设,2022年江苏出台全国首个省域"十四五"生态环境基础设施建设规划(以下简称规划),明确"到2025年,全省建成布局合理、功能完备、安全高效、绿色低碳的现代化生态环境基础设施体系,推动江苏高质量发展走在前列、建设美丽江苏的支撑力量显著增强"。

规划着力解决最直接、最现实的生态环境问题,提出了4个方面10大项工作任务,其中"补短板"任务3项,主要包括城镇污水收集处理、农村生活污水治理和工业废水集中处理;"促提升"任务 3 项,主要包括生活垃圾收运处置、危险废物与一般工业固体废物处置利用以及清洁能源供应;"强支撑"任务 3 项,主要包括自然生态保护、环境风险防控与应急处置和生态环境监测监控;"提水平"任务 1 项,即管理能力现代化。

对应主要任务,规划提出了"十四五"时期重点实施城镇污水处理设施建设、工业园区废水处理设施建设等 9 类重点工程,更加突出系统性,涵盖城乡生活污水、工业废水、生活垃圾、危废和一般工业固废、清洁能源、自然生态保护、生态环境监管等多个领域,涉及生态环境、发展改革、住房城乡建设、农业农村、水利等近 20 个部门,将各部门各领域与生态环境相关的基础设施建设任务进行整合,形成了完整体系和全省统一的抓手。

规划进一步夯实生态环境治理体系和治理能力现代化根基。

江苏积极构建生态环境保护统一战线。省纪委监委推动建设全国首个污染防治综合监管平台,借助纪委监委力量推动环境问题整改;建立生态环境部门会同公安机关的"2+N"重大环境案件联合调查处理机制;生态环境与自然资源和交通运输部门构建"先锋绿源通"党建联盟,进行"跨界"合作和资源"整合"。推进园区生态环境政策集成改革试点,实施园区污染物排放限值限量管理,在园区形成高效的市场配置环境资源方式和先进的生态环境监管模式;开展"绿岛"建设试点,实现中小企业污染物统一收集、集中治理、稳定达标排放。

近年来,江苏在全国率先组织开展城镇区域水污染物平衡核算,每年推动污水集中收集率提升 5 个百分点。提升监测监控能力,建成"天地空"一体的全省生态环境监测网络、全省生态环境大数据平台、生态环境指挥调度中心,2 万余家重点排污单位安装用电、工况监控设施。

深入查找问题根源,开展城镇区域水污染物平衡核算管理,为全省"十四五"全面提升水环境质量,精准治污、科学治污、依法治污提供了有效支撑,为生态环境部门履行统一监督管理职能提供了有力抓手,也为江苏生态环境治理体系和治理能力现代化水平迈上新台阶发挥了积极作用。

2021 年 1 月,江苏打造的企业"环保脸谱"系统正式上线,在手机上查看对应的表情包,就能立即知道企业环保工作做得好不好。

江苏在全国率先实现移动执法终端全覆盖、全联网、全使用,率先建立环保应急管控停限产豁免机制,创新江苏"环保脸谱"体系,在企业中形成"环保好坏不一样"的鲜明导向。

江苏坚持改革创新政策集成,以高水平保护服务高质量发展。坚持以服务促达标,举办"金环"对话会,落实企业环保接待日制度,开展提醒式执法和"驻点帮扶",帮助企业解决污染治理资金和技术难题。制定实施与减污降碳成效挂钩的财政政策,在省级以上工业园区全面推行污染物排放限值限量管理,实施绿色发展领军企业计划,进一步激发地方和市场主体减污降碳的内生动力。开展产业园区生态环境政策集成改革试点,搭建服务外企的"绿桥",累计帮助 9000 余家企业解决 1.2 万余项治污难题。

江苏强力推进生态环境治理体系和治理能力现代化,为建设美丽江苏注入澎湃动力。

奋力建设美丽中国示范省

作为全国人口密度最大、人均资源最少、人均环境容量最小的省,过去五年,江苏牢固树立"生态优先、绿色发展"理念,持续筑牢美丽江苏生态基底,着力增加经济发展的绿色含量,生态环境质量创 21 世纪以来最好水平,环境保护成为普遍自觉。

更加有力推进美丽江苏建设,让绿色成为美丽江苏最靓丽的标识,成为"强富美高"新江苏现代化建设最鲜明的底色,是摆在 8500 多万江苏人民面前的一项重要任务。

"让江苏大地天更蓝、水更清、地更绿、空气更清新",江苏省第十四次党代会报告为今后江苏生态环境建设描绘了生动图景,提出未来五年生态环境质量显著提升,把美丽江苏建设成为美丽中国示范省。

为推进美丽江苏建设,江苏专门构建相关政策体系,成立"美丽江苏建设"领导小组,省委书记任第一组长,省长任组长,统筹协调全省美丽江苏建设工作,加强全省美丽江苏建设领导工作。江苏省委省政府印发《美丽江苏建设总体规划(2021—2035 年)》,提出美丽江苏建设的目标愿景、重点任务和关键举措,充分彰显自然生态之美、城乡宜居之美、水韵人文之美、绿色发展之美,努力建设美丽中国典范。

江苏将深入实施六大重点工程,让美丽江苏更加可感。生态美境建设工程,实施山水林田湖草一体化生态修复,大力提升空气质量,江海河湖统筹改善水环境质量,筑就和谐共生的自然生态安全屏障。美丽宜居建设工程,让人民群众从"住有所居"到住有优居,提升绿色建筑的发展质量,打造美丽宜居标杆城市,建设交相辉映的靓丽城乡。畅达交通建设工程,提升区域一体化的便捷出行服务水平,打造绿色高效现代物流系统,建设广覆盖的城乡交通基础设施网络。水韵江苏人文工程,培育苏韵文艺精品,壮大特色文旅产业,夯实文化设施基础,擦亮大运河文化品牌,充分彰显江苏文脉特质。文明新风倡导工程,开展文明城乡创建活动,实施新时代公民道德建设行动,全方位构建诚信社会体系。绿色发展提升工程,打造绿色循环产业园区,培育绿色发展领军企业,壮大绿色技术创新载体。

建设美丽江苏,8500万江苏儿女以实干担当绘就山水人城和谐相融新画卷。

"绿树村边合,青山郭外斜。"美丽江苏,还体现在乡村田园之美上。要持续加强生态系统保护修复,实施生物多样性保护工程,加快构建自然保护地体系,高质量推进国土绿化。大力实施城市更新行动和农村人居环境整治提升行动,进一步优化城乡人居环境,打造让生活更美好的美丽宜居城市,创建让城市更向往的美丽田园乡村。

更加有力推进美丽江苏建设,离不开通过绿色发展,深入推进源头治理,引领企业、产业转型升级。完善生态补偿和生态产品价值实现机制,加快构建绿色低碳技术创新体系、政策和市场体系,推进生态环境治理体系和治理能力现代化。要大力调整优化能源结构、产业结构、交通运输结构、空间结构,坚决遏制"两高"项目盲目发展。深化重点领域节能增效,大力实施可再生能源替代行动,支持沿海地区建设可再生能源发展示范区,支持里下河地区发展绿色低碳产业、提升生态碳汇能力。

美丽江苏,最美是人。更加有力推进美丽江苏建设,既要塑造可见的"外在美",又要提升可感的"内在美"。每位江苏儿女都积极践行简约适度、绿色低碳生活方式,努力共建共享绿色家园,让绿色成为美丽江苏最靓丽的标识,成为"强富美高"新江苏现代化建设最鲜明的底色。大力推动社会主义核心价值观融入日常生活,全面提升全省人民的思想道德素质和科学文化素养,充分展现美丽江苏的文明之美、和谐之美。

2021年是实施"十四五"规划的开局之年,也是现代化建设进程中具有特殊重要性的一年。

2021年11月,中共中央、国务院印发《关于深入打好污染防治攻坚战的意见》。从"十三五"坚决打好污染防治攻坚战,到"十四五"深入打好污染防治攻坚战,从"坚决"到"深入",意味着污染防治触及的矛盾问题层次更深、领域更广,要求也更高。

2021年江苏省委省政府印发《关于深入打好污染防治攻坚战的实施意见》(以下简称《实施意见》),明确了江苏省深入打好污染防治攻坚战的主要目标:到2025年,全省生态环境质量持续改善,主要污染物排放总量持续下降,实现生态环境质量创优目标。其中,全省PM2.5浓度降至30微克/立方米左右,优良天数比率达到82%以上;地表水国考断面水质优Ⅲ比例达90%以上,近岸海域水质优良(Ⅰ、Ⅱ类)比例达65%以上。到2035年,广泛形成绿色生产生活方式,碳排放达峰后稳中有降,生态环境根本好转,建成美丽中国示范省。《实施意见》要求,加快推动绿色高质量发展,打好蓝天、碧水、净土保卫战,在提升生态环境治理体系和治理能力现代化水平等方面持续发力,同时还细化具体要求。比如,到2025年,全省培育绿色工厂1000家,绿色发展领军企业达500家左右,培育绿色园区15个;全省重度及以上污染天数比率控制在0.2%以内;长江干流水质稳定达到Ⅱ类,全面完成骨干河道和重点湖泊排污口排查整治。

《实施意见》更加注重结合江苏实际,用创新破难题。在国家安排的治污攻坚标志性战役基础上,专门安排了太湖流域综合整治、保障生态环境安全、维护群众环境权益等具有江苏特点的标志性战役,提出"深入打好群众环境权益保卫战",其中,第一条就是要打好噪声污染治理攻坚战。把群众反映非常强烈的噪声污染问题列为专项,这也是体现以人民为中心的治污攻坚理念,切实维护群众环境权益的具体举措。到2025年,江苏城市建成区全面实现功能区声环境质量自动监测,夜间达标率要达到85%以上。

环境基础设施是实施源头治理的重要抓手。为支撑深入打好污染防治攻坚战,江苏省环保集团将为全省每个县(市、区)提供生态环境基础设施建设规划编制技术支撑服务,针对地方短板弱项,分类分步谋划重点工程项目;将树立样板,加快形成以环境基础设施为核心的网络体系,着力建设"三张网",即污染物收集网、监测监控网、基础设施运维网。此外,将探索建立省市县共担的环境基础设施项目资本金出资机制,与市县政府平台合作组建项目公司,共同推进项目建设。

经过20年的持续减排,全省污染物排放总量已明显降低,今后任何一点点改善都要付出更大努力,必须从源头上减少污染排放。

实现环境质量目标并非遥不可及。

《实施意见》的一大特点是,在目标安排上,更加注重争先进位,紧紧围绕江苏省党代会明确的生态环境质量奋斗目标,科学合理、积极稳妥地安排任务,争取到"十四五"末,江苏水、气、生态质量指数等主要指标都有新进位。

深入打好污染防治攻坚战,标准更高,难度更大。

2022年2月9日,全省生态环境保护工作会议召开,江苏拿出深入打好污染防治攻坚战"作战图"——坚持精准治污、科学治污、依法治污,强化系统治理、源头治理,协同推进降碳、减污、扩绿、增长,重点抓好十项任务,推动生态环境质量稳步改善。

江苏省生态环境厅厅长王天琦表示,"十四五"期间,深入打好污染防治攻坚战,必须把减污降碳协同增效作为主攻方向,进一步强化源头治理和协同治理,从根本上缓解生态环境保护结构性、根源性、趋势性矛盾。

经过20年的持续减排,江苏全省污染物排放总量已明显降低,今后任何一点点改善都要付出更大努力,必须从源头上减少污染排放。紧盯蓝天保卫战重点难点,2022年江苏安排治气重点工程逾万项。同时,落实交叉互查、驻点帮扶、排名通报、约谈问责等举措,出台铸造工业、平板玻璃等行业治气标准,加快完成玻璃、石化、化工、水泥等行业以及工业炉窑、垃圾焚烧等重点设施超低排放改造。精准落实应急管控措施,坚决兑现豁免政策,对弄虚作假、违法违规的"豁免"企业,及时移出名单并加大惩处力度。推动健全区域数据共享平台、信用互认制度以及应急联动机制。

打好碧水保卫战方面,江苏生态环境部门坚持水资源、水环境、水生态"三水统筹"，稳步提升优良水体比例。对不能稳定达到Ⅲ类的72个国考断面，实施"一断面一策"，全面开展溯源整治。全面开展农田排灌系统和水产养殖池塘生态化改造。全面启动淮河流域入河排污口排查整治。

为推进治理体系现代化，江苏明确了全省重点抓好的十项任务，包括深化减污降碳，助推绿色低碳高质量发展；坚持系统观念，一体推进生态保护修复；树牢监管权威，不断强化生态环境督察执法；夯实基础支撑，加快推进生态环境治理现代化等。

2022年，无锡市连续第七年以农历新年第一会的形式，全面部署推进环境保护和生态建设工作。无锡市以"双超双有"企业、"两高"项目为重点，全面开展强制性清洁生产审核工作，坚决淘汰落后产能和低效低端产能，深入实施《生态环境基础治理能力提升三年行动计划》。

拓宽源头治理广度，泰州不断探索减污降碳新路径。泰州市生态环境局局长刘晓蕾介绍，将聚焦重点，突破难点，持续推进污染源自动监控全覆盖，加快实现重点区域、重点部位监测点位全覆盖，推进"生物生态监测""新污染物监测""监测质控溯源"等技术创新突破，建立水生生物多样性监测技术体系，全面提升监测监控水平。深入实施"健康长江泰州行动"，将长江大保护工作经验向全域推广，建设国家智能社会治理实验基地，建立健全泰州长江大保护数字化指挥调度体系，提升大数据平台应用价值，推动生态环境治理能力和治理体系现代化。

作为全国唯一部省共建生态环境治理体系和治理能力现代化试点省，江苏探路生态环境治理现代化，持续打好污染防治攻坚战，积极运用一系列新手段、新方法，持续推进生态环境高水平保护，为美丽江苏建设注入活力。

在环境监测与执法上，江苏不断完善"天地空"一体化环境监测网络，建成危废全生命周期监控体系。大力推进"非现场"执法，有效提高了全省环境执法精准度。

在环境治理上，江苏积极开展支持重化产业清洁化改造，创新推出"绿岛"项目和生态安全缓冲区，解决了上万家中小企业治污难题。

今天的江苏，生态环境质量持续改善。美丽江苏的现实画卷正在江苏大地徐徐展开。

构建绿色低碳循环发展经济体系

绿色低碳是新一轮技术革命和产业转型的鲜明特征。

2020年9月，中国向世界郑重宣布"双碳"目标，即二氧化碳排放力争于2030年前达到峰值，努力争取2060年前实现碳中和。

实现"双碳"目标是一场广泛而深刻的变革，不是轻轻松松就能实现的。

向"双碳"目标迈进，是在新时代新阶段贯彻新发展理念、实现高质量发展的必由之路。在江苏，绿色、低碳理念已逐步融入工业经济发展、优化能源结构、产业转型升级等方方面面。

2021年，江苏全省制造业增加值占地区生产总值比重达35.8%、占全国制造业增加值比重达13.3%，两项占比均为全国最高，发挥了"压舱石"作用。软件、物联网等6个集群入围国家先进制造业集群，数量全国第一，创建全国首个国家级区块链发展先导区，两化融合发展水平连续七年全国第一，数字经济发展水平稳居全国第一方阵。

江苏省委省政府认为，"十四五"期间，是江苏生态文明建设从量变到质变的关键时期，必须全面贯彻习近平生态文明思想，深入实施可持续发展战略，把碳达峰碳中和纳入经济社会发展整体布局，加快推动减污降碳协同增效，积极创建全国生态文明试验区，促进人口资源环境均衡发展、永续发展。

"十四五"期间，江苏将以碳达峰碳中和目标为导向，在构建绿色产业结构、提升绿色制造水平、加快产业低碳转型、深化工业领域节能、推进节约集约利用等方面集中发力，坚定不移走生态优先、绿色发展的高质量发展道路。

2022年江苏省政府工作报告提出，大力培育绿色低碳产业，加强绿色低碳技术攻关和应用示范，加快建设国家绿色产业示范基地，提高产业发展的"含绿量""含金量"。

碳达峰碳中和目标愿景下，经济社会发展全面向绿色低碳转型，给江苏产业发展带来机遇和挑战，需要不断增强产业绿色低碳竞争力，补短板锻长板，推动产业绿色低碳高质量发展。

2022年初，江苏省印发《关于加快建立健全绿色低碳循环发展经济体系的实施意见》（以下简称《实施意见》）。

《实施意见》明确,到2025年,产业结构、能源结构、交通运输结构、用地结构明显优化,绿色产业比重显著提升,基础设施绿色化达到新水平,生产生活方式绿色转型成效明显,市场导向的绿色技术创新体系更加完善,法规政策体系更加有效,绿色低碳循环发展的生产体系、流通体系、消费体系初步形成。单位地区生产总值能耗、单位地区生产总值二氧化碳排放、非化石能源消费比重完成国家下达目标任务,万元地区生产总值用水量降低16%以上,地表水国考断面水质优Ⅲ比例达到90%以上,优良天数比率达到82%以上。

到2035年,绿色发展内生动力显著增强,绿色产业规模迈上新台阶,主要行业和产品能源资源利用效率达到国际先进水平,绿色生产生活方式广泛形成,碳排放达峰后稳中有降,生态环境根本好转,美丽江苏建设目标基本实现。

《实施意见》提出包括健全生产体系、流通体系、消费体系、基础设施体系、能源体系、技术创新体系、法规政策等在内的七大体系,全方位诠释了绿色低碳循环发展的核心内涵,对绿色低碳循环发展作出了部署安排。

碳达峰碳中和带来的新一轮产业变革正在蓬勃兴起,江苏加强产业绿色低碳转型的战略谋划,抓紧研判、积极应对,打好污染防治攻坚战,发展绿色低碳产业,为江苏在新一轮国际国内产业技术竞争格局中赢得先机。

江苏省财政厅制定出台《财政支持碳达峰碳中和实施方案》,实施与减污降碳成效挂钩的财政政策,推行多元化生态保护补偿措施,实施水环境区域补偿政策,探索海洋生态保护补偿和大气环境生态补偿制度,推进长江干流和长江支流跨省横向生态补偿机制建设。

此外,江苏大力发展绿色信贷,创新出台"环保担"政策,通过担保、再担保、增信等综合金融服务,引导更多金融资本进入生态环境领域。江苏省财政厅还积极争取国家绿色发展基金投资江苏,推动省级土壤污染防治基金项目落地;积极参与组建国家碳排放权交易机构、登记结算机构;探索省级碳排放权交易平台建设。

苏州市着力打造制造业绿色转型升级的示范标杆,借鉴先进地区经验,优化创新工作方式,持续稳步提升制造业绿色化水平,让绿色成为"苏州制造"品牌的鲜明底色。

为推动制造业高质量发展,苏州市坚持把做好绿色制造体系建设作为转变经济发展方式的重要抓手,加快优化升级产业结构。数据显示,截至 2021 年 8 月,苏州市拥有 47 家国家级绿色工厂、29 家省级绿色工厂,建设数量居全省首位。

"十三五"期间,苏州市持续推进减煤、减化,累计淘汰低效产能企业 7344 家,关停化工企业 661 家,在全国率先实现工业企业资源集约利用综合评价基本全覆盖。

苏州强化环保、安全、技术等标准约束,开展重点行业领域减污降碳行动,聚焦冶金、化工、纺织等传统行业进行清洁化改造,不断提升能源利用效率水平。发展壮大节能环保、新能源、新材料等战略性新兴产业,推动"苏州制造"向高端化、智能化、绿色化转型。

苏州大力培育绿色工厂,响应国家和江苏省关于绿色制造体系项目和解决方案的认定申报工作,在产品绿色设计与制造一体化、绿色关键工艺系统集成应用、先进适用环保装备系统集成应用等方面形成了一定优势。

苏州光伏产业基础扎实,分布式光伏发电系统产业链较为完备。2021 年 6 月,苏州市工信局举办首场分布式光伏发电系统项目建设对接交流活动,引导分布式光伏发电系统产业链主要企业、项目建设单位、行业协会和金融机构共同推动分布式光伏发电系统高质量有序发展,提升产业链企业协作配套能力,促进分布式光伏发电系统在全市工业企业中推广应用。

江苏全面提高工业能效水平,制定实施绿色化节能技改行动计划,对标行业能效基准水平和标杆水平,有序开展节能降碳技术改造,力争到 2025 年全部达到基准水平,其中占比 30% 以上的产能达到标杆水平,让经济发展更加绿色低碳安全。

常州市贯彻新发展理念,持续打造绿色制造先进典型,引领相关领域工业绿色转型,大力培育新能源汽车、可再生能源替代、绿色建筑等产业项目,加快形成节约资源和保护环境的产业结构、生产方式、生活方式和空间格局。

常州抢抓新一轮科技革命和产业变革机遇,坚持高端化、智能化、绿色化、服务化发展目标,聚焦"低效供给、低端产能",坚定做减法,突出绿色技改、节能减排,坚定不移走在生态优先、绿色低碳高质量发展的道路上。

中车戚墅堰机车车辆工艺研究所有限公司坚持"绿色设计、绿色制造"的方针,实施一系列节能减排的绿色改造项目,大力推广应用太阳能等新能源,回收各类余热资源,重点实施了太阳能路灯发电系统、空压机余热回收利用等节能项目,年可减少能源消耗 1500 吨标煤;实施了切削液回收处理再利用系统,年减少切削液等有害物质消耗 68 吨。

走进光大环保技术装备(常州)有限公司,这里拥有"固废无害化和资源化工程技术研究中心""餐厨垃圾资源化利用和无害化处理工程研究中心"等省级绿色研发平台,2017 年生活垃圾焚烧发电一体化处理装备绿色设计平台获国家绿色制造系统项目支持,2019 年获评"国家绿色工厂"。2021 年 7 月,三期屋顶 800 千瓦光伏发电项目顺利并网发电,为助力碳达峰碳中和起到良好示范作用。

近年来,常州共创建国家级绿色园区 2 个,绿色供应链管理示范企业 2 家,绿色制造系统集成项目 3 个,国家级绿色工厂 23 家,数量列全省第二,省级绿色工厂 9 家,数量列全省第三,并在全省率先创建市级绿色工厂共 35 家。

2021 年 12 月,工信部发布 2021 年度绿色制造名单,无锡高新区入选绿色工业园区公示名单,实现无锡零的突破。

无锡高新区作为国家生态工业示范园区,始终坚持绿色工业园区发展理念,坚持节约集约与产业高质量发展有机统一,大力推行绿色、低碳、循环生产模式,坚持节能减排,提高能源利用率。

率先全面推进绿色低碳产业发展,无锡高新区积极探索设立无锡零碳科技产业园,推进"低碳""近零碳"等技术的创新试点示范,引领并带动无锡高新区、无锡市低碳产业发展,打造长三角乃至全国知名的低碳技术集聚区、产业示范区。

作为中国光伏产业发源地,无锡高新区拥有尚德、日托光伏等龙头企业,初步形成较为完整的光伏产业链。"十三五"期间,实现并网发电项目 131 个,装机容量 150 兆瓦,单位 GDP 能耗累计下降 18%,实施节能与循环经济项目 102 个、合同能源管理项目 80 个。截至 2021 年,该区共有 5 家企业获批进入省级绿色制造体系名单,7 家企业获批进入国家级绿色制造体系名单。

下阶段,无锡高新区将紧紧围绕碳达峰碳中和目标,深入践行绿色发展理念,着力构建绿色产业和现代产业体系;推动制造业加速向数字化、网络化、智能化方向转型升级;持续提升产业绿色化水平,加快制造业绿色技术改造升级;聚焦强化政策宣传,优化企业服务,改善营商环境,全力促进企业发展。

镇江是第二批国家低碳试点城市、全国首批生态文明建设先行示范区,也是江苏省唯一的生态文明综合改革试点市。

近十年来,镇江市突出"四大领域",推动绿色低碳转型发展。

——产业高端化。近三年,镇江共实施市级重点绿色化改造项目229个,年节能量达70万吨标准煤。在国内率先出台《绿色工厂评价指标体系》,累计建成国家级绿色工厂18家、市级以上绿色工厂92家。

——能源清洁化。大力发展可再生能源,积极推进扬中国家高比例可再生能源示范区建设。实施镇江燃机、华海热电等一批煤改气工程,全面关停35蒸吨/小时以下燃煤锅炉,每年减少标煤消耗41万吨,减少二氧化碳排放量100万吨以上。

——交通低碳化。镇江建成2条国家级低碳高速公路,全市公交车基本实现100%清洁化。长江码头全部建成岸电系统60余套,建成内河服务区LNG加注站,2020年1月建成镇江六圩水上绿色综合服务区。倡导绿色出行,累计投放共享助力车18400辆,共享单车19300辆。

——建筑绿色化。2021年新建绿色建筑580万平方米,全市城镇绿色建筑占新建建筑比重100%。普及可再生能源建筑应用,全年实现可再生能源建筑应用220万平方米。

未来30年,实现碳达峰碳中和将会贯穿镇江现代化建设的全过程。

泰兴市以江苏省泰兴经济开发区为依托,加快化工企业入园,聚焦高端化、绿色化、智能化发展,加速构建绿色低碳循环发展的经济体系,全力推动化工产业转型升级。以"高端化"引领产业创新转型,"减""延""升"三位一体,加快新旧动能转换,提升产业基础高级化和产业链现代化水平。坚决"减":以化工产业安全环保整治提升行动为契机,加快淘汰工艺低端落后、附加值低、关联度低、风险隐患多的落后产能,累计关闭退出低效落后企业45家,腾出发展空间和容量。精准"延":紧扣氯碱、烯烃链式发展,初步形成以精细化工为基础、以新材料和健康美丽(医药日化)为主导、以现代服务业为保障的"1+2+X"特色产业体系,院士领衔的夏禾科技新型OLED材料、千人专家攻克"卡脖子"技术的京腾昊华聚芳醚等一批填补国内空白的产业链项目相继落地,推动化工产业向下游新兴、高端领域延伸发展。持续"升":建立专家问诊机制,深入开展四轮"一企一策"转型升级工程,引导企业加大技术改造,促进提质增效,累计实施技改项目208个。围绕产业链布局创新链,建立健全"平台＋基金＋项目"模式的区域创新体系,新材料研究中心、精细化工产业研究院已集聚创新创业人才项目10余个,覆盖项目全生命周期的7支产业引导基金市场化运营,实现平台集聚人才、基金加速创新、项目促进发展的良性循环。

从古黄河改造、马陵河治理,到入湖河流水质改善、洪泽湖生态保护修复,宿迁水环境持续改善;从根治废旧物资回收加工污染、围剿"散乱污",到扬尘整治、淘汰老旧车,宿迁拨开雾霾见蓝天……美丽宿迁"天生丽质",更不乏"后天努力"。

"好生态"一直是宿迁良好的资源禀赋和亮丽名片,党的十八大以来,宿迁市坚持"生态立市"不动摇,围绕建设"江苏生态大公园"和江苏发展"绿心地带",坚定不移把生态环境保护好、把生态优势发挥出来,全力走好生态优先、绿色发展之路,接续打造让绿水青山充分展现、金山银山充分体现的美丽江苏宿迁样板,生态环境公众满意率连续四年位居全省第一,生态环境实现从"局部好转"向"根本好转"转变。

落实"生态立市"发展战略,加快绿色发展是关键。宿迁市以滚石上山的勇气、如如不动的定力,推动生态绿色发展,建设一个更加绿色低碳的美丽宿迁,努力为实现碳达峰碳中和贡献宿迁力量。

宿迁市坚持以项目建设为抓手,以创新驱动为引擎,找准促发展的"角度",全力推进绿色变革,既从源头为生态环境减负,又拓展转换通道,促进产业结构变"轻"、发展模式变"绿",让宿迁美得有颜值,更有价值。

聚力淘汰落后产能。宿迁市深入推进工业污染源全面达标排放和化工园区循环化改造,取消沭阳循环经济产业园化工产业定位,关停化工企业102家、木材加工和家具制造企业2823家,取缔"散乱污"企业2946家,淘汰低端低效产能项目45个。2021年全市非电行业用煤44.94万吨,较2016年减少44.34万吨,处于全省最低。

聚力优化产业结构。宿迁市敏锐把握发展动向,主动转变发展方式,构建完善制造业产业体系,在创新培育重点产业链的同时,聚焦"数字化、智能化、绿色化"发展方向,加快推动工业经济结构转型、层次提升、底色优化。三次产业结构由 2012 年的 14.9:47.1:38.0,调整至 2021 年的 9.5:43.4:47.1。全市 GDP 年均增长 9.0%,增速位居全省首位。宿迁市生态环境局牵头集成绿色信贷、应急管控豁免等政策,先后争取中央和省级环保资金 34.91 亿元,绿色金融奖补资金 570.86 万元,绿色信贷资金 20.51 亿元,引导玻璃、新材料等主导产业发挥示范作用,带动产业转型发展、绿色发展。

聚力发展新型业态。宿迁市以"钉钉子"精神深化发展京东总部经济、打造电商名城,培育"生态＋旅游""生态＋农业"等特色产业。就"生态＋旅游"来说,围绕建设长三角新兴乡村旅游目的地,加快休闲农业提质增效,重点打造洋河全域农旅经济板块、环主城区乡村休闲康养板块、河湖沿线乡村旅游体验板块,区块化布局休闲农旅新业态,形成新经济增长点。

为构建企业绿色发展大格局,淮安市工信局、生态环境局、应急管理局、市场监管局、人行淮安中心支行以及国网淮安供电公司联合印发《淮安市绿色标杆企业认定暂行办法》(以下简称《办法》),推出"硬核"政策鼓励企业争创"绿色标杆"。根据《办法》,淮安市启动绿色标杆企业认定工作,并对认定的绿色标杆企业给予奖励和政策支持。《办法》是首次由市级层面多部门联合出台的关于鼓励企业绿色发展方面的规范性文件,避免了一个部门"单打独斗"的情况。

盐城市大丰区坚决遏制高能耗、高排放项目盲目发展,推动绿色转型和高质量发展,以碳达峰碳中和为目标,严控增量,主动减量,优化存量,在淘汰落后产能、压减煤炭消费总量等方面拿出真招、实招、硬招,加快战略性新兴产业项目建设,以遏制"两高"项目盲目发展,倒逼产业转型升级。

与此同时,大丰区坚决杜绝"一刀切",协调解决好项目建设中遇到的问题和困难,处理好高质量发展和稳定就业等关系,推动绿色转型和高质量发展,全面排查在建项目,科学推进拟建项目,迅速算好"能耗账""排放账",深入挖掘存量项目节能潜力,持续深化整改提升,精准、及时做好节能调控,确保完成全年节能目标任务。加快推进低碳能源替代,大力发展新能源,推进分散式风电和分布式光伏建设,推动经济社会发展全面绿色低碳转型。

江苏深入实施可持续发展战略,把碳达峰碳中和纳入经济社会发展整体布局,加快推动减污降碳协同增效,积极创建全国生态文明试验区,促进人口资源环境均衡发展、永续发展。在全社会积极倡导简约适度、绿色低碳生活方式,共建共享绿色家园,让绿色成为美丽江苏最靓丽的标识,成为"强富美高"新江苏现代化建设最鲜明的底色。

新时代的"江河合唱"

滚滚东流的长江、贯穿南北的运河,一横一纵,在江苏大地上相交融汇,共同孕育出江苏的锦绣繁华。

打开江苏地图,长江,在江苏境内蜿蜒 433 公里,串联起南京、镇江、扬州、泰州、常州、无锡、苏州、南通 8 个设区市。沿江 8 市共饮一江水,美美与共。大运河流经苏州、无锡、常州、镇江、扬州、淮安、徐州、宿迁 8 个城市,纵贯南北 690 公里,"应运而生,因运而盛",是运河沿线城市的共同传奇。

敢于"刮骨疗毒",更敢于"壮士断腕",这就是江苏的勇气。

近年来,江苏清醒认识到"长江病了,且病得不轻",始终坚持问题导向,狠抓长江环境治理,对突出环境问题下猛药,对违法违规行为零容忍,严格落实长江"十年禁渔"任务,着力解决"重化围江"问题,围绕修复长江生态岸线,沿江各地重拳出击,取得显著成效。

华夏文化历来被视作大河文明的代表,见证千古兴衰的"六朝古都"南京更是与长江有着分不开道不明的关系。万里长江横贯江苏省 433 公里,南京便是长江流经江苏的第一站,长江之于其更像是流淌在城市之中的血脉,无法分割。

南京一直在长江大保护方面下功夫,2021 年不仅制订出台了百项提升工程计划以及长江大保护和绿色发展特色工作推进方案,还明确 6 大类 32 项年度重点任务、7 大领域 100 个年度重点工程项目。南京市水务局共梳理整合长江岸线专项整治清单共 226 个项目,2020 年已全部完成整治,拆除取缔 160 个,整改规范 66 个。不仅如此,南京还积极推进岸线治理,开展沿江植树造林工作。2019—2020 年两年完成沿江造林近 1 万亩,居全省第一。

南通是一座缘水而生的城市,狼山、军山、剑山、黄泥山、马鞍山临江而立,五山及滨江地区占地面积近 17 平方公里,拥有沿江岸线 14 公里。浩浩荡荡的江水从这里向东奔流而去,绿意盎然的沿江风光美不胜收。

2020 年 11 月 12 日,习近平总书记考察江苏的第一站就是五山滨江片区,总书记用"沧桑巨变"四个字形容这里从"脏乱差"变成人们流连忘返的滨江生态公园。

曾经的南通因港而兴,亦为港所困。长江边大大小小的码头,为南通经济腾飞提供了强大的支撑,但沿江岸线上星罗棋布的危化品码头、散货码头、集装箱码头等,使沿江"黄金岸线"成为不折不扣的"生态伤疤",附近居民苦不堪言。

临港产业不搬,南通就难以发展。"不生态,就淘汰。"痛定思痛,南通在2017年全面实施港口码头、沿江企业搬迁和环境综合整治。如今,昔日繁忙的港口码头已经变了模样,闲置地块经过平整,铺上了绿色草皮,斑驳的油库已变成绿意盎然的"绿库"。

破而后立,在港口迎来脱胎换骨大"整容"的同时,通过生态修复,狼山森林公园新增森林面积约6平方公里,森林覆盖率达80%以上,城市绿肺功能进一步增强。五山地区基本形成了具有鲜明四季变化特色,林地、自然保留地、湿地、水体层次互生的生态体系。

在江苏沿江八市中,长江常州段岸线最短,仅有25.8公里,但却是化工企业分布最为密集、"化工围江"特征最为突出的区域之一。如何破解"化工围江"难题,让黄金水道再现"一江清水、两岸葱绿"? 常州通过多年实践给出了最好答案。

问题在水里,根子还在岸上。常州新北区以壮士断腕的决心、刮骨疗毒的勇气,为环境"减负",为生态"增容"。

2016年以来,常州市委市政府全力推进长江大保护。其间,江苏省委省政府领导多次来常州调研,要求常州通过3—5年努力,有效解决"化工围江"问题,打造水清岸绿、可感可亲的最美岸线。常州市委市政府坚持规划先行,形成了以长江大保护战略总规统领、六个专规支撑的"1+6"规划体系,并同步编制了三年行动计划和各年度工作要点,统筹推进长江大保护。

从企业腾退到生态修复、连片复绿,常州沿江生态环境实现了绿色"蝶变"。一个个临江亲江生态休闲节点串联起来,为市民提供了"处处皆景"的绿色生态空间。

生产岸线变为生活岸线,公园绿地替代码头船厂……从之前的"化工围江"到如今的一江清水、两岸葱绿,433公里长江串联起8个设区市的江苏省,为实现这一天的嬗变，背后有着巨大的付出。

悠悠运河水，传承逾千年。大运河是世界上开挖最早、里程最长、规模最大的人工运河，开凿至今已有 2500 多年。大运河（江苏段）绵延 690 公里，沿线常住人口占全省人口的 85%，也是大运河遗产资源最密集的省份。

如今，运河沿线仍是江苏的经济重心、美丽中轴、创新高地，古老的河流依然发挥着水利、航运、生态、文化等多种功能。为了保护好、传承好、利用好大运河，江苏及大运河（江苏段）沿线各个城市都在不遗余力地保护运河生态及沿线的文化遗产，其中不可或缺的就是法治的力量。

2017 年 9 月，针对大运河江苏段的保护、利用和开发，江苏提出"三个长廊"（高颜值的生态长廊、高品位的文化长廊和高效益的经济长廊）的建设构想。

江苏创设运河遗产保护新举措，2020 年 1 月 1 日起，《江苏省人民代表大会常务委员会关于促进大运河文化带建设的决定》（以下简称《决定》）正式施行。作为全国首部促进大运河文化带建设的地方性法规，《决定》既有刚性约束，又有引导性规定，进一步推动大运河文化带建设步入法治轨道，为全国大运河文化带建设立法提供了"江苏经验"。

江苏地处大运河中间地段，沿线分布着 54 座国家历史文化名城、镇、村，有 7 个遗产区、28 个遗产点段。但长期以来，大运河也面临着遗产保护压力巨大、传承利用质量不高、资源环境形势严峻、生态空间挤占严重、合作机制亟待加强等突出问题和困难。

为此，2018 年 7 月，江苏成立大运河文化带建设立法起草小组，前往淮安、扬州等大运河沿岸城市地区开展立法调研，并赴浙江、安徽等地调研当地大运河文化带规划建设和立法情况。

针对调研发现的热点难点问题，《决定》紧扣"围绕问题立法，立法解决问题"的要求，以大运河文化保护传承利用为引领，根植地域特色，为大运河文化带建设破解难题、创新发展提供了有力支撑，统筹推进大运河沿线文化、生态、经济和社会建设综合发展。

站在苏州狮子山大桥上，一边是高新区现代化的高楼大厦，一边是姑苏城水墨画般的粉墙黛瓦，京杭大运河在桥下奔流不息。

禁止大规模新建扩建房地产、大型及特大型主题公园等开发项目，禁止建设对大运河沿线生态环境和景观可能产生较大影响的项目。苏州市自然资源和规划局起草了《苏州市大运河核心监控区国土空间管控细则》（以下简称《细则》）。

《细则》在大运河核心监控区范围内划定了"滨河生态空间、建成区（城市、建制镇）和核心监控区其他区域"的具体范围，对生态用途区、农业用途区、村庄建设区、大运河遗产保护区域等予以分类管控，细化老城改造管制规则，落实限高、限密度的具体要求。

根据《细则》，苏州市大运河核心监控区按照滨河生态空间、建成区（城市、建制镇）和核心监控区其他区域（"三区"）予以分区管控。

因水而兴的扬州，正是得益于长江、大运河两大"母亲河"的哺育与滋养。2020年11月13日，习近平总书记在扬州广陵运河三湾生态文化公园考察时指出："扬州是个好地方，依水而建、缘水而兴、因水而美，是国家重要历史文化名城。"

昔日的三湾曾经是扬州"脏乱差"的典型，这里曾是扬州南部工业区，区域内聚集农药、热电、皮革、水泥等80多家企业，各种化工原料和废弃的物料堆就在岸边，一些违规的小作坊还曾偷排废水。水中渔网渔具遍布，水面漂浮着大量垃圾，岸上则杂草丛生，三湾片区运河水质和空气质量不断恶化，生态环境遭受严重破坏，毫无景观可言。

近几年，扬州对三湾片区进行生态修复、环境整治，利用三湾原有运河湿地资源，启动建设3800亩的运河三湾生态文化公园，搬迁企业、拆除码头、清理违建，实施水系疏浚、驳岸改造、湿地修复，生态环境得到极大改善。

从污染严重的一潭死水到扬州人钟情的生态文化公园，如今的运河三湾风景区，保留了原有的湿地、滩涂、河流等生态资源，公园出水水质监测可达到Ⅲ类水标准，原本无人问津的荒地转变为鸟语花香的湿地公园，40多种鸟类在此栖息，2017年开放以来，每年来此健身休闲游览的市民游客达到数十万人次。

绿色运河，需要绿色产业。近几年，扬州市关闭退出京杭大运河沿岸1公里内化工企业11家，全市产业布局进一步调优调轻，化工产业布局"小散乱"现象得到明显改善。

生态是长江、运河的生命，文化是长江、运河的灵魂。

2022年8月16日上午，"奋进新江苏 建功新时代"系列主题新闻发布会——文化强省建设专场上，大运河文化带和大运河、长江国家文化公园建设成为备受关注的"热词"。

作为全国唯一同时拥有长江文化和大运河文化资源的省份，江苏认真贯彻落实习近平总书记关于保护好、传承好、弘扬好长江文化，保护好、传承好、利用好大运河文化的指示精神，以高度的文化自觉和文化自信全面谋划、全力推进各方面工作，用实干把宏伟蓝图变成美好现实。

建设大运河文化带和大运河、长江国家文化公园是以习近平同志为核心的党中央作出的重大决策部署，是推动新时代文化繁荣发展的重大工程。

江苏省委宣传部常务副部长梁勇表示，作为大运河、长江两大国家文化公园重点建设区，江苏正努力打造线性文化遗产保护的典型范例、中华文明发扬光大的重要地标、文化引领区域发展的示范基地、人河相亲城河共融的美丽家园、中外人文交流合作的金字招牌。

高位统筹、规划先行是大运河文化带和国家文化公园建设的鲜明特征。近年来，江苏成立省大运河文化带和大运河、长江国家文化公园建设工作领导小组，将大运河文化带重点建设任务纳入省高质量发展考核体系。

在顶层设计的引领下，江苏制定了"1＋1＋6＋11"规划体系，23个核心展示园、26条集中展示带、153个特色展示点形成空间展示体系。江苏首创的主题展示区、文旅融合区以及"三种空间形态"，得到国家文化公园建设办公室高度肯定并全面推广。江苏省委宣传部直接牵头编制的文化价值阐释弘扬规划是全国首部运河学研究规划，也是首部文化价值阐释规划。

经过系统保护，运河风貌全面提升。在文化遗产保护上，江苏建立省级大运河文化遗产监测管理平台，建成大运河江苏段水文化遗产数据库。在生态环境保护上，江苏实施"一河一策"行动计划，常态化开展遥感监测，加快推进南水北调东线工程清水廊道、江淮生态大走廊等重大项目建设，努力实现优秀文化、优良生态和优美环境的有机统一。

事实上，长江保护规划蓝图已有初稿。长江江苏段全长433公里，岸线总长1169.9公里，拥有丰富的自然资源和文化资源。2022年1月3日，长江国家文化公园建设启动。作为重点建设区，江苏段将于2025年基本完成建设任务，届时长江国家文化公园将成为江苏文化建设高质量的鲜明标识和闪亮名片。

江苏在全国率先出台《长江国家文化公园江苏段建设推进方案》，明确"以沿江县（市、区）为核心区，沿江8个设区市除核心区外的区域为拓展区，其他5个设区市为辐射区"的建设范围，提出文化遗产保护等8大工程、20项重点任务。长江国家文化公园江苏段建设保护规划已形成初稿，初步考虑沿江沿河沿湖沿海"四沿"联动，与长江干流、支流共同塑造"一主七支"长江文化空间格局。同步谋划论证重大项目，初步摸排5个国家级重大项目和145个省级重点项目。

　　此外，推进江苏地域文明探源工程、长江文物和文化遗产保护利用工程，开展沿线文物和非遗资源专项调查、工业遗产普查，进一步健全历史文化名城名镇名村和街区保护制度，打造一批水利风景区和水情教育基地。

　　江苏还整合研究力量组建高端智库，筹备以"揭榜挂帅"形式发布研究课题，围绕新发展理念在江苏的生动实践，长江与运河、太湖、海洋在文化上共济互融的关系，长江江苏段的文化内涵与时代价值等课题组织深入研究。

　　近年来，江苏各地加大对长江文化和大运河文化的保护传承，深入挖掘其丰富的历史文化，创新传承模式，让千年历史文脉焕发时代光彩。

　　以保护传承弘扬长江文化为核心推进长江国家文化公园南京段建设，保护和展示金陵文脉，推动优秀传统文化创造性转化、创新性发展，目前南京正在加快"博物馆之城"建设，重点建设中国第二历史档案馆新馆、南京市博物总馆新馆等一批标志性公共文化设施，推动长江文化保护传承弘扬和长江国家文化公园南京段建设。

　　近年来，江苏实施运河文脉整理研究工程，编撰推出首部中国运河通志——《中国运河志》，精心打造歌剧电影《运之河》等文艺精品，广泛开展"新年大运河健步走"等群众性活动，生动讲述中国大运河故事。

　　让运河文化标识更加彰显。江苏编制出台了大运河文化遗产保护传承、文化旅游融合发展两个省级专项规划，依托江河湖海构建"两廊两带两区"文旅空间布局，明确把打造世界级运河文化遗产旅游廊道作为美丽中轴，助力江苏大运河文化带建设走在前列。运河沿线8省（市）艺术家历时2年创作完成长135米、高3米的《中国大运河史诗图卷》，被誉为当代"清明上河图"。

　　作为大运河的原点城市，扬州151公里河道、10个遗产点被列入《世界文化遗产名录》，成为大运河沿线拥有世界遗产最多的城市。扬州中国大运河博物馆建成开放一年来,网络预约持续火爆、参观人数突破百万。前不久扬州还推出"运河十二景",评选活动吸引了 36 万多人次踊跃投票,5 万多名热心网友献计献策。

目前大运河盐商文化展示馆、大运河与海上丝绸之路展示馆已建成开放,隋炀帝墓考古遗址公园将于 2023 年建成开放。连续多年举办的世界运河城市论坛于 2022 年上升为国家级论坛,扬州国际文旅名城的知名度和影响力正在持续提升。

新时代江苏乡村新图景

"草长莺飞二月天,拂堤杨柳醉春烟。""绿桑高下映平川,赛罢田神笑语喧。"……诗歌中描绘的优美田园风光一直为人们所向往。

乡村建设,生态宜居是关键。

绿水青山就是金山银山。

改善农村人居环境事关广大农民群众福祉。

村庄环境面貌发生显著变化,新时代鱼米之乡建设初显成效,离不开农村人居环境整治的有力推动。

2011 年以来,江苏先后组织实施了村庄环境整治、村庄环境改善提升等系列行动,特别是 2018 年以来实施农村人居环境整治三年行动、接续推进农村人居环境整治提升。广大乡村实现从局部美到全域美、从外在美到内在美、从一时美到持久美、从观感美到机制美的美丽蝶变。

村庄清洁行动常态化开展。江苏常态化开展村庄清洁行动,以清理常年积存垃圾、清理河塘沟渠、清理农业废弃物、清除无保护价值的残垣断壁、加大乡村公共空间治理、加快改变农民生活习惯的"四清一治一改"为重点,在全省进行村庄清洁季节性整治,乡村公共空间治理的"邳州经验"在全省推广。"黎明即起,洒扫庭院"优秀传统得到传承发扬。2019—2021 年,共有 12 个县(市、区)入选全国村庄清洁先进县。

农村生活垃圾有效治理。全面建立"组保洁、村收集、镇转运、县(市)处理"农村生活垃圾收运处置体系,全省农村生活垃圾集中收运率超过 99%,开展全域生活垃圾分类的乡镇(街道)超过 300 个。

农村生活污水治理稳步实施。先后实施覆盖拉网式农村环境综合整治试点省、省级农村生活污水治理试点县建设,2020 年起实施农村生活污水治理提升行动,进一步提升生活污水治理水平。至 2021 年底,全省农村生活污水治理率达 37%,农村水环境综合整治成效显著。

"四好农村路"建设持续推进。覆盖县、乡、村道的"路长制"组织管理体系建立健全,"农村公路＋"发展模式大力推广,全省行政村双车道四级公路通达率 100%。

乡村建设质量显著提升。2012 年至 2020 年,全省累计实施农村危房改造 22.9 万余户,实现存量农村四类重点对象危房动态"清零"。2018 年至 2021 年,改善超过 30 万户苏北地区群众住房条件。全省已建成 540 个立足乡土社会、富有地域特征的省级特色田园乡村,实现涉农县(市、区)全覆盖。江苏美丽乡村将"向往的生活"照进现实。

良好的生态环境是农村的最大优势和宝贵财富。

在现代化建设新征程上,江苏将建设什么样的乡村,怎样建设乡村? 如何守好乡村振兴的生态基底,让"新时代鱼米之乡"更宜居宜业?

2022 年江苏省委发布"一号文件",再次聚焦乡村建设,明确了江苏"十四五"时期改善农村人居环境"施工图",提出到 2025 年末,全省农村人居环境持续改善提升,生态美、环境美、人文美、管护水平高的"三美一高"生态宜居美丽乡村建设取得显著成效。

美丽乡村建设重在把握好"生态""宜居"两个属性。"生态"体现在自然生态与生产生活的高度耦合,注重人与自然的和谐共生,"宜居"体现在满足人的诗意栖居的内在诉求,以实现美好人居环境为导向。

江苏系统推进农村人居环境整治提升,加大生态环境保护力度,持续推进生态系统保护修复,稳妥推进农村住房条件改善,提高农房设计和建造水平、乡村设施建设水平,形成城乡有别、各美其美的聚落形态,充分调动村民参与的积极性,引导农民住房自我更新。

农村人居环境整治绝非简单的"面子"工程,而是切实关系村民生产生活。

作为美丽乡村建设的重要抓手,农村厕所革命扎实推进。江苏连续多年将农村改厕列入省政府民生实事工程,出台农村改厕工作管理办法、技术规范、工作手册等。2021年进一步明确到"十四五"末,全省农村除无人户或其他特殊情况外,全面消除旱厕、全面建成无害化卫生户厕的工作目标,推动户厕由室外向室内转变、由厕所向卫生间转变,让农民群众"方便"更方便。

农村人居环境需要高水平长效管护。江苏编制出台省级农村人居环境长效管护规范,制定农村环境基础设施管护地方标准,推动管护内容清单化。分类探索管护模式,对苏南及有条件地区,引导集体经济发展较好的村由村集体组织开展管护,对苏中、苏北地区,建立管理有序、农民主动参与的专业化管护队伍。

推进农业农村污染治理是实施乡村振兴战略的重要内容,是改善农村生态环境、推动农业绿色发展的有效途径与根本措施。

江苏省委"一号文件"还着重提出,要提升农业农村绿色低碳发展水平,实施加强农业农村污染治理促进乡村生态振兴行动计划。

绿色农业发展离不开装备技术支撑。为推进农机装备智能化绿色化提升,江苏遴选推广一批适合本省的绿色环保农机装备与技术,到2025年,全省共推广绿色环保农机装备5万台(套),清洁热源烘干机占比达到60%以上。

科学监测、摸清情况是防污治污的基础。江苏省生态环境厅建立农田退水长期监测制度,以规模化灌区退水监控断面布设为重点,加密暴雨、汛期等重要时段监测。开展农业污染物排入水体负荷核算评估,确定重点监管地区和重要时段。对日处理20吨及以上的农村生活污水处理设施出水水质开展监督性监测,对设施达标运行情况进行通报。采用卫星遥感等技术,对较大面积农村黑臭水体进行动态排查。

历经十多年的努力,全省1.5万个行政村已有1.1万个建有生活污水治理设施。2022年,全省新增治理行政村782个,新增受益农户55万户,同时组织开展已建设施"回头看",重点解决设施停运破损、管网未配套、处理能力不符合实际需求、出水水质不达标等问题,将设施正常运行率提升到80%。

扮靓鱼米之乡,缔造"看得见山、望得见水、记得住乡愁"的诗意生活。

新时代鱼米之乡令人向往。

行走于江苏乡村,用脚步丈量乡村大地的新变化,江苏乡村山水之美、田园之美、文明之美新图景呈现眼前。

镜头一：打造农业经济微循环。

2022年8月，向来水韵充沛的江南，在罕见的热浪面前也不得不摘下温润的"面纱"。南京市溧水区晶桥镇芝山村的田野里，紫薯苗在烈阳炙烤下仍然顽强求生。

幸好芝山村两年前铺设了管网连接水库，保证了田地灌溉用水，要是往年遇到这样的天气，池塘里的水就要见底了。

芝山村的变化远不止于此。近两年来，芝山村立足当地资源，发展特色产业，探索出了依靠集体经济带动村民增收的新路子，被评为江苏省"共同富裕百村实践"十佳案例。

2022年，芝山村在经营好富硒生态产业园和碳基有机肥厂的基础上，发展农事体验、康养旅游等，推进农旅融合；坚持走绿色发展之路，进一步发展循环农业，为村民提供更多就业岗位。村庄面貌也焕然一新。家家户户房前屋后围起了小栅栏，每家都有了自己的小花园。垃圾分类也在村里推行，卫生环境大大改善。

美丽生态宜居建设最大的收获还是村里有了人气，环境提升了，产业兴旺了，年轻人就回来了。芝山村党支部书记李其军很欣慰。

镜头二：自然遗产成名片。

黄海之滨的东台，长江、黄河冲积的泥沙在洋流作用下，在这里淤积成陆。两百多年前，东台市巴斗村所在位置还是一片浅海滩涂，巴斗村先人们以杂树芦苇搭棚，把贮粮笆斗翻过来当桌子，在上面吃"笆斗饭"，村子也因此得名巴斗村。长期以来，这里的人们靠海洋捕捞业为生。

2019年，黄（渤）海候鸟栖息地（第一期）成功列入《世界遗产名录》，地处核心区的巴斗村迎来生态发展新机遇，彻底改变了以"围垦滩涂发展经济"的局面。

巴斗村利用靠近条子泥观鸟地和黄海国家森林公园区位便利条件，发展乡村旅游，不断提升改造旅游景点，走渔旅融合发展之路，投资4000多万元开发三水滩休闲旅游度假村项目，还新建了游客中心、渔民之家、初心广场、巴斗泉驿站等景点，让古老的渔村融入了现代化的生活元素，具备了乡村旅游"吃、住、游、乐、购"的条件，整个村庄由特色渔文化、红色文化以及原始风貌的海边风情景点,串联成一条 3 公里长的旅游观光线。

近年来,巴斗村围绕生态宜居美丽乡村建设要求,先后投入 6000 多万元,完善提升村内的各项基础设施,精心实施美化工程。现在的巴斗村,减船转产、退养还湿,加快文旅融合,发展滩涂养殖、土地承包、旅游开发等多元化业态,看海潮、观海鸟、品海鲜、住渔家、享渔趣、游渔村,已成为巴斗乡村旅游的特色和品牌。

镜头三:"美丽菜园"。

苏州市相城区胡桥村通过整合土地,因地制宜、合理划分,引导村民因时因地设计自家的特色菜园。在菜园里用旧砖铺设小步道,每个菜园周边安装生态篱笆,看着非常美观。胡桥村目前已建起了 6000 多平方米"美丽菜园",不仅保留了农村传统生活习惯,也给村民增添了一只健康安全的"菜篮子"。

针对乱搭乱建、房前屋后乱堆放等治理难题,胡桥村通过成立老干部智囊团、组建志愿队等方式,利用这些"关键"力量,不断提升精心宣传、精准整治、精细提升、精益管理等"四精"效能,统筹推进农村人居环境整治和提升工作。

近年来,胡桥村锚定乡村振兴战略目标,启动实施农村人居环境整治行动,集中力量整治村容村貌,在着力解决农村环境脏、乱、差等问题的同时,秉承"美丽乡村建设好,更要守护好",集中整治"一时美",长效管理"一直美",通过一系列举措促进乡风文明。胡桥村创新长效管理工作思路,实施两委人员分片包干制,常态开展环境整治、卫生监督、宣传引导等工作,组建"蓝旋风""红先锋"两支志愿服务队,让党员、村民代表参与到村庄的管理中,汇民智、聚众力。

镜头四:"筑巢引凤"。

2022 年,江苏省农业农村厅、江苏省财政厅联合公布了 2022 年省级现代农业产业高质量发展示范园建设名单,南京市高淳区漆桥现代农业产业高质量发展示范园成功入选。漆桥现代农业产业示范园以"茶""笋用竹"为主导产业,按照"核心区—示范区—辐射区"三级空间结构进行规划布局,兼具丘陵风貌与水乡意境。

将改善生态与产业发展有机融合,高淳漆桥积极探索生态产品价值实现的有效路径,推动生态、农业、旅游、康养等业态集中集聚,促进一二三产业融合发展。

青砖白墙、飞檐翘角、远山如黛、近水含烟，一栋栋别具特色的建筑与周边山水相互辉映。漆桥街道高岗（自然）村"牵手"清华大学以建设美丽乡村和特色村为目标，结合清华园环境，打造既有清华元素又富有高岗江南水乡特色的宜居环境。以"高岗耕象"和"清华读意"为主题的耕读公社项目，为乡村振兴开辟了新路径。

双方充分发挥挖掘高岗村肌理清晰、水网环绕的地形优势，引入清华大学建筑学院智囊，形成"校园＋田园"的叠加效应。以"产业＋改革"为抓手，逐步形成集产业策划、生态餐厅、文创开发、高端民宿于一体的"整村打造产业发展"新局面。同时，通过乡村振兴工作站，让当地群众近距离感受清华大学的学风作风，带动社风民风大转变，构建"共建共治＋乡风文明"两新互动格局。

在宜兴市张渚镇，一条全长近 20 公里、由川善线—善龙线—善林线构成的"绿径"，像一条项链，串起沿线的和谐五洞、蝶舞上东、安逸石罗等特色村落景点，让游客们流连忘返。

这条"绿径"名叫"美丽乡村连片示范带"，在张渚镇共有 4 条：东部梁祝风情人文运动带、南部窑湖小镇旅居休闲带、西部禅意栖居农耕体验带、中部桃花积翠飘香风情带，从 2018 年起因地制宜分段建设，涵盖 13 个行政村、129 个自然村，带动 175 平方公里、7.5 万人口发展。

张渚镇对原先碎片化的乡村进行系统化的建设，把各村单独的建设变成连片成带的整体开发。四条"绿径"连缀起山水城林，打开了乡村空间，张渚镇也成为无锡首批城乡发展一体化先导示范区，下属各村获国家级生态村、全省最美乡村等荣誉。

镜头五：文明之花遍地开。

炎炎夏日，行走在扬中市三茅街道营房村的村道上，干净整洁的村道和看不到堆放丝毫杂物的民居，还有远处透着浓浓绿意的童趣园，让人在暑热中不由生出丝丝凉爽。

近年来，扬中市三茅街道营房村以党建为引领，充分发挥党小组阵地和党小组长、村民组长、网格长示范带动作用，深入开展农村人居环境整治工作，让营房村实现了整洁如一，时时进村都有最美风景。

党员带头干，村民跟着干。通过党建引领，村民们参与环境整治的参与率、积极性非常高,乡村面貌大大改善。近几年,营房村先后获评"江苏省特色田园乡村""江苏省生态村""江苏省水美乡村"等称号。

未来,营房村还将按照"生态美、环境美、人文美、管护水平高"的要求,培育打造田园观光型、休闲度假型、农耕体验型的乡村旅游景点,持续推动农村人居环境整治工作向纵深发展。

常熟市蒋巷村充分探索挖掘自身优势,三管齐下以"党建＋旅游"模式、"便民＋服务"理念、"自治＋奖惩"举措,开启农旅文化发展、智慧乡村建设、乡风文明提升。

蒋巷村在乡村农旅发展上围绕"吃、住、行、游、乐、娱"六大要素,完善村史展览馆、江南农家民俗馆、知青馆等设施建设,打造青少年科普馆、农耕实验区、八项军事体育实践和户外拓展训练基地,兴建1200亩农田配套建设泵站、生态排水沟等现代化水利设施,前瞻性启动零碳数字蒋巷乡村振兴项目,优化新能源布局,有序推进光伏停车场、老年公寓屋顶光伏、数字化建设等,实现村级全域零碳数字化发展。

在乡风文明建设上,蒋巷村制定人居环境长效管理考核办法和奖励制度,村委会每季度进行"回头看",通过各种举措,进一步规范村民的言行,让文明之花开遍蒋巷每个角落。

浓浓烟火气,暖暖乡土情。

江苏让村庄形态与自然生态遥相呼应,让人文风情与产业发展相得益彰,让居民百姓"看得见山、望得见水、记得住乡愁",让"向往的生活"一步步走进现实。

美丽江苏,钟灵毓秀,烟波浩渺,旖旎多姿。这份斐然的成果既是对过去的肯定和鼓励,又是对未来的鞭策和展望。绵绵用力,久久为功,定能让山峦层林尽染,平原蓝绿交融,城乡鸟语花香,让生态美景永驻江苏大地。

第八篇章 治理新格局

长江奔腾,运河逶迤,吴风汉韵,大美江苏。

在这片丰饶的土地上,江苏人民不仅创造出了巨大的物质财富和精神财富,也贡献出了社会治理的江苏方案和江苏实践。

党的十九届四中全会立足于"新时代""大变局",审议通过了《中共中央关于坚持和完善中国特色社会主义制度、推进国家治理体系和治理能力现代化若干重大问题的决定》(以下简称《决定》),第一次系统总结概括了我国国家制度和国家治理体系的十三个"显著优势",阐明了创新和增强国家制度和治理体系的必要性,明确了把制度优势转化为国家治理效能的重要性。

《决定》提出推进国家治理体系和治理能力现代化的总体目标是:到我们党成立一百年时,在各方面制度更加成熟更加定型上取得明显成效;到2035年,各方面制度更加完善,基本实现国家治理体系和治理能力现代化;到新中国成立一百年时,全面实现国家治理体系和治理能力现代化,使中国特色社会主义制度更加巩固、优越性充分展现。

"中国之治"有了时间表和路线图。社会治理有了总目标和定盘针。

江苏是"中国之治"大格局中的重要一极,是中国之治宏伟图卷中的壮阔一笔。

纵观"江苏之治"的路线图,五个方面发力,共聚治理效能,那就是:"政治"强领导,"法治"强保障,"德治"强教化,"自治"强活力,"智治"强支撑。

纵观江苏答卷题中之义,三个方面的认识极为清醒,那就是:国家治理的根本目的:富强;社会治理的必经途径:法治;推进治理的根本保障:党的领导。

"强富美高"新江苏,社会治理大格局!

多年来,江苏紧扣治理体系和治理能力现代化这个主轴,突出制度建设这条主线,对制度创新和治理能力建设作出系统谋划,亮出了"走在前列、作出示范"的新格局。

江苏之治的金字招牌

全省刑事发案同比下降 6.9%,八类主要刑事案件逐年下降,现行命案破案率保持在 99% 以上;

全省群众安全感从 2015 年的 94.2% 提高至 2021 年的 99.21%;政法队伍满意度从 88.91% 提高至 94.98%;

公众安全感连续 15 年保持全国领先,社会治安综合治理绩效一直位居全国前列;

每年调处矛盾纠纷 50 万件以上,调解成功率保持在 98% 以上,95% 以上的矛盾纠纷在乡镇以下得到化解,90% 以上的安全隐患和矛盾纠纷在网格内得到处置和化解……

翻看历年的成绩单,在"平安建设"这门功课上,江苏一直都是走在前列的"尖子生"。

在 2021 年 12 月的平安中国建设表彰大会上,江苏无锡市、常州市、扬州市江都区、徐州市铜山区再次捧回全国社会治安综合治理工作的最高奖项——"长安杯"。

这是常州市第三次捧回"长安杯",无锡市、扬州市江都区、徐州市铜山区也已连续两次获此殊荣。这个喻示"长治久安"的奖项,评比条件是必须连续 3 次获得全国综治优秀地市奖,这意味着一个地区获得"长安杯"至少要 12 年时间。

12年时间里,这个地方不能出任何严重影响平安的恶性案件和负面事件。这个奖拿得不容易! 而这些只是平安江苏建设进程中的一个缩影。

江苏从2003年起部署开展"平安江苏"建设,经过多轮创建,平安江苏已经成为服务保障江苏高质量发展的"金字招牌",平安底色在江苏擦得越来越亮。

群众看平安,首先看治安。

2018年9月18日至19日,南京市玄武区检察院就严某等21人涉黑案提起公诉,玄武区法院公开审理此案。

该案是党中央部署开展为期三年的扫黑除恶专项斗争以来,省公安厅、省检察院、省法院共同挂牌督办的第一例涉嫌黑社会性质组织犯罪案件。

2019年1月,由江苏省公检法共同挂牌督办,无锡市锡山区检察院提起公诉的38人"套路贷"黑社会性质组织犯罪系列案件一审宣判,成为全省首例判决的"套路贷"涉黑案件。

"龚某被判处有期徒刑20年,刘某被判处有期徒刑18年,其他同案犯分别判处有期徒刑2年至15年不等的刑罚。"随着法官的宣判,常熟群众奔走相告。

常熟市人民法院审理查明,2013年以来,被告人龚某和刘某在常熟从事开设赌场、高利放贷活动,为非法获利长期实施蹲守、拦截被害人,在被害人家门口喷漆、小区内拉横幅等"软暴力"行为,造成了恶劣的社会影响。

该案是专项斗争开展以来,江苏查处并宣判的第一起以"软暴力"为主要行为手段的黑社会性质组织犯罪案件。

黑恶势力严重影响人民群众的生活生产安全。

扫黑除恶是一场人民战争,也是一项民心工程。

一起起涉黑恶案件被依法查办,一个个黑恶分子被绳之以法,隐藏在其背后的"保护伞"被连根拔起……

天地有正气,正道是沧桑。在共产党领导下的社会主义国家,决不容许黑恶势力的存在和猖狂。

2021年,是常态化开展扫黑除恶的开局之年,江苏各地突出抓好信息网络、自然资源、交通运输、工程建设等四大行业领域整治,全年共摧毁黑社会性质组织8个、恶势力犯罪集团66个,破获九类涉恶案件8743起,人民群众对扫黑除恶斗争成效满意率达95.61%。

电信诈骗，又一个影响人民安居乐业的社会毒瘤。

"尾号 3685 用户，您手机上收到自称'疫苗接种普查调查员'的好友申请系电信网络诈骗可疑信息，请直接删除！"2022 年 6 月 15 日，泰州市民刘先生接到社区民警的预警提醒，及时避免了陷入骗子的陷阱。

泰州市公安局依靠公安部反诈平台和自建的"金钟罩"反诈预警系统平台，实行 24 小时全天候分类预警劝阻和快速止付工作。

目前，该市 16 至 60 岁人群已经注册关注"金钟罩"人数近 252.7 万人，受保护人员 283.2 万人，借助科技已成功预警 7405 起。

"与骗子赛跑"，出重拳打击！

2021 年，全省各地聚焦影响群众安全感的突出问题，深入开展严打整治，共封堵拦截涉电信网络诈骗网站 49.5 亿次、电话 7.7 亿次，止付冻结涉案资金同比提升 3 倍，破获省内案件数、抓获犯罪嫌疑人数，同比分别上升 9.2%、5.6%。

人民群众反对什么、痛恨什么，就重点打击什么、查处什么。

——严打各类暴力犯罪活动，全省现行命案连续第四年实现全破，一批时隔 20 年以上的命案积案得到侦破，全省八类严重刑事案件破案率提升了 2.5 个百分点。

——一体推进打击、治理、防范电信网络诈骗犯罪，构建形成"全警反诈、全社会反诈"新格局，破获省内案件数、抓获犯罪嫌疑人数，同比分别上升 9.2%、5.6%。

——深入开展打击整治黄赌毒专项行动，严打跨境赌博犯罪，全省黄赌警情同比下降 16.8 个百分点。

——紧盯"盗抢骗"违法犯罪，坚持"小案快侦、抢案必破、盗案多破、有赃即追"，破案数、抓获犯罪嫌疑人数同比分别上升 6.7%、21%，追缴赃款赃物价值 4 亿余元。

平安是人民幸福安康的基本要求，是改革发展的基本前提。

灰犀牛和黑天鹅，被比喻为潜在的风险隐患。尽管只是偶发，却破坏性极大，冲击力极强。

江苏紧盯影响社会稳定的风险隐患，深入开展大排查大化解专项行动；紧盯危化品、交通运输、大型活动等领域，持续排风险、严整治、补短板、建机制，坚决防范重特大事故。江苏在全国率先施行《工业企业安全生产风险报告规定》,推动企业主体责任落实,截至目前,已有32.7万家企业完成首次风险报告,安全风险辨识管控取得初步成效。

全省逐步建立起立体化、全覆盖、高智能的"大防控"格局。13个设区市均完成"雪亮工程"市级共享平台建设,在城市建立街面警务工作站257个,配备警用无人机820架,每天投入5万余名民警辅警开展巡逻,另有3.6万个群防群治组织、390万名平安志愿者活跃在巡逻防护、矛盾纠纷化解、安全隐患排查一线。

亮法治利剑,筑平安之基。

平安,是每个人最朴素的愿望。建设平安中国,是中国共产党的初心和使命。平安中国既是中国梦的重要篇章,又是实现中国梦的有力保障。在迈向第二个百年奋斗目标的新征程上,群众对平安的期待与对美好生活的向往紧密相连。

江苏,是犯罪分子不敢来的平安之地,是犯罪分子来了就跑不掉的梦魇之地。江苏,用切实的平安成效书护佑着江南好风景,描绘着新时代的安居乐业图卷。

如今的江苏仍然在多方发力,不断提高人民群众的获得感、幸福感、安全感,为建设"强富美高"新江苏创造和谐稳定的社会环境。

2018年8月27日21时30分许,昆山市震川路发生一起宝马轿车驾驶员刘海龙持刀砍人反被杀案。

昆山反杀案轰动全国,也引发了一场关于正当防卫条款的大讨论。

最终,昆山公安和检察院均发布公告,认定于海明行为属于正当防卫,"虽然造成不法侵害人的死亡,但符合特殊防卫要求,依法不需要承担刑事责任"。

请看江苏省检察院的分析意见:法律不会强人所难,所以刑法规定,面对行凶等严重暴力犯罪进行防卫时,没有防卫限度的限制。从正当防卫的制度价值看,应当优先保护防卫者。"合法没有必要向不法让步。"

江苏省检察院还坚定表示,人身安全是每个公民最基本的要求,面对来自不法行为的严重紧急危害,法律应当引导鼓励公民勇于自我救济,坚持同不法侵害作斗争。

"司法应当负起倡导风尚、弘扬正气的责任,检察机关也将会依法保障人民群众的正当防卫权利，切实维护人民群众合法权益。"

法不能向不法让步！

昆山反杀案的办理顺应了民意、维护了公平正义。

这起案件不仅写进了最高检的工作报告，还激活了沉睡多年的正当防卫的条款，影响深远。

公平正义是社会的基本价值观。公正司法是捍卫公平正义的最后一道防线。

2020年6月，某外军公然违背与我方达成的共识，悍然越线挑衅。

在前出交涉和激烈斗争中，团长祁发宝身先士卒，身负重伤；营长陈红军、战士陈祥榕突入重围营救，奋力反击，英勇牺牲；战士肖思远，突围后义无反顾返回营救战友，战斗至生命最后一刻；战士王焯冉，在渡河前出支援途中，拼力救助被冲散的战友脱险，自己却淹没在冰河之中。

中央军委授予祁发宝"卫国戍边英雄团长"荣誉称号，追授陈红军"卫国戍边英雄"荣誉称号，给陈祥榕、肖思远、王焯冉追记一等功。

保家卫国，无愧英雄！

然而，2021年2月19日，拥有250多万粉丝的大V"辣笔小球"却在个人账号中发表恶意歪曲事实真相、恶意诋毁贬损卫国戍边英雄官兵，引发公众强烈愤慨。

南京检察机关迅速介入，依法适用2021年3月1日起施行的刑法修正案，首次以涉嫌侵害英雄烈士名誉、荣誉罪批准逮捕，并在军事检察机关支持配合下，开展公益诉讼调查。

2021年5月31日，这起全国首例侵害英雄烈士名誉、荣誉案及刑事附带民事公益诉讼案开庭审理，法院以侵害英雄烈士名誉、荣誉罪当庭判处被告人仇某有期徒刑八个月，并责令其自判决生效之日起十日内，通过国内主要门户网站及全国性媒体公开赔礼道歉，消除影响。

英雄烈士，是民族最闪亮的坐标，是时代精神的价值高地。"为众人抱薪者，不可使其冻毙于风雪。"

英烈不容诋毁，法律不容挑衅，网络空间不是法外之地。法律不向阴暗低眉，才能更好引领社会向上向善。

"你所办的不仅仅是一个案件，还是别人的全部人生。"这是江苏司法办案人员耳熟能详的一句话。

通过办案，努力让人民群众感受公平正义，甚至推动法治社会的进步，是法治江苏建设的应有之义。

"左青龙、右白虎，胸口刺着骷髅头！"

近年来，文身开始在一部分青少年中流行起来。

奇形怪状的文身、模仿不法分子的做派，这种低俗文化不仅违背社会主义核心价值观，更严重损害着青少年的身心健康。

2022年6月6日，国务院未成年人保护工作领导小组办公室发布了《未成年人文身治理工作办法》，对加强未成年人文身治理提出系列工作举措，其中明确规定，未成年人不得文身，即使父母等监护人同意，国家也不容许！

社会舆论一片叫好！

这个办法的出台，离不开宿迁检察机关的实践推动。

2019年6月，沭阳县检察院办理了一批未成年人聚众斗殴、寻衅滋事等刑事案件，发现约有100余名未成年人有大面积文身。

看着这些稚嫩的面庞，再看看他们体肤上的刺青，检察官心疼不已！

文身既对价值观正处在形成期的未成年人起到误导作用，也对社会治安造成隐患。可是，这些孩子们却懵懂无知，我行我素。

2020年10月30日，沭阳县检察院举行公开听证会，对县卫生健康局、市场监督管理局怠于履职是否进行行政公益诉讼立案，并向两家行政单位发出了公益诉讼诉前检察建议。这份检察建议催生了对全县范围内文身行业的专项整治。

现行法律法规当中，没有明文规定"不得为未成年人文身"。依据现有的规定，对文身行业问题通过行政公益诉讼促进治理，存在着行业归属不明、监管主体不清、行业规范缺乏等困境。仅靠行政手段也难以达到个案惩治和公益保护效果。

2020年12月25日，经省检察院批准，沭阳县检察院对文身店主章某启动民事公益诉讼立案程序，立案并开展调查取证工作。

2021年5月6日，宿迁市检察院以章某为未成年人文身侵害未成年人的身体权、健康权向宿迁市中级人民法院提起民事公益诉讼。5月24日,在宿迁市中级人民法院公开开庭审理。

6月1日,宿迁市中级人民法院作出判决,判决被告章某立即停止向未成年人提供文身服务行为,并在国家级公开媒体向社会公众赔礼道歉。一审宣判后,章某当庭表示不上诉,并愿意积极履行判决确定的义务。

文身案的办理,不仅促进了相关制度的完善,也向社会传达了对未成年人特殊、优先保护的司法理念和价值导向。

这就是江苏的司法贡献度!这就是司法对社会主义核心价值观的捍卫和守护!

熙熙攘攘、游客如织的苏州观前街,有一家70多年的"老所":观前派出所。

观前派出所与共和国同龄,现有民警40名、辅警120名,守护着辖区3万多名常住人口、1.4万名流动人口、6000余家商场店铺,以及年均超过8000万人次游客的平安。

观前派出所党支部为"全省人民满意警察"秦健设立"党员示范岗",为"全国公安机关爱民模范"王君、"全国公安机关成绩突出青年民警"季骥设立"先进典型角",以优秀党员的榜样力量不断激发正能量,促进党建工作和公安工作双提高、双进步,确保"我用心、您放心"的警队精神代代相传。

这个73岁的派出所先后两次获评全国优秀公安基层单位,被评为全国公安机关爱民模范集体,被国务院授予"人民满意派出所"荣誉称号,也是全国首批"枫桥式公安派出所"。

"平安是个易碎品,老字号也不敢丝毫懈怠。用百分之百的努力捧回来的荣誉,更要用百分之两百的努力守护它。"所长王永说。

平安之城要建好,更要守护好,在江苏各地,一张张巩固平安建设成果的"网"正被织得更密更牢,一项项着眼长治久安的防控措施正在一一落实。

——完善矛盾纠纷化解机制。坚持和发展新时代"枫桥经验",按照"把非诉讼纠纷解决机制挺在前面"的要求,完善人民调解、行政调解、司法调解联动工作体系,推动预防化解工作常态化、长效化。健全社会心理服务体系和危机干预机制,完善特殊人群服务管理政策,防止发生恶性刑事案件和个人极端暴力事件。

——落实重大风险防控机制。健全风险研判、决策风险评估、风险防控协同、风险防控责任"四项机制",健全重大涉稳风险清单管理制度,完善社会稳定风险监测预警指标体系,提高预测预警预防各类风险能力。

——升级社会治安防控体系。深化立体化、法治化、专业化、智能化社会治安防控体系建设,将城市巡防力量更多投向重点区域、重点部位,打造城乡统筹、全域覆盖的治安防控格局。

——健全公共安全体制机制。牢固树立安全发展理念,严格落实公共安全属地责任、部门责任,健全安全隐患排查整治常态化机制,建立全覆盖、全链条、全要素的公共安全监管机制,织牢织密公共安全网。加强对5G、区块链、人工智能等新技术和网络直播、共享经济等新业态的分析研究,提高对新型风险隐患的识别、预警、防控能力。

经过二十多年的平安创建,如今的江苏已成为中央充分肯定、各界普遍认可、百姓引以为豪的安全地区。

"平安江苏"的生动实践,为加快推进社会治理现代化和推动建设更高水平的平安中国,提供了鲜活样本。

2020年11月,习近平总书记对平安中国建设作出重要指示,要求全面提升平安中国建设科学化、社会化、法治化、智能化水平,不断增强人民群众获得感、幸福感、安全感。

以习近平同志为核心的党中央精准把握时代和形势的新变化,谋划推进更高水平的平安中国建设。平安已经从传统意义上的生命财产安全,上升到安业、安居、安康、安心等各方面,涵盖国家政治安全、经济安全、文化安全、社会安全、生态安全等各领域,内涵外延不断拓展,标准要求更新更高。

纵观"更高水平"的平安江苏,体现的是一种更全面、更系统的大平安:严惩危害国家安全犯罪,坚决维护国家政治安全;有效防范化解经济金融领域重大风险,切实维护经济安全;坚定文化自信,防范和抵御不良文化的影响,着力维护文化安全;坚定不移走中国特色社会主义社会治理之路,全力维护社会安全;坚持绿色发展,积极维护生态安全……平安江苏建设不断迈上新台阶。

站在新时代,肩负新使命,一个安全领域更全面、人民群众更满意、治理体系更科学的"平安江苏"正大踏步走来……

江苏之治的核心竞争力

法者,治之端也。

法治,能固根本、稳预期、利长远。

法治兴则民族兴,法治强则国家强。

法治既是江苏"争当表率、争做示范、走在前列"的重要内容,更是重要保障与支撑。如何才能让法治成为江苏最好的营商环境?怎样通过法治建设推动政府全面依法行政,提升公共法律服务能力,让百姓有更多获得感?

江苏在服务全国构建新发展格局中,努力从深入实施国家战略中把握机遇,有针对性地加大立法供给、加强依法决策、强化法治监督,注重集成创新,打造"法治名片",助力江苏在率先实现社会主义现代化上走在前列。

良法是善治的前提。对地方来说,良法应当有的放矢、符合省情实际。

江苏是电动自行车生产大省、使用大省,登记在册的就约有3800万辆。

2020年5月15日,《江苏省电动自行车管理条例》在江苏省十三届人大常委会第十六次会议上获表决通过,在全国率先以省级地方性法规管理电动自行车。

一审到二审再到表决通过,条例最引人注目的变化之一,就是驾驶、乘坐电动自行车要佩戴安全头盔,将此前的"鼓励"变成了强制。

这一变化背后有深刻原因。一审时不少委员认为,应在坚持总体倡导的原则下,强制要求快递、外卖等行业电动自行车驾驶人佩戴头盔,并给有条件的设区市出台强制性佩戴头盔的规定,留足立法空间。也有些委员认为,从保障人民群众生命安全的角度出发,有必要强制电动自行车驾驶人和乘坐人佩戴安全头盔。

为审慎起见,江苏省人大常委会2022年3—4月份开展网络问卷调查,包括佩戴安全头盔、过渡期、搭载人员年龄限制等7个方面主要问题。共有16678位网友(其中82%表示自己平时骑电动自行车)参与调查,留言633条。网友投票大部分赞成驾乘都要强制佩戴头盔。

"我们最终作出的放宽搭载人员年龄限制、调整过渡期、强制佩戴头盔等重要立法决策,都充分考虑了问卷调查反映出来的民意基础。"省人大法工委赵建阳说。

此次立法还充分运用大数据辅助决策，对交通事故大数据进行研究分析。江苏省公安厅数据显示，江苏涉及电动自行车的交通伤亡事故在事故总量中占比超过一半；在伤亡事故当中，由于骑乘人员没有佩戴安全头盔导致颅脑损伤造成的死亡占70%。

"对涉及电动自行车交通事故中驾乘人员死亡原因的数据分析，也坚定了我们作出强制佩戴安全头盔规定的决心。"赵建阳说。

如今，骑车戴头盔，已经成为大多数江苏人的自觉行为。

良法善治，蕴含着人民群众对美好生活的向往，有力度、有温度、有广度的立法模式，必将为高质量发展提供坚强的民主法治保障。

地方特色是地方立法的生命力所在，特色立法是衡量地方立法质量、检验地方立法水平的重要标准，是保证法规有效管用的重要途径，是科学民主依法立法的内在要求。

2015年7月，盐城市拿到地方立法"门票"，盐城市人大常委会秉持问题导向、坚持创新突破的立法思路，从"有法可依"到"良法善治"，从"立法量的累加"到"立法质的提升"。

2019年9月1日起施行的《盐城市黄海湿地保护条例》，是全国首部湿地类世界自然遗产保护方面的地方性法规，以最严格制度、最严密法治保护湿地资源和生态环境，推动黄海湿地生态修复和可持续利用。该条例为盐城黄海湿地成功申报世界自然遗产和盐城市创建国际湿地城市提供了坚强的法治保障。

在《盐城市革命遗址和纪念设施保护条例（草案）》起草过程中，盐城市人大常委会先后组织召开征求意见座谈会、工作协调推进会、专家咨询会、论证会30多次，广泛征求相关部门、单位及革命遗址和纪念设施所在地镇（街道）、村（居）民委员会、专家学者和群众的意见建议，同时通过相关网站发布公告向社会公开征集意见，共梳理吸收建议200多条，先后修改20余稿。

市人大常委会会议两次审议《条例（草案）》，组成人员纷纷提出修改意见，经常为了一句话、一个字该怎么表述，展开气氛热烈的讨论。

"开门立法在这部法规的制定过程中体现得尤为生动。"全国人大代表、市人大常委会委员秦光蔚深有感触地说。

从"民意"中汲取立法智慧,让立法获得更大公约数,"打开门""直通车"无疑是最好的方式。

2020年8月6日,伴随着热烈的掌声,全国人大常委会法工委领导为江苏省第一家"国字号"基层立法联系点——昆山基层立法联系点揭牌,国家立法"直通车"开上了"昆山之路"。

通过昆山基层立法联系点,人民群众的意见、建议直达国家立法机关。速度快、数量多、质量高,是昆山基层立法征询呈现的特点。而这些优势得益于昆山广覆盖、高水平、多维度的立法信息联络站和信息采集点。

截至目前,昆山市人大常委会依托11个区镇人大代表之家、台协会、总商会、律所、基层村委会、昆山论坛建立了20个立法信息联络站和1745个网格立法信息采集点,此外还组建立法联系协作单位、顾问单位和宣讲团等支持团队。这让昆山的立法征询渠道多元、参与广泛又不失专业水准。

昆山市基层立法联系和人大代表联络服务中心主任宗晓星表示:"自昆山基层立法联系点揭牌以来,昆山累计参与全国人大常委会法工委32部法律草案征询任务,组织各类意见征询活动120多次,提交意见建议1699条。在已公布的26部法律中,有155条意见建议被国家立法认可采纳。"

立法联系从"立法前""立法中"向"立法后"拓展,建设全过程人民民主的鲜活载体,昆山打造践行出了全过程人民民主的县域典范。

不仅仅是昆山,苏州在全市设立了50家基层立法联系点,每项立法调研都邀请2至3个基层立法联系点参加;在全市村(社区)设置2400块"立法意见征集"桌牌和100余个"立法意见征集箱";常熟市在省内首创"数字门牌+立法征求",实现家门口"扫一扫"就能参与立法。

目前,江苏省司法厅已建立行政立法联系点28个,在立法过程中也邀请基层立法联系点相关人员参与基层立法工作,参加座谈会、论证会,深入了解基层诉求、听取基层意见。

"依法行使好地方立法权,必须主动适应改革发展需要,聚焦重点领域、新兴领域强化法规制度供给,全面提高立法质量和效率。"江苏省人大法制委主任委员王腊生说。

江苏相继出台"一规划、两方案",为法治江苏建设谋篇布局、绘就蓝图,构建起法治江苏一体建设的"施工图"。

"一规划"就是《法治江苏建设规划（2021—2025 年）》。"两方案"是《江苏省贯彻落实〈法治政府建设实施纲要（2021—2025 年）〉实施方案》和《江苏省法治社会建设实施方案（2021—2025 年）》，即法治政府建设实施方案和法治社会建设实施方案。

《法治江苏建设规划（2021—2025 年）》围绕着立法、执法、司法、守法、监督、保障等，部署了 23 项重点任务，提出"以良法促发展、保善治"。

这部 5 年规划还提出：到 2025 年，中国特色社会主义法治体系江苏实践走在前列。到 2035 年，高水平的法治江苏、法治政府、法治社会基本建成。

长江经济带发展、"一带一路"交汇点建设、长三角一体化发展等国家重大战略，健康江苏、交通强省等江苏的重大政策实施，网络安全管理、防范化解重大风险、疫情防控等社会治理领域，劳动、教育、养老等民生领域立法项目……一部部民生法律法规正在蓄势待发。

"十四五"期间，江苏还将探索利用大数据和人工智能技术辅助立法，为科学决策、民主决策提供客观数据支撑。

习近平总书记在庆祝中国共产党成立 100 周年大会上的重要讲话中强调要"发展全过程人民民主"。这一重要论断为新时代发展社会主义民主政治指明了方向，同时也为推进包括立法工作在内的社会主义法治建设提供了根本遵循。

"民主立法的全过程化，公众参与的全面化，人大代表作用的充分化，民意采纳的实效化，民生立法的凸显化。"考察江苏立法工作中落实"全过程人民民主"的具体路径，王腊生总结出了"五个化"，把全过程民主的原则和要求贯彻到立法的全流程、全链条、全方位。如今，用法治的思维开展社会治理，用立法的形式巩固江苏发展的成果，用法律的规制规范和指导人们的生活生产，已经成了法治江苏的显著标志。

善政者，以法为纲，以人为本。依法行政，首要的是政府要带头学法守法，按法治精神办事。

2018 年 11 月 23 日下午，南通玛斯特流体控制技术有限公司诉海安市环境保护局、海安市人民政府行政处罚案在如皋市人民法院环境资源巡回审判庭开庭审理，海安市长于立忠出庭应诉。

这是资源环境案件"三审合一"集中审判以来，海安市人民政府作为被告的首例行政诉讼案件，而于立忠则成为自 2004 年以来，继章树山、单晓鸣、陆卫东、顾国标后，海安市出庭应诉的第五任行政首长，也是该地正式撤县设市后行政诉讼出庭应诉且"走出去"出庭应诉的首任市长。

为破解"民告官不见官"的难题，海安县在江苏率先建立行政机关负责人出庭应诉制。自 2007 年以来，海安有 426 位行政机关负责人先后出庭应诉，行政机关负责人出庭应诉率连续 10 年 100%，被誉为"海安样本、南通现象、江苏经验"，相关工作经验在全省乃至全国得到推广，被写入新行政诉讼法成为法定职责，入选第三届江苏"十大法治事件"，获评第二届中国法治政府奖。

行政首长出庭，是对原告的尊重，是对法庭的尊重，是对法律精神的尊重。行政机关负责人出庭应诉制度是中国特色社会主义行政审判制度的微观样本，投射的是探索行政诉讼中国道路的实践智慧和经验理性。

自 1990 年正式开始的行政诉讼制度已经走过 30 年，而立之年的行政诉讼既面临诸多挑战，也迎来良好的发展机遇。以习近平同志为核心的党中央擘画了依法治国、依法执政、依法行政共同推进，法治国家、法治政府、法治社会一体建设的蓝图，并正在坚持不懈强力推进。

行政诉讼需要充分发挥中国特色社会主义的制度优势，更深地嵌入法治中国的战略中去，更好地发挥行政诉讼对于法治政府的促进作用和对法治社会的推动作用。

2022 年 6 月 24 日，苏州在全市开展为期两年的国家工作人员法治素养提升行动试点工作，通过持续提升国家工作人员法治素养，示范带动全社会尊法学法守法用法。

苏州是司法部、全国普法办"提升公民法治素养行动"八个试点地区之一、江苏唯一试点地区。

"国家工作人员尊法学法守法用法的示范效应越突出，群众法治获得感就越强烈。"苏州市司法局普法与依法治理处处长许晓燕表示。

而此前的 2020 年 8 月，孕育着具有悠久历史的奉法为重文明传统、熔铸着近 20 年法治政府建设奋斗实践的苏州，入选首批全国法治政府建设示范市。苏州也是此次评选中江苏省唯一入选城市。

苏州,在全国率先确立政府立法全流程评估制度,探索镇域相对集中行政处罚权改革;行政指导、政社互动、重大行政决策、社区协商等创新实践先后获"中国法治政府奖",获评首批"全省法治政府建设示范市"……以市场主体和社会公众满意度为导向,苏州在全国率先探索构建法治化营商环境评估体系,明确细化法治化营商环境标准要素;在全省率先出台"不见面审批"清单,深入推进"证照分离"试点,有序扩大"不见面审批"事项范围,"放管服"改革取得突出成效。

为贯彻落实习近平总书记对苏州"勾画现代化目标""为中国特色社会主义道路创造一些经验"的殷殷嘱托,苏州持续不断创新发展思路举措,在依法行政、社区治理、社会矛盾化解、智慧城市建设等方面为特大城市社会治理现代化提供了"苏州样本"。

与"模范生"苏州相比,地处苏北的宿迁在一般人印象中难以和"先进"画等号。然而,现实情况却让人刮目相看。

4.6%!2021年1—10月,宿迁全市行政败诉率创历史新低,且大幅低于全省平均水平。

一直以来,宿迁对行政案件过错责任保持高压态势,对决策、执法中主观过错导致败诉的进行问责追责,有效压降行政机关败诉率。与此同时,行政机关负责人出庭应诉率动态保持在95%以上,位居全省前列。

把权力关进笼子里,把工作晒在阳光下。仅2020年,宿迁就向社会主动公开政府信息20万余条。2021年以来,通过市政府网站群已累计公开各类政府信息10.7万余条。宿迁还着力构建层次分明、系统科学、覆盖广泛的政府信息公开标准体系,使"公开什么、谁来公开、向谁公开、怎么公开、何时公开"等变得更加有章可循、有标可量、有据可考。

2019年8月,宿迁全面实施行政执法"三项制度",即行政公示制度、执法全过程记录制度、重大执法决定法制审核制度,给执法人员戴上"紧箍咒",划下"标准线",执法全程"晒"在阳光下。

综合执法关键在于执行,最终靠人来实施。如今,宿迁市本级在5个领域组建综合行政执法队伍,宿城区在另外两个领域开展综合行政执法,3个县及宿豫区分别组建7支综合行政执法队伍,真正实现"一个领域一支执法队伍"。

推进法治政府建设,抓领导干部这个"关键少数"成为重要内容之一。

会前学法、年终述法、线上线下法律培训……宿迁建立健全领导干部学法制度,通过多种形式提升领导干部法治水平,以"关键少数"带动全社会形成尊法学法守法用法氛围。

曾经作为相对落后的"苏北板块"城市的宿迁,多年来持续推进法治政府创建,不断推进社会治理现代化水平,实现了依法治市水平"弯道超车",社会政治生态和法治环境持续提升,城乡经济社会发展日新月异,已经跃升为法治政府创建的样板城市。

宿迁的经验告诉我们:法治建设的关键在于依法行政,社会治理的核心要素在于法治理念的养成。

地无分南北,经济无分好坏,只有高度的法治素养和治理水平,才是一个地区发展的核心竞争力。而政府在促进依法行政、提升法治素养方面责无旁贷。

每对鹦鹉卖25块钱,可是贩卖者却很可能要被判刑10年!这样的案子就被检察官范璞遇到了。

2020年9月,在徐州汽车站,公安机关查获了40余只费氏牡丹鹦鹉,这是河南商丘养殖户作为宠物卖到徐州的,涉案人员为王某、田某、刘某。

看过卷宗,徐州铁路运输检察院的范璞不禁吃了一惊。费氏鹦鹉,属于国家二级重点保护野生动物且禁止交易。本案中,王某、田某和刘某均涉嫌构成危害珍贵、濒危野生动物罪。非法交易10只,法定判处十年以上有期徒刑。其中王某卖了30只费氏鹦鹉,总价不过400元,要面临这么重的刑罚吗?

34岁的王某是河南省商丘人,文化程度不高,一个人带着8岁的女儿。为了挣钱给女儿看病,2019年她养起了费氏鹦鹉。她哭着说:"养在笼子里的鹦鹉也叫野生动物?我每对就卖25元,要判十年刑,真的不能接受!请你救救我女儿!"

范璞心里也不是滋味,立即向检察长汇报,并针对王某等人的辩解开展调查。费氏牡丹鹦鹉能否认定为法律意义上的珍贵、濒危野生动物?当法律的条文规定与百姓的朴素认知发生冲突时,司法者应该如何选择?

在检察长的支持下,范璞又向徐州市检察院和江苏省检察院汇报。省检察院检察长指示:"不要机械司法,要充分调研,妥善处理该案。"

就在办案期间,最高人民法院、最高人民检察院、公安部、司法部《关于依法惩治非法野生动物交易犯罪的指导意见》(以下简称《意见》)出台。这让范璞看到了一线转机希望。但《意见》提出的八个方面情况太复杂了,从何入手?如何兼顾天理、国法、人情?

他们主动与河南省林业局、商丘市自然资源和规划局沟通,五次走访当地养殖企业和养殖户,发现费氏牡丹鹦鹉在商丘市已有二十余年人工繁育历史,是当地政府扶贫产业,繁育规模大,存栏54万余只,养殖户近500家,涉产值近3亿元。

后又专门咨询了国家林草局听取意见。在此基础上,掌握了费氏牡丹鹦鹉在全国的人工繁育现状,并形成调研报告上报最高人民检察院,建议不再把这种人工繁育的鹦鹉作为国家二级保护动物管理。

国家林草局由此也开始在商丘开展"人工养殖鹦鹉专用标识"管理试点。检察官同时建议商丘市政府、市自然资源和规划局逐级汇报鹦鹉养殖户面临的困境,寻求上级支持,解决民生问题。

2021年11月9日,一场宣告会在徐州铁路运输检察院召开。检察官依法对刘某等3人公开宣布绝对不起诉,并对3人进行法治教育。

会议一结束,王某就边哭边抱住了范璞,说:谢谢检察院,谢谢共产党……

一直关注此案并参与调研的商丘市自然资源和规划局野生动植物保护科科长许丽得知结果后,高兴地说:"我代表商丘养殖户感谢你们,你们挽救了上亿的产业,给江苏检察官点赞!"

就在该案成功办理后不到半年,"两高"《关于办理破坏野生动物资源刑事案件适用法律若干问题的解释》出台,其中规定,贩卖可以人工养殖的野生动物一般不以刑法定罪。

英国哲学家培根说过:"一次不公正裁判的罪恶甚于十次犯罪,因为犯罪污染的只是水流,而枉法裁判污染的却是水源。"

枉法裁判固然令人唾弃,可是,"照章办事"、机械司法同样冷酷无情。

法律不外乎人情,当情理法真正统一,法律才既有威严,又有温度。

如今,翻阅鹦鹉案的本本卷宗,回望跨省奔波的日日夜夜,范璞更加深深体会到,习近平总书记的这句话"努力让人民群众在每一个司法案件中感受到公平正义",充满深刻内涵和人民情怀。

习近平总书记强调说:"要始终坚持以人民为中心,坚持法治为了人民、依靠人民、造福人民、保护人民,把体现人民利益、反映人民愿望、维护人民权益、增进人民福祉落实到法治体系建设全过程。"①

多年来,江苏司法机关坚持践行和弘扬社会主义核心价值观,用一个个"小案件"讲好"大道理",让人民群众切实感受到更有力量、有是非、有温度的新时代司法。

小案不小,民生如天!让司法既有力度,又有温度,这应该是司法办案的价值追求。

作为司法人员,我们当然要做法律的守护者、规则的执行者,但绝不能机械司法、就案办案,我们也要通过我们的司法实践,做规则的完善者,做人民美好生活的守护者。

再请看这样一起"代表国家"办理的"事实孤儿"案件!

赵习芳是泰兴市检察院未成年人检察科科长。2017年,在与妇联的活动中,她遇到了女孩元元。

"谁送你上学呀?"

"爷爷。"

"爸爸妈妈呢?"

"爸爸死了,妈妈走了。"

这是赵习芳走访元元家时的一段对话。

元元出生9个月20天时,父亲自杀离世,母亲离家出走,14年来靠爷爷奶奶抚养。

可是在随后的慰问活动中,赵习芳没有找到元元的名字。一问才得知,元元不是民政部门登记在册的孤儿,拿不到孤儿救助金。

1992年8月,民政部《关于在办理收养登记中严格区分孤儿与查找不到生父母的弃婴的通知》称:"我国收养法中所称的孤儿是指其父母死亡或人民法院宣告其父母死亡的不满14周岁的未成年人。"

---

① 习近平:《坚持走中国特色社会主义法治道路　更好推进中国特色社会主义法治体系建设》,《求是》2022年第4期。

赵习芳介绍,随着国家对困境儿童的重视,孤儿年龄范围有所扩大,如《国务院办公厅关于加强孤儿保障工作的意见》规定,孤儿是指失去父母、查找不到生父母的未满18周岁的未成年人。

对照规定,元元符合孤儿的申请条件,是"事实孤儿"。

赵习芳找到民政部门,得到的答复是:如果缺少宣告父(母)失踪或死亡的证明,民政部门基于手续不全和权责考虑,无法将这些事实上符合条件的孤儿登记在册,发放孤儿养育金。

事实上,元元的情况并非个案。

泰兴市检察院发现,类似困境儿童仅在泰兴就有80名,多在农村,因病致贫家庭比例较高。

还有一种类型的"事实孤儿"是由刑事犯罪导致。如16岁的陈某,父亲被判刑,母亲失踪多年,等到相关证明完成,他早已超龄而无法享受福利。另一起猥亵儿童案件中,未成年被害人的父亲死亡,母亲失踪。由于缺少一纸证明,孩子也被挡在救助门外。

"'事实孤儿'与孤儿同样无人有效抚养,甚至境况更不乐观,孤儿可以获得政府和社会救助,而'事实孤儿'困境往往被忽视。"

泰兴市检察院决定:支持提起"宣告失踪"特别诉讼。

"检察官是公共利益的代表,我们代表国家支持公益诉讼。"时任泰兴市检察院检察长吴文彬表示。

2017年5月27日,元元与爷爷向泰兴市法院提出申请,请求宣告元元母亲何某某失踪。

法院正式受理,公告3个月,检察院垫付了公告费。

10月9日,法院当庭判决,宣告元元的母亲何某某失踪。

谁能想到,就是这样一起司法个案,拉开了中国救助"事实孤儿"的国家行动序幕!

党的十九大报告明确提出"精准扶贫""弱有所扶"。

全国人大代表、泰兴市平江路邮局副局长何健忠密切关注孤儿救助,他说,司法机关秉承"国家亲权"理念,通过民事公益诉讼探索保护"事实孤儿",值得肯定。

2017年11月起，江苏将"事实孤儿"纳入救助范围，"应保尽保，应救尽救"。2018年5月，省法院、检察院、公安厅、司法厅、财政厅、人社厅、卫健委、民政厅8部门联合出台《关于落实困境儿童分类保障制度有关问题的补充意见》，细化困境儿童分类，从5大类25种人群拓宽并细化为6大类55种人群，甚至规定"孤儿年满18周岁后仍在继续就学的，可继续享受困境儿童基本生活费补贴至毕业为止"。

在省人大支持下，江苏困境儿童保障省级财政预算达6900余万元，孤儿保障预算持续增长。江苏成为全国将"事实孤儿"纳入救助范围的第一省，逐步实现救助"全覆盖"。

2018年11月13日，民政部召开"事实孤儿"保障工作座谈会，"江苏经验"示范全国。

全国有50万符合条件的"事实孤儿"、困境儿童得到了国家救助。

一滴水折射阳光，一个案例胜过一打文件。

正是在一个个案例的依法办理中，公平正义才能看得见！

司法要公正，司法还要有温度，有善意。公正善意的司法，能够引领社会向上向善，弘扬社会主义核心价值观。

"法治是最好的营商环境。"

社会主义市场经济本质上是法治经济。

早在改革开放之初，江苏就是法治环境的创设者、司法理念变革的引领者、创业创新的开拓者。

犹记得，20世纪80年代末90年代初，苏南乡镇企业大发展，但是有一段时间，乡镇企业面临着缺原料缺技术的局面。

张家港（原沙洲县）大新毛纺厂厂长陶玉兴的妻子承包了生产队的眼镜厂，由于缺少原料赛璐珞，眼镜厂面临倒闭。陶玉兴跑到广州以每吨五千元购到五吨赛璐珞。由于这种原料紧缺，不少眼镜厂前来求援。陶玉兴留下一半，其余以每吨九千和一万元的价格出售。

陶玉兴及其妻子因涉嫌投机倒把罪，面临着刑事查办的风险。张家港检察院对照现行政策，认真分析研究，认为陶玉兴的行为没有构成犯罪，只建议工商部门对其进行了教育和经济处罚。

家庭没有散，厂子没有垮！

这在当时，可是"出格"的办案思路。

乡镇企业缺技术怎么办？最省事的办法是到上海请一些国企的技术员利用周末时间赶到江苏指导，于是出现了"周末工程师"现象。

有人认为乡镇企业破坏了经济秩序，必须严打。上海方面也不能容忍"挖墙脚"，接二连三到苏南抓人，一时间大批厂子关门。

张家港检察院原检察长韦建庄回忆起当时的情景，这样说：

"这些企业都是农民节约省下来的钱办起的！我们查办案件，不仅仅是打击犯罪，更重要的是促进乡镇企业发展。"

1986年春，在全省检察工作会议上，时任张家港检察院检察长邱再宝汇报，通过办案先后使12个濒临倒闭的乡镇企业恢复了生机和活力。

新华社记者王孔诚当晚就对邱再宝进行专访。值得一提的是，王孔诚也是包产到户改革报道名篇《春到上塘》的作者之一。

1986年5月10日，《人民日报》头版报道沙洲县检察院《认真查处经济犯罪案件，促进乡镇企业健康发展》，并配发《清除白蚁，保护支柱》的评论。

《人民日报》这样写道：沙洲县人民检察院的经验好就好在真正做到具体问题具体分析，而且运用典型案例进行法制宣传，使大家懂得在搞活经济中，哪些事该做，哪些事不该做。

1987年，江苏省检察院在张家港市召开了全省乡镇企业经济案件工作会议，总结了六个字：打击、保护、服务。

江苏省委和高检院领导充分肯定，高检院转发报告时，又增加了"促进"两字。"八字方针"全国推行。

"八字方针"第一次将改革开放与执法理念有机地结合了起来，也是第一次把打击与保护、服务有机地结合了起来。在当时，是一次重要的司法理念调整和实践创新。

时至今日，江苏大批乡镇小厂已经发展为上市公司，有的还成为全国龙头企业、跨国企业。

今天，平等保护各类市场主体、服务江苏高质量发展的理念早已深入江苏司法办案全过程。

在迈向高质量发展的进程中,法治的保障作用日益凸显,打造市场化、法治化、便利化、国际化营商环境尤其迫切。

2020年8月25日,江阴某公司申请中南重工有限公司破产,这一消息好似一枚"炸弹"震惊了公司债权人。

据法院有关人员介绍,当时有8家不同级别的管理人报名,而中南重工是江阴从事机械设备制造与加工的大型民营企业,这个在当地和行业有重大影响的企业实施破产,属于重大破产案件,根据《无锡法院破产管理人分级管理和选任规定》,有一级管理人报名的,应从报名的一级管理人中摇号指定。

破产管理人通过摇号确定后,立即开展了债权申报与全面核查工作,凭借其自身业务能力和平台资源,一个半月内即调查、审核了408户职工债权并释明、公示,为两次债权人会议的召开做了充分的准备和组织工作,保证了破产重整的顺利进行。

经过"抢救式"破产管理,中南重工于2020年12月底重获新生、恢复营业,第一季度已扭亏为盈,实现净利润1486万元。

破产管理人作为供给侧改革的重要参与者,在人民法院依法审理破产案件,特别是处理涉僵尸企业案件中发挥着关键作用。

司法要有智慧,司法更要专业精准,勇于解决新情况新问题,尤其是营造良好健康的法治营商环境。

在诉讼服务方面,江苏提出了到2022年底前全面实现诉讼服务"就近能办、同城通办、异地可办"的目标。具体举措方面,将进一步推进民事诉讼程序繁简分流改革,健全电子诉讼规则,努力推动构建分层递进、繁简结合、供需适配的民事诉讼程序体系。

疫情多点散发,经济承压,更需以法治稳企业、稳预期、保就业、保民生。

企业最大的风险,不仅仅是经营风险,还面临着涉案的风险,往往这种风险更致命,更不测。

张家港市检察院是全国首批6家企业合规改革试点单位之一。经最高检批准,江苏成为全国唯一可以在全省开展合规改革试点的省份。当年的"八字方针",如今有了新的时代内涵!

江苏检察机关引导企业合规经营,已妥善办理企业犯罪案件971件,会同省司法厅、省工商联等成立第三方机制委员会，对 128 件案件开展合规工作，为全省经济高质量发展保驾护航。

江苏省检察院还在全国率先出台为民营企业量身定制、多元化保护的"25 条意见"，确立"企业合规""办案影响评估""逮捕上提一级"等一批全新工作机制，全面推动涉企检察从"坐堂办案"向走进企业、从个案个体保护向类案群体保护、从刑事一元化保护向"四大检察"联动多元保护的转变。

良好的司法环境，离不开一支忠诚、干净、担当的司法队伍。党的十八大以来，按照中央的部署，江苏深化司法体制改革和司法责任制改革，谁办案谁负责，错案终身追究，强化法律监督，推进审判体系和审判能力现代化，不断提升司法质量、效率、公信力，努力营造更加稳定公平透明、可预期的法治化营商环境。

在司法办案中，坚持各类市场主体诉讼地位、法律适用、法律责任一律平等，不论国企民企、内资外资、大中小微企业，一视同仁、依法保护。

法治是最好的营商环境。江苏通过持续不断的司法实践，打造出了法治营商环境的全国"高地"。

2022 年 8 月 12 日，"中国这十年·江苏"主题新闻发布会披露：江苏连续三年位列"营商环境最佳口碑省份"，江苏十年累计吸引外资超 2400 亿美元。

"三个显著提高"有力支撑起"营商环境最佳口碑省份"这个沉甸甸的荣誉。

一是"放管服"改革协同度显著提高。围绕"审批速度更快捷一点、办事流程更方便一点、解决问题更靠前一点"，累计取消下放调整行政权力事项 1344 项，省政府部门行政审批中介服务事项精简 76％。在全国率先出台促进政务服务便利化条例，打造 12345 政务服务热线"总客服"，构建全省政务服务一张网，省市县乡村五级政务服务体系实现全覆盖。持续深化"不见面审批"改革和"一件事"办理模式，推动政务服务"跨省通办"、线上线下融合发展。

这里讲一个案例。2021 年签约的淮安中天钢铁精品钢帘线项目，最短时间完成"五证联发"，仅用 100 天左右就实现了开工建设，比正常时间缩短近一半。

二是市场对外开放度显著提高。2021 年进出口总额达 5.2 万亿元，十年累计吸引外资超 2400 亿美元，世界 500 强企业中已有 392 家投资落户江苏。面对复杂严峻的国际形势特别是新冠疫情的影响，很多外资企业依然看好江苏、加码江苏、深耕江苏。比如德资企业巴斯夫公司先后在江苏增加再投资 8.82 亿元，累计办理利润再投资递延纳税 10 次,不断扩大在苏的石油炼化及衍生品产能。

三是市场主体活跃度显著提高。构建亲清政商关系,精简涉企经营许可,企业开办实现线上办理 1 个环节平均用时压缩至 1.51 天,全省市场主体总数达 1380.7 万户,是 2012 年的 2.7 倍。先后出台"苏政 50 条""苏政 30 条""苏政 40 条""苏政办 22 条"等一系列纾困解难举措,2020 年以来累计退税减税降费 6954 亿元,努力让当下的营商环境成为未来的发展优势。

江苏,以占全国 1.1% 的国土面积承载了 6% 的人口、创造了 10.2% 的经济总量,全省地区生产总值连跨 6 个万亿元台阶、达到 11.64 万亿元,人均地区生产总值超过 2 万美元,居各省(自治区)之首!

不比自然资源,不比扶持政策,不比面积大小,江苏拿什么在全国比拼? 在高质量发展的征程上,良好法治营商环境必然成为江苏核心竞争力。

如今,江苏正在聚焦"市场化法治化国际化营商环境世界一流"目标,多维度、立体化、全方位推动营商环境持续优化,努力在打造综合最优的政策环境、公平有序的市场环境、高效便利的政务环境、公正透明的法治环境、亲商安商的人文环境上实现新提升,让一流营商环境成为江苏经济发展新变量、对外开放新标识、区域竞争新优势,让江苏成为全球最具吸引力和竞争力的投资目的地之一。

江苏之治的时代命题

现代化,是人类社会从农业经济向工业经济、农业社会向工业社会、农业文明向工业文明的转变和发展。社会治理现代化,就是基于经济形态、社会形态和文明形态现代化发展而形成的国家和社会治理形态的发展过程。

2013 年,党的十八届三中全会提出,全面深化改革的总目标是,完善和发展中国特色社会主义制度,推进国家治理体系和治理能力现代化。

2019 年,党的十九届四中全会进一步提出,坚持和完善中国特色社会主义制度,推进国家治理现代化。

中国共产党两次以全会决定的形式宣示推进国家治理现代化,显示了国家治理、社会治理现代化对于中华民族伟大复兴事业的重大战略意义。

在江苏省全面开启现代化建设新征程重要关头,江苏省第十四次党代会报告提出了"六个显著提升",其中"社会治理效能显著提升"既是党代会提出的未来5年主要目标任务之一,也是履行"争当表率、争做示范、走在前列"光荣使命的具体体现。

经国序民,正其制度。

承担着为全国发展探路历史使命的江苏,发展快于全国,遇到的问题早于全国,唯有在解决问题中探索前行,唯有在高质量发展中不断创新,才能有力解答推进治理体系与治理能力现代化建设的时代命题。

2019年12月3日,全国市域社会治理现代化工作会议部署启动市域社会治理现代化试点,努力建设更高水平的平安中国。

作为城市和农村两种社会形态的结合体,市域具有以城带乡的引擎作用,是统筹推进城乡一体化的有效载体。把市域作为完整的治理单元,能够充分发挥城市辐射带动作用,让优势资源、优质服务从城市"高地"流向农村"洼地",推进城乡一体化、基本公共服务均等化。

江苏,城镇化水平高、社会治理基础好,具有市域治理的最优治理半径、最大政策边际效应的优势。

江苏把开展试点作为历史性机遇、作为一把手工程,把一市一地的现代化汇聚成全省社会治理现代化。

镜头一:市域治理,一市一品。

"扬州是个好地方!"

好地方必须把社会治理搞好!

扬州在社会末梢——基层村社区推行"一核(基层党组织)多元(社会组织)"服务体系,以"党建引领＋社会组织参与"的方式,促进居民自我管理、自我教育、自我服务,助力扬州两次获评"全国创新社会治理优秀城市",创成全国社会治理创新示范市。全市矛盾纠纷化解率连续多年保持在96％以上。

连云港,是座山海相拥的美丽城市、新亚欧大陆桥东方桥头堡。随着"一带一路"强支点建设和自贸试验区建设等国家级重大战略实施,连云港紧紧围绕让法治成为连云港核心竞争力重要标志的目标,努力在依法治理中促进长效治理。

聚焦"安全感",通过推进"互联网＋防控体系""网格化＋基层治理""精准型＋惠民实事"等,延长工作防线,加大惠民力度,连云港不仅是全国首家告知承诺制试点,也在全省首家出台《法治社会建设指标体系》。

聚焦"获得感",推进政法护航"高质发展"减程序、减环节、减路程,全面提高服务质效。推进政法系统简政放权重点改革任务,打造"集中批、网上办,联合审、代办制,园内结、区域评"行政审批新模式。

聚焦"幸福感",推进"法护人生""法进家庭""法润村居"三大行动。持续擦亮灌河流域环资审判、海洋生态保护"连云港品牌",用法治助力打好蓝天碧水净土保卫战。持续实施法治乡村建设三年行动计划,依法妥善审理各类涉农案件,以法治助推农业农村现代化。

徐州,江苏"北大门",有着衔接南北、贯穿东西的特殊地理区位,又是一个千万级的人口大市,着力推动风险应对从末端处置向前端预防转变,在守牢安全底线中发挥好主力军作用。

打造风险闭环管控格局。总结苏鲁微山湖边界维稳协作经验,发起建立淮海经济区平安共建、警务协作机制,建立驻徐部省属单位维稳联席会议等制度,拧紧了跨区域跨部门风险协同防控责任链条,妥善处置了一批重大突发案件,确保了全市社会大局的安全稳定。

升级治安打防管控体系。把治安防控的重心放在攻、防两端,全面净化社会治安环境。在攻的一端,深入开展扫黑除恶专项斗争,查办黑社会性质组织17个、恶势力犯罪集团25个、恶势力团伙54个,查处了一批涉黑涉恶腐败和"保护伞",得到中央督导组"真扫黑、扫真黑"的高度评价。

同时,以"汉风行动"统揽各类打击行动,3年来,全市刑事案件、8类主要刑事案件分别下降28.61%、11.65%,人民群众安全感提升了3.84个百分点。在防的一端,先后启动了"老旧小区安防补点"和"智能化社会治安防控体系建设"项目一期"烽火台"和项目二期"风铃塔"等多个系统性建设工程。

大风起兮云飞扬。如今的平安大风歌,正在徐州大地上唱响。

翻开风云激荡的历史篇章,常州红色精神耀眼夺目,以瞿秋白、张太雷、恽代英为代表的革命先烈,在这座江南名城镌刻下熠熠生辉的红色印记。

常州现存新四军江南指挥部旧址等47处红色革命遗址,史良故居、瞿秋白纪念馆、法学大师陶希晋陈列馆等法治景点镶嵌其间,成为法治常州的一张靓丽名片。

新中国首任司法部部长史良、新中国首任法制局局长陶希晋、近代法学奠基人董康、中国的"罗马法活字典"周枬、著名法学教育家王健等一批近现代常州法学名家从历史中走来，熔铸城市文化底蕴和法治品格，"法治常州"画卷徐徐呈现出新的"中吴要辅、八邑名都"的江南盛景。

"红色"和"法治"相融，历史和现代辉映，法治常州密码穿越时空，勾勒出独特的法治文化图景。

一座座城市，一个个品牌。江苏大力弘扬创新精神，推动各地结合自身基础、选择突破方向，鼓励各地结合实际，努力打造一批优势突出的特色工作，在全省营造百花齐放、百舸争流的局面，形成江苏社会治理"一市一精品""一县一品牌"的生动局面。

镜头二：指挥中心，中枢集成。

走进南通市市域治理现代化指挥中心，环形显示屏占据了整面墙壁。这里汇集了65家市级部门、10个县（市、区）的5000余项数据资源，日交换数据达4亿条，实时感知着城市脉动。

市域具有承上启下的枢纽作用，抓住这一关键环节，即可"一子落而满盘活"。南通市委市政府深刻把握市域治理现代化的特殊战略定位，举全市之力、集全市之智，于2020年6月19日建成运行全国首家市域治理现代化指挥中心。

截至目前，南通共建成1个市级、10个县级、96个镇级指挥中心，构建起一体运行、纵横贯通、动态可视的"1＋10＋96"市域治理现代化指挥体系。

通过建立"大数据＋指挥中心＋综合执法队伍"模式，南通市市域治理现代化指挥中心打造了将"数据共享、预警预判、联动指挥、行政问效"四大核心功能融为一体的现代化智慧平台，实现"一个平台管监管"；将南通全市65个部门和单位的78条热线整合进"12345"，进一步畅通群众诉求渠道，实现"一个号码管受理"；在"南通百通"上开通26个部门的606项在线政务办事服务、372项公共服务事项，实现"一个App管服务"；发挥"大数据＋网格化＋铁脚板"治理机制优势，实现"一个网格管治理"。

江苏把推进市域社会治理现代化试点作为加强和创新社会治理的重要切入点，推动市县乡三级全面建成实体化运行的社会治理现代化指挥中心。

——全面推进中心升级。着力推进社会治理现代化综合指挥中心建设，推动各地进一步整合各类社会治理平台资源,在市县乡建立实体化运作的社会治理现代化综合指挥中心,与同级综治中心、网格化服务管理中心一体化运作,目前全省明确为事业单位性质的市级中心11个、县级中心92个。

——打造市级指挥枢纽。泰州、扬州、常州、徐州等市已成立正处级市域社会治理现代化指挥中心,建立全市范围内的指挥调度、综合协调工作机制。

——夯实县级实战阵地。苏州、无锡、南通、宿迁、盐城等地县级中心通过建立分流指派、人员调度、检查督查、工作问责和考核奖惩等工作机制,有效统筹县域社会治理和平安稳定工作。

——完善乡级基础平台。南京、淮安、连云港、镇江等地整合资源、充实力量,加强乡级中心与为民服务中心融合对接,实现机构一体运行、人员一体管理、业务一体安排。

镜头三:创新治理,法治赋能。

2021年7月16日,全国首家劳动法庭——苏州劳动法庭在苏州中院揭牌成立。

连同此前设立的苏州知识产权法庭、苏州国际商事法庭和苏州破产法庭,苏州中院成了全国唯一一家同时拥有4个与高质量发展密切相关专业化法庭的中级人民法院。

中国人民大学法学院教授石佳友表示,在互联网时代,以外卖骑手和快递小哥为代表的新业态用工模式突破了传统,现有的法律规定对新类型劳动纠纷案件缺乏明确具体的处理规则。

"苏州劳动法庭将对审判专业化提供司法实践经验,形成该类案件的裁判规则。"石佳友说。

苏州作为中国第六大经济城市,在转型升级的过程中,高新技术产业集聚了越来越多的高素质劳动者,劳动纠纷案件的专业性和复杂性也大幅度提升。

2020年,苏州的地区生产总值已迈上2万亿元新台阶,在全国主要城市中位居第6位。

苏州也是全国第三大工业城市,区域经济发达,民营经济活跃,市场主体突破200万户,用工需求旺盛。与之相应,引发的劳动争议纠纷也相对较多。

2020年,全市仲裁机构和各类调解组织接处的劳动争议纠纷达72950件,同比增长 47.25%；全市法院共受理劳动争议案件 10542 件，同比增长 18.58%。

2021 年初，5 起疫情期间拖欠劳动报酬纠纷案上诉至苏州中院。"我们在分案时了解到，被告为同一家建筑公司，欠薪对象均住农村，家境贫困，其中一人还患上绝症。"苏州中院民四庭庭长王岑介绍，针对该情况，院里随即安排精干力量，依法试点采用二审独任制审理。阅卷加班加点、程序化繁为简，从收案到结案，仅仅用了 10 天。

劳动法庭的成立不仅可以在全国率先形成司法经验，还可以在营商环境中发挥重要的司法保护作用。

圆溜溜的脑袋从江中冒出，很快又钻进水里……

2021 年以来，江苏省南京市、南通市、苏州市、泰州市、无锡市等地均观测到江豚出现，"微笑天使"跃水嬉戏的场景，在长江江苏段已不再罕见。

江苏检察机关认真贯彻落实习近平总书记关于长江"十年禁渔"的重要指示精神，上下齐心，内外协作，尽锐出战，用好刑事、民事、公益诉讼检察职能，助力长江禁渔起好步、管得住，全力保护长江生物多样性，推进长江经济带绿色发展。

针对"上下游不同行、左右岸不同步"的长江治理难题，江苏省检察院指定南京铁路运输检察院作为长江江苏段公益诉讼案件的机动管辖检察院，优先管辖全江苏段长江生态环境和资源保护公益诉讼案件。此外，江苏检察机关分别与上海、安徽检察机关会签了长江口、淀山湖、石臼湖、洪泽湖、滁河流域跨省际协作意见，服务长三角一体化发展。

劳动法庭、互联网法院、环境资源保护检察院，在每一项治理领域，江苏都坚决消灭空白，创新开拓。

江苏，不仅市域治理能力强大，就是县域治理也是当仁不让，有声有色。哪怕是放在全国，也毫不逊色。

"万人违法警情数略有下降。全市共接报各类违法犯罪警情 4244 起，同比下降 5.6%，对比常量下降 2.47%，为蓝色……"

2022 年 7 月 20 日，昆山市委政法委发布当年 6 月（总第 71 期）"平安指数四色预警通报"，并给各个单位、各区镇通报总体情况、预警分析和工作建议。

近年来，昆山市建立以"万人违法警情数、万人消防警情数、万人交通事故警情数、万人民事案件数、信访矛盾化解稳控度"等为主要指标的平安指数发布机制,以"蓝黄橙红"四色递增的预警形式,实行月度通报和分析研判。2022年,调整亮灯标准,增加"一票亮灯"规则,优化亮灯机制,同时,新增区镇"红黑榜"制度,有针对性地指导开展防范和处置工作。2018年至2020年,预警灯总量同比下降39.2%、18.8%、22.3%。

昆山连续17年雄踞百强县(市)之首,近300万常住人口中,"新昆山人"占到2/3,还有超过12万的台湾同胞和外籍人士,给基层社会治理带来巨大挑战。

针对外来人口远远超过户籍人口的现状,积极打造"家在昆山"品牌,聚焦"入城""入住""入职""入户入学"关键节点,建立健全新市民教育培训机制,实施新昆山人市情教育暨素质提升工程、市民修身立德工程和"昆山市民文明十二条"专项行动,努力实现"文化本土化、身份市民化、服务均等化",推动新市民更好融入城市。

昆山探索从单一治理主体向多元治理主体转变,变政府部门主导的线性治理模式为社会协同共治的网状模式,不断满足人民群众对美好生活的向往,在县域治理的探索中成为"尖兵中的尖兵""排头中的排头""先锋中的先锋",走出了新时代的"昆山之路"。

江苏经济发达,人口密集,对外开放程度高,社会治理不断出现新情况、新问题,传统管理机制面临挑战。破解难题,必须依靠体制机制创新,网格化社会治理应需而生。

所谓的网格化治理,就是把更多人力下沉基层一线,充分发挥信息技术在化解风险隐患、创新社区治理、促进和谐稳定中的支撑作用,完善网格化服务管理制度,实现大事全网联动、小事一格解决。

具体而言,就是坚持和完善"大数据+网格化+铁脚板"治理机制,构建网格化管理、精细化服务、信息化支撑、开放共享的基层管理服务平台,做优做亮基层社会治理的"金字招牌"。

镜头四:覆盖全省,进网入格。

"社区来了一支政法网格员生力军,像我这样做社区书记的,再也不用为辖区发生的涉法难题挠头了。"

吴太荣担任南京市秦淮区朝天宫街道绒庄新村社区书记,他说的生力军,就是一支主要由警官、法官、检察官、律师等专业人士构成的网格员,老百姓对他们的公信力和权威性更信服,他们参与基层矛盾纠纷调解总能事半功倍。

基层治理是市域治理的重要支撑,社区网格是社会治理的基础单元。早在2020年3月,南京市就推出了政法网格员队伍建设一系列"组合拳",全市1.6万名政法机关干部、警官、法官、检察官、律师、法学会会员等法治力量编入1.2万个基层网格,将法治力量精确输送至社区的每一个最小单元,开展常态化、个性化法律服务,为市域社会治理注入了政法攻坚力、专业权威力、机动战斗力。

办好民生实事、参与矛盾化解、宣讲法律法规、防范重大风险、促进网格队伍建设、参与重大活动任务……这些都是南京的政法网格员进网入格后所要承担的10项职责任务。

2021年1月1日,《江苏省城乡网格化服务管理办法》施行。

这是全国出台的首部网格化省级政府规章,也是对网格治理的一次权威认证。

截至目前,江苏省已划分10.5万个城乡网格,近25万名网格员,95%的安全隐患和矛盾纠纷在网格内就能得到处置和化解。依托"大数据＋网格化＋铁脚板"治理机制,江苏社会治理正朝着社会化、法治化、智能化、专业化不断发展。

镜头五:重心下沉,服务民生。

"经本次会议讨论通过,半数代表赞成将小区违建拆除。"2021年10月,在镇江新区丁岗镇宜业社区三楼会议室内,社区网格员组织20余名群众代表,对社区某小区内违建问题开展讨论,半数群众代表赞成依法拆除,"老大难"问题顺利解决。

收集群众急难愁盼,集民智聚民心予以解决。依托网格化治理,越来越多的"关键小事"被轻松办成"幸福实事"。

扬州市邗江区西湖街道经圩社区第三网格施浩军,是土生土长的经圩人,这里的一草一木他都十分熟悉。每天在网格走访,居民们总是愿意拉他坐下一起聊聊家常,老一辈们常挂在嘴边的就是:"小军啊,我们都是看着你长大的,你这个小伙子越来越能干了。"正是他和网格内居民打成一片,居民们都把他当成最"贴心的人",不管大事小事都会跟他聊聊,施浩军也会用心去帮助解决。

从最初的"社区工作小白",到现在成为网格里的民情信息的收集员、风险隐患的排查员、矛盾纠纷的调解员、民生事务的服务员、政策法规的宣传员,施浩军在一步步地成长着，大街小巷、房前屋后都见证着他忙碌的身影。

2022年4月，他被评为全省"最美网格员"。

兴化市沙沟镇崔垛新村网格员曹竹秀做完中饭，精心打包一份，准备送给村里的房奶奶。房奶奶是曹竹秀工作笔记中用黄色标记的重点关爱对象，她的老伴和儿子相继早逝。曹竹秀时常带着水果、牛奶去看望这个老人。

作为崔垛新村网格一的大家长，曹竹秀把每家的情况都罗列在工作笔记中，2名老人和3名留守儿童是她关爱的重点，群众小、急、难的事情在她眼里都是大事，等不得也慢不得。

将平凡的工作做到极致就是伟大。曹竹秀工作笔记中密密麻麻的标注，降低了空巢老人和留守儿童的管理难度，提升了服务管理的有效性和针对性，是精细化服务的真实写照。

兴化市积极打造网格长、网格员、网格信息员三支队伍，推动党员干部下沉网格。工作在网格，服务在一线，就是"精网微格"的意义。

镇江市高新区蒋乔街道七里社区4号网格专职网格员许金生，二十多年扎根社区，他对网格内人口和房屋底数清、情况明，熟知各类重点人员情况。

作为社区网格工作负责人，他积极拓展，在把社区优化划分为9个二级网格基础上，细分了30个三级网格，并协调物业、党员、热心群众等，组织招募了31名三级网格员，组建了网格长＋党小组长＋楼栋长"三长共建"微组织，建强了社区网格"骨架"，充实了社区网格治理"血肉"。

在他的带领下，辖区党员个个在"亮身份""双报到"中做表率，建立了"一楼一群"网格微信群，"三官一律"常态化服务群众，疫情防控服务上门全覆盖，打造了网格治理示范小区，群众幸福感年年提升。

二十多年来，虽然从群众口中的"有事找小许"变成了"有事找老许"，许金生笑呵呵的模样没变，一喊就到的风格没变。2022年，他荣获全省"最美网格员"提名奖。

网格员只是一个平凡的岗位，但他们用朴实细小的行动，诠释了对这份工作的忠诚和热爱！"有事找网格员"更已逐渐成为千千万万基层网格员最鲜明、最自豪的荣誉。

数以万计的网格员们通过他们的"铁脚板"打通基层治理的"神经末梢"。

小网格,大治理。江苏全力推进的网格化社会治理,已成为促进全省社会和谐、满足百姓诉求的新动能。

镜头六:智慧治理,"最强大脑"。

在南京市江宁区,虚拟网格员"江小格"为全区居民提供"24小时不打烊"在线服务。

2022年4月23日,该区湖熟街道居民在"网格微信服务群"中反映有一盏路灯不亮。"江小格"马上抓取这条信息,推送给网格员刘莹。经现场查看,刘莹立即联系相关人员维修,"罢工"的路灯不到3小时就恢复工作。

"网格员在巡查中总会存在盲区,而'江小格'通过敏感词抓取与推送功能,能在微信群中及时捕捉居民需求。"江宁区委政法委社会建设科科长王长勇说,有了"江小格"这个好帮手,网格员的工作效率得以大大提升。

同时,全区"雪亮工程"联网18382路监控视频,946个智慧小区建设4901路视频监控化身"千里眼",24小时回传实时画面……

扬中市新坝镇网格化服务管理联动中心不仅集任务派单、流程监管等功能为一体,还能对网格员进行实时调度,进行精细化、动态化管理。全镇300多名专兼职网格员2022年已上报问题11557个,化解矛盾纠纷350起。

各地社会治理大数据中心建设高标准推进,网格化社会治理智能应用平台建设越发规范,政法综治专业数据、政府部门管理数据、公共服务机构业务数据、互联网数据集成应用初步实现……

"苏解纷"是江苏省非诉纠纷解决的一个小程序。在这个小程序当中,设定了人民调解、行政调解等,总共有8个矛盾纠纷的非诉化解方式。大家在使用的时候打开微信小程序的首页,选择中间的智能咨询模块,会自动跳转到智能法律机器人页面,可以提供24小时的在线智能问答服务。如果智能机器人不能解决问题,还可以寻求人工服务。

"让数据多跑路、让群众少跑腿","动动手指、解放双腿",舍弃"马路"转走"网路",正在成为政法政务"新常态"。

在常州市武进区牛塘镇丫河村"民生茶社"里,一杯茶,两张桌,法律明白人包亚春和三五村民坐在一起,聊聊家常,话话村务,学学法律,从村集体经济发展到邻里纠纷,村民都愿意来到这里议一议,共同绘就了一幅乡村依法治理的新画卷。

东进村作为靖江首个抗日民主政权诞生地,有着优良的革命传统。进入新时代,村里发动全村73名党员先锋,开展评星定级活动,让无职党员"沉"入村居治理网格,建成"网格微讲台",带动网格村民学好习近平法治思想,学精宪法、民法典等法律法规。

乡村振兴,法治先行。

著名社会学家费孝通在80多年前写就的名著《江村经济——中国农民的生活》里说,没有农村和农民的现代化,就没有中国的现代化。

作为社会治理现代化的重要一极,乡村等基层地区的法治现代化对于江苏之治大局至关重要。

江苏将乡村振兴与法治振兴、产业振兴、生态振兴、文化振兴相融合,让群众既要"富口袋"也要"富脑袋",培育文明乡风、良好家风、淳朴民风,为建设平安乡村、法治乡村、文明乡村营造良好的法治环境。

乡村治理必须坚持"政治"引领,必须更加强化党组织的作用。

68岁的凌广明是仪征市新集镇花园村的一名老党员,也是村里退休的老干部。党群服务中心的改建,凌广明是看在眼里,喜在心头。

他说:"以前的村委会就是村干部办公的地方,村民们没事的情况下从来不会进来,而且周围是围墙和一条小河,把村民远远隔在了外边。"

如今,走进花园村党群服务中心,开放式大门随时为村民敞开。

花园村党支部书记孔令军介绍,标准化、规范化建设好党群服务中心,初衷就是服务方便党员群众。改造之前,这里原本有一个电动大门,周边是围墙,正常休息时间,村民是进不来的,改建时对围墙进行了拆除,其实,拆除的围墙更是百姓的"心墙"。

村级党群服务中心是基层党组织开展活动的重要场所、展示基层党建的重要窗口、服务城乡群众的重要平台。

花园村党群服务中心在改建过程中,通过拆围墙、架桥梁、增设备、不打烊等方式,打造了一个为民服务的综合性场所。

海门市常乐镇官公河村三面环河,全村区域面积4950亩,现有37个村民小组,1480 户,3574 人。

官公河村以"安全放心、优美舒心、方便称心、互助热心、人人开心"的现代农村社区生活为目标,"红绿辉映"成了官公河村独特的工作方法。

"红色"党建为核心,"绿色"生态为引领,"彩色"服务为抓手的治理新模式,为社区治理注入了活力,释放"魅力官公河",开创了农村社区治理新局面。

30 名党员志愿者在党组织的带动下,组建的"红河之音"服务队,在村庄改造中齐心共建,在精准扶贫中爱心帮扶,在留守老人中暖心传播,在游客参观时贴心服务、在活动开展中精心呈现、在党群关系上架起连心桥梁。由 13 名退伍士兵组成的红河民兵应急分队,在防范台风风险、维护村内治安、突发状况处置、大型活动迅速响应等方面发挥了重要作用。

官公河村连续 5 年通过开展"民情夜访"活动,将全村划分为 10 个夜访工作责任区,班子成员分工联系村民小组,利用夜间入户问需,有效解决群众的急难愁盼问题。

村党群服务中心开设"红河公益坊"邻里服务处,"速办速结"网格内无法解决的事项问题。五年来,官公河村无一起矛盾上交,真正做到了"小事不出网格,大事不出村"。

基层民主建设是乡村振兴基层治理的一个重要指标。

灌南县三口镇何庄村现有村民小组 9 个,常住户 531 户,2192 口人,党员 50名。何庄村法治氛围浓厚,群众法治素养较高,先后被评为市级特色田园村、省级文明村、省级卫生村、省级民主法治示范村。村党支部书记周军充分发挥省人大代表密切联系群众的优势,成立"周军个人调解工作室",让矛盾止步于"诉前一公里"。

永联村,曾经是位于张家港最东边最小、最穷的江滩小村,用 50 年的时间实现了从穷村到经济强村的蝶变,经济总量名列全国行政村前三,上缴税款高居第二,在经济增长成果的共享、政治和公民权利的保障以及农村的持续发展等方面,都进行了较为成熟的探索。

"一座现代化小镇拔地而起,用钱可以解决,但入住的农民不会'立地成佛'。如何成为文明的市民,进而转变为合格的公民,是新农村建设的关键也是最大难点。"全国人大代表、永联村党委书记吴惠芳说。

除了让永联村的老百姓在经济上富起来，村党组织还高度重视村民权利，如就业、受教育机会、医疗保健、政治与公民权利等的公平与平等问题。

政治和公民权利能够唤起村民对普遍性需求的关注，并要求恰当的公共行动与解决方案。永联村从法律和程序上保障了永联村民的"说话权利"。

永联村建设了村民议事厅。大厅顶部的透明玻璃可看到天空，象征老百姓希望的"打开天窗说亮话"；圆形穹窿顶中央还含有方形图案，"圆寓意表达的艺术性，方则强调不能放弃原则"。

一楼半圆形的议事大厅设有主席台、285个席位和可视参观通道，每位参会代表都可以由通道直接从座位上走向发言席说话。配套建有实时直播的LED大屏，村民在家可通过数字转播实时观看议事情况。

每年至少两次，在这个议事大厅会分别召开经济合作社社员代表大会和永合社区居民代表大会。分别审议决策村集体经济发展、社区自治方面的议题。

永联经济合作社和永合社区居委会还分别成立议事团体，定期共同研究需要上会的事项，讨论社员及居民的共同利益诉求。针对个别利益纠纷，召集部分社员代表、居民代表和当事人家庭进行讨论、决议。"代表大会议大事、议事团体议难事、楼道小组议琐事、媒体平台议丑事"，基层民主在永联看得见摸得着。

随着村庄的发展，集中居住区永联小镇形成开放社区，原本相对封闭的农村熟人社会被逐步打破，过去"小村庄办社会"的治理模式越来越力有不逮。

2009年3月，永联景区管理领导小组挂牌成立，政府在永联村境内派了公安、交通、城管、卫生、工商、消防等执法机构和人员进驻。与此同时，村医院、农贸市场交由南丰镇统一管理，2011年，张家港市在永联村审批设立了永合社区居委会，永联小镇与城市社区一样，实行社区自治。永联村由此从小村庄办社会，实现了公共管理、公共服务在城乡间的均等化。

"作为一名农村工作者，我理想中的中国农村现代化，是让我们的农民生活在这个时代里，让我们的农业具有时代特征，让我们的农村走在时代前列。"永联村党委书记吴惠芳这样展望永联的未来。

实现农民从体现传统社会特性的"村民"角色转变为体现现代社会特性的公民角色，是中国农村现代化的实质和未来发展的主要方向。永联村作出了独特的探索实践。

自 20 世纪 80 年代起,徐州市贾汪区马庄村就形成了一套颇有特色的议事规则。通过村民小组会议、理财小组会议、乡贤会议等形式定期议事,内容从产业转型到村庄发展,从红白喜事到家长里短,无论大事小情,都得到充分探讨,被村民亲切称为"马庄小政协"。

2019 年以来,马庄村积极推进基层协商民主建设试点工作,注重将政协协商与基层协商有效衔接,通过协商民主议事会议,对涉及群众切身利益的公共事务开展广泛协商,解决了一批群众普遍关心的突出问题,在提高村民自治意识、自治能力,推动实现"有事好商量,众人的事由众人商量"等方面迈出了坚实步伐。

回答时代之问,践行乡村振兴战略,马庄村,这个曾被习近平总书记"点赞"过的苏北村庄,率先探出一条精神文明和物质文明共同发展之路。

天下大同、人民小康,是无数国人的追求和期盼;天下无讼、安居乐业,更是乡村和谐图景的美好寄托。

在这样的背景下,2021 年,张家港市首个"无讼村居"创建示范点在凤凰镇桃源社区成立。这是凤凰镇在推进"无讼村居"创建过程中的又一次创新。

诉讼是纠纷化解的最后一道"防线"。从原来"案多人少"忙得团团转,到如今主动"走出去",法官们的时间不再被案件审理大量占据,而是有了更多时间和精力来化解纠纷,推动基层治理和多元解纷形成良性循环。

小事不出村,大事不出镇,矛盾不上交。"虽然法庭'公堂'冷了,但百姓的'心'暖了。"

治大国若烹小鲜。

郡县治而天下安。

治国理政,事关国运兴衰、政权安危、民心向背。

江苏,人杰地灵,物华天宝。江苏,创新创优,敢为人先。

"江苏之治"的实践路径,为我们的国家治理和社会治理现代化提供了丰富的经验和重要的启示。

在"中国之治"的大格局中,"江苏之治"具有鲜明的共性特点:

——这是党领导下的中国之治的重要部分和重要力量,承载着党在新时代的伟大梦想与伟大创造。

实现中华民族伟大复兴是中华民族近代以来最伟大的梦想，也是中国国家治理的最高目标所在。这一目标就是"要实现国家富强、民族振兴、人民幸福"。中国国家治理从制度选择到能力提升都是在围绕这一目标展开。

——这是在平安中国法治中国建设推进过程中，我们党对社会治理的规律性认识不断深化不断实证的结果。"江苏之治"成效让"中国之治"展现出丰富的东方智慧、彰显了中国特色社会主义制度的独特优势。

中国共产党70多年治国理政的实践向世界说明了一个道理："治理一个国家，推动一个国家实现现代化，并不只有西方制度模式这一条道，各国完全可以走出自己的道路来。"

"江苏之治"具有独特的优势和魅力，体现出了强烈的江苏特征和时代使命。

——提供了经济发达地区社会治理现代化的独特样本。党的十八大以来，江苏紧紧围绕习近平总书记视察江苏时提出的"争当表率、争做示范、走在前列"的使命要求，奋力探索形成了全面依法治国和法治中国建设在江苏的实践样本。

——构建起了新时代社会治理大格局，回答了时代之问，回应了人民期待。"人民对美好生活的向往，就是我们的奋斗目标。""江苏之治"的实践路径，主要表现在规划引领、统筹推进、创建推动、突出惠民。无论是"强富美高"新江苏的宏伟蓝图，还是平安江苏法治江苏的品牌锻造，无论是党建引领多方参与协同治理的构建，还是市域社会治理现代化的最新探索，"江苏之治"的最深的底色就是"人民"。

——找准现代化社会治理过程中发展与安全的平衡点，实现高质量发展与高水平安全良性互动。社会治理现代化是为了发展、保障发展、促进发展、引领发展。江苏一个突出特点就是在高质量发展过程中，坚持问题导向，坚持省情区情，注重系统治理、源头治理、依法治理、综合治理，加强经济安全风险预警、防控机制和能力建设；织牢织密公共卫生防护网，全面提高公共安全保障能力……发展与安全日益相互促进、相得益彰，这才是社会治理现代化的动态平衡和科学之路。

——突出强基导向、人民中心，建设人人有责、人人尽责、人人享有的社会治理共同体。国家治理不是仅仅满足于实现多元社会的秩序化，也不是维系一个既定国家形态的惯性运转,而是要通过推进治理体系和治理能力现代化,真正做到经济更加发达、政治更加昌明、文化更加繁荣、社会更加和谐、生态更加良好,实现社会主义现代化。江苏结合自身实际提出:到 2025 年,中国特色社会主义法治体系江苏实践探索走在前列,法治政府建设在全面依法治省工作中率先取得突破;到 2035 年,高水平法治成为江苏发展核心竞争力的重要标志;在"十四五"期间,人民群众对法治建设的满意度达 90 分以上。这是江苏深化法治中国建设目标内涵的突出亮点。

"顺应时代潮流,适应我国社会主要矛盾变化,统揽伟大斗争、伟大工程、伟大事业、伟大梦想,不断满足人民对美好生活新期待,战胜前进道路上的各种风险挑战,必须在坚持和完善中国特色社会主义制度、推进国家治理体系和治理能力现代化上下更大功夫。"

"中国之治"正在波澜壮阔地展开,社会治理现代化的战略目标也正在深刻地改变着国家与社会生活的基本面貌,影响和塑造着我们每一个人的价值追求和行为规范。

平安江苏、法治江苏,在社会治理现代化的征程上,江苏已经描绘了把高水平社会治理融入"强富美高"新江苏建设全局的壮丽画卷。

率先发展、率先破解难题,江苏在先行先试的改革探索中形成一定的体制机制优势,有责任也有条件在推动治理体系和治理能力现代化建设上,继续为全国探索更多可借鉴可复制经验,扛起"中国之治"江苏实践的新使命。

第九篇章 未来新通道

文化是一个国家、一个民族的灵魂。它镌刻着民族传承的记忆，是彰显国家软实力的鲜活名片。在全面建成社会主义现代化强国、实现第二个百年奋斗目标的伟大征程中，在逐梦以中国式现代化全面推进中华民族伟大复兴宏伟愿景的壮阔道路上，文化，总是散发着独特而又厚重的韵味。

文化兴国运兴，文化强民族强。没有高度的文化自信，没有文化的繁荣兴盛，就没有中华民族伟大复兴。繁荣和发展社会主义文化，是我们党一以贯之的目标和追求。特别是党的十八大以来，以习近平同志为核心的党中央尤为重视文化工作，将其上升到前所未有的高度。习近平总书记在多个场合谈及文化工作时，深刻地指出"文化是民族生存和发展的重要力量"。党的二十大报告旗帜鲜明地提出"推进文化自信自强，铸就社会主义文化新辉煌"的任务愿景，再次凸显了"文化"的重要性。

落其实者思其树，饮其流者怀其源。

在中国式现代化发展的道路上，文化必然要被赋予中国特色。"中国式现代化是物质文明和精神文明相协调的现代化"，这深度契合了文化最广义的内涵。没有中华文化的繁荣兴盛，就没有中华民族伟大复兴。一个民族的复兴需要强大的物质力量,也需要强大的精神力量。

现代化不能脱离人类文明大道,需要打牢深厚的历史根基,而文化在其中发挥了积极引领的作用。"人而无信,不知其可","民无信不立","不信之言,无诚之令,为上则败德,为下则危身"等饱含哲思的典训,彰显着文化以充沛价值思想润泽社会主义核心价值观的培育;"以教人做一好人,即做天地间一完人,为其文化之基本精神"讲的是文化以正心修身理念作用于人的德性养成与素质提升;"义者,正也","义者,宜也","诚者天之道也,诚之者人之道也",说明文化能以完备的人际规范促进社会和谐;"先天下之忧而忧,后天下之乐而乐","苟利国家生死以,岂因祸福避趋之","位卑未敢忘忧国","鞠躬尽瘁,死而后已"等呈现出的是强烈的报国情怀与无畏的献身精神,昭示着文化正以深厚的民族精神凝聚着华夏儿女共襄复兴伟业;"百战百胜,非善之善者也,不战而屈人之兵,善之善者也","海纳百川,有容乃大,壁立千仞,无欲则刚","万物并育而不相害,道并行而不相悖"等蕴含的是开明睿智、大气谦和的包容心态,印证了中华文化以包容和谐思维推动与世界文明的交流互鉴。

从历史深处走来并历经沧桑巨变的中华传统文化,正在以助力与服务现代化为使命,以促进现代化发展为价值彰显,其服务内容的广泛性、服务方式的多样性、服务形态的丰富性、服务成效的实在性,已然清晰呈现并愈趋显著。

过去与未来的连接

在我国推进现代化建设的铿锵足迹中,文化建设始终贯穿其中。

2011年10月,党的十七届六中全会在北京召开。这次会议是自2007年十七大以来,党中央首次将"文化命题"作为中央全会的议题,也是继1996年十四届六中全会讨论思想道德和文化建设问题之后,中央领导再次集中探讨文化课题,其战略部署和政治意义均备受关注。在那次会议上,代表们审议通过了《中共中央关于深化文化体制改革推动社会主义文化大发展大繁荣若干重大问题的决定》,决定提出:"没有社会主义文化繁荣发展,就没有社会主义现代化",将文化发展与现代化建设相提并论。基于这种深刻认知,党中央旗帜鲜明地指出要

"坚持中国特色社会主义文化发展道路,努力建设社会主义文化强国"。

从那一刻起,"文化强国"这个令人耳熟能详的宏阔愿景,就作为全国各族人民的共同向往和奋斗方向,深深地烙在了每个中国人的心坎上,时至今日仍不曾改变。

文化强国,既是宏大的时代命题,也是深沉的历史重任。

江苏担负着为建设中国式现代化探路的光荣使命,在"文化强国"的生动实践中,自然同样以"走在前列"为自我要求。2021年初,江苏省"十四五规划"中提出要"当好社会主义文化强国建设的探路者、先行军"的目标任务,在随后的省十四次党代会上,江苏省委进一步将这个目标明确为"建成社会主义文化强国先行区",前景之壮阔,令人澎湃激昂。

面对已盛大开启的中国式现代化建设新征程,面对文化强国、文化强省的宏伟实践,江苏逐梦社会主义文化强国先行区的自信和底气从何而来?

答案就在历史里,答案更在实践中。

十八大以来,特别是"十三五"时期,江苏的文化建设全面铺开,文化的凝聚和引领力与日俱增,文化事业和文化产业生机勃勃,文化人才队伍逐渐壮大,江苏的文化强省建设取得了令人瞩目的傲人成绩。

省十四次党代会向外界公布了一份江苏文化建设的简洁靓丽的成绩单:全省社会文明和文化自信达到新的高度,文化创新创造成为发展新优势;社会主义核心价值观深入人心,时代主旋律昂扬向上,涌现出赵亚夫、王继才等一批时代楷模;文化事业蓬勃发展,艺术创作更加繁荣,"文艺苏军"影响力持续提升,文化产业增加值占全国10％以上;国家社科基金年度项目立项数连续五年位居各省区市之首,文化遗产保护利用成效明显,大运河文化带江苏段成为示范样板,流动的运河文化熠熠生辉;公共文化设施实现省市县乡村五级全覆盖,群众性精神文明创建活动广泛开展,马庄经验在全国产生广泛影响,文明城市数量居全国第一,公民文明素养、法治意识、文化自信显著增强……

种种因素无不表明,在开启中国式现代化建设的新征程上,江苏完全有能力有实力建成社会主义文化强国先行区,为坚决扛起"争当表率、争做示范、走在前列"的光荣使命,奋力谱写"强富美高"新江苏现代化建设新篇章提供强大的思想保证、舆论支持、精神动力和文化条件。

立足当下,拥抱未来,肩负着党中央的殷切嘱托,身扛着人民群众的幸福生活,建成社会主义文化强国先行区的豪迈承诺如何践行和落地,江苏正用实际行动向未来报告。

　　唯有洞悉历史,才能清晰地把握现实。

　　在历任省领导的接续奋进下,全省人民以时不我待的担当,想在前、做在前、走在前,认真按照党中央的部署和要求以助力"文化强国"建设为己任,积极推动"文化强省"的创新实践,高质量走出了一条具有时代特征、中国特色、江苏特质的文化建设道路。

　　那是一串串立足省情、勇于开拓、奋力前行的清晰印迹——

　　早在 1996 年,江苏就高瞻远瞩,在全国范围内率先提出了"把江苏建设成为与经济发展相适应的文化大省"的战略目标,使全省人民备受鼓舞。有了省领导的关注和支持,江苏的文化事业和产业很快迈上了发展的快车道。

　　2001 年 6 月份,鉴于江苏五年来经济社会的发展积累和文化建设面临的新任务新形势,省领导对建设文化大省的规划思路进行调整完善,作出了更细致和明确的筹划,下发了《江苏省 2001—2010 年文化大省建设规划纲要》,要求"切实把发展文化事业、壮大文化产业作为增强综合竞争力的重要组成部分,纳入经济社会发展的全局"。

　　文化大省目标在前、文化建设如火如荼,随着各项工作的逐步推进,江苏对"文化大省"内涵的感受与认知愈益深入。在 2007 年 11 月份召开的省委十一届三次全会中,省领导把文化建设纳入全省发展大局的宏观维度进行考量,立足新的起点,提出了加快从文化大省向文化强省跨越的战略性决策,并随之确立了实现"三强"的目标,即文化事业强、文化产业强、文化人才队伍强,揭开了江苏奋力进行"文化强省"建设的新篇章。

　　2011 年 4 月份,在省委十一届十次全会上,江苏立足文化建设的现有成果,结合形势要求,进一步树立了"新三强"的文化强省建设目标,即文化凝聚力和引领力强、文化事业和文化产业强、文化人才队伍强。"文化强省"的内涵显得愈益丰厚,框架愈益明朗。

　　党的十八大胜利召开,标志着我国文化建设进入了全新的历史阶段,江苏立足多年来文化强省建设已取得的丰硕成果，开始着眼新时期下如何推动"文化强省"建设的新发展。2015年6月，江苏召开推动文化建设迈上新台阶工作会议，旨在深入学习贯彻落实习近平总书记于2014年视察江苏时的重要讲话精神。会议围绕习近平总书记提出"推动文化建设迈上新台阶"的目标要求，对深入实施文化建设工程、加快建设文化强省作出专题部署，提出了"三强两高"的文化强省目标定位，即把江苏建设成为文化凝聚力和引领力强、文化事业和产业强、文化人才队伍强的文化强省，努力构筑思想文化建设高地、道德风尚建设高地。江苏文化建设目标和内涵更加丰富，路径更加明确，"迈上新台阶"有了强大的价值引导力、文化凝聚力、精神推动力的支撑。

2018年10月，全省宣传思想工作会议在南京召开，会议强调要"着力建设具有强大凝聚力和引领力的社会主义意识形态，着力培养担当民族复兴大任的时代新人，着力满足人民精神文化生活新期待，着力增强江苏文化影响力，努力构筑思想文化引领高地、道德风尚建设高地、文艺精品创作高地，推动宣传思想工作走在前列，为全省高质量发展提供坚强有力的思想保证和精神支撑。"此番表述宣告着江苏文化强省建设的目标由"三强两高"丰富提升为"三强三高"，新增了"构筑文艺精品创作高地"的追求定位，吹响了江苏文化强省建设的新号角。

从建设文化大省到建设文化强省，目标内涵从"三强"到"新三强"，从"三强两高"再到"三强三高"，发展要求由"迈上新台阶"提升到"高质量走在前列"，关键节点清晰可见。从文化建设的大道上一路走来，对江苏来说，步伐在调整、追求在完善，方向却从未改变，江苏文化建设的阶段性、延续性、创新性、标志性和引领性充盈其中，在"文化强国"建设的火热实践中，彰显着江苏的专属标识，展示着江苏的独特魅力。

十年磨一剑，砺得梅花香，秉持着这样朴实的信念，在省委省政府的正确领导下，在全省人民的共同努力下，江苏的文化强省建设沿着既定目标，扎扎实实地推进。放眼未来，文化源远流长的江苏，正继往开来，追逐新的光荣与梦想，奔向更加美丽灿烂的未来。

百花园中百花开

文艺是文化建设中不可忽视的重要组成部分,作为以建设文化强省为己任的江苏,始终将文艺事业的繁荣作为推进文化发展的关键抓手。

江苏有着深厚的文化底蕴,自古以来,文化成果就相当丰硕,如孙武的《孙子兵法》、枚乘的汉赋、顾恺之的《画论》、祖冲之的"祖率"、刘义庆的《世说新语》、刘勰的《文心雕龙》、萧统的《文选》、冯梦龙的"三言"、刘鹗的《老残游记》等,都与江苏有关。

其中四大名著与江苏之间千丝万缕的关联,更令人津津乐道,也使江苏人民倍感自豪。根据南京大学文学院教授苗怀明的介绍,四大名著都与江苏有关,首先他们的作者几乎都是江苏人,比如《红楼梦》作者曹雪芹,生于南京;《西游记》作者吴承恩,是淮安府山阳县(今江苏淮安)人;《水浒传》作者施耐庵,生于江苏兴化;《三国演义》作者罗贯中,则有文献资料佐证,他是施耐庵的徒弟,参与了《水浒传》的撰写。其次,四大名著中多次提到江苏地名,如《红楼梦》第一回故事发生在苏州,把阊门称为"红尘中一二等富贵风流之地",第二回则在扬州;《西游记》中的地名以虚构为主,开篇出现的"东胜神洲傲来国"虽为虚构地名,但地理位置与以前地处海上的连云港云台山很相似;《三国演义》最后一个呈现的城市是南京,其事迹是西晋灭吴,这也是全书中的最后一战;淮安是《水浒传》结尾重点渲染的一个城市,其中楚州南门外的蓼儿洼因为地形像梁山泊水浒寨,在书中被神话为一个圣地。四大名著与江苏的这些联系,印证了江苏悠久的历史,展示了丰富的人文底蕴。

不仅如此,在江苏的大地上,还产生了项羽的"力拔山兮气盖世",刘邦的"大风起兮云飞扬",范仲淹的"先天下之忧而忧,后天下之乐而乐",顾炎武的"天下兴亡,匹夫有责",明代东林党的"风声雨声读书声声声入耳,家事国事天下事事事关心",朱自清的"宁死不吃嗟来之食"等名言警句,这些均为感时而发之作,响彻当时,传之后世,至今给人以深刻启示。

深厚的文化积淀,让江苏儿女底气十足;丰硕的文化成果,令全省人民信心倍增。

党的十八大以来,江苏的文艺创作生产跨入全新的发展阶段,动力十足,硕果累累。于字里行间处体会沉郁厚重的人文关怀，从水墨丹青中看激动人心的城市建设，在多彩镜头里感受日新月异的科技创新，江苏文艺事业始终立足时代与使命的基点，推动文化建设不断迈上新台阶。妙笔绘就五彩斑斓的乡村新貌，佳作无声诉说精神血脉的时代传承，十年来，一大批有筋骨、有道德、有温度的优秀文艺作品在江苏大地脱颖而出。据不完全统计，十年中共有300多部（名）文艺精品和艺术家在全国性常设文艺奖项中获奖。长篇小说《黄雀记》获茅盾文学奖，短篇小说《七层宝塔》，诗集《沙漏》《奇迹》，散文《小先生》，文学理论《批评的返场》，文学翻译《小说周边》等获鲁迅文学奖，话剧《雨花台》、滑稽戏《陈奂生的吃饭问题》、电影《秋之白华》、电视剧《海棠依旧》等获全国"五个一工程"奖，淮剧《小镇》、苏剧《国鼎魂》等获"文华大奖"，电影《守岛人》、电视剧《人世间》、昆剧《梅兰芳当年梅郎》、锡剧《烛光在前》、舞剧《朱自清》、交响音乐《大运河》等作品深受人民群众喜爱。尤其是2022年初，最引人关注的莫过于在央视一套和江苏卫视热播的《人世间》，它根据梁晓声的长篇小说《人世间》改编而成，可谓是毋庸置疑的当年开年第一部现象级大剧。这部爆款剧由江苏出品，实现了一个又一个突破：创下央视一套近5年收视新高；自2019年国家广电总局中国视听大数据发布以来，以破3的收视率成为最高；在网络播出平台爱奇艺，站内热度值突破1万，破万的剧至今一共只有3部；观众群体目前已经突破4亿等。电视剧爆火的背后，反映的正是江苏文艺的雄厚实力。

屡获大奖的文艺作品之外，江苏的文艺活动和品牌也遍地开花。

2021年11月13日下午，大型现代淮剧《祥林嫂》在盐城工学院隆重上演，揭开了"2021年度江苏戏曲名作高校巡演"活动的序幕。戏曲进校园是江苏戏剧界的一大亮点工作，备受高校学生们的追捧和喜爱。不仅学生期待戏曲进校园，学校领导和老师们也同样期待。盐城工学院团委书记杨秀丽说，这种活动可以营造浓郁的校园文化氛围。淮剧是著名的地方剧种，也是国家级非物质文化遗产。淮剧进入校园，演出这样有教育意义的剧目，对弘扬民族文化、普及淮剧知识，领略戏曲魅力，进行爱国主义教育，有着广泛的现实意义。主演祥林嫂的陈澄介绍道，最近几年，她一直坚持参与戏曲进校园相关活动，通过演出，使不少学生迷上了淮剧。这几年，她在长三角城市巡回演出，吸引了许多锡剧迷、越剧迷、京剧迷成为淮剧迷，有些戏迷甚至乘上高铁、飞机追着看演出。这会大大有利于戏曲的传播,因为戏曲的发展不仅仅是演员的表演和传承,还有针对观众的传播和普及。除了淮剧《祥林嫂》,还有锡剧《烛光在前》、越剧《凤凰台》、扬剧《阿莲渡江》、昆剧《瞿秋白》等,这五部剧目先后走进校园,在高校内掀起了一股戏剧热潮。

多年来,江苏持续开展戏曲名作高校巡演、大学生戏剧展演等类似活动,推进美育教育和中华优秀传统文化有机结合。与此同时,紫金文化艺术节、紫金京昆艺术群英会、紫金合唱节等"紫金"系列文化品牌,扬子江作家周、扬子江诗会、扬子江网络文学周等"扬子江"系列文学品牌美誉度不断提高,南京还荣获了"世界文学之都"的美誉。全省文艺精品创作呈现群峰并峙、百花齐放的盛景。放眼江苏文艺事业,开阔"高原"之上,更见"高峰"座座。

传承着千年文脉,坐拥着海量的文艺资源,江苏接下来面对的,便是进一步放大和利用好这个优势,进而创作推出更多的文艺精品,这对于实现"三强三高"文化强省目标,建成社会主义文化强国先行区来说至关重要,同样也是开启"强富美高"新江苏现代化建设新篇章的必然要求。

心怀未来,如何迈步?关于今后的文艺创作,江苏也早已选定方向,在"争当表率、争做示范、走在前列"的光荣使命下,努力实现"在推动文艺精品创作上走在前"。

当前,江苏已制定了一套较为系统、蓄势待发的工作方案,以助力文艺生产,奋力构筑文艺精品创作高地。其中,既有以引导推进主题性文学创作的重大题材文学作品创作工程、繁荣戏剧剧本创作为目的的艺术创作源头工程、着力把提高质量作为文艺作品生命线的文艺作品质量提升工程、专项瞄准登台演出的舞台艺术精品创作扶持工程等具体资助,也有着眼于推进文艺多元转化的"文学＋影视"创投计划、成立江苏文学影视戏剧转化中心等支撑载体。

众所周知,文化是软实力,对一个国家如此,对一个地区亦然。如何在建设社会主义文化强国先行区的积极作为中,将江苏文化的"软实力"转变为"强实力",这既是个重大课题,也是江苏人民正在回应的时代之问。途径之一,便是倾力创作生产更多具有江苏特质、本土特色、人民喜闻乐见的优秀作品,打造独属于江苏的"苏式"文艺范,增强全省人民的精神力量。社会主义文艺本质上就是人民的文艺,坚持以人民为中心的创作导向,正是每位文艺工作者应有的责任和担当。

　　未来正来，江苏雄风昂扬，扶摇直上，到 2025 年，江苏将全力实现获重点文艺奖项数持续位居全国前列，实施精品出版"攀峰"行动，创作出版有全国影响的文学作品 10 部，推出原创舞台精品剧目 25 部以上、精品主题出版物 50 种以上，出品有较大影响的电影 50 部和优秀电视剧、纪录片、动画片、网络视听作品共 100 部以上，以更雄厚的文艺创作成果、以更广袤的文艺资源助力中国式现代化建设。

旭日东升正当时

　　文化产业是一个朝阳产业。我国文化产业虽然起步较晚，但却在短时间内获得了长足的发展。经过 20 多年的培育和建设，我国文化产业已经初具规模，初步形成了包括新闻出版业、广播影视业、音像业、演出业、娱乐业、艺术培训业、文化旅游业、群众文化业、图书馆业、文物业、博物馆业、会展业、广告业、咨询业、博彩业、竞技体育业、网络业等在内的综合型文化产业体系，这些已经成长为我国社会主义市场经济体系中的重要组成部分，它们的产值占 GDP 的比重不断提高。

　　在当前多元化的经济格局中，文化产业凭借特有的潜质活力和发展韧性，已成为现代经济发展的重要增长点，从另一角度展示着国家软实力和综合国力，这是不容忽视的现状。党中央对发展文化产业事业高度重视，特别是党的十九大以来，"文化产业体系"一词屡被提及。如党的十九大报告提出"健全现代文化产业体系和市场体系，创新生产经营机制，完善文化经济政策，培育新型文化业态"；党的十九届四中全会进一步指出要"健全现代文化产业体系和市场体系，完善以高质量发展为导向的文化经济政策"；党的十九届五中全会提出"要提高社会文明程度，提升公共文化服务水平，健全现代文化产业体系"，其中在十九届五中全会上"文化产业体系"被提及两次，分别是"公共文化服务体系和文化产业体系更加健全"和"提高社会文明程度，提升公共文化服务水平，健全现代文化产业体系"。党的二十大报告强调"健全现代文化产业体系和市场体系，实施重大文化产业项目带动战略"。从这条线索中，不难看出近年来党对健全文化产业体系一以贯之的重视和关切。南京大学长三角文化产业发展研究院院长顾江对此有着自己的体悟,认为"这不仅为'十四五'时期我国文化产业高质量发展指出了新方向,也是将现代文化产业体系纳入了'提升国家文化软实力''推进社会主义文化强国建设'的新框架,进一步凸显文化产业在全面建设社会主义现代化强国中的重要地位"。

放眼全国来看,相比于其他省份,江苏的文化产业发展起步相对较早,在最初提出文化强省目标时,省委就将"文化产业强"的追求植入其中。经过十余年的探索和积累,江苏文化产业蓬勃发展的势头愈加迅猛,充分体现了文化产业的强劲生命力和在中国式现代化建设伟大征程中所蕴含的无限希望和可能。

党的十八大以来,在党中央的统筹布局和亲切关心下,江苏的文化产业发展驶入了快车道。十年来,江苏文化产业事业一路引吭高歌,进一步高质量推进,树立了高标准,提出了高要求,整体发展也迎来全新的机遇和新的挑战。省委省政府带领全省人民不懈奋斗、纵横十年,既富品位,又富口袋,江苏文化产业建设交出了亮丽答卷。

十年间,江苏持续深化文化体制改革,大力推动文化产业高质量发展,组建成立省文投集团、省电影集团等,推动江苏有线、幸福蓝海 A 股上市,推进江苏有线参与全国有线电视网络整合,全省文化及相关产业增加值势如破竹,从2330 亿元增加到 5813.6 亿元,翻了一倍多,连续多年稳居全国第二;增加值占GDP 比重从 2011 年的 3.69% 提升至 2021 年的 5.00%,年均提升 0.13 个百分点,大幅领先 GDP 增速,成为拉动全省经济增长的新动能;2020 年全省新闻出版业增加值 495.94 亿元、营业收入 1191.80 亿元、资产总额 2260.53 亿元,分别较 2012 年增长 32.02%、39.19% 和 106.85%;全省版权产业增加值 8861 亿元,占全省 GDP 的 8.63%,较 2012 年增长 130.64%,吴江丝绸产业被评为全国第三个世界知识产权版权保护优秀案例示范点;2021 年,全省共有影院 1140 家、银幕 7225 块,电影票房收入全国第二,中国电影科学技术研究所 5G 智慧虚拟摄影联合实验室落地江苏;2021—2022 年,全省共有 35 家企业、11 个项目成为国家文化出口重点企业、项目,无锡市、苏州工业园区入选国家文化出口基地,对外文化贸易规模不断扩大。

根据省委宣传部与省统计局编制的《江苏文化产业统计概览 2021》显示,

2021年，全省8611家规模以上文化及相关产业企业实现营业收入12539.7亿元，比上年同期增长16.7%，其中新兴文化产业营收比重达24.7%，文化产业发展质量效益显著提升。2021年全省文化及相关产业增加值预计超过5800亿元大关，占GDP比重达5.01%。2022年上半年，捷报再传，江苏规模以上文化及相关产业企业又一次创历史纪录，实现营业收入5957.6亿元，同比增长3.5%，增速高于全国平均水平3.2个百分点，文化产业已成为全省高质量发展的支柱产业，并成为江苏推进中国式现代化建设的重要支点。

在文化及相关产业中，规模以上文化企业是繁荣发展文化产业的重要抓手，它们往往发挥着领头羊的功用，提增一个地区文化产业的发展速度、框定当地文化产业的发展规模。从2013年起，江苏便以先人一招的前瞻性思维，开展了文化产业单位的认定工作，有效促进了全省文化产业持续、快速、健康发展，文化及相关产业法人单位数快速增长，从2013年的9.5万个增长到2021年的20多万个，其中规模以上数量从2014年的6434个增长至2021年的9757个。仅2021年，江苏文化产业法人单位的营业收入就达18257.7亿元，同比增长了18.9%；其中规模以上文化企业实现营业收入13092.8亿元，同比增长16.7%。在这些规模以上文化企业中，新华报业传媒集团、江苏广电集团、凤凰出版传媒集团、江苏广电网络集团等骨干型文化企业，对全省文化产业的发展起到尤为重要的支撑和引领作用。

经济贡献是文化产业助力江苏推进中国式现代化建设的动力之一，但文化产业的功能远不止于此。伴着文化和技术的深入结合，文化产业快速发展，从业人员也在不断增长，这既是一个迅速发展的产业，也是一个巨大的人才蓄水池，"就业"这个令各级党委和政府都密切关注的社会治理关键难题，往往在文化产业的迅猛推进中被顺势化解。这一点，在江苏有着实实在在的印证。

近年来，文化产业对江苏就业人口的吸纳作用不断显现，成为江苏解决就业问题的别样风景线。截至2021年，全省文化产业从业人员总数为237.6万人，占同期全省就业人口总数的4.9%，其中规模以上文化企业从业人员数为111.8万人。文化产业总量的快速壮大和文化企业规模的提升，共同促进了江苏文化产业稳就业的"蓄水池"功能。

文化产业强劲的发展动能，对社会效益和经济效益的显著提升，对关联领域的带动促进,有力推动了全省文化建设乃至现代化建设的进程。喜人的数据让江苏的决策者锚定了目标,决意继续深挖文化产业所蕴含的巨大能量,助力文化强省建设。

进入 2022 年以来,一系列政策、文件密集出台,为江苏文化产业发展明确了时间表。也正因为此,2022 年被视作江苏文化产业的跃进新元年,意味着新征程的开启,昭示着江苏文化产业正加速奔向未来。

为加快推动全省文化产业高质量发展,进一步提升文化产业的竞争力,省两办印发了《江苏省促进文化产业竞争力提升行动计划(2022—2025 年)》(以下简称《提升行动计划》),提出了空间布局优化行动、市场主体壮大行动、文化科技创新行动、"文化+"融合发展行动、文化金融合作行动、载体平台提升行动、文化市场开拓行动、人才队伍培养行动等八大项行动,实施数字化引领工程等 20 项重点工程,描绘出江苏文化产业竞争力提升的路线图,力争到 2025 年,使江苏文化产业增加值占全省生产总值的比重达到 6%,文化产业对经济社会发展贡献率不断提升,成为全国文化产业高质量发展先行区。在全省文化产业高质量发展推进大会上,江苏还确立了建设"两中心三高地"的战略愿景,即积极打造文化科技融合中心和文化创意设计中心,建设有竞争力的内容生产高地、文化装备制造高地、文旅融合发展高地。

立足《提升行动计划》描绘的光明蓝图,江苏思之愈深、虑之愈远,在繁荣文化产业的道路上继续迈进。为优化空间布局,更好实现创新驱动、融合发展、区域协同,进一步提升文化软实力,江苏充分审视地域优势,大胆创新,将发展视野扩散出去,提出了"三轴一圈"的空间布局,即沿着扬子江、大运河、沿海三条轴线,建设扬子江创意城市群,加速构建全球领先的数字文化产业发展新支点、创意经济示范应用新高地;打造世界级运河文化遗产旅游廊道,让"千年运河·水韵江苏"文旅品牌享誉海内外;推动沿海特色文化产业集聚发展,使其成为江苏文化产业发展的新增长极,以江苏行动推进长三角文化产业一体化发展,积极参与长三角"朋友圈",让区域产业结构持续优化。

《提升行动计划》及"三轴一圈"空间布局如车之两轮、鸟之两翼,相得益彰、互为促进,在此引领下,江苏文化产业发展迎来了重要战略机遇期。放眼全省文化产业发展大局,市场主体快速增长、新型业态势能充足、区域发展更加协调,文化产业正焕发出新气象、新生机，未来发展充满着无限的可能性。

文化因产业赋能而欣欣向荣，产业因文化引领而方兴未艾。面对新的使命和机遇，江苏将认真贯彻落实党的二十大精神，从习近平总书记擘画的"强富美高"新江苏宏伟蓝图中汲取精神伟力，笃行不怠，奋力续写新时代江苏文化产业的新篇章。

"文化＋"的魅力

"文化＋"是近年来兴起的热词，它的出现，往往标志着经济社会发展进入了活跃腾飞的新阶段。

何谓"文化＋"？"文化＋"与文化产业的成熟密不可分。文化产业不仅自身发展潜力较大，同时因其附加值高、与其他产业融合性强的特点，对许多新兴乃至传统产业的发展都发挥着重要的促进作用，从而铸造了"文化＋"这个崭新的发展形态。

简洁地说，"文化＋"就是赋能，是文化产业发展到一定程度后，文化要素与经济社会各领域更广范围、更深程度、更高层次的融合创新，以推动业态裂变，实现结构优化，提升产业发展内含的生命力，它是镶嵌在产业融合发展冠顶上的明珠。"文化＋"的"＋"，是文化的植入、交融、渗透、主导，核心是赋予事物活的文化内核、文化属性、文化精力、文化生机、文化形态等，是给事物植入文化的基因。

在我国推进中国式现代化建设的特定阶段，产业融合势在必行，文化融入大势所趋。谋划和推动"文化＋"，既是促进经济社会快速发展的重要举措，也是实现各产业高质量发展的内在要求。在这方面，江苏早已运筹帷幄，将文化与其他领域深度融合，产业发展整体向好而行、向新而生、向深而为。

且看，"文化＋"正成为高质量发展的重要引擎，深度赋能江苏恢宏的现代化建设华章。

文化＋旅游

若问文化和旅游有什么关系？不同的人一定会有不同的答案。有人这样回答道：文化是旅游发展的灵魂，而旅游则是文化发展的依托。换句话表示，也可以通俗易懂地呈现这种辩证关系,即文化的茁壮发展离不开旅游,旅游事业的繁荣也离不开文化。

2018年3月,根据《中共中央关于深化党和国家机构改革的决定》,国家出台了《国务院机构改革方案》,决定组建文化和旅游部,不再保留文化部、国家旅游局,从行政管理的角度,将"文化""旅游"这两个因素更加紧密地融合在一起。省十四次党代会更是作出了"推动文化和旅游高水平融合,进一步打响'水韵江苏'文旅品牌,努力建设世界重要旅游目的地"的决策,为今后一段时期的文旅工作指明了方向。如今,加快推进文化和旅游深度融合,建设一批国家全域旅游示范区、国家文化产业和旅游产业融合发展示范区,建设一批富有文化内涵的世界级旅游城市、旅游景区、旅游度假区和旅游廊道,打造一批文化特色鲜明的国家级旅游休闲城市和街区,已成为江苏文旅事业发展的目标。

为实现这个目标,江苏在全国率先开展了夜间文化和旅游消费集聚区建设,创成国家级夜间文化和旅游消费集聚区12个,涌现出"夜之金陵""姑苏八点半"等品牌,南京、苏州等6地获评国家文化和旅游消费示范、试点城市。创新举办史上最长文旅消费推广第一季、第二季,正在推进第三季,省市联动举办乡村旅游节、非遗购物节等活动。据统计,江苏文旅消费占到全国总额的近10%。

江苏省文化和旅游厅副厅长李川介绍说,为了促进文化和旅游消费,江苏已经出台了一系列政策措施,推出乡村旅游节、非遗购物节,"水韵江苏·有你会更美"文旅消费季等活动。这一系列促进文旅消费的"组合拳",推动了全省文旅消费提质扩容,有效提升了对经济发展的贡献度。2021年江苏实现旅游消费总额3871.5亿元,较2019年恢复度为86.27%,旅游市场收入恢复近九成,态势良好。2021年常州青果巷文旅消费集聚区接待总量超800万人次,夜间游客数量超440万人次,营业收入超14亿元,成为江苏文旅消费复苏的一个缩影。

进入新时代,迎接现代化,面向未来时,在数字化大潮的席卷下,文旅事业自然不能特立独行,必须主动融入其中。省政府办公厅印发的《江苏省"十四五"文化和旅游发展规划》中,对此高度重视,专门列出"大力发展数字文化和智慧旅游"的单独章节进行部署,要求增强"互联网+旅游"发展聚合力,提出"开展数字文旅商结合促进行动","提高旅游景区数字化、网络化、智能化发展水平","推动景区、度假区发展数字化体验产品和服务"等。

相对于传统旅游，智慧旅游被赋予了更多现代化的内涵，江苏也已有了一系列颇有成效的具体行动。

2020年7月，省文旅厅正式上线了"江苏智慧文旅平台"，该平台是江苏文旅条线上的总入口，集智慧服务、行业管理、数据分析三大应用功能于一体，目的是建设面向公众消费需求的智慧服务中心、面向行业管理需求的监管指挥中心、面向产业发展需求的数据分析决策中心，逐步实现江苏全省文旅资源"数字化"，文旅工作"智慧化"，公众服务"一键通"，行业监管"全覆盖"，为全省文化和旅游产业发展提供新引擎、新动能，形成现代化发展的新优势。

2021年底，省文旅厅将13家旅游景区列入2021年度江苏省智慧旅游景区名录，包括南京市牛首山文化旅游区、徐州市云龙湖景区、常州市天目湖景区、苏州市同里古镇景区、连云港市连岛景区等。其中，牛首山智慧旅游还作为全省唯一一家景区单位，入选文化和旅游部2021年度智慧旅游典型案例。牛首山相关负责人透露，南京牛首山文化旅游区自规划建设之初就确立了打造"国家智慧旅游示范区"的目标，景区智慧旅游系统与工程项目建设同步启动，经过近3年的规划和开发建设，建成了涵盖智慧服务、智慧营销、智慧管理、综合集成的"智慧牛首山"系统，并于2015年10月景区开园之日正式运行。近年来，牛首山智慧旅游已形成"统一标准、权限分离、线上线下、深度融合"的特色，不仅实现景区内部的智能运营管控，也可以高效完成业务之间的无缝协同，达到了游客服务、监控、调度、管理与规划决策高度集成，推动景区资源环境、服务管理的全面、协调和可持续发展，已先后获评江苏省首批"旅游＋互联网"示范项目、江苏省"互联网＋"智慧旅游示范项目、江苏省数字文化和智慧旅游优秀项目、江苏省智慧旅游景区等。该负责人还表示，未来发展中，景区还将加大对互联网技术、虚拟现实、人工智能、区块链、大数据技术的应用，开发数字化、沉浸式、互动性、体验式的旅游产品和服务，拓展景区新的消费增长点，以提升便利度和改善服务体验为导向，推动智慧旅游公共服务模式的创新，以系统化、体系化的科技产品赋能牛首山文旅融合高质量发展。

牛首山旅游区的现代技术建设与运用只是江苏探索智慧文旅的尝试。下一阶段，江苏还筹备启动实施智慧旅游"上云用数赋智"行动计划，推进旅游景区数字化、智慧化转型升级，推出一批示范性智慧旅游景区样板，确保到2025年，建成智慧旅游景区、度假区100家以上。

成绩即底气，未来，江苏将从更高标准丰富优质文旅产品供给、更实举措推进文旅高水平融合、更大力度推进文旅数字化转型升级等三个方面同步发力，以文塑旅、以旅彰文，推出更多乡村旅游、红色旅游、旅游演艺、旅游民宿等文旅融合高质量产品，培育一批世界级旅游景区度假区，不断扩大"水韵江苏"文旅品牌影响力；扩大数字技术在文旅领域广泛运用，大力发展数字文化和智慧旅游，积极培育新型文旅企业、业态和消费模式，大力发展线上线下一体化、在线在场相结合的数字化文旅新体验；加强文旅市场数字化全链条监管，更好运用数字技术赋能文化和旅游高质量发展，确保在新时代新征程上推动文化和旅游事业再创佳绩，更好助力社会主义文化强国先行区和世界重要旅游目的地建设。

文化＋公共服务

人民就是江山，江山就是人民。无论是蓬勃发展的文化产业，还是现代大气的文化场馆，无论是启迪智慧的文化创作，还是琳琅满目的文化产品，都理应坚守以人民为中心的工作导向。

在推进文化大繁荣大发展的壮阔征程中，江苏乃至全国的文化建设取得了极为丰硕的文化成就，但文化成果不能孤芳自赏，文化的功用必须存在于人民大众间，只有被群众乐于欣赏和接受，文化工作才能更好地彰显出价值。毕竟，社会主义文艺的本质就是人民的文艺，社会主义先进文化同样也必须是人民的文化。

让大量优秀的文艺作品、文化产品"飞入寻常百姓家"，这离不开成熟和完善的公共文化服务体系。精准多元、寓教于乐的公共文化服务，是公众美好生活不可或缺的一部分。文化和旅游部已对"十四五"时期现代公共文化服务体系建设作出了全面部署，提出将推进城乡公共文化服务体系一体建设，并推动公共文化服务社会化发展。定位于"建成社会主义文化强国先行区"的江苏，自然早已行动起来。近年来，江苏通过创新实施文化惠民工程，推动公共文化服务产品从"有没有"向"好不好"转变、公共文化服务设施由全覆盖向高效能转变，通过丰富和满足精神文化生活，让人民群众得到熏陶感染，激发全省文化创新创造活力，从而增强实现中华民族伟大复兴的精神力量。

为推进全省公共文化服务体系建设，江苏在省级层面率先出台《江苏省公共文化服务促进条例》，创成国家公共文化服务体系示范区4家、示范项目8个，推动"人均接受公共文化场馆服务次数"纳入全省高质量发展监测和考核，引导文化资源更多更好向农村倾斜。

近年来，为更好地为百姓提供公共文化服务，江苏还不惜投以重金，打造"双千计划"，即投入2.5亿元，培育1000支活跃在老百姓身边的优秀群众文化团队，打造1000个主客共享最美公共文化空间，做到每年送戏下乡2.5万场，其中扶持经济薄弱地区2800场。

看几个2022年发生在省内各地的分镜头。

镜头一：3月，淮安市涟水县成集镇条河村，迎来了涟水县淮剧团带来的送戏下乡演出。欢快的淮剧、小品、快板说唱、淮海琴书等文化节目，赢得了群众阵阵掌声、笑声、喝彩声。据团长翟永军介绍，团里只有二三十个人，每年送戏下乡却有150场左右。在镇上就开着流动舞台车，在田间地头，车开不进，就搭舞台。另外，团里每位演员每周二、四还在直播间里与网友见面，利用新媒体平台，把淮剧送到更多网友的屏幕上，让大家足不出户也能听戏、看戏。

镜头二：3月，宿迁市泗洪县金锁镇迎来了一场以"文化惠民润心田，助力冬训传党音"为主题的走基层送戏下乡活动，该镇5个草根文艺演出团队及文艺爱好志愿者轮番"比武打擂"，亮出了评书、旱船、舞蹈、舞龙等绝活，为观众带来一场接地气的视觉盛宴。一位镇上的居民高兴地说："像这种家门口的演出在我们社区经常举行，很多都是免费义演，而且演员大部分都是我们身边的老熟人，他们愿意演我们更愿意看，非常有意义。"

镜头三：春节前后，在省委宣传部、省文明办、省文旅厅、省广播电视局、省文联等单位联合组织下，全省广泛开展了"我们的中国梦——文化进万家"活动。数千场演出、500余个文博展览，通过线上线下的方式集中亮相，陪伴全省人民度过了一个充满文化内涵、洋溢时代温度的春节。

让人民享有更加充实、更为丰富、更高质量的精神文化生活，是江苏文化强省建设的重要内容。细数起来，江苏每年都会开展文化进万家、戏曲进校园进乡村、文艺志愿服务、优秀文艺成果共享工程等丰富多样的送文化下基层活动。一大批文艺工作者深入田间地头、深入人民群众开展文艺志愿服务，推动公共文化服务融入城乡居民的日常生活。

高效运转的公共文化服务体系,离不开完善有力的公共文化设施格局,在省委省政府统筹推进、分段建设、综合利用的整体思路下,江苏的公共文化服务体系正日趋完善。

江苏在全国率先建成"省有四馆、市有三馆、县有两馆、乡有一站、村有一室"五级公共文化设施网络体系,提前实现基层综合文化服务中心全覆盖,基本形成城市社区"15 分钟文化圈"、乡村"十里文化圈"。"十四五"期间,江苏还将推进一系列重大文化设施建设工程,其中包括:推进江苏革命历史纪念馆、江苏文学馆、江苏省自然科学科技馆、南京国际和平中心(南京国际和平博物馆)建设,推动南京博物馆故宫馆建设及故宫南迁文物库房改造,实施工人文化宫建设(改造)工程,建设江苏传媒学院,筹建江苏戏剧学院等。

目前,江苏省内国家一级图书馆、文化馆、博物馆的总数均居全国前列,广播电视综合覆盖率达 100%;"书香江苏"建设深入推进,连续举办 18 届江苏读书节、12 届江苏书展、12 届江苏农民读书节。根据统计数据,2021 年全省居民综合阅读率 90.23%,比全国平均水平高 8.63 个百分点。农村电影公益放映转型升级,乡镇影院建设加快推进,农村电影公共服务水平不断提升。持续推动送戏、送书、送展览到基层,不断满足群众精神文化生活需要。

在此基础上,今后江苏还将继续建成一批"城市文化客厅"和遍布街头巷尾的小剧场,大力推进乡镇影院建设,全面建设"书香江苏",继续推动江苏公共数字文化网建设,让群众对文化的获得感不断增强。可以畅想,行进在江苏通向未来的中国式现代化之路上,人民群众的精神生活必定更加丰富多彩。

文化十大运河

如果说长城是中华民族挺立的脊梁,那么大运河就好比民族身体中流动的血液,是一部书写在华夏大地上的宏伟诗篇。作为世界上距离最长、规模最大的运河,大运河不仅凝聚着我国古代劳动人民的智慧和心血,更传承着中华民族的悠久历史和灿烂文明。

党的十八大以来,以习近平同志为核心的党中央密切关注着大运河的文化保护和传承利用工作,习近平总书记多次对大运河文化保护传承利用作出重要批示指示,中共中央办公厅、国务院办公厅专门印发了《大运河文化保护传承利用规划纲要》,把大运河文化带建设提升到国家战略的层面。

对江苏来说,大运河同样是极为宝贵的遗产资源,它从江苏境内穿流而过,全省多个城市也依托大运河发展蜕变。2014 年 6 月,中国大运河被列入《世界遗产名录》,其中扬州有 6 段河道、10 个遗产点被列入世界文化遗产名录,是大运河沿线城市之最。除此之外,省内其他运河沿线城市也各有定位,将运河与本土鲜明的文化特质相融合,使流淌不息的雄阔运河呈现出妩媚多娇的"千面姿态",如徐州的"大汉雄风、豪情运河",无锡的"太湖明珠、甜美运河",苏州的"天堂苏州、苏式运河"等,千年大运河在江苏段正焕发出新的生机和活力。

千年运河承载着千年文脉,如何挖掘大运河蕴藏的巨大文化资源,党中央始终给予着高度关注和思索。习近平总书记曾对建设大运河文化带作出指示:"大运河是祖先留给我们的宝贵遗产,是流动的文化,要统筹保护好、传承好、利用好。"

遵循习总书记的重要指示,江苏围绕大运河文化带建设亮招频出,文化遗产保护、生态环境提升、文化旅游融合、名城名镇修复、运河航运转型、岸线空间优化等多管齐下,世界运河城市论坛、大运河文化旅游博览会、江南文脉论坛等影响不断扩大,还正努力推动成立中国大运河学会,打造大运河文化研究创新高地。放眼河道全线,大运河文化带江苏段已成为示范样板,在江苏大地,流动的运河文化熠熠生辉。

推进现代化的道路上,打造文化强国先行区的征途中,江苏瞄准千年流淌的大运河,从中源源不断地汲取营养,围绕大运河文化带这一聚焦点,充分发掘利用,发挥其功能价值。

为了让大运河承载的文化内涵更加直观生动地呈现给人民群众,江苏统筹布局,细致梳理大运河沿线城市的亮点与特点,按照"管控保护、主题展示、文旅融合、传统利用"四大功能分区设置,更多融入本地特色,计划于未来几年内打造一批大运河集中展示带,包括徐州窑湾、宿迁龙王庙、淮安清江大闸、扬州三湾、镇江西津渡—新河街、常州青果巷、无锡清名桥、苏州平江路等核心展示园,以及徐州蔺家坝—北洞山汉墓—荆山桥、宿迁中运河、淮安里运河、扬州湾头—瓜洲、镇江长江口—谏壁船闸—金港运河大桥、常州大明厂—万安桥、无锡环城古运河、苏州环古城河、南京天生桥——石臼湖、泰州古城护城河、南通古代盐文化等；届时，每个点都将是光耀夺目的明星，每一处都将是大运河江苏段的靓丽名片。徜徉于这条展示带，会令人仿佛置身于浩瀚的中国文化中，与悠久的中华文明同频共振。

对于推崇创新创优的江苏来说，这样还远远不够，不仅要静态的展示，还要考虑如何让静默的历史文化活起来。在此点上，博物馆是首选方案之一。在大运河文化资源最为丰富的扬州，就有这样一座中国大运河博物馆，占地200亩，总建筑面积约7.9万平方米。馆内藏有自春秋至当代反映运河主题的古籍文献、书画、碑刻、陶瓷器、金属器、杂项等各类文物展品1万多件（套）。馆内以"运河带来的美好生活"为总体定位，设有"大运河——中国的世界文化遗产""因运而生——大运河街肆印象"等常设展览，"中国大运河史诗图卷""紫禁城与大运河""隋炀帝与大运河""世界知名运河与运河城市""大运河的非物质文化遗产""运河湿地寻趣"等专题展览，"运河上的舟楫""河之恋"等数字化沉浸式体验展、"大明都水监之运河迷踪""江都王""形影"等临展展览以及单独开辟的虚拟展厅。馆内运用传统与现代相结合的展示手段，以多样化的展示形式，全流域、全时段、全方位地展现了中国大运河的历史、文化、生态和科技面貌，被誉为中国大运河的"百科全书"。

扬州中国大运河博物馆是大运河国家文化公园建设的标志性博物馆，而建设国家文化公园，则是以习近平同志为核心的党中央作出的重大决策部署，旨在将大运河国家文化公园建设成为新时代宣传中国形象、展示中华文明、彰显文化自信的亮丽名片。江苏对此项建设工作高度重视，专门成立大运河文化带建设工作领导小组，省委书记亲自挂帅担任组长，大力协调省内相关资源，推进大运河国家文化公园建设。除了既有的扬州中国大运河博物馆，在未来几年，江苏还将建成淮安中国水工科技馆、大运河国家文化公园数字云平台等标志性工程，并规划建设洪泽湖博物馆、镇江江河交汇博物馆、常州大运河名人文化博物馆、国家方志馆江南分馆等，同时加快徐州、淮安、扬州、苏州等市非遗展示中心建设，共计打造20个运河文化空间。

与大运河流经的其他省市相比，江苏似乎被给予特殊的眷顾。江苏是大运河沿线河道最长，流经城市最多，运河遗产最丰富，列入世界文化遗产点最多的省份。1797 公里的大运河,江苏段全长 690 公里,占了三分之一,全省近一半的人口沿运河而居。有水、有人、有生活,这其中,自然就少不了精彩的故事。

讲好运河故事,便是讲好中国故事。2022 年 1 月,"中国大运河文化讲堂"启动仪式暨首期讲堂在南京市新华传媒广场举行。讲堂特意邀请了中国文物学会会长、故宫博物院学术委员会主任单霁翔担任首讲嘉宾,通过对大运河"通达千里,运化古今"故事的讲述,把古老的运河文明讲给年轻人听,把中国的运河故事讲给世界听,把丰富的运河内涵讲给未来听。江苏的这项举措在全国范围内也属创新之举,故宫博物院、河北博物院、山东博物馆、河南博物院等全国各地的院(馆)长对此纷纷送上了祝福。

中国大运河文化讲堂只是江苏众多探索尝试中的一项,在传承弘扬大运河优秀传统文化方面,江苏可谓火力全开。未来几年,江苏还将启动中国运河史研究工程,编辑出版"中国大运河故事丛书",创排话剧《运河人家》,拍摄纪录片《中国大运河》,组织合唱交响曲《大运河》全国巡演,办好世界运河城市论坛、大运河文化旅游博览会,实施"千问千寻大运河"传播行动,创办中国大运河文化节,组织大运河体育系列赛事,开展运河文化嘉年华、"新年走大运"等群众性活动,全方位、立体式对大运河的文化资源进行挖掘和推介。

高品质建设大运河文化带示范样板,高质量建设文化强国先行区,高水平推进中国式现代化建设,步步为营,环环相扣。江苏人民已锚定目标,正以"走在前列"的信念和姿态,步履不息、驰骋远方。

"文化+"的范围并不限于此,它的外延极其广阔,几乎各行各业都能与之相匹配、相融合,与之发生多种多样的关联,例如在文化元素的加持下,苏州园林新名片——沉浸式昆曲《浮生六记》新鲜出场,让现场观众通过对暗号、古文对白与演出人员互动,见证一段真挚动人的爱情故事;苏州博物馆用 480 年前吴中才子文徵明亲手种植的文藤种子,打造出"活着"的系列文创产品,风靡一时;中国昆曲博物馆联合"Rolife 若来"推出联名手办"游园惊梦";九龙口旅游度假区以中华民族传承千年的"诚信"为理念核心,"原生态、慢生活、深体验"为发展定位,用淮剧、杂技等众多独特元素加持,打造出"戏在村里,村在戏里"的文旅融合"新潮流";爱涛文化集团探索具有自身特色的文化电商,打造线上线下"一品牌多平台"方式经营文物艺术品……

毋庸置疑，"文化＋"已成为极具时代韵味的热门词汇，每当谈及"文化＋"，总能感觉一股现代化气息扑面而来，总能感受一种浓厚氛围萦绕周身。"文化＋"之所以备受追捧，归根结底，不仅因为文化自身有着丰富的内涵和外延，能够给人以感染和熏陶，更因为它与其他行业的交叉融合，能成为经济增长的新动力、新引擎，产生新功效，发挥着不可替代的重要作用。

非常之功与非常之人

人才是衡量一个国家综合国力的重要指标，国家发展靠人才，民族振兴靠人才。不论何时何地，不论何种事业，人才因素总是第一位的。江苏是文化大省，在努力建成社会主义文化强国先行区的精彩实践中，自然求贤若渴。多年来，江苏始终坚持把人才作为发展的第一资源要素，不断深化人才发展体制机制改革，全力打造人才发展现代化先行区，支持南京、苏州、无锡等具备条件的城市建设国家级人才平台，加快构建满足江苏现代化建设需求的人才发展体系，引导鼓励各类人才深怀爱党之心、砥砺报国之志，积极投身到江苏现代化建设大潮中来。

盖有非常之功，必待非常之人。江苏从打造文化大省到建设文化强省，从"三强""新三强"到"三强两高""三强三高"，在这段充满激情与渴望的探索历程中，无论目标如何更新或变化，但对人才的重视与企盼一以贯之。

2018年7月底，烈日灼目，流金铄石，在夏日正浓的时节，江苏省委召开了十三届四次全会。对于闻名全国的"文艺苏军"来说，这是一次意义非凡的会议。会上定下了"更加注重文艺人才队伍建设，采取超常规措施培养一批青年文艺人才"的目标。其中，初次出现的"超常规措施"提法格外引人关注。究竟省委省政府会出台哪些超凡的举措，令人异常期待，在满怀欣喜的憧憬中，也给全省的文艺人才培养工作注入了强心剂。

有一个不得不面对的事实是，长久以来，江苏文艺事业固然蓬勃发展，成就有目共睹，但也客观存在着青黄不接、后继无人的窘境；如何壮大"文艺苏军"，已成为全省各级领导尤其是宣传文化条线负责同志高度聚焦的难点问题。采取"超常规措施"的方向明确后，相关部门立即开足马力研究部署，很快接续出台了一系列具有探索性、实践性、前瞻性和开拓性的具体的"超常规措施"，比如制定下发的《江苏文化人才高质量发展三年行动计划》《实施江苏文艺"名师带徒"计划工作方案》等。

新故相推舒画卷,丹青妙手向翠峰。2019年4月12日,隆重热烈的江苏文艺"名师带徒"计划在江苏大剧院盛大启动,100对师徒走上红毯,结对传承,目标是通过三至五年时间,推出一批在全国有影响力的文艺名家。与以往不同的是,"名师带徒"计划充分尊重名师的意愿,突破年龄、身份、学历、资历、职称等条件限制约束,完全由名师自主地选择徒弟,让更多有志向、有能力的青年才俊尽展才华、脱颖而出,此举一度成为省文艺界广为传颂的佳话,在全国范围也引发了极大关注和热评。如今,三年期限已满,2022年6月17日,首轮江苏文艺"名师带徒"计划总结座谈会在南京召开,意味着这项"超常规措施"画上了圆满的句号。这三年里,利用"名师带徒"这个高水准、大手笔的平台,全省文艺界前浪奔腾、后浪翻涌,一大批青年文艺人才迅速成长,有的成长为"文艺苏军"的中坚力量。根据统计,百名学徒在名师们的悉心栽培下,出版文学著作近70部,发表文学作品300多篇,编创展演戏剧160多部、曲艺60多部、音乐舞蹈近40部,创作民间工艺作品70多件。其中7件作品入选全国性美术书法展览活动,1部作品被列为中宣部主题出版重点出版物,2部作品获得中国作家协会重点作品扶持项目,13人参与创作或表演的作品获国家艺术基金、中国文学艺术基金资助等。鉴于此项措施取得的丰满硕果,首批学徒顺利毕业后,第二届江苏文艺"名师带徒"计划也已启动。

"名师带徒"重在传承,它固然是文化人才培养的重要一环,但并不是全部,江苏省领导清醒地认识到,文化人才培养不是一条线的投入,它更需要全体系的推进,不仅要发掘出后起之秀的潜力,更要发挥好名家大师的影响力。

2021年5月,一场别开生面的展览在全国艺术界的最高殿堂——中国美术馆盛大开幕。展览共展出了江苏全部63名中国工艺美术大师的艺术精品及部分后起之秀的创新作品,放眼望去,精致优美的苏州刺绣、灿若云霞的南京云锦、巧夺天工的扬州漆器和玉雕、惟妙惟肖的无锡惠山泥塑等工艺品被精心地陈列在馆中。走进展厅,宛若置身一个精美绝伦的世界,紫砂、雕刻、陶艺、漆器、剪纸等,各种艺术品争奇斗艳,充分呈现出江苏民间文艺的深厚底蕴和高超技艺。大美苏作,就这样用实力征服了前来一饱眼福的络绎不绝的观众。

这正是江苏省推出的另一项大手笔工程——"江苏文艺名家晋京展"。近几年来，江苏为提升省内文艺名家大家的影响力，决定为获得紫金文化奖章的戏曲代表性人物组织作品研讨会、进京演出或省外巡演；为著名书画家组织作品研讨会、进京办展或省外巡展；为著名作家作品进京召开研讨会、出版专集等。"名家晋京展"就是其中之一。目前，江苏已先后为周梅森、孙晓云、喻继高、冯健亲、石小梅等一批文学、书法、美术、戏剧等多种艺术门类的名家大师在北京办展、办演、办研讨会，让江苏文艺名家的渗透力跨越省际，走向全国，名副其实地成为文化强国队伍中的劲旅，江苏文艺名家的影响力也日益在全国的舞台上大放光彩。近几年来，江苏省书法家协会主席孙晓云当选为中国书法家协会主席，江苏省美术家协会主席周京新当选为中国美术家协会副主席，江苏省作家协会主席毕飞宇当选为中国作家协会副主席，来自江苏的文艺名家，正以崭新的姿态，在更大的地域空间内宣传展示着江苏文艺的魅力与风采。

与此相配套，江苏还面向社科理论、新闻出版、文化艺术、文化产业等领域，着力培养一批紫金文化名家、紫金文化英才、紫金文化优青，努力建设一支以紫金文化名家为引领、紫金文化英才为中坚、紫金文化优青为支撑的高素质专业化人才队伍，并还将面向省外分期分批招聘引进100名省内紧缺的标志性高端青年优秀文艺人才，集全省之力，全方位立体式打造实力雄厚、梯队健全的文化人才队伍，为文化强省建设提供有力支撑，助推江苏文化长河奔流，奏响澎湃的时代强音。

畅想未来，江苏人才可期，文化强省可期，文化强国先行区乃至高水平实现现代化建设的恢宏图卷，正如喷薄欲出的朝阳，其势其景亦可期。

文明之风润人心

2014年12月，习近平总书记在江苏考察时指出，努力建设经济强、百姓富、环境美、社会文明程度高的新江苏。从此，"强富美高"新图景便成为指引江苏经济社会全面发展的新航标。

针对总书记对于"社会文明程度高"的期待和要求，省委省政府于次年6月份专题召开了推动文化建设迈上新台阶工作会议，明确提出要构筑"道德风尚建设高地"。当年底,省文明委在反复论证的基础上,紧随着提出实施公民道德培育、社会诚信建设、志愿服务普及、未成年人思想道德建设提升、文明创建提升、网络文明建设和政策法规保障等"七大行动",力争通过五年时间,努力把江苏向有温度的人文之地、有显示度的文明之地、有感受度的精神家园方向推进。

《晏子春秋》云:"橘生淮南则为橘,生于淮北则为枳",形象说明了环境因素对事物发展的重要影响。在凝心聚力推进中国式现代化建设的道路上,坚守着建成社会主义文化强国先行区的光荣使命,江苏坚持以文铸魂、以文化人,积极培育精神文明优渥的生态土壤,凝聚昂扬向上的精气神,绘就社会文明的崭新画卷。

党的十八大以来,江苏大力构筑思想文化引领高地、道德风尚建设高地、文艺精品创作高地,持续推动文化强省建设实现新跃升,文化创新创造成为新优势,社会文明程度达到新高度,人民群众文化获得感幸福感得到新提升,为全省上下扛起新使命、谱写新篇章提供了强大文化支撑和精神动力。数据显示,全省社会文明程度测评指数从 2015 年首次发布的 86.25 提高到 2021 年的 90.43。

理性的数字背后蕴含着感性的温度,不断增长的文明程度测评指数,反映的是江苏精神文明建设的辛勤播种和累累硕果,体现的是江苏对于良好社会风尚的关切和追求。

当文明与城市融到一起,便会产生一种奇妙的反应。文明,是城市的一道道风景,是身边的一缕缕温暖,是令人感动的一份份真情。近年来,江苏持续深化文明城市创建,市民文明素质和社会文明程度不断提升,道德风尚高地建设取得显著成效。迄今为止,在共举办的六届全国文明城市评选中,每一届都有江苏的城市入选,目前,江苏下辖的 13 个设区市已全部创成全国文明城市,另有 16 个县级城市也创成了全国文明城市,占全省城市总数的 54.7%,全国文明城市总数和占比均居各省(区)第一。这份文明城市创建的"成绩单"足以使每一个江苏人感到骄傲。

全国文明城市是反映城市整体文明水平的最高荣誉称号,是含金量最高、影响力最大的城市品牌,是反映城市整体文明水平的综合性荣誉称号,是目前国内城市综合类评比中的最高荣誉。

在江苏文明城市的显赫成绩单上,苏州张家港市应是值得关注的焦点、文明创建的尖子生,六次蝉联全国文明城市,也是全国唯一获得"六连冠"的县级市,归纳总结的"张家港经验"在全省乃至全国得到了大范围推广。

张家港市新时代文明实践工作指导中心综合展示馆馆长刘强对张家港市的文明创建之路颇有感触,令他印象最深的就是暨阳湖。刘强介绍说,严格说来,暨阳湖是 2000 年修建沿江高速公路时取土形成的巨大土坑,因在古暨阳湖北,故命名为暨阳湖。当时到处是挖掘机,坑坑洼洼,脏乱不堪。但如今,这里风光旖旎,碧波荡漾,鸟语花香,已经成了市民们休闲锻炼的绝佳去处。他感慨道,暨阳湖是张家港文明城市建设的见证,完美实现了从取土遗留的废坑到城市之肾的转变。现在的湖畔建起了心理科普馆、文明实践 E 空间、湖畔书房等设施,还先后荣获"江苏省环境教育基地""张家港市未成年人素质拓展基地""张家港市科普教育基地""全国中小学环境教育社会实践基地""首家省级湿地公园""国家生态公园(试点)""国家级 AAAA 景区"等多项殊荣,其蝶变之路见证着文明城市建设的新跨越。

张家港的文明城市创建,经历了从抓卫生环境起步到城乡一体联动,再到提升城市文明品质、培育创建文明品牌的过程。长期的文明城市创建,给张家港带来了翻天覆地的变化,使城市更有创新活力、更有发展后劲、更有精神特质、更有文化品位、更有思想内涵、更有道德追求、更有亮丽颜值。多年的文明创建工作,使张家港市民真真切切感受到了城市的深刻变化和给他们带来的更多的获得感、满意度和幸福度。

推门见绿,开窗见景,出门进园。张家港的城市面貌愈发自信美丽。聚焦市民最关心的环境卫生、停车秩序、无障碍设施等细节问题,张家港以"绣花功夫"推进城市"微更新"。街角方寸之地,尽显文明之美。利用街头转角、老旧小区闲置地、"边角地"以及"废弃地",张家港积极打造口袋公园,并增加适老化、适幼化设施配置,构建起"观有佳境、游有佳园、健有佳所"的 10 分钟美好生活服务圈。与此同时,持续推动老旧小区、背街小巷、城郊接合部等薄弱区域改造;推进 28 家菜市场标准化升级,探索"智慧公厕"建设试点;实施文明楼道、美丽庭院、美丽街区等提升工程等。一处处城市空间"微更新",从改变环境、规范行为到厚植精神、涵养文化,吹起阵阵文明新风。

将文明创建刻入城市的基因,将文明新风融入城市的血脉,这已经成为张家港人的共识。张家港市委书记韩卫说:"争创全国文明典范城市,绝不仅仅是为了拿一块牌子、争一项荣誉,而是要让创建过程成为群众生活质量、城市发展品质进一步改善和提升的过程。"

文明张家港,培育新风尚。张家港的变迁,正是江苏文明城市创建之路的生动缩影。

志愿服务是一个城市文明程度的重要体现,是社会文明进步的重要标志,也是"强富美高"新江苏现代化建设中社会文明程度高的重要展示。江苏鼓励和支持具备医学、救援、心理干预、社会工作、法律、科技、文艺、体育等专业知识、技能的自然人注册成为志愿者,鼓励和支持国家机关、人民团体、企业事业单位和其他社会组织成立志愿服务队伍。截至2021年底,全省在"江苏志愿服务"信息系统中注册的志愿者达到2200多万,占城镇常住人口比重达15.7%,注册的志愿服务队伍10万多个。无论是在疫情防控、社会治理,还是环境保护、科学普及、重大赛事活动等方面,总有许多志愿者的身影忙碌其中。

被中宣部、中央文明办授予"最美志愿者"荣誉称号的周根宏是苏州市吴江区水上救生协会会长,近几年来,他几乎将个人收入及业余时间都奉献给了公益救援,先后参与吴江盛泽龙卷风灾害、太湖汛情等救援抢险,参加金鸡湖马拉松赛、环太湖马拉松赛等重大赛事和本地景区节假日应急保障。为使志愿服务更有质量,他还通过自学取得国家救生员和中国红十字会救护培训师等国家级资格证书,每年除参加公益救援保障近600小时外,还参与安全技能讲座50余次,参与者达5万多人次,充分彰显了新时代应急救援志愿者的责任与担当。

南通海门市有一条清澈的小河流,名叫圩角河,在当地非常有名。但它的名气并不像其他河流,来源于水流本身,而缘于一段经历、一次改变。十几年前,这条河的水面上密密匝匝地挤满了垃圾,易拉罐、塑料袋等,甚至还有胀着肚子的死猪和爬满了蛆虫的猫狗,黑色的河水有气无力地流淌着,散发着阵阵恶臭。"最美志愿者"张建伟对此非常痛心,常常回忆起当年在海门农村插队时,渴了就从圩角河里掬一捧清水畅饮的情景。百感交集之下,一个念头如竹笋初生,蠢蠢欲动,再也压不下去:他要去圩角河上义务打捞垃圾。可是这事儿太臭,太脏,不光彩。妻子不支持。花百十块钱请渔民做了张渔网后,张建伟想到了法子:"错峰出行"。早晨4点起床,赶在人们晨练之前把垃圾捕捞上来;到了中午,原本湿漉漉的垃圾差不多干了,他再把它们运到垃圾中转站。在他的带动下,两年内共有2000余人次参与其中,共打捞出15万斤垃圾,彻底改变了圩角河的面貌,也使重焕新生的圩角河名声大噪。

泰州市海陵区城东街道东安社区里,有一个远近闻名的"段成林志愿服务站",服务站"麻雀虽小,五脏俱全"。站长段成林十多年如一日为孤寡老人、困难家庭、残疾人上门免费维修水电。在他的带动下,一批满腔热血的志愿者慕名加入,大家坚持不懈热心志愿工作,定期开展新时代文明实践活动,受到群众的热情点赞。新冠疫情防控期间,为改善工作环境,筑牢"防控墙",段成林主动承担辖区内的7个防控卡口集装箱电灯安装、线路维修,成为防疫卡口集装箱义务维修工。每次谈及志愿服务,段成林总是饱含感情地表示,不希望别人记住自己,只希望被帮助的人能将这份爱传递下去,让更多的人参加到志愿服务中去,让善者如流、让好人成林。

星火成炬,涓滴成海。充满暖意的江苏大地上,处处闪耀、默默奉献的"志愿红",连缀起一片广袤的空间,将温暖撒遍每一个角落,映出最暖心、最动人的风景,凝聚起向上向善向美的正能量。

力,总是相对的;情,总是相互的。志愿者关注社会,同样也应被社会关注。为弘扬志愿者精神,充分发挥志愿者的作用,提升积极性,保障志愿者的应有权利,增强身为志愿者的荣誉感,江苏不断探索新的方式方法,在2021年修订的《江苏省志愿服务条例》中,创新地设立了江苏省志愿者日,让千万志愿者有了归属感,并在全国率先将"志愿服务回馈制度"法定化,鼓励建立志愿服务回馈制度,志愿者可以通过志愿服务记录,储蓄志愿服务时间,在本人需要帮助时,优先获得志愿服务。

爱会相互传递,会彼此点燃,爱是一棵树摇动另一棵树,一朵云推动另一朵云。涓涓细流必将汇成大海,点滴善举定能聚成大爱,共同助力江苏的精神文明建设。

近年来,江苏人民栉风沐雨、砥砺前行,全面深化群众性精神文明创建活动,用辛勤汗水换来了文明建设靓丽的成绩单。"马庄经验"成为闻名全国的农村精神文明建设样本,13000余个新时代文明实践中心(所、站)在江苏大地焕发勃勃生机,先后推出赵亚夫、王继才等5个全国"时代楷模",20人(组)获全国道德模范称号及提名奖,128人(组)获得江苏省道德模范称号及提名奖,1700多人(组)当选中国好人和江苏好人,形成多层次、广覆盖的典型示范群体,全省4万多个道德讲堂喷涌呈现,形成了群星灿烂的先进群体格局。

特别值得一提的是江苏的农家书屋建设。在江苏农村,流传着这样一曲快板,"农家书屋门前开,大千世界送进来。搬把小凳树下坐,文化种子心里栽。粮食害虫怎么逮,书里写得很明白。科学方法有N种,多样选择真不赖!"唱出了农家书屋的魅力。江苏的农家书屋工程自2005年开始试点,2007年全面推开以来,在丰富农民日常文化生活、促进农民致富、加强农村精神文明建设方面发挥了重要作用,农民人均图书拥有量从工程实施前的0.13册到2.17册,增长了近20倍。目前,江苏已建设上万家农家书屋,它们越来越成为江苏提高社会文明程度的重要文化堡垒。

如今的江苏大地,文明礼仪蔚然成风,道德之花四处绽放,浓郁的文明氛围俨然是丰沃的土壤,为谱写"强富美高"新江苏现代化建设新篇章提供着源源不断的滋养。

有了阶段性的成绩,江苏人民倍感自豪,但从未骄傲自满,在新起点上,省委省政府驻足远眺,作出了新的部署,印发了《江苏省贯彻落实〈新时代公民道德建设实施纲要〉三年行动方案》,力争形成与建设"强富美高"新江苏、开启现代化新征程相适应的公民道德建设体系。

具体到量化指标上,江苏依旧底气十足,提出了闪亮的发展目标:全省社会文明程度测评指数保持在90以上,注册志愿者人数占城镇常住人口比重达18%以上,居民综合阅读率保持90%以上,全省所有设区市和一半以上县级城市创成全国文明城市(后在《江苏省国民经济和社会发展第十四个五年规划和二〇三五年远景目标纲要》中,此项指标调整为"到2025年,全部设区市和60%以上县(市)创成全国文明城市"),全省65%的村创成县级以上文明村,全省30%的家庭创成乡镇级以上文明家庭……

目标锁定,江苏人民心怀未来、畅意长远,一步一个脚印,步履稳健地推动着各个分项工作。一个文化繁荣发展、向上向善新风吹拂、社会和谐安宁的新江苏,正阔步前行。

纵横正有凌云笔，风好恰是扬帆时！在长期的历史发展见证中，江苏大地写满了努力奋斗的故事，8500多万人民从不曾辜负时代，也从不会虚度光阴。当前，中国式现代化建设新征程已经起航，建设社会主义现代化强国正在路上，肩负着"争当表率、争做示范、走在前列"重大使命的江苏，将始终以建成社会主义文化强国先行区为追求，怀揣着坚定的文化自信，燃起心中火，点亮眼中灯，踔厉奋发、拥抱未来。

放眼当下之江苏，东方风来春色新。

尾声 未来已来

党的十八大以来，在习近平新时代中国特色社会主义思想指引下，江苏广大干部群众勇担使命、砥砺奋进，以创新引领布局现代产业体系，以绿色发展实现生态环境根本好转，以协调共享绘就共同富裕新图景，在推动高质量发展方面不断取得新的成绩。

十年间，江苏以年均 1.77％的能源消费增速，支撑了年均 7.4％的地区生产总值增速，单位地区生产总值能耗累计下降 38％，单位地区生产总值建设用地使用面积下降 26％，经济总量从 5.37 万亿元增长到 11.64 万亿元，占全国经济总量的 10％。

十年来，江苏全省地区生产总值从 2012 年的 5.37 万亿元跃升至 2021 年的 11.64 万亿元，连跨 6 个万亿级台阶，平均不到 2 年就增长 1 万亿元。13 个设区市全部进入全国百强，综合实力百强县数量达 25 个，多年位居全国第一。

回首这十年，江苏用一组组亮眼数据、一项项务实举措、一件件鲜活事例，从四个方面回顾了新时代江苏"强富美高"高质量发展的生动实践："经济强"的实力更加彰显，高质量发展成为鲜明特征；"百姓富"的成果更加丰硕，高品质生活成为新的追求；"环境美"的色彩更加绚丽，"美丽江苏"图景充分展现；"社会文明程度高"的标识更加鲜明,人民群众的精神生活丰富多彩。这十年,江苏全面发展交出亮眼"成绩单",辉煌成就,历历在目,让我们无不为之感到骄傲与自豪。

江苏这十年,是奋斗开新局、谱写新篇章的十年,成就固然喜人,但"赶考"永远在路上。今天的江苏,发展依然面临着艰难的挑战与考验。明天的江苏,有着更新的目标、更重要的使命去实现。

凡是过往,皆为序章。

蓝图绘就新画卷,昂扬奋进启新程。

新的征程上,江苏广大干部群众将牢记习近平总书记的殷切嘱托,勇担"在改革创新、推动高质量发展上争当表率,在服务全国构建新发展格局上争做示范,在率先实现社会主义现代化上走在前列"的光荣使命,努力建设"经济强、百姓富、环境美、社会文明程度高"的新江苏。

开启新征程,江苏省委省政府认识明确,当前,摆在江苏面前的重要任务,就是要全面贯彻落实省党代会各项部署,一步一个脚印地把总书记擘画的宏伟蓝图变成美好现实,在新的赶考路上书写更加精彩的时代华章。

——在新的赶考路上书写精彩时代华章,江苏必须更加紧密地团结在以习近平同志为核心的党中央周围,坚决当好"两个确立"的坚定捍卫者、忠实践行者,坚决当好习近平新时代中国特色社会主义思想的坚定信仰者、忠实践行者。进入新时代,习近平总书记亲自为江苏擘画了"强富美高"新江苏建设的宏伟蓝图,全省上下勠力同心、奋力拼搏,交出了高水平全面建成小康社会的优异答卷;迈进新征程,总书记又亲自赋予江苏"争当表率、争做示范、走在前列"新的光荣使命,为江苏指引前进航向。走好新的赶考之路,江苏要牢记总书记的殷殷嘱托,沿着总书记指引的方向奋勇前进,以永不懈怠的精神状态和一往无前的奋斗姿态,团结带领全省人民,扛起新使命,奋进新征程,努力交出让总书记和党中央放心、让8500万江苏人民满意的合格答卷。

——在新的赶考路上书写精彩时代华章,江苏必须围绕"六个显著提升",落实九个方面的重点工作,奋力开创江苏现代化建设新局面。"起步稳"才能"走得好","开局顺"才能"局局顺"。从"两个百年"的历史进程看,今后五年在社会主义现代化建设新征程上具有继往开来、奠基开局的重要意义。江苏省第十四次党代会,明确了江苏未来五年现代化建设的总体要求,提出了在综合发展实力、人民生活品质、生态环境质量、社会文明程度、共同富裕水平、社会治理效能等六个方面实现显著提升的目标任务,从加快科技自立自强、全面实施乡村振兴战略、大力促进区域协调联动、坚持生态优先绿色发展、不断发展全过程人民民主等九个方面进行了系统部署。走好新的赶考之路,江苏要紧紧围绕履行三大光荣使命,努力实现"六个显著提升",着力抓好九个方面的重点工作,以扎实有效的工作确保江苏现代化建设开好局、起好步,为江苏中长期发展奠定坚实基础。

——在新的赶考路上书写精彩时代华章,江苏必须坚持人民至上,站稳群众立场,维护群众利益,始终同人民群众站在一起、想在一起、干在一起,在推动高质量发展中不断创造高品质生活。江山就是人民,人民就是江山。走好新的赶考之路,江苏要永葆对人民的赤子之心,坚持以人民为中心的发展思想,把人民群众对美好生活的向往作为奋斗目标,把全心全意为人民服务的根本宗旨全面落实到各项工作之中,努力创造更有温度的工作实绩,交出更有厚度的民生答卷,以扎实的工作不断提升群众获得感、幸福感、安全感,让共同富裕这个社会主义本质特征在江苏现代化建设中充分彰显,让百姓日子过得一天比一天好。

——在新的赶考路上书写精彩时代华章,江苏必须强化责任意识、使命意识,勇于担当,善于作为,努力创造经得起历史、实践、人民检验的崭新业绩。迈上新征程,奋斗新时代,绝不是轻轻松松、敲锣打鼓就能实现的,绝不是躺在过去的功劳簿上就能"当表率、作示范、走在前"。要时刻谨记,发展起来以后的困难和问题一点也不比未发展时少,前进道路上的风险和挑战比以往任何时候都要多、都要大;在更高起点推进更高质量发展,不但需要付出更为艰巨的努力,而且需要更加高强的能力和本领。从来就没有等出来的成功,只有干出来的精彩。走好新时代赶考之路,要砥砺奋斗精神,以"咬定青山不放松"的执着、"行百里者半九十"的清醒、"人一之我十之、人十之我百之"的劲头,埋头苦干,接续奋斗,用"干在实处"推动"走在前列",推动江苏在高质量发展之路上不断取得现代化建设新的辉煌成就。

新征程是充满光荣和梦想的远征。

时代华章,总是在团结拼搏中共同写就;壮美画卷,总是在接续奋斗中徐徐铺展。躬逢盛世,我们这一代共产党人使命光荣、责任重大。

2022年10月16日—22日,举世瞩目的党的二十大胜利召开。党的二十大是在全党全国各族人民迈上全面建设社会主义现代化国家新征程、向第二个百年奋斗目标进军的关键时刻召开的一次具有里程碑意义的大会。党的二十大报告擘画了以中国式现代化推进中华民族伟大复兴的宏伟蓝图,是我们党团结带领全国各族人民在新时代新征程坚持和发展中国特色社会主义的政治宣言和行动纲领。

习近平总书记在党的二十大报告中宣告:从现在起,中国共产党的中心任务就是团结带领全国各族人民全面建成社会主义现代化强国、实现第二个百年奋斗目标,以中国式现代化全面推进中华民族伟大复兴。

习近平总书记的讲话在江苏广大干部群众中引发热烈反响,全省干部群众一致表示,中国式现代化道路,是现代化强国建设的必由之路、正确之路。这条道路,不仅走得对、走得通,而且也一定能够走得稳、走得好。

踔厉奋发,笃行不怠。

在全省上下认真学习贯彻党的二十大精神之际,江苏省委号召全省上下认真学习宣传贯彻党的二十大精神,在全面学习、全面把握、全面落实上下功夫,坚持不懈用习近平新时代中国特色社会主义思想武装头脑、指导实践、推动工作,充分发挥广大人民群众的创造伟力,心往一处想、劲往一处使、埋头苦干、真抓实干,团结奋斗、顽强斗争,一步一个脚印把党的二十大擘画的宏伟蓝图变成美好现实,让中国式现代化在江苏大地充分展现可观可感的现实图景,让现代化建设成果更多更公平惠及全省人民,为全面建设社会主义现代化国家、全面推进中华民族伟大复兴作出更大贡献。

锚定新航程,奋发向未来。

为深入学习贯彻党的二十大精神,认真落实《中共中央关于认真学习宣传贯彻党的二十大精神的决定》,动员全省各级党组织和广大党员干部深刻领悟"两个确立"的决定性意义,在新征程上全面推进中国式现代化江苏新实践,更好地"扛起新使命、谱写新篇章",2022年11月29日,中共江苏省委十四届三次全会,审议通过了《中共江苏省委关于深入学习贯彻党的二十大精神在新征程上全面推进中国式现代化江苏新实践的决定》(以下简称《决定》)。省委对全省深入学习宣传贯彻党的二十大精神做了全面部署,要求全省各级党组织和广大党员干部要迅速行动起来,认真学习领会、深入贯彻落实党的二十大精神,坚定拥护

"两个确立"，坚决做到"两个维护"，更好地在新征程上"扛起新使命、谱写新篇章"。

《决定》指出，党的二十大是在全党全国各族人民迈上全面建设社会主义现代化国家新征程、向第二个百年奋斗目标进军的关键时刻召开的一次十分重要的大会，为新时代新征程党和国家事业发展指明了前进方向、确立了行动指南。

《决定》强调，全省各级党组织和广大党员干部要准确把握党的二十大的精神实质和丰富内涵。深刻认识中国式现代化的中国特色和本质要求，牢牢把握推进中国式现代化的重大原则，在新征程上全面推进中国式现代化江苏新实践；深刻认识党的中心任务和未来五年的重大部署，全面对标对表、创新思路举措，更好地扛起"争当表率、争做示范、走在前列"光荣使命，全面推进中国式现代化江苏新实践。

征途漫漫，唯有奋斗。

8500万江苏儿女将坚决扛起"争当表率、争做示范、走在前列"光荣使命，自信自强、守正创新、踔厉奋发、勇毅前行，在新征程上全面推进中国式现代化江苏新实践，更好地"扛起新使命、谱写新篇章"，为全面建设社会主义现代化国家、全面推进中华民族伟大复兴作出新的更大贡献！

后记

《向未来报告——江苏现代化建设新征程全速启航》是大型报告文学"时代江苏"三部曲之第三部。前两部《向时代报告——中国全面小康江苏样本》《向人民报告——江苏优秀共产党员时代风采》均已于2021年出版发行。

"时代江苏"三部曲是由中共江苏省委宣传部指导,江苏省作家协会牵头组织,江苏省报告文学学会具体实施创作的大型报告文学作品。

本书由全省20余位报告文学作家联合采写完成,具体如下:《序章　向未来报告》作者章剑华,《开篇　时代新命题》作者金伟忻、沈和,《第一篇章　恢宏新起笔》作者张茂龙,《第二篇章　开启新实践》作者金伟忻、方晖、刘浏、张晓惠、王成章、沈和、沈杨子、张茂龙、马如金;《第三篇章　刷新新高度》作者李扬、陈伟龄;《第四篇章　锻铸新引擎》作者沈峥嵘,本篇章三个科技创新先进典型,《逐日之旅》作者章剑华,《南京软件谷:迈向"数字高峰"》作者陈明太、李进,《南钢:数智连接未来》作者范继平、王芳;《第五篇章　沿海新崛起》作者金伟忻;《第六篇章　振兴新乡村》作者徐向林、龚正;《第七篇章　绿色新标识》作者张茂龙、刘晶林;《第八篇章　治理新格局》作者宋世明;《第九篇章　未来新通道》作者孟昱;《尾声　未来已来》作者张茂龙。贺震、朱广金、胥容菲、陈德民、王海鹏、邵启明

508

等作家参与了部分篇章的采访与写作。

为保证内容的权威性和精准性,本书引用了《人民日报》、新华社、《新华日报》、《南京日报》等部分媒体的新闻报道,特此说明并对原作者表达由衷的谢意。

在采写过程中,江苏省各相关机构及各地宣传部门均提供了许多帮助,在此表示感谢。

本书的出版发行离不开出版单位的大力支持,江苏人民出版社社长王保顶、总编辑谢山青以及责任编辑强薇等为本书的出版工作付出了大量心血,在此一并致谢!

江苏省报告文学学会

2022 年 11 月 25 日